乱世湘军

关河五十州 著

人民文学出版社

图书在版编目（CIP）数据

乱世湘军／关河五十州著． —北京：人民文学出版社，2022
ISBN 978-7-02-011165-7

Ⅰ. ①乱… Ⅱ. ①关… Ⅲ. ①长篇历史小说—中国—当代 Ⅳ. ①I247.5

中国版本图书馆 CIP 数据核字（2021）第 219760 号

责任编辑　樊晓哲
装帧设计　刘　远
责任印制　王重艺

出版发行　人民文学出版社
社　　址　北京市朝内大街 166 号
邮政编码　100705

印　　刷　辽宁虎驰科技传媒有限公司
经　　销　全国新华书店等

字　　数　373 千字
开　　本　880 毫米×1230 毫米　1/32
印　　张　15.625　插页 9
印　　数　1—8000
版　　次　2022 年 1 月北京第 1 版
印　　次　2022 年 1 月第 1 次印刷

书　　号　978-7-02-011165-7
定　　价　58.00 元

如有印装质量问题，请与本社图书销售中心调换。电话：010-65233595

蓑衣渡之战手绘图

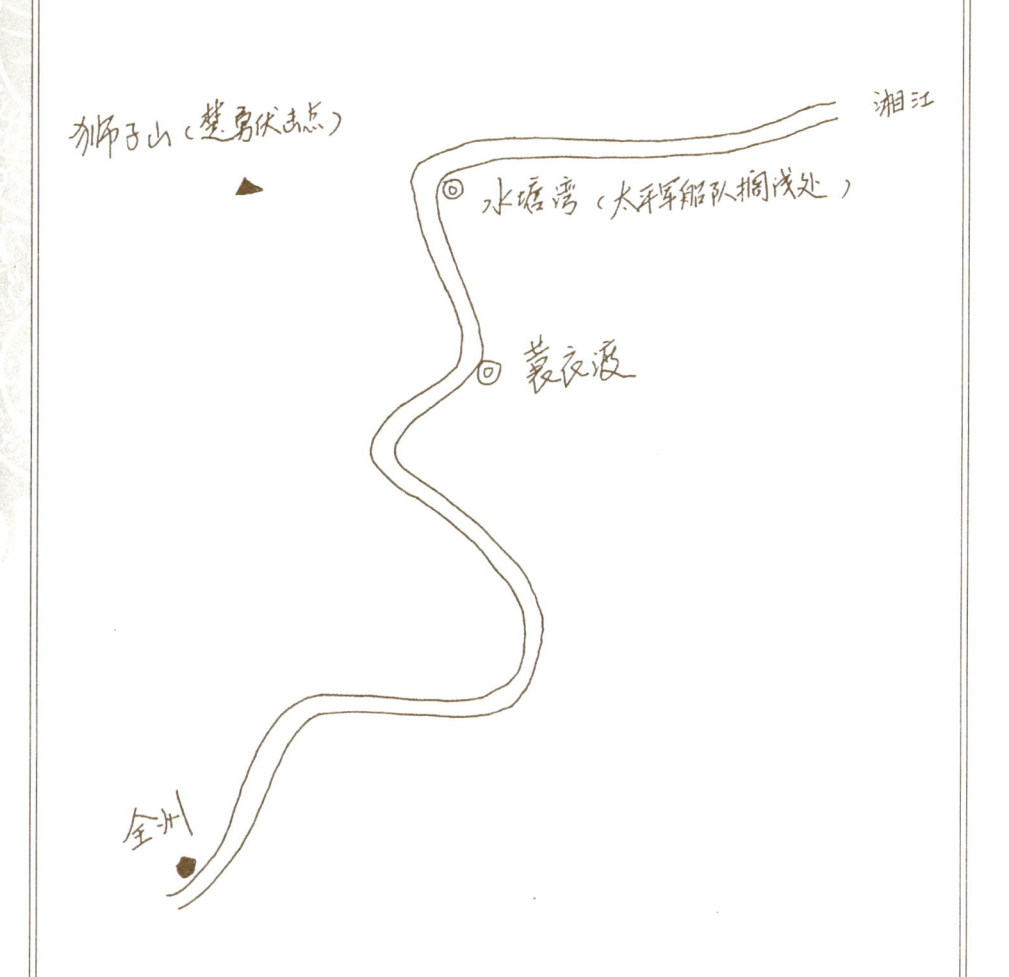

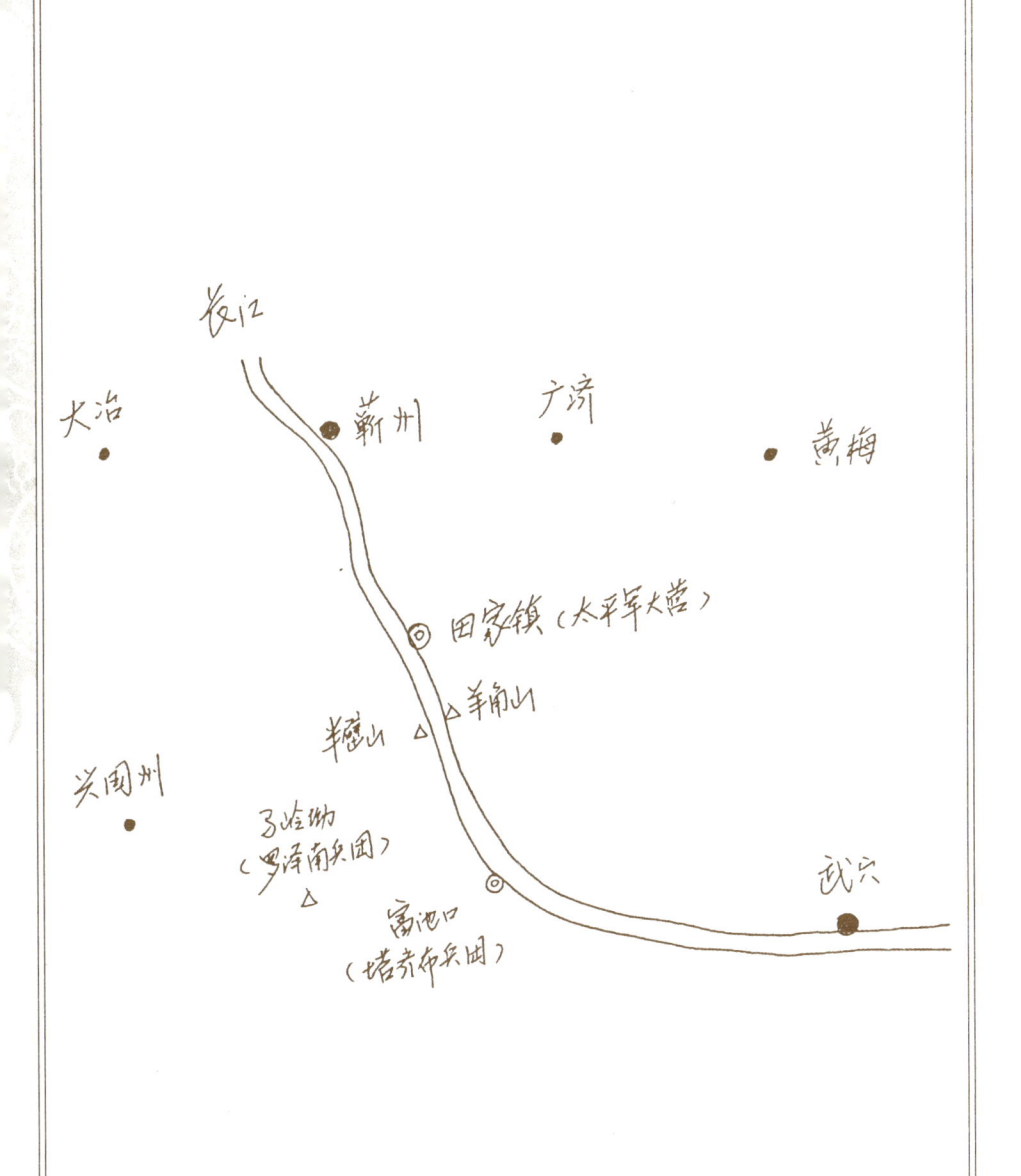

田家镇战役手绘图

九江、湖口战役手绘图

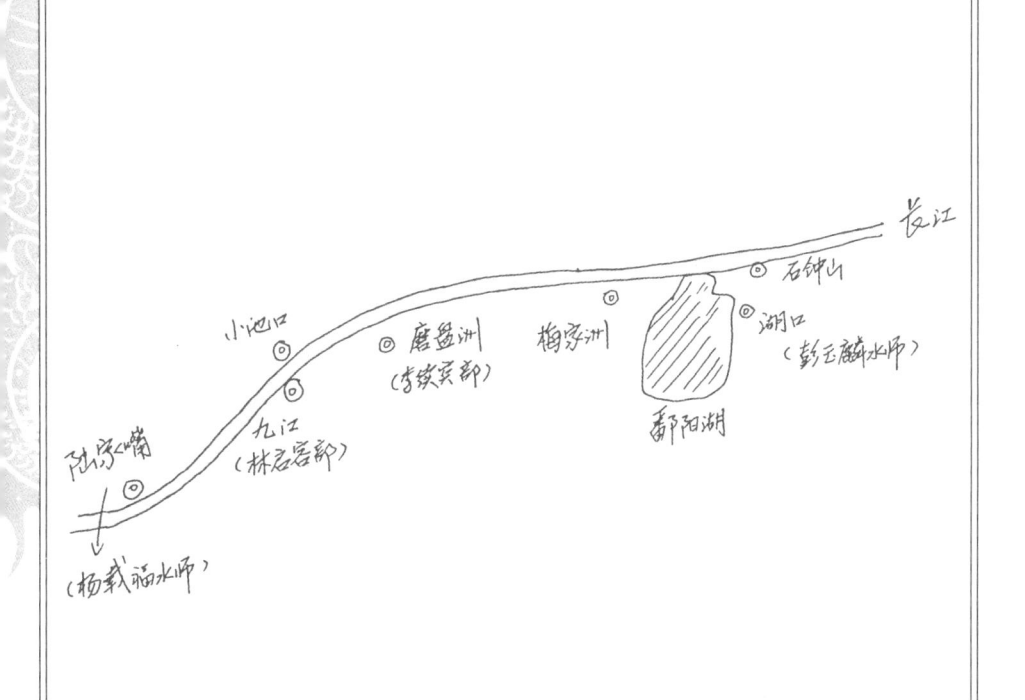

庐州（太平军）

⊙ 大城（吴定规部）　　　　丰乐河

⊙ 三河（李续宾大营）

舒城　　　　　　　　　　　⊙ 白石山（李秀成兵团）

⊙ 金牛镇（陈玉成兵团）

桐城

　　　　元为州

　　庐江

潜山

三河集战役手绘图

安庆战役手绘图

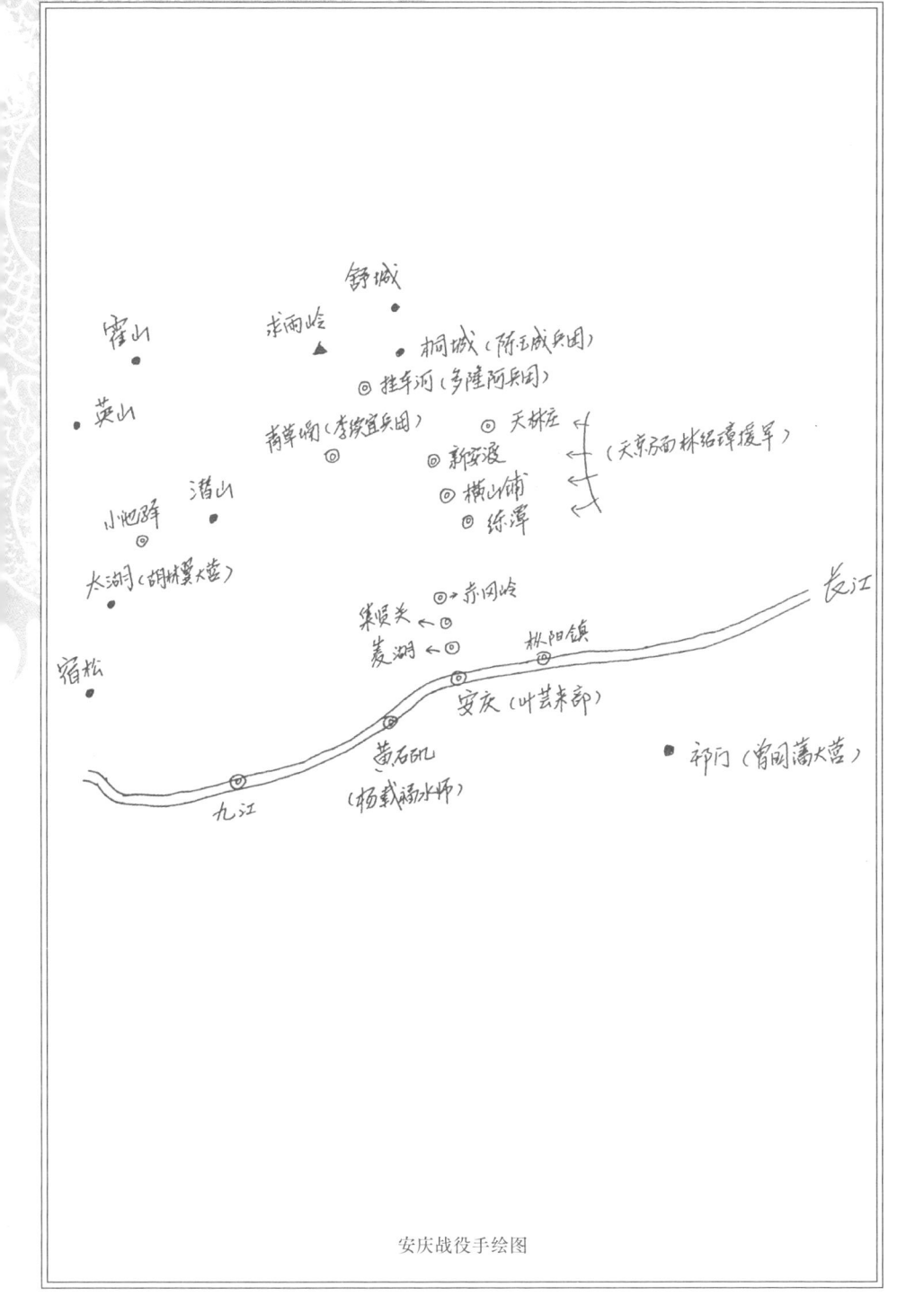

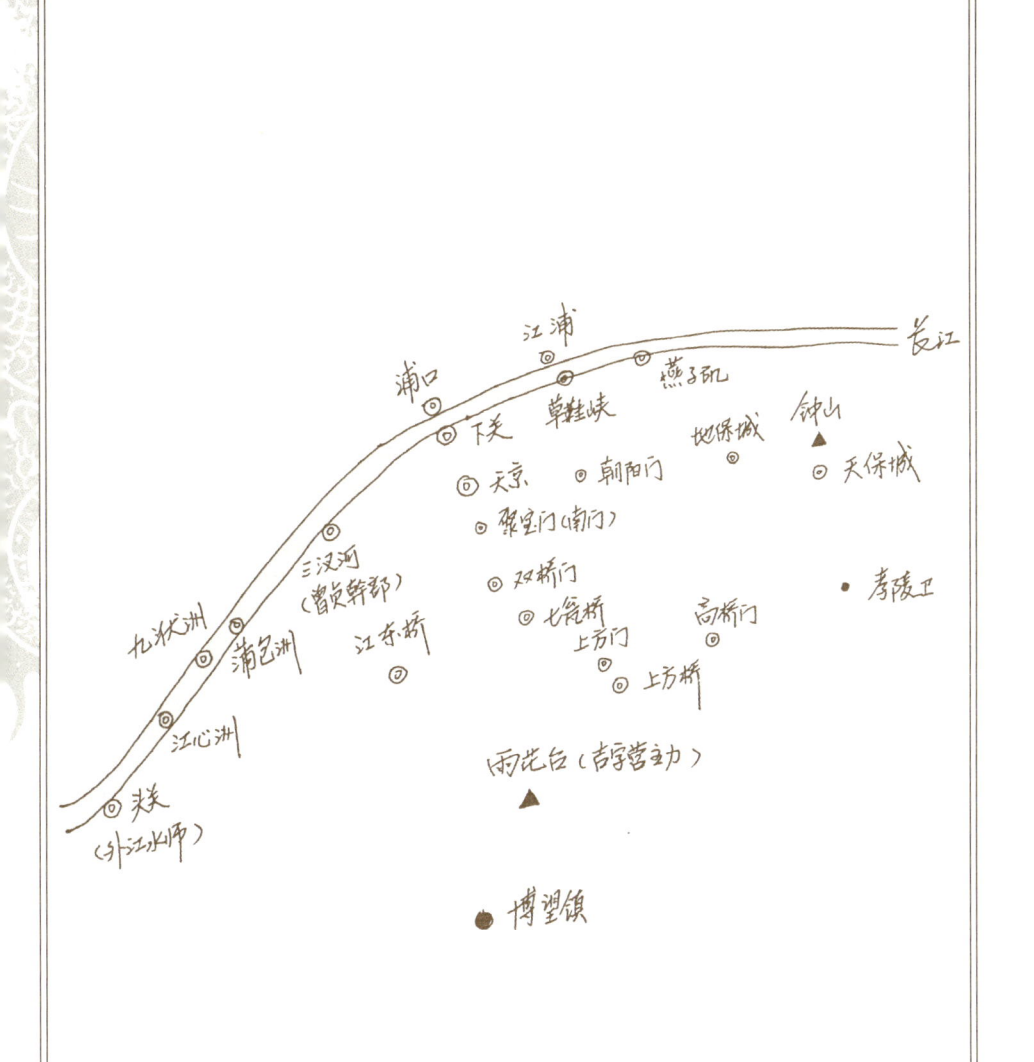

天京攻坚战役手绘图

目 录

第 一 章	另外一条道路	1
第 二 章	初生牛犊不怕虎	39
第 三 章	大比拼	78
第 四 章	转折点	118
第 五 章	攻敌所必救	154
第 六 章	釜中游鱼	192
第 七 章	一代新人换旧人	228
第 八 章	血淋淋的现实	264
第 九 章	曙光就在前方	304
第 十 章	恶战	345
第十一章	血流成河	384
第十二章	兵临城下	420
第十三章	历史的尽头	457
《乱世湘军》创作随记		494

第一章　另外一条道路

1851年4月,大学士赛尚阿以钦差大臣的身份被派往广西,用以遏制已如同火山喷发一般的太平天国运动。出发前,内阁中书左宗植建议赛尚阿,应在其班子中加入一个名叫江忠源的人;无独有偶,另一位大学士祁隽藻也向赛尚阿推荐了江忠源。

赛尚阿当时对江忠源并不了解,只知道他是举人出身,做过地方小官;但既然两名同僚都不约而同地推荐了他,又都认为此人是一员不可多得的干才,于是便奏准让江忠源随营办差。几个月后,江忠源前往赛尚阿位于桂林的行辕报到,赛尚阿将他调入了广州副都统乌兰泰的军幕。

那个时代人们的刻板印象是,满人尚武,汉人崇文。后者似乎已成为汉人的专利,他们满腹经纶,却通常手无缚鸡之力。乌兰泰就是有过从征回疆经历的满洲军人,从没有读书应试;江忠源出身举人,自然也应该是个文弱书生才对。实际不然,江忠源能文能武,而且言谈举止都极为豪爽干练,这让乌兰泰很是高兴。两人相处融洽,彼此都觉得十分投机。经过进一步了解,乌兰泰才知道,江忠源原来也和他一样打过仗,而且仗还打得非常漂亮。

"古兵法"之策

在江忠源的家乡湖南新宁,一度会党活动非常频繁,先后爆发了雷再浩、李沅发起义。其时太平天国运动尚未形成气候,湖南省官员拟调大部队去新宁镇压,但被江忠源劝止。

官军是客军,不熟悉新宁的当地情况,难以对付本地义军不说,还会骚扰民间。江忠源回到新宁,依托家族子弟,建立了名为新宁勇的团练;自己教兵勇兵法,然后指挥他们与义军作战。结果竟得以一战讨平,江忠源也因此崭露头角。

至此,乌兰泰终于明白,为什么京城大吏会纷纷推荐江忠源了。这时新宁勇早已遭到遣散,但乌兰泰仍力劝江忠源重建部队,拉到广西来打太平军。江忠源听从其言,即刻写信给正在家乡的四弟江忠淑。江忠淑的动作也很快,立马招募了五百人开进广西,号为"楚勇"。楚勇原先由江忠淑直接带队,由于江忠淑身患痢疾而提出辞呈,便改由江忠源亲自指挥。

在广西集结的各路清军中,只有楚勇以省命名。虽然该部的五百兵勇仍旧保留着其乡勇的特色,但与原先的新宁勇相比,部队建制已升级成为更高形式——新宁勇是地方团练,自卫乡里,自筹经费,作战范围连新宁都不出,更别说出境来广西了。楚勇至少是准正规军,不仅跨乡跨省,而且和经制兵绿营一样,由官府供饷。

随赛尚阿征战的部队,多为从各省抽调的正规军。起先他们尚看不起楚勇,楚勇普遍身材短小、衣衫不整的样子也成为其笑料;然而战场之上,归根到底不是看谁的形象好,而是看谁更能打。几次交战下来,楚勇用实际表现证明了他们绝非浪得虚名,其他官军渐渐也就不敢再小视他们了。

赛尚阿定下封锁战略,企图将太平军困死在狭小的紫荆山区。

不料太平军却突围东出,攻克了山城永安,随后便在永安封王建制,扩大队伍。

1851年岁末,赛尚阿督令各部对永安予以四面合围。赛尚阿倚重的大将,除了乌兰泰外,尚有广西提督向荣。偏偏乌兰泰与向荣不和,江忠源欲为他们居中调解,却毫无成效。

包围永安时,乌兰泰与向荣之间再次发生龃龉。向荣提出"古兵法"之策,所谓"古兵法",就是围三阙一,假意给被围的太平军留出一条逃生之路,继而予以半路截击。乌兰泰则指出,永安城中的太平军如今连一万都不到,清军数倍于敌,只要坚持围攻下去,就算攻不进城,光是饿,都能把太平军给饿死。

围三阙一的打法,通常都要在守军意志接近崩溃边缘的情况下,才能顺利实施。太平军却不是这样,通过永安封王,其作战意志空前高涨,换句话说,只要给他们一个空隙,他们便会像锥子一样拼命地钻出去;而以清军的状态和战斗力,届时十之八九,是既截不住,也追不上。反之,若继续围困,守军意志再强,也将一点点被消磨。事实上,由于内外不通,接济断绝,城内太平军的粮食已经所剩无几,火药也用完了,这意味着他们能够守住永安的时日,已经在倒数计算。江忠源看出了太平军的困境,他站在乌兰泰一边,并代乌兰泰写信给向荣,力陈"古兵法"之弊,请求大家同心协力,合围歼敌,但未被向荣所接受。

向荣把他的"古兵法"献给赛尚阿,赛尚阿急于向朝廷报捷,便采纳了他的建议。到了这个时候,江忠源已预感到清军必败,自己留在军中也无能为力;同时他对各部官军皆畏缩不前,且又无法当机立断、协同作战的作风也深感失望,于是便称病告退,带着楚勇返回了新宁。

不出所料,正是借助向荣"古兵法"留出的缺口,太平军雨夜突袭,强行冲出了包围圈。清军失去了将太平军扼杀于其创业初期的最好也是最后一次机会。

永安突围后,太平军浩浩荡荡北上,直逼桂林。接下来,太平军必然还要继续北上进入湖南乃至新宁。这次不用官方督促和征召,江忠源便散尽家财,捐资募勇一千两百人,于一个月内驰援桂林;又嘱咐三弟江忠济和同县好友刘长佑等人,再添募五百人,随后跟进。就在抵达桂林之前,江忠源听到一个消息:乌兰泰率部追击太平军,但在桂林城外负伤毙命。

太平军真是既可怕又可恨,江忠源伤感不已。他知道,自己即将迎来的战斗将更为艰难和凶险,面对这一从未有过的挑战,他必须全力以赴,使出浑身解数才行。

蓑衣渡

太平军向桂林挺进,意味着他们即将冲出两广,进入相对富足的长江流域。因此在攻桂林未果后,他们便立即撤围改攻全州,占领全州后,不待休整,又准备先取长沙,再图武昌。

出发前,南王冯云山依据情报得知,全州城东北有个湘江渡口,名为蓑衣渡,乃必经之地。此处江面狭窄,水流湍急,行船十分危险,同时两岸又多山林,如果清军提前扼夺,足以置太平军于死地。冯云山向天王洪秀全建议,在经过蓑衣渡时,应派步兵在两岸先行开道,其余部队、家眷和辎重则乘船随后跟进。

此时湘江上涨,预计顺流而下的话,三四天内即可抵达长沙。冯云山的做法,稳妥当然是稳妥了,但时间也被延误了。若要是这一期间,让长沙方面做好防守准备,岂不是会竹篮打水一场空?洪秀全仍决定全军都乘船走水路,并打算率船队先行。"蓑衣渡是极险恶的地方,倘有不测,后果不堪设想,老弟我愿意先行进入。"冯云山在攻打全州时,已经中炮负伤,但仍请缨担任了前队指挥。

正如冯云山所预料的,有人已经在蓑衣渡设伏了,此人就是江忠源。

江忠源从桂林起,就尾随太平军,一直跟到全州。发现全州已被太平军所控制,他赶紧绕到前面,以切断太平军向北延伸的通道。蓑衣渡由此被江忠源所选中,他对蓑衣渡的地形进行了周密侦察:蓑衣渡就渡口而言,实际水波平静,真正的险要的地段在其北面三里许,名为水塘湾。水塘湾也属于蓑衣渡区域,其西岸有沙滩突出江面,河床极为狭窄,兼之湘江在此急转向东,故而江水虽然不深,水流却极为湍急,船只很难通行。

水塘湾的岸边大树参天,无数灌木错落其间,江忠源伐木塞河,打桩设阻,预先拦住了河道。太平军的先头船队在进入水塘湾后,先顺着湍急的江水驶过浅滩,继而在河曲处转了个弯,接着便直直地冲入由巨木和木桩组成的障碍区并发生搁浅。

江忠源率楚勇埋伏在附近的狮子山,四处挥舞旗帜作为疑兵。太平军不知虚实,急忙撤退,可是因水流湍急,船队已无法做到进退自如:前面的船退不出来,后面的船也停不下来,结果越挤越多,全都撞在了一起。楚勇趁机以火炮进行袭击,一时间,炮子(即炮弹)、火箭如同雨点一样落在船上,随着大火在船之间迅速蔓延,船队更加混乱不堪。很多船只或自相撞击,或沉没,或被焚,其间不少人被溺死、烧死、轰死。

在无法拔桩抢渡的情况下,冯云山指挥前队弃舟登岸,向楚勇发起反击。太平军准备不足,在地形上处于绝对劣态;而楚勇却以逸待劳,居高临下,并且牢牢地将对手置于其火力射击范围之内。激战半天,太平军被一路赶杀,重又退回江中。

楚勇处于西岸,太平军可以先退至对面的东岸;但东岸同样地形复杂,亦可能藏有大量伏兵,对于已陷入困境的太平军而言,这种风险更加难以预测和控制。冯云山只能继续倾全力在西岸进行争夺,而江忠源既然已经紧紧咬住了对手,当然也不肯轻易松口,双方连续拉锯达两个昼夜。

由于前队迟迟无法打开局面,洪秀全遂率后队助阵。江忠源在狮子山上看到太平军的后队旗帜,已准备撤离;就在这个时候,炮子忽然打到了冯云山的船上,冯云山再负重伤。随着冯云山失去指挥能力,船队大乱,洪秀全不得不下令抛弃所有船只和辎重,全军登上东岸。冯云山被抬到东岸后,很快就因伤重不治而亡。洪秀全当场恸哭,说:"是老天不肯让我平定天下吗?为什么这么快就夺走了我的贤良辅弼?"

永安封王,冯云山虽然仅仅被封为南王,位列东王杨秀清、西王萧朝贵之后,但他实际却是太平天国领导层的核心人物。太平天国起事,酝酿数载,皆冯云山一人之谋。作为领袖的洪秀全对其尤为依赖,平时只要遇到疑难,就一定要问冯云山;而足智多谋的冯云山,也总是能靠一两句话就解决问题,以至于洪秀全几乎寸步都不能离开他。

早在紫荆山区时,冯云山的地位和影响就已无人可及;太平天国的其他领导人,从杨秀清、萧朝贵到韦昌辉、石达开等,都是由他捏合在一起的,也对他衷心拥戴。有研究者认为,如果冯云山不是死于蓑衣渡之役,他完全可以继续辅佐天王,裁制东王,调和各王,后来的天京内讧也许就不会发生了。

首 功

关于冯云山之死,一直以来,还有另外一种说法,即认为他在进攻全州时就已战死,这一说法近年来已逐渐被研究者所排除。之所以会出现不一样的说法,很大程度上,与江忠源当时不知冯云山已死有关。在事后的报告中,他对此只字未提,相应官书乃至地方县志便也都没有做相应记载。

江忠源提及的,主要是鏖战两昼夜,缴获船只三百余和大量辎重,以及极大地杀伤了太平军精锐。这是事实,蓑衣渡一役,太平军战死数千人,阵亡者多数是原来紫荆山区的拜上帝会会众,普遍具有强悍善战和忠心天国的特点,乃太平军不可多得的精锐火种,对太平天国政权而言,如此损失是很难弥补的。

江忠源人马有限,战前他曾请求官军协同行动,在湘江东岸进行伏击。东岸重山叠嶂,仅有羊肠小道可以通行,如果官军也像楚勇一样在那里建立阵地,几乎可以确定太平军插翅难逃,最终将全军覆没于蓑衣渡。可是显然,官军并没有把江忠源的请求当一回事,楚勇在蓑衣渡连战两日,官军竟无一人增援,东岸更是空无一人。

在冯云山死后,太平军已没有选择,只能舍船由东岸登陆;而东岸的不设防,则给了他们逃出生天的机会。洪秀全率部穿过东岸林木郁密的山丘,徒步进入了湖南。他们本欲通过攻占临河的商业重镇永州,获取新的船只和给养,但由于官军已截断桥梁,船只也已被拖至对岸,所以便放弃永州,向南折往道州。对于太平军的突然转向,道州守军完全缺乏准备,防卫形同虚设,结果被太平军轻易攻取。

江忠源在蓑衣渡设伏的主要目的,是塞断太平军北进湖南的水陆通道。在伏击成功后,他曾一度认为,太平军将铩羽南返,湖南可能已经守住;太平军攻占道州,使他的这一希望破灭了。尽管最终未能阻遏太平军北进湖南,但蓑衣渡一战却已实质性地保住了长沙甚至湖南。

太平军的本意是经湘江直接对长沙发动快攻,其时长沙防备空虚,兵力又少,一旦太平军迅疾发动攻击,被攻下的概率极高。可是因为落败蓑衣渡,太平军被迫改变了行进方式和路线,快攻长沙的计划也被迫延迟。此外，他们不仅要重整士气，还要招募兵员和补充给养，以弥补蓑衣渡之战的重大损失，这使他们在道州和湘南其他地区又耗去了不少宝贵的时间。

没有蓑衣渡一战，长沙可能早就被太平军攻克了，湖南自然也将在其掌握之中，故而此战"为保全湖南首功"。当时很多人认为，"天下不可一日无湖南"，从后来湖南的战略地位来看，也确实如此：设若湖南尽入太平军之手，则太平军可尽收湖南精兵，顺江而下，占领南京；北伐也因此可能提前，在各处对太平军都还缺乏戒备的情况下，整个战局必将发生急剧变化。

经过蓑衣渡一役，江忠源的声名与日俱增，其知兵善战之誉，在湘省无人能及。他自己也因功升为知府。

大家都知道江忠源能打仗，但是他的话还是没人听。太平军刚刚占据道州时，兵犹不满万人；江忠源提出"分防不如合剿，远堵不如近攻"，也就是说应合兵一处，直接奔赴道州开打。这本是消灭太平军的上策，结果愣没人搭理，湘南诸城也相继被太平军各个击破。

通过在湘南流动作战，太平军又增加了五万人马。在太平军内部，西王萧朝贵被评价为"勇敢刚强，冲锋第一"，他通过谍报，得知长沙仍空虚无备，便向总筹军务的东王杨秀清请命，欲突袭长沙。杨秀清认为蓑衣渡战役后，已失去突袭的时机，没有同意；洪秀全也持同一意见。萧朝贵倔劲上来，带上仅千余人的部队，就自顾自地长驱直入，对长沙发动突袭。

1852年9月12日，萧部直抵长沙城下。由于其余太平军仍停留在湘南，尚无会攻长沙的迹象，所以萧朝贵的猛袭，可以说是完全出乎人们的意料。城内居民甚至都还不知道一场大战即将来临，直到太平军发炮攻城，炮子打到城中，街上卖浆的小贩正要拿碗来喝，炮子的碎片恰好将碗击得粉碎，百姓这才惊慌起来。

省城面临的危机

至萧朝贵袭击长沙时,官军采取的实际仍是分防和远堵策略,部队大多还部署在别的地方,城中守军的数量有限。不过萧朝贵得到的情报也并不准确,这时距蓑衣渡之战已经过去了三个月,官府各种严防死守的措施都已实施,萧朝贵要想在短时间内予以攻取,是很难做到的。

在此之前,江忠源按照刘长佑的建议,从楚勇中挑选五百人组成敢死队,准备在关键时刻应急。得知长沙被围,江忠源忙率敢死队火速驰援长沙。如果再加上总兵和春等其余援军,长沙清军的数量已是萧部的数倍。但与包围永安时的情况相仿,官军多不中用,真正骁勇能战的,仍然只有江忠源及其楚勇,故而要想一举击溃太平军,也等同于天方夜谭。

萧朝贵兵力单薄,无法对长沙进行合围,便集中兵力于南门外,做出准备打持久战的架势。江忠源察看形势,发现南城外的蔡公坟地势较高,若任由太平军占据,对城门的威胁很大,于是便发动急袭,将其拿了下来。

萧朝贵被扼住要害,使不出劲来,只能靠蛮力拼命攻城。他身穿黄色官袍,天天在第一线督战,目标极为显眼;城中守军怀疑他就是西王,一炮打过来,萧朝贵中弹,随即伤重毙命。

萧朝贵死后的第三天,曾国藩回到了家乡——湖南湘乡荷叶塘。曾国藩和江忠源是湖南同乡兼好友。咸丰皇帝刚刚登基时,曾国藩应诏保举贤才,江忠源就在其保举名单之上。不久因江父去世,江忠源丁忧回籍,才没有入京为官。

在赛尚阿奉旨攻打太平军之初,曾国藩对于前景还抱着极为乐观的态度:在他看来,紫荆山区的太平军已是釜中之鱼,只要赛尚阿统大军发动进攻,就能一举将其歼灭。谁料后来情况越来越不对了,已经进了锅的"鱼"居然又跳出来,而且越蹦越欢实。曾国藩对此又气又急,埋怨前线办差人员不得力,恨不得自己马上插手才行。曾国藩曾经两次兼任兵部侍郎,军事知识是有一些的,但那都得自于书本,他自己还从未打过仗。曾国藩对此倒也颇有自知之明,知道在京城空发议论,并不能代替亲自到前线实践,所谓"军事非亲临其地难以遥度"。

就在太平军转道湘南期间,曾国藩充任江西乡试正考官,并获准于乡试结束后回籍省亲。途经安徽境内时,母亲江氏突然病故,凶信传来,曾国藩急忙按照丁忧的通例,辞去官职,然后溯江西上,回家奔丧。曾国藩虽然没有参加长沙战役,但比之于京城,战火无疑离他已经近得不能再近了——长沙吃紧,湘乡也吃紧;长沙缓和,湘乡亦缓和。

萧朝贵的死,并没有能够从根本上解除省城面临的危机。洪秀全得报,既惊又怒,立即率全军北上,直指长沙。江忠源率楚勇前去堵截,部队先胜后败,实际是中了太平军的诱兵之计,被伏击了。江忠源本人被长矛刺中后,堕下马来,险些丧命。

你在蓑衣渡给了我一闷棍,我现在也姑且还些利息给你!太平军复仇心切,很快就得以兵抵长沙,对城池形成了重围之势。此时,朝廷从各方紧急调集的援兵都已陆续抵达。双方参加的兵力均达到五万以上,从而使长沙会战升级成为超十万兵员规模的大战役。

清军虽然在数量上还多于太平军,但质量方面却远不如对方。从外地赶来的大多数援军都停留在数里之外,你看看我,我看看你,谁也不敢贸然进发,都怕被太平军给一口吃掉。这样一来,太平军便可以从容攻城了。

长沙城和太平军先前围攻的桂林城相似,都具有墙高城坚的特点,对于这样的坚城,传统的攻城工具,如云梯、吕公车等,均无能为力。即便是当时的火器,无论是国内自制的铜炮、铁炮,还是从国外进口的洋铁炮,也都不具备直接击破城墙的能力。如此一来,便只有掘开地道,埋地雷攻城一法了,古代军事学中谓之"穴地攻城"。

还在发动金田起义时,就有贵县银矿工人加入了太平军,他们一般不直接参加作战,而是专任掘地道作业。太平军将掘地道攻城称为"开龙口",作业人员为"开龙口兄弟"。"开龙口"一词,就是当时贵县银矿工人常说的术语。

太平军进攻桂林,曾在城门外掘地道。但因桂林城根多坚石,花了一个多月时间也没能挖成,大军只得撤围北出。此后在全州攻城时,再次尝试,终于得以成功:全州城墙被炸开两丈余,部队得以从缺口处一拥而入。

太平军在湘南进行休整和扩军期间,又有数千掘煤工人参军,加上原有的银矿工人,他们被正式组成了一个新的兵种——土营。土营相当于现代的工程兵特种部队。中国古代不乏地道战的记录,明清两代都有采用;但像这样采用整建制部队的形式,还从来没有过。由此也可见太平军用兵灵活高效、不拘一格的特点。

地 道 战

所谓埋地雷攻城,其实是在城脚堆满火药,然后点燃引信,静候轰裂。太平军在湘南时积蓄了大量的火药,只要挖通地道,轰城就没有问题。

战场从来是自觉性要求最高的课堂。清军在经历桂林、全州两战后,对于地道战也早有防范,并制定了具有针对性的方案。当土营在城墙边挖掘地道时,城内守军便将大木桶埋到地里,让提前物色好的盲人钻在桶里,细听远处挖掘地道的声音。盲人听觉特别敏锐,可以准确地判断出地道已经挖到何处。一旦发现地道已接近完工,守军就要用大铁球将其压垮;或者是将其砸开后,通过灌水、灌粪,将正在施工中的土营官兵逼走。

太平军当然也想到了守军可能使用的办法,他们在城墙外不断击鼓,用以扰乱盲人的听觉,但成效并不明显。在长沙会战中,太平军一共挖了十个地道,最后只有三个地道先后得以完成。

三个地道均被太平军充分利用,他们引爆火药,通过炸毁的城墙进行突破。这时候守军便要像堵大堤的缺口一样,全力进行封堵。江忠源参加了反地道战的全过程,并亲身封堵过一次,他在经历各种惊心动魄场面的同时,也积累了反地道战的经验以及技术。

太平军的地道屡挖不成,三次突破也都未能成功。接着,军中又开始缺盐,洪秀全被迫决定撤围。在双方大军都已齐集,且咬合在一起的情况下,一方突然撤出战场,一般而言,是比较危险的。江忠源已经考虑到太平军如果撤围而走,必须如何截杀的问题。在军事会议上,他指出来援的官军集结于周围,唯有西面空虚,希望能调重兵驻扎于湘江西岸的回龙塘,以扼太平军西窜之路。

新任湖南巡抚张亮基是个能吏,他赞同江忠源的意见。但是来援诸将却无人肯驻兵回龙塘——正是诸将都知道江忠源有见识,说的事往往都能应验,才没人敢去回龙塘;就怕自个儿正当太平军之锋,被其撕个粉碎。

1852年11月30日,夜半时分,太平军悄悄地撤出阵地,通过浮桥到达湘水西岸。西岸驻有万余官军,由向荣亲自指挥防堵,但他们都趴着一动不动;东岸官军更有六万之众,也同样不敢追击。太平军大大方方地取道回龙塘,向西北方向扬长而去。

太平军虽解长沙围,退出湖南,但对于湖南的影响却并未因此立即消散。浏阳的征义堂组织很早就假借团练名义,扩充组织,建立武装,时间长达近二十年。在萧朝贵进攻长沙时,征义堂领导人周国虞本打算立即起兵响应,因被官府发现而未果。当时长沙战局吃紧,官府也顾不上料理他,只得先听之任之。周国虞趁机发展势力,为发动武装起义做准备,其力量迅速扩充至两万多人,成为省内最大的和组织性最强的会党武装,并控制了浏阳县城及大部分县境。

征义堂人数众多,器械俱备,技勇颇精,非寻常会党可比。省府不断收到秘密报告,连远在北京的御史也上奏,要求迅加处置。张亮基这时已将左宗棠召入幕府,左宗棠一边采取麻痹策略,促使周国虞游移不定,不敢骤然举起义旗;一边密授江忠源以计,让他以搜捕其余会党起义军的余党为名,率楚勇由小路进入浏阳,待机对征义堂进行镇压。

发现江忠源来到浏阳,周国虞知道大事不好,被迫匆促举义,并分三路对楚勇发动进攻。江忠源亦分三路进行反击,而且很快就击溃了征义堂,周国虞随后也被擒杀。

浏阳地近省城,对省城乃至全省的威胁固不待言;同时,它又位于湖北、江西、湖南三省毗邻区,一旦太平军卷土重来,便可里应外合,近围长沙,远攻江西、湖北。几个月后,太平军西征,表明征义堂确实是一个极大的战略隐患;若当时不除,对清廷而言,后果不堪设想。

此役,巡抚张亮基被认为调度有方。但他只是名义上的统帅,前线指挥实际是江忠源,镇压征义堂的主力部队则是江忠源所统率的楚勇。也就从这个时候起,以楚勇为代表的湖南团练武装,开始越来越受到朝廷的倚重。

没打算按规矩办事

江忠源及其楚勇的成功,让湖南地方官府及其士绅均大受鼓舞。在太平军围攻长沙时,湘乡人罗泽南即受知县朱孙诒的委托,与其门人王鑫、李续宾等人在乡办理团练,而当时曾国藩还尚在回乡途中。

曾国藩回到老家不久,张亮基正式向他传来咸丰皇帝的上谕,任命他为湖南督办团练大臣。朝廷对于团练的启发,最早来自嘉庆朝的镇压白莲教一役,当时因发现绿营不得力,当局便以团练政策相补充,结果意外地收到了成效。鉴于这一经验,又眼见太平军已有难以遏制之势,朝廷一面紧急征调各省绿营前往作战;一面决定重启团练政策,由各省在籍大臣,也就是因为各种原因已返回原籍的离职官员,督办当地团练。曾国藩在丁忧前的职务为礼部右侍郎,他的任务便是以在籍礼部右侍郎的身份,协助湖南地方办团。

无论是为了护乡保家,还是出于个人志趣,出任团练大臣,都给了曾国藩一个施展的机会。但他却对此顾虑重重,原因就在于他当时正在守制。旧时父母故去,做儿子的须在家守孝二十七个月,也就是两年零三个月;在此期间不能做官,也不能到外面去做别的事,谓之"守制"。曾国藩是著名的理学家,这一套在他脑中早已根深蒂固。

一年前,别人都推荐江忠源去广西,为什么身为其好友的曾国藩反倒无动于衷?无他,江忠源也在守制!曾国藩不但不推荐,对于江忠源出山还持激烈的反对态度。与守制相对的,叫作"夺情",即出于朝廷的要求,可允许大臣在守孝期内任职做事。曾国藩在给江忠源的信中,一本正经地教训了对方一通,说,因军情紧急而夺情,此事自古有之;但只是适用于武官,你一个文官,去凑什么热闹?"大节一亏,终身不得为完人矣!"末了,曾国藩又危言耸听地来了一句。

江忠源可没他这么酸腐,照旧赶赴前线,参与围歼太平军,遂成大功。说句实在的,要不是人家江忠源在蓑衣渡重创了太平军,长沙早已陷落;在曾国藩的面前,或许就只有有家难归和被太平军俘虏这两个选项了。

时隔一年,轮到了曾国藩自己。这时的曾国藩乃众望所归,不仅张亮基、左宗棠急切地希望他出来主持本省团练,消息传出后,湘乡士绅都不断请他指导本县办团事务。曾国藩的好友、湘阴人郭嵩焘得知他心存顾虑,更是不惜驱驰数百里,日夜兼程赶到曾家,敦促他以桑梓为重,尽快应诏出任团练大臣。是继江忠源之后出山,还是继续遵守"大节"和做"完人"?曾国藩苦恼不已。左思右想之后,他还是决定以守制在家、不宜出办军事为由,向朝廷草疏请辞,并具呈请张亮基代奏。

奏疏刚刚写好,尚未发出,张亮基就派人持信来请,说武昌业已失守,形势紧急,人心惶惶,让他赶快去长沙。

原来太平军撤长沙之围北去后,先攻克岳州,获得大量给养以及旧藏的吴三桂炮械,声势更加雄壮;继而又通过穴地攻城法,一举攻破了武昌。武昌既失,曾国藩岂能不知轻重?顿时他再也顾不得什么"大节",立毁其疏,次日便随来人前往长沙履责。

团练大臣就其职能而言,只是帮同办理团练,同时团练也要接受地方大吏的督促和管辖。曾国藩虽接受了任命,但他却不甘于被限制在这一框范之内。

朝廷重启团练的算盘,不过是想把剿灭白莲教的套路,移用于平定太平天国。殊不知时移世易,此时的形势已经完全不同。

白莲教分成很多股,指挥上并不统一,义军经过州县时,只是劫掠而不占据,从性质上说属于流寇。流寇再凶猛也不难对付,像嘉庆朝时那样,在民间以团练自卫,并辅之以坚壁清野,就能致其死命。

太平军则不然,在南王冯云山死后,由东王杨秀清掌握了统一的军事指挥权。杨秀清辖制部队很有一手,太平军从进攻长沙到解围北上,直至攻取武昌,始终能做到节制严明,有进无退,这在历代起义军中都是很突出的。与此同时,太平天国有着明确的政治理想和目标,与清朝俨然敌国;而且它在攻城略地之后即能加以巩固,并壮大其力量。比较一下紫荆山区时代和夺取武昌时期的规模气势,天国实力增长之快,足以令人叹为观止。面对这样前所未有的强敌,若还指望以零星团练与之作战,简直形同驱犬羊敌虎狼。

包括曾国藩在内,咸丰先后共在十个省份,任命了四十三人为督办团练大臣,后来除了曾国藩,无一例外,全都失败了。他们为什么失败?就是都老老实实地按照朝廷所交代的去做了。

如果方向就是错的,想不失败都难。曾国藩走的恰恰是另外一条道路,他从一开始,就没打算按规矩办事。比如朝廷说,办团的事务,你在旁边督促指导一下就行;他不,他亲力亲为地去办团。又比如朝廷说,团练只要在地方上活动,"练团查匪"即可;他也不,他说他要办就办"大团",而且这个"大团"跟张亮基等地方大吏也没太大关系,就他曾国藩一个人管!

曾国藩深信,只有建立一支既能跳出地方范围,同时战斗力又非绿营可比的湖南新军,才能真正有所作为,甚而改变时局。而他所要建立的这支新军,也就是后来人们所称的湘军。

重建规章

曾国藩建军,并不需要完全重起炉灶。罗泽南、王鑫等人在湘乡办团,已成军千人。1852年年底,在张亮基的札调下,湘乡团勇分成两批,先由王鑫带一营;后由罗泽南及其弟子康景晖各带一营,相继来到长沙。湘勇就此成为曾国藩组建湘军的第一块基石。

尽管江忠源创立的楚勇早已为世人所瞩目,但并不是曾国藩组建湘军的榜样,在建军思路上,他与江忠源可以说完全不同。

江忠源认为乡勇能打仗,绿营也未必不能打仗,关键在于带兵官是否得力。他在保卫长沙时,所指挥的军队不仅有楚勇,而且多营兵,以后作战也都遵循着这一做法。同时,楚勇的基础虽是团练,但自江忠源招募楚勇赴广西效力起,就有了向绿营靠拢的趋势。比如绿营不讲编制,兵员多寡悬殊,楚勇亦然,很多时候甚至都是有事发生时,才临时抽调成军。曾国藩兼管过兵部事务,了解绿营的内部情况,对于绿营之不足用,看得比谁都清楚。他坚持要跟绿营划清界限,建军时便不用绿营陈法,而是决定重建规章。

明朝大将戚继光训练金华义乌军,将其锤炼成为平定倭寇的铁军,时人称之为戚家军。难能可贵的是,他还把当时练兵的经验和体会都写下来,传之后世。曾国藩查阅了古今很多兵书,戚继光的"束伍成法"令他眼前一亮,认为完全可以古为今用。所谓"束伍"就是编制,戚家军以营定编,每个营的兵员数都是相对固定的,这样便于指挥节制,以收身使臂指之效。曾国藩加以效仿,实行分营立哨,将营作为湘军的基本单位。王鑫最早来长沙,他所带的营是三百六十人,这个数字便作为最初湘军一营的兵员定额,一营如此,千营相同。

除了学习戚继光营制外,曾国藩通过酌古订今,自己也做了一些新的规定,比如"粮重赏优"。

在湘军中,普通勇丁每月可得饷银三两,如外出作战,加到四两五钱;这样一年就有四五十两的收入,除了吃用外,至少能积蓄二三十两银子养家。万一战死,还有六十两抚恤金,受了伤则有养伤银。与勇丁相比,营兵的饷银看似略高,但往往不能按时发放;更重要的是,他们得到的口粮很少,很多营兵因为无法维持生活,平时甚至需要兼做小贩或到街头卖艺,而勇丁的口粮是营兵的三到四倍!

湖南是一个山水环绕、开发较晚的内陆省份,经济并不是很发达。道咸年间又几乎连年出现水旱灾荒,农民生活贫苦,在地里一年忙到头,也见不到几两银子。湘军勇丁凭借军中所得,就已足以养家糊口,混得好的还能加官晋爵,光宗耀祖,令远近羡慕。这样一来,他们自己便无家室牵挂,就可以心无旁骛地在军营中进行操练和作战了。

"粮重赏优"稳定了军心,但饷源却是个大问题。当时办理团练难有成效,在外固然是太平军太过强悍,在内则是受到了经费的困扰。嘉庆朝办团时,整个王朝虽然已在走下坡路,然而由于距离所谓的康乾盛世毕竟还不太远,无论政府还是民间,经济状况大体都能凑合。彼时的团练费用皆由官方承担,并非尽取于民,老百姓对于饷高饷低,也不是特别计较。

咸丰朝的情形是,政府内忧外患,积蓄本就不多,太平天国运动爆发后,户部仅剩的那一点银子连打发正规军都不够,更没有多余的可以留给团练。皇帝给曾国藩他们的委任,实际就是一个督办团练大臣的虚衔,此外并没有一丝一毫的专用经费拨下来。

中央不拨钱,问题留给地方去解决。江忠源在广西作战时,尚由赛尚阿大营粮台拨给粮饷;后来到湖南,便只好由省府负责。1853年年初,张亮基调任湖广总督,把江忠源也带走了;但多数楚勇仍留在长沙,由江忠济、刘长佑统带,这部分楚勇的粮饷自然还是要由湖南出。

除了楚勇外,长沙的湘勇以及南勇、浏勇、宝勇等,粮饷出处也都是套用同样模式,楚勇的月饷甚至比湘勇还高,这对省府而言,无疑是一个很大的负担。此时正值太平军由武昌东下,围攻江宁,对湖南暂时已不构成威胁,署巡抚(即代理巡抚)潘铎认为没必要在省城保留如此多的勇丁。曾国藩考虑省内财政拮据,缩小编制也不失为缓解之法,于是在与潘铎商定后,裁撤了新旧勇三千余人,康景晖营亦在被裁之列。

驰援南昌

江宁很快就被太平军所攻克,随后太平天国将其作为都城,并改名为天京。天京地处长江下游,为争取上游,屏蔽天京,1853年5月19日,东王杨秀清派胡以晃、赖汉英等率领大军,分乘千余艘战船,从天京溯长江西征,向江西、安徽和两湖地区发展。

在太平军的西征开始前,江忠源已因战功累迁至署湖北按察使,并正奉旨奔赴江南,准备加入正包围天京的江南大营。途经九江,江西巡抚张芾等人给江忠源发来函件,告知太平军已发起西征,让他酌情办理。

江忠源思忖,天京已成太平天国的都城,西征的威胁就在眼前,江西可能即将不保,必须就地予以增援。在与幕僚商量后,他计划于江北迎击太平军,同时奏请添兵募勇,组建一支万人新军。由于自己没法回去募勇,江忠源致函曾国藩,请曾国藩替他先募三千人前来江西助战。

发函的次日,江忠源就得到报告:太平军进展神速,势如破竹,已通过九江东侧的彭泽县。江忠源一行坐的也是船,但他们的船怎么能跟太平军的强大船队对抗?江忠源赶紧率部登岸,进入九江城中据守。

未几,江忠源再次接到张芾等人的札件,这次说的已不是酌情办理,而是要求直接驰援南昌。太平军的目标就是南昌,眼见局势危急,6月18日,江忠源与幕僚、部将分别带楚勇千余人,拔营驰援南昌。

江忠源兼程往援,用四天时间赶到了南昌。南昌城墙虽经修缮,也已加强防备,但城中守军和练勇只有五千余人,而且缺乏作战经验,太平军大军一到,根本无力独立据守。看到江忠源来援,张芾等人都不由松了口气,城内人心亦得以稍稍安定。在江忠源到达南昌的第二天,众人筹议防守事务,张芾以江西巡抚的身份,发出明令:府、道以下文官,参、游以下武弁,凡涉及南昌的战守事宜,全部听从江忠源一人节制,违者军法从事。

接过守城指挥权后,江忠源当天即下令闭城,并在城内建立营务处和设立医药局,以作为战时的后勤保障。太平军既经彭泽,应该是从南昌的东北方向攻来,南昌城的德胜、章江二门首当其冲,江忠源便以作为主力的楚勇分守;同守南昌的九江镇兵和新募乡勇则被其部署在永和门外,扼城西南,与城内守军互为掎角。

在长沙保卫战中,太平军采用攻城穴地法,以城外的民房民舍为掩护,实施近城作业,曾屡次攻破长沙城墙,对防守而言,威胁最大。江忠源对此记忆犹新,他认为,只有把城外房屋全部烧掉,才能守住南昌。在讨论时,多数地方官员因担心引起外界议论,都显得顾虑重重,但江忠源力排众议,仍旧下令进行焚屋。

太平军土营的技术非常熟练,可谓无孔不入,城防稍有漏洞,就会被其紧紧抓住并加以利用。江忠源不肯放过任何一个疏漏之处:城外近处残存的民庐,毁掉;横隔的墙垣对太平军的作业也有掩护作用,拆掉;地道很可能挖入德胜门内附近的民舍,限期募夫,予以拆毁,同时添筑月城,派楚勇加强防守。

1853年6月24日,赖汉英携大将林启容等,率万余太平军进抵南昌,比江忠源到达南昌的时间仅仅晚了两天。

城外焚屋的大火三日不熄,当太平军到达时,仍在燃烧;太平军一看,就知道守将是个内行,再辨识城头旗帜,赫然正是楚勇标识。

江忠源率楚勇转战南北,从广西、湖南打到湖北,早已名驰海内,尤其蓑衣渡一战,更是令太平军刻骨铭心。太平军把楚勇称为"江家军",在湖南时就很怕碰到他们,如今江忠源突然率楚勇来到江西并据守南昌,殊出其意料之外,将士们都大吃一惊:"江妖(江忠源)怎么会来得这么快?"

最感绝望的时刻

太平军进抵南昌后,稍事准备,即行攻城,但为城内炮火所阻。与此同时,由于江忠源已将近城的民房建筑物一概烧光,土营缺乏掩护,只能在离城较远的地方开掘地道,由此距离拉长,工程量也变大了。

西征军统帅之一赖汉英时任夏官副丞相,他是洪秀全的妻舅,天国内部称为"赖国舅"。天国将领以文化不高的大老粗居多,主要将领多为文盲半文盲,连东王杨秀清都目不识丁;"赖国舅"曾读诗书,粗通文墨,在其集团内已经算是一员儒将了。见江忠源就在南昌,而且城中守御严密,赖汉英便在德胜门外的北兰寺一带连营数里,掘壕起堑,建立阵地;另派游动部队在战场外围巡逻,日出夜归,断敌接济。

现在赖汉英手上有两张牌,一张是地上的"困死牌",一张是地下的"穴地牌",其中任何一张牌,都对守军有着致命的威胁。江忠源深知如果单纯死守,脖子只会被对手越掐越紧,他多次督军出城,对北兰寺阵地进行冲击,并炮轰太平军船只。其间虽有过两次小捷,但都无法从根本上动摇太平军的防线。

随着时间的延续,太平军的地道逐渐接近城根。江忠源根据长沙经验，也早已采取针对性措施，开挖明沟；又采用"瓮听法"，即埋设瓮缸，让人坐在瓮缸里监听动静，一旦发现地道，即灌水淹塌。当然，这些措施也都无法做到万无一失，1853年7月9日，德胜门月城外一声巨响，城墙被炸坍六丈余。城上预先配置了大量盛土的布囊，就是紧急时拿来堵塞塌城缺口的；按照预案，江忠济立即率数百敢死队员冲进缺口，一边堆垒布囊，一边阻击拥上来的太平军。未料没多一会，旁边的城墙也发生坍塌，不少敢死队员猝不及防，被埋在了里面，江忠济闪得快，才避免了一劫。尽管如此，众人并没有因此胆怯，反而垒得更快更急，最后终于将缺口给完全堵住了。

灵活多变是太平军作战的一大特征。隔了十几天后，原缺口附近在破晓之前又发生爆炸，其西面城墙被炸坍四丈余；紧接着，在右面相连处，城墙被轰塌五丈余。当守军奔向缺口进行堵筑时，原缺口东面的城墙竟然又被轰塌六丈余，顿时，巨石掀空，尘土四塞，缺口附近的守军非死即伤。

在三个不同的方位埋设地雷，连续进行轰炸，而且炸药量一次比一次大，这样的打法，足以令人精神崩溃。这时正值东北风，扬起的漫天尘埃向城内扩散，遮住了守军的视线，太平军趁机扬旗登城，至此，守军无法抵御，已人人自度必死。江忠源后来直言他在南昌之役中，"历生平未历之险，受生平未受之惊"，那一瞬间，也无疑是他最感绝望的时刻。眼看赖汉英的"穴地牌"就要成功了，忽然风向突变，刹那间，北风变成了南风，滚滚烟尘又向城外散去。江忠源抓住这一天赐良机，率部发起反击；驻于城外的清军也分路出救，绕至太平军背后进行袭击；已经登城的太平军站不住脚，被迫退下了城头。

两次轰城不克，赖汉英极不甘心，便亲自督兵挖掘地道。很幸运，新的地道在挖掘过程也没被发现，最后引燃炸药，将城墙炸坍数丈。看到城墙坍塌，官兵正要沿着缺口冲击，赖汉英说别急，我们这是连续爆炸，再等一等。可是等来等去，所谓的第二声爆炸声一直都没响，而守军却已经趁机封死了缺口。事后，赖汉英理所当然遭到诸将埋怨，他还不服气，结果拿来土营的报告一对照，证明确实是他自己记错了。赖汉英为此把肠子都给悔青了。

自此以后，穴地攻城再未有新的成果。赖汉英攻南昌不下，只得一面继续围困，一面等待后续援军。

由于南昌战役僵持不下，双方都向南昌增兵，准备进一步展开争夺。1853年8月初，国宗石祥祯、韦俊等率增援部队万余人、船只近千艘，自天京抵达南昌城外。赖汉英与其合兵一处，联合对南昌城发起猛攻。

南昌城头，攻守激烈，江忠源将千余名楚勇分派至城头，用以监督城垛守卒。他自己带着官吏们早晚巡城，实行近乎严酷的军纪：玩忽职守者，杀；缒城逃跑者，杀；临阵退缩者，杀；甚至在街上传言太平军攻城很急，快要守不住的，也要杀。在严行军律的同时，也予以重赏。总之是为了守住城池，可以不顾一切。赖汉英、石祥祯等屡攻不克，于是决定一面继续围城，一面进攻其外围各州县，以孤立南昌守军。

自8月中下旬起，清军各路援兵也陆续抵达，其中以湖南的援兵为最多。另外，张亮基从湖北派来广东兵两千人，向荣从江南大营派来云南兵一千两百人，这使南昌城内外的清军兵勇最终也增加到了万余人。

增援南昌

江忠源在长沙时，和曾国藩商讨过湘军的组建事宜。虽然曾国藩后来其实并没有按照楚勇的面貌来组建湘军，但他仍把楚勇视为湘军的先导,而江忠源则是比自己更为出色的统帅之材。从一开始决定建军起,曾国藩对自己的定位,就只是练兵,而非用兵。概言之,他创建湘军,最后都要交给江忠源指挥,他本人则甘居后勤和辅佐的角色。

此时的湖南巡抚为骆秉章,他在张亮基之前即为湖南巡抚,张亮基能守住长沙,也有他加强城防的一份功劳。骆秉章比曾国藩大十八岁,老练稳健,而且两人在京时就是同僚,存有旧谊,较之前任、署巡抚潘铎,他对曾国藩的办团自卫事宜更加支持。于是,在骆秉章到任后,曾国藩又先后招募了湘勇二营,曾因经费不足被裁撤的康景晖、曾国藩最小的弟弟曾国葆都在这个时候加入了湘军。不久,曾国藩便接到江忠源自九江发来的信函,请他先募三千人前往江西助战。应其要求,曾国藩以团练大臣的名义,令宝庆知府魁联、江忠源的四弟江忠淑,在新宁、邵阳、新化招勇两千;令湘乡知县朱孙诒在湘乡招勇一千两百。

招募刚刚完成,就传来了南昌被围、形势吃紧的消息。曾国藩除留下邵阳勇、新化勇外,其余全部由江忠淑、郭嵩焘等带领;再加上罗泽南率领的湘勇;与骆秉章商议后抽调的营兵六百;共三千六百人,分三批增援南昌。

此次的湘军主将罗泽南,不仅是曾国藩的本县同乡,而且还是一个连曾国藩都钦慕的理学家。他自幼家境贫寒,家里经常饥一顿、饱一顿,因为过度窘迫,母亲、哥哥以及三个儿子都早早病死,夫人又因悲伤恸哭而导致双目失明。他自己也无功名在身,只是一个秀才,平时游学四方,以教书度日。尽管如此,罗泽南并不灰心丧气,始终秉承明道救世的精神,苦苦钻研宋儒之学,终成一代大家。受其感染,湘乡书生竞相拜于其门下,罗营除罗泽南自任营官外,以下的哨官、什长等军官,很多都是罗泽南的门人弟子。

罗营自成一军,另外两批人马,分别是绿营和楚勇。绿营积弊太深,素不中用,去了也不过是凑数。罗营在湘军主力中最被曾国藩所看好,罗泽南及其部属个个赤胆忠心,但他们毕竟未经战阵,能不能打,尚未经过检验。只有楚勇,当时就已驰名大江南北。江忠淑在新宁所招的兵勇又多为江忠源的旧部,也就是说,这些人都是跟随江忠源打过仗的,有作战经验,只是中间被遣散回乡而已。

经过综合考虑,曾国藩特命江忠淑率楚勇先行,罗泽南等随后跟进。

尽管楚勇看上去似乎已经走出了一条成功之路,但他们一味强调强悍勇猛的作风,部队没有独立营制,纪律也不严明。曾国藩对此很不认同,在制订湘军营制时,也坚持不取法楚勇。出于谨慎起见,在楚勇出发前,他派千总张登科领二十名湘勇作为前哨,拨给江忠淑使用,并叮嘱说:"哨探一定要侦察至百里范围。另外你到瑞州后就停下来,等待湘勇到达,会合后再一道前进。"

江忠源初到广西时,楚勇即由江忠淑所招募,但他因患痢疾没有带队,其后一直在家休养,所以实际没太多经验。由于认为楚勇素称劲旅,江忠淑不仅对曾国藩的话不以为然,甚至还暗笑其太过胆小,行军过程中一直弃前哨而不用;在到达瑞州后也没有等待湘勇,以壮声势和实力,只是一味往前直进,其时太平军已分兵对南昌外围的州县进行横扫,大将曾天养率部先行攻占了瑞州。江忠淑不派前哨,对此毫不知情;而当传言太平军向他们杀过来时,他们又缺乏应有的心理准备,一时惊慌失措,竟至望风而逃。连随队运送的军械饷银都扔掉不要了,已全无一点所谓劲旅的模样。直至逃到江西一个叫义宁的地方,江忠淑才得以勉强收拢部队。而后停留整顿了十多天,才重新启程。

楚勇因过于轻敌而发挥失常,绿营又轻易不敢作战,当三路人马陆续到达南昌城下时,只有罗泽南率领的湘勇奋然一击,与太平军展开了激战。

湖南的读书人

根据学者的研究,湖南在元末时,因为频繁的战乱,导致十室九空,人口曾降至谷底;从明初起,开始大规模迁入移民,所以明清的湖南人具备着移民的特质。

移民一旦定居下来,就要面对各种异质人群,面对各种利益纷争和家族械斗,在这种环境下,弱者难以生存。久而久之,强悍的性格就注入了湖南人的血脉之中。两广其实也有类似情况,当地客家人的祖先即为北方移民;一般来说,客家人的生存和竞争意识都要强于本地居民。

在相对封闭的自然地理条件下,族群的强悍性格往往以两种方式表达:一种是好武斗狠,霸蛮勇悍;一种是皓首穷经,矢志不渝。在太平军中,从洪秀全开始,到杨秀清、萧朝贵、冯云山、韦昌辉、石达开等将领,基本都是客家人;出广西时的太平军基干官兵,也大多为客家人,他们可以归类到前者。以曾国藩、罗泽南为代表的湖南儒生,本来应该划在后一种类型;但一旦时势需要他们诉诸武力,他们就会自然而然地把这两种方式都结合在一块。

受到湖南人特有性格的影响,湖南学风也与其他地方不一样。当时的士人普遍专注考据训诂,唯湖南例外。湖南的读书人,无论功名大小和有无,在尊崇程朱理学的同时,都特别注重经世致用,知识面很广,甚少迂腐浅陋之气。经世致用的一个重要方面,就是治国平天下。于是,虽为书生却喜于谈兵,即便在读书或家居时,也不忘研究军事和地理,便在湖南学界蔚成风气。以江忠源为首的新宁士子如此,湘乡亦然,罗泽南及其弟子们平时都是读书、练武两不误,这是他们能够以书生领兵的一个必要条件。

尽管是初次上阵,但书生中没有一个胆怯畏缩者,大家都热血沸腾,争相投入于搏杀之中。太平军显然没想到援军来势这么猛,开始撤退;书生们更加激动,兜后就追。且慢!围困南昌的乃是太平军主力部队,要是一上来就让你们这些新手追着跑,其实只有一种可能:诱兵之计!

江忠源从广西到湖南,与太平军打过大小百十余仗,他总结清军在广西、湖南屡屡失利的原因:是清军只知道以一路发动进攻,就算是数路并发,彼此之间也缺乏必要的配合;而太平军却能分成数路,且数路人马密切配合,其间所采取的疑兵、诱兵以及包抄伏击等战术,更是层出不穷。

"敌人深知布阵的诀窍,而我们却不知道!"江忠源在上奏清廷的报告中感叹道。他所说的布阵诀窍,即太平军的阵法。伏地阵为太平军阵法之一,此阵又名卧虎阵:每当诱敌追击时,太平军便退却至伏击区;然后由统将发令,一面大旗仆倒,千面旗随之仆倒,几千人乃至万人亦瞬间贴伏于地。就像是一个人在行动一样,整齐划一,寂不闻声。

太平军在长沙曾用伏地阵打败过清军,江忠源深知其厉害。他每次出城作战,看到太平军退却,都会多长一个心眼,生怕遇伏。但是,其他清军将领就没他这么机警老到了。赖汉英在第二次轰城失败后,派兵攻打永和门外九江镇总兵马济美的军营,马济美率部出击,赖汉英佯败退至一座树林,当时用的其实就是伏地阵。

马济美不知是计,追至树林时,突然周围一个太平军都看不到了。正当他诧异徘徊,疑神疑鬼之际,赖汉英一声号令,先是一面大旗霍地扬起,继而千面大旗一同从林中扬起,伏兵拥出,吼声如雷。马济美大惊失色,但已悔之晚矣,当即便被格杀于林中。

书生们凭着一腔热血和一身胆气,哪知江湖险恶,太平军一般无二地给他们挖了一个坑,他们就都毫不犹豫地跳了进去。

这次赖汉英用来招待湘勇的,不是伏地阵,而是螃蟹阵。

与伏地阵不同,螃蟹阵不借助山林或其他险要地形。当敌人中计深入时,太平军即分两翼予以包抄合围,因其初始形状犹如螃蟹伸出双螯,所以也叫蟹螯阵;至太平军包抄至敌人后方,将敌人完全包围时,又有如荷花的层层包裹,故而又称荷包阵,也称莲花抄尾阵。螃蟹阵的阵形变化复杂,必须损左益右,移后置前。但与伏地阵相同的是,部队也需要用一个或几个大旗手进行调度,其操作程序是:统将根据敌情变化,向大旗手发出指令,大旗手把大旗挥向哪里,全军就奔向哪里。

阵法居然能够如此千变万化,诡异多变,这是初上战场的罗泽南等人意料不到的。太平军的"蟹螯"夹得他们生疼,"荷包"则差点让他们全都回不了家。

湘勇在南昌之战中大败,经奋勇作战,始得突围入城。是役一共死了八十人,其中有七人是儒生,四人为罗泽南的弟子。

围馆事件

消息传到长沙,其他湘军书生在悲痛之余,也激起了同仇敌忾之心。性格特别容易激动的王鑫更是跺着脚,宣称要带领湘中子弟,立刻进入江西作战,以为诸人报仇雪耻。

南昌之战是湘军作为独立的军事力量,第一次大规模出省作战。其组织之认真高效,出击之果敢迅捷,与当时清廷征调的缓慢,绿营行军的拖沓,形成鲜明对照。湘勇出师未捷,固然令人不快,但也必须看到,这毕竟是他们首次参加实战。第一次面对生死考验,就能无惧无畏地深入敌阵,可谓虽败犹荣。曾国藩募练湘军的信心因而大增,他告诉王鑫等人:他将继续派兵前去南昌,与敌人血战到底;而且就算敌人从南昌撤逃,他还会率部径赴江南,驰驱河北(此时太平军已开始北伐)。反正不把太平军彻底消灭,事情就不能完。

正当曾国藩及其湘军将领摩拳擦掌,加紧备战,誓与太平军决一雌雄之际,长沙突然发生了轰动一时的围馆事件。

按旨意所示,曾国藩的任务主要是办团,但他出于公心,也注意考察驻省城的绿营,力求加以整顿。绿营官兵平时闲散惯了,根本吃不了苦,也不愿受曾国藩的指挥和约束;曾国藩不但未能从根本上改变绿营,还激起反弹。有一天晚上,营兵竟然围攻曾国藩的公馆,打伤门丁,冲入院内,大有不得曾国藩不甘心之势。

巡抚骆秉章虽支持曾国藩办团,但也渐渐对他产生了意见。认为曾国藩和其他省的团练大臣不同,平时伸手太长,从地方事务到军队事务,都要任意干预;在破坏官场规矩,影响省府权威的同时,还屡屡将他这个湘抚置于难堪境地。

事实上,不光骆秉章,当时省府很多文武官员都对曾国藩不满。直接掌管绿营的提督鲍起豹更与曾国藩势同水火,围馆事件就是他从中进行操纵的结果。骆秉章对此心知肚明,他的巡抚衙门与曾公馆仅一墙之隔,但在围馆事件发生时,却装聋作哑,佯作不知;直到曾国藩上门求助,才故作惊讶地出面进行调解。所谓调解也只是劝住营兵,不让事态继续扩大而已;对于这一以下犯上的严重事件,并未采取其他措施。实际上是偏袒绿营,故意卖人情给绿营将领,以此对曾国藩予以制衡和警告。

曾国藩身边幕僚对此都很愤怒,主张上奏朝廷,告御状,曾国藩却采取了息事宁人的态度。他叹息道:"外面的局势已经如此紧迫,做臣子的不能平定大乱就算了,怎么还敢拿这种事去打扰君父呢?我躲着他们就是了。"事实上,这时的曾国藩和骆秉章谁都奈何不了谁。骆秉章的做法虽容易留人话柄,但他并没有可供人弹劾的明显劣迹;曾国藩即便上疏,也未必告得了他,反而会让自己在湖南的处境更加困难。

骆秉章方面也一样。曾国藩是全省士绅的领袖,练兵办团又已初见成效,为此还得到了咸丰皇帝的嘉许;如果骆秉章贸然上疏参劾,也很可能落得偷鸡不着反蚀把米的下场。更重要的是,正如曾国藩所言,其时全面形势对清廷非常不利,北伐军长驱突进,西征军也在步步进逼。紫禁城内的咸丰皇帝焦虑万分,不管接到曾、骆哪一边的告状折子,他都没准会火冒三丈:你们这帮人外战外行,内斗起来倒一个比一个起劲。

湖南是白莲教、天地会和少数民族起义三大反清力量的交汇区,尤其白莲教、天地会,自道咸年间以来,其势头一直在不断加强。虽然在太平军过境湖南时,大量会众已加入太平军并随其东去,但余众仍潜伏湖南各处,伺机起事。在太平军发起西征后,起义便开始连续爆发,以致"月月不免,县县相继",湘南情况尤为突出。在这种情况下,曾、骆再有隔阂,公开场合也不能不给对方留下余地,以便必要时仍可相互助力。曾国藩对此一言道破:"时事如此,若非同心协力,勉强支撑,愈不可问。"

曾国藩从赴长沙起,就将镇压会党也即所谓"除暴",放在与建军同等重要的位置。每当建军因缺饷而不能大举进行时,他就侧重于"除暴",甚至派援江西,也没有妨碍他加紧"除暴"。围馆事件后,曾国藩便将公馆移往衡州,这样既能远离人事旋涡,避开省城官吏及绿营的忌妒、抵制、排斥;又可以方便镇压湘南会党,在他看来,乃一举两得之策。

没有船,可以自己造

攻打南昌的太平军将领,无论赖汉英还是石祥祯,当时都只顾一味强攻坚城;其实他们应该审时度势,及早采取围城打援的战法,以歼灭清军援兵为主。这样不仅可以改变长期顿兵坚城之下的不利态势,而且有望在各个击破、不断歼灭援敌的情况下攻克南昌。根据当时双方的实力对比以及清军援军到达时间不一等情况,太平军是有可能做到这一点的,可惜赖、石等人计不及此。等到清军援兵都陆续集结于南昌,江忠源一方兵力加厚,守城已经变得有惊无险了。

在援兵云集的情况下,江忠源认为没必要把所有部队都屯集于城内,应该分出兵力,去稳定南昌外围的州县。江忠淑部楚勇、罗泽南部湘勇,一个因过于轻敌;一个因刚刚募成,未经充分训练,临敌又无经验,导致双双落败。按照江忠源的意思,以两部为主的湖南援兵不宜再当大敌,正好可以分派出去。

江忠源就此征询张芾等人的意见,众人都不赞同,觉得好不容易等来的援军,怎么还要撤出去?江忠源拥有张芾所赋予的军事指挥权,他坚持己见,仍然还是按照自己的设想,命湖南候补道夏廷樾率营兵移驻樟树镇,以扼制太平军的水上行动;同时派楚勇、湘勇分别前往泰和、安福,对当地的天地会起义军进行镇压。

楚勇、湘勇都在短时间内完成了任务。楚勇盛名在外,一旦恢复过来,拿下会党本不在话下;倒是安福之战对于罗泽南等人来说,意义更为重大,此后他们渐习战阵,在作战能力方面开始和楚勇不相上下。

江忠源避实击虚,分兵外围,切断了天地会与太平军联手作战的可能,在态势上使太平军陷入了孤军奋战和两面应敌的被动处境。赖汉英、石祥祯等人无计可施,双方进入了对峙相持阶段。

郭嵩焘进入南昌后,在江忠源身边临时充当幕僚。他跟随江忠源守章江门,通过实地观察和审讯俘虏,发现太平军利用水乡泽国的地理条件,已把水营的价值和作用充分开发出来——水营除了用船只运送陆战部队外,还可以与陆营互相依靠和掩护。即平时陆营用营垒保护船队,而当陆战爆发时,水营也可以列队排阵,对自家陆营予以援助,用炮火对清军进行攻击。

在长江流域这条战线上,太平军依靠水陆联动,行动迅捷,攻守两利。相比之下,清军只有陆师,没有水师,受江河湖汊限制太大,部队行动拙滞,南昌被围初期的窘境即说明了一切。郭嵩焘由此得出结论,只有与太平军争夺长江之险,最终方可以制胜;而要争夺长江之险,又必须打造战船,否则便无可言战。

郭嵩焘提醒了江忠源。江忠源早在湖北时,看到太平军水营活跃于大江之上,有感而发,在和曾国藩讨论江皖大局时,就曾建议:是否可以从江楚皖各省调集战船数百艘,再调闽广水师数千人,用以先肃清江面。那时候江忠源就想到要集中战船,但道咸年间武备废弛,内地省份的绿营都是徒存水师之名,哪有战船?广东水师倒是有战船,主持江南大营的向荣后来奏调广东海船百余艘,并拟取海道至江南。但广东方面回复称,所调海船都很笨重,恐怕难以驶入长江,江忠源的这一建议只能流于空谈。

南昌战役期间,太平军船队在长江、内湖穿梭来去,运送给养给部队非常及时;而清军却没有一艘船,机动能力和后勤补给效率都远远落后于对手。江忠源对此非常着急,经过郭嵩焘一点拨,他茅塞顿开,恍然大悟:与其临渊羡鱼,不如退而结网,没有船,可以自己造嘛!江忠源很激动地对郭嵩焘说:"在军营两年,未闻此言!"他立即让郭嵩焘代他拟稿上奏,请饬湖南、湖北、四川各造长龙快蟹船二十艘;即令广东购大炮千尊,配给各船;并请求将所造战船统一交曾国藩管带部署。

无独有偶,清廷这时也看到了水师的重要性,曾国藩一到衡州,就接到咸丰的上谕,让他和骆秉章选派兵勇,酌办炮船。不过咸丰所说的,其实仍是收集和改造民船,而非自造战船。

曾国藩十分赞赏江忠源、郭嵩焘的倡议,但船要打造、炮要添置、兵要训练,不是说有就有的,没法立即施用于南昌之役。曾国藩最初主张直接调广东水师，然而也是远水难解近渴；后来郭嵩焘献计，说可以先造可容百人的木排，列炮其上，与陆勇夹岸冲击太平军的船队。出于临时应急的需要，曾国藩果真依计赶造了大木排，但尚未来得及投入使用，南昌前线就传来消息，太平军撤围了。

令人振奋的新气象

太平军大量兵力被牵制于南昌，但却始终未能克城，杨秀清感到如此顿兵挫锐，对全局不利，于是决定撤南昌之围，转攻皖北和湖北。1853年9月24日，西征军奉命撤离南昌，赖汉英等人乘南风大作，扬帆渡鄱阳湖出长江，向北进兵。

江忠源守住南昌，使太平天国失去了通过江西向华南扩展的一次良机，因而声名大震。楚勇和首次出省作战的湘勇亦受到外界的交口称赞。

然而问题随后就出现了。南昌解围后，江西给楚勇提供了犒赏军银两万两，江忠济取了赏银后没有马上发给勇丁。勇丁大哗，认为江忠源兄弟"侵吞赏银"，为此揭竿鼓噪，不仅拥进抚院衙门闹事，而且还打伤了江忠源的家丁。次日，一千余楚勇又纷纷自行散归回乡，其中多为健壮能战的弁勇。这对楚勇而言，近乎伤筋动骨，所部由此元气大伤，一蹶不振。

曾国藩先前与楚勇接触时，就发现楚勇一方面战功赫赫，声名卓著；另一方面却纪律松懈，多数勇丁都骄悍不驯，难以驾驭。为此他曾致信江忠源，让他加以注意。江忠淑部的中途溃逃，以及楚勇的自行解散，证实了曾国藩的担心绝非多余。除此之外，他还意外地发现，楚勇的来源极为复杂，名义上募自于新宁，其实衡、永、郴、桂，甚至贵州、四川，无所不有。很多非新宁籍的勇丁其实已经是老兵痞了，因为在军队里待的时间长了，见多识广，连千金之赏或五六品的官衔都很难打动他们,要予以调拨和指挥自然不易。

令曾国藩尴尬和生气的是,新募湘勇的表现也不比楚勇更好。此次出援南昌,康景晖部为了索要赏银,差点闹事。另外还有一部分新募湘勇因为没拿到赏银,竟然效仿楚勇一哄而散。

与绿营相比,赴援南昌的楚勇和湘勇也展示出了令人振奋的新气象。绿营作战,最恶劣的一点,就是"败不相救"四个字,平时见友军胜利就羡慕嫉妒恨,唯恐赏银都被对方抢去;但等到友军陷于困境,却又袖手旁观。正如曾国藩所指出的,"虽全军覆没亦无一人出而援手,挽救于生死呼吸之顷者"。楚勇、湘勇皆无此弊病,没有败不相救,甚少互相械斗仇杀等恶习;同时皆剽悍能战,打出了"勇敢之名"。在这方面,湘勇甚至已经赶上和超过了楚勇。

不受绿营习气的腐蚀这一点,先把湘军与绿营区分开来。湘勇出事,出在未经充分训练的新募湘勇,至于由曾国藩亲自训练的诸营,包括罗泽南部,不仅与绿营完全相反,而且也没有楚勇的毛病,这就又把湘勇与楚勇区分开来。

不久,出援南昌的湘勇数营大部分都遭到裁汰,表现不佳的新募弁勇全部被打发回家。曾国藩只留下了那些训练有素并经过实战锻炼的弁勇。出援南昌的行动,让曾国藩更深刻地认识到从严治军的重要性,对弁勇的招募、挑选和训练,也变得更加严格。

募兵必然涉及军饷,自曾国藩移驻衡州后,湘军的饷源一度成了大问题。原因自然是曾国藩已和骆秉章等人近乎闹僵,难以再向他们开口了;同时,省内一直财政拮据,过去就算拨款,也是时断时续,使得曾国藩始终不能放开手脚募兵。

曾国藩原本就有不取自于藩库,在经济上与经制兵八旗、绿营完全分离的打算。俗话说得好,"吃人家的嘴软,拿人家的手短"。省府给湘军全额拨款,曾国藩做起事来,就不能不同湘抚等地方大吏商量,甚至受他们调动和安排。再者,只有不从国库和藩库中开支，湘军也才能在官兵待遇上自订章程，以及持续实行"粮重赏优"的特殊待遇，否则就可能引起很多人的非议和阻挠。

曾国藩痛下决心，除留在长沙一带的湘军勇营，仍由湖南藩库供饷外，迁往衡州的湘军主力以及大营的日常开支，全部进行自筹。自筹军饷这件事，听起来容易，做起来却非常难。曾国藩最初想到的办法是劝捐，为此他一面呼吁湘潭富户慷慨解囊，一面拟定简明章程，在有关州县设局劝捐，敦请各地士绅相助。奈何湖南经济每况愈下，农民穷，士绅也没有想象中富足，虽然也有富户主动捐钱捐银，但多数都不踊跃。曾国藩来衡州两月有余，一共才筹集到两万余串钱，相比于湘军所需军饷，实在是杯水车薪。

曾国藩一咬牙一跺脚，将劝捐改成了勒捐。何谓勒捐？即勒令捐款之意，说得难听一点，就是勒索：张家多少，李家若干，进行摊派，限期限量，不交钱便以抗捐为由抓人。比如有个杨员外，劝捐时不愿解囊，曾国藩便派人把他亲弟弟抓了起来；杨员外见势不好，只得乖乖地掏出了两万两银子。

曾国藩不仅勒捐一般富户，就连失势的官宦之家也不放过。已故两江总督陶澍、武昌城破时殉职的湖北巡抚常大淳，这两家都没能逃过曾国藩的"魔掌"。陶家当时由陶澍的独子陶桄主持，陶桄是左宗棠的女婿，因为这件事，曾国藩和左宗棠还闹得很不愉快，并从此埋下了两人不和的种子。

勒捐固然粗暴，但却行之有效，湘军所得到的捐款数额剧增，到了年底，当月就已经达到六万串之多。

募　勇

军饷不短缺，"粮重赏优"才有保证，曾国藩也才有条件招募和挑选弁勇。

湘军募勇之前要先择将，也就是选营官。南昌之战后，曾国藩更加看重挑选营官。他选营官，不论资格官阶，只看才与德，能入其法眼的，多数都是"忠义血性"、深受程朱理学熏陶而又没有官场恶习，同时还能吃苦不怕死的知书儒生。有学者统计，在前后的湘军将领中，有据可查的儒生达到一百零四人，占将领总数的一半以上，这是当时国内任何军队中都没有的。除了湖南儒生外，小官僚以及绿营下级军官也有入选，当然人数极少。他们都是地方政府机构以及绿营中的佼佼者，因此才能够得到曾国藩的青睐。

曾国藩的这一选官标准，直接影响了湘军的高层管理模式及其风气。在湘军内，除非是招募、选拔过自己的顶头上司，否则，大家都只看你的职责轻重，而不看原来官职大小、地位高低。比如后来湘军有了统领制，罗泽南是统领，他原来的父母官、湘乡知县朱孙诒只是营官，但朱孙诒也必须受罗泽南辖制，而不能在他面前摆老资格。

营官选好后就是募勇。募勇由营官全权负责办理，曾国藩只发给营官一份营制以及二百两经费，其余概不过问。营官募勇，采取依次层层递进的方式，即营官募哨官，哨官募什长，什长再募散勇。

当时交通闭塞，人们交游的对象，多为同县甚至同里之人，因此一般情况下，最后一营人会发现彼此都是同乡。这样做的好处很明显，被招入伍的勇丁骤获优厚饷银，对录用他们的将弁感恩戴德；加上又是同乡，平时自然不愿也不敢以下犯上。同样因为是同乡的缘故，大家彼此间熟悉，知道对方的性情、能力以及优缺点，训练和作战时也更能互相配合。所谓"打虎亲兄弟，上阵父子兵"，一旦在战场上遇到危难，从情理上就不太会发生"败不相救"那样的糟心事。

这样的招募方式，也正是曾国藩所提倡的。其间只有过一次例外。有两名营官因忙于事务,抽不开身,曾国藩便另外派人到湘乡募勇,结果发生了新募兵勇不服营官管束的情况。自此以后,曾国藩更加确信营官自己募勇才是最佳方案。

虽然募勇由营官负责,但曾国藩对于募勇却是有标准的,有时还要亲自加以考核,对不合格者加以淘汰。他告诉营官们,好的勇丁应该具备技艺娴熟、年轻力壮、为人朴实、有"农民气"等特点。凡是被认为油头滑面,有"市井气""衙门气"者,就算是武艺再好、力气再大,也不能收,当然那些老兵痞和绿营兵更不能掺和进来。按照曾国藩的这套标准,募勇主要在偏僻的山区州县进行,入伍勇丁多数为农民,也有一定数量的铁匠、挖煤工等。

"新招之勇,未经训练,断不可用",南昌之役后,新募兵勇不能轻上战场,成为湘军的一条铁律。曾国藩对湘军的训练最为用心,特地把"训练"一词拆开,分成"训"和"练"。

"练"是指技术性的军事训练,包括冷热武器的使用以及阵法等。新募兵勇至少要操练两个月,在这两个月里,每天的训练内容都很多,训练量也很大。其间凡体弱者、艺低者、油滑者,都将被陆续淘汰。如此强化训练的目的,不外乎是为了让兵勇熟练掌握作战技能,以便到了战场上能够以少胜多。用曾国藩的话来说,"技艺极熟,则一人可敌数十人;阵地极熟,则千万人可使如一人。"

"练"固然重要,但曾国藩最看重的却还是"训"。所谓"训",即精神训练,包括训营规和训家规两个方面。前者是把军规军纪整理成易知易行的要点,让弁勇掌握;后者则通过曾国藩亲自讲话等方式,对弁勇施以家人父兄般的教育,让他们知道平时该怎么出入,以及人际交往中该说什么话、行什么礼。

"训"是湘军最为与众不同之处。古今中外名将迭出,但多数也只是精于操练,明于节制而已,像湘军这样的训练实属少见。这与曾国藩、罗泽南等人的社会理想有关。他们认为其时天下大乱的主要原因之一,乃是缘于社会风气败坏,人欲横流,从上到下都孜孜求利,唯利是图。而要从根本上改变这一局面,就必须转移风气,实行道德改造。

军营成了曾国藩式道德改造政策的试验田,当时的湘军弁勇都深受其影响。此后直到光绪初年,人们仍认为咸丰初年所建各军,以老湘军的风气为最好,称他们"尊上而知礼,畏法而爱民"。

第二章　初生牛犊不怕虎

打仗要打活仗,不打死仗,是太平军的用兵之道。他们用兵,有时遇到失利或者不顺时,就会立刻向有机可乘的地方转进。在南昌战役中,西征军围南昌三月不下,东王杨秀清便果断下令撤围,之后兵分两路,一路下驶经略安徽,一路上驶进攻湖北。

西征军属于主动撤围,其有生力量并未受到折损。接着,翼王石达开又奉东王之命,率六千余人抵达安庆,统筹西征战事,由此进一步加强了西征军的兵力和指挥力量。1853年9月29日,赖汉英、石祥祯、韦俊率万余人攻占九江。九江扼长江之要冲,为江西门户,同时也是天京上游继安庆之后的第二大军事重镇。"救火队长"江忠源本来准备抄小路前往据守,但没等他动身,九江就已为太平军所据。这时赖汉英被召回天京,以攻南昌不下罪革职,西征战事从此交由石达开完全负责。

再也没有办法了

夺取九江,为西征军提供了可靠的后方基地。西征军总部留林启容领兵长期驻守九江,由石祥祯、韦俊率数万主力继续乘胜西进。两天后,他们又将武穴镇收于囊中。

武穴上游三十里处,就是长江上的咽喉之地田家镇。田家镇位于长江北岸,南岸的半壁山临江耸立,悬崖如削,几如关隘,与其互为犄角。此处江面极为狭窄,仅五百多米宽,流急地险,乃进入湖北腹地的一道门户。

武穴既失,田家镇也就成了猛虎口边之食。清军原先疏于田家镇、半壁山的防守,得知太平军入鄂,署湖广总督张亮基才慌忙派兵防堵田家镇。

大约在两个月前,清廷令两湖大吏兴办水师。张亮基在左宗棠的协助下,也匆匆建立了一支水师,此时张亮基便派前武昌府同知劳光泰率水师驰至田家镇布防。南昌战役时,曾国藩曾赶造大木排,当时未及使用。如今这样的大木排也被紧急编织出来,劳光泰将其置于田家镇江面,载炮其上,用以阻击太平军水营。

1853年10月2日,太平军抵达田家镇。主帅石祥祯是石达开的哥哥,素来以勇猛著称,人送外号"铁公鸡"。但他同时也是一个有经验的大将,见清军拦江布防,便暂停前进,没有马上与其硬拼。

半壁山一边的江面水流很急,平时船只都是从北岸田家镇一边江面溯江而上。清军兵力不足,布兵时偏驻北岸,忽略了南岸。石祥祯看出南岸防守空虚,经过两天休息和准备之后,他采取避实击虚的战术,分遣战船数百艘,先占领南岸的富池口和兴国州,继而又夺取了半壁山要塞。

江忠源其实很早就接到了张亮基的命令,要求他紧急回援田家镇。由于楚勇已多数溃散,他没有时间重新招募,只得让江忠济、刘长佑率剩下的楚勇留守江西,自己挑选了两千余其他各地的兵勇随行。

这是一次远途行军,而且要求在最短时间内到达,江忠源不得不下令轻装捷进,尽量少带口粮和辎重。沿途不仅道路崎岖,而且居民也都已避兵祸远逃,拿着钱都买不到粮食,大家只得掘薯芋为粮,且食且行。看到有的弁勇实在饥困不堪,在路边停下来,江忠源就亲自下马带着他们一起走。至于他自己,则一天连走数十里也不肯稍事休息。

等到达目的地,江忠源一清点,能紧随不掉队的弁勇才不过五百余人。更为严重的情况,则是半壁山要塞已为太平军所据。通过半壁山要塞,太平军居高临下,控制着江面。江忠源站在北岸,远眺太平军营垒,不由顿足叹息:"这是天险!如今良好的军事态势和地利皆被敌人占有,我军还怎么打仗啊!"

事已至此,也只好勉力为之。江忠源计划次日移营羊角山,掘壕固守,与半壁山对峙,而后再寻船渡江,向南岸的太平军发动进攻。不料他的这一意图被石祥祯侦知,立即命水营上驶,对清军水师阵地发起猛攻。

江忠源闻报,急赴水师指挥督战。清军的这支水师组建仓促潦草,总共二十八条战船,多由民船改造而成,水勇也没有经过专门挑选和训练,全都是由劳光泰临时招募的广东潮勇。半壁山的太平军架炮俯射,炮声隆隆,炮子如雨,战斗刚刚开始,就已经有不少潮勇临阵溃逃。

当天太平军不仅拥有地利,还得到天时相助。就在太平军水营启动后,突然东南风大作,强劲的东南风使得太平军得以扬帆乘风,疾驰而上。潮勇甫一交战,就难以招架,二十八条船被夺去二十条。江忠源直到晚上,仍立于木排之上,指挥水师竭力抵抗,但终究无法挽回败局。他感叹着说,如果能再给他两天时间,做好准备,事情尚有转圜的余地,现在到了这个地步,是再也没有办法了。

次日天刚亮,太平军即沿羊角山麓,对清军水师进行包抄。水师已根本无法组织抵抗,劳光泰及其潮勇非溃即降。江忠源则率陆勇在江口抵敌,并且亲自上阵搏杀。

江战失利已使清军的军心大为动摇,而且驻防田家镇的清军总共只有一万多人,其中江防军战斗力不强。江忠源带来的弁勇也多非名声在外的楚勇,加上急行军后未休息,体力受损,在实战中也很难发挥出很高的水准。相比之下,参加田家镇战役的太平军有数万之众,且连战皆捷,士气旺盛,因此清军在陆战上也丝毫占不到便宜。

随着拥入战场的太平军越来越多,江忠源身边的亲兵死的死,伤的伤。左右见势不好,连忙护卫着江忠源拼命死战,方得以突围。

太平军攻陷田家镇后,湖北水陆门户为之大开。西征军总部一面以田家镇、半壁山为中心,在其沿江两岸数十里范围内,构筑工事,设兵防守;一面乘胜攻取了蕲州、黄州乃至汉阳、汉口。至此,太平军势力重又在长江中部活跃起来。

江忠源败走田家镇时,已溃不成军,他上表自劾,被降四级留任。不久张亮基调抚山东,吴文镕继任湖广总督。吴文镕急需江忠源帮他守卫武昌,但江忠源却已移往江西德安。为此,吴文镕提出专折奏劾,称江忠源为躲避太平军锋芒,置汉阳、武昌于不顾,江忠源见状,这才转至武昌。

众所周知,江忠源绝非贪生怕死之辈。曾国藩虽然身在后方,然而也只有他深知江忠源的难处。这位老兄自成名后,到处转战,从未能够得到喘息,实在也需要进行适当调整,而且最重要的是,他手上实在无得力之兵可用了。

冲　突

曾国藩移师衡州后,由于采取了自筹军饷的方式,募兵条件反而比长沙时期大为改善。看到待遇优厚,应募者非常踊跃,不少农民为了能当兵,甚至愿意自己先出钱注册。在这种情况下,当骆秉章写信劝他回长沙时,曾国藩即以轻松洒脱的口气在回复中一口婉拒,并说他在衡州其实比在长沙更好办事,"捐资多就多募,捐资少则少募,多一点少一点,全凭自己做主。"

衡州期间,曾国藩不但放开了手脚,也因为减少了与骆秉章等人的直接冲突,彼此间的关系得以缓和。同时新到任的湖广总督吴文镕又是曾国藩的会试座师,两人关系非同一般,书信来往不断。湖广总督兼管湖南,这对湖南大吏不能不产生影响,进而又加强了曾国藩的地位。

饶是如此,由于各自的想法、立场和利害关系不同,曾国藩、骆秉章仍然不止一次地发生过冲突。在太平军攻占田家镇后,两湖形势陡然变得紧张,骆秉章便传令驻浏阳的邹寿璋营移防岳州,但曾国藩表示反对。

别说太平军尚未进入湖南,即便已经来了,三百来个人,能堵得住吗?好不容易训练出来的一个营,岂能如此轻易葬送?曾国藩命邹寿璋原地防守,并且强调今后邹寿璋除非接到他本人的调令,否则不准移营。

邹寿璋接到曾国藩的指示后,果然一动不动。省府脸面大失,长沙知府仓少平直接致书曾国藩,指责他的这一做法导致号令不一——湘军是湖南的军队,怎么连堂堂湖南巡抚都不能调兵了?作为当事人,骆秉章自然更加耿耿于怀。他是个城府极深的老官僚,表面上装作若无其事,心里则在盘算着,如何找机会分化和直接掌握一支湘军,以便今后可以不在军事上完全依赖曾国藩。

有一次,王鑫带湘勇三百,会合楚勇剿平了衡山一带会党,回来后很自负地夸口说:"若我有勇三千,必将粤匪扫荡!"言者无心,听者有意,骆秉章记在了心里,认为王鑫此人可以加以利用。

此时湘军已扩建至九营,按一营定额三百六十人算,计有三千多人。考虑到江忠源在湖北无兵,曾国藩计划再扩充六千人,合成一万之数，待训练完成后，全部派到前线交给江忠源统率。正好王鑫急思为南昌之役中战死的同窗报仇，上书曾国藩请求扩军，两人一拍即合，遂在衡州商定：由王鑫出面募勇六营即两千多人。但也同时达成君子协定，即军饷不能取自藩库，武器不能取自于省府。

王鑫之前已被保举为县丞，在回乡募勇时，他大摆排场和官势，出入鸣锣，仪仗开道，引得乡邻侧目。这还罢了，他又违背与曾国藩的协议，募勇多至三千四百人。募勇易，筹饷难。曾国藩并非不想加速扩军，只是限于实际条件，只能一步步来，未承想王鑫志高心野，连商量都不跟他商定，就擅自做出了决定。那么，王鑫到底打算怎么解决多出来的费用呢？他去了省城，向湘抚骆秉章请饷。

骆秉章正中下怀，满口应承，当场便拨出一万两饷银交给王鑫。王鑫喜滋滋地打道回府，自以为不费吹灰之力就解决了问题，殊不知这也同样违背了当初与曾国藩的协议。在曾国藩看来，募勇所需费用若一切取自于官，就等于改变了募勇的性质，把自主发展的"义勇"变成了依附官府的"官勇"。后者是绿营和楚勇走过的道路，恰恰是他建立湘军的过程中坚决要予以摒弃的。

王鑫长沙之行，不仅请得军饷，更重要的是还直接和省中大吏挂上了钩，骆秉章对他大加称赞和笼络。王鑫既已招募三千多人，兵力上不比曾国藩现有的湘军少，又得湘抚器重，饷械不愁。渐渐地，他便不再把曾国藩放在眼里，表现在外，就是与以骆、左为首的省中府吏关系日益密切，而与曾国藩的关系则渐渐疏远，也不再事事向曾国藩请示和汇报。

分 裂 风 波

王鑫"不遵节制"！

曾国藩面前亮起了一盏危险的信号。先前也有一个营官级别的人不遵节制，那就是江忠淑，曾国藩在派他出援南昌时，千叮咛万嘱咐，他却都当成了耳旁风，不听约束，结果导致败北。江忠淑毕竟是楚勇的人，不在湘军的主体范畴，王鑫可不一样，他是湘军初建的老人，最初的湘勇就是他和罗泽南等人拉起来的，甚至湘乡知县朱孙诒想到要在曾国藩的家乡办团练，其建议首先也出自王鑫。

像王鑫这样的重磅角色，如果对他的行为听之任之，必然引起其他人竞相仿效，这对强调纪律和服从的湘军而言，将是灾难性的，曾国藩不能不加以制约。

在太平军进逼湖北的情况下，吴文镕移札欲调王鑫赴援，曾国藩断然拒绝，表示王鑫只是裨将之材，不可倚以重任；而且所部器械未利、训练未精、饷粮不足，打会党还凑合，打太平军根本不行。骆秉章其间也曾令王鑫率师援鄂，王鑫借此写信给曾国藩，索要饷银二万两，弁勇预支口粮，曾国藩同样没有应允。

曾国藩不答应，倒不是纯粹心眼小，要给王鑫小鞋穿，说到底还是南昌之战给他带来的启示。南昌之战是湘军出省的第一战，死了八十个人。八十个人放在别的军队里看似不多，在湘军里却是一个不小的数字，因为已接近一营兵力的四分之一，而且其中还有七个是可以带兵的儒生骨干。当然如果那是个胜仗，则该另当别论，但恰恰又是败仗。在一支初建军队里，信心就像黄金一样珍贵，几次败仗一打，大家自然而然就会泄气，这是做多少动员都没用的。

不能轻易与太平军作战，从而误人误己，这是曾国藩的想法和坚持；也是他即使明知要驳骆秉章的面子，也坚决不让邹寿璋营从浏阳移防岳州的原因。

由于不能援鄂，省府财政也困难，王鑫不得不自行将所部裁减了一千;同时就他个人而言,也失去了一次向外省发展的机会。王鑫对此心存芥蒂,加紧扩充实力,欲自成一军的意图和迹象越来越明显。曾国藩不得不采取措施,借雷霆之威来迫使其自敛羽翼。他对王鑫提出了硬性要求:除原带一营外,新招募者只能留两营或三营;营官必须由衡阳大营予以任命,并按湘军统一营制编练。

王鑫敢跟曾国藩闹分裂,上面是有人的。骆秉章站了出来,让王鑫暂缓裁撤,加紧操练,听候调遣。有骆秉章给他撑腰,王鑫便对曾国藩的命令开始采取不予理睬的态度。鉴于已无法正常指挥王鑫及其所部,同时也为了防止王鑫式事件在湘军中连续发生,曾国藩考虑再三,终于决定和王鑫摊牌,两人彻底决裂。自此以后,王鑫完全投靠于骆秉章门下,且自定营制、自派营官,自成体系,和楚勇一样独立于曾国藩系湘军之外,人们习惯称之为老湘营。

在王鑫分裂风波的三个多月中,曾国藩又先后成立了几个营,一营编制扩展为五百人(湘军还有非湘籍营官统领的小营,仍是三百多人)。曾国藩自己节制十五营,加上归骆秉章节制的老湘营,总计已有大小二十营,八千多人。

陆师之外,筹办水师也在讨论之中。清廷早就批准了江忠源的相关奏疏所请。江忠源也单独致函曾国藩,要曾国藩以办船炮为当务之急,并主持制造船炮事宜。曾国藩虽然完全赞同,但建立水师无论对于他本人还是湖南官绅而言,都是一个崭新课题。张亮基所建湖南水师在田家镇的全军覆灭,更让曾国藩感到心中无底,所以迟迟没能着手。

这一时期,全国大致可分为三个主要战区,即东战区、北战区和西战区。就太平军方面来说,北战区,北伐军已遭到堵截;东战区,扬州被围,频频告急;西战区,因兵力不足,在占领汉口、汉阳后又被迫退出。

东王杨秀清等人认为,分兵四出,是造成太平军在三大战区均出现被动的主因,于是决定调整战略,缩短战线。即今后把以武昌为中心的西战区作为关键,在西战区,又将两湖地区作为主攻方向;在具体策略上,先夺取安徽,然后再集中兵力继续西征,攻占两湖。

襟江带湖的安徽由此成为战争最为激烈的地区之一。早在南昌撤围时,西征军兵分两路,石祥祯、韦俊从九江溯江而上;胡以晃、曾天养则返安庆,负责经略皖北。1853年10月中旬,胡、曾奉命从安庆出发,直扑安徽省治庐州府,太平军兵锋所向,锐不可当。皖省全境为之震动,清廷急命刚刚被任命为安徽巡抚不久的江忠源前往庐州,以阻击太平军北进。

就在赴庐州途中,江忠源又一次给曾国藩写信,请曾国藩赶快筹办船炮,训练水勇,然后蔽江东下;并强调若不如此,则长江流域各省将永无宁日。田家镇一役显然令江忠源无法释怀,他在信中一再嘱咐曾国藩:船炮都要自造、自制,水勇要自练,最后队伍还要自统。一句话,就是建立湘军自己的水师,这支水师必须和陆师一样能打仗,而绝不可步前湖南水师的后尘。

虽然江忠源已几次谈及要建立水师,但以这一次提得最为明确和恳切。曾国藩深受触动,这才认定,筹办水师已刻不容缓。1853年11月24日,他上奏朝廷,拟截饷在衡州试办水师,并由此开始了编练水师的进程。

计划看上去很美

筹办水师的困难,要远超陆师,尤以造船最为不易。而后者也被曾国藩认为是水师能否编练成功的首要环节。

湖南虽不乏造船技工,但工艺水平不高,只会造民船;至于战船,他们连见都没见到过,更不用说造了。曾国藩及其幕僚对此也所知甚少,结果勉强试造出来的样船太小,既压不住大江风浪,又顶不住巨炮轰击,皆不可用。

湖南绿营有岳州水师,尽管也是空有其名,不过守备成名标却知道广东拖罟、快蟹船舰的式样。曾国藩将成名标从长沙调到衡州,在成名标的指点下,工匠将商船改造成了拖罟、快蟹。样船果然能在江面上顺利行驶,而且发炮试击,船上也没有出现大的震动。

接着曾国藩又从广西桂林调来了候补同知褚汝航。褚汝航懂得广东长龙船舰的式样,有了他和成名标,造船技术上已经没有太大问题,只缺经费。

造船费用巨大,在船舰试造期间就已出现不小开支,如此大的开支,不可能通过捐输消化。曾国藩因此奏准朝廷,将广东解江南大营的四万两饷银截留下来,作为水师经费。随后曾国藩即设总厂于衡州,委任成名标为监督;设分厂于湘潭,委任褚汝航为监督,开始大规模赶造船舰。

千里长江,港汊纵横,太平军船只易于在港汊中藏匿;拖罟、快蟹、长龙皆属于大中型船舰,难以进入这些港汊。刚刚加入曾国藩幕府的黄冕曾在江南办理过海运海防,熟悉江海兵事,按照他的建议,曾国藩下令增造江南小型战船舢板,与拖罟、快蟹、长龙搭配使用。

船之外是炮。当时国内造炮技术很原始,土制的铜炮、铁炮难以配备于战船,大家对此都是很清楚的。朝廷也已按照江忠源的奏疏,准许从广东购进大炮千尊。这些从国外购进的大炮时称"洋庄",系广东地方政府设法与英、法、美等国商人接洽,从他们手里购回的一种旧式前膛熟铁炮,此类洋炮比中国土炮的威力大、射程远,而且不易炸膛。

水师招募和训练的流程与陆师一般无二,也是先由曾国藩挑选营官,再由营官募勇,最后加以训练兼筛选淘汰。营官人选,曾国藩仍坚持选用儒生;水勇因为技术性强,应募者没那么多,所以要求方面比陆师要低一些,而且主要集中于船民尤其是湘乡船民。

陆师既已扩充,如今又新建了水师,使得湘军初具规模。曾国藩在给江忠源的信中,道出了自己的计划:打造战船两百条,辅以民船七八百,大小炮千余尊;水勇四千,陆勇六千(不计老湘营在内的现有湘勇);次年成行,夹江而下,与江忠源会师于九江。计划看上去很美,然而曾、江最终能否会师,还要看江忠源到底能不能撑到那个时候。

江忠源此次赶赴安徽的情况,与田家镇战役前近似。他接到朝廷的急诏时,人还在湖北黄陂,楚勇则远在长沙和武昌,无法随其出征。江忠源没办法,他在田家镇溃败时收容了一些残兵败将,只好临时从中挑选了一千四百余人,随其先行赴皖。

出发时下着大雨,江忠源部冒雨疾行,冬雨寒湿,加上又饥又饿,许多官兵都生了病。当抵达安徽霍邱县境内的霍家集时,疲惫不堪的江忠源也染上了疟疾,但他仍率部继续急行军达八十余里,直至于次日晚赶至六安州。在六安州城,江忠源病情加剧,不得不暂时留城医治。

两天后,太平军攻克舒城,守城的吕贤基自杀身亡。吕贤基系在籍工部左侍郎,时任安徽督办团练大臣。曾国藩闻讯,颇有兔死狐悲之感,又得知江忠源抱病六安,暂时不能前往庐州,更是忧急惶恐,慨叹:"东南局势真堪痛哭。"

舒城距庐州仅一百二十里,如果太平军迅速进军庐州,庐州必然会被其攻占。江忠源连日派人打探,得知太平军正在舒城补修城垣,开挖壕沟,驻兵防守,其机动主力部队尚未向庐州挺进;与此同时,已被革职的庐州府知府胡元炜又传信过来,告知庐州"兵力已厚,饷也充裕"。这让江忠源认为守住庐州尚有希望,于是不顾六安吏民的竭力挽留,决定抱病前往庐州。

江忠源在六安也招募了一批当地乡勇。病势稍见好转,他即命云南鹤丽镇总兵音德布带云南兵、陕西兵、乡勇共一千四百人留守六安;自率四川兵、开化勇、广勇、乡勇两千七百余人,向庐州兼程前进。

烂 摊 子

1853年12月10日,江忠源驰抵庐州。到了庐州后,他才发现自己上了胡元炜的当,庐州府哪里是"兵力已厚,饷也充裕",分明是兵力单薄、军饷无着。

庐州虽是安徽省城,却是新设省城;原守城勇丁加上原署安徽巡抚、时任布政使刘裕珍新招募的兵勇,一共仅三千人!

数月前,江忠源入援南昌,当时的情况也是十万火急,但城中守军尚有五千余人;最重要的是,他自己还带去了千余楚勇主力。庐州城周三十六里,城垛四千五百七十多个,即便将江忠源从六安带来的兵勇与原有守军相加,先不说战斗力,仅就兵员数量而言,分兵驻防就已经显得捉襟见肘。

庐州藩库空空如也,江忠源了解到,原守城勇丁已欠发口粮达二十余日,新募勇的口粮则根本还没发。他虽带来了六万两银子,但总得先打发随他而来的兵勇,并置备锅帐、器械,这样就已先用去了两万余两;余下的三万余两若全部用于贴补庐州兵勇,将所剩无几,接下来该怎么办?

庐州不仅兵、饷不足,官也不够用。大家都知道安徽已成太平军主攻之地,人人避之唯恐不及,连到手的乌纱帽都宁可不要:庐州府衙的皋司张印塘已被革职,但新任皋司并无来皖信息,只好仍由张印塘署理;拣发知县四人,仅到一人;庐郡候补知县仅数人,候补佐杂亦仅有十余人。

原庐州府知府胡元炜、藩司李本仁、知州童和丰都已被革职；尤其李、童二人，一个正被关在狱中，一个江忠源即将奉旨密查。但在守御人员严重不足的情况下，江忠源不得不暂时予以起用，胡元炜还负责了一座城门的防守。

江忠源视察城垣，看到各城门的月城也都不符合设计要求，而且与城身不通，难以起到防御作用。再看军火库和粮库，城内军火粮食皆无储存，米粮不足，火药炮子短缺。显然，江忠源所面对的是一个千疮百孔的烂摊子，与他主持南昌防务时的情况大相径庭。此情此景，连他这个有名的老黄牛都忍不住叫苦不迭。

江忠源焦灼万端，他想到或许只有反守为攻，才能不把触目惊心的防守漏洞全都暴露在敌人面前。于是便准备令音德布从六安州出发，他自己也带兵勇从庐州出发，分两路攻袭舒城。

然而敌人终于还是先他一步出手了。在江忠源到达庐州两天后，胡以晃率太平军精锐数万人兵临城下，开始了对庐州的围攻。这时江忠源才刚刚把城内的防守事宜布置结束，一切都显得极其仓促。

巧合的是，数月前，赖汉英进抵南昌城下，也是在江忠源到达南昌两天之后，只是时移势易，如今的江忠源是真正坐困危城了。江忠源为死守计，把全城文武官吏和能登城助守的居民都动员了起来。庐州有七座城门，其中水西门的城墙最低，城外坡垄又高，易攻难守，防守起来最为吃重。江忠源提前将该处城墙加高加厚，亲自驻守，与此同时，他又飞疏向朝廷告急，请派援兵和增加饷银。

进攻庐州的太平军主帅胡以晃，时任春官正丞相。在太平天国的重要人物中，胡以晃是出身最富的一个，胡家虽在广西山区，但论豪阔程度，即便广西的平原乃至城镇中都少有。洪秀全等人发动金田起义，所需经费中的很大一块，即来自于胡以晃变卖田产所得。

胡以晃不仅资历、地位高于已被革职的赖汉英,他的武勇亦胜于赖汉英。少年时代,胡以晃读书不成,转学武艺,成了一名武艺出众的武秀才。他曾进省城应武举考试,前面发挥都很出色,到尾场考弓箭时,因用力过猛,致使硬弓折断,手臂扭伤,最终名落孙山。

江忠源是中举的文举人,胡以晃是落榜的武秀才,但在战争这一全新的舞台上,已经过充分实践和锤炼的两人,势必还要重新一分高下,看看到底谁能中举,谁会落榜。

包城为营

庐州周围无江湖,因兵力严重不足,江忠源也无法在城外扎下与城内互为犄角的营寨,或者建立筑城工事。另一方面,它虽是大城,但守城力量极其薄弱,大规模的援兵尚未到来。这些都是胡以晃在城外可以观察到的情况,又都是江忠源的软肋所在,于是胡以晃决定采用一种特殊的设营方法,对庐州进行环攻,此即"包城为营"。

在胡以晃的指挥下,太平军迅速包围城池,开掘壕沟,修筑土墙。因为兵力缺乏,这次江忠源没有能够将城外民房拆干净,这些民房都被太平军加以利用。城外东门街市最大,计五里有余,街市民房店铺皆为太平军所占据,成为其战时据点。太平军在土墙和民房内建立星罗棋布的木城、木垒,外面再构筑土墙、壕沟,并将近城道路统统挖断,用以阻击可能到来的清军援兵。从城头看去,城外太平军营寨林立,里三层外三层,整座城池已被包围得水泄不通。

接着是攻城,胡以晃派小部队分攻六座城门,另以大部队架设云梯，集中进攻其中一座城门。江忠源采取对策，令府县就城内选募壮丁，分守垛口，又在城内设局分段送饭、送粥、送茶，昼夜不绝，从而使得兵勇即便在夜里也无须举火，便可以专心守着垛口。

由于直接架梯攻城收效不大，在多数时间里，胡以晃采用的仍是"穴地攻城法"。太平军通过编搭浮桥的方式，偷偷越过护城河，在城墙下扎营，并直接在营内开挖地道。江忠源知道太平军一定不会放弃地道战，所以采用守南昌的经验，一面派人时刻侦察地道开挖的地点及其进展位置，一旦发现即进行全力破坏和抢堵；一面雇集民夫，从月城开始，分三路向外挖掘壕沟，以便拦截地道。

即便守军严密防堵，太平军仍有两次挖通了地道。一次是在东门，江忠源发现后，未等太平军土营实施爆破，即组织敢死队迎击。激战中，一名太平军将领被斩杀，太平军官兵见之大惊。接着，清军又自城头掷下火弹，太平军立足不住，被迫放弃地道，撤出了战场。第二次是在水西门，这次不仅挖通地道还实施了爆破，城墙被炸坍数丈。江忠源亲挥大旗，率军猛击，在将太平军逐出后，才堵住了塌城缺口。

地道战对城防威胁甚大，江忠源在给清廷的报告中惊呼："敌人来势凶猛，我军安危只在呼吸之间。"与此同时，城内军饷也即将告竭。江忠源出于无奈，只能向商绅告贷，表示清军粮台既缺钱，又缺粮，商绅愿意出钱还是出粮，悉听自便——倘若愿意捐输，将按照数量多少，上表为之请求奖励；即便只肯暂借，等朝廷补足的军饷一到，也会立刻还清，绝不赊欠。

到了这种火烧眉头的危急关头，商绅们当然也知道一损俱损的道理，平时再不舍得，现在也得拿出来。但在太平军攻破舒城后，他们其实都已偷偷地将资产转移出城，留在城内的银钱并不多；即便全部借出来，据江忠源自己估计，军饷也难以撑过十天。

见从商绅们那里凑到的钱粮不足，江忠源又令官员捐银助饷。

几个庐州大吏倒也都不敢怄气：布政使刘裕珍捐银最多，拿出四千两；原庐州府知府胡元炜也捐了一千两。江忠源苦守庐州，最大的希望就是等来援军。事实上，咸丰皇帝在接到江忠源的告急奏折后，当天就火速给湖广总督吴文镕、湖北巡抚崇纶下达命令，要求将久随江忠源的老部队从武昌调出，交给原来带领这批兵勇的清军将领戴文兰统率，全数开赴庐州听候调遣。

江忠源因病耽搁于六安之前，咸丰已令陕甘总督舒兴阿从河南陈州进援庐州，现在他又催促舒兴阿率军速进。此外，已至徐州的江南提督和春、驻蒙城的兵科给事中袁甲三，也都奉命赴援。饷银方面，江西、山东、河南这三个邻近安徽的省份，均奉旨各拨解饷银数万两至庐州，甚至咸丰还在给江忠源的上谕中，指示他可以截留广东解部银十五万两。

最早赶到庐州的城外援军，是自六安赶来的音德布；接着，戴文兰以及"江家将"刘长佑、江忠源二弟江忠浚，也都相继赶到庐州。因太平军采用了"包城为营"，他们都无法整建制接近城池，而只能扎营于西城外二三十里处。其间，戴文兰挑选两百名兵勇，带千余两银子，沿小路潜入城下，并从德胜门入城助守；刘长佑、江忠浚亦派兵携粮款，乘夜半在太平军阵地间隙进行穿插，最后缒城而入。

在他们后面，援兵仍在不断拥来。舒兴阿率陕甘兵一万五千在庐州西北的冈子集扎营，已革皋司张印塘会同寿春镇总兵玉山，率驻扎东关的两千滁州兵，亦移驻冈子集，这样，各路援军仅西北面即有兵勇一万多。未久，和春带兵千余，赶至庐州东北面扎营。至此，除袁甲三以需对付捻军为由未至外，其余奉召官军都已赶到庐州。

戴文兰入城，"江家将"送来粮款，以及大批援军云集城外，犹如给江忠源打了一针强心剂。他奏请咸丰，给予其随时保奏得力干员,并将不遵调度之员随时正法的权力,用以安定城内的军心士气。

城外援兵来自不同体系,急需一个久历戎行、调度有方的大吏进行统一调度。江忠源盘点了一下他认识的几个将领,戴文兰已入城,音德布并非统御之材,只有和春参加过长沙战役,当时在军政两界也有些名气。于是江忠源便上奏咸丰批准,由和春担任了援兵集团的总指挥。

两层地道

江忠源想要解套,胡以晃无论如何不肯让他得逞。

对于清军增援庐州,胡以晃早有准备,"包城为营"的作用之一,就是要把援军阻于围城之外。他进一步审察敌情,认识到要取庐州,就必须先打败援兵,遂采取围城打援的战术,集中兵力,将锋芒对准了城外援兵各部。

和春虽被赋予重任,但此人实际的军事指挥才能有限,自己不太能打,在各军中亦无足够的号召力。他让兵力最多的舒兴阿进兵,舒兴阿却作壁上观,同时也不肯遵旨拨兵交和春统带调遣。

援兵集团一盘散沙似的状况,给胡以晃创造了各个击破的机会。胡以晃先挥兵向已迫近拱辰门外的滁州兵发动进攻,总兵玉山阵亡,滁州兵大溃。随后,他又连败舒兴阿、音德布两军,剩下的和春则带着他的千余人马毫无作为。

援兵集团在和春的指挥调遣下,"步步为营,渐逼城下,内外夹攻,开通道路,迅解重围",这是江忠源定下的计划;只可惜实施者不给力,自顾尚且不暇,哪里还能替他解围。各路援军,近则离城一二十里,远则三四十里,全都动弹不得。江忠源多次派兵勇缒城而出,欲对援军进行接应,也都统统归于失败。

随着时间的推移,江忠源日暮途穷,处境越来越艰难。1854年1月9日晨,四五百太平军摇旗呐喊,大张声势地进攻小东门。正当江忠源从由戴文兰带入城中的楚勇中分出三十人,准备用于增援小东门时,水西门月城向北的城垛忽然被炮火轰裂,顿时黑烟弥漫,咫尺不辨。原来太平军采用了声东击西的战术,实际是要进攻水西门。

虽然当天仍然是有惊无险,但在精神上对江忠源造成了很大压力。他原本身体就没有完全恢复,至此之后,旧病复发,日夜咳嗽吐痰,饮食也日减,渐渐露出了难以支撑之势。

自感已陷入绝境的江忠源,只能向庐州的城隍祷告,请城隍率鬼神之兵相助,帮他再撑三天。但这个时候的形势,别说城隍,恐怕连玉皇大帝都不一定能救得了他了。

太平军土营俗称"地老鼠",其在发展过程中越来越趋向于专业化和精细化,甚至配备有专司分析测量土性的"土司"。最初太平军使用的都是单层地道,虽然颇有威力,攻克过包括武昌、江宁在内的许多坚城大城,但也易为敌人所侦知和防堵。从长沙、南昌到庐州,都碰到了这种情况:太平军数次挖通地道,轰塌城墙,但都为清军堵塞,太平军无法入城。

屡屡碰壁之后,太平军改变思路,决定把单层地道改成两层地道,爆破方法也改成两次连续爆破,即先引爆第一层,乘敌人防堵后松懈,再引爆第二层。在土营作业完成前,胡以晄特意告诫部卒说:你们听到第一声爆炸时千万不要急于出击,要让清军全力抢堵;之后再实施冲击,他们就来不及防范了。

1月16日深夜,随着一声巨响,水西门城墙被轰塌了五六丈,江忠源连忙督勇进行封堵。抢堵成功后,大家像平时一样松了口气,江忠源重新入帐休息,城头防守的兵勇精神上也松懈下来。就在这时,居然又响起惊天动地的爆炸声,而且还在同一个位置,只是破坏性更大，原封堵处瞬间下溃十余丈，露出了一个巨大的缺口。一时间，烟焰冲天，砖石横飞，太平军呐喊着，顺着缺口蜂拥而入。

兵勇们目瞪口呆，从梦中惊醒的江忠源，也根本来不及立即组织反击，这就是太平军的两层地道连续爆破法。

除水西门被突破外，其他各门也有太平军攻入。当天又起大雾又下雨，江忠源在冷冽的雾雨中，挥兵搏战，一直厮杀至天明。在大势已去的情况下，左右护卫掩护着江忠源且战且退，准备向城外突围，但江忠源早已抱定城存与存、城亡与亡的信念，当即举刀自刎。护卫们赶紧将刀夺下，一名力气大、跑得快的护卫背上江忠源，趁着城内乱作一团，朝城外飞奔。眼看他们已经登上了水关桥，江忠源突然张开嘴，一口咬在护卫的脖子上，护卫猝不及防，被迫负痛松手。江忠源落地后，滚入桥下的古塘，自溺而亡。

同日，安徽布政使刘裕珍、入城增援的戴文兰等文武官员尽皆被杀，只有原庐州府知府胡元炜选择了投降太平军。

有苦难言

清军与太平军作战初期，绿营望风败溃。江忠源以一书生从戎，不仅创建了以敢战而闻名的楚勇，自己也转战数省，屡立大功，最后官至封疆大吏，创造了那个时代的一大传奇。

从江忠源开始，湖南书生以之为榜样，竞相仿效；湖南农民也逐渐大批大批地参军，从军敢战自此在湖南蔚成风气。正因如此，虽然曾国藩在创建湘军时并没有把楚勇当成模板，但就连曾国藩本人，也视江忠源为湘军的首创者及第一位核心领袖。

自南昌之战后，江忠源声望越来越高，但其实处境越来越难，常有力不能支之感。有一次，他在江西山区行军，便叹息着对郭嵩慭说:"这真的是乱世吗?连我们这些书生文士都要出任艰难,困顿成这样!"江忠源的真正可贵之处,不仅在于他非同一般的军事才能,更在于他那种"以书生倡勇敢",明知不可为而为之、力挽天下狂澜的牺牲精神。在庐州,他终于把这种精神发挥到了极致。

庐州战役是湘军与太平军在安徽战场上的首次较量。江忠源在庐州曾多次写信给曾国藩,催他从速增派六千湘勇援皖,然而曾国藩仅派江忠浚率一千湘勇赴援,湘军主力却按兵不动。咸丰帝亲自下诏,以"六百里加急谕令"的形式,催促曾国藩迅速带兵救援安徽,结果得到的答复,是"船炮未齐,不能草率成行复奏",气得咸丰大骂他不识好歹,自以为是。事后有人认为,庐州失守和江忠源自杀,与曾国藩不肯尽发援兵不无关系。

曾国藩自编练湘军起,就计划全部交由江忠源统带;但在增援江西一役后,他也建立起了一个新的观念,即出省作战,一定要谨慎谨慎再谨慎。在湘军练兵完成之前,决不能因为"公义私情"而轻率从事,以免湘军在羽毛尚未丰满时就被太平军消灭,导致前功尽弃。

湘军什么时候能够全部出省作战?曾国藩在他的计划中已经预估了:应在湘军创建的次年(咸丰四年,公元1854年)适当时候,他打算亲自统率,与江忠源会师于九江。届时若再交给江忠源指挥,他也就放心了。江忠源已经死了,在他濒临绝境、希望落空的最后时刻,他是否能够理解曾国藩,是否会怀疑曾国藩只是以练勇未就为由,一意推托、延宕?没人知道。可以知道的是,在江忠源死后,有不少湖南官绅都认为曾国藩是毁誓撕约,坐观江忠源败亡。

江忠源死后,楚勇余部由刘长佑、江忠浚等继续统带,刘长佑后来更成为最具影响力的楚勇领袖。楚勇本属湘军一脉,但却始终独树一帜,未与曾氏湘军合流,且多数时间驻留于湖南,不主动介入曾国藩在省外的军事行动。楚勇高层人物也无一例外地都对曾国藩充满戒惧,刘长佑后来即使像江忠源一样做了地方大吏,对曾国藩依然敬而远之。江氏兄弟更是对曾国藩明显冷淡,甚至不通书信。

曾国藩有苦难言。他在出山前一直做的都是文官,日常关心的主要是治世之学;他也从不认为自己是军事统帅之材,因而组建和训练湘军,实为援助江忠源,这是他的一贯想法。他甚至还曾将这一想法告知于左宗棠,并请左宗棠也给江忠源做助手。

闻听江忠源在庐州殉职,曾国藩在震惊之余,更深感焦灼。因为他知道,江忠源这么一死,重任就都要落在他一个人肩上,现在,即便他觉得自己不是一块打仗的料,也得硬着头皮上了。

相比于长沙时期,衡州练兵费时短、进展快,但出于精选久练的考虑,不可能急功近利,超出正常应有的速度。水师更有装备到位的问题,比如原打算在广州一次性采购洋炮千尊,然而最初只解到三百二十尊;新造战船来不及建造,曾国藩唯有购进大量钓钩船,对这种民船稍加改造,以作为临时战船凑数。

随着扩充陆师和建立水师,经费又变得紧张起来。虽然这时曾国藩所能够得到的经费已经不少,除捐输所得外,他还奏准清廷拨银四万,咨湖广总督吴文镕截留两万饷银;而支出更多,仅军饷一项,年底一个月就需银七八万两。造船费用也几乎就是个天文数字,朝廷拨的四万银子,一个月不到,就已用去三分之二;接下来,到招募水勇环节,曾国藩又要造船又要募勇,就算是一个钱掰成两半花,都不够。

被逼得实在没办法,曾国藩只好放弃"不欲取自藩库"的初衷,向骆秉章告急。骆秉章因为争夺湘军的控制权,与曾国藩明争暗斗,但他同时也是一个知道进退、顾全大局的名吏。他懂得,大敌当前,支援曾国藩和湘军,也就是在保卫湖南和自己的官位乃至身家性命,关键时候,绝不能听任曾国藩陷入困境。为此,他不计前嫌,在省府财政其实也很拮据的情况下,仍然慷慨地向曾国藩伸出了援手。

事实教育了曾国藩,让他从此认识到:完全依靠捐输以自筹军饷,太过一厢情愿,对朝廷拨款亦不能抱有过多期望;到了节骨眼上,还是依靠地方政府筹饷,来得更有保障一些。

出师迎战

太平军在攻下庐州后,其在安徽的根据地基本成形,胜利之师分兵两部,一部用以救援北战区的北伐军,一部增援突入湖北的西征军。继安徽战场后,湖北战场也开始风声鹤唳。

由于湘军仍在湖南没有动静,很多人都质疑曾国藩为什么老不肯出去打仗。曾国藩的回答是,太平军乃虎狼之师,声势浩大,更依靠战船纵横江湖;在千里如洗的长江流域,湘军若只以仓促招募和训练的兵勇,以及劣质的兵器,徒步三千里与太平军交战,无异于飞蛾扑火,自取灭亡。

"湘军不是不肯出去打仗,而是这次要么不出师,出师就没打算再回来!"曾国藩的这番表态,未必能让众多质疑者信服,但却得到了他的座师、湖广总督吴文镕的认同。吴文镕虽身处危境,需援甚急,然而却坚决支持曾国藩沉下心来,继续编练湘军。

吴文镕本打算自己坚守武昌,待曾国藩率军到来,一并向下游进发。问题是他跟曾国藩所处位置不同,曾国藩是以在籍侍郎帮办团练,只是参与军事,不负主责;所以不但对于大臣奏参可以置之不理,即便朝廷直接给他下命令,也可以说情论理,讨价还价。吴文镕身为两湖地区最高官吏,既有守土之责,更有带兵征讨的义务;朝廷可以随时调遣,大臣也可以任意奏参。

迫于各方面压力,吴文镕不得不在明知必败的情况下,亲自冒险到前线督师。临行前,他致书曾国藩,寄予了厚望:"东南大局,今后就靠你一个人支撑了;行事一定要谨慎,如果你也出事,恐怕就后继无人了!"1854年2月6日,吴文镕兵团在湖北黄州堵城被太平军击溃,吴文镕投水自杀。

在歼灭吴兵团后,太平军西征部队势如破竹,数天后即三克汉阳、汉口,进围武昌,其前锋直逼湖南北大门岳州。那段时间,由于形势越来越紧张,朝廷的催办也越来越急促,迅速出师、肃清江面的严旨频如雪片。位于衡州的曾国藩公馆忙到了不可开交:筹款的、募勇的、操练的、制造各种器材的、采购各项物资的,全都夜以继日;从衡阳、湘潭招募的不少造船技工,因日夜泡在水里,甚至双脚都给泡烂了。

本来曾国藩还想再拖一拖,等待水师训练完成,以及从广州购买的洋炮解到衡阳。但太平军既已兵临岳州,如果湘军再不出战,两湖就要全部归入太平天国版图,湘军也将因失去后方基地而无法维持。曾国藩不肯轻出的原因,除了练兵外,还有"除暴",即镇压湖南会党。湖南会党尤其是湘南的天地会,曾经具有极大潜力,连部队编制都已向太平军靠拢。曾国藩在练兵期间,趁他们尚在发展阶段,立足未稳,调动湘军进行剿杀,已基本将其扼杀于萌芽状态。当西征军迫近时,湖南境内再无人敢像当初太平军初进湖南那样,与之进行策应了。

后顾之忧业已解除,太平军又迫近家门,曾国藩别无选择,只能出师迎战。出师之际,为壮声势,他亲自起草了《讨粤匪檄》,布告远近。对于太平天国对清帝国的背叛,曾国藩在文中并没有花大量笔墨进行讨伐,而是把重点放在了驳拜上帝教教义以及其文化政策之上。这篇檄文的有意思之处也正在此处。

江忠源、曾国藩等人都是汉人,本质上又都是书生,他们能够主动站出来誓死对抗太平军,如果仅仅用忠于清廷这一点来解释,很难解释得通。事实上,他们可能在更大程度上,代表了当时主流知识界对天国的普遍怀疑、反对乃至憎恨。中国古代的传统书生,从小接受儒家教育,以孔孟为先师,他们与天国的异质文化之间,本身就有着难以逾越的鸿沟。太平军占领汉阳期间,一名书生便不顾一切地冲上讲台,与正在"讲道理"的太平军激辩,结果当场丧命。

　　天国的一些极端政策也令书生们感到忍无可忍。比如太平军所过之处,会毁弃学宫,或拿来堆军火,或以之为马厩,甚至作为屠宰场;包括孔子在内的四书五经、诸子百家书籍,也全部都要作为"妖书"焚毁。赖汉英因南昌作战无功而被革职,命入删书衙删六经,这个所谓删书衙即太平天国用于焚书毁书的专设机构。后来太平军进驻宁波,存放《四库全书》的江南三阁,两阁荡然无存,一阁损失多半,"焚书坑儒之后,未有如此之大劫也。"

　　显然,太平天国对于书生的世界已构成了致命威胁。在曾国藩等人看来,他们与太平天国的战争,已经超越了仅仅为一个王朝而战的范畴,他们同时也是在为传统文化而战,其终极目标是要捍卫自己的理想、信念、价值以及存在意义。清史学家萧一山颇为形象地总结道,"洪秀全虽不是纯粹的宗教革命,而曾国藩却是为宗教而战争,好像欧洲的十字军。"

忽略了一件事

　　1854年2月25日,曾国藩统军自衡州出发,水陆并进,夹湘江而下。

　　除罗泽南、李续宾两营奉命留防本省,以防会党突袭外,湘军此次主力尽出。其中陆勇共大小营十三营,五千余人;水师十营,五千人;加上相当于各营配备的长夫、辎重船的水手和其他丁役六千多人,全军出击部队总计一万七千人。王鑫的老湘营两千余人,虽已独立出去,归骆秉章统辖,但也与曾氏湘军一同行动,实际上达到了两万多人,故而号称"水陆两万大军"。

在江忠源、吴文镕两兵团相继兵败后,湘军已成为西战区清军唯一的主力部队;同时在东南数省的清军中,也以湘军的军容为最盛,尤其水师更是独领风骚。衡阳、湘潭两大船厂,共造快蟹战船四十艘、长龙五十艘、舢板一百五十艘;购入和改造钓钩船一百二十艘;最大号的拖罟也造了一艘,用作曾国藩的大帅座船。此外,水师配备洋炮五百余尊,租用民船一百余艘,以载辎重。主力战船就不用说,就连辎重民船都武装了旗帜枪炮,整支船队浩浩荡荡,气势夺人。

太平天国也正处于其军威最盛之时,在曾国藩出师前后,西征军兵分三路:一路围攻武昌;一路挺进鄂西;一路由石祥祯率领,南下湖南。湘军先会师于湘潭,继而前往长沙。曾国藩本来想援救武昌,但他刚刚抵达长沙,南下的太平军就已席卷而来,在连克岳州、湘阴后,进迫宁乡,湘省为之大震。

曾国藩只得暂时放弃出援武昌的计划,派陆勇分道迎击,并以储玫躬营为先行,往援宁乡。储玫躬在率军向宁乡挺进途中,得知太平军已先一步占领了宁乡,众人便商议是否要停下来等待后续部队。

宁乡是座没有城垣的县城,太平军只是占领了治所,也就是说,如果湘军要进攻的话,将不会碰到城墙这道阻碍。储玫躬认为,以本营之力,即可攻取宁乡。他激动地说,过去太平军破城数以百计,绿营兵都要等太平军休整结束或补充给养后,弃城而去,才在后面捡漏;如果现在我们也怕这怕那,是不是说明连绿营都不如,就只能对付一下湖南省内的会党?

储玫躬当即将所部五百人分成三路,向宁乡发起进攻。宁乡有太平军数千,但正好分兵到宁乡四周搜索。储营出其不意,在杀得留守人员四散奔逃后,迅速占领了宁乡。储玫躬在占领宁乡后,全营即从城内撤出,来到郊外,住进由长夫搭建的棚帐,就地休息和用餐。

太平天国兴起之初,太平军从广西道经湖南,一路上军纪严明,不扰百姓。反倒是与太平军作战的绿营抢民夫、据民房、对民间骚扰严重,向荣部将张国梁所募潮勇,更是奸淫掳掠,无所不为。对于湖南民间关于兵勇不如太平军的传言,曾国藩极为重视和警惕,为了挽回民心,同时与绿营、潮勇等区别开来,他专门为湘军建立了长夫和棚帐制。每个营都有长夫,像储玫躬营这样的大营,除五百名弁勇之外,尚有一百八十名的长夫定额,数量上已接近弁勇的四分之一。长夫就跟太平军的土营一样,不直接参加战斗,只负责营中一切杂役,这样就防止了因抓夫派夫而骚扰百姓的事件发生。棚帐即临时野战帐篷,湘军的营规规定,"陆军不许乱出营,水军不许岸上行",为是使弁勇没有借口出去为非作歹。

"湘军是近代著名的有纪律的军队",太平天国和湘军的研究专家罗尔纲得出了这样的结论。早期湘军确实如此,储玫躬在执行这些军规军纪时都非常自觉,然而他还是忽略了一件事,那就是挖壕筑墙,建立营垒,以防止敌人的反击和偷袭。

在把大多数勇丁都安排在郊外休息的情况下,储玫躬带上十八人,准备进入宁乡的街巷安抚难民。这时,太平军先前到周围搜索的那部分官兵也已返回,他们不知道城里发生过战斗,及至看到街上躺着己方士兵的尸体,大吃一惊,连忙沿东门退出,谁知却与迎面而来的储玫躬撞了个满怀。

储玫躬等人初生牛犊不怕虎,加上刚刚打了胜仗,不仅不闪不避,反而趋前搏杀,将太平军堵在了门口。太平军人多势众,十九个人纵算个个三头六臂,也难应付过来,很快就被全部杀死。

生 动 一 课

太平军在城外重新集结,数百湘勇击败己方数千人之事,才为其所知。这种事先前他们从来没遇到过,不由对湘军产生了畏惧。绿营军官很少冲杀在前,所以太平军并不知道在东门被杀的十九个湘勇中,居然还有湘军的营官;他们只想到这批人如此之猛,若其后续部队到来,将越发难以抵挡。

宁乡方面的情况被迅速上报给太平军主帅石祥祯。由于不明湘军虚实,石祥祯不敢贸然深入,他下令太平军趁夜撤出宁乡,并放弃了已经到手的靖港、湘阴。

在太平军攻破靖港、湘阴前后,湖南早已全省戒严,及至宁乡被太平军所占的消息传出,长沙、湘潭更是充满紧张空气,吏民皆惊惧不已。至此,人们才松了一口气,戒严也因而得以暂时解除。不少宁乡人亲眼看见了储玫躬殊死奋战的场面,深感震撼和敬佩,在太平军撤出的当天,他们就立祠予以纪念。

作为湘军出师的处女战,宁乡之战让湘军上下意识到了赴援的重要性,从储玫躬身上,亦初步体会到了那种军人义无反顾、战死沙场的荣耀感。可是打仗并不能光凭感情和侥幸,储玫躬等人如果能够做好准备,不掉以轻心,原本是没必要阵亡的,再进一步假设,如果太平军当时就向储营发动大举进攻,储营在无坚固营垒用以防御的情况下,也很难立得住脚。后来伍宏鑑等三营奉命继续扼守宁乡,当太平军发动反攻时,他们同样因为不积极构筑营垒,又鲁莽应战,最终导致了溃败。

现实给曾国藩及其将士上了生动一课,日后湘军的第一基本战术,就是"扎营垒以利攻守"。具体来说,就是湘军每到一处安营,无论刮风下雨、严寒酷暑,都必须立刻修挖墙壕,且限时完成;在没完成之前,不许休息,也不许向敌人挑衅和随意与之接战。长夫更在其中担负着重要角色,他们除了行军时运输辎重外,扎营后还要全力以赴地挖壕筑墙,相当于辎重兵与工兵的结合。

在太平军后撤之际,塔齐布营与王錱部实施了跟踪追击,石祥祯为避其锋,又自行退出了岳州。先前,经吴文镕奏调,贵州补用道、湖南人胡林翼带着自募的六百黔勇援鄂,但当他们到达湘鄂边境时,吴文镕已经兵败身亡,只得滞留原地。得知湘军出师且已占领岳州,胡林翼便也率部赶到岳州,接受曾国藩的统一指挥,湘军出师之初的形势看起来不错。

1854年3月30日,曾国藩率后续部队进抵岳州。他没有被太平军一再退却的表面现象所迷惑,而是采取了稳扎稳打,先肃清侧翼威胁,巩固后方,再伺机进援武昌的战略。看到部分太平军仍在洞庭湖周围隐蔽待机,曾国藩一面派水师搜索内湖;一面命胡林翼等固守平江北境,进图通城;命王錱进图蒲圻。

胡林翼一路,在加派塔齐布营后,两军合力,顺利攻下了通城,但是其他两路却都情况不妙。首先是水师一路,水师初出湖口,湖面上就北风大作。当时湘军还不懂得船队要保持疏散队形,船只之间须拉开适当距离的道理,也没有相应的结营规定,结果战船及辎重船当场漂沉二十四艘,撞伤数十艘,许多水勇、长夫溺毙湖中。

王錱所部还没开到蒲圻,即在羊楼司与太平军遭遇,双方发生激战。此时春官又副丞相林绍璋率军三万,已自汉阳来援,石祥祯、林绍璋合兵一处,杀得王錱大败,只得败退岳州。正如以前曾国藩所批评过的那样,王錱急于求成,练兵不精,战斗力远没有像王錱自我标榜的那样强悍,羊楼司一战便是证明。然而王錱并没有从中吸取教训,依然表现得狂妄自大,唯我独尊。邹寿璋营此时正驻屯于岳州,邹寿璋对王錱说,被太平军放弃的岳州其实是一座空城,城中没有粮食储备,无法防守,王鑫却对他的真诚劝告不屑一顾。

未几,太平军乘胜尾追而至,邹寿璋营撤出岳州,退保南津,与曾国藩派出援救他们的水师会合。王鑫则仍打算据岳州以守,但城里确实没有粮食,在被太平军包围的情况下,只守了一天就守不下去了,只得临时缒城突围。到了这个时候,可就不是想走就能走得脱了,幸好有水师及时接应,王鑫及其将士九百余人才得以幸免,余者全部被歼,损失极其惨重。

在此期间,曾国藩的指挥部一直都设在水师的大帅座船上,陆师将领无人统率,各行其是,也是造成岳州惨败的一个重要原因。鉴于尚未与太平军主力正式接战,水陆大军就双双遭遇重创,导致战斗力大减,曾国藩不敢再贸然进取,决计由水路全线后撤,退保长沙。

奔袭靖港

湘军后撤,石祥祯、林绍璋乘势全面发动反攻,太平军溯湘江而上,列舟于距长沙仅六十里的靖港。发现长沙防守严密,指挥部立即采用"披枝叶以溃腹心"的战略,派林绍璋自陆路绕道南行,迂回出击宁乡。

宁乡由伍宏鑑等三营扼守,三营皆仓促编成,未经战阵,加之营垒不固,被太平军打得大败,伍宏鑑战死。此时塔齐布兵团自崇阳回援,曾国藩急令塔齐布增援宁乡,但因为突然下起瓢泼大雨,增加了行军的困难,塔兵团连行三日,也未能到达宁乡。

林绍璋占领宁乡后,随即分出一军,通过小路前往湘江上游,直逼与靖港呈掎角之势的湘潭。曾国藩获悉,赶紧派人给塔齐布送信,令塔齐布兵团由援宁乡改为攻湘潭。谁知信使派出没多久,湘潭就被太平军给攻下了,这样一来,长沙的南北水陆通道要隘皆失,已陷入正在形成中的太平军大包围之中。

长沙驻军不过两三千人,就只够守住城墙垛口,力量极为薄弱。更要命的是,由于见湘军在前线连续受到重挫,城内军民人人都以为必败无疑,甚至听到远处传来的吹角声或者看到火光,都会心惊胆战。曾国藩召集军事会议,大家都认为城内士气如此低迷,坐困危城非常危险,应由曾国藩亲自督战,主动出击。出击目标有两个:一为靖港,一为湘潭。对于究竟进攻哪一个,现场众说纷纭,有人说应该先夺回靖港,但马上就有人表示担忧,说靖港离长沙太近,如果夺靖港失败,再退回长沙城下,便等于自陷死地。后者建议,不如全军进攻湘潭,万一失利的话,还有时间继续组织长沙的防守,或即便长沙保不住,亦可退保衡州。

水师十营的营官也都在场,众人公推彭玉麟发表意见。彭玉麟倾向于进攻湘潭,并提出他可以先率五营作为先锋,次日曾国藩再带另外五营随后跟进。曾国藩决定按彭玉麟说的办,于是命彭玉麟率水师五营赶往湘潭助战,又派临时归其指挥的江忠淑率楚勇两千人也由陆路增援湘潭。

在彭玉麟等人出发后,当天夜半,长沙民团向湘军报告,说根据他们得到的情报,驻扎于靖港的太平军不过数百人,而且没有防备,不难将其击溃和驱逐出境。他们希望湘军能够抓住战机,奔袭靖港,并表示已为之建立浮桥,可直接为湘军助战。

大家听后都振奋起来,认为这样的话,湘军完全有把握夺回靖港,曾国藩也随之修改计划,将第二天天亮后增援湘潭改为进攻靖港。按照情报所述,靖港太平军不多,自然也就用不着将彭玉麟、江忠淑包括塔齐布再调回靖港了。此后湘军实际变成了兵分两路,即塔齐布、江忠淑等率陆勇约五千人,以及彭玉麟所率水师五营,进攻湘潭;曾国藩则亲自领兵进攻靖港。

1854年4月28日,曾国藩率由大小战船四十艘组成的水师五营、陆勇八百,由长沙直奔靖港。靖港历来为兵家必争之地,据说唐代名将李靖的兵营就曾驻扎于此,故而得名。当天,战火在这个与兵家有着不解之缘的地方熊熊燃烧。其时正值春夏之交,江水猛涨,长沙去靖港正好顺流,水急船疾,加上西南风大作,船行江中,其势如同飞箭。

湘军用于作战的主战船,从大到小依次为快蟹、长龙、舢板,其中舢板用于搜索,长龙用于后备,首先用于进攻的是快蟹。看到湘军的快蟹船纷纷驶来,太平军待其靠近岸边,即用大炮进行轰击。快蟹船大目标也大,指挥船当即中弹受损,其他各船急忙落帆,躲进靖港对岸的铜官渚暂避。太平军能够用大炮直接轰击湘军船队,仅此一点,就足以说明,长沙民团的情报其实并不准确,驻扎靖港的太平军不仅数量不少,而且早有防备。

在太平军陆营发炮轰击,将湘军船队逼进铜官渚后,其水营也立即展开了攻击。太平军用兵,极善于劫营,水营巧妙地移植了这一战术。他们有一种湖南炭船,名为小划或小拨,船身长而窄,篷矮而坚,别看不起眼,但乘风破浪,迅如箭矢。在西风相助下,两百余只小划渡江进入铜官渚,如同离弦之箭一样扑向湘军船队,朝其抛火弹、放喷筒。仅半顿饭的工夫,湘军便被焚毁了十余艘战船,其余战船见势不妙,急欲撤退,却发现行动上已不能自主。

彼时的曾国藩及其将士终究还只是初进实战课堂的小学生,尤其水战更是其短板。与不懂得水师要保持疏散队形一样,他们也不知道水师进军绝不能顺风顺水。因为顺风顺水固然快而省力,但会导致来时顺风,回驶顶风;进则疾驰如飞,退则寸步难行的后果。

没奈何,水师营官们只得派人上岸拉纤,太平军早就料到他们有此一着,一支陆营冲上前去,三下五除二,便把岸上的纤夫都给歼灭掉了。战船上的水勇眼见江岸十余里,火筒如流星,相继不绝,而自己的船又没法向后移动,便置船炮于不顾,纷纷弃船上岸。当天船队中只有钓钩船因未列于战斗队列之中,没有遭到火攻,炮位、炮子等装备尚保持完整,可是水勇受到恐慌情绪的影响,也都逃散了。

居然也是同样一副熊样

湘军船队遭到火攻时,曾国藩正在白沙洲督师,得知水师失利,忙派陆勇分三路进攻靖港,试图挽回败局。

之前自告奋勇要助战的长沙民团也加入了增援队伍,但民团到底没什么胆色和战斗力,到了真的战场,与太平军刚一接触就跑,反而把湘军给冲乱了,于是湘勇们也只好往后逃跑。其间人群要通过民团预架的浮桥,浮桥系以门扇、床板临时搭建,桥上人一多一挤,就吃不住劲塌掉了,因坠桥溺毙者达百余人。见陆勇败退,曾国藩亲自仗剑上前,并竖令旗于岸边,上书"过旗者斩"。但正所谓兵败如山倒,败兵仍然难以遏制,兵勇都从旗边绕道而奔。

曾国藩向来看不起绿营,对他们在与太平军作战时那副胆怯如鼠的样子嗤之以鼻,哪承想自己辛辛苦苦打造的部队,居然也是同样一副熊样,不由羞愤交加,无地自容,遂萌发了跳水自杀,一死了之的念头。幕僚陈士杰、李元度见他支开随从,且神色有异,便指使另一幕僚章寿麟乘小船悄悄跟随于后。

靖港一战,湘军损失惨重,占水师一半兵力的五个营被打垮,战船损失三分之一,炮械损失四分之一。曾国藩只得率残部退回长沙,途中他乘人不备,突然跳入江中,欲寻短见,章寿麟赶紧纵身入水,将他背上了船。曾国藩心如死灰,又想再度自杀,章寿麟和陈士杰、李元度一起苦苦相劝,好说歹说,这才把他劝回大营。

曾国藩一心求死，是因为知道接下来，自己的处境很可能生不如死。果然，得知靖港兵败的消息后，本就和他有矛盾的长沙大吏们马上就沸腾了。布政使徐有壬在房间里转了一晚上，第二天一早便和按察使陶恩培一起，到巡抚骆秉章面前告状，请骆秉章上奏朝廷，弹劾曾国藩，并且要求在此之前，先遣散湘军。

若论与曾国藩的恩怨，骆秉章比徐、陶等人还要复杂得多，但骆秉章老谋深算，他知道大敌当前，尚不能落井下石，急于借机报复曾国藩，否则形势将更趋恶化。所以当着徐、陶二人的面，他的回答是："不行，国藩谋国甚忠，再耐心等一等。"再等一等，就是等湘潭那边的消息。实际上，骆秉章对坚守长沙也信心不足，已做好一旦湘潭方面同样遭遇惨败，便放弃长沙，向衡州转移的准备。自然，到了那个时候，就算他骆秉章不予弹劾，朝廷也绝不会放过曾国藩。这时候众人最为关注，同时也令他们内心惴惴不安的，莫过于湘潭之役到底进展如何了。

却说塔齐布本来奉命增援宁乡，但因湘潭被林绍璋提前攻克，曾国藩便又派人给他传令，让他改攻湘潭。信使以为塔齐布兵团已在宁乡，便朝宁乡方向走，走了半天，在路上遇到了塔兵团，这才发现塔兵团尚在前往宁乡的中途，而且距离湘潭反而比距离宁乡还更近一些。此时信使和塔齐布都不知道湘潭已被太平军所控制，塔齐布觉得湘潭相比于宁乡是大城，应该更好坚守，便也没有就朝令夕改抱怨什么，带着人马就往湘潭赶去。

到了湘潭，正要进城，却发现城头已经飘扬着太平军的战旗。塔齐布方才知道自己来晚了一步，但既至城下，已不是说退就能退的了，于是就在湘潭郊外的高岭之上暂且列阵。塔齐布是满洲镶黄旗人，火器营护军出身，原为三等侍卫。清代自康熙末年起，为解决旗人生计兼控制绿营，渐以八旗官兵补绿营之缺，塔齐布由此成了一名绿营军官，为湖南都司署守备。

曾国藩选用营官，并非绝对选择湖南儒生，只要他认为德才都够格，又有武略专长，即便原来是绿营军官，也会予以拔擢。湘军将领中，除了塔齐布外，陆师营官周凤山，水师营官杨载福，原来也都出自绿营。

因为赏识塔齐布，曾国藩还和塔齐布的顶头上司、湖南提督鲍起豹大闹一场。这也成为绿营围攻曾国藩长沙公馆，最后导致曾国藩不得不远走衡州的诱因之一。经历此事后，塔齐布对曾国藩感恩戴德，决心脱离绿营，归曾国藩调度。在他的带领下，数百绿营兵也随之加入湘军，成为湘军中的一个小营，后来曾国藩又招募宝勇、辰勇，最终将塔齐布兵团由一个营扩充成了两个营。

白刀子进，红刀子出

曾国藩以塔齐布为营官，说他就看中塔齐布这人"拙"。何谓"拙"？简单点说，便是为人朴实。塔齐布身处绿营这个大染缸之中，却无官气重、心眼多、浮滑取巧等缺点，训练场上踏实认真、一丝不苟，战场之上则殊死奋战、一往无前。

塔齐布打仗很有特色，每次开战时，他都喜欢身背一把火枪、两把腰刀，手持长枪和套马杆，单枪匹马冲入敌阵。一般情况下，他不允许别人紧随左右，一定要跟随的，必得武功超群才行；否则的话，他就会毫不犹豫地一马鞭抽上去。

这时林绍璋占领湘潭也才只有一天时间，城防尚未完全布置好，见湘军杀来，仓促间立刻发兵出击。塔齐布见状，举起大旗，率先冲入太平军阵中，见主将如此勇猛，兵勇们也纷纷向前冲去，奋勇杀敌。林绍璋所部虽系太平军主力部队，但征战以来，从未见过清军敢与其短兵相接、大打白刃战，见塔兵团如此凶悍，均相顾愕然，产生了往后避退的念头。

太平军分前后队,四面山上都有很多肩负器杖行走的人,其中既有湘军,也有太平军前队的人马,甚至还可能有急于远离战场的百姓。后队的新兵望见了,却以为全是赶来助战的湘军大部队,惊慌失措之中,首先脱离战场,并因混乱拥挤而导致互相踩踏。塔兵团趁机大声呼喊起哄,远处观战的人包括一些胆大的百姓,也都跟着起哄;太平军前队精兵本就已经军心不稳,被这么一起哄,更加无心恋战,大军完全溃败。

林绍璋在城北立有木城,为的就是以守为战,阻遏湘军援兵。见出击部队败退下来,木城中的太平军便以火炮对兜后追击的湘军进行拦阻射击。太平军的铁炮以生铁粗制而成,与洋铁炮相比,除了射程较近、火力较小外,用的时间久还容易炸膛,所以轰击一段时间就需要暂停一下。塔齐布即率兵勇趁其停歇间隙进行冲击,以此渐渐逼近太平军营,太平军被迫放弃木城,撤入城中。

在当天的激战中,太平军被连斩九名将领,伤亡之重可想而知。林绍璋不甘落败,当晚就又重建了被湘军毁掉的木城;次日再次出城,分五路寻找太平军决战。塔齐布也打得兴奋起来,林绍璋分五路进攻,他亦分五路迎击,并且还是像第一天一样,亲自挥舞大旗,一马当先地冲在最前面,率部消灭太平军达五百余人。

经过一个回合的交战后,湘军撤兵回营;太平军再至,但这次塔齐布并没有即刻亲自上阵。

塔齐布剽悍骁勇,但缺乏谋略。每次开战前,他从不向部下交代该如何进兵和怎么接应,往往使得部下不知所措,到了开战之时,也只知道一个人埋着头冲锋陷阵。在塔齐布兵团中,有关谋略和管理方面的事宜,另由一名营官负责处理,这就是同样出自绿营的周凤山。

周凤山的特点和塔齐布正好相反,胆识不够,却懂得谋划;塔齐布兵团之所以能征善战,正是得益于两人的优势互补、密切合作。周凤山深知林绍璋急于翻盘,遂为塔齐布设计了一个诱敌深入之计。塔齐布按计在一座山的左右两边设下伏兵,配备了众多大炮,然后以少数部队迎击和引诱太平军。

　　林绍璋在金田起义时还只是一个普通士兵,以后才逐渐带兵。有一次晚上军营失火,其他部队都有伤亡散失,唯有林绍璋带的兵保持完整,以此得到了东王杨秀清的认可,使其一跃成为太平军重要将领。然而实际上,林绍璋非大将才,用兵才能很一般,知晓其底细的太平军将领也认为他"无大本领"。在与塔兵团交战的过程中,林绍璋根本没看出人家是在诱他,还以为塔兵团真的不行了,结果被且战且退的诱击部队牵着鼻子,诱入了山中。太平军一踏进伏击圈,两边便大炮齐轰,太平军当场阵亡百余人后,队形大乱。早已埋伏在两侧山上的湘军趁势杀出,与太平军展开白刃格斗。

　　湘军也是清军,但居然敢在如此近的距离内,"白刀子进,红刀子出",前一天时太平军没想到,到了这一天,也依然无法适应。当湘军从山上冲杀下来的时候,很多士兵都被吓傻了,湘军以一当十,没多大一会儿,便歼灭太平军五百余人。太平军迅速向城内败退,在经过岭下塘边时,再遭湘军包围;太平军急于突围,慌不择路,兵将又溺毙了不少。

　　同一天,彭玉麟等率五个营的水师抵达湘潭附近,在距离湘潭尚有十里时,船队停泊下来,派人前去侦察。探马带回的消息,是塔齐布兵团已经大获全胜,彭玉麟等人立即决定鸣角发炮直上,与陆师会师。

　　次日,水师向湘潭进击,驻湘潭的太平军水营闻讯后顺流而下,对其进行阻击。参加此战的湘军营官,褚汝航、夏銮原先都是有品级的官员,且在督造战舰及创建水师营制方面有贡献,所以到了实际作战时,两人分别被作为五营水师的正、副指挥。褚汝航熟悉水战情形,他利用风向,令水勇居上风放火,太平军船只被焚无数,阻击遂告失利。

与此同时,林绍璋在湘潭城北再建木城,但湘军无论在作战效果还是心理上都已占有完全优势,塔齐布、周凤山分兵三路发起进攻,塔齐布一如既往地身先士卒,率兵勇杀敌数百。太平军再败,在退居湘潭城下时复遭湘军合围,死伤无数。

大 获 全 胜

太平军在金田起义之初,都是在山乡作战,无须水营,后来经过湖南益阳,征得民船数千只,始立水营。水营附属于陆营,也就是说湘潭水营的统帅也是林绍璋。林绍璋虽是陆师将领出身,但既掌水营,当然也掌握水营的基本战术套路,比如在靖港大显神威的劫营战术。劫营其实最好是在晚上实施,陆战水战皆如此。这是因为黑夜里敌军不知前来劫营的人数或船只,也不知对方会采取什么袭击手段,更容易造成全军惊溃。天王洪秀全有一道诏旨说得好,"日夜巡逻严预备,运筹设策夜衔枚,岳飞五百破十万,何况妖魔灭绝该。"

晚上四更天,林绍璋从水上实施了劫营,太平军以载着柴草的纵火船在前,以载着无数油灯的小划子后,悄悄向太平军水师逼近,冀望一靠近后,即实施火攻。不料湘军水师即便在深夜里,也戒备严密,而且采取措施得当:发现敌船试图靠近,立刻出动轻便灵活、运转自如的舢板,将敌船全部驱离其船队的安全范围,劫营战术宣告失败。

1854年4月28日,中午时分,双方在水上展开新一轮大战。褚汝航督战,他在船头敲击大鼓,用以振奋士气;彭玉麟、杨载福则堪称水师中的塔齐布,二人乘着舢板,往来冲杀,猛不可当。

太平军水营的特点之一是船只数量庞大，在定都天京之后，已拥有一万多艘，但所有船只无一例外都是由民船、商船改造而成，各船大小不一，且未经训练。战船所用炮也皆为土炮，火药质量亦极为低劣，往往就算击中敌船，敌船仍能行驶如故。相比之下，湘军凭借着船坚炮利的优势，一上来就压着对方在打。当天，湘江上炮声雷鸣，江水为之沸腾，太平军大败，湘军缴获船只达三百余。

这些船对湘军而言并没什么大用，有很多还是征用来的商船，船上载有各种杂物，彭玉麟担心以后弁勇会贪图缴获，以致作战松懈不肯死战，便下令连船带货一同焚烧。焚烧太平军战船的时候，火光冲天，火焰甚至延伸到了岸上，连百里之外都能看见。

湘军水师的气势就像他们烧的这把火一样，已呈一发不可收之势。取胜之后，彭玉麟、杨载福继续追击，此时北风劲吹，又到了借助风势的好时机，二人下令兵勇发射火炮、火箭，太平军在逃入湘潭城中之前，又被焚毁了数百船只。当时太平军将士皆头包红巾、黄巾，江面之上，红巾、黄巾随波漂荡，到处都是。

这一天，曾国藩亲自领兵进攻靖港，却输得灰头土脸。因为当时的通信手段落后，直到曾国藩出兵前，他和长沙城里的人们，都尚不知道湘军已经在湘潭大获全胜。

4月29日，塔齐布通知水师紧紧盯住太平军水营，自己与周凤山分四路围攻湘潭城。太平军在频频失利的情况下，新兵与老兵开始出现不和，其间因自相残杀而丧生者即达数百人。林绍璋难以调和，指挥失灵，处境更加狼狈。当晚，太平军试图从水路突围，但遭到湘军水师堵截，只得弃船登岸，重又折回湘潭。

太平军为了能够突围，在湘潭城频繁地出入，无形中给湘军制造了见缝插针的空隙和机会。前来增援塔齐布的江忠淑，带领楚勇潜伏于城下，待太平军利用云梯上下时，突然冲上前去，夺梯而上，在入城后打开了城门。塔齐布兵团冲进城中，城内进入巷战阶段。5月1日,湘军完全占领湘潭,林绍璋仅带四名骑兵,乘夜逃往靖港。

在湘潭战役中,太平军遭受了前所未有的惨败:总计被歼不下万人,附从解散者亦以万计,船只被毁一千余只。如此大的损失,即便靖港之捷亦无法予以弥补。

本来在湘军兵败靖港后,湘南及两粤潜伏的天地会力量,风闻太平军即将进攻长沙,都已四起响应。那时人人都以为太平军取长沙如探囊取物,湘、粤、桂三省传檄可定。至此,这一期待完全落空,太平军对长沙的威胁彻底解除。不仅如此,西征、北伐亦受到制约,甚至天京都已处于湘军的威胁之下。日后,李秀成在总结太平天国失败教训时,提出了著名的"十误",即导致太平天国败亡的十大错误,其中第四误便是湘潭战败。李秀成认为,"不该发林绍璋去湘潭,此时林绍璋在湘潭全军败尽"。

第三章 大 比 拼

"湘军初兴第一奇捷",这是史家对湘潭之战所做出的评价。作为湘军自正式成立以来的首次大捷,此战令湘军上下士气大振,一夜之间,仿佛人人都有了上阵和太平军搏杀的勇气。事实上,湘军从中获得的自信心,对于他们以后十年的征战都影响甚大,湘军打仗的作风也自此日趋凶悍。

捷报传至长沙,城中人心大定,湘军咸鱼翻身,从被舆论质疑的对象,一跃成为备受人们赞誉的香饽饽。在湘潭战役中建功的官兵皆得封赏,尤其塔齐布,更因功居首位以及其特殊的旗人身份,受到朝廷的特别器重和倚重。朝廷先是加恩赏给总兵衔及"喀屯巴图鲁"称号。继而,咸丰帝又下旨,以身为湖南提督,却既不出战,也不为湘军助战为由,将塔齐布的前上司兼对头鲍起豹予以革职,其职务由塔齐布署理。

兵贵精不贵多

仅仅两年前,塔齐布还只是都司署守备,一个名不见经传的绿营军官;两年后就成了堂堂封疆大吏,这在素来论资排辈的官场相当少见。受印之日,吏民纷纷围观,啧啧称奇。

塔齐布得到封赏后,即以署湖南提督的身份,遍赏参与前线作战和长沙防守的将士,其中仅得到"六品军功"功牌的弁勇即达三千人,其中也包括已归塔齐布所辖的提标兵。提标兵也就是营兵,当初围攻曾国藩公馆时,他们差点将塔齐布抓住杀掉,塔齐布以此表明自己不计前嫌。提标兵欢呼雀跃,对塔齐布大加好评。连鲍起豹的旧日随从都感到又惊又喜,认为塔齐布论本事、论功劳、论胸襟,都该当此任,皇帝的任命完全称得上是知人善任。

按照官场约定俗成的规矩,提督应列衔在巡抚之前,曾国藩因靖港失利自请革职,戴罪效命,衔名又在巡抚之后。换句话说,这时候塔齐布在排名上比骆秉章、曾国藩还高。但塔齐布确实当得起一个"拙"字,他仍像从前那样,规规矩矩地奉曾国藩为大帅,对自己的角色定位,依然是一名指到哪打到哪的湘军将领。

身为湘军大帅,曾国藩无疑也是湘潭大捷的最大得益者之一。他刚从靖港返回长沙时,那真是栖栖惶惶,如丧家之犬。官绅群起讥弹,街巷骂声不绝,弄得他及其亲信几乎都不敢出门。现在好了,忽如一夜春风来,千树万树梨花开,湘军一变而为湖南官绅心目中真正的救星。曾国藩也随之受到追捧,与湖南官绅的关系开始融洽起来。

骆秉章自然是暗自庆幸自己到底老练沉着,没有因为脑袋一发热,就贸然对曾国藩进行弹劾;如今既得识大体顾大局之名,又借此得以与曾国藩重归于好,至少见了面也不尴尬。徐有壬、陶恩培等人则是悔不当初,怪自己棋下得太早,于是纷纷跑来曾国藩府中,道贺并向其致歉。

除了要为向骆秉章告状之事表示道歉外,徐有壬等人还听说,朝廷已建议让曾国藩挑选司道大员,随湘军征战。他们为此惴惴不安,生怕曾国藩挟私报复,趁机把他们纳入军营,派去前线。曾国藩知道徐有壬等人的心思,他婉拒了朝廷的建议,并笑着对亲信幕僚说:"此辈(指徐有壬等)怯懦,只会败坏我们的大事,就算他们主动请求随军,我都会加以劝止,更何况他们还不敢来呢。"

虽然心理阴影已经逐渐散去,但曾国藩没有忘记反思教训。湘军出师,号称水陆两万大军,其中战勇亦有万余,在曾国藩看来,兵力已经不能算少了,但是并不顶什么用,该打败仗还是照打败仗。以靖港之战为例,水师五营、陆勇八百,这么多人马开上去,依然败得极其难看。最突出的问题是,相当多的弁勇,稍受挫折,就溃不成军,甚至狂奔远逃,不复归队。

弁勇不得力,水师尤其突出。曾国藩派人清点了一下,自湘军退保长沙以后,未经大战就逃走的水勇即达数百人,有的甚至全哨合谋弃舰同逃。更为严重的是,不少水勇在应募入伍时,就假报姓名里居,以便可以随时逃走。结果在他们逃走后,官府还真的无从追查。

反观湘潭战役,打仗最勇猛、战绩最好的部队,陆师塔齐布、周凤山不过两营,水师彭玉麟、杨载福也不过两营。追溯退保长沙前的岳州战役后期,当时其实也是把杨载福营顶在前面拒敌掩护,这才使水陆大军得以顺利地撤回长沙。

"这下更加知道,什么叫兵贵精不贵多了!"曾国藩发出感叹。针对所暴露出的问题,他决计对湘军大加整编,遣撤作战不力各营,同时严格禁止逃勇归伍,已溃勇丁也不再予以收集。裁撤加上伤亡,原有各营及勇丁竟减去了一半以上,仅剩四千余人。

还要准备打大仗

"古人用兵,先明功罪赏罚。"这是曾国藩在实战中得到的另一个重要启示。湘军诸将,立功者被奖拔保奏,溃败者被革退更置,能够在整编裁撤中被曾国藩留下来的部队,主要是参加湘潭战役的塔齐布、周凤山、彭玉麟、杨载福等营;以及在岳州战役中表现突出的邹寿璋两营；防守平江有功的林源恩营。

衡州出师之前，按湘军制度，营的编制上面没有组织。有人曾建议曾国藩于营官之上，再立"总统"。曾国藩考虑每个营的勇丁大多来自湖南某个地方，如果设"总统"，貌似"总统"可辖好几个营，但因语言、习惯、乡情等不同，各营之间仍可能无法贯通，导致"总统"无法统一指挥和节制，所以没有同意。

曾国藩虽未正式设"总统"，实际却早已有此行动，因为各营常常需要联合作战，而仅凭他一个大帅，又难以处处遥制。比如，塔齐布和周凤山分别为营官，然而两营其实都由塔齐布负主责；又比如，出援湘潭的五个营水师，均由褚汝航担任阵前指挥。实战需要促使曾国藩改变主意，终于建立起一个与"总统"相仿的制度，这就是统领制。统领在大帅之下统辖各营，独当一路。这时罗泽南自衡州来长沙，曾国藩便让他与塔齐布分统陆师，水师方面则仍由褚汝航担任统领。

除统领制外，曾国藩还完善了营规。在岳州战役中，湘军因为没有扎营以守的习惯，导致屡战屡败，于是"扎营垒以利攻守"开始进入他们的意识。与此同时，曾国藩亲眼看到太平军凡军行所至，必筑垒如城、掘壕如川，坚深无匹，这样的扎营法在令其惊羡之余，也认为湘军必须加以效仿。在重新考订的营规中，曾国藩对于扎营标准规定得非常细致周到。从应选择在哪里扎营，到组成营垒的墙子（即土墙）、壕沟、花篱要选用何种材料、高多少、深多少，都一清二楚，可操作性极强。

湘潭之役后，太平军方面也在进行内部调整。石祥祯、林绍璋为等待援兵，退出靖港，退集岳州。不久，秋官又正丞相曾天养率部增援湖南，石祥祯回师湖北，参与进攻武昌，由曾天养接替他负责留守岳州。

在太平天国内部，因为要避"天"字，曾天养将本名中的"天"

改成了"添"，故而称为曾添养。他在早期的拜上帝会会员中，是一个较为活跃的组织者。此人深目长髯，身材雄伟，金田起义时，就已经五十多岁，但剽悍绝伦，在太平军中有"飞将军"之称。湖北黄州堵城击溃清军大营，迫使湖广总督吴文镕自杀一役，即为他的军事杰作。

曾天养是一个堪比石祥祯，甚至可能更狠的角色。他没有守着岳州不动，而是趁湘军主力尚在整顿，水师无法巡逻援救之际，自岳州西进，连克华容、澧州、常德等地。看到这一情况，曾国藩决定尽快自长沙出师。军队既然还要准备打大仗，就不能只整编不扩充。湖南官绅此时皆倚湘军为长城，都指着湘军收复失地，这使曾国藩提出的扩军计划一路绿灯，进展顺利。

湘军再次大规模募勇，在执行相应规定时，总体上更加严格。衡州练兵期间，水勇基本是来了就收，现在则按照宁缺毋滥的原则，比照陆勇的招募办法进行挑选。除在本省招募水勇外，曾国藩还从广西调来了道员李孟群所募两广水勇千人、总兵陈辉龙所带广东水师四百余人，这使外省（主要是两广）水勇占到了全军的四分之一强。因风浪打击和靖港大败，水师船舰损失甚大。不过在太平军退至岳州后，衡州船厂又赶造了新船六十余艘，长沙亦设船厂并修理了旧船一百多艘，兵船方面的缺额基本得到弥补。

经过重新招募、跨省调兵，再加上罗泽南、李续宾两营已从衡州前来长沙与大部队会合，全军战勇达到一万三千余人，比衡州出师时的勇数还有所增加。

代替罗、李二营到湘南执行防务的，是王鑫的老湘营。在羊楼司、岳州两战中，王鑫损失了超过一半的人马，即便他早已不受曾国藩辖制，也很难逃过朝廷的处分和裁撤。这时应骆秉章之聘，左宗棠已入抚幕。骆秉章、左宗棠视老湘营为湘抚的近卫军，为帮助王鑫摆脱困境，左宗棠在替骆秉章起草湘潭大捷的奏稿时，便暗自将夸大了的王錱战功插了进去,以此保住了王錱及其老湘营。不久,骆、左又让王錱新招了一营,作为防御部队使用。

除了老湘营已无法随曾国藩作战外,江忠淑带四千余楚勇在平江一带待命,胡林翼的黔勇、岳州知府魁联的宝勇亦可听命出击。不包括长夫在内,曾国藩可指挥调遣的机动作战兵力已达一万九千人左右。

一样的配方

按照曾国藩的计划,参与征战的湘军分成三路。江忠淑、林源恩等率东路军,主要任务是固守平江,进趋湖北通城,威胁岳州太平军侧翼。东路军之外,是西路军以及作为主力的中路军,前者由胡林翼、周凤山领衔,堵御自华容入境的太平军;后者为湘军主力,从正面主攻岳州。

1854年5月中下旬,西路军先期行动,前往常德。胡林翼因故晚到前线,周凤山暂时独当一面。周凤山和塔齐布组合在一起时确实厉害,一旦脱离塔齐布,却显得有智无勇,锋芒不足。曾天养这样的太平军骁将,恰恰是他的天敌;常德一战,周凤山兵团交手即败,后到的胡林翼见状,也只得退保益阳。

曾国藩把西路军用在前面,是为了给湘军主力特别是水师,争取整顿和扩充的时间,等后者稍见成效,即命塔齐布领中路军直趋岳州。塔齐布旗开得胜,在新墙击败太平军,进逼岳州。曾天养落败,意识到正面压力巨大,于是赶紧缩短战线,自行放弃常德等地,将兵力向岳州集结。曾国藩亦变换招式,西路仅留一个胡林翼,命周凤山东撤,用以加强中路的力量。在湘潭战役中脱颖而出的湘军四将,即褚汝航、夏銮、杨载福、彭玉麟,亦奉命率四个营的水师,配合陆师进攻岳州。

岳州正面战线由此聚集了双方的大量人马,战斗日趋激烈。7月21日,褚汝航等进泊石湖,"湘潭四将"亲自驾着小船前往洞庭湖君山一带进行侦察,发现那里停靠着很多太平军战船。返回军营后,经过商议,众人决定在君山、雷公湖等湖面处预先设伏,再以舢板驶进南津港,诱使太平军出追以利攻击。

两天后的一个晚上,湘军水师按计划五路进兵。彭玉麟埋伏于君山南岸,杨载福埋伏于雷公湖上游,夏銮及先锋营直趋南津港,褚汝航随后策应,向导官何南青在新墙口多张旗帜,以为疑兵。

中午时分,夏銮船队驶近南津港,太平军出战,夏銮所部用船炮进行轰击,接着便转舵佯败。太平军一开始还不敢追击,夏部见状,又转头开炮,太平军仍在犹豫;正在彼此相持不下之际,夏銮突然派出几艘舢板,斜刺里插入港湾。从外表看,舢板的体量并不比小拨大多少,太平军终于被惹毛了:大船或许还怕你,这样的小船居然也敢上门挑衅,看我不抓住你,把你的脖子拧断!

太平军驾着战船蜂拥而出,舢板假装害怕,一路退却。太平军左右围攻,很自然地就被诱入了伏击圈。看到对方上当,杨载福首先出击,抄袭敌尾;彭玉麟继起,拦敌之腰;褚汝航座船亦到,各方并力合攻,大败太平军水营,击毁其船只百余艘,曾天养连战不胜,向坐镇安庆的翼王石达开发去紧急报告,称"妖魔(指清军)十分作怪,难以取胜,恐岳州城池难守"。石达开训谕曾天养,让他灵活处置,事事提防,如果确实守不住岳州,即退赴下游坚筑营盘,一边寻机反击,一边等待湖北方面的增援。按照石达开的指示,曾天养主动放弃了岳州,转而在岳州东北的城陵矶筑垒固守。褚汝航等人进入岳州城,但这时的岳州已是空城一座,曾天养暂时退出,也不过是为了拥有更好的反击态势。

1854年7月27日,曾天养督四百余艘战船,以水陆联合的方式,反攻岳州。褚汝航对其水营再施诱敌伏击之计,负责诱敌的是先锋官苏胜。曾天养因为已经上过一次当,所以到了南津港即迟疑不进;苏胜故技重施,仍旧派舢板到太平军跟前晃悠。还是一样的配方,曾天养虽然明知其中可能有诈,但他这次是有备而来,也有意与湘军在水上比拼一下,故而全军出动,尾追舢板,进入了湘军预设的战场。彭玉麟等伏兵齐出,对太平军进行四面包抄,太平军亦摆开阵势,与之展开激战。

湘军在造船和水战的初期,更偏重于快蟹、长龙等大型战舰,舢板只是配角。然而实战暴露了大船的缺点和不足,快蟹、长龙都太过笨重,在靖港水战中不仅进攻时黯然无光,退守时也挡不住小划的突袭和围攻,损失惨重。

舢板是与小划同一重量级的战船,它的优点和好处也逐渐凸显出来——船小,目标也就小,不易被太平军的炮火击中;同时轻便灵活,有风张帆,无风划桨,重要的是无论在何种情况下,均能做到疾驰如飞。舢板虽然也装备有火炮,但更适宜于在江河作战中对太平军施以火攻,这一点通过湘潭水战得到了验证。湘军因此改变打法,将灵便的舢板推至前沿,置于主力之位,快蟹长龙则担负火力掩护和指挥之责。

双方硬碰硬地展开水上大战。曾天养出动大船,乘北风对湘军的舢板进行压制,然而压制并未见效;湘军驾驶舢板,突然斜刺里插入敌阵,向敌船掷以火弹,敌船篷樯起火,烟焰蔽江。

太平军的水勇很多系由船户充任,并未经过严格挑选和训练,虽然可能擅长驾驭船只,但缺乏作战技能,心理素质也很差。看到船只起火,一时惊慌失措,有人便想赶紧跳水逃命。督战军官见状,拔刀就砍,谁知这么一来,船上反而更乱了,遂成不可收拾之状。曾天养急忙下令退却。太平军的战船系由商船改造而成,运转不灵活,紧急情况下不退还好,一退就乱成一团,不是你撞伤了我,就是我挡住了你。

太平军大溃,水营将领、丞相汪得胜被杨载福当场刺死。湘军乘胜追击,连追七十五里,缴获大船七十六艘、火炮两百八十尊。与此同时,太平军陆营亦为塔齐布、彭三元等所败。曾天养、林绍璋无力再战,不得不挂出免战牌,直等国宗韦俊率水陆军前来,为其补足实力。

将计就计

岳州鏖战期间,韦俊、石祥祯等人终于攻破武昌,这使杨秀清、石达开得以把韦俊调出来,对湖南战区予以增援。韦俊是北王韦昌辉的弟弟,他带来的湖南将领,多属北王体系的人,皆能征惯战,集中于岳州附近的太平军实力因此得到很大增强。

1854年7月30日,韦俊与曾天养、林绍璋等合兵一处,二攻岳州。湘军水师相向迎击,双方以道林矶为战场,展开激战。最初太平军依岸防守,湘军进攻多次受挫,伤亡较多。及至薄暮,北风大作,太平军战船陆续增加至五六百艘,多数湘军将领都已心生惧意,认为应赶紧后撤。

湘军水师的战船尚不满百,数量上居于绝对劣势,如果这个时候撤退,将必败无疑,杨载福坚决反对撤退。"不冒死出奇招,今天谁都难逃一死!"说完这句话,他便亲自驾着舢板冲向敌阵,一下子就把全军的士气都给调动起来了。

湘军在战术上也及时进行了调整,开始实行车轮战法:即左边的船队先与敌交战,之后转帆退后休息,换右边船队上前开炮迎击;右船队打一会儿,也转舵休息,由左船队接替。

在获得敌疲我逸的有利条件后,湘军正副后营及先锋营进行两翼包抄,合力前攻。彭玉麟在被敌炮击中受伤的情况下,仍咬牙奋战,一俟绕至敌后,即乘风纵火。见船只起火,太平军官兵都忙着救火,导致阵形大乱。

身为统领的褚汝航挥旗督战,趁太平军陷入混乱之际,立即予以拦腰截击。其间一艘太平军的画龙大船与之狭路相逢,褚汝航猜想这可能是太平军的指挥船,便擒贼先擒王,抛开其他船只,对大船急起直追,并不断用枪炮进行射击。太平军本来就已势不能支,加上指挥船遭到重点打击,遂全线崩溃,各部纷纷弃船登岸,狂奔而逃。

道林矶水战,太平军将领黎振晖阵亡,被毁战船达四百余艘,折损千余人。这是岳州战事重开以来,太平军损失最大的一次战事。在此战中,杨载福、彭玉麟均以智勇兼备而扬名。当时陆师的塔齐布、罗泽南分为统领,杨、彭虽非统领,但论名气,却已与塔、罗不相上下。湘军内部也将四人并称为"塔罗彭杨"。

8月8日,曾国藩率湘军后续部队赶到岳州,并坐镇岳州直接指挥作战。

在曾国藩抵达岳州的前一天,曾天养等三攻岳州。他们在作为战场的城陵矶仅仅摆出数十艘战船,但却在城陵矶下游埋伏了小船两百余艘,又在螺山对岸埋伏百余艘战船,目的就是要以其人之道还治其人之身,引诱湘军攻入城陵矶,然后予以抄袭。湘军识破了对方这一企图,决定将计就计。当天,湘军水师鱼贯而行,装着懵懵懂懂的样子,进入城陵矶下。正当太平军按计划要抄袭其尾的时候,湘军陆师突然从靠岸树林中拥出,水陆同时夹攻。

湘军水师此时已总共装备洋炮六百尊,这些洋炮不仅是水战利器,而且亦可用于陆战。在击退抄袭和埋伏的太平军船队之后,湘军水师掉转炮口,配合陆师对岸上的太平军进行连续轰击。因为洋炮众多,炮子密集,顷刻之间,太平军便尸横遍野,曾天养的三攻岳州亦以失败告终。

自中路军出师以来,湘军特别是水师在岳州每战必胜,仅仅在太平军主动发起的岳州反攻战中,就已经三战三捷。除了策略得当,将士奋勇外,船坚炮利也是必不可少的一个条件。由于吸取实战经验,改进了船舰的制造技艺,在曾国藩看来,衡州船厂赶造的新船皆"精巧可爱",比去年要好三倍,洋炮配备也增加不少。总之,这一时期的湘军水师与过去相比,船舰更坚固了,火力也更猛烈了。曾国藩联系湘潭水战的情形,认为:"湘潭、岳州两次大胜,实赖洋炮之力。"

说到装备,陈辉龙、李孟群的两广船队比普通湘营还更胜一筹。随着曾国藩亲临前线,陈、李也已率各自的水营到达岳州。他们的队伍旌旗鲜明,刀矛如雪,船上装的洋炮全都是铜炮,而非湘营的洋铁炮,炮声出膛,响彻云霄。各湘营见了自叹弗如,人人称羡。陈辉龙、李孟群均非无名之辈,尤其陈辉龙,号称已打了三十余年的水战,经过大小数不清的战阵。听说湘军水师已屡战屡胜,陈辉龙自觉要是自己上去打,击破太平军将更加轻松不费力气。

1854 年 8 月 9 日,曾国藩抵达岳州的次日,韦俊、曾天养等从武昌方面得到强援,第四次反攻岳州。

太平军处于上游,湘军处于下游,当天刮南风,如果湘军要迎击的话,恰好顺风顺水。曾国藩自从在靖港水战中惨败后,已经明白了"顺风顺水,进则疾驰如飞,退则寸步难回",因此主张只守不攻。

曾国藩的主张没有能够得到部下的广泛响应。仅仅杨载福、彭玉麟和曾国藩持有相似的观点,认为顺风顺水,进易退难,其余将领皆跃跃欲试,求战心切。尤其陈辉龙更是急着要抢头功,他笑着说:以我这么多年的水战经验来看,顺风顺水并不危险,你们不用那么害怕,我带头冲上去好了。

显然,水师的常胜不败,让将领们都不可避免地有所膨胀,产生出急躁冒进的轻敌思想。同时也应该说,靖港水战的失败,究竟是败在顺风顺水,还是败在技不如人,这一点在湘军中并没有完全达成共识。就连曾国藩本人,其实也尚未能够百分百予以肯定;否则的话,他早就会在水师营规中加入关于顺风顺水作战的禁令了。

陈辉龙的意见得到了众将支持,就连杨载福、彭玉麟也觉得,就算是湘军所面临的出战条件不利,但军势如此,取胜也还是没太大问题。在这种情况下,作为主帅的曾国藩很难不产生动摇,遂同意出兵,但仍提醒陈辉龙等人务必注意风向变化。

死亡陷阱

当天,湘军鸣炮出击,向太平军所在的城陵矶扑去。陈辉龙如其所言,请缨担任出击部队的主力;褚汝航、夏銮同行;而杨载福、彭玉麟亦乘舢板观战。

曾天养闻报,站在城陵矶上观察,见湘军居然真的敢不顾水战大忌,在顺风顺水的情况下进击,他不由得笑了起来:"谁说曾妖(指曾国藩)知兵善战的?"发现对手失算,曾天养立刻出动小部队接战诱敌,主力则在漩湖港潜伏待命。太平军一直都想奉还给湘军的诱敌伏击之计,如今终于有望成功了。

陈辉龙的先锋将是水师游击沙镇邦,他随后督战并跟进。太平军小部队与沙部稍一接触,即诈败向象骨港佯退。太平军水营果然不堪一击,陈辉龙抱着这个念头,挥师直追。此时南风劲吹,战船顺流而下,渐渐难以控制。陈辉龙毕竟是水师老将,也可能是突然想起了曾国藩的临行嘱咐,他开始感到有些不对劲了。但是船速实在太快了,就在陈辉龙打算收兵之际,一转眼的工夫,沙镇邦已率战船冲进了象骨港。

象骨港就是太平军预设的伏击圈。曾天养亲自率队回攻,原先潜伏在漩湖港的太平军战船亦一齐拥出,进入象骨港,将沙镇邦紧紧包围起来。陈辉龙见状,赶紧领船援救沙镇邦。

湘军战船中,论块头以拖罟最大,只有一艘,用作了曾国藩的大帅座船。陈辉龙到长沙后,与骆秉章、曾国藩商量,认为江湖与海洋不同,水比较浅,所以必须再添造浅水拖罟数艘,以利作战。这表明陈辉龙还是大舰思维,他所乘坐的指挥船也正是这种浅水拖罟。恰恰是拖罟,在关键时候害了陈辉龙,指挥船在水流中央搁浅了!

水战中船只搁浅是最要命的,而且太平军一看船形,就知道那是重要将领的指挥船,于是都围拢过来。周围湘军的战船都想来援救主将,无奈水急风烈,难以靠拢。拖罟被太平军围在中间,很快就支持不住,陈辉龙被杀,指挥船亦被夺走。

败则相救,不离不弃,是湘军有别于绿营之处。身为水师统领的褚汝航及营官夏銮,本与象骨港有着一定距离,但见前队遭到伏击,明知危险,仍各自率部前来救援。陈辉龙救沙镇邦,褚汝航、夏銮救陈辉龙、沙镇邦,结果却是他们谁都救不了谁。前队因顺风而无法收队转身,其靠近岸边的部队,又因已迫近太平军营垒而无法登陆;后队欲发炮,恐伤前队战船,欲回撤,都不用太平军上前围堵,风向水流就能让他们有家难归,有队难回。湘军人心慌乱,立时大败。打头阵的陈辉龙营全军覆灭,沙镇邦被杀死;褚汝航、夏銮两营也损失惨重,褚汝航、夏銮均在激战中被击伤,落水而亡。

象骨港成了湘军的死亡陷阱,湘军一个营一个营冲进去,又一个营一个营地掉坑,直至灭顶。见救援的危险性已等同于自取灭亡,而且也失去了成功的可能性,其他水师各营都不敢再战,只得转舵后撤。实际上,若不是本来只在旁观战的杨载福、彭玉麟挺身而出,力守要害,使得太平军在完成围歼后,未能乘胜再进,湘军水师的损失还要惨重。

广东千总何若澧随褚汝航、夏銮驶船往救,亦被太平军击毙,这样总计有五名以上水师将领折戟,其中以统领褚汝航、总兵陈辉龙的身份官职为最高。官兵阵亡数百,战船、炮械损失近半。三个精锐的水师营,一个整建制被消灭,另外两个也丧失了战斗力。

湘军水师由曾国藩一手创建,花了许多心血,损失如此之大,是先前没有过的。曾国藩闻之伤心落泪,同时对水战的复杂性也有了更深体会,以后即给湘军水师定下规矩:但凡接敌作战,最好是逆风逆水,其次是顺水逆风,在顺风顺水的情况下则严禁出战,有违禁者,严惩不贷。

太平军在象骨港水战中发挥最好的战船,依然是小划。继靖港之战后,湘军再次饱尝了被小划袭击和围攻的滋味,因为周围攻上来的小划太多,水勇目不暇接,最后导致惨败。就连被陈辉龙所看重并以之为指挥船的拖罟,也被太平军缴获,转而成了曾天养的座船。同样,杨载福、彭玉麟也不是靠大船,而是靠舢板才挡住了太平军的乘胜进攻。

船舰大小悬殊,性能各异,但灵活应战,则仍以小船为佳。象骨港水战的次日,曾国藩即飞鸿省城添造舢板,计划再为水师补充数十艘舢板,至于太平军所用的小划,也要想办法招募一百艘。他的想法是下次再在水上与太平军作战时,要大批出动舢板、小划,向太平军战船抛掷火球,用火攻战术扰乱敌阵。他认为,若使用这种打法,可能对付太平军更为有效。

曾国藩本拟等船只补充后再战,这时杨载福入帐请战,表示城陵矶大败严重挫伤了水师锐气,若是一味坐守,今后仅在气势上就可能会被敌人压制住。曾国藩也有此顾虑,又见水面已不是顺风,处于顺水逆风的次好作战条件,便派杨载福前去对太平军进行突袭。

太平军大获全胜后,难免会有骄傲懈怠情绪。杨载福抓住机会,突袭得手,在击败水营后,重新夺回了被太平军所缴获的三十余艘战船。

相对于象骨港水战中的大败,杨载福的这次突袭只是小胜,不过是为振奋水师士气而已,真正改变战局的,还是陆师。

转 败 为 胜

1854年8月11日,象骨港水战后的第三天,塔齐布率队追至擂鼓台。太平军将领都是水陆兼用,打完水战打陆战。曾天养急忙从城陵矶上岸,正打算扼险扎营,营垒还没建好,塔齐布就掩杀过来。

曾天养在城陵矶一役中,屡败之余,竟仍能出奇制胜,覆败湘军水师,杀其数名大将,不仅令湘军为之丧胆,而且也极大地鼓舞了己方水陆两军的士气。在曾天养的督率下,太平军陆营均能力战,塔齐布兵团与之交战不久,渐渐不支。塔齐布见状,已不得不打算撤退。

恰在此时,身先士卒的曾天养胸前中了一颗流弹。曾天养红了眼,大吼一声:"我今天就死在这里了!"亲率数十名骑兵向敌阵冲去。他们这一队人如流星赶月,锐不可当,湘军阻者死,逆者亡,一连被杀死杀伤数十人。

塔齐布的打仗风格与曾天养一样,也是最喜欢突前厮杀,见曾天养杀出,如何肯躲到一边,于是也打马冲了过来。曾天养一看,撇下众人,单枪匹马地直取塔齐布,一边怒吼着"塔妖,我来要尔命",一边挺矛直刺。这一矛刺过去,正中塔齐布的坐骑。

眼看塔齐布就要落马丧命,未料曾天养在准备拔矛再刺时,用力过猛,加之已中弹负伤,动作和反应先已慢了下来,塔齐布的亲兵黄明魁趁机出手。

众所周知,塔齐布身边要么不带亲兵,要带的话就必须是精中选优的武士。黄明魁的身手自然了得,当即抓住空隙,用矛将慢了一拍的曾天养刺翻于马下。周围的湘勇蜂拥而上,将曾天养乱刃杀死。

曾天养是西征军中最著名的一员大将,据说他每攻克一城,严禁部属奸杀掳掠,但对清兵却毫不留情。故而连湘勇在他活着的时候都怕他,即便在他死后,看见他的尸体还有战战兢兢的感觉。

曾天养死不瞑目,湘军割其首级,悬于营门之上,看上去依然目光炯炯。湘勇出营,都不敢从他的首级下面走。到了需要掩埋尸体之前,湘军内部只得先为其举行斋醮仪式,以免留下心理阴影。

曾天养死后,两湖太平军茹斋(即吃素食)六日,为之痛哭祈祷。岳州前线的太平军则士气大挫,新兵逃散者数以万计;相反,湘军人心大定,情绪完全稳定下来。曾国藩在给朝廷的奏报中,直言曾天养之死关乎敌势盛衰,对双方胜负的转移变化起到了决定性的作用。

尽管如此,湘军要想在城陵矶奠定胜局,也并非易事。曾天养死后,韦俊主持岳州战事,因风雨交加,双方暂时休战。1854年8月14日,塔齐布再次挥师猛攻城陵矶。塔齐布是一个勇战型的将领,谋略不足是他最大的问题。韦俊在这一点上做文章,设伏于城陵矶,击其中路,湘军将领褚殿元、刘士宜当场战死。危急时刻,策应的罗泽南杀入应援,这才转败为胜。

罗泽南在湘军中最早领兵出省作战,而且弟子遍布湘军,李续宾等营官皆奉其为师,任湘军陆师统领完全够格。不过罗泽南自到达岳州前线后,从未像塔齐布一样主动出击,这使太平军想当然地认为他是胆怯惧战。同为陆师统领的塔齐布几次使用激将法,想激罗泽南出战,孰料不刺激还好,一刺激,罗泽南更不出战,而且营垒紧闭,就好像唯恐营门关得不严,敌人会变成苍蝇飞进来一样。

到底是只会读书的书生,胆子小,怕死!行伍出身的塔齐布不能不产生如此想法,城陵矶遇伏虽仰赖罗泽南所救,但仍难以改变塔齐布对他的固有印象。

曾天养之死令西征军总部深感不安,在林绍璋已论罪革职、调离湖南的情况下,又派国宗石镇仑率万余人,自武汉开来岳州,对韦俊予以增援。

石镇仑在到达岳州的次日,即亲率湖北援军,对罗泽南营发动进攻。罗泽南平常都是固守营垒,这次却一反常态,率全营杀出,而且往来冲杀,毫不畏惧。石镇仑初来乍到,本指望拣个软柿子捏,没承想碰到的却是块鹅卵石,当即铩羽而归。

罗泽南是个理学家,他把理学中的"主静"与实战结合起来,摸索出了一套具有自身特色的战术,其突出的特点即以静制动,后发制人。别人以为他怯战,其实他就像功夫擂台上的武林高手,在等待对手先出招,以便发现和利用对方的破绽。

石镇仑听韦俊等人介绍,以为罗泽南易于对付,这就犯了轻敌冒进的毛病;其次他刚到岳州,对地形还不是很熟悉,而罗泽南却以善于观察地形著称。曾国藩保举罗泽南时,特别指出,他的最大优点就是能够看地形以据险要。事实上,战前罗泽南早就按照地形配备好了兵力,石镇仑来攻,等于进入了罗泽南预先设定的模式,想不败都难。

罗泽南的惊艳一战,令塔齐布解除了对他的误会。人们开始对这位有勇有谋的湘军大将刮目相看,认为若论打仗的能力,湘军陆师以塔齐布为最高,其次就轮到了罗泽南。甚至到了后来,在外界看来,他们两人其实各有所长,不相伯仲。

一个很不寻常的信号

石镇仑的来援,没能改变太平军在岳州的颓势,塔齐布、罗泽南联手，不断发起攻势并获胜。趁太平军主力被牵制于陆路，曾国藩迅调水师，从侧背猛袭擂鼓台，实施水陆夹击。随后，李孟群又赶来岳州，对城陵矶下游的太平军屯船发动试探性进攻，亦小有斩获。

塔齐布派人侦察，发现位于高桥的太平军军营内，灯火往来如织，似乎特别忙碌。这是一个很不寻常的信号，显示太平军可能想要北撤。1854年8月25日，依据塔齐布所提供的情报，罗泽南率军直扑高桥，发现太平军营垒中虽然旗帜飘扬，但守兵寥寥，部队差不多已经撤光了。

西征军总部对争夺岳州已失去信心，也不想再在岳州战区消耗兵力，石镇仑、韦俊确实是在奉令北撤，回鄂固守。为了阻止湘军追击，减少撤退时的损失，他们采取了逐步退却的办法，在舍弃高桥、大部分兵力业已北撤的同时，仍在城陵矶保留了两万兵力。

塔齐布获悉，立即追至城陵矶。一到城陵矶，他单枪匹马就往太平军阵地冲，以往除了他及其劲敌曾天养，没有第二个战将敢这么做，而今便只有他一个人了。在塔齐布身后，湘勇们继之而起，战场瞬间掀起高潮。此时大雨如注，东南风大作，如此恶劣天气，反而给湘勇添了声威，全军趁势猛扑，不顾一切。太平军主力重视扎营筑垒，城陵矶营垒前预设了数丈宽的竹扦阵，还有两重壕沟，但湘勇视若无睹，奋身跃进。其间，喊杀声与风雨声相应，声震天地。塔齐布前后共击破十三座太平军营垒，一举克服城陵矶。同一天，水师奉曾国藩之命，亦分三路出击，且穷追两百里，前锋迅速推进至湖北嘉鱼县境。

曾国藩从长沙出师时，兵分三路，除西路军因太平军撤出，已不战而胜外，以江忠淑所率楚勇为主的东路军，也攻下了通城。至此，曾国藩迫使太平军退出湖南，进而进兵鄂省，争夺武汉的战略目标业已达成。咸丰闻奏，下旨着赏曾国藩三品顶戴，让他统领水陆大军,直捣武汉。

曾国藩下一步自然是要打武汉,都不用咸丰催,问题在那个三品顶戴上。曾国藩是在籍礼部右侍郎,本属正二品,虽因靖港失利而自请革职,但当时朝廷也没说革什么职务。如今冒冒失失地又赏一个三品顶戴,这到底算是惩罚还是奖励?曾国藩不好明说,只得上了一个谢恩折,以自己正丁忧在籍为由,把皇帝赏的三品顶戴给推掉了。

城陵矶号称长江中游第一矶,攻下城陵矶后,曾国藩决定水陆并进,待水师进至金口后,再商议进止之策。象骨港水战后,湖南后方按照曾国藩提出的要求,除为湘军水师添造了数十艘舢板外,又招募了小划一百五十只。曾国藩仿效太平军,每艘小划多则配置六七人,少则配置三四人,用以增强水师的机动灵活性。经过重新配备,湘军水师在原有船坚炮利的基础上,行动更加灵活,相比于太平军水营,最大限度地弥补了自己的短板。自1854年9月初起,湘军水师顺流东下,搜歼各个支湖小港的太平军残部,进占蒲圻。蒲圻即今之赤壁市,乃当年赤壁大战的古战场所在地。以蒲圻为起点,他们又乘虚攻占了沿江各要隘,直至在金口驻扎。

因为在岳州战场屡次大胜,并迫使太平军退出湖南,湘军的陆师将士同样自信心大增,弁勇几乎个个强悍能战。罗泽南率千名湘勇主攻,胡林翼率六百黔勇助攻,夺取了险隘佛子岭。继而当太平军大部队猝至环攻时,罗泽南又巧妙使用自己以静制动的战术,把太平军诱进自己的伏击圈,反过来抄袭得胜。

9月25日,罗泽南、塔齐布会攻崇阳。城上枪炮如雨,滚木礌石纷纷而下,参与强攻的兵勇不少人都或死或受重伤,但其余人依旧冒死攻城,而且人人皆以退缩为耻。当然,既有罗泽南参与,攻城也是讲战术的。湘军采取声东击西的战术,先强攻东门,在将守军的注意力和兵力吸引到东门后,以劈山炮轰破西门,从而迅速攻克了城池。10月初,陆师攻克咸宁,进占纸坊。纸坊与水师所驻的金口一样,距武昌都在仅六十里范围之内。

近在咫尺

曾国藩从他开始参与兵事开始,就注定是一个战略方面的高手。早在创建湘军之初,曾国藩就确定了湘军的基本战略,即以上制下,先剪枝叶,再拔根本。所谓"上"和"枝叶",系指以两湖为依托的长江上游,包括沿江各重镇要地,所谓"下"和"根本",则指天京。等到创立水师,曾国藩对他的战略理论又做了进一步发挥。他认为长江出四川以后,可分为三大镇:其中荆州为上镇;武汉为中镇,九江次之;建业(天京)为下镇,京口次之。

太平军已占领建业,又在九江、安庆据城自守,建立根据地,如果他们在掌握武汉之后,再夺取荆州,便可独占四千里长江战线。占有长江,意味着将清帝国斩为两段,北方军队不能渡江往南,南方军队亦不能渡江往北。在当时的通信手段和条件下,南方军队包括湘军与朝廷的联系也将被切断,彼此音讯阻隔。显然,武汉势所必争,对于湘军更是如此。因为只有打下武汉,才能与北方相连接,也才能与朝廷及其北方军队保持畅通无阻。基于这一理由,当初曾国藩在衡州誓师出征时,便已以援鄂作为号召(彼时武昌尚未被太平军所攻占)。

武汉近在咫尺。1854年10月6日,曾国藩偕李孟群、杨载福来到汉阳附近的沌口镇,登上小军山,遥望武汉。太平军水营发现后,派战船前来进攻,但被杨载福等人轻易击退。两天后,按照原先的约定,塔齐布、罗泽南赶到金口,在曾国藩的主持下,与水师将领会商进攻武汉的方略。

由于被长江、汉水所分割,武汉形成了汉口、汉阳、武昌三足鼎立的格局，合称武汉三镇。三镇里面，汉口是商业要埠，无城墙可守。汉阳也只是普通的府城。只有武昌，不仅是华中重镇，湖北省府所在，而且城大墙高，蛇山内踞，江湖外绕，易守难攻，故而历来的武汉攻守，重点都是围绕武昌进行争夺。根据武汉三镇的特点，曾国藩决计以水师先肃清江面，割断三镇太平军的往来，同时协助陆师，以炮火攻击沿岸的太平军营垒。

驻守武汉的太平军有两万余人。湘军虽因老湘营、楚勇等部，或留防湖南，或驻守通城等地，兵力减少较多，但荆州将军官文已派魁玉等率兵勇五千人前来增援，故而总兵力也仍在两万人左右，数量上不占明显劣势。对于需要攻克城墙的武昌、汉阳，曾国藩的方案是派湘军陆师进攻武昌，汉阳则交由魁玉等统领的鄂军进行围攻。

太平军白手起家，受习惯思维的束缚较少，打仗非常灵活，故而在战略战术方面，有许多让人眼前一亮的创见。古代守城的习惯做法是实施环形防御，其缺点是兵力会被分散在城墙之上，失去机动作战的能力，从而使自己处于被动地位。同时由于各处的兵力被摊薄，又给敌人造成了随处都可以进行突破的机会，为纠其弊，兵法上便开始强调"守城必守野"。太平军将"守城必守野"扩展成了"守险不守陴"。"陴"即城墙，也就是说太平军会将主要兵力部署在城外几个险要地方，构筑要塞，机动地迎击敌人。这样太平军在防御守城时，就能做到既集中兵力，又抢先据有地利，在作战中更容易争取主动。

罗泽南以善于观察地形著称，他在实地侦察后还画了图纸。通过侦察，可以发现太平军为了守住武昌，按照"守险不守陴"的一贯做法，在武昌上游的南北两岸都建筑了防御要塞。南岸要塞在花园，北岸要塞在虾蟆矶。两岸的设防情况差不多，但太平军精兵主要集中在花园，此处更有长壕巨障，延袤数里，绝非易取之地。

罗泽南认为,只要击破花园要塞,武昌便可不攻而下。他建议派重兵进攻花园,另以一军驻于洪山作为犄角,防止太平军绕袭身后或者逃逸。

塔齐布、罗泽南并为统领,但塔齐布统兵较多,有八千人,罗泽南只有三千,罗泽南的意思是让塔齐布兵团进攻花园。塔齐布兵团一向是塔战周谋,塔齐布只管阵前冲锋陷阵,谋略方面完全交给周凤山处理。周凤山听了罗泽南的建议后,却表现出了畏难情绪,显见得是不太愿意受命进攻花园。

罗泽南见状,一甩袖子,慨然表示:"我的军队兵力少,本不足以当大敌,但如果确实无人肯担此任(指进攻花园),泽南愿意接过来!"仅仅有此勇气,就已可敬可佩,曾国藩当即从鄂军中拨出川勇千人,加上宝勇千人,归罗泽南指挥,命他进攻花园。塔齐布进攻洪山,虾蟆矶则由鄂军攻取。

三路齐下

1854年10月12日,曾国藩督军自金口出发,沿江三路齐下。湘军水师自褚汝航战死后,杨载福、彭玉麟继任水师统领,由于彭玉麟正处于伤病中,未得参战,杨载福独负其任。在他和李孟群等人的直接指挥下,水师分前后两批出战,前军自中流飞驰,冲过盐关,出现在太平军侧后;后军自上而下,待太平军水营迎击后军时,前军即分两翼抄绕而上,与后军形成夹击之势。

武汉的太平军水营拥有数以千计的船舰,但全部都是由民船改装而成,有的甚至并未改装。它们没有原装制造的战船坚固,好多船都无法承受大炮的后坐力,脆弱一些的,仅仅放炮的时候就能把自己的船身给震破。与湘军水师配备清一色的洋炮不同,水营配备的绝大部分都是两三千斤重的土炮,射程尚不及数百斤的洋炮,而且还特别容易炸膛。除装备落后外,太平军水营更为严重的问题是,缺乏具有专业素质和经验的水军将领。曾天养等人都是水陆兼用,但就是这样已具备一些水战指挥能力的将领也不多,在沙场上一旦战死或调走,马上便出现了空白。

武汉战区的太平军负责人为国宗石凤魁,此人是石达开的堂兄,不谙军务,却妄自尊大,因为粗通文墨,便自以为才兼文武,不肯听从他人意见。本来湘潭战败,太平军退居岳州,就已经给他敲响了警钟。如果从那个时候起,石凤魁就抓紧做好战守准备,时间还是充裕的,但他刚愎自用,没太当一回事。佐将黄再兴到武昌履任不久,见石凤魁举措失宜,料定他必不能守,遂密奏回京,请另派骁将来代,然而已经来不及了。

由于未充分做好战备,湘潭、岳州水战败多胜少的心理阴影,也就自然而然地从湖南跨境跑到湖北,传染到武汉水营,致使官兵都不同程度地产生了畏战怯敌心理。在湘军的前后夹攻之下,太平军的江上防线很快就被冲破,官兵尽毙于水。曾国藩为激励士卒,悬出重赏,宣布谁能夺得太平军的五彩大船,便赏钱十万文。只一会儿工夫,水师就缴获了六艘五彩大船。这一天,湘军共击沉烧毁太平军船舰五百余艘,摧毁沿江营垒九座,太平军南北两岸之间的联系被完全隔断。

按照曾国藩的战前部署,湘军和鄂军分别向各自的目标进发。其中罗泽南进攻花园为最大的难点,也是攻克武昌的关键。花园外濒大江,内枕青林湖,共设立大营三座,安炮百余尊,既可向北面长江中的湘军水师射击,又可南向拦截湘军陆师。所以罗泽南才说,欲取武昌必取花园,拿下花园也就等于拿下了武昌。

原先太平军水营都泊守在花园和虾蟆矶的下面,水陆两军在作战时可以相互支援,但在水营已被湘军近乎打垮的情况下,太平军只能单纯靠要塞进行防守。尽管如此,两大要塞尤其花园仍很坚固。

根据花园的地形特点,罗泽南与李续宾等人分兵三路,从湖边、江边、中路进击。太平军在大营外围挖掘了宽两丈、长约三里的深壕,引长江水入内,形成了类似护城河一样的障碍。深壕周围建木城,木城开有炮眼,可供枪炮施射。除此之外,壕外还有木桩,桩外有竹扦、荆棘等,对进攻者而言,具有一定的难度。罗泽南下令,把小枪、抬枪里的弹药上满,全部匍匐前进,等到达太平军木城营垒前,再一鼓作气将其拿下。弁勇们严格遵守战术要求,冒着弹雨,三次整体匍匐前进,又三次发动攻击,终于在越过深壕、击破木城后,攻下了花园要塞。

虾蟆矶无论兵力还是布防的严密程度,都远不及花园,花园建有木城,虾蟆矶只有土城。鄂军没费太大周折,便冲入土城,攻下了虾蟆矶。之后他们将土城付之一炬,对岸湘军正在焚烧太平军营垒,江中水师也在焚船,一时间,南北两岸的大火与江中火焰竞相飞腾,天为之赤。

塔齐布攻占洪山,控制了武昌南面的这一重要高地,但其成就感显然是不能与花园之役相比的。得知罗泽南拿下花园,塔齐布真是把肠子都悔青了,还少见地责备了周凤山,认为他这一次谋事不周:"罗君终究是个书生,兵力又比我们少,却勇当大敌,而我们反有意避开,真是要让人笑话了!"

天已经黑了下来,然而杀得兴起的湘军水师仍不想即刻收兵。李孟群、杨载福麾军前进,用船炮将沿江木栅一一轰毁,其间一炮击中了太平军的火药船,当即引起剧烈爆炸,周围船只及其太平军士兵都被炸得飞了起来。湘军水师连夜攻下了鲇鱼套口。鲇鱼套口为武昌南湖的入江口,湘军到达这里,离武昌南面城门望山门就不远了。

武昌城头,早已经是一片混乱。石凤魁惊慌失措,在巡视武昌城时,连杀缒城逃兵数十人。

疯狂打法

次日再战。水师李孟群、杨载福等人分别向汉阳的朝宗门、塘角,以及汉口发动攻势。杨载福攻下塘角,焚毁船只三百余艘,接着又追至青山。太平军在城头用大炮对他们进行轰击,面对猛烈的炮火,舢板上的湘勇竟全部直立在船板上,有个别弁勇想要俯首避弹,还被众人耻笑为懦夫之举。

水师初建时,内部曾讨论过,应该如何避开敌人的炮火,或减少损伤。后来他们用了很多种办法,比如覆盖渔网、湿棉絮、牛皮、盾牌等,但都作用不大。到了武汉之战,杨载福便干脆下令将防护物全部撤去,要求战船猛打快进,一直冲到太平军火炮射击死角内,从而使太平军的火炮失去作用。自武汉战役后,湘军水师中的"避炮论"便逐渐销声匿迹,大家都向杨载福营学,因为谁都不想当懦夫,被其他水勇看扁。

湘军陆师在进攻崇阳城时,兵勇以退缩为耻,这种战斗作风已堪称强悍,把绿营八旗都给抛到了身后。如今湘军水师又以自己的疯狂打法,甩开了陆师。太平军在城头上看到后,皆相顾失色,军心更加动摇,缒逃的士兵越来越多,石凤魁一天杀百人也止不住。

当天经过水陆各部的猛烈攻击,至战斗结束时,武汉江面已无太平军船只,城外亦无太平军营垒。石凤魁、黄再兴等人无心再战,于第三日凌晨弃城而逃。汉阳守军亦于同日弃城东走,二者相距仅一个小时。第四天,湘军水师乘大胜之际,围攻来不及撤走的汉水太平军水营,千余船舰或被击沉,或被烧毁,无一逃脱。自与湘军交战以来,这是太平军水营损失最为严重的一次,武汉战区的水营被整建制全部消灭,船舰损失两千余艘。

在四天的鏖战中,湘军仅伤亡两百多人,以如此小的代价就攻克武汉,并重创太平军,连曾国藩自己最初都觉得意外。要知道,当初清军仅仅为守住武昌,就已经死了两个巡抚、一个总督。对于收复武昌,必将耗时费日以及自身可能伤亡巨大这一点,大家在战前都是做好心理准备的。

不过,在看了石凤魁的官署状况以及检视战利品后,曾国藩突然又觉得并不那么意外了——石凤魁官署里面的建筑和设施均使用楠木材料,仅一张床就价值千金。水陆两军在战斗中还缴获了黄伞三百余柄,金冠、龙袍各百余件,其他签筒、笔架等物两千余具。一个仅相当于清朝湖广总督的太平军官员,居然奢侈到这种程度,实在令人瞠目结舌。看来石凤魁是把战备的精力和资金,都用于个人铺张和摆威风了。如此,焉得不败?

接到武昌、汉阳克复的捷报,朝廷自然更是喜出望外。咸丰当即下旨,赏曾国藩二品顶戴,署理湖北巡抚,并加恩赏戴花翎;塔齐布赏穿黄马褂,并赏给骑都尉世职。

武汉战役,塔齐布并不是战功最大的,即便在湘军陆师中,也不及罗泽南,沾光的是他的旗人身份。相比之下,被塔齐布奉之为大帅的曾国藩就比较郁闷了。他原先就是正二品的侍郎,如今给他的奖赏还是二品顶戴;官衔仅为湖北巡抚,而且还是"署",也就是代理,不是正式任命。敢情因为上次靖港之败,已经把我的职务全都撸光了?可是朝廷也没正式下文呀?曾国藩心里难免会对此有些不快,于是上折请辞,理由与上次请辞三品顶戴一样,即母丧未终制,不便接受恩赏。在其他奏折中,他也照以前的办法,只署"前礼部侍郎"衔,并不署"署湖北巡抚"。未几,曾国藩就收到了咸丰的批复。咸丰说早就料到你要请辞了,考虑你还要继续带兵打仗,所以已收回成命,另赏兵部侍郎衔,用以办理军务。

因收复武昌,湘军声威大震,曾国藩更是信心百倍,决定继续领军东征,并制订了三路进兵、先破田家镇、再攻九江的计划。自1854年10月28日起,三路军先后出动。曾国藩将湘军陆师作为南路军,水师作为中路军,两支大军都有招牌人物,"塔罗彭杨",军中士卒视之为偶像,就连沿江村市,对四人的大名也如雷贯耳。两军东下之后,旌旗招展,气势颇盛,尤其是南路军,在塔齐布、罗泽南的统率下,分别进克大冶和兴国。太平军的田家镇防线,北以田家镇为中心。南以大冶、兴国为中心。湘军通过攻克大冶、兴国,既巩固了武昌南面防御,又得以扫清东进障碍,打开了防线门户。

当然,曾国藩的此次部署也并非无懈可击,最大的问题还是出在北路。位于长江北岸的北路军,由绿营兵勇为主的鄂军组成。鄂军兵力单薄,而且战斗力也较差,武汉战役中完全是倚仗着湘军之威,单独作战便现出原形,结果被太平军堵于蕲州一带,无法前进。由于鄂军未能在岸上形成策应,中路的水师也被牵制在蕲州。在此期间,塔齐布、罗泽南已分头进逼长江南岸的半壁山、富池口。

失误和漏洞

在半壁山督师的太平军统帅是燕王秦日纲。秦日纲早在永安封王时,就被封为天官正丞相,列于群臣之首,仅在东西南北翼五王之下。湘军进攻武汉前,他奉命前往湖北一带稽查河道,行抵九江,才知道清军已攻克武汉,守将石凤魁、黄再兴退至田家镇。秦日纲一面痛责石、黄失机,命他们带部队驻扎田家镇听候调度,一面连忙禀奏东王杨秀清。

秦日纲的禀奏尚未送至天京,杨秀清已传来命令,将石凤魁、黄再兴解赴天京。半壁山、田家镇是湘军东下九江的必经之地,也是太平军重点设防的要隘。杨秀清吸取武汉战役兵力不厚,且无资深大帅统领的教训,决定在半壁山、田家镇集结四万精兵,并急命秦日纲速赴田家镇前线主持战事,又调国宗韦俊、石镇仑、韦以德等从芜湖赶赴田家镇,协助秦日纲防守。

太平军在田家镇采取的是夹江为营的结寨方法,即在长江两岸选择有利地形构筑营寨工事,同时设置拦江铁链、竹缆,以阻敌人水师。秦日纲到田家镇后,急速加强布防。他在北岸田家镇不仅建立大营,厚集兵力,而且还添筑两里长的土城,密排炮眼,对准江心;南岸半壁山结营五座,外挖深沟,内筑炮台,围以竹扦、木桩。

太平军有一种水上的防御性营寨,名为木簰水城。"簰"同"排","木簰"也就是木排,这种营寨是将大木排扎在水中,上面搭板屋,造望楼,形成木城。木城上开炮眼,可以架起火炮,向外密集射击。太平军在天京水营等处多有设置,专门用来控制江河要道。杨秀清特地派人给秦日纲送去一座可逆水上行的新式木簰,令秦日纲依样添造,以作冲击和防守之用。与武汉战役相比,此次战前准备不能算不充分,甚至可以说,太平军历次夹江为营,以这一次的布置最为严密。然而遗憾的是,其中仍存在着较为严重的失误。

如果说"守险不守陴"是一种积极防御,秦日纲在田家镇的布防则又退回到了消极防御,即过于看重防御工事的作用,而忽略了自己的运动战之长。北路的鄂军较弱,鄂军主将魁玉历史上还曾是太平军的手下败将。既然如此,太平军完全可以从北路主动出击,对鄂军进行突袭,这样不仅可以在鄂军身上找到便宜,而且通过拊武汉之背,至少能迫使湘军水师不战自退。

曾国藩东征的最大软肋,其实还不在于北路军的配置上,而在于他因急于东进,已把湘军全部集中于前线。武汉后方十分空虚,留守武汉的湖广总督杨霈又昏庸不知兵事,太平军若乘虚而入,直插武汉,湘军将立刻陷入困境。届时不但湘军水师,就连陆师也非得回援武汉不可。

秦日纲一味待敌而至,纵使拼命加固防御,亦只能陷入被动挨打的境地,同时他在细节上也有不少漏洞。田家镇防线固然是以北岸为中心,但南岸也很重要,尤其孤峰突起、俯瞰大江的半壁山天险,可谓是一夫守之,百夫莫敌。第一次田家镇战役(即江忠源失守田家镇的那次战役)时,当江忠源赶到田家镇,得知半壁山已被太平军控制时,当即顿足叹息,因为知道半壁山一失,田家镇必危。

曾国藩三路用兵,北路最弱,且已被阻于蕲州。南路和中路最强,南路陆师甚至已闯入防线,逼近半壁山。对秦日纲而言,较为合理的部署,应该是加强南路。可他的排兵摆阵却恰恰相反,北岸兵多,从田家镇至蕲州四十里一线,遍设营垒,而南岸的兵力却相对较少,实力上远不如湘军陆师。同时北岸因为营垒分散,也很难将兵力集中起来对南岸进行策应。

秦日纲布局上的失误和漏洞给对手创造了机会,曾国藩决定先取南岸。1854 年 11 月 18 日,湘军奉命向田家镇南岸开进,其中罗泽南进攻半壁山,塔齐布进攻富池口。半壁山相当于一座城池,要守住它,其实完全可以套用"守险不守陴"的思路。即利用半壁山周围险峻的地形条件,建立坚固的防御工事,然后诱使湘军攻坚,挫其锐气,歼其有生力量。可是秦日纲也没有这么做,太平军在南岸的兵力大多被集中在半壁山上,并没有撒开,似乎就坐等着被湘军围困。

11 月 20 日,罗泽南兵团推进至半壁山南面的马岭坳,此处距半壁山仅三里,等于就在眼皮子底下,秦日纲这才紧张起来。若太平军能够早一点在马岭坳设阵地阻敌,乃是最好的;此时既然为时已晚,就不如退而求其次,依托半壁山作战。秦日纲想到的却是下下策:在营垒之外,与湘军决战。号令发出,半壁山守军数千人下山出击,田家镇大营派千人过江助战,潜伏隐匿于附近民房中的太平军千人亦纷纷突起,合计已逾万人。

罗兵团这时尚未在马岭坳扎营,闻讯跑到野外迎战。马岭坳下湖汊纷错,只有两个土堤可通行人,罗泽南带兵先在堤上列阵,准备等李续宾部一到,即行开战。但太平军已经冲了上来,双方立即纠缠在一起。

坚忍不发

罗兵团一共才三千人,又缺了很大一部分,数量上更居劣势。太平军仗着人多势大,对罗兵团实施步步紧逼,罗兵团阵脚微乱。罗泽南见状,唯恐所部溃败后不可收拾,当即亲率数十名勇士,跃马冲入敌阵,奋力砍杀。太平军被镇住了,这才退往堤北。

罗泽南能与塔齐布并峙,绝非浪得虚名。他虽是书生领兵,却不是像周凤山那样只有谋无勇,到了战场之上,他的武功和勇气均不亚于塔齐布,乃湘军"结硬寨,打死仗"传统的又一个典型代表。所谓"结硬寨,打死仗",就是扎营时营垒务求坚固,打仗时则豁出性命不怕死。在太平军退缩后,罗泽南从右堤冲出,回马杀进左堤,左驰右突之间,如入无人之境。

罗泽南身先士卒,以主将之勇,鼓舞和带动了整个队伍。罗兵团以少敌多,与太平军对阵三个小时,仍不分胜负。此时李续宾率后队赶来接应,罗兵团士气大增,接着李杏春部又从左堤突入。太平军三面受敌,开始败退,罗兵团紧追不放,跟随其后,冲进了太平军用于防守用的土垒,并将土垒付之一炬。

太平军在南岸无阵地可依,被逼至江边。到了江边,众人争先恐后地抢夺过江船只,秩序混乱不堪。尾追而至的罗兵团趁机跃入船中厮杀,江上原本还架有浮桥,太平军一看,生怕罗兵团缘着浮桥过江,赶紧将浮桥截断,恶战这才告终。一天仗打下来,太平军被砍杀溺毙者达数千人之多。显然,如果能把这些兵力部署在险要之地用于阻击,实际效果要好得多。

与秦日纲只知浪战,不知道保存自己的有生力量不同,罗泽南就很懂得掌握战斗节奏。当次日太平军到营前挑战时,他便采取自己惯用的以静制动战术,命令部队紧闭营门,并告诫诸将不得轻举妄动。罗兵团一连休整了三天。三天过后,罗泽南才打开营门,准备与塔齐布兵团会合后迎击敌人。

此前塔齐布兵团早已进入富池口,并在军山嘴击败太平军。军山嘴距罗兵团营地仅十余里,但中间隔着一条小河,塔兵团要与罗兵团会师,必须搭建浮桥过河。当天浮桥尚未搭成,秦日纲已派太平军千人前来进行突袭,搭桥遭到阻遏。

秦日纲从北岸增调部队,与半壁山营垒的原有人马会合一处,计有两万人之多,向罗泽南兵团发起攻击。秦日纲自己也在半壁山上高坐将台,持令旗指挥作战。塔兵团无法过河,罗兵团经过三天前的那场恶战,部队也有伤亡,这时能参与作战的弁勇一共只有两千六百人,与当面之敌相比,众寡悬殊。有人腿肚子开始不由自主地哆嗦起来,三名勇丁临阵做了逃兵。李续宾发现后,骑马追上去,一一予以斩杀,这才稳住军心。

罗泽南虽已决定与太平军进行决战,但依旧采取"坚忍不发,待机突起攻击"的战术。他在留下预备队伺援的前提下,与李续宾列阵于土山左右,并再三传令全军,要求坚忍勿动:"接到命令才能出战,先动者斩!"当太平军进攻时,湘军守住阵地,仅用枪炮拦击。太平军三次猛扑,三次均被击退。到下午,见太平军锐气已尽,罗泽南突然下达出击命令,率部跃出阵地,进行猛烈反击。太平军猝不及防,在两名持大旗将领接连被毙后,全军迅速溃退。罗兵团乘胜追杀,太平军官兵急于逃生,都拥挤着奔向就近的半壁山。

"群峰耸峙之间,暗如幽室。"借助于那时人们对半壁山的描绘,亦可窥其险要。半壁山前挖有深达丈余、宽三四丈不等的深沟,沟内引内湖之水灌注,深沟的外沿密布竹扦、木桩,内沿则竖立炮台、木栅。若太平军在山上凭险据守,湘军要从正面予以突破,其难度并不下于武昌城外的花园要塞。太平军弃长就短,过多地消耗了自己的实力,当前沿部队逃向半壁山时,他们已无力也无暇再利用据点和障碍物阻敌。原阵地上虽有守兵,但东王杨秀清的一个失策,又令其作用大打折扣。阵地上的太平军守兵,多为石凤魁、黄再兴的旧部,随石、黄从武昌撤逃出来后,便在田家镇防线驻防。石凤魁、黄再兴被解赴天京后,即以失武汉罪双双处斩。石凤魁固然罪有应得,黄再兴却很冤枉,他只是佐将,而且专责民政,军事大权在石凤魁手上。况且,他在战前曾提出过撤换石凤魁的建议,守城时又代惊慌失措之下已乱了方寸的石凤魁进行指挥;至城池将陷,还是他亲带精兵断后,掩护部队撤退。实际上,黄再兴在武汉战役中是有功的,按道理,即便按律有失城当斩之罪,也应让他将功折罪。结果杨秀清却将他与石凤魁不加区别地同予处斩,其旧部虽口不敢言,但心里面必定都认为是赏罚不明,用刑失当。

石凤魁防守不努力,是死;黄再兴防守很努力,还是死。那么努力不努力,究竟有多大分别?揣着这样的疑惑,守兵们自然不会有死战到底的决心和意志,一看大部队溃逃下来,他们便也离开阵地,跟着一起逃命。

趁此机会,罗泽南率湘勇拔除竹扦木桩,飞越深沟,其间少费了很多力气,也最大限度地减少了自己的损失。对于如何攻取半壁山,罗泽南早已设计了更为巧妙的方案,他预先挑选矫健善登山者,组成突击队,在罗兵团主力从正面追击时,突击队已赶在太平军大部队返营前,抄小路飞速登上了山巅。

铁链拦江

秦日纲将半壁山的守军几乎全都派出去作战,后方极度空虚,山巅仅有数百名辎重兵留守。罗兵团突击队轻易就将其驱散,接着便居高临下,反过来对返营的太平军大部队进行截杀。

太平军被前后夹击,有营难归,不少人从峭壁上坠落,掉进大江中溺亡。有一部分太平军虽跑到江边,但舟少人挤,看到湘军追逼冲击而来,船工也害怕到无法驾驭船只,导致船只沉没过半。有的船只已经驶离江岸,又遭到湘军火弹火箭的射击,帆篷被点燃,一船人自然也都完了。

在当天的战事中,塔齐布虽未能过河与罗泽南会合,但并未闲着。他率部从富池口沿岸而上,截获并击散了原拟抄袭罗兵团侧背的千余太平军,从而帮助罗兵团将战果维持到了最后。

秦日纲兵败逃至北岸后,仍冀望重新在南岸占据优势。1854年11月24日,即半壁山失守的第二天,他率约三千人马渡江再战。刚刚自天京抵达田家镇的韦俊、石镇仑、韦以德,也随同作战。这时罗、塔两军已连成一气,数量上比太平军还多,双方激战竟日,石镇仑、韦以德及以下多名将领当场阵亡,士兵死伤大半。韦俊、秦日纲先后脱离战场,坐船逃回北岸。经过这一轮交锋,半壁山完全为湘军所控制,富池口虽有太平军活动,但对夺回半壁山已无能为力。

罗泽南在占领半壁山后,即派百余人组成的小队,缘岸而下,将拦江铁链四条、竹缆七条尽行砍断。铁链拦江,自古有之,三国时期的东吴为阻止西晋战船沿江东下,便采用了这种办法。不过吴国当年是在两岸凿石穿铁链,江中除了铁链,没有其他物体予以承载,设若一节铁链被熔断,则其余各节铁链都将沉于江底。西晋名将王濬为此制作火炬,将拦江铁链熔化烧断,使得其水军顺流直下,通行无阻。这就是历史上被传为佳话的"千寻铁锁沉江底,一片降幡出石头"。

太平军用铁链横亘江面的方式,与吴国的成法不同,或者说是避免了它的弱点。在半壁山和田家镇江岸之间,共横四道铁链,这四道铁链节节都用小船托起,用铁锁锁住,江中还横列三个大簰(即大木排)承载,为防止船、簰被水冲走,船、簰的头尾皆用大锚固定于江底。因为构造特殊,所以虽然铁链的南岸部分被湘军砍断,但也只是断了其中一节,其他几十节仍牢系如故。11月25日,趁清晨湘军未炮击江面,太平军修复了被砍断的铁链、竹缆,并重新将其钩连在半壁山下的悬崖石壁之上。江中另置用于承载的大簰及用于防护的炮船,簰上铺沙,船中贮水,以防湘军的火弹延伸燃烧。

光靠陆师已经不行了。其时湘军水师尚被牵制在蕲州,曾国藩认为太平军在蕲州拥有水陆掎角的优势,短期内难以攻破,倒不如绕过蕲州,到半壁山与陆师会合。水陆合攻,一定有办法打破江上封锁线。

按照曾国藩的命令,杨载福、彭玉麟率船队顺流向下游开去。蕲州太平军水营不敢追击,只能用船炮配合岸炮,对船队进行连续轰击。水师包括一名哨官在内,死伤了好些人,但他们终于还是得以一口气冲过了蕲州。

12月1日,水师进距田家镇仅九里之处,杨载福、彭玉麟登上南岸,与陆师罗泽南、塔齐布会晤。四人一道商讨战策,彭玉麟的想法得到了大家的一致赞同,于是决定按计行事。

当晚,杨载福、彭玉麟回营,召集水师各营,宣布明日开战。同时将战船分为四队,除第四队坚守老营、负责保护粮草辎重以及防止太平军抄袭其后外,其余三队全部参加第二天的作战。按照彭玉麟的计划，三队须先后投入进攻，既不能抢先，也不能落后。彭玉麟特地告诫带队营官："谁出差错，就砍谁的头！务必接到命令再行动。"

冲　关

1854年12月2日，水师出队，陆师亦出动六千人，列阵于南岸，对水师予以声援，并伺机攻击。

水师第一队首发，该队船上备齐了大斧、火炉等工具。带队哨官是刘国斌、孙昌凯。刘国斌做过铁匠，在如何锤打和熔冶铁器方面，他是行家，故而专管打开铁锁，孙昌凯则负责其他事宜。彭玉麟叮嘱孙昌凯，出发后不要开炮，也不要抬头仰视，只管埋着头冲到铁链下面。

不开炮，不是要白白地挨人家的炮了吗？不仰视，万一敌船打过来怎么办？没关系，太平军那边发一炮，你的船已经顺流而下，脱离了原来的位置，是射不着你的。至于敌船，我亲自为你抵御，只管放心。彭玉麟对孙昌凯做出了这样的解释和承诺，但其实水师在绕过蕲州时所蒙受的伤亡，本身就说明船只即便顺流而下，炮子也是打得着、打得准的。说到底，这不过仍是湘军水师疯狂打法的延续，为的是减少头队的心理顾虑，使他们能够尽快冲到铁链之下。当然，彭玉麟所说的为孙昌凯抵御敌船，也并非虚言，他亲自率领第二队随后进发，主要任务就是进攻敌军炮船，给头队提供掩护。

发现湘军船队要攻打其江防，太平军北岸各炮台纷纷开炮，顿时千炮齐发，子落如雨。孙昌凯率头队循南岸急桨而下，其间遵嘱一炮不发，等于是抱着脑袋挨揍，直到冲至半壁山一侧铁链面前。

见湘军开始破坏铁链，担任警卫的太平军炮船横渡逼近，恰逢彭玉麟所亲率的第二队赶到,当即就有两艘炮船被击沉,其余的抵敌不住,只得边战边退。在他们船对船厮杀时,刘国斌已带人将铁锁钻断,将铁链从小船、大簰上抽出。孙昌凯则带其他人从事接下来的工序,即用大斧、火炉,能直接砍的就砍,砍不断的用火炉熔化。由于准备充分,活干得十分利索,不一会儿,铁链、竹缆便被全部清除。彭玉麟在击退炮船后,亦已将矛头转向木簰水城,水城随之崩溃,被杀和溺亡者不计其数。

杨载福亲率的第三队就等这个时候,数十艘舢板立即冲关,顺流飞驶东下。秦日纲见湘军破关而出,连忙下令拦截。但江防已破,大家都已失去续守的信心,随着阻击炮声越来越显零乱,江岸的太平军舰船纷纷挂帆向下游逃去。

湘军舢板速度极快,杨载福部飞桨直下三十里,冲到武穴,旋即回过头来,溯江而上;彭玉麟则顺流而下,对太平军船队进行猛烈夹击。他们驾着舢板,不停地在太平军舰船中间穿梭,施放火箭火球,并瞄准船只屯集处开炮,数十里江面瞬间烟焰蔽天。

在第一次田家镇战役中,突然而起的东南风曾助太平军一臂之力,帮助水营疾驰而上,端掉了张亮基所建的湖南水师。正当太平军船队陷入困境时,东南风又不期而至,只不过这次起的却完全是反作用——船只为风所阻,难以东退!不但想东退的退不了,连已经下驶的船只也被强劲的东南风给推送了回来,正好大火卷过去,船上的火药被引燃,整只船都被掀入空中,炸得碎板乱飞。眼看火势越来越大,太平军水勇只能跳水逃生,但大多惨遭溺毙。有人在忙乱中,分不清南北东西,竟然误跑到湘军战船上去,又被砍翻。

杨载福、彭玉麟在将武穴以上的太平军船只焚烧干净后,鼓棹穷追三十里,一直追到龙坪,时已半夜,这才收队回营。此役湘军烧船四千余艘,百里内外,火光烛天。

彼时交通以船运为主,太平天国建都天京初期,拥有船只以万计,东起天京,西至岳州,长江为其完全掌控,无论运兵还是运粮,都极为顺利便捷。自与湘军交战开始,天国的舰船迅速锐减,从湘潭、岳州,再到武汉、田家镇,几次大的水战打下来,损失舰船总计已达七八千艘。船运局势也从此不振,江上交通只能依赖和局限于安庆以下,用曾国藩的话来说,湘军通过扼长江之上游,已切断了天京物资来源的一半。

在水师告捷的同时,罗泽南兵团从半壁山上下来,与塔齐布兵团合力横扫南岸残余的太平军。南岸太平军仅剩富池口还有一部分,看到江上大败,他们不战自溃,沿途三里范围内的江边沙滩,尸骸枕藉,残肢漂流,惨不忍睹。太平军败局已定,继续据守田家镇已无太大意义,当晚四更天,秦日纲、韦俊率部撤离田家镇,退守黄梅。冬官正丞相罗大纲、检点陈玉成此前驻守蕲州,见湘军大踏步向东推进,已威胁皖境,于是也只得放弃蕲州,撤往黄梅。

田家镇战役的规模和场面之大、战斗之激烈残酷,不仅远超一年前发生在此处的同名战役,而且在整个西征史中都极为罕见。湘军作为胜利者,在战役中固然重创了太平军有生力量,但自身的伤亡也不小,水师尤甚。曾国藩说自湘军出师以来,还从未遇到过这种情况,即一方面歼敌数量可观,另一方面己方的损失也令人难以接受,言罢,竟当着众将的面放声大哭。

以不变应万变

通过占领田家镇,湘军打开了东进九江的大门。但北岸的黄梅、广济仍有太平军重兵屯守,而且后续部队还在不断增援,他们随时都可能乘湘军东进之际,由北岸西进,威胁武汉。

北岸有鄂军,然而鄂军打仗是靠不住的,相比之下,南岸防务已比较巩固。曾国藩决定先横扫北岸,再进攻九江,为此,他重新调整部署,命塔、罗两军自田家镇北渡,进攻黄梅、广济。黄梅为湖北、安徽、江西三省之要冲,太平军势必不能轻弃。在湘军陆师北渡后,广济县城的太平军也撤离广济,到黄梅与大部队会合。这使秦日纲在短期内又得以集结大军,凭城与湘军力战。

按照太平天国的制度,凡十六岁至五十岁的男子,称为牌面;十六岁以下和五十岁以上的男子,叫作牌尾。在军中,牌面也就是指青壮年士兵,牌尾是指包括童子军在内的老弱兵卒。秦日纲、罗大纲、陈玉成等人将牌尾留在黄梅城内,将牌面全部调往城西大河埔,设营垒五座,用以拦截湘军。

1854年12月19日,湘军陆师自广济抵达双城驿。秦日纲等人欲先发制人,于是便带上大河埔的两万余精兵,于次日奔往双城驿。他们没有一道上,而是把部队分成三路,准备按方向和次序进行攻击,其中右路抢攻湘军阵地,左路设伏于湘军后方,中路稍后见机而动。

湘军亦分三路相迎,右路迎敌的是罗泽南兵团。罗泽南按照他的习惯打法,先按兵不动,观察动静;太平军的右路部队见状,反而不敢轻举妄动,迟迟没有发起抢攻。罗泽南虽把"以静制动"奉为圭臬,但也并非死守规则不知变通,见太平军行动迟缓,他瞅准时机,立即抢占阵地旁高阜,然后居高临下冲杀,将犹犹豫豫的右路军击退,并将其往中路驱赶。

中路太平军原本作为机动部队使用,正等待己方右路传来消息,未承想塔齐布兵团却已从中路杀来,只得提前与之交战。正打得难分难解,被罗泽南兵团驱赶的右路军拥来,把中路军的阵形也给冲乱了,官兵自相践踏,死伤了不少人。

右路、中路先后兵败,设伏的左路军也就落了空,太平军全部向大河埔溃退。太平军退至大河埔后,未及喘息,湘军的三路大军,即罗泽南、塔齐布、周凤山兵团已经全部赶到。大河埔的五座营垒尽失,太平军被迫退守黄梅城。

打仗也是指挥官军事素养和才能的大比拼。大河埔营如同半壁山要塞,五座营垒互为犄角,营垒前又是深沟坚墙,又是木桩竹扦,但由于湘军将领技高一筹,致使再有利再险的防守阵地,都难以发挥其应有的作用。

22日,湘军进逼黄梅城下。秦日纲在北门外扎大营两座,营前挖有坚墙深壕,密布地雷竹扦,西门另扎小营一座,以作应援。湘军以分遣队牵制西门太平军,集中主力攻打北门营垒,其间还组织突击队架云梯攻城。秦日纲等人亲自登上城头,指挥拦击,把湘军阻于城外。北门、西门的营垒也仍在太平军手中,尤其北门营垒,集结了太平军精兵万人,湘军又是仰攻,故而很难得手。

湘军气势正盛,非把黄梅拿下不行。第二天,依然猛攻西、北二门,塔齐布头部受伤,仍不肯轻下火线。太平军则已疲于应付,连身为主将的秦日纲都开始私下念叨:"城中已不可守,纵使死更多的精兵健儿,又有何用?"湘军战时"打死仗"的可畏之处,恰恰在于对手往往都不同程度地存在怕死求生的念头。趁守军懈怠分神之际,湘军预备队攻破西门,诸军蜂拥而入。

秦日纲既无死战决心,自然也就不会坚持打巷战,见湘军破城,忙下令撤退。撤出的部队,一部分由秦日纲统率,退入宿松、太湖;大部分则由罗大纲指挥,撤抵九江对岸的小池口等地屯守,继续对湘军进行堵截。26日,作为湘军前锋的罗泽南进至濯港,罗大纲率部迎战。罗泽南以不变应万变,一开始处于静默状态,犹如禅师在打坐;但当罗大纲以为自己不动,对方也不会动时,罗泽南却突然变成一只猛虎,倏地从山岗上猛扑下来,把罗大纲打得溃不成军。

几天后,塔齐布、周凤山与罗泽南会合,全军八千多人,分兵两路,对集结于孔垄镇的太平军进行围攻。湘军事先侦察了孔垄的防守形势,围攻时采用火攻,纵火焚烧街市,恰西北风起,风助火势,火借风威,孔垅上空烟焰弥天,太平军守兵多被烧死,突围者也均被截杀。

濯港、孔垄两战对太平军形成很大震撼,罗大纲等人不得不主动撤出小池口,渡江分驻九江、湖口。至此,湖北大定,湘军为直接围攻九江扫清了障碍。

第四章 转折点

在湘军主力出现在战场之前,太平军西征部队罕逢敌手,经过一年的转战,攻取了长江中游大片地区,控制了沿江许多战略要地,战果累累,威震两湖三江。从湘潭战役开始,战局迅即发生剧烈变化。在其后的八个月内,西征军连吃败仗,节节后退,不仅将已经取得的西征成果逐一丢失,而且战斗力受挫严重,水营和船运更是遭到了几乎致命的打击。

形势如此之好,令一贯谨慎的曾国藩都变得乐观起来,表示湘军接下来将以肃清江面、直捣天京为目标。一般的湘军将领自然更是踌躇满志,彭玉麟挥毫写下"铁索沉江"四字,将其刻于半壁山的石壁之上,颇有效仿王濬破吴,直下天京之意。

事实上,在湘军陆师北攻期间,水师就已趁田家镇大捷、九江以上已无太平军水营之际,进泊九江附近江面,并开始肃清江面。见湘军水师长驱直入,南岸九江府城、北岸小池口的太平军均使用大炮,夹岸对江心进行轰击,但依旧难遏其进击势头。

湖口水师

1854年12月15日,李孟群督师先挫败来自九江的水营,击毁船只十余艘,继而又向北岸沙洲发起进攻。沙洲的太平军营垒甚是坚固,水陆配合也很得力,洲上的木城、炮台、江上的大船、小划,层层依护。李孟群于是率船队顺流直下,在冲过七八里水面后,这才开始回头攻击。这正是杨载福在田家镇水战中使用过的那一招,所谓"迂回包抄,曲线进攻",这一战术仅仅在心理上就让敌人感到不寒而栗,水营纷纷败退,李孟群趁势通过合围攻占了沙洲。

在陆师进攻黄梅、小池口时,水师也都予以配合,击沉或烧毁了不少太平军战船,不过从这时候开始,曾国藩就隐隐感觉到了有哪里不对劲。最明显的感觉是,江上的仗越来越不好打了。以沙洲之战为例,充其量不过是一场小型战斗,与田家镇那样的大仗无法相比,但伤亡却不小,战死了好几名军官,有的战船甚至人船两失,最后虽然取得了胜利,但只能称之为苦战。

曾国藩的总体感觉是对的。西征战局急剧恶化,不仅使西征目标变得渺茫,也严重威胁着天国腹心的安全,东王杨秀清紧急调兵遣将,授命石达开到前线亲自指挥。石达开和洪秀全、冯云山是结拜兄弟,称为天父第七子,居东西南北王之后,在天国坐第六把交椅。石达开不仅资历和地位非同凡响,而且还是一位不可多得的将才,后期太平军最杰出的两位新生代将领,陈玉成和李秀成,都对他评价极高。陈玉成被问到谁是天国将才时,认为冯云山、石达开够格;李秀成则都没提到冯云山,在他看来,与石达开同时期的太平军将领,军事才能都很平庸,只有石达开一人谋略甚深。

自西征军撤围南昌起,石达开便代替赖汉英,主持西征事宜,不过多数时间都在安徽施行新政,未能亲临前线。此次因深知事态严重,受命后即由安庆移驻湖口,就近指挥。

太平军西征受挫,最主要还是缘于水营不敌湘军。从湘潭到田家镇,太平军凡大败,都是败在水战。这也不奇怪,因为双方的作战区域集中在湘江至长江流域,其间谁胜谁败,首先取决于水师的强弱。

太平军水营的最初内部架构,出自水营提督唐正才。此人原是湖南漕运粮船的一个水手,他有一手搭建浮桥的好技术,船舶运输领域尚算行家,但却不懂行船布阵之法,于水战方面是个门外汉。由唐正才负责组建的水营,不分炮船、战船、辎重船、运输船,所有船舰既可载军队武器,也可载粮糗物资;既可打仗,也可民用,看起来好像一专多能,然而本质上仍是一支支运输船舶队,船上的水勇也都是换装的陆营兵。

西征初期,清军缺乏战船,长江完全被水营控制在手里。那段时间,太平军浮江万艘,行则帆如叠雪,驻则樯如丛芦;每当乘风疾驶,辄所向无前。要取的城池,不战即得;沿江粮食物资,也是想运哪里就运哪里。清军几乎没有任何抵御之法。水营的弱点就此被掩盖住了,连太平军自己都没有意识到,他们这支船只不大、水勇也未经训练的所谓水上军团,其实根本就不能战。所获得的短期优势,不过是依靠着人众船多的声势,来压倒兵单无船的敌人而已。

湘军水师的横空出世,一下子捅破了这层窗户纸。在水营屡屡惨败,船只连续被焚的情况下,包括石达开在内,都认识到了问题和差距所在。是啊,三国时如果东吴没有精锐水师,光靠"运输船舶队",周瑜能够大败曹操吗?就是破吴的王濬,在他熔断拦江铁链之前,也先在益州造战船、练水师,否则亦难以克成大功。

船制不可不讲究,石达开一反以往把民船商船充作战舰、企图以多取胜的思路,开始在安庆组织人力物力,仿照湘军水师船式加紧制造战船。至沙洲之战前,已仿造大小战船三十余艘。石达开以之为基础,组建了新的水师,因以湖口为主战场,故可称之为湖口水师。参加沙洲之战的即为湖口水师,由于他们使用的是全新战船,这才使得湘军无法再像过去那样,对太平军战船为所欲为。

事后,曾国藩发出感叹,认为太平军既往之所以在水上屡次大败,皆因劣质战船太多之故,如今随着他们开始仿造战船,今后的局势将可能出现变化。

太平军除了改进船式,也在提高战法。沙洲之战中,湖口水师以大船与洲上的营垒大炮相互掩护,小船则环绕在大船周围进行护卫。这种大小船之间的默契配合,实际上就是湘军水师的战术,如今也被太平军搬了过去。沙洲之战后仅过了两天,湖口水师就又让曾国藩吃了一惊,他们在姑塘打败了江西绿营建立的一支小型水师,缴获战船四十艘。自然,所有缴获的战船不仅将编入水营的作战序列,而且将为太平军继续仿造战船提供新的样本。

相比于湘军水师,太平军的这支水军力量虽然还不算强大,但对于湘军的东进,仍不失为一种威胁。曾国藩担心,湖口水师将会屯踞湖口,伺机切断姑塘、鞋山之间的交通。一旦形成这种局面,湘军水师即使继续东下,也势必陷入被其上下夹击的尴尬处境,而太平军却可借助其水师,深入江西腹地,攻夺省城。

在湖口水师变得强大之前,找机会将之歼灭,曾国藩希望如此。1855年1月3日,湘军水师进抵湖口,随时准备攻入鄱阳湖内,同时借机消灭太平军水营,特别是湖口水师。

败象已现

获悉湘军水师朝湖口气势汹汹而来,石达开率诸将登高远望,但见其船制严整,快蟹、长龙居中指挥,舢板在江上往来如飞,环卫于大船之外,随时准备投入战斗。

太平军虽已学到了湘军的大小船配合战术,湖口水师也可应敌,然而后者规模尚小,大部分所谓战舰仍是民船商船改装的老船,无法和湘军水师进行大规模的正面作战。况且,即便是湖口水师,船上安装的也仍然是土炮;湘军战船上则是清一色的洋炮,射程上远胜于土炮,二者要是坐正了掰手腕,湖口水师势不能敌。不观察敌情还好,这么一观察下来,诸将无不皱眉,唯有石达开笑道:"不要发愁,弟妹看见的是妖兵的优点,而没有看出妖兵败象已现。"

湘军有何败象?自长沙出师以来,连续攻克岳州、武昌,又竭尽全力突破田家镇江防,千里争利,未得休息。以如此久战疲惫之师,要迅速投入新的大战,已犯兵家之大忌。石达开主持西征,对这条基本脉络线看得非常清楚。像湘军这样的新兴之师,必有锐气,但再壮再足的锐气,也经不住持久磨损。到了沙洲之战,碰到与原来不太一样的湖口水师,立刻就气喘如牛了。沙洲之战最后成为曾国藩口中的"苦战",确是因为湖口水师采用了全新战船,但也绝不仅仅如此,它可以称得上是一次小型测验,测出的正是湘军目前真实的竞技状态。既然内囊都已经虚了,本应该悠着点,缓一缓再说,可湘军不是。湘军素来主张稳扎稳打,这次却跨越九江,直接来攻湖口,这就是恃胜骄傲了。

石达开关于湘军已骄的判断,出自他的亲身观察,也得到了事实的验证。后来曾国藩的朋友龙子瑞在信中,就提及曾国藩在田家镇战役后,"屡胜而骄,轻进无备"。事实上,由于屡次大胜,自曾国藩以下,湘军官兵全都陷入了盲目乐观的气氛之中。左宗棠当时特地从长沙致书曾国藩,提醒他注意,但曾国藩对此缺乏清醒的认识,并没有把左宗棠的话放在心上。

"疲兵易制,骄兵必败,妖兵既已在我掌握之中,我们就要打垮他!"石达开掷地有声地撂下了这句话。鉴于湘军虽已是强弩之末,但威势仍盛,尚需继续避其锋芒,挫其锐气。所以石达开采用了据险坚守,以守为攻的打法。湘军用半个月时间才攻陷半壁山、田家镇,随后进攻广济、黄梅等地,又耗时将近一个整月。在此期间,石达开得以从容部署防务。他在湖口县城外修筑土城,安了很多炮位,连县城前的石钟山,也派人从山的石隙中穿铁锁江,使其成为绝壁,以便阻止湘军登岸。

从地理位置上看,湖口与九江相距六七十里,中间还为鄱阳湖入江水道所阻隔,关键时候难以相互策应。为此,石达开在湖口对面、西岸的梅家洲,增筑与城池一样高的木城两座,并令罗大纲屯守,由此构成了前线除湖口、九江外的另一座要塞。

在梅家洲、湖口之间的鄱阳湖湖口,石达开各扎大小木簰一座,上建望楼,分别置兵安炮。梅家洲与木簰水陆配合,不仅扼自长江入鄱阳湖之咽喉,而且东可与湖口就近相互策应,西能与九江相呼应。下活了这枚棋子之后,前线可谓满盘皆活:九江、梅家洲、湖口,三者连为一体,彼此之间既可独立作战,又可相互支援,形成了完整严密的防御体系——湘军水师想袭击梅家洲,不成功;进至湖口城边,被击退;欲突入内湖,木簰和梅家洲水陆夹击,亦使其望而却步。

与此同时,石达开则积极捕捉战机,实施奇袭。1855年1月8日夜,太平军集中百余只小船,或两三只相连,或五只相连,船上堆积柴草,塞满火药,灌足油脂,分十余批顺流纵火下放,小船后面还有炮船紧紧跟随,意在趁势袭击。由于湘军预先做了准备,这次火攻未能取得实际成果,但却达到了袭扰和疲敌的目的。此后,太平军每晚都组织千余名陆营兵,沿着长江两岸对湘军水师进行袭扰。离得近了,就偷偷地向湘军船队密射火箭;离得远了,便敲锣打鼓,大呼小叫,给船上湘军的耳朵"洗澡"。有时,他们还派出小艇,向湘军船舰四面抛掷火球。

湘军求战不得,求静不能。此时正值冬季,西北风壮,江上洪波涌起,加之连日雨雪交加,船队若停泊于中游,船只就会颠簸不已,还有遭到倾覆、船毁人亡的危险。可是如果沿岸停泊,又会频频遭到太平军的暗算。不得已,船队只好彻夜警戒,导致将士都无法安眠。

失败的滋味

湖口是江湖重镇,九江则是安徽屏障,皆为太平军和湘军的必争之地。

九江原先和湖口一样,因处于太平军后方,未厚集兵力,坚筑工事。田家镇战役首先给九江布防拉响了警报。在田家镇失陷后,石达开更是紧急从湖口调战船百余艘至九江,并在沿江两岸增设营垒,为的就是加强九江江面的防御,给九江布防争取时间。当是时,湘军水师前锋已进入九江江面,如让湘军水陆相护,一起沿江而下,仍然难挡其势。石达开深察其情,故而才命罗大纲等集结于黄梅。这样做的战略目的很明显,就是如果曾国藩即刻命塔、罗两军随水师全数下攻九江,北岸集结起来的太平军便可以乘虚反攻蕲州,并相机进取武汉。

曾国藩不能不先解决北岸的后顾之忧,正是利用这段宝贵的时间,太平军得以在九江聚兵布防,使得城池愈加坚固。后来很多人都提到了这一点,认为曾国藩如果在攻克半壁山、田家镇后,第一时间就派陆师进攻九江,而不是北渡作战,九江城本来是可以一鼓作气拿下来的。

1855年1月6日,在湘军水师基本控制附近江面的情况下,塔齐布兵团率先自小池口南渡。他们最先兵临九江城下,也最先攻城,但毫无收获,每天的伤亡数字却都不小。由于情报来源不足和自身的心态问题,曾国藩对太平军内部战略战术的调整,以及防守能力的提高等,都未能够予以充分认识。他仍沉溺于原先的计划当中,为了集中兵力,尽快攻夺九江,经奏请朝廷批准,又抽调在上游防守的胡林翼兵团前来参加会攻。

太平军在西征初期战线延伸过长,导致兵力过于分散,至湘军大举进攻,才被迫缩短战线,但这反而使得石达开得以集中兵力,特别是主力精锐部队用于作战。曾国藩增兵,石达开也毫不示弱,向九江派出精兵万人。这支部队由彭泽渡江,绕道进入九江,城内的防御力量得到极大增强。

胡林翼率黔勇两千来到九江,不过也只相当于太平军援兵的五分之一。他和塔齐布并力合攻九江西门,结果并不意外:三次进攻,三次都被守军给打退了。九江守将林启容是一员骁将,又拥有坚城精兵,在他面前,自岳州起几乎攻城必克的湘军,结结实实地品尝到了失败的滋味。

林启容并非只死守九江,他也会寻机出击。9日,罗泽南兵团自小池口南渡,林启容乘其半渡之时,突然发动袭击,使罗兵团受到重创,除罗泽南本人两处负伤外,各营军官有多达三十余人阵亡。遭此重挫,罗兵团狼狈不堪,上岸后都不敢马上扎营,弁勇皆冒着风雪,踩着泥淖进行警戒,唯恐再次遇袭。

九江城防之坚固难克,守军之坚忍机智,都大大出乎了曾国藩的意料。继胡林翼兵团后,他又奏请朝廷,从北岸抽调鄂军王国才部,命王部迅速由小池口移营,南渡助攻。湘军陆师原有两万,胡林翼、王国才赴援后,九江城下的攻城总兵力已达到三万。18日,曾国藩亲自督军攻城,塔齐布、罗泽南、胡林翼、王国才四面合攻,声势夺人,其中仅塔兵团就三次朝城西木栅猛扑。

让曾国藩深感失望的是,这次仍旧未能得手,所部伤亡甚重,参与攻城的部队一共死伤了三百余人。塔齐布手下参将童添云,打仗很猛,悍不畏死,太平军称其为"童麻子",亦中炮受重伤,不久就一命呜呼。湘军上下闻之,无不丧气。

兵法中有一种"避坚攻瑕"的观点,认为打仗时如果攻打敌人强的地方,则对方弱的地方也会变强,反之,攻打敌人弱的地方,其强的地方也会变弱。通俗一点说,这其实就叫避实击虚。在湖口、梅家洲、九江三处均屡攻不下的情况下,曾国藩想到了避实击虚,重点进攻其中最薄弱的一处。

最薄弱的,自然应该是梅家洲,那毕竟只是一个新建的小垒。湘军如果能够拿下梅家洲,不仅可以为其水师排除入湖障碍,还能扼九江之背。22日,曾国藩留塔齐布、王国才继续围攻九江,抽调罗泽南、胡林翼兵团移攻梅家洲,同时命湘军水师策应陆师的攻势,并相机闯入鄱阳湖。

将计就计

曾国藩和湘军都以为攻梅家洲容易,没想到在这里等待着他们的,竟然也是一块硬骨头。屯守梅家洲的罗大纲彪悍机警,天国凡遇军事艰危,都会命他前去救急,罗大纲不负所望,所到皆有功。论才能和战功,罗大纲尚在秦日纲之上,只是因为他不是拜上帝会老兄弟,所以才屈居其下,乃至无法封王晋爵。

罗大纲在梅家洲的两座木城上开三层炮眼,营外密布面积达十余丈的竹扦木桩,并挖掘四重深壕。壕内埋放地雷,壕表面用木头横斜着搭成支架,木头上全都钉着铁蒺藜。这种严密异常的防守,令罗泽南、胡林翼二军无计可施,即便有多名将领阵亡,亦未能如愿夺取要隘。

湘军虽然奈何不了梅家洲,但也使鄱阳湖湖口的木簰失去了陆上的依护。趁梅家洲被陆师围攻之际,李孟群、彭玉麟率领水师,对木簰予以夹击。木簰守军顽强抵御,殊死苦斗,其间木簰上的望楼中炮着火,但官兵仍屹立不动,继续作战,直至全簰着火,望楼倾倒,也没有一个人逃逸。战斗结束后,被火焰吞噬的太平军官兵尸沉籓底,良久才从远处的水面旋波而出,战斗之惨烈以及太平军斗志之强可见一斑。通过使用水陆相辅的战法,湘军水师终于排除了阻挡他们闯入鄱阳湖的障碍,然而石达开并不担忧。

湘军水师的长处是船坚炮利,太平军很难完全企及,在石达开看来,也不用在这一领域与之争锋。需要研究的是湘军水师的弱点,湘军水师有没有弱点？有,快蟹、长龙船身笨重,运动迟缓,湘军在靖港之战中大败,倒霉就倒霉在快蟹、长龙之上。曾国藩因此创立了大小船搭配的营阵,即由快蟹、长龙担任指挥和火力支援的任务,冲锋突击的活全部交给舢板,舢板同时还为快蟹、长龙进行警戒和护卫。

在率诸将登高远望敌情时,石达开就设想,既然舢板在湘军水师中的角色不可替代,那么只要将它与快蟹、长龙分隔,湘军水师必然会陷入如鸟去翼、如虫去足的困境,届时必为我所制。分隔的办法便是诱敌入湖。鄱阳湖东西两岸地形险要,对太平军作战有利,只需置少量兵力于两岸,即可坚守。湘军舢板一旦入内,无异于瓮中之鳖。

石达开之前频频对湘军水师实施袭扰,固然是为了疲劳和杀伤敌人,但更有增加其焦躁情绪,间接诱敌的用意。后者效果明显,在相持达一个多月后,湘军水师已疲惫不堪,求战之心甚急,恨不得一夜之间冲入内湖,将泊于湖中的太平军战船焚毁一尽,以泄连日不得安眠的愤恨。实际上,不光湘军水师焦躁,他们的大帅也焦躁。曾国藩不惜把胡林翼、王国才两军都抽调南渡,舍北岸而不顾,又一再变计,甚而自己分散兵力,将好不容易集结起来的兵力一分为二,正是这种情绪的集中反映。

曾国藩的焦躁,反过来又加剧了部属的焦躁和妄动,而这正是石达开所需要的。在木籓被击毁后,他和罗大纲连夜便将大船凿沉于江心,以沙石填充,堵塞航道,仅在西岸留一隘口,供船只出入。但隘口仅用竹篾编制成的绳索拦截,同时又故意示敌以弱,撤开隘口守兵。

石达开的将计就计,把湘军完全逗引起来。湘军重施故技,在罗泽南、胡林翼猛攻梅家洲时,彭玉麟、萧捷三等趁机攻入隘口,烧毁太平军船舰三百余艘。仅仅两天后,水陆再次相约合攻,湘军水师复入隘内,将太平军留泊于口内的船只烧尽。至此,他们的架势是再也收不住了,众将皆得意忘形,以为太平军在水上终究不是自己的对手。

梅家洲防守坚固,但需要通过鄱阳湖运送军粮,现在湖上已无人可敌,为什么不一鼓作气,肃清湖内船只,彻底切断梅家洲守军的供给线?萧捷三等人当即率长龙、舢板一百二十余艘,弁勇两千人,深入内湖,对太平军船舰进行追击。

上当了

英国退役海军军官吟唎,时在中国经商,他在乘船驶经鄱阳湖湖口时,看到湖水清澈明净,与浑浊含泥的江水适成对照,不禁有眼目为之一畅之感。为了取得供饮用的湖水,他们向前航行约一英里,继续深入湖内,发现里面更是别有洞天:湖景极其壮丽,澄清的湖面共长天一色,最后一同消失于远方天际。在鄱阳湖的西岸,林木苍郁,岩谷幽深,群山耸入云霄。吟唎为这片奇幻瑰丽的景色所陶醉,他认为中国诗人只要游历于此,一定可以从中找到取之不尽的吟咏题材。

湘军军官中有不少都是湖南儒生,打仗之余也会吟咏唱和。当他们乘船深入鄱阳湖时,同样也在左顾右盼,只不过他们绝不是为了赏景或酝酿诗作,而是为了寻找太平军船队的踪迹。目标时隐时现,湘军跟踪追击。及至追至西岸的姑塘时,各船一拥而上,争相攻击,然而却发现那里一个太平军都没有。此时已是傍晚,船队只得就地停泊于姑塘。

鄱阳湖确实景色迷人,但对于湘军而言,这里却不是桃花源,他们中圈套,上当了! 萧捷三等前脚刚刚深入内湖,后脚石达开就立刻指挥军队,用船只在隘口上搭起两道浮桥,联结垒卡,将其完全堵塞。内湖船队被阻断了出路,而长江上的船队也进不来,昔日的湘军水师被一分为二,各自陷于孤立。它们后来被分别称为内湖水师和外江水师。外江水师由李孟群、彭玉麟统带,尚有三营,船舰一百余艘。但这些船全都是快蟹、长龙,舢板等轻捷灵活的小船大多被困锁在内湖,湘军水师固有的大小船协同作战的优势尽失。

石达开的分隔之策大功告成。堵塞隘口的当晚,他和罗大纲派出三四十只小划,插入外江水师大营,放火焚船。两岸的数千太平军也施放火箭、喷筒,配合进攻。湘军大船笨重难行,运转不灵,原先就靠舢板保卫,自身难以抵御小划的攻击,交战之后,将领史久立阵亡,快蟹九艘、长龙七艘以及其他船舰三十余艘被烧毁。犹如靖港惨败重现,原先已近于骄狂的湘军水师皆惊恐莫名,且斗志全无,在未得到命令的情况下,幸存船只即自行败退至九江附近的江面。

曾国藩为了尽快攻克九江,先将塔齐布、罗泽南兵团调回南岸,紧接着又将原属鄂军系统的胡林翼、王国才兵团南调,这使江北沿江一带形成很大空隙。湖口遇袭的当天,秦日纲、韦俊、陈玉成所部太平军即自宿松西进,击败鄂军刘富成部,占领了黄梅。1855年2月2日,罗大纲又派部渡江,进占九江对岸的小池口。

曾国藩派周凤山北渡,欲重新夺回小池口,但被太平军击退。他只好在匆忙中赶紧将罗泽南、胡林翼两军由梅家洲调回,用以掩护水师,以免水师大营遭到两岸太平军的炮击。

就在罗、胡兵团撤回九江的当天深夜,九江和小池口两地的太平军各抬数十只小划入江。月黑迷蒙,遮盖了夜行者的行踪,他们驾着小划,悄悄接近湘军水师大营,随后冲入船隙之中,并用火箭、喷筒同时集中施射。右营一艘战船瞬间被点燃,成为一片火海。曾国藩有黑夜中不得开船的禁令,但湘军水师在经历湖口夜袭的沉重打击后,早已成为惊弓之鸟,看到有船着火,各营都惊慌失措,纷纷置禁令于不顾,挂帆向上游逃窜。

曾国藩亲自驾舢板督战,命令各营不许开船,然而江阔船多,哪里能够禁止得了。乱糟糟的湘军水师难以组织抵抗,粮台座船多被烧毁,辎重丧失殆尽,水勇亦多惊逃,甚至有趁乱自抢粮台银两者。曾国藩的座船拖罟巨舰也被小划包围,太平军冲上去,杀了管驾官、监印官、典史、文生等,船上的所有文卷册牍全部被太平军缴获。曾国藩幸好当时不在座船上,他乘着舢板逃进了驻于南岸的罗泽南营中,方才得以幸免。

是役,湘军水师又损失了十余艘大船,连唯一的拖罟巨舰也成了太平军的战利品。除曾国藩座船上被杀的官员外,两名战将殒命,更主要的是,各营仓皇溃散,原来那种近乎疯狂的搏命精神荡然无存。原来湖口遇袭还不是靖港的复制,九江遇袭才是!一幕幕似曾相识的情景,让曾国藩又羞又愤,当即就要策马奔向太平军营垒,实施自杀式冲锋,被罗泽南、刘蓉及其他幕友劝止。之后他又想自刎,还特地写下了数千字的遗言,罗泽南竭力相劝,才让他慢慢平静下来。

如同靖港惨败后那样,曾国藩上疏自劾。朝廷倒也很谅解,说湘军水师锐气太盛,麻痹大意,所以才会连续两次被袭;不过毕竟也只是小挫败,于大局无碍,你曾国藩所犯的过失,可以予以宽免。实际上,这时候朝廷在长江沿岸战场上,唯曾国藩可倚重,自然也就只能说些软话了。

太平军连续取得的湖口、九江大捷,一举扭转了他们在西征战场上的被动态势,成为西征交战史上的一大转折点。曾国藩欲在短期内夺取九江、直捣天京的计划,化为泡影,虽然朝廷没有追究责任,但其心情之痛苦绝望,不难想见。

与此同时,失败也影响了曾国藩在一般吏民心目中的威望和形象。学者陈徽言曾随江忠源参加南昌保卫战,这次亲眼看见曾国藩的失败,不由百感交集,他重回南昌,触目旧迹,忍不住泪流满面,遂写诗怀念江忠源:"我今独抱西州痛,公在应无南顾忧。"

江忠源如果还在,他就不会打败仗?这种假设显然对曾国藩不公平。不过现在曾国藩已经顾不上外界对自己的评论了,屡败让他清醒,开始正视自己的失误,其中之一就是因过于急切地要攻下九江,而导致江北抽兵过多。

1855年2月15日,曾国藩派李续宾等自九江北渡,反攻小池口,但被罗大纲所败。曾国藩不甘心,又加派罗泽南、塔齐布继进,然而结果令人吃惊:在湘军陆师主力尽上的情况下,不仅依然吃了败仗,而且塔齐布还差点被生擒活捉!

人要犯错很容易,若要予以补救,往往难上加难。显然,太平军从将领到士兵,都已经越战越勇,再不是黄梅战役时的那种窘态了。

驰援武汉

曾国藩已经预感到,太平军重占黄梅和小池口,可能是其要举行战略大反攻的前奏。这一推测很快就得到了事实的验证。石达开虽在湖口前线扭转了局势,但他清楚,只有据有上游,才能真正使自己立于不败之地,于是在取得九江大捷后,即挥兵西进,自江北进击鄂东。

湘军主力反攻小池口失败后的第三天,乃阴历的除夕,坐镇广济的湖广总督杨霈在军营中设宴,庆祝新年的到来。太平军突然杀到,并纵火焚其军营。曾国藩因为前段时间急于攻克九江,已将湘军的全部甚至鄂军中的部分精锐,都调到了九江前线。杨霈胆小无能,根本不懂打仗,平时也就只会沾湘军的光兼虚报战功,尽管他手下仍有新旧兵勇两万余,来攻的太平军只有数千,却还是被打得丢盔卸甲。杨霈落荒而逃,奔至蕲州。太平军乘胜追击,在攻占蕲州后,又像赶鸭子一样地将杨霈赶往黄州。

到了这个时候,太平军进取武汉的意图已经十分明显。

湘军的后方供应基地在湖南,长江船运乃是当时最为快捷的运输通道。湘军的人力、物力、军饷,大多或全部都要通过长江水路,从湖南运来,其间必然要通过武汉。也就是说,武汉不仅是具有战略意义的军政重镇,此时还成了湘军后勤运输线中必不可少的一部分。与此同时,两湖唇齿相依,太平军已数次由鄂入湘,湘军出师之初,即以援鄂为重要目标。无论从哪个方面说,曾国藩都有火速增援武汉的必要。咸丰皇帝更是连发三道训令,催促曾国藩派主力赴援。

这时的湘军水师已元气大伤,在湖口、九江遇袭中,共丧失战船及辎重船七八十艘,剩下大小战船两百四十艘、辎重炮船一百二十艘、辎重民船百艘。要说船舰的数量倒还能凑合,关键是水师已被断为两截,出现了外江无小船、内湖无大船的尴尬局面。而且两边均军心动摇,不复昔日之勇。

湘军中只有陆营的塔齐布、罗泽南两军,因未遭水师那样的挫折,尚可再战,堪称主力。可是曾国藩紧急抽调的援鄂部队,恰恰又不是塔、罗两军,而只是原属鄂军的胡林翼、王国才两军。曾国藩这么做,自有他不得已的理由。塔、罗两军若是赴援武汉,九江只能撤围。九江乃"长江腰臀",势所必争的战略要地,一旦撤围,就等于前功尽弃。况且,九江之围本就对太平军起着牵制作用,撤围后,湖口、九江的太平军必全力西进两湖,整个局面将更为被动。对于孤悬于鄱阳湖的内湖水师,曾国藩也不能抛下不管。虽说眼下内湖水师如同困兽一般出不去,但等到春天水涨,仍有希望冲至外江,届时必须得到陆师的强力呼应和支援。

曾国藩命胡林翼、王国才率本部兵勇六千余人,再加上外江水师李孟群部,驰援武汉。

本来曾国藩还想在九江保留部分舰船,不料江上暴风突起,留下来的战船被击沉二十二艘,击毁二十一艘,其余也均被撞损,出现了板裂长期舱漏的现象。外江水师在湖口战役中已经损失惨重,如今更是雪上加霜,若是让太平军冷不防再突袭一把,可就要万劫不复了。曾国藩基于这一考虑,便把保存情况较好一点的战船挑出来,由彭玉麟带往武昌西南的金口修理。自此,九江江面就再也看不到湘军水师的踪迹了。

相比于外江水师,内湖水师虽未遭到过袭击,然而情形也很糟糕。他们临时停泊的姑塘食宿不便,也不能扎营,而且外与九江隔绝,内与南昌远离,无论是粮饷还是打仗用的火药,都难以得到补给。同时这支硬被隔离出来的水师,又缺乏李孟群、彭玉麟、杨载福等威望素著的大将统领,战船则多为舢板一类的小船,快蟹、长龙离了舢板固然抓瞎,可舢板没了快蟹、长龙的火力支援,也同样威力大减。内湖水师已有溃散之忧,但它却寄寓着曾国藩重振湘军的希望。

鄱阳湖据长江中段。为江西省内各条河流汇入长江之口。内湖水师完全可以就地在湖口进行整顿和扩充,一旦羽翼丰满,时机成熟,即冲过湖口,到达外江,而且也不用全部出湖,只需派出三分之一的舰船在外江上游弋和作战。

以鄱阳湖的湖口为起始点,曾国藩给外战船队划了一个固定的活动范围:往上游去,在九江、武穴、田家镇处游弋,不出湖口二百里,利则交战,不利则退回鄱阳湖内;往下游去,在彭泽、望江、安庆等处游弋,不出湖口二百里,利则交战,不利亦退回鄱阳湖。

如此,控制了鄱阳湖,也就等于控制了长江中段。内湖水师在长江上可进可退,上下游的太平军则会因中间江路常常被阻而被切断联系。曾国藩预计,仅此一点,即可置太平军以死命。福兮祸所伏,祸兮福所倚,只要创造条件,困住湘军水师的鄱阳湖,同样也能变成湘军水师的福地。曾国藩为自己的发现激动不已,在送走援兵后,他令塔、罗两军继续加紧围攻九江,自己则由九江移驻南昌,对内湖水师进行恢复。

被现实狠狠扇了一巴掌

曾国藩原指望三管齐下,即回援武汉、攻克九江、重振水师,一个都不耽误。但事与愿违,战局并没有按照这一走向发展。

除石达开派出的西征军外,皖北太平军也大举西进,两军矛头都直指武汉,且推进速度惊人。杨霈前头逃进哪个城池,他们就紧跟着攻进哪个城池,几乎没有任何间隙——杨霈逃进黄州,太平军克黄州;杨霈逃进汉阳,太平军克汉阳。杨霈不敢再逃往武昌,便以防止太平军北进为由,避往德安(今湖北安陆)自保。通过发动闪电式进攻,太平军第三次包围武昌。

1855年3月初,曾国藩派出的李孟群、胡林翼率水陆援军到达武昌外围,并会攻汉阳,不料却在城下遭到太平军的伏击。胡林翼只有两千黔勇,湘军极盛时,尚可从旁助一臂之力,实际并无单挑能力,兵败后只得退居汉阳东南的沌口。湘军水师更惨,不久又在武汉江面遇到暴风,战船被击坏五六十艘,漂沉二三十艘,至此,整个外江水师较为完整的舰船仅存六十余艘。在实力锐减、军心也随之更形涣散的情况下,李孟群也被迫率部退驻金口。

曾国藩最后派出的一支援军是王国才兵团。此时太平军除围攻武昌外,还分兵南渡,这使得江西、湖南北部边境也同时告急。为了防止太平军南下江西,曾国藩命王兵团绕道兴国、武宁回援武昌,因而王兵团姗姗来迟,对解围并未起到作用。

防守武昌城的湖南巡抚陶恩培,之前任湖南按察使,在曾国藩靖港兵败时,曾向湘抚告状,要弹劾曾国藩。但陶恩培自己只是一个素不知兵的文官,除了笔和嘴,根本舞不动枪。武昌城内又兵力空虚,绿营兵勇不过数千,哪里抵挡得住太平军的猛烈进攻。不到半个月的时间,武昌城便被太平军攻陷,陶恩培投水自杀,曾国藩回援武汉的计划宣告彻底失败。

攻下九江,亲率扩充了的内湖水师东下,进攻太平军势所必救的安庆、天京,从而将战局由被动重新转为主动,这是曾国藩的如意算盘。可是塔、罗两军环攻九江多日,仍然毫无成效。平时你站在城外观察,城内静寂无声,就好像一个人都没有的空城,就连晚上都听不到打更的梆子声,城头也从来看不到用来传递信号的烽火。不过这是敌人尚未接近城池时的情形,林启容这样做,为的是要靠坚守不出,来拖疲敌人。敌人不到城下便罢,只要稍稍靠近城池,环城几千个城堞,瞬间全都旗帜林立,同时旗举炮发,给予进攻之敌以狠狠打击。

湘军在进攻九江之前,已经攻下过很多大城,在他们眼里,九江城也就只有一个斗子那么大,有什么理由攻不下来呢?的确,九江并不大,湘军很容易合围,而且这里地势低洼,易攻难守。可他们还是被现实狠狠扇了一巴掌,罗泽南不由对人叹息道:"林启容这样善守,真是了不得的将才!"

曾国藩唯一能聊以自慰的,是重振水师的事有了眉目。他抵达南昌后,即把内湖水师作为一支独立的水军对待,特地给萧捷三等营官下令，让他们安抚弁勇，稳定军心；同时，经过与江西巡抚陈启迈磋商，开始对水师进行人员和装备的扩充。缺炮位火药，就在南昌设制造局，名为楚师三局；缺兵员，派人回湖南，增募水勇；缺船，除将江西地方已造的三十艘长龙拨归内湖水师外，又派刘于浔在南昌设立新的造船厂，继续添造快蟹等船只。

刘于浔是南昌人，与曾国藩是同年，而且也是丁忧在乡的在籍官员，只不过他原先的官衔没法跟曾国藩比，仅为地方上的小官。刘于浔在江西办团，号称"五局勇"，他带领"五局勇"参加了南昌保卫战，被授知府衔并被任命为江西署理团练大臣。

湘军和太平军在江西的争夺特别激烈，曾国藩亟须组建一支既能够保卫南昌地区，又能在鄱阳湖流域机动作战的水军，以辅助内湖水师作战。先前江西曾有一支水师，但被太平军消灭了，经陈启迈同意，决定重建江西水师，由刘于浔担任统领，此即江军水师。江军水师的初定规模是舰船数十艘、勇丁千余人，楚师三局、新造船厂也为江军提供军火及舰船。新造船厂设立后，所造船舰更加精良，每艘战船的船艏船艉均装设火炮。炮一发，船即一顿，但船的速度并不受到太大影响。

从离开湖南后，湘军长驱直入，离自己原有的后方供应基地越来越远，运输补给日益困难。江西物产丰富，尤其盛产大米，据曾国藩估计，起码先供应湘军八九个月没有问题。饷银向来是最让曾国藩头疼的，但江西这方面的条件也比湖南要好。曾国藩请江西士绅首领黄赞汤为他主持全省捐输，黄赞汤一心依靠湘军保护家乡，对捐输事宜竭尽全力。他在刑部、兵部、户部都做过右侍郎，位高望重，连巡抚陈启迈都得对之退让三分，故而湘军的饷银就有了着落，内湖水师的粮饷自然也随之得到解决。

曾国藩亲自坐镇南昌，整顿扩充的范围不仅包括内湖水师，同时也涉及湘军陆师，主要是让伤病的治伤养病，过劳的轮换休息，羸弱的予以遣散淘汰。两个月后,江西境内的水陆两军便已经恢复到了去年秋天的状态,大家像从长沙誓师出发时那样,渐渐地又有了一股雄壮之气。

当务之急

江西代替湖南,成为湘军新的后方基地,曾国藩也力图先株守江西,再伺机向江西省外出击。可是就算单纯株守也并不容易,太平军已自鄂皖、苏皖边境进入江西,见九江城有湘军主力屯驻,不能硬碰硬,便向其守御薄弱的赣东发动大举进攻。

随着弋阳等战略要地先后失守,浙江、江西两省巡抚连连告急,檄调湘军前去收复。曾国藩不得不令罗泽南兵团三千余人赴援赣东。塔齐布兵团的五千余人,势单力孤,更加难以克城,干脆也不进攻了,只在九江城下扎营屯守。曾国藩自己也将大营由南昌移出,驻于南康府,又令内湖水师进泊鄱阳湖下游青山湖面,这样既便于联络赣东的罗泽南兵团,也可就近策应九江的塔齐布兵团。

武昌被太平军攻夺后,咸丰帝再次令曾国藩回援武汉,甚至还希望他亲自领军赴援。这时曾国藩除以前兵援武汉时旧有的困难外,还多出了一些其他新顾虑。他在回奏中告诉皇帝,他现在的湘军已分成四支:水路两支,其中内湖水师困于鄱阳湖,外江水师驻于金口,且不说内湖水师与外江水师已相隔八百里,就是想去金口与外江水师会合,也无法从湖口出去;陆路两支,塔齐布驻扎九江,罗泽南已前去六百里外的赣东,二者都各负重要使命,一个要围攻九江,一个要清理赣东,无论是调两军全部西上,还是只抽其中一支,原在江西的太平军都将乘机深入江西腹地。

江西如今已成为湘军最大的军饷来源地,人家肯捐输掏钱,是要你帮他们保卫江西。他们对邻省湖北可没有救援的必然义务,曾国藩如果要组成西援军,可以肯定江西方面不会筹给开拔费。湖南藩库已空,也没可能承担,唯一有可能给西援军支付费用的,是已被朝廷任命为署湖北巡抚的胡林翼。但胡林翼自己的黔勇都欠了很多饷银,在武昌都未能收复的情况下,他又有何能力另外给西援军筹集军饷?西援军弁勇千里奔波,却拿不到应得的军饷,部队万一哗变,可怎么得了?"坚守中段,保全此军",曾国藩向咸丰请求。

曾国藩的每一条拒绝派援的理由,咸丰都无法反驳,而且武昌已失,他也不想再轻易放弃对江西和九江的争夺,因此便没再勉强曾国藩,只要求他尽可能把各方面的所有细节都考虑好,以保证在通盘运筹时不出差错。曾国藩当然是想了又想,考虑了又考虑。除扩充内湖水师、新建江军水师外,他已利用从江西得到的捐输,与江西合募平江勇四千余人。其中一千多人属江西省军,另外三千由原任幕僚的李元度统带,在陆上与内湖水师进行配合。

曾国藩按鄱阳湖两岸进行部署。塔齐布兵团在鄱阳湖西岸,为西路军。西路军继续屯驻九江城下,他们虽仍被要求伺隙攻下九江城,但在条件不允许的情况下,只要能够牵制住九江及小池口一带的石达开主力,使之不敢全部上争武汉,亦算完成任务。罗泽南兵团在鄱阳湖东岸,为东路军。如果说西路军基本采取的还是守势,东路军采取的则是进攻性策略。曾国藩计划,一俟东路得以肃清,即令罗泽南兵团移攻湖口,再加上塔齐布兵团、李元度兵团和全部内湖水师,足可改变目前被"困于中段",上下游皆有太平军重兵相压的被动局面。

无论是现有的部署,还是未来的计划,曾国藩暂时都没有援救武汉的打算。他的当务之急是在江西战场上重整旗鼓,恢复上年冬天攻湖口、九江的态势。

1855年5月4日,罗泽南兵团进至弋阳,与太平军发生遭遇战。之前太平军在这一带与赣军作战,连续运用螃蟹阵,对赣军进行包抄,使其腹背受敌,以致赣军官兵只要一听说所部被"螃蟹"夹住,便会面无人色,有的主将甚至被吓得放声大哭。太平军与罗兵团作战时,继续沿用了螃蟹阵,前后共增兵两次,组织约万人,分三路进行包抄。罗泽南当年首次率部出省作战,就是在南昌城下吃了螃蟹阵的亏,故而深知此阵法的厉害和玄妙,也早就琢磨出了破解之法。

　　说到底,螃蟹阵的要诀其实是打乱对手的阵脚,让对方跟着自己的节奏走。多数人都会上当,唯在军事上已驾轻就熟的罗泽南不然。他使用以静制动战术,已把自己练到了像在静室中打坐禅修一般的境界,又岂能为外界所扰?当太平军包抄上来时,罗泽南不慌不忙,等后队一到,即指挥后队直逼要隘西江桥,并从小路插上去,对太平军回归弋阳城北门的道路进行封堵。这样一来,太平军自己的阵脚先乱了,在城内出援者也被罗兵团前队逼退的情况下,前线部队彻底溃败,在争相逃入城中的过程中,很多人溺水而亡。

　　5月6日晨,罗泽南、李续宾等人分攻弋阳的西、东两门,于午前攻破城池,收复了弋阳。

一百八十度的大反转

　　在罗泽南收复弋阳时,广信府遭到太平军的围攻。广信是江西较为富庶的地区,自然是饷银的主要来源地之一,同时,从江苏、浙江运来的饷银,也要从此地经过。对于罗泽南兵团而言,广信势所必救,但还没等他们赶到广信,府城就已被太平军所攻陷。

　　到达广信后,罗兵团驻扎于广信城西的乌石山。罗泽南自己驻营山下,为了防止被太平军夹击,另命李续宾等各营分驻于山左、山右。不出所料,太平军乘其立足未稳,突然出城发动进攻,而且果然仍旧采用螃蟹阵的那种模式,除直攻罗兵团山下的中营外,还对其余各营扰袭。

广信的太平军不下万余,其中一半都是长发兵,也就是老兵,具备较强的战斗力。其时罗兵团尚未筑好营垒,但见远处黄旗满谷,呼声震天,光是这种骁勇强悍的势头,就足以让人腿肚子发抖。若是换成赣军或其他官军,恐怕早就垮掉了。罗兵团不同,他们按照"扎营垒以利攻守"的金科玉律,继续自顾自地埋头修挖墙壕,好像根本就不知道太平军即将杀到。直到对方愈逼愈近,已到眼前,各营才整队作战。还是以静制动、后发制人的配方,不管敌人冲得多猛,声势多大,罗兵团都在工事中坚守不出。

湘军的扎营之地并非随意选择,而是有着明确规定,要求首选背山面水的地形,如果两个条件难以同时满足,也最好要背山。罗泽南驻军乌石山即出于这一考虑,这样做的好处是能够充分利用地形之险,加上墙子、壕沟等防御工事也已经挖好,太平军屡次冲击,依旧无法对罗兵团造成威胁。一鼓作气,再而衰,三而竭,这是战场上的规律,太平军屡攻不克,整体上渐渐力竭势衰。罗泽南见时机已到,这才率部跃出工事,主动对太平军发起攻击。

太平军布阵指挥的命令,主要依赖于大旗手进行传达,这些大旗手皆由太平军中最勇猛强悍的官兵担任,他们尽管鏖战了很长时间,但斗志不减。因为大旗手在阵前起着作用,所以在罗兵团发起攻击的最初阶段,太平军并没有立即败退。于是罗兵团便集中枪炮火力,对准大旗手进行射击,一下子打死了十余名大旗手。太平军终于开始动摇,罗兵团趁势猛扑,太平军大溃,被迫退入城中。

次日,罗兵团正欲整队攻城,太平军再次倾城而出,分三路发起进攻。不过这次他们增加了新的招数,在正面进行攻击的同时,又派数千人隐蔽和埋伏于密林深处。南昌保卫战时,九江镇总兵马济美追击太平军,结果在一座树林里面中伏被杀。此事发生在罗泽南到南昌之前,但罗泽南后来也掌握了内情,知道这是太平军除螃蟹阵外的另一个经典阵法,名为伏地阵。

破伏地阵,必须知道其伏兵所藏之处。乌石山孤峰高耸,站在山上可以俯瞰一切,也包括太平军在府城内外的进进出出。罗泽南登高瞭望,对太平军埋伏于密林中的位置看得一清二楚。他将计就计,立即挑选精锐弁勇,以百余人为一队,派他们顺着不同的路径潜往太平军后方埋伏,并和他们约好,一旦看到主力部队大旗招展,便起而响应。

当天正面的战况和前一天差不多,太平军发着狠冲击的时候,罗兵团都趴在工事里坚守不动。当相持到一方已精疲力竭,而另一方士气充盈的时候,罗泽南才督令各营杀出,向太平军逼近。接下来,太平军败退,罗兵团追击,这些都是似曾相识的桥段。所不同的是,剧情到此又来了两个一百八十度的大反转:先是密林中埋伏的太平军冲出,准备截杀罗兵团;孰料随着罗兵团大旗挥动,埋伏在太平军后方的罗兵团伏兵又冲出来,四面出击,对截杀者予以再截杀。

太平军当天败得比前一天更惨,千余长发兵阵亡,罗兵团乘胜追击,沿途歼敌又达千余。各路太平军争相拥入城中,守兵为拦阻追敌,从城头发炮,结果忙中出错,被炸死的全都是向城池拥来的太平军,罗兵团反而一无所伤。这时忽然下起大雨,城头的火药被淋湿,导致无法开炮。罗兵团抓住战机,展开四面围攻,至次日凌晨,太平军从东门溃退,罗兵团收复了广信。

人算不如天算

太平军在赣东连遭败绩,被迫向东转入浙江。眼看东路已基本肃清,曾国藩便准备实施原计划,令罗泽南、塔齐布、李元度三军会攻湖口,以求打破塔兵团单独围困九江久攻不下的僵局。恰在此时,江西巡抚陈启迈来函,称义宁州失守,请调湘军驰援。

石达开在攻占武汉后,又南下攻占了崇阳、通山。攻陷义宁的太平军,正是来自于崇阳、通山。在义宁被围攻期间,陈启迈曾派江西省军前去增援,结果被太平军歼灭,南昌为之震动,于是他只得向湘军求援。曾国藩当然不能置之不顾,只好改变原计划,派罗泽南全军反攻义宁。

罗泽南兵团成为应援游击之师,使得塔罗的黄金组合缺了一半,功效大减。九江城下的塔齐布面对坚城,毫无办法,数月之余,双方打的也多为一些微不足道的零星小战斗,这些战斗无论胜败,对大局都产生不了什么影响。

其间只有一次规模稍大。当时太平军在城外筑垒,并调集了船舰四百余艘,有大举出击、完全打破城外之围的迹象。与罗泽南常常后发制人不同,塔齐布以勇猛著称,惯于先发制人,一看到这种情况,立即于凌晨组织大规模反击,将太平军赶进了城。不过究其实质,此役也只是以攻为守的防御战,固然挫败了太平军的反击,然而距离攻克城池还远得很。况且,最后塔兵团胜得也很勉强,虽然消灭了太平军数百人,但自身亦伤亡数十人,连彭三元等悍将都受了伤。

如果一直这样相持下去,太平军消耗得起,曾国藩可消耗不起。鉴于罗泽南兵团一时调不回来,塔齐布在九江又难有建树,曾国藩打算干脆直接让塔齐布兵团东移,与内湖水师合攻湖口。塔兵团东移湖口,离九江也不远,谅九江的太平军仍不敢擅动,同时塔兵团实力与罗兵团相当,罗兵团能拿得下湖口,塔兵团也应该没问题。湖口既下,九江太平军将陷入孤立,水师再借此冲出鄱阳湖,进入长江后亦可大有作为。

可惜的是人算不如天算。还在罗泽南兵团奉命调走、塔齐布只能独自率军围攻九江的时候,守卫九江的林启容就曾笑着对将士说:"曾妖差一点被活捉(指九江大捷),塔妖更何足道,终死我手!"塔齐布果然死在了林启容之手,或者说是变相地被对手致死——因久攻九江不下,他忧愤成疾,不久便呕血死在了军营之中。

道咸年间的八旗已无复当年之勇,在太平军的打击下,更是窘状尽显。上至钦差大臣,下至驻防旗兵,少有将才涌现。清人在笔记中认为,整个平定太平天国之役中,仅四人不负八旗盛名,按出场时间先后顺序,乌兰泰为首,第二个就轮到了塔齐布。

塔齐布病逝后,塔兵团中有两人可替,一为彭三元,一为周凤山。二人各有长短,彭三元以敢战闻名,可他只是自己打仗猛,能不能带好队伍,曾国藩对他缺乏信心。周凤山的不足则是众所周知,他有头脑,但在勇毅无畏方面却与塔齐布相去甚远,有时甚至惧战畏战。湘军中有提倡勇敢不怕死的风气,同僚因此多对周凤山不服。不过周凤山起于行伍,说起治军来一套又一套,这让曾国藩认为,若由周凤山掌军,可能比彭三元更好,综合考虑,他选择了周凤山。

湘军的统领和营官,直接决定所部的战斗力。曾国藩虽然选择了周凤山为塔齐布的继任者,但周兵团无法与原有的塔兵团相比,这一点他是知道的,自然也就不敢再令周兵团与水师会攻湖口。罗泽南兵团暂时抽不回来,周凤山兵团又无能力参与会攻,曾国藩只能把实现计划的希望,寄托在内湖水师以及新成立的李元度兵团之上。

太平军在水战领域所采取的战术,往往都是防御型,而不是攻击型,即便是湖口、九江之役,看上去似乎是主动出击了,其实还是像塔齐布在九江城中的作战一样,属于进攻中的防御战术。湖口之战后，太平军虽然坚扼湖口、梅家洲，将隘口牢牢堵塞，但却没有依靠战船对内湖水师进行歼灭性打击。也因此，在曾国藩的苦心经营下，内湖水师在短时间内就得到恢复和扩充，转而成为一支拥众三千多人、船舰两百余艘的独立大舰队。

在重整内湖水师的过程中，曾国藩对其内部营制也进行了改良。快蟹、长龙原本只被认为不适宜突前，但经过湖口、九江之役，发现它们还不是不能突前，其实就是不能直接参战。于是从这时候起，舢板便正式成为湘军水师的主力战船，快蟹、长龙仅供舢板弁勇食宿和存储器械什物之用。新的内湖水师每营五百多人，船舰三十艘，其中快蟹、长龙仅八艘，舢板则有二十二艘。

曾国藩还为水师增配了小划。湘军水师本来就有小划，不过主要用于增强船队的机动灵活性，数量不多，到了大的战斗时也往往不知该如何使用。湖口、九江两役，太平军用于袭击的战船都是小划，这使曾国藩对这种小船有了再认识：虽然在打仗时，并不能指望小划像舢板那样突前进攻，但它却能通过在江边钻进钻出，起到迷惑和干扰敌人视线的作用。如果运用得当，小划可辅助舢板进行冲击。同时，敌有小划，我亦有小划；敌行走如飞，我亦行走如飞，弁勇们见到了，也能增强自信，不致临阵惊慌失措。基于此，曾国藩特为内湖水师置办了小划一百二十只。

重来此地看湖山

内湖水师进泊鄱阳湖下游青山湖面后，连续出击，有时出战规模达到百艘之多。其间击毁了数以百计的太平军辎重船只，表现之好，一度让曾国藩产生了因祸得福之感。

可是内湖水师在鄱阳湖还有一个难缠的敌人，这就是太平军的湖口水师。湖口水师以仿造湘军水师的三十余艘战船起步，曾击溃江西水师并缴获其战船。在太平军陆营攻克武昌后,他们更加锐意进取,开始全面学习湘军水师的船式及其战法。

当湖口水师再次出现在青山湖面时,已经是面貌一新。湘军水勇惊讶地发现,这支太平军舰队居然与自家舰队极其相像,从战船的大小长短、船炮的远处设置,甚至桨的疏密,都仿佛是一个模子里倒出来的。要说有哪里不像,就是炮位一项:湖口水师装的还是土炮,土炮的射程和威力终究不如洋炮。在此次双方的初战中,太平军伤亡了三百余人,而内湖水师仅有数人受伤。不过,湖口水师也有一个长处,那就是其战船的每个桨由两人操作,较之湘军,船行的速度更快。每次作战,湖口水师即便仗打输了,也可以尽快脱离,等到下次又倏地冒出来,继续与湘军鏖战。

在其后的二十多天内,两支舰队连打四仗,各胜败两场。由于遭到湖口水师的阻击,湘军的内湖水师始终无法进入长江,曾国藩为此不胜焦灼。1855年7月13日,曾国藩督内湖水师在姑塘、青山与太平军展开激战,终于取得大捷,缴获了很多船炮,曾国藩在九江战役时失去的座船,即那艘拖罟巨舰也被夺回。曾国藩心情愉悦,抚今追昔,写下一副联语:"五夜楼船,曾上孤亭听鼓角;一樽浊酒,重来此地看湖山。"

随着座船物归原主,曾国藩的好运气似乎也来了,内湖水师接连获胜,李元度兵团亦有捷报。这时恰逢塔齐布病逝,曾国藩于是再次修订计划,命内湖水师与李兵团联手,先攻下湖口,之后再与周凤山兵团合取九江。

9月4日,萧捷三率内湖水师,李元度率平江勇,会攻湖口。在李兵团的协助下,水师攻毁太平军战船二十五艘,冲出隘口,一举进入大江。与此同时,李兵团也攻入湖口城内,并将太平军的炮局、粮局、火药局等辎重机构付之一炬。然而湘军没能顺势攻下太平军在湖口石钟山的堡垒,更为不利的是,萧捷三又在阵前中炮身亡。眼见难以再战,水师只得重新退回青山,李元度亦退出湖口。

得知萧捷三阵亡,曾国藩急忙自九江赶到青山,对水师进行安抚,并急调彭玉麟前来江西督领内湖水师。作为水师大将,萧捷三固然难以与彭玉麟、杨载福相提并论,但余下众将则还不及他。这导致内湖水师陷入了与周凤山兵团一样的困境,即换了统领后,指挥作战的能力和部队士气均锐减。9月18日,内湖水师五营被太平军打得大败,长龙、舢板二十一艘,小划两只,成了太平军的战利品。失利原因,是指挥者顺南风攻湖口,没有遵循不得顺风作战的禁令。曾国藩立即将对此负有责任的两名营官予以撤职处分。

这时太平军已从九江、安庆向湖口派来援兵,故而李元度兵团方面也无进展。战局进入相持状态,曾国藩"改变中段"的计划再次宣告失败。

对曾国藩而言,堪称雪上加霜的是,胡林翼在收复武昌战役中出师不利,已通过朝廷,向曾国藩提出要急调罗泽南兵团往援。在胡林翼之后,骆秉章为防止太平军自鄂南重入湖南,也奏调罗兵团援鄂。曾国藩如今能够直辖的部队,就只有罗泽南、周凤山、李元度三兵团及内湖水师。周凤山兵团和内湖水师已今非昔比,战斗力锐减;李元度兵团系新建,未经大战,战斗力没有受到过重大考验,很难说有多强。各军之中,只有罗泽南兵团始终处于上升期,奉命收复义宁,也是一举拿下——就如同之前收复弋阳、广信一样,只有时间或长或短的问题,没有拿不拿得下来的问题。

在塔齐布死后,罗泽南兵团已经成为曾国藩的唯一主力。从内心上来说,曾国藩是一千个一万个不愿意放走罗泽南,但让他感到格外为难的是,正是罗泽南本人,不仅上书,而且从前线单骑返回曾国藩所驻的南康总部,向曾国藩请命,极力主张进援湖北,争夺武汉,并以此自任。

西援湖北

此时江西形势严峻,上下都是太平军的势力,湘军孤悬其间,如在瓮中,这就是曾国藩所谓的"困于中段"。曾国藩意欲"改变中段",但三次努力,三次都失败了,这似乎说明想要摆脱江西困境,不能仅仅从江西突围,还需另思良方。

武汉为东南枢纽,其重要性百倍于九江。崇通(崇阳、通城)为连接湘鄂赣三省的走廊,太平军占领此处后,对江西、湖南同时构成了威胁。罗泽南由此认为,由武汉而下,才可制九江之命脉,而要解武昌之围,又势必从崇通攻入。按照他的分析,湘军一旦收复武昌,便可取高屋建瓴之势,从武汉全军东下;同时内湖水师与外江水师的联系也将随之打通,定能给东南大势带来转机。

罗泽南的这番论述立足长远,让曾国藩很难反驳。从战略角度上讲,曾国藩和罗泽南的观点其实是一致的。他也知道光在江西搏战,很难改变大局,只有夺取武汉,把战争的主动权抓到自己手里,才是目前摆脱被动局面的最佳选择。

罗泽南兵团西调,势必导致江西形势更加恶化。可如果坚持不调,不仅武汉收复遥遥无期,鄂赣战局难以好转并危及湖南,而且还会使急于求援的胡林翼、骆秉章耿耿于怀,乐于增援的罗泽南快快不快。两相权衡,曾国藩终于忍痛做出决定,令罗泽南兵团西援湖北。二人商定:援鄂大军将先收复通城、崇阳,清理湘鄂交界;其次收复武昌,然后再挥师东下,与在赣湘军会师,以图江皖。

"您所依赖的大将,只有塔罗二君,今塔公已亡,只有罗公,现在您又让他远行,万一有急难之事,还能再派谁呢?"幕僚刘蓉在座,劝曾国藩三思而后行。"我当然知道罗兵团一去,我的处境将更加窘迫,但只有收复武昌,东南大局才能好转。若是大家全都困在江西,于大局无益,我怎么能只为自己考虑,而不顾大局呢!"曾国藩的话让刘蓉大受感动,遂奋然表示,收复武昌之役既如此重要,那他也愿意跟随罗泽南赴鄂作战。

罗泽南一走,由周凤山单独攻下九江希望渺茫,九江城下已不需要驻留过多部队。曾国藩便把原塔齐布兵团中比较能打的彭三元等两营拨出,交给罗泽南,以壮行色。

这时郭嵩焘也正在曾国藩幕中,在送别罗泽南时,他对罗泽南说道:"江西三面拒敌,你们这支军队一走,江西必难支持,你对此有什么好的办法吗?""曾公所经营的内湖水师,已能独立作战,将来会起到很大作用。归根到底,只要江西有曾公,其他都没什么可特别担心的。"说到曾国藩,郭嵩焘颇为感慨:"曾公只求有益于天下大局,视自身安危则如鸿毛。他这么做,也不是仅仅从今天才开始的。""天若不亡本朝,此老必不死!"罗泽南对于曾国藩这位湘军大帅,也有着同样的崇敬之情。两人就此叹息而别。罗泽南率部赶往义宁,与大部队会合,加上彭三元等两营,援鄂大军已增至五千人。

1855年10月初,罗泽南兵团进入鄂南,连下通城、崇阳,加上湖南所派的江忠济、李原浚兵团,鄂南西部所集中的湘军已超过一万人。其目的是肃清鄂南,在确保湖南安全的同时,进入武汉战区。

太平军亦有从鄂南入湖南的企图。在胡林翼开始反攻武昌后,守将韦俊告急,石达开奉命西上督师。石达开到武昌后,对军情敌势做了一番细致研究,做出指示:"现在妖兵攻我武昌、九江,我与其在武昌、九江城下与妖苦战而不得解,不如进攻妖所必救!"由鄂入湘,攻湘军所必救,从而保卫武汉,这一战略由此应运而生。根据胡林翼的奏报,鄂南的太平军,仅从武昌开来的韦俊兵团就有两万人,还有石达开从安庆带来的三万人,兵多而且皆为太平军之精锐，其攻击力自然不容小觑。10月25日，韦俊兵团在羊楼司大战一天，攻破了江忠济兵团营垒，江兵团被迫退回岳州。

楚勇可以从羊楼司退回岳州，太平军也同样可以从羊楼司追到岳州，直至再犯长沙。驻军崇阳的罗泽南急忙分军堵御，派李续宾率主力前往争夺羊楼司，自率彭三元、李杏春留守崇阳后路。

境　遇

10月26日，胡林翼率部进入蒲圻。

加入湘军前，胡林翼在贵州做官多年，任职期间，他大办保甲团练，在镇压当地匪盗及各类起义方面卓有成效，逐渐获得了"平乱专家"的声名，并引起咸丰皇帝的重视。原湖广总督吴文镕慕名上奏，获准把胡林翼从贵州调往湖北，用以协助自己对付太平军，但当胡林翼率黔勇到达湘鄂边境时，吴文镕已经兵败身亡。于是骆秉章和曾国藩就奏请把他留在湖南，使其成为湘军的一员。在湘军内部，胡林翼原先只是曾国藩的部属，他的力量也很薄弱。初入湘军时，只有自募的六百黔勇随其作战，到参加九江战役和回援武昌时，所谓胡林翼兵团，也仅有两千黔勇，无论兵员数量还是战斗力，在湘军各部中均不冒尖。

可是在加入湘军后，胡林翼的官运却出奇地好。在参加九江战役时，他已被从贵州道员提升为湖北按察使；及至武昌失守，胡林翼很难说有什么功劳，至多也就只有千里赴援的一些苦劳罢了，然而一顶"署湖北巡抚"的乌纱帽又戴到了他的头上。这都是在一年内发生的事，其擢升之快，着实令人诧异。

同样令人诧异且形成鲜明对比的，则是曾国藩的境遇。从收复岳州、武昌，再到取得田家镇大捷，血战九江、湖口，曾国藩已经有了厚厚的一本功劳簿，可是他除了对于湘军的军事指挥权外，其他所获寥寥。咸丰说要给曾国藩奖赏，往上追溯，那还是收复武昌时候的事。当时给了一个"署湖北巡抚"，也就是现在胡林翼的职位。对于胡林翼来说，自然是高升了，但曾国藩原先就是平级的侍郎，若论功行赏，给个湖广总督还差不多。

即便这个巡抚，后来咸丰也收回了成命，说赏给兵部侍郎衔。就在罗泽南兵团西援湖北不久，曾国藩得旨，"兵部右侍郎着曾国藩补授"。曾国藩在京时就兼任过兵部侍郎，咸丰这么做，也仅相当于正式恢复了曾国藩的旧有官职，连个小小的提升都算不上。兵部侍郎从品级来讲，与巡抚是差不多的，但放到地方上，却不过是个毫无实权的空衔，和掌握一省大权的巡抚根本无法相比。仅以军权来说，一直以来，曾国藩除了供其直接指挥的湘军外，其他军队都无法调遣，部属有功，他也只能上奏保举，而不能直接予以提升和任命。统率着与太平军作战的主力部队，官拜兵部侍郎，然而事权竟还不如一省提督。有时曾国藩自己也对此哭笑不得，只好用自嘲的方式发牢骚，说他自己是"厕身于不官不绅之间"。

在江西，曾国藩与赣抚陈启迈经常出现意见不合的情况，用兵、筹饷等方面更是如此。其实在湖南时，骆秉章和他之间也有过这方面的冲突，但骆秉章尚具容人之量，知道把握分寸；陈启迈则刚愎自用，气度远不如骆秉章。当初曾国藩驻兵湖南，骆秉章要调动湘军的一个营驻防，被曾国藩阻止，骆秉章虽然一肚子不高兴，但也就此住手，没有再直接调拨过湘军（王鑫投靠骆秉章，则是另外一码事）。陈启迈却没有这么知情识趣，他甚至要不经过曾国藩，径直指挥罗泽南等军，而且朝令夕改，让人无所适从。

因为对曾国藩不满，陈启迈遇事多方掣肘，动辄便以不给饷银加以威胁，曾国藩联络江西士绅捐输，他知道了也会故意找这些士绅的麻烦，给湘军筹饷制造障碍。看到巡抚如此，其下的各级官吏跟风拍马，也处处与曾国藩和湘军为难。曾国藩和江西官员交涉，官员们都不把他放在眼里,只唯上司之命是从,和他们联系交办的事务,能拖就拖,能不办就不办。曾国藩还算好,毕竟是湘军大帅,不少湘军将领还会遭到州县官员的侮辱打骂,连已被保举为副将的周凤山都曾被羁押于长汀县。

曾国藩从办团练开始,就只能使用木质关防,以前关防上刻的头衔是"前任礼部侍郎",后来换成了"兵部右侍郎",但换来换去,仍是一颗木质关防,并未实受大印。江西官吏察觉到了其中的微妙之处,常常借机进行刁难,曾国藩用木质关防去劝捐,有的州县官员便故意说这是伪造的关防,把捐款士绅抓起来进行拷问,从而对湘军的筹饷造成了严重影响。

曾国藩为了大局,一直百般忍耐,用他自己的话说,是"好汉打脱牙和血吞"。直到彭寿颐案发生,他才感到忍无可忍。彭案的主角彭寿颐是一个江西举人,办团练很是得力,曾国藩赏识他的才能,想把他调入湘军。谁知陈启迈竟制造冤狱,将彭寿颐关入大牢,并毒打致死。曾国藩修养深厚,素来喜怒不形于色,唯对彭案怒不可遏,从此与陈启迈彻底撕破了脸。

陈启迈本身就有贪腐等劣迹,可抓的小辫子不少,曾国藩暗中搜集材料,予以专折奏参。咸丰阅后,查证属实,下旨将这位刚刚上任才一年多的巡抚革职为民。

畏　忌

陈启迈下台后,曾国藩与新任巡抚文俊的关系,虽然不再像与陈启迈那样剑拔弩张,但还是矛盾重重,曾国藩的境遇也依旧很糟。很多知晓内情的人都为之鸣不平,就连与曾国藩积怨甚多的王鑫也看不下去,认为曾国藩处境如此艰难,实在令人着急,"绦帅(曾国藩)所处真是不易,他最难的地方还是筹饷。"

说到底,曾国藩遇到的问题,其实不是换谁当巡抚,而是该让他兼任江西巡抚乃至两江总督!到这个时候,曾国藩甚至都后悔当初不该辞去"署湖北巡抚"了,那样至少还可以用巡抚的名义,安排湖北地方去为湘军筹饷。

辞谢鄂抚,本是曾国藩以母丧未终制为由,自己提出来的。他原来一直以为,咸丰皇帝也是被他的这一理由所打动,所以才同意他辞谢。后来直到胡林翼超擢巡抚,塔齐布病逝后的某一天,有人向他透露内幕详情,他才知道了个中原委。原来在曾国藩复奏辞谢之前,军机处就已经有人向咸丰进谗言:说曾国藩以侍郎在籍,其实就是一个老百姓。可正是这么一个老百姓,却能在家乡号召和组织起万余湘军,而且还能以破竹之势,克复连官军都守不住、也攻不下的武昌,其锋芒之锐,实非意料所及,"这对国家而言,恐怕并不是一件好事啊。"咸丰听后脸色都变了,沉默了好久,终于决定收回让曾国藩署理鄂抚的成命,在此之后,他才收到曾国藩的奏折。也就是说,即便曾国藩不辞谢,咸丰也是要反悔的,只不过曾国藩的辞谢,正好给了他一个顺水推舟的理由和台阶。

世上很多真相,不知道要比知道好得多。知悉内幕以及咸丰对自己的真实想法后,曾国藩黯然神伤,心情沮丧至极。那时刘蓉还未随罗泽南援鄂,有一次与曾国藩两人闲谈,说到东汉名臣、太尉杨震被奸人陷害、奸贵所逼,被贬遣回籍,途中于夕阳亭饮鸩自杀一事。曾国藩联系到自身境遇,不由悲怆叹息。刘蓉见状,只得再三劝说:"古今情况不同,夕阳亭的事是不可能发生的。"

的确,不管朝廷对曾国藩有多么畏忌,大敌当前,用还是得用,只是时时刻刻不忘防范而已。如何防范?一方面是不授之以封疆大权,另一方面是大力提拔其他湘军将领,以便对曾国藩起到牵制和分权的作用。在这一思想的支配下,曾国藩以下的湘军将领,塔齐布就不用说了,其他人也都一个个得以扶摇直上,不断更换头上的顶戴。统领罗泽南以布政使衔授浙江道台,营官李续宾成了道员,蒋益澧做了知府。王鑫另立山头,反而升得更快,曾系湘军还未出湖南时,他就已经升为直隶州知州。王鑫素来爱出风头爱显摆,便经常穿着五品补服,坐着四抬大轿,在湘潭、湘乡的街市上来回炫耀。

罗泽南等人原先都没有功名,胡林翼则不同,他中翰林尚在曾国藩之前,加入湘军前即为道员,咸丰又对其留有较深印象,这些都是胡林翼被迅速提拔为鄂抚的背景。朝廷的用意自然也不难揣度,就是要在江忠源死后,将胡林翼扶植为除曾国藩之外的另一个湘军领袖,以与曾国藩分庭抗礼。

胡林翼登上巡抚宝座的时候却并不风光,湖北当时正处于风雨飘摇之中,到处都是太平军。同时由于战区划分的关系,胡林翼的管辖范围仅及长江以南州县,被戏称为"号令不出三十里",各省协饷多被湖广总督杨霈截留。曾国藩之前不肯派援的原因之一,是担心胡林翼无法为西援军提供饷银。事实也正是如此,胡林翼不但不可能给别的部队筹集军饷,他连他自己的部队都还难以养活。

武昌被太平军攻占后,胡林翼的黔勇事实上已经崩溃,必须重新招募,要招募就得拿出真金白银,他手中又无饷银,怎么办?他想出的办法,是先拿家产来填!胡林翼出身富贵公子,胡家上溯六代,皆为官员富绅,到胡林翼继承家业时,家中尚有田产数百亩,其家境之好,在湘军将帅中,最为突出。胡林翼通过把家产拿出来暂充军饷,所谓"发私家之谷以济军",终于得以重新招募兵勇两千六百人。

当然了,胡林翼就是家里再有钱,对军饷的巨大开支而言,仍属九牛一毛,拿家产充数,也只是临时应急之道,并非长远之计。胡林翼要想从根本上解除自身所处的困境,就必须重新控制湖北,这样他才能正常履行其作为巡抚的职能。

第五章　攻敌所必救

　　加上王国才部,胡林翼手中可指挥的陆师就有六千人,虽然这些弁勇多数并非湖南籍,但无论是从胡林翼本人的籍贯,还是依据所部与湘军集团的关系来看,胡林翼兵团此时都已经可以归入湘军。

　　湖北战区,除胡林翼兵团外,在汉口、汉阳以北,尚有杨霈及新近来援的西安将军札拉芬等兵团,汉水以西也还有荆州将军官文所辖兵团。不过后面这几个兵团的战斗力都很差:札拉芬兵团不久就被太平军打得落花流水,几乎全军覆灭,札拉芬也战死沙场;杨霈则胆小如鼠,只知避战自保,对太平军是连碰都不敢碰;官文比杨霈稍强,然而打仗方面同样只是配角。

　　清廷的政治中心在北京,历来首重北方防务,以使其绝对安全、不受威胁为前提。太平军北伐后,更是如此。杨霈身为湖广总督,在武昌被围期间,不进武昌,避往德安,最后却未被问责,其实就是钻了这个空子,正如咸丰自己所说,"现在(北方)情形紧急,甚于武昌"。然而钻空子也是有时效限制的,此时太平天国发起的北伐已经失败,北方的紧张空气得以消散。清廷遂调整部署,从围歼北伐军的八旗军中调出一部,以西凌阿为主将,任命他为钦差大臣,率部增援湖北;同时将杨霈革职,以官文代之。谁知八旗军水土不服,西凌阿在湖北随州遭遇惨败,清廷又将其革职,由官文兼任钦差大臣。

最大的底气

自太平军首次进入湖北,不到三年时间,清军已经大溃五次,其他小溃小败更是难以计数。在曾国藩看来,还是兵不够精的缘故,他的建议是要像他在湖南创建湘军那样,严格挑选和招募兵勇,并假以时日进行训练,而不要太在乎一城一地的得失。

胡林翼的战略高度和谋略,均不在曾国藩之下,曾国藩所说的道理,他完全能够明白。问题在于湘军式的招募及其训练所需要的时间,胡林翼新官上任,实在等不及。他军中紧急招募的两千六百人,既有他从贵州带出的黔勇,也有湖南援鄂的湘勇、云南滇勇及部分绿营兵,可谓五花八门。而且其中还有不少是收集的溃卒,尽管战斗力较弱,协同能力不强,但好处是拿来就能用。至于夺城争地,身为鄂抚,即有守土之责,收复城池尤其是省城,乃是胡林翼分内的义务,似乎也不是高兴不高兴就能弃之不顾的。胡林翼认为,他当前的急务是收复武昌、汉阳。前者便于太平军将其势力蔓延至长江南岸各处,后者又堵塞了北岸交通,使南方军队无法与北方援军贯通一气。

在发起反击战之前,胡林翼一直屯扎于金口,倚外江水师以自保。若以成色而言,外江水师才是真正的湘军,在湖北湘军各部中,它的战斗力也最强。

外江水师与王国才部的粮饷均来自湖南,湖南藩库也很紧张,兵勇都已欠饷数月之久,但湘抚骆秉章还是尽其所能,为制造船炮和添募水勇提供资金。湖南大本营除曾国藩原设船厂外,湖南在籍官员又捐资设立了船局。曾国藩的幕僚黄冕在长沙主办火药局,每年制造上百尊生熟铁炮以及大量火药铅弹,其铁炮亦配备于新船。虽然这些土炮在性能方面还不及洋炮,但就国内而言,已经是无人能够超越了。

外江水师抵达金口不久,湖南即送来新船百余,原来的破船也都逐渐修复完好。与此同时,彭玉麟回湖南增募水勇,使外江水师扩大到了三千人。数月不到,曾遭受重大损失的湘军水师就已恢复元气。胡林翼能够喊出收复武昌、汉阳的目标,水师可以说是他最大的底气。

胡林翼命令水陆军分攻武昌、汉阳,他预计只要先攻取其中一城,另外一城便不难拿下。但湘军陆师的战斗力本就不强,分攻之后,兵力单薄,更加难以取得成效。王国才部进攻汉阳,反被太平军包围;彭玉麟看到后,率部舍船登岸,朝太平军冲杀,才给王部解了围。胡林翼亲自领兵进攻武昌,也是怎么都攻不下来。

积极防御,"致人而不致于人",乃是太平军守城的惯用战术。他们在凭城固守的同时,不时伺机主动出击,先是一举攻破位于武昌城郊纸坊的湘军营垒,接着大举进攻金口。胡林翼预先得到情报,及时驰援,才避免了更大挫败。

分攻不行,只能集中力量先攻其一城。武昌城环绕二十里,有九座城门,合围的话兵力不足;若仅攻一座城门,守军可轮换抵抗,同时又无法断其粮道。胡林翼经过考虑,决定倾全力进攻汉阳。金口后方则由李孟群率三千人固守,同时兼防太平军西进。在此期间,杨载福率领他在湖南增募的水勇,由岳州进泊金口。为了给陆师助战,除李孟群依旧留守外,杨载福、彭玉麟率水师主力前往沌口驻扎。

到沌口有两条水路:一条是从武昌、汉阳城下经过,这条路较近,但势必要遭受城上炮火袭击;另一条是从汉口绕行,虽然较远,但可以避开太平军的炮火。诸将商议时,大部分人都倾向于走第二条路,只有杨载福讥笑众人太过担心怯懦,说:"大丈夫在江上行舟,有什么需要躲避的?顺流而下,溯江而上,只要够快就行了!"

彭玉麟一听,当即张帆先行,带队从武昌、汉阳城下通过。这是一次令人心惊肉跳却又热血沸腾的冒险行动。因为太平军已从湖口、安庆等地调入水营,所以太平军在江上也可以用船炮进行拦截,城头则更是百炮齐发,炮子不断呼啸着飞向湘军的船舰。各营弁勇均不顾生死,在弹雨中驾船飞驶。不一会,彭玉麟座船的桅杆被炸断,船只无法前进,陷入了坐以待毙的绝境。这时彭玉麟看到杨载福的船经过,赶紧大声向他呼喊求救。可是杨载福并没搭理他们,嗖的一下就驾着船从旁边冲了过去。

幸运的是,在杨船通过后,又有一艘舢板经过,彭玉麟等人跃入舢板,这才侥幸得救。湘军与绿营不同,败则相救,不离不弃,乃基本道德准则,事后,众人都谴责杨载福,认为军营之中负气争斗本来也是寻常事,然而弄到在战场上都互不相救,就太不应该了。尽管彭玉麟顾及情面,替杨载福解释,说当时水急浪大,即便大声呼喊,可能杨载福也听不见。但在这件事发生之后,两人之间的嫌隙已经被摆到了明面上,见了面连说句话都困难。得亏胡林翼亲自从中调解,稍后曾国藩又将彭玉麟调往江西,这才得以大事化小,小事化了。

此次沌口之行,外江水师共有四艘船被击沉,三百余人中弹身亡。若仅就数据来看,这是一次得不偿失的军事行动,但它却把湘军水师身上那种勇猛彪悍甚至于疯狂的劲头重又激发出来。在沉沦消沉一段时间后,这支水上劲旅又要开始令人生畏了。

精兵良将

在外江水师进至沌口后,由官文调度的鄂军也进占汉川,与围攻汉阳的湘军会师。1855年8月27日,湘军从水陆对汉阳发动进攻,水师斩断襄河浮桥铁锁,缴获战船二十余艘,焚毁粮船五百余艘;陆师也攻占汉阳的多处据点,烧毁太平军铸炮局五座,火药局六座,缴获火炮三百尊。

形势在向着好的方向发展,但太平军并不是好对付的。韦俊调集通城、崇阳、义宁等地驻军,与武昌守军会攻金口,大败李孟群所率的水陆驻防部队,占领了湘军大营。后院起火,胡林翼被迫放弃已唾手可得的胜果,从汉阳战场撤出,退驻夆山。太平军乘势连续进击,自汉阳分八路对驻于夆山的胡林翼部、王国才部进行围攻。此时两部都已欠饷达八九十天,弁勇们毫无斗志,只是口出怨言,吵闹着索要饷银。胡林翼这个时候到哪里去变出钱来,只能下命令强制出战。弁勇们虽然勉强上阵,但都无心应战,很快便一哄而散。湘军就此溃败,胡林翼的中军大帐也遭到炮击,胡林翼左右数名亲兵均被炸死炸伤。

胡林翼气得直咬牙,当即就让马夫把马牵过来,要骑马作自杀式冲锋。马夫见状,等胡林翼上马后,便先拉着马转了四五圈,将其弄得晕头转向,接着猛地一挥鞭,将它向与太平军所在阵地相反的方向赶去。战马惊叫奔驰,坐在马上的胡林翼拽也拽不住,最后,马一直冲到了长江边。在那里,胡林翼遇到了鲍超的战船。

鲍超是四川人,向荣在宜昌组建"川勇营"时应募入伍。此人斗大的字不识几个,但武艺高强,作战勇猛,在长沙战役中因功获赐六品顶戴,两年后,调入水师杨载福营当哨官。鲍超加入湘军不久,旋即参加岳州战役。湘军水师的弁勇素来一个比一个猛,但鲍超即便在这些人中都显得极为突出,他在雷公湖等战斗中的彪悍之风,令众人无不折服。曾国藩获悉,甚为欣喜,专门召见鲍超,称赞他说:"你确实是个善战的勇士,虽然没有自己主动表功,但大家都已将你的表现报告给我了。"翌年,曾国藩即将鲍超擢升为水师营官,管带中营战船。

参山之战爆发时,鲍超见形势危急,主动率炮船前来增援。他先在江边击退围攻过来的太平军,继而又打败了从上游分路下驶的太平军水营;在他的掩护下,胡林翼率残部西撤,退往靠近湖南的新堤。

太平军以为胡林翼兵团已被彻底击溃,对武汉不再构成威胁,没有继续追击,若不然的话,胡林翼恐怕就得逃进湖南去了。参山一战,胡林翼被打得极其狼狈,混乱中,他甚至连巡抚关防都丢了。不过这一战也打醒了他,终于让他认识到,招募和训练精兵良将,确实比攻城夺地更为重要,也更为紧迫。

胡林翼这次仍对溃散部队进行了收集,但再不是简单的一收了之,而是先对带头闹事的勇丁予以镇压,再裁汰溃卒弱勇。其中王国才部被裁去数营,水师也裁去了十分之三,后者主要是李孟群的部队。金口失守显示出,李孟群当初从广东带来的广勇较弱,且与水师中占多数的湘勇难以协同作战,于是便裁掉了一半,凡羸弱之卒都被遣散了。

新任湖广总督官文比前任清醒,知道湖北战区只能依赖胡林翼,故而表现出与之合作的态度,将四川协饷三万两运抵胡兵团大营,暂时解了胡林翼的燃眉之急。胡林翼除用以补发外,还决定派人去湖南补募新勇。

在湘军大帅中,人们常将胡林翼与江忠源放在一起进行对比,认为两人皆有英雄豪杰之气。不过江忠源后来随着名气和声望越来越大,逐渐变得有些矜持起来;唯有胡林翼,其待人处事的豁达方式始终未变。胡林翼在参山之战中被鲍超所救,又见他所带水师兵勇军容严整,进退有序,于是对鲍超极为看重。这种看重,是既不把鲍超当作是普通的行伍之人,也不把他简单地看成是自己的部下,而是视为有救命之恩的生死兄弟!鲍超字春亭,胡林翼给他改字"春霆",意思是像春雷一样具有力量。募勇的任务就交给了鲍超,招募名额为三千,分中、前、后、左、右五营,每营六百人,授"霆"字军旗,全部由鲍超统领,日后著名的霆字军(通称"霆军")即由此而来。

胡林翼原有陆师将领中,能堪一用的只有王国才,王国才冲锋陷阵尚可,独当一面却难胜任。胡林翼便临时到水师中挑选将才,由于他已确定由杨载福担任外江水师唯一的统领(彭玉麟回衡州休假),于是便在鲍超之外,将李孟群也改为陆军大将。

要想攻取太平军固守的武昌、汉阳,就必须先把兵单饷绌变成兵精粮足,然后分截要隘,四面环攻,方能有成。胡林翼一面整顿部队,一面上奏,要求四川在未来两个月内,各协饷十万,同时请调罗泽南兵团迅速由湘鄂边界增援武汉。

大兵团作战

1855年10月下旬,得知罗泽南已进入鄂南,并连下崇通两地,胡林翼喜出望外,立即决定亲自前往鄂南迎接和策应罗兵团。这时霆军等尚未到位,诸将认为自身兵力太少,此行有些冒险,胡林翼则不以为意,说:"把难事都推诿给客军,并非用兵之道,再说,那样做的话,我们还有没有廉耻之心?兵少没关系,不用那么在乎胜败,可以取胜,固然要去打,即便明知会败,也不能畏畏缩缩!"胡林翼命李孟群、王国才等前往长江北岸,用以防止汉阳太平军西进,自率陆师三千余人以及炮船十余艘,赶往蒲圻。

会师之路果然充满艰险,胡林翼兵团刚到蒲圻,太平军就分别从两个方向对其发起进攻。其中韦俊兵团担任主攻,从正面和侧面反复对胡兵团进行冲击,虽然未能攻克阵地,但也让胡兵团承受了很大压力。

眼看双方势均力敌,已经打成平手,胡林翼正准备收兵回营,韦俊又发起了新的攻势,于是两边再战。打着打着,正面的太平军突然向身后的山中撤退。这时的胡林翼,在大兵团作战方面的经验尚嫌不足,或者说还不够狡猾老练,对于太平军特有的螃蟹阵、伏地阵之类战术,远没有罗泽南等人研究透彻。他以为太平军真的顶不住了,不假思索地便率部追了上去。而就在他们追击时,韦俊预设的伏兵已悄悄地绕至其后方,对其形成合围之势。胡兵团费了好大劲,才得以突围,所部伤亡两百余人,不得不暂时退出蒲圻县境。

胡兵团被迫退出蒲圻的第二天,被罗泽南兵团由崇阳逐出的原太平军余部,在明知援兵将至的情况下,也返回驻扎于壕头堡,并伺机对罗兵团进行袭击。罗泽南发现后,令彭三元、李杏春率两个营一千三百人进攻壕头堡。罗泽南兵团训练较精,久经战阵,战力远胜于胡林翼兵团。彭、李二营赶到壕头堡后,迅速攻克险要,焚毁了太平军的要塞工事。恰在此时,石达开兵团前队六七千人自咸宁来援,彭、李毫不畏惧,兵分三路出击,打了对方一个措手不及,太平军援兵纷纷掉头退回咸宁。

但咸宁来援只是前奏,石达开马上再派胡以晃等率领重兵,对壕头堡发起猛攻。彭三元、李杏春分路抵御,鏖战多时。其间有人误传彭三元的儿子阵亡,彭三元唯恐动摇军心,急忙让众人不要再互相传播:"赶快作战!不要因为我的儿子影响部队士气。"之后督战更紧,终于得以击退太平军,并毙敌百余。但彭、李二营也蒙受了不小损失,连身为主将的彭三元都负了伤。

发现彭部处境危殆,罗泽南疾驰壕头堡予以增援,并调正与太平军争夺羊楼司的李续宾部回救,然而为时已晚。11月4日,石达开亲督两万人马,将壕头堡密不透风地围了三圈。

当天出战前,彭三元上马欲行,战马或许预感到此番出征,主人将有去无回,忽然情绪反常,对彭三元又踢又咬,不让他上马。彭三元三次跨上马背,三次都从马上掉了下来,众人都认为这件事很不吉利,然而事已至此,所有人都别无选择,只能拼死一战。战斗极其惨烈,彭三元身先士卒,单骑冲锋陷阵,被太平军刺死于马下。李杏春救援不及,也同时战死,彭、李二营全军覆灭。

看到已无法救援,罗泽南只得退守崇阳城。这时罗泽南已意识到分兵势弱,易为对手所乘的错误。考虑羊楼司为连接湘鄂的要道,韦俊兵团随时都可能由羊楼司进入湖南,他决定放弃崇阳,全军移师羊楼司,以防堵太平军入湘。

11月5日,罗泽南兵团抵达羊楼司,刚要埋锅造饭,韦俊兵团即自蒲圻杀来。罗泽南登上附近山岭观察,发现太平军在对面山顶扎下两营,一正一奇,奇兵埋伏于山谷之内,欲等正兵接仗,便乘虚攻击罗兵团大营。奇正抄伏,是螃蟹阵的一大特征。罗泽南看在眼里,已经胸有成竹。当韦俊的正兵前来进攻时,他依然还是采用"以静制动,后发制人"的经典打法,坚持只守不攻,仅以密集火力对敌人进行压制。就在太平军即将逼近湘军阵地时,一直埋伏在侧的刘蓉营突然杀出,从其中部横切过去,将太平军拦腰截断。太平军正兵军心动摇,纷纷向后奔逃;至于奇兵,他们还来不及与正兵配合,便遭到了罗泽南预设两营的截杀,正奇二兵双双落败,太平军折损兵力达千人之多。

羊楼司之战后第七天,石达开向韦俊调拨了精兵数千。韦俊重整兵马,集结两万余人,分三路齐进,再攻羊楼司。罗泽南亦分三路迎击。韦俊兵团有一个特点,常以密集队形发起集团冲锋,看上去声势浩大,但只要破其队形,便可使之威力大减。自第一次羊楼司之战起,罗泽南就掌握了这一特点,他在指挥各营从正面发动猛烈突击的同时,派蒋益澧营包抄至太平军身后。太平军发现自身被抄袭,心慌意乱之下,便难以保持原有队形。队形一散,士卒胡乱地分散在山谷之中,很容易就被湘军各个歼灭。

韦俊兵团被歼两千余人,向北败退,湘军在羊楼司的威胁解除。胡林翼闻讯赶到羊楼司,两军得以会合。罗泽南兵团有七营,胡林翼兵团有五营,加起来共有人马十二营,湖北湘军的整体作战能力大为增强。

狠击对手的痛处

罗泽南在羊楼司两次大败太平军,但同一时间,石达开亦在通城取得大捷,由湖南派出的李原浚兵团被击溃,所属平江勇四营全军覆灭。从整体上看,双方胜负各半,形成了势均力敌的相持局面。

胡林翼和罗泽南经过商讨分析,对石达开攻已方所必救、用以保卫武汉的战略,已了然于胸。两人一致认为,与其被牵着鼻子走,在鄂南与太平军对耗,不如力争主动,同样攻太平军之必救,引军东下,向武汉进兵。东下武汉,首先必须进占被太平军控制的蒲圻、咸宁、金口。太平军用兵,以"见水善搭浮桥"驰名,韦俊建浮桥以通咸宁,在蒲圻外围据白羊水以守。由于地形险要,湘军如果硬攻的话,代价会很大。胡林翼采纳蒲圻举人贺橘若的建议,派兵沿小路行军,从公安城绕行,在占据蒲圻城西北的铁山后,对太平军施以突袭,从而出其不意地夺取了所有险要位置。

1855年11月30日,湘军进攻蒲圻城,罗泽南攻打城东,胡林翼攻打城西北,同时派兵沿江警戒,用以牵制太平军的增援部队。韦俊在蒲圻一带集结了约三万兵力,不但在城内设置大量守兵,还在城外另建五座营垒、四道栅栏作为屏障。湘军攻击时,所有太平军都坚守城垒,拒不出战。这给湘军的进攻增加了很大难度,尤其仰攻城墙,伤亡很大。当时刘蓉和他的弟弟刘萱,都在罗泽南兵团中担任营官。刘萱性情沉毅,作战勇敢,他就是因为在攻城时冲锋在前,结果中炮身亡。

看到进展缓慢,部队伤亡不断增加,罗泽南决定把重点先放在城外的营垒和栅栏之上,他命令勇丁堆积稻草,准备焚烧栅栏。太平军急忙用火器进行抵御,不料反而引燃了稻草。随着火焰在栅栏间蔓延,太平军惊慌奔逃,湘军乘势攻破了太平军的五座营垒。继白天反复攻城后,湘军乘夜在山上吹起号角,敲响战鼓,用类似"四面楚歌"的方式,对城内守军实施心理战。韦俊又惊又怕,在指定由国宗洪仁政把守咸宁后,便弃城逃往武昌。

"以静制动,后发制人"是罗泽南的用兵宝典。一般来说,他与敌对垒或攻打城池时,都会让对方先出招,或是做好充分的战前准备,但这并不是一个死守不变的法则。驻守咸宁的太平军有很大一部分原系蒲圻守军,由于新败,士气十分低落,而刚刚攻克蒲圻的湘军则兵锋正锐,因此罗泽南便没有拘泥成法,一到咸宁,便马上发动进攻,一鼓作气将咸宁拿了下来。

在罗泽南由蒲圻攻向咸宁期间,杨载福率外江水师东下,通过击败金口的太平军水营,克复金口。至此,武昌外围的太平军据点被基本拔除,湘军水陆大军会师金口,继而进扎纸坊、沌口,兵临武昌城下。胡林翼、罗泽南跳出鄂南的角逐圈,向武汉进兵,致使石达开攻湘军所必救、进而保卫武汉的战略暂时落空。

在鄂南战役中,双方已经进行过反复较量,石达开虽先后在壕头堡、通城取胜,歼灭罗泽南兵团精锐一千余人及李原浚兵团全部,但由武昌南进的韦俊兵团亦在羊楼司两度大败,总计损失达三千余人。如果石达开回援武昌,在武昌周围与湘军决战,就实力对比来说,他并无必胜的把握。要改善局势,还是必须避实击虚,攻敌所必救。只要狠击对手的痛处,罗泽南不想驰援也得驰援,为武昌解围或至少减轻守军压力的目的就能达到。石达开需要考虑的,是究竟该进军湖南,还是该进军江西,哪一个更适宜。

湖南是湘军老巢,虽然湖南省外的湘军大多已不再从湖南获取粮饷,但兵源仍主要来自湖南。用石达开的话来说,湖南乃"妖兵根本",进军湖南,势必能给湘军以沉重打击,石达开的原计划也是通过进攻湖南来为武昌解围。问题在于,湘鄂边界的防御力量比较雄厚,在江忠济兵团兵败、李原浚兵团覆灭的情况下,此处仍集结着相当数量的湘军。比如在平江、通城交界处,有湘军三千余人驻守;在平江、浏阳交界处,也有湘军一千余人驻守。这还不包括遍及边界各地的练勇、团勇,其中仅团勇一项,若有必要,顷刻就可集结数万之众。

即便能够全力突破湘鄂边界,攻略湖南也前景难测。湖南省内还有楚勇、老湘营等留守湘军,他们虽未出省,但一直在省内征讨白莲教、天地会等起义军,实力不差,若太平军攻入湖南,必然会借助地利的优势拼死抵抗。由于东界的江西绝大部分仍在清军控制之下,太平军在湖南只能孤军深入。如此,不但难以通过敌人的严密防线,而且还将承受难以估量的重大损失,一年前西征军在湖南的失败即为前车之鉴。

相比之下,在罗泽南兵团离去后,江西的防御力量已变得相当薄弱。曾国藩在江西的湘军,陆师只有周凤山兵团四千人,李元度兵团三千人;水师只有八营约四千人,总共一万人。数量相对偏少尚在其次,主要是驻地分散,各部都被胶着在九江、湖口外围以及鄱阳湖的几个据点上,没有一支被部署在鄂赣边界。

再看太平军一旦大举进入江西的情况。江西湘军多非强旅,周兵团在统领易人、彭三元营等最能打的精兵被抽走后,战斗力今非昔比;李兵团是新建兵团,作战经验不足;内湖水师在连遭挫败后,已不敢轻举妄动,平时除了加强防守,就是进行内部操练。江西本省系统的防兵也即赣军,则处于极少极弱的状态。南昌只有两千余名省军,全省所有赣勇加一起,也仅一万五六千人;而且还不集中在一处,有二三十队,或数百人一队,或百余人一队,互不统属。

经过权衡,石达开下决心进军江西。在拨四千精兵协助韦俊守卫武昌后,他即亲率一万多主力部队,取道通城,浩浩荡荡地开入江西。1855年11月24日,石达开在义宁州境的崇乡小斗岭下,以诈败、伏击战术,击溃赣军,阵斩赣南镇总兵刘开泰。

12月初,石达开兵团击败扼守八叠岭的新昌县团勇,随即占领新昌。这时有一支进入湖南的两广天地会起义军,因湖南站不住脚,从湖南茶陵州进入江西,并来到了新昌。会军到达新昌时已是人困马乏,迫切想要进城休整,由此与城内的太平军发生了矛盾。

天地会与太平天国本属两个不同的反清系统,如果两家始终互不相让,就很可能发生一场大规模火并。据当地方志记载,上高有个名叫严守和的老贡生,在他的调解和劝说下,会军首领周培春等人决定加入太平军。石达开基于联合反清的需要,也欣然予以接受,不仅按太平军军制委以官职,还允许他们保留自己的习惯和旗帜。会军有约两三万人,他们的加入使太平军声威大震。12月中旬,石达开分兵三路,大踏步向江西腹地深入,由此揭开了长达三年的江西拉锯战。

重 头 戏

太平军在江西高歌猛进的时候,湘军也正在湖北加紧攻势。1856年1月3日,罗泽南兵团进驻武昌城东洪山,胡林翼兵团进驻武昌城南五里墩,各自开始扎营。

太平军吸取上次失守武昌的教训,对城防做了更严密的部署,其中一个重要措施就是采用堡垒战术,在城外要地修筑坚固工事。韦俊环绕城门,筑成十座营垒,其中与城墙等高的大垒有八座,小垒也有两座。无论大垒小垒,均十分坚固,且各垒密布炮眼,遍设望楼。垒内有滚木巨石,垒前则设置竹扦木桩,挖有纵横交错的壕沟。

太平军从武昌城内的高冠山(即今蛇山)上观察,看到罗兵团在修筑营垒,但因认定罗兵团很难攻克他们的坚垒,所以未出城攻击。相比之下,逼近城南的胡兵团则引起了太平军的警惕,当即从城外的十字街军营出动两万精兵迎战。胡兵团击退了太平军的第一波进攻,但太平军利用数量优势,进行车轮战,一波方退,另一波又马上冲上来,此起彼伏,使得湘军应接不暇。

罗泽南闻讯,和李续宾率兵隐蔽出动,分两路对太平军进行包抄。胡兵团心领神会,立即佯装败退,太平军紧追不放,胡兵团突然回头反击。这时罗兵团已抄至太平军营垒以北,在攻破十字街军营后,与胡兵团前后夹击,将追赶胡兵团的太平军全部歼灭。其余的太平军见势不妙,慌忙攀绳登墙,进入城内。建于武昌东南面的太平军营垒被全部捣毁。

与此同时,李孟群部逼近汉阳。杨载福指挥外江水师在江上南北穿梭,每战必捷,对陆师起到了很大的支援和鼓舞作用。官文兵团前锋部队也趁势攻打汉阳,与南岸湘军遥相呼应。官文兵团也即官文前任杨霈所统部队,主要包括湖北绿营及各省抽调而来的勇营,一般笼统称之为鄂军。鄂军虽兵力多达数万,但在杨霈时期和官文统领的初期,战斗力很差,战绩也非常糟糕。

湘军自己是打仗打出来的,衡量友军行不行,就看他们能不能打,并由此决定其价值和分量。胡林翼原本对鄂军非常轻视,认为这帮人打仗无用,滋事却有余,连远在湖南的左宗棠都说:"制军(官文)拥数万不能战之众。"

官文兵团不容忽视,是从北方马队加入开始的。马队即骑兵,僧格林沁率蒙古马队在北方阻击太平天国北伐军时,朝廷为加强其马队力量,特从吉林、黑龙江调来旗营马队助阵。马队旗丁长期在艰苦单一的渔猎、游牧环境中生活,普遍勇敢质朴,精于骑射。当时关内各地的驻防八旗,多数已沾染好逸恶劳的习气,武备废弛。与他们相比,马队旗丁的战斗素质尤为突出。北伐军被消灭后,朝廷从直隶、山东向湖北调拨了一批旗营马队,人数在一千六百人左右,统领者为江宁将军都兴阿。马队旗丁当然也有怯懦和不善战者,但这些人早已在北方战场上被淘汰,湖北马队多为敢战能战、富有作战经验的精悍之卒。仅以统兵者来说,平定太平天国之役一共只出了四位八旗名将,除了已死的乌兰泰、塔齐布外,就是都兴阿以及其部将多隆阿。

南方不产马,长期活动于南方的湘军和太平军,当时都未编组马队。在北岸平原地带,缺少马匹的太平军对于清军马队,有着一种本能的恐惧心理,这使湖北马队能够在北岸作战时占据一定优势。马队在作战的同时,还兼负保护水师,为其提供陆上防护之职。他们对此非常尽心尽责。外江水师常常要在夜间袭击和焚烧太平军战船,只要没看到水师战船返回营地,督兵警戒的都兴阿就会露天站着,继续等待消息,有时一直站到天明犹不肯回帐休息。

自1856年1月8日起,武昌战役再掀高潮。当天,官文抵达前线,在他的命令下,暂归其指挥的李孟群攻打汉阳西门,同时截击并打败了从龟山、月湖赶来增援的太平军。李孟群原属的外江水师亦不遑多让,连破太平军二十道水卡,将汉阳西门外所有的太平军营垒一扫而空。

重头戏仍集中在武昌一边。在武昌城外,西路的八步街口是湘军通向江面的要道,北路的塘角,则是太平军通往大冶和兴国的枢纽。前者是湘军的粮道,后者是太平军的粮道。太平军在两处均建有营垒,湘军不攻破八步街口的营垒,自家的军粮就无法顺利运达;不攻破塘角的营垒,就无法截断太平军的粮路。罗泽南与诸将商议后,一致决定对八步街口和塘角发起攻击。1月9日,罗泽南兵团在鲇鱼套口修建浮桥,通过浮桥,从太平军营垒的后方发动攻击,一举捣毁了城西的两座营垒。

参加武昌攻坚战的罗兵团主力,共有六个营,其中三个营官都是罗泽南的得意弟子,即李续宾、蒋益澧、刘腾鸿。刘腾鸿奉老师之命,负责北攻塘角,他身先士卒,在最前面进行冲锋,率营迅速扫清了武昌西北面的太平军营垒。

在此期间,罗泽南、胡林翼兵团合力对武昌城进行攻击。城内的太平军从墙洞中钻出,欲截断湘军后路,被罗、胡兵团夹击,受到不小损失。罗泽南从中得到启发,觉得仰攻武昌难度较大,不如将太平军诱到城外,然后设伏歼灭。他通过这一办法,一次性便歼灭太平军上千人。韦俊极为震怒,派大队人马冲击湘军伏兵,反被罗泽南挥师堵截,又斩杀了七八百人。

眼看城外营垒越来越少,当夜,韦俊派兵在南面的望山门外,修葺了两座与城墙等高的石垒。但石垒刚刚建好,罗泽南就派出两路兵力,将其全部捣毁。对于太平军来说,别的都还好些,粮饷通道被截断却是无论如何都难以接受的。继塘角营垒被击破之后,李续宾营出兵窑湾,进一步对太平军的粮道予以堵截。韦俊立即派出七八千兵力,从塘角沿湖而下,包抄李营后背。罗泽南不怕太平军出城,怕的就是他们不出城。闻报后,他亲自率领的湘中营,从洪山以西出击,同时命令刘腾鸿从洪山以东出击,两下夹击,斩杀太平军上千人。

在新的攻势中,仅仅罗泽南兵团,就在城外消灭了大批太平军的有生力量。在这段时间里,武昌以南再无太平军的踪迹,城内太平军也轻易不敢外出,而清军的粮道却颇为通畅,军心大振。

此前针对粮饷不足的情况,胡林翼已上疏咸丰,请求从四川等省协饷,同时任用湖北在籍官员设局试办厘金牙帖(即执照,捐税之一种),加之官文较配合,所以粮饷方面已能基本满足用兵所需。利用既有的资源和条件,胡林翼一边攻城一边扩兵。除陆续招募包括霆军在内的九千兵勇外,他又将罗泽南兵团由五千扩至八千,外江水师由四千扩至万余,加上原有部队及一部分乡勇,总兵力已达三万多人。这还不包括汉阳一带由官文指挥的马步军。

樟 树 镇

虽然胡林翼尚未能够收复武昌,但湖北局面早已焕然一新,南北两岸,人欢马嘶,参战的清军官兵人人摩拳擦掌,神情振奋。这一情景似曾相识,曾国藩率湘军取得田家镇大捷、兵临九江时,差不多也就是这个样子。只是造化弄人,他们如今不仅已被从荣誉的高台上赶下,而且还在各自的人生低谷中继续下沉。

自罗泽南西行后,曾国藩本来就已无法靠一己之力"改变中段",他只能在江西坚守,等待湖北方面传来武汉迅速克复的捷报。但最后望眼欲穿等来的,却是一个又一个让他心惊肉跳的坏消息。

在清末地图上,如果将赣江作为划分江西省的中轴线,其东西两边的各府州县之多少,地盘之大小,大致相等。至1856年1月初,赣江以西大部分地区,加上赣江以东、隶属临江府的樟树镇、新淦县,皆已被石达开兵团所攻占。

樟树镇居赣江之畔,与省城南昌相距约两百里,乃南昌的西南门户。在曾国藩看来,江西战场以樟树镇的得失最为关键,他不得不忍痛撤九江之围,将周凤山兵团抽出,用以收复樟树镇。1月10日,周兵团向樟树镇东西两岸的太平军发起进攻。太平军在此役中采用了藤牌阵,藤牌是由来已久的防御性武器。据相关资料记载,太平军的藤牌阵乃是先以火罐投入敌人阵中,扰乱其队伍,使其不能从容放枪,在此过程中,藤牌手以藤牌护身,冲上去进行近战。在藤牌手后面,又由两人前后交替拿着"竹针"(一种长丈余,其头部绑着尺许长铁尖的冷兵器),对敌兵胸部猛刺。周兵团头一回碰上藤牌阵,深感"藤牌最为凶悍"。弁勇们缺乏准备,身上既没有护具,手中也缺乏更具针对性的武器,遂败下阵来。

中国是冷兵器大国,谁能克谁,最终都能找到源头。周凤山回营后找人一研究,马上收集到了对付藤牌和"竹针"的利器——钩镰枪。

塔齐布在世时,麾下有两员猛将,除了彭三元外,还有一个是毕金科。毕金科本是王国才手下的云南籍将领,此人作战骁勇绝伦,能够单枪匹马穿越敌阵,且不许普通士卒跟随——一般人其实也没那个胆量跟着他冲锋陷阵。

在老一代湘军大将中,敢像毕金科这么做的人,只有塔齐布。塔齐布因此对毕金科刮目相看,认为他是个武才。曾国藩听说后,便用"挖墙脚"的方式把毕金科从王国才那里调了出来,转隶于塔齐布麾下,统带以朱洪章为营官的长胜营。朱洪章是黔军将领,原本是胡林翼的部下,也是后来才改隶于曾国藩。长胜营系以朱洪章从贵州招募的苗侗兵勇为主体。该营虽在湘军之中,其实多为黔勇,不过在毕金科、朱洪章的调教和指挥下,长胜营并没有辜负"长胜"二字,经常能打胜仗。

彭三元随罗泽南西援湖北,毕金科就留了下来,周凤山兵团在战场上还能打,主要都是毕金科能够冲在前面。次日,周凤山先把钩镰枪用上,果然压制住了藤牌阵,随后毕金科率长胜营奋勇上前,杀得太平军大败。当天,周兵团共歼灭包括藤牌手在内的太平军五百人,捣毁营垒五座,将樟树镇收入囊中。

新淦县位于从南昌省城通往抚州的要道之上，也是湘军急需收复的重要战略据点。1856年1月16日，周凤山兵团约同刘于浔的江军水师，水陆并进，星夜对新淦的太平军发起进攻。

刘于浔率战船进攻东北岸，由于这一区域仅有水师，无陆师接应，故而他们与太平军枪炮对射了半天，都没法攻破对方营垒。刘于浔见状，派敢死队驾小划登岸，绕至太平军后方，抛火弹、放喷筒，放起大火。太平军看到火起，人心慌乱，江军水师的正面部队趁势发起冲锋，迫使太平军弃垒而逃。第二天黎明，湘军攻克新淦县。这是江军水师首次在南昌以外取得胜利，从此战起，刘于浔开始获得曾国藩的充分信任。占领新淦后，周凤山即以江军水师驻防樟树镇，其兵团主力驻防新淦县，另派营官岳炳荣率八百人，在樟树镇护卫水师。

湘军攻取樟树镇、新淦县时，石达开正忙于进攻吉安。在新任江西按察使周玉衡、代理吉安知府陈宗元等人的统领下，吉安守军抵抗比较顽强，太平军的"穴地攻城"战术屡屡失败。考虑到两处同时用兵，必然顾此失彼，石达开集中优势兵力于吉安，只抽出部分兵力向樟树镇伺机反击。

太平军通过侦察，发现樟树镇陆师单薄，遂自上游偷渡，趁除夕日对岳炳荣部进行袭击。岳部作战失利，伤亡超过两百人。周凤山闻讯，自新淦回援樟树镇；江军水师在成功阻截同时来袭的太平军水营后，也自水路助阵。太平军落荒而逃，湘军遂得以再次守住樟树。意识到樟树镇乃太平军必争之地，周凤山兵团主力改驻樟树。江军水师则驻于临江河口，以防太平军水营向下游进击。

此前，内湖水师已经迎来了他们的新统领。彭玉麟在接到曾国藩的任职命令时，正在衡州休假，这时江路已经断绝，江西、湖南之间的交通要道也已被太平军截断，彭玉麟只得化装成游学乞食者，徒步七百里，辗转赶到南康。内湖水师装备精良，一直就缺得力统领,所以曾国藩见到彭玉麟极为高兴,认为有彭玉麟调教和指挥,假以时日,内湖水师将更有起色。

为加强临江的防御,曾国藩令彭玉麟率水师两营,逆赣江而上,前往临江助战。太平军在樟树镇附近的临江镇修建三座营垒壕墙,作为进攻樟树镇的前沿阵地。彭玉麟率部抵达前线后,为消除隐患,捣毁了这一阵地,临江及南昌的危急形势因此得到进一步缓解。

湘军虽暂时确保了樟树镇,但其南面的吉安却逐渐陷入了粮尽援绝的困境。江西官员对此莫衷一是,阜司邓仁坤建议赶紧调周凤山兵团增援吉安,然而众人认为省城安危比吉安重要。如果樟树镇丢了,南昌将失去屏蔽,因而都反对将周兵团调离樟树镇。曾国藩的想法其实和邓仁坤是差不多的,只是他知道周凤山远不如其前任塔齐布,且兵少将寡,担心周兵团孤军深入吉安城下,不是石达开的对手。江西巡抚文俊则生怕周兵团一离开樟树镇,南昌保不住,自己会人头落地,但他又不能说不要吉安,于是就拿曾国藩做挡箭牌,推说曾国藩不愿意增援吉安。

邓仁坤向吉安派不出援兵,只好在给周玉衡的司道公文中,声称巡抚已打算调动周凤山兵团增援吉安,企图用这一办法来给吉安守军打气,坚定他们守城的信心。与此同时,这位湖南籍的官员又写信给周凤山,以拨给饷银为诱饵,希望周凤山能在增援吉安这件事上主动请缨。邓仁坤的努力没有起到作用,周凤山是一个缺乏胆魄的人,能少打一仗绝不愿意多打一仗。收到信后,他就当没看到,依旧逗留于樟树镇。

包括吉安被围在内的紧急军情,都被汇报到京城,咸丰想到的办法是赶紧给湖南下诏,让湖南巡抚骆秉章添募湘勇,配备武器和军粮,分道增援江西。有人认为骆秉章能力一般,不够干练,但他却一向有着清廉自持、善于推诚用人、不为阿谀奉承所动的美誉。

左宗棠被召入骆幕之初,骆秉章对他尚不是十分信任,经过一段时间深入接触后,两人的合作很快就达到了默契无间的程度。左宗棠在骆幕的地位及其所发挥的作用,甚至超过了张亮基时代。

在曾国藩领军出省作战后,湖南形势原本也极其严峻,不仅两广天地会起义军、贵州苗民起义军等纷纷渗入,而且湖南本省的白莲教、天地会及其他会党也有大起之势。左宗棠采取各个击破的策略,组织老湘营、楚勇等,逐一与之交战。起义军有的被消灭,有的被迫逃至外省,例如周培春起义军实际就是这样被赶出湖南,来到江西的。

"神 兵"

骆秉章在接到诏书时,湖南危机并未完全解除,但大局观较强的骆秉章,深知"城门失火,殃及池鱼"的道理——湖南与江西毗邻,太平军一旦完全控制江西,下一步必然就会大举进攻湖南,所以湖南增援江西,其实也是在为自己消除近在咫尺的威胁和隐患。

骆秉章不仅遵旨愿意向江西派出援兵,还主动提出要多派一些兵力,以免使援赣行动沦为隔靴搔痒。他选定的首批援军,分别为刘长佑、萧启江兵团。刘长佑兵团原有一千五百人,骆秉章准备再为其增募五百兵勇,扩充到两千人。湖南省级湘军,以楚勇和老湘营的名气最大,实力最强,此外还有其他湘勇部队,多者至两千人以上,少的也有数百人。萧启江的果字营是其中规模比较大的,所部有两千人。骆秉章规定萧启江兵团由刘长佑统一节制。他计划等湖南局势更趋平稳后,继续增调援军,也统一交由刘长佑指挥。

骆秉章为刘、萧兵团选定的重点攻取目标为袁州。湖南东部与江西毗邻的州府,除了袁州外,还有瑞州和临江,这些府城都已被太平军占领,导致官驿不通。诸城之中,袁州地理位置较为显要,此处乃连接湘赣的要道所在,而且与瑞州、临江乃至吉安的距离大致相等。援军占领袁州后,若向东北推进,可援救瑞州、临江;向东南推进,则可援救吉安。

援军尚未出发,袁州太平军已先发制人,派游骑兵西进一百里,对与湖南交界的江西萍乡进行袭击。萍乡是计划中刘长佑兵团援赣的始发地,湖南这边自然势所必争。湖南醴陵靠近湘赣边境,醴陵守将毛英勃率三百人,约上田兴恕所带的四百虎威勇,一同增援萍乡。

虎威勇位于省级湘军之列,有一定的战斗力,兵力也比毛部多,但毛英勃性子急,没等与田兴恕会合,就率部先行。在萍乡城下,毛部与太平军遭遇,太平军未明虚实,即行撤退,毛部遂入城助守。太平军撤至萍乡以东四十里处的芦溪后,扎营不进。毛英勃有些忘乎所以,认为与其接下来被太平军围城,不如乘着势头不错,出城消灭对方,当下带着自己的三百人就向芦溪推进。

太平军散居于各个村庄,发现湘军杀来,立刻蜂拥而出。毛英勃奋力搏杀,其所过之处,无人能敌。然而战场上拼的并不只是匹夫之勇,毛部兵少,又是孤军深入,再能打能杀,又可以坚持多久?太平军将领很有作战经验,他们相视而笑,随即在山坡上设下了埋伏。

毛英勃越打越亢奋。他将三百人分成四队,其中一百二十人在后面摆开阵势,左、右各派六十人包抄村边的山头,自率六十人作为前锋往前猛冲。部队正要越过山坡时,毛英勃的弟弟毛英俊劝他:"前面几百里地,都是敌人的军营。我们孤军深入,即便打了胜仗,也没法立足,还是赶紧收兵,先撤退为好。"毛英勃正在兴头上,不听则已,一听大怒,说就是你这种言论,打仗的时候最容易误事,"敌人多怕什么,战场上的胜败,往往就靠决一死战,几十个人打败一万敌人的战例,不在少数。"

毛英俊认为就算打了胜仗,也难以扎营。毛英勃觉得他说的话简直太幼稚:只要打败太平军,就可以收抚难民,当地的土地和民众都归己方所有,还会难以立足吗?"你说这话,听起来好像是持重谨慎,其实就是胆小,这算什么兵法?"训斥完弟弟,毛英勃继续麾军直进。毛英俊没办法,只好也跟随前进。没走多远,他们就中了埋伏。太平军占据旁边的山头,居高临下,将二毛所率前锋团团包围起来。毛部的左队、右队和后队慌忙后撤,才未陷入埋伏圈。在埋伏圈内,毛英勃不减其勇,只身肉搏,身受二十八处刀伤而死。毛英俊受伤三十处,同时阵亡。前锋六十人一共当场战死了二十六人。

按照骆秉章的说法,江西民风柔懦,民众对太平军都颇为惧怕。当看到毛英勃带着三百湘军,就敢出城攻击太平军,萍乡老百姓皆惊讶不已,认为他们是"神兵"。萍乡之战爆发之前,"神兵"的称谓多少还包含着一些揶揄之意,认为湘军是不自量力。等到有人亲眼看见这场血战,大家才真正被湘军的勇猛无畏所震惊,那些先前曾暗中嘲笑毛英勃的人,转而对之敬佩不已。有些人感动之余,甚至也跃跃欲试,觉得湘军作为援兵都这么拼,自己作为本地人,如果要跟太平军对着干,也没必要那么畏首畏尾。

直至很多年后,在发生过战斗的道路两旁,当地人仍爱讲述毛氏兄弟率湘军血战的往事,可见此役造成影响之深。当初曾国藩系湘军第一次出省在江西作战,八十人曾血染南昌城下,回过头来看,那正是曾系湘军即将名满江湖的预兆。如今的萍乡之战,似乎同样可以看成是湘军新生力量正一步步崛起的序幕。当然,任何崛起都会经历一个过程,而且很多时候,这一过程都充满着各种艰难曲折。在毛英勃战败时,田兴恕率虎威勇刚刚才进入醴陵地界,而萍乡却已被太平军攻占。

欲罢不能

对曾国藩而言,湖南能够直接增援江西,固然不错,但他最希望的还是物归原主,即让罗泽南兵团回援。在罗泽南决然离开自己前往湖北这件事上,曾国藩嘴上虽然说得好听,但其实内心也深以为憾。等到石达开兵团大举入境,他的立场马上动摇起来,既往所有冠冕堂皇的话也都渐渐显得虚弱无力,为此他在给罗泽南的信中,开始用征询的语气望其率军回援。

武昌城下的罗泽南等人却正处于欲罢不能的境地。自1856年2月起,对武昌外围控制权的争夺,进入了关键阶段。2月5日是阴历除夕,连这个庆祝新春的日子,湘军都没浪费。他们装作在军营里玩游戏,进行娱乐活动,趁太平军不备,发起突袭,一举攻占了太平军的两座大垒。城外营垒已经所剩不多,湘军着手进行攻城准备。进攻武昌只有两条路,一是城东洪山诸脉,一是西南江防大堤。胡林翼、罗泽南兵分两路,胡兵团自大堤及长虹桥攻西路,罗泽南自洪山攻东路。

2月17日,罗泽南将自领的湘中营及李续宾、刘腾鸿营,迁移至洪山山巅扎营,居高临下,以俯瞰武昌城。为争夺制高点,次日晚上二更天后,韦俊派千余人出城,欲占据靠近城池的双凤山山巅,结果与巡夜的李续宾营发生遭遇战。罗泽南、刘腾鸿二营立即分左右进行接应,两军鏖战至半夜,太平军才退回城内。天亮后,起了大雾,刘腾鸿营以此为掩护,登上双凤山山巅,用劈山炮轰击大东门,城中大乱,忙从四面发炮还击。等到雾霭散去,韦俊派千余人缒城而出,又从小东门调派千余人,抄袭湘军后路。

太平军敢于大规模贾勇出战,固然是感受到了被近距离炮击的威胁,同时也因为罗兵团阵地已前移至其城炮射程之内,城下又有木栅可为依托。经过一番鏖战,尽管太平军的前锋颇有伤亡,但仍力战不退。罗泽南临阵应变,以湘中营从干涸处过湖,绕至太平军左翼;刘腾鸿营则自双凤山绕至其后,两营皆直逼木栅,双方立刻胶着在一起。城上守军投鼠忌器,不敢发炮,致使出战的太平军没借到力不说,反被湘军包抄痛击,损失六七百人。

太平军白天出战吃了亏,便利用晚上进行夜袭。一次,韦俊趁大雪,派兵穿着白衣,号为"白衣军",于四更天潜出武昌城,袭击湘中营。当罗泽南发现时,太平军已至垒下,他当即下令用石头投击,登垒者全部丧命。又有一天夜里,罗泽南设下埋伏,歼灭太平军四百人。至此,太平军才停止了袭营。

就算是武昌外围,湘军也还没有能够完全控制,在这种情况下,罗泽南自然无法给予曾国藩任何肯定的答复。

罗泽南兵团被武昌战役紧紧拖住,湖南组织的援赣行动则尚在准备当中。外援不至,周凤山又不敢主动增援吉安,石达开抓住这一有利时机,亲自赶到吉安前线坐镇,以求加快攻城进程。在石达开的指挥下,太平军采用大面积轰塌突破法攻城,使守军防不胜防,堵不胜堵。1856年3月1日,太平军在西门挖通地道,轰塌了一大片城墙;守军集中到西门防堵,太平军乘机在北门架梯进攻,终于攻陷了城池。周玉衡、陈宗元等四十一名官员被杀。

石达开兵团进入江西后,基本一帆风顺,打的大仗、硬仗不多。大的府城,除瑞州打了一天外,其他都是或撤或逃;小的州县则大多不设防,由太平军和平接管。只有吉安经过七十多天才失守,比上次清军防守武昌的时间都长,而且守城官吏还大部分与城同殉,这在江西殊为少见。人们听到这一消息后,都为周玉衡等人感到痛惜,并埋怨周凤山及湘军见死不救,湘军声誉受到很大影响,部队士气低落。

随着吉安失守,吉安周边各府州县的抵抗意志迅速瓦解,从江西省府到清廷,从官员到皇帝,全都急得团团乱转。鉴于石达开兵团只有陆师没有水师,有人甚至建议在湖南和江西之间开凿水路,以通水师,认为这样至少可以用内湖水师来对抗太平军。咸丰还真听进去了,在下发的谕旨中附带地图,指示曾国藩等人不妨试试,说江西如此危急,没准真能靠愚公移山的办法改变战局呢。对于这种纸上谈兵,缺乏实际可操作性的主意,曾国藩只能报以苦笑。这个时候他不能不再次想到罗泽南,希望罗泽南兵团回援的心情也变得更加迫切。

曾国藩分别致函胡林翼、罗泽南,直截了当地提出了让罗兵团回援江西的要求。唯恐胡林翼不予放行,曾国藩又会同文俊上奏,请求咸丰督饬此事。

岌岌可危

至1856年3月初,武昌城外的营垒绝大部分都已被湘军攻破。3月7日,韦俊派三四百人出城,掘开了赛湖的湖堤,企图"以水为兵",不让湘军紧缩包围圈。罗泽南闻报,令刘腾鸿营前往阻止。刘腾鸿率部来到堤上后发炮轰击,太平军仓皇败退,刘营穷追不舍。城外营垒虽除,但仍环布着深沟密桩,太平军慌不择路,情急之下很多人都陷入其中,湘军以火器攻击,打得太平军尸满壕沟,最后得以脱身缒城而上者,十不存一。

韦俊犹不死心,两天后又派出数百人,再掘赛湖之堤。刘腾鸿仍像上次那样率部攻击,太平军败,他们追击。然而这次韦俊多了套路,他预先部署了大批伏兵,刘营追过鹰嘴阁后,太平军的伏兵便蜂拥而出。李续宾营要前往增援,却在鹰嘴阁被另一股太平军死死缠住,不得脱身。

太平军伏兵的人数足足是刘营的七倍,隔岸还有火炮助战,刘营所面临的情势十分危急。身为湘军后起勇将的刘腾鸿,临危不乱,指挥灵活有序:他先集中劈山炮和抬枪阻击,利用火器压制住蜂拥上来的太平军;继而率先跃出,带领弁勇以刀矛冲杀。在主将的激励下,刘营以一当百,不仅在逆势下以少胜多,击退了伏兵,而且还追杀了五六百人。刘腾鸿营被称为湘后营,湘后营在武昌战役中一举成名。因该营军旗为黑色,后来很多太平军甚至看见黑旗就会逃跑。

在武昌外围,湘军已完全占据主动,接下来正式进入了攻城阶段。3月15日,胡林翼、罗泽南督队分攻武昌各门,直逼城根,展开第一次大规模攻城。湘军士气高昂,临阵前仆后继,往往前队才被守军打翻,后队就紧跟着缘梯而上;一名勇丁刚刚阵亡,另一名勇丁又跃过壕沟,往前猛冲。可是战罢下来,结果不免令人失望——两兵团攻了很长时间,伤亡达到六百余人,然而却一无所获。

武昌城易守难攻的程度,大大超出了胡、罗的想象,这使胡林翼也开始变得分外焦虑起来。对于曾国藩的求援,他一口拒绝,答复说,江西固然处境艰难,然而武汉尤关天下大局,围攻武昌之役不容功败垂成,故而对罗兵团不能放行。在圈外人看来,胡林翼这么做,似乎相当不通情理:即便作为对当初曾国藩援鄂的投桃报李,你也总得表示表示,而不能置曾国藩和江西的安危于不顾吧?

让曾国藩心里颇不是滋味的是,罗泽南本人也完全支持胡氏所议,回函称只有等武昌克复才能回援。在回函中,罗泽南强调,长江南北两岸已被清军控制,太平军的粮饷通道也已遭到封锁,断粮之后的武昌太平军如同釜中之鱼,不可能固守太久。如果他现在骤然带兵离去,必然会使围城部队的力量遭到严重削弱,不但将前功尽弃,而且可能造成难以预测的恶果。

在江西形势岌岌可危的情况下,除曾国藩与文俊会奏外,很多朝臣以及浙江、湖南巡抚也都递上奏折,请求调罗泽南兵团援赣。

咸丰在这件事上,相信胡林翼、罗泽南的意见,认为武昌很快就会被攻下,因此不同意抽走罗兵团。可是据此上奏者还是越来越多,咸丰只得下诏,让官文等人权衡利弊,统筹安排,也就是要想尽各种办法,能尽快攻下武昌、汉阳,绝不要再拖拖拉拉。

胡林翼坚持不放人,曾国藩只能继续在江西咬牙苦撑。石达开在攻克吉安后,稍事休整,即回抵临江。他在临江镇亲扎大营,其大营与樟树镇近在咫尺,让曾国藩有如芒刺在背之感,以致日夜不安。

1856年3月17日,从这一天起,石达开便不断派小股部队进攻樟树镇。周凤山在彭玉麟水师的支援下,击退敌军,守住了樟树镇。曾国藩见状,又开始对周凤山寄予期望。

曾国藩很注重收罗人才,他听说江苏阳湖人赵烈文乃智谋之士,特地派人携两百两银子请其出山,加入自己的幕府。赵烈文应邀来到江西后,才知道曾国藩虽一向重才爱才,但肯拿两百两银子作为邀请幕僚的代价,在他来说还是头一回。

曾国藩请赵烈文去周凤山兵团的军营中去转转,回来提点意见。赵烈文到樟树镇后,发现周兵团营制松懈,弁勇普遍缺乏士气。他深感曾国藩的知遇之恩,不欲粉饰,在回到南康大营谒见曾国藩时,直言周兵团靠不住,用该兵团打仗恐怕凶多吉少。曾国藩本指望赵烈文能够说点让他宽心的话,不料全是他不愿意听的,脸色立刻就难看起来。赵烈文见状,不便再深谈下去,恰好他收到家信,得知母亲病重,于是就借此向曾国藩告归。曾国藩也点头同意,没有加以挽留。

仅仅几天之后,石达开便攻破了樟树镇。

一语惊人

由于石达开兵团当时正在分路进攻各府州县,所以石达开最初带到临江并用于进攻樟树镇的部队,其实数量并不多,仅有数千人。进攻受挫后,诸将得知守卫樟树镇的周凤山兵团乃湘军劲旅,为昔日声名赫赫的塔齐布原班人马,都有些心虚,主张避开周兵团,不与之正面交战。

石达开却不以为意,因为他前期发动进攻的目的,原本就不是为了夺取樟树镇,而是要进行袭扰。在令湘军疲惫不堪的同时,进一步麻痹对方。"敌人见我们兵力薄弱,就以为可以手到擒来。而我们正可以利用他们这种心理,出疑兵打败他们。诸位不用担心。"石达开胸有成竹地告诉诸将。

3月22日夜,石达开派人在山谷间点起无数灯火,远远望去,就好像漫山遍野都是太平军一样,接着,他便亲率敢死队对樟树镇进行袭击。石达开的大名在湘军中早已是如雷贯耳,湘勇们看到山谷灯火后,又都以为是石达开亲率数万大军来攻,于是还没打就慌乱起来。后来有人总结,认为太平军前期不断进行袭扰,使得周凤山兵团不得休息,官兵从精神到身体都很疲惫,这才对疑兵之计失去了应有的辨识和判断能力。

天亮后,石达开从四处召集而来的部队齐集,这下真的有数万之众了。乘敌军陷入混乱之际,石达开指挥所部分四路发起猛攻,对周凤山兵团进行层层围攻。经过两天激战,击破湘军营垒,周兵团被歼达千余人。周凤山率残部狂奔两百里,狼狈逃归南昌,所有粮秣、辎重、军需、文书全部做了太平军的战利品。周凤山在逃跑时,被数十名太平军骑兵紧紧追赶,若不是毕金科护佑,差点连性命都没保得住。人们评论说,周凤山果非将才,当初就是让他增援吉安,估计也只能以大败告终;也有人说,假如周凤山能够早点进入吉安,凭城防守,再加上周玉衡相助,樟树镇和吉安就都可以保住了。

此次樟树镇失守与以往不同,石达开集结重兵,往前一步就能闯入南昌城下。南昌防兵不过两千余,湘军主力部队都被太平军打得落花流水,这点防兵又岂能守得住南昌?南昌城内于是慌作一团,居民纷纷争逃出城,在夺门而走时,因互相拥挤被踩踏而死者,不计其数。

这时曾国藩正乘船从南康大营赶往南昌,出发前,他已得到太平军自吉安进占乐安,抚州为之震动的消息。舟行途中,樟树镇大败的噩耗接踵传来,这使他沮丧到了极点。进入南昌城,对湘军大败不满的江西官吏,当着他的面就非常明显地露出了嘲笑之意,那种墙倒众人推、破鼓万人捶式的无情,更令曾国藩内心倍感凄凉。江西官吏一边对曾国藩表示不满,一边却仍把他当成救命稻草。曾国藩坐镇南昌后,收集周兵团溃勇,暂时由他亲自统辖,同时召集部属筹商城防之策,人心这才得以稍安。

已经辞幕的赵烈文恰于此时来向曾国藩辞行,曾国藩让他先不要走,把他带至议事厅。只见谋士武将都聚集厅内,商议该如何守城,但商量了整整一天,大家什么良策都想不出来,气氛变得极其紧张。轮到赵烈文发言了,他语惊四座:诸位莫慌,省城可以守住!

南昌三面环水,赣江、抚河、清丰山溪三大水系穿境而过。湘军拥有内湖水师、江军水师,两百余艘战船可在赣江、抚河来回巡弋,而石达开兵团只有陆师没有水营,无法对南昌进行合围。南昌城内除周兵团溃勇外,还有防兵等部,加起来接近万人,出城野战或许顶不住太平军的强大攻势,但用于守城却已足够。赵烈文注意到,石达开在取得樟树镇大捷后,并没有立即向南昌挺进,而是领兵他向,攻取了南昌东南边的丰城、进贤、东乡等县城。他因此断定,石达开一定十分清楚自己的弱势所在,也知道南昌不易夺取,故而未予以急攻。

南昌暂时无忧,该值得忧虑的是樟树镇东接的抚州、建昌。赵烈文认为,石达开深通谋略,他舍南昌不攻,为的就是首先攻取抚州、建昌,抚、建失守,清军将无法从这两大重镇中获取粮饷。曾国藩听后豁然开朗,当即拍案称是。

其实在此之前,赵烈文已以预言樟树镇之战的结果,而令曾国藩刮目相看。会议结束,曾国藩问赵烈文为什么能够预言得这么准,赵烈文很谦虚地回应称,只是不幸被他言中而已,并没有什么玄妙之处。赵烈文之所以没有重复他在樟树镇的见闻,大概是因为他知道,曾国藩未必就不清楚周凤山能力有限,对周兵团的真实状况也应该多少了解一些,只是特殊时期,实在无人可用罢了。

有那么一刻,曾国藩曾犹豫,是否要硬把赵烈文留在身边。赵烈文也表示,如果确实有必要,他愿意留下,并担负守城重责。不过最终,理智在曾国藩的心中还是占了上风,他对赵烈文说:"先生是因为太夫人重病才要回家,并不是躲避危险,我不能阻拦先生。请先生速行,等家中无事,还望能早点来辅助我。"见曾国藩言辞恳切,赵烈文答应下来,二人依依惜别。

诡异之处

赵烈文的观察和分析有着其精准的一面。石达开正是看到了自己兵团缺乏水师配合的短处,所以在进入江西境内后,既未急攻南昌,也没有直指南康。他的策略是扬长避短,发挥自己的陆师优势,先攻占各府州县再说,这叫"落其枝叶,以撼其根本"。南昌并非孤立的存在,需要各府州县提供物资、粮饷以及人力,就是从外省运来的补给和募来的兵勇,也得从它们境内经过。太平军攻占各府州县,使得清军控制区急剧缩小,粮饷逐渐断绝。到了最后,南昌必成坐困之势,迨条件成熟,将不攻自破。

石达开在江西的战略大致如是,但具体到他攻取樟树镇前后的形势和想法,情况就又不太一样了。不妨推敲一下,石达开亲自指挥樟树镇一役,又调动数万人马参战,若是仅仅只为攻取樟树镇,对南昌敲山震虎,他用得着如此大动干戈吗?有这时间和精力,恐怕周围好几个府城都被拿下了。

樟树镇大战前的吉安之战,清军抵挡最为顽强,费时也最长。但恰恰也是在攻下吉安后,石达开的心理发生了变化,集中优势兵力,迅速占领南昌的信心大增:南昌虽是省城,却不见得比吉安更难打!曾国藩守卫南昌,自然仍有其水师优势,但在樟树镇失守、主力被击溃之后,这一优势已无法抵消由此带来的巨大不利——战斗力不算很强、数量也不是太多的南昌防兵;以及丧魂落魄、斗志全无的周凤山兵团溃勇;再加上南昌附近孤掌难鸣的驻防水师,根本难以抵挡石达开兵团的强大攻势!

曾国藩帐中多谋之士不在少数,多数武将包括曾国藩自己,也均具实战经验,他们讨论一天都讨论不出什么良策,本就是巧妇难为无米之炊。因为大家都知道,要么石达开不攻南昌,只要攻了,南昌就没有办法长久固守。

后世人们认为,按照此时江西的战场形势,太平军最好的策略,就是以占有压倒性优势的兵力,蹑败军之尾,紧攻南昌。若能如此,攻陷城池,全歼守敌,乃至活捉曾国藩,都是完全有可能的。

以石达开之睿智明断,他当时不可能想不到这一点,实际上,他发动樟树镇大战,就是要达到这一目的。诡异之处就在于,樟树镇大战后,石达开并没有乘胜而进,正如赵烈文所提及的,他带着部队朝别的地方去了。石达开在关键时候发生如此重大失误,倒不是他的脑子突然发生了短路。真正需要为此负责的,其实应该是以东王杨秀清为首的天京决策层。

古往今来,由于各自所处环境地位以及利害关系不同,判断力的水平也有高有低,京城与前线之间往往都存在着战略分歧。比如湘军以长江流域为主战场,把武昌看得极其重要,清廷却一贯偏重北防。太平军能够三次攻陷武昌,都与之有着莫大关系。尤其是后两次,明明太平军已集中兵力,以两湖为主攻方向,但清廷硬是看不出来,甚至武昌已经被围,咸丰皇帝都要把鄂军抽出,用以阻止太平军进攻河南。

为什么太平军后两次进攻武昌,清廷近乎要弃之不顾?因为皇帝和大臣们关注和担忧的重点,并不是武昌得失与否,而是北伐军会不会攻入北京。与此相似,天京长期受江南大营围攻,如何击破江南大营,也就成了东王杨秀清等人最为关心的话题。

天京决策层远离江西前线,受通讯和交通工具的限制,往返传递信息需要很长时间,无法及时准确地掌握战场变化情况。杨秀清等人只是通过江西传来的捷报,知道太平军在江西攻无不克,这让他们错误地判定:江西大局已定,就算抽走石达开也无大碍。于是杨秀清给石达开下达命令,让他尽速率部回援天京,参与夹击江南大营的会战。

当时天京已集结秦日纲、陈玉成、李秀成等太平军主力部队,天京城内还有配合出击的卫戍部队。相对而言,江南大营的清军并不算多,不过一万六七千人,全是绿营,战斗力难以与湘军相比。同时,他们除了攻打天京外,还负有保障苏常之责,常要在两地跑来跑去,太平军一个佯攻姿态,就能累得他们白白奔走几百里。在这种情况下,杨秀清完全没有必要从江西前线抽调石达开兵团,为天京解此不急之围。

太平军军纪严厉,杨秀清又独揽朝政,即如石达开,也不敢违抗他的命令,当下只好放弃攻克南昌的大好战机,自樟树镇启程,率二三万主力东归。赵烈文等人看到石达开攻打南昌附近各城,其实那跟石达开在江西的战略目标已无直接关联。他是要取道皖南回天京,便在前往皖南的路上,顺道把沿途的县城给打了下来。

假败变成了真败

局部的胜利，常常也能影响全局。从太平天国的战史来看，江西战场就起到了这种作用。石达开初入江西，即以湖口、九江大捷一举扭转乾坤；二入江西，也完全有可能通过樟树镇大捷再度翻盘。

此时，作为湖南首批援鄂部队，刘长佑、萧启江兵团已分别从醴陵、浏阳出发，进入江西境内。史家设想，石达开在夺占南昌后，可以再抽调主力迎击刘、萧兵团，在运动中将其歼灭或击溃，之后再乘胜入湘，直捣湘军老巢。一旦战场移向湖南，骆秉章、左宗棠自顾不暇，自然无力继续向江西增派援军和输血，太平军就可以迅速控制江西全省。与此同时，由于直接威胁了湘军后路，省外湘军失去基地，全都会无心恋战，武昌之围可不战自解。石达开攻敌所必救、为武昌解围的策略也就取得了圆满成功。事实上，石达开的对手最担心的就是这个可能。刘长佑在给江西巡抚文俊的第一个报告中，便直言很怕自己在孤军深入的情况下，被太平军抄袭其后，以致顾此失彼，腹背受敌，不但无法增援江西，连湖南都回不去。

樟树镇大战爆发前，刘长佑兵团正在向萍乡进发。当刘兵团的游骑兵到达萍乡青山铺时，与太平军发生了遭遇战，太平军落败。萍乡城内随即出动一千余人，对湘军发起反攻。在萍乡城外，太平军曾打败并杀死毛英勃兄弟。但毛氏兄弟所部只能算是偏师，刘长佑兵团却是主力，而且上次来迟一步的田兴恕虎威营也辖于其下，随同征战，更使其如虎添翼。

田兴恕敢于冲锋陷阵，是一员勇将，他自己也以勇猛自负。他见刘长佑温和儒雅，内心有些轻视，不太甘心当其部下。有一次他遇到刘长佑的营官,对方没有下马行礼,他勃然大怒,挥鞭抽打,过后又借题发挥,找到刘长佑进行责问。对于田兴恕的蛮横,刘长佑不但丝毫未予介意,反而还满脸堆笑,就营官未行礼一事,向他致歉。刘长佑外表文弱,实际绵里藏针,他刻意包容,是因为知道虎威勇的价值。就在萍乡太平军反攻时,刘长佑居中路坚守,居于左路的虎威营突然从敌侧后进行抄袭,将太平军截为两段。太平军阵脚动摇,刘长佑乘势挥师掩杀,一口气追到了萍乡城下。萍乡守军见势不好,忙向袁州告急。袁州的太平军首领根据他们的报告,推测进抵萍乡的湘军兵力应该不是特别多,但经过阵仗,有作战经验,未可轻视,因此连夜便派出一千人的精兵增援萍乡。

1856年3月22日,正是石达开大举袭破樟树镇的第一天。当天黎明,增援萍乡的太平军分成三队,向湘军发起冲锋。从湘军这边望去,一名黄衣将领正骑马守在峡口督战,显然他就是太平军援兵的指挥官。刘长佑发现后,亲自带领一百名弁勇绕到这名指挥官身后,准备对其实施突袭。正面展开战斗,湘军左右夹攻,太平军佯装败退。刘长佑看得真切,猛然从后面冲向峡口,黄衣将大吃一惊,慌忙下马,找空隙奔逃。主将临阵脱逃,太平军失去指挥,假败变成了真败。湘军不管太平军士卒,纷纷追赶黄衣将,黄衣将率亲兵跑进一座村庄,躲进屋内。湘军向屋内投掷火把,屋里的人也点着火把,投向湘军,不料反而烧着了自己的房屋。原先败退的太平军在惊魂稍定后,组织兵力回头来救主将,却发现黄衣将早已投火自尽,遂大溃而去。

失去援兵,萍乡城的太平军无法自守,不久即趁晚上自动撤走。当天,萧启江兵团兵进萍乡东北部的万载,在万载株潭,他们与太平军发生遭遇战,也旗开得胜。

刘、萧兵团双双告捷,如果周凤山能够在守住樟树镇的同时,派兵前去接应,湘军便有望迅速打通赣西通向南昌的道路,局面将为之一新。可惜的是结果恰恰相反,刘、萧兵团增援江西的影响力和实际作用,被大大抵消,当然刘、萧也得感谢杨秀清的"帮忙",否则,若石达开仍在江西,他们即便不被消灭,日子也将非常难过。

东 路 军

石达开奉命赶赴天京,临走时让嫡系将领黄玉昆代他主持江西军务。黄玉昆无论能力和权威,都相去石达开甚远,石达开一走,他更无魄力集中兵马进攻南昌。但石达开原先的整体战略,即"落其枝叶,以撼其根本",仍得到了继续贯彻执行。

通过赵烈文的剖析,曾国藩已完全看清了石达开那套战略,遂决定以"确保省城,兼顾东路,力争外援"相应。确保省城仍是第一位的,就算是石达开离赣,也得防备着黄玉昆或其他将领,突然对南昌发动进攻。为确保万无一失,曾国藩将青山大营的陆营也撤至南昌,又命水师从樟树镇退至吴城镇,阻击从湖口来攻的太平军,以拱卫南昌。他自己则以战船作为临时指挥所,随时进行指挥和调度。

赵烈文在开会时曾建议:目前南昌城中所收集的周兵团溃勇,尚不到残部的一半,且为溃败之师,只能守城不能野战,所以应置于南昌作为守军使用,另派其他部队增援抚州、建昌。曾国藩听取他的建议,命李元度率部撤出湖口,南下主持东路战事。

除李元度外,曾国藩挑选了两个人加入东路军。一个是原为营官的林源恩,林源恩以往颇有战绩,他不是湖南人,是四川人,但他曾在湖南平江县任知县,招募和统带的都是平江勇,与平江籍的李元度也私谊甚好。另外一个是江西阜司邓仁坤之子邓辅纶。邓仁坤虽是江西官吏,但他是湖南人,邓辅纶自然也是湖南人。邓辅纶本来在京城做个小官,后来觉得没有前途,便告假还乡,招兵筹饷,组建了一支百余人的队伍,称为"宝庆志同军",并率部开到了南昌。曾国藩看中邓辅纶,最主要倒不是认为他能打仗,而是想利用他父亲邓仁坤的关系。

对于曾国藩而言,筹饷是打仗之外,最让他伤脑筋的一件事。在湖南时,捐输是湘军的主要饷源,出省作战后,仍离不开捐输。捐输的渠道未变,不过是花样翻新,由纯粹"仗义疏财式"过渡到"有偿激励式",即在皇帝的批准下,由户部、国子监发给曾国藩大量空白执照。这些执照中有一半是文武职衔照,有一半是监照,前者为授予文武虚衔的证书,后者为授予监生资格的证书。曾国藩让人拿着执照在湖南、江西、四川三省劝捐,其中仅在江西,至1855年年底,劝捐所得就已多至八九十万两。如果没有这些钱,曾国藩打造内湖水师、新建李元度兵团以及江军水师等事宜,根本就没有实现的可能。所以当时湘军的开销也很大,实际支用达到了六十余万两。

战争期间,不单是湘军缺饷,几乎可以说是所有清军都缺饷。刑部侍郎雷以诚在江北大营办理军务时,为了解决军饷告竭的问题,采纳幕僚建议,首先在扬州各属县的米行开征厘金。受其启发,1855年8月,曾国藩在江西正式建立了厘金制,从此全省各地开始普遍设卡,当年厘卡就得以遍及江西的各府州县。

在湘军发展初期,捐输的作用不可替代,但它具有明显的局限性。因为随着战争的延长,劝捐次数日积月累,所得捐输必然会越来越小。再者,有条件提供捐输的富户中,不少人都是有社会地位的富绅,劝捐过多,必遭其抵制;而如果进行勒捐,又势必将引起冲突。厘金与捐输不同,它本质上是一种临时性的商业税。照章纳税,似乎天公地道,因而可以持久大量地向商人进行征收。商人虽然多交了税,但他们可以转嫁给顾客,一般情况下,也不会过分予以抵制。

厘金逐渐代替捐输,成为湘军不可或缺的一大饷源。作为曾国藩较为得力的幕僚之一,刘于浔除率江军水师沿河助战外,其对于湘军最大的功绩,就是在江西征厘助饷。前江西巡抚陈启迈在厘金问题上,一再给曾国藩出难题,阻挠湘军征收厘金,也是曾国藩执意要上奏弹劾他的原因之一。

曾国藩计划以邓辅纶、林源恩为主将,再建一支新军。新军需要一大笔军饷,饷从何来？就从邓辅纶那里来。邓辅纶的父亲邓仁坤专管江西厘局,只要他大笔一挥,光靠厘金,军饷就不愁没有着落。邓辅纶能弄得军饷,林源恩熟悉平江,曾国藩就派两人回湖南招募平江勇丁,组成的部队称为江军。李元度兵团则称楚军。

李元度兵团南下时,邓辅纶、林源恩兵团已经初步组建完成,邓、林兵团总计有三千人,这使整个东路军有十二营六千人。不过邓、林兵团系新招的平江勇,未经战阵,战斗力和经验方面尚不及李兵团。东路军相当于是勉强拼凑而成,曾国藩对之无法抱有过高期望,要从根本上打破困局,还得"力争外援"。为此他不得不向京城寄出奏折,再次请求让罗泽南兵团立即回援江西。

第六章　釜中游鱼

罗泽南没有及时增援江西,不是不知道曾国藩处境艰危,更不是不讲义气和交情,而是实在没办法从武昌城下抽身。

湖北湘军自1856年2月夺取武昌外围控制权,3月开始大规模攻城,两个月间已经打了大小一百多仗,非但无法攻克城池,还因为逼城仰攻,蒙受了惨重伤亡。在这种情况下,罗泽南日夜忧愤,更加急切地督促部队作战。4月6日,是一个大雾天,一直死守待援的太平军突然从城内潜出,焚烧小龟山的民房。罗泽南好不容易才盼来太平军出城,连忙派兵守在大东门附近,用以截断潜出人员的退路。

实际上,当天从九江、黄州、兴国、大冶开来的太平军援兵已经进入城内,城内兵力大增。在派先锋潜出城外,进行试探后,韦俊突然下令打开三道城门,组织一万兵马,对湘军发起大举进攻。湘军猝不及防,差点被冲散,凭借其特有的凝聚力,才得以稳住阵脚。罗泽南亲自率部迎击,三退三进,终于将太平军击退,但就在他追至武昌城下时,左额被火枪铁子击中,当场血流如注,连衣服都被染成了红色。罗泽南被抢救回营后,伤势不断恶化,几天后便不治身亡。

孤　岛

罗泽南是现有湘军中公认最为善战的一员大将,他的死成为湘军全面受挫的一个重要标志。湖北湘军特别是罗泽南旧部,士气自然不能不受影响。湖南、江西湘军闻之,亦不禁沮丧失色。因为音讯隔绝,曾国藩一开始并不知道罗泽南已死,他请调罗泽南兵团的奏报也还在送往京城的途中。但即便对湖南方面的变故尚蒙在鼓里,江西这边的境况也已经够他心塞了。

随石达开进入江西的太平军,原来只有一万多,在石达开离开江西之前,已发展到十万人以上。石达开虽带走了二三万人,但留守江西的太平军仍有老兵一万,天地会军三万,江西新兵三万,总共七万。在黄玉昆的主持下,太平军凭借自己在兵力上已经取得的优势,继续在江西各地保持着旺盛的突进势头。1856年3月28日,太平军进攻抚州。抚州驻军弃城而逃,大炮及其他许多军械都成了太平军的战利品。

太平军在江西能够得到滚雪球般的扩充,与石达开实施的政策有很大关系。在天国诸王中,石达开最早认识到,拜上帝教虽有宣传发动和组织的作用,但在建都天京后,军政方面就不能再一味靠宗教指引,而必须符合实际,随形势变化而变化。从安徽到江西,石达开所过之处,皆以结人心、救人才为急,这正是他有别于其他各王,令湘军也深感畏惧之处。

对于地方士绅和书生,只要他们不敌视太平天国,石达开就积极予以招纳。他刚入江西时,帮助他劝说天地会军的老贡生严守和,便是一个很典型的例子。古代以士绅协治地方,这些人投入太平军,既有利于太平军稳定占领区的秩序,也有助于募兵。与此同时,太平军在江西的给养大部分都取自于富户,如曾国藩所说,在石达开入江西后,江西"无不破之富家"。在给养充足的情况下,太平军常常劫富济贫,"以攫得衣物散给贫者",以此取得民众的好感和支持,这无疑也大大提高了募兵的成效。后来王鑫援鄂,审问太平军俘虏,一名江西籍的新兵说,在他的家乡,数十里范围内的百姓,没有一个不参加太平军的。

黄玉昆基本继承了石达开的政策。据太平军发布的文告透露,不少抚州士绅被邀合作,在太平军内担任一定职务;就算是一般的士人,也都被雇用为文书,称为"书手先生"。太平军还派队四出,打着"奉命招兵"的大旗,在各村镇募兵,并迅即招得志愿兵至万人。

4月4日,太平军未经任何战斗便占领了建昌。曾国藩临时编建的东路军,本要增援抚州、建昌,但尚未准备就绪,抚、建就已为太平军所有。

在石达开亲统大军自湖北突入江西之前,太平军在江西的占领地,实际只有一府二县,即九江、湖口和彭泽。截至1856年4月,在前后不到半年时间,太平军已占领八府五十县,其中石达开在前往皖南时经过的有些县城,攻是攻下来了,但并未留兵设守,所以太平军实际控制的是八府四十二县。江西三分之二以上的城乡都进入了天国版图。从南昌城外几十里起,西抵湖南,北抵湖北,皆为太平军势力范围。江西清军所辖府城,除了南昌,北部仅有广信、饶州,南部仅有赣州、南安。赣州、南安亦时有太平军踪迹,实际上只有广信、饶州才是真正的完善之区。

广、饶成为清军在江西最后的饷源地,通奏报以及与江浙进行联系,也都得依赖二府。如果说南昌是清军的心脏,广、饶不亚于他们最后的呼吸道,因为一旦广、饶失陷,就算守住南昌也将无济于事。曾国藩在命令东路军对抚州展开进攻的同时,指示李元度要以攻为守,防止太平军进入广、饶。基于陆师力量不足,原本只在水上作战的内湖水师也临时加入陆路战团,彭玉麟、黄翼升率领部分水师,弃船登岸,从陆路攻向建昌。

在各路人马到达作战地点,以及取得战果之前,南昌周围各县均为太平军所占,南昌犹如一座孤岛,被太平军从东西南北四面包围和挤压着,处境极其狼狈。罗泽南生前回复曾国藩,强调武昌太平军已如釜中之鱼,然而事实却证明不是这样:人家在城内城外进进出出,活动范围和空间依旧大得很。倒是困守南昌的曾国藩,更像是一条坐以待毙的釜中游鱼。

当时太平军中流传着这样一首歌谣:"破了锣,倒了塔,杀了马,飞了凤,徒留一个人也无用。"江西籍诗人邹树荣在纪事诗中将其表述为:"破锣倒塔凤飞洲,马丧人空一个留。"所谓"锣",指的是罗泽南;"塔"指塔齐布;"马"当指太平军第一次围攻南昌时,设伏杀掉的九江镇总兵马济美;"凤"自然就是周凤山;"留"与"刘"谐音,指的是刘于浔。这首歌谣宣传意味明显,但对曾国藩所处困境的描述却很是到位。值此濒危之际,曾国藩在奏报没有回音,又仍不知罗泽南已因伤而死的情况下,频频向湘鄂去函,要求增援江西。

这时东西南北的联系都已被太平军切断,曾国藩不得不招募敢死之士送信。先前胡林翼、罗泽南所收到的信函,系由信使藏在伞柄内,日伏夜行,经二十个日夜,始送至武昌大营。后来又用蜡丸藏信,以暗语接头,通过小路一层层进行传递。但太平军的封锁和盘查越来越严密,派出去的信使往往都被太平军所捕获,致使求援的密信既到不了湖北,也到不了湖南。由于通讯受到阻碍,胡林翼没有收到曾国藩的求援信,但却意外地见到了曾国藩的弟弟曾国华。

援赣兵团

曾国藩一共有四个弟弟。曾国华是二弟。因曾国藩的叔叔曾骥云无子,曾国华从小就被过继给曾骥云为嗣,自曾国藩出山后,他也在家乡参与了办团。

曾国藩的父亲曾毓济在湖南老家,已经好几个月都没有收到曾国藩的家书。听到罗泽南阵亡的消息后,他更加忧心儿子在江西的处境,于是便派曾国华赶赴武昌,名义上是帮办营务,实际暗含催促胡林翼发兵江西之意。胡林翼现在也很头大。罗泽南死后,不但武昌太平军的防御更加严密,而且湖北省境内的其他太平军也很活跃:义宁的太平军又开始进攻崇阳和通城;由九江来援的古隆贤兵团,与湖北兴国、大冶的会党联手行动,从纸坊推进至武昌附近,打算袭击胡林翼的五里墩大营。如果有可能,胡林翼自己都希望朝廷能给他再调援兵,用以对付武昌周围的太平军。只是看到江西的状况,这种话他很难说得出口。

之前,胡林翼曾向咸丰许诺,如果武昌不能速克,他一定会从罗泽南兵团中分出数千,回援江西。如今为了能够给自己多留点兵,他又以罗泽南新丧,无将可分为由,上奏朝廷,打算收回前言。

咸丰在是否让罗泽南兵团援赣一事上,一度犹豫不决,其前提是相信胡林翼所言,武昌马上就可以打下来。可是等来等去,武昌战事久拖不决不说,连罗泽南都阵亡了,江西局势则恶化到了几乎不可收拾的地步,咸丰对此后悔不迭。偏偏胡林翼要死不死,这个时候还要耍赖反悔,自然更令咸丰为之光火。在批语中,他毫不留情地斥责胡林翼:"你如果还是只知道以粉饰之辞,来拖延时日,那么结果就是既不能收复武汉,也不能回援江省,虽然糜饷劳师,但最后一无所得!"

咸丰有上命国法,曾家有私谊人情,处于双重压力之下,胡林翼不得不践行前诺,抽兵组织援赣兵团。援赣兵团由三部分组成,分别是刘腾鸿、刘连捷的湘勇一千五百人;吴坤修的彪勇七百人;以及普承尧的宝勇一千四百人,总共是三千六百人。胡林翼把他们交由曾国华统领,即日奔赴江西,粮饷亦由湖北方面负责提供。

这一下子,整整抽走了近四千主力,其中二刘还都是特别能打的勇将,这对湖北湘军而言,自然是很不利的。所幸在罗泽南之后,胡林翼身边又有了一位领袖型的大将对他进行辅佐,此人就是李续宾。李续宾智勇双全,且敢战善战,颇孚众望,是罗泽南最得意的弟子之一,有人说他的军事造诣其实比自己的老师都高。罗泽南临死时也留下遗言,表示他未完成的事业,可由李续宾接办。胡林翼遵其遗愿,让李续宾担任了统领。

李续宾上任之初,太平军即乘湘军新失主帅,人心惶惶,在武昌南面的保安门外增修营垒,发炮轰击胡林翼的五里墩大营。李续宾立即出兵,扫平了这一增修营垒。尽管李续宾表现神勇,但在湘军内部,罗泽南之死的后遗症仍未完全消除。其时进至武昌附近的古隆贤兵团,已开始攻击湘军后路,目标仍直指五里墩大营。胡林翼召集众将计议,多数人都主张坚守,理由就是己方刚刚失去主帅,不宜轻率出战。

只有营官丁锐义提出了异议。丁锐义有耳聋的毛病,他虽然往往听不清别人在说什么,但自己却很喜欢说,而且最热衷于谈论兵法。关键在于他还不是那种纸上谈兵,或者只会吹牛说大话的将领,实际上,每次轮到他作战,丁锐义总能领着他的义字营孤军奋进。丁锐义认为湘军陈兵于武昌城下,已达六个月之久,却无法建功,主要缘于武昌城内的太平军一味只守不战,湘军求战不得,只得仰攻,这才造成了很大损失。一句话,湘军不是怕战,就是怕太平军不肯与自己战!"如今敌人趁我们失去主帅,前来袭击,我们主动攻击,可谓出其不意,一定能够取胜!"

丁锐义的一番话,赢得了胡林翼的赞赏,遂令他率所属义字营与其他营一起趁夜出击,而后果然得以大败古隆贤兵团。

在决定组建援赣兵团时,后路危机已经暂时解除。更重要的是，李续宾逐渐在军中建立起自己的权威，所属兵团开始缓过劲来，这也是胡林翼愿意和敢于抽兵援赣的一个重要条件。

李续宾以实际行动证明，他完全对得起胡林翼给予的这份信任。援赣兵团出发后，韦俊侦察到湘军兵力减少，屡次出城攻击。李续宾就像丁锐义说的那样，不怕你战，就怕你不战；不怕你出城，就怕你不出城，他亲自率部迎击，使得太平军每次都只能乘兴而来，败兴而归。

想象当中的硬仗

在湖北援赣兵团到达江西之前，曾国藩暂时只能靠他的东路军，以及湖南援赣的刘、萧兵团维持局面。由于害怕被太平军截断后路，刘长佑采取了稳步推进的策略，稳住萍乡才东进袁州。骆秉章同样也是小心翼翼，萧启江兵团需攻下万载，骆秉章听说万载也有太平军劲旅，便命令田兴恕率虎威营前往助战。其实他们都多虑了。万载地处偏僻，是一座小城，城内没有精兵，后援也跟不上，守城的太平军不久就南奔袁州，萧兵团很轻易地就占领了万载。

"太平军劲旅"一般都不会被部署在县城，但会相对集中于府城。拦在刘、萧兵团与南昌之间的府城，一共就那三个，即袁州、瑞州和临江。瑞州、临江两府的太平军得知万载失守，立即集结兵力，兵分三路，每路几千人，欲夺回万载。

这才是想象当中的硬仗，正需要虎威勇加盟。田兴恕是那种吃软不吃硬，喜欢别人用高帽子架着的人。萧启江投其所好，对之屈尊以礼相待，田兴恕大为高兴，作战很是卖力。两人密切配合，携手与太平军作战，万载从夺而复失，到失而复得，最后得以巩固战果，将万载握在自己手中。

东路军也取得了进展。南昌东南边的丰城、进贤、东乡等县城,为石达开离开江西时攻占。1856年4月中旬,邓辅纶、林源恩兵团和李元度兵团,先后收复进贤、东乡,抚州的太平军出兵争夺东乡,被两兵团联合击退。刘于浔的江军水师也攻克丰城,太平军对南昌形成的包围链由此出现缺口,南昌所承受的防守压力得到初步缓解。

4月27日,内湖水师率先攻克建昌。几天后,东路军以大雾为掩护,逼近抚州太平军营垒,乘其不备,分两路实施猛攻,接连攻破太平军五座营垒。在湘军的这一连串攻势中,太平军丢掉了不少地盘。黄玉昆不甘示弱,立即组织兵力,对湘军发起反攻。各地的湘军军营都遭到太平军进攻。对深入江西的刘、萧兵团而言,最可怕和最危险的,莫过于其后路出状况。太平军也看到了这一点,赣西太平军与刚从湖北崇阳、通城开来的部队会师,欲袭击浏阳和醴陵,断刘、萧兵团的粮道。刘长佑时刻加以提防,侦知后,派兵从小路抄过去,将太平军死死挡住,终得化险为夷。

太平军发动的反攻均被湘军击退,不过他们也固守住了袁州、抚州。无论刘、萧兵团还是东路军,都无法在攻城战中获得突破。1856年7月,由于江南大营已被击破,杨秀清派石达开增援武昌,石达开调黄玉昆随其入湖北。北王韦昌辉督师江西,取代黄玉昆,开始主持江西军务。

随韦昌辉来到江西的,还有大批太平军的生力军,被曾国藩视为"呼吸道"之一的饶州随之被攻克。饶州的守将是毕金科,饶州失守,不是毕金科不能打,而是主持防守的耆龄与其关系紧张,他自己直辖的兵力又不足,无法发挥其作为猛将的作用。

几个月前,毕金科在樟树镇曾多次击败太平军。结果樟树镇丢失,几个月后,饶州又丢了,好像不管他如何拼命苦斗,到最后,都会被无能的主帅所连累,导致白干一场。毕金科越想越晦气,回到南昌后即招募敢死队,带兵再度攻打饶州。"今天上岸,要是赶不走敌人,我就不回船上了!"在离开暂设在船上的湘军大营时,毕金科当众发誓。毕金科言出必行,果然率长胜营一鼓作气,再克饶州。这一次,这位猛将总算没被别人所拖累,奏报到京后,朝廷即补授他为临元镇都司,并授予从三品游击资格。与此同时,毕金科也打出了自己的声名,在江西民间有口皆碑,妇孺皆知,而太平军则对他颇为畏惮。

假 老 虎

湖北援赣兵团终于开入了江西,一路上,他们经历了很多艰险曲折。队伍在到达崇阳时,本来要经过通城,但是曾国华获悉,江忠济兵团此前刚刚在通城全军覆灭,江忠济力战而死,三千楚勇大部阵亡。曾国华一听,不敢再向通城推进,只能决定掉头,改道西北。

尽管临时改变了路线,但援赣兵团仍遭到太平军的层层堵截,必须一边作战一边前进。曾国华虽是统领,其实只是挂名,真正在兵团中起着主导作用的,是"二刘",即刘腾鸿、刘连捷。刘腾鸿尤为突出,他首战蒲圻,次战羊楼司,再战分水坳,三战三胜,率部从湖南浏阳进入万载,与萧启江兵团会师。

湖北援赣兵团,或者说得更直接一点,是刘腾鸿兵团,他们的入赣立即加强了湖南援军的后盾。太平军本来一直没有放弃争夺万载,已经向万载派兵,闻讯后才不得不在瑞州止步。在实力大增的情况下,萧启江将万载留给田兴恕驻守,率主力与刘长佑会合,两部合攻,将袁州城外的太平军军营全部扫平。刘腾鸿更是大展身手,先后攻克新昌、上高,直至兵抵瑞州城下。

瑞州已临近南昌,刘腾鸿进击瑞州,既可威胁袁州太平军侧翼,为刘、萧兵团助力,更能沟通南昌与湘鄂的联系。曾国藩闻讯,立即派彭山屺等率七营计四千新募兵勇,与刘腾鸿会攻瑞州。至此,南昌被围困的危局得以解除,江西与湘、鄂两省之间的交通通信亦渐渐恢复。

曾国藩望穿秋水,期盼湖北来援,但他并没想到是曾国华带队。对于曾国华的意外出现,他既感动又高兴,握着弟弟的手,相对唏嘘。因行军征战途中过于紧张劳累,原本体质较好的曾国华也生了病,曾国藩很是心疼,忙派人将其送往南昌疗养。

增援江西的清军并非只有湖南、湖北两路。咸丰命令广东、福建、浙江的军队一起救援,至刘腾鸿兵团到达江西时,广东援赣兵勇在赣州的已达五六千人,福建援赣兵勇在建昌的也有两千六百人。随着援赣大军的陆续抵达,江西格局开始出现明显变化。从地图上看,从长沙往东直到南昌,然后朝北折向九江,湘军已控制了这条千里通道。与此同时,湘军在整体的攻守态势上,得以反守为攻,瑞州、袁州、抚州的攻城战成为焦点。这种情况与湖北顿兵武汉城下类同,表明江西战局也进入了湘军略占优势的相持状态,而此时距石达开离开江西,仅仅两个月时间。

1856年8月3日,北王韦昌辉率军三千余,自临江出发,增援瑞州。瑞州分为南北两城,刘腾鸿分兵南北,当韦昌辉兵团到达时,南城已被刘腾鸿亲自领兵首先攻克。

在天国的几位老王爷中,唯韦昌辉、石达开出身于富裕家庭。韦昌辉也很讲排场,即便在外面打仗,身边也仪仗显赫。当然,这个不是重点,重点是韦昌辉带来了他的亲兵,名为排刀队,看上去十分勇悍,颇为引人注目。

行家伸伸手,便知有没有,刘腾鸿连伸手都不需要,稍加观察,即发现韦昌辉外厉内荏,论排兵布阵,和石达开根本不是一个级别。这么说吧,石达开是一只老虎,韦昌辉也像一只老虎,但却是假老虎。仪仗队和拿出来显摆的排刀队,都暴露了他其实是一只披着虎皮、没什么真本事的小绵羊!

刘腾鸿作战,得罗泽南真传,讲究的是不慌不忙,先求稳定,次求变化。南北两城中间隔着一条河,河上有一座长桥,用以沟通两城。刘腾鸿表面按兵不动,暗中派人通知北岸部队,命他们过桥来到南岸,绕至韦兵团身后,突然抄击其尾。

在后方骤遭攻击的情况下,韦昌辉原形毕露,那股强装出来的锐气,就像被戳破的气球一样,很快瘪了下去。见其阵脚已乱,刘腾鸿立即统兵从正面夹击,太平军被歼五百余人,韦昌辉以夜色为掩护,才得以率部就近逃进北城。

堂堂北王都吃了败仗,太平军对此很不服气,援兵纷纷赶到瑞州。其中一支列阵山岗,与刘腾鸿兵团对峙;另一支拦截其后路,欲进行两面夹攻。太平军一靠近,刘腾鸿就命令劈山炮开火,两次击退太平军的进攻,而后发起反击,率部一气追出三十里。一名太平军大将从九江赶来,正好遇到逃跑的太平军。他感到湘军来者不善,于是没有像前面的援兵那样急于求战,而是一面收拢集结部队,一面在瑞州东北面紧急修筑营垒。

太平军在瑞州城外本无营垒,一俟修成,将非常难以对付,刘腾鸿在武昌城下经历过苦战,于此有切身体会。这时曾国藩所派的彭山屺兵团已经参加瑞州会攻战,刘腾鸿兵力充足。他令主力继续围攻瑞州北城,另拨一部分兵勇攻打城外修垒的太平军,自己则率三百敢死队现场督战。

太平军仗着己方人多,抢先发起攻击。刘腾鸿和他的三百敢死队站在本阵最前面,所有的人都如同雕塑一般无声伫立,等到太平军靠近,才用劈山炮进行轰击。太平军退却,他们仍然不动如山。此后当太平军再次发起冲锋时,其模式如故:即你不靠近,我就不动;你一靠近,立刻炮火伺候。太平军实施六七次冲锋,都无法撼动湘军,士气大挫。刘腾鸿见火候已到,这才转守为攻。太平军大败,已建好的营垒也被全部捣毁。

凭借出色的战绩,刘腾鸿和毕金科并列,成为江西湘军中猛将的代表,相当于一个是新版的罗泽南,一个是新版的塔齐布。咸丰得到奏报后,除对刘腾鸿论功拔擢外,特赐号"冲勇巴图鲁"。

新的攻城策略

江西战局能够出现转机,是以减少湖北兵员为代价的。胡林翼本来就觉得攻城的兵力不够用,在援赣部队被抽走后,更有捉襟见肘之感,也就更难以迅速破城。

对于武汉战场的僵持局面,咸丰很不满意,屡次下诏训斥官文和胡林翼拖延战事。胡林翼有苦难言,他自领兵屯驻武昌城下起,可谓一刻不敢懈怠,能使的力全都使上了,能用的兵也全都用上了,甚至于一度不顾自己已经欠了曾国藩的人情,执意不放罗泽南回援江西。

大家每天以血肉之躯,在漫天炮火与城头落下的滚石之间搏命,统计出来的伤亡数字也极其惨烈:水陆军死伤勇丁三千余人,除罗泽南丧命外,军官有一百多人伤亡,新任统领李续宾也几次在马背上中炮堕地。这个数字里面,最让胡林翼痛惜的,就是包括罗泽南在内的一百多名军官。因为他知道千金易得,一将难求,勇丁相对而言容易招募,但像罗泽南等将才,却是可遇不可求的。

付出如此惨重的代价,收获是什么呢?只是攻下了武昌城外的大部分营垒。如此结果,别说咸丰不高兴,胡林翼自己又何尝满意?被皇帝逼急了,他只好说我根本就不是个带兵打仗的料,实在不行,要不就我自己冲上去吧,免得被人骂成临阵怯懦,苟且偷生。话说到这个份上,咸丰又不好拿他怎样了。毕竟湖北军事这副担子也没别人能挑得起,而且在湘军高层中,胡林翼无论才能、志向还是目前所统之兵,都有与曾国藩并驾齐驱的势头,后者同样是朝廷所需要的。

"你把困难说那么多,对改善战事能起到什么帮助?朕知道你有报国之心,但国家有国家的体制,言语还是应该慎重一些。"咸丰言下之意,实际已是默认攻打武昌之难,允许胡林翼按照自己的想法行事了。胡林翼的确已制定出新的攻城策略。

翻阅兵法,野战的绝招层出不穷,却看不到多少真正能够行之有效的攻城绝招,这就是所谓的野战容易攻城难。如果武昌太平军始终依城固守,储粮也有,援兵不绝,他们又不想弃城而逃,即便招来猛将千员、精兵十万,恐怕也无济于事吧?更何况,攻城部队还缺兵少将,若继续攻坚,除了进一步折损精锐,实难奢望能够取得多大进展。

胡林翼经常研读历史,史书记载:李左车曾劝告韩信,说千万不要驻兵城下,否则必会兵势衰减。胡林翼对于李左车的话感同身受,与此同时,他也突然意识到自己究竟错在哪里了:既然攻坚战如此得不偿失,你可以不打啊;一城一地如此难争,你可以不争啊。不争,就是最大的争取!"夫唯不争,故天下莫能与之争",这种老子式的智慧让胡林翼彻底打开了思路。他随即确立了今后"不攻坚"的作战原则,命令各部"万万不准攻城"。

自1856年5月起,胡林翼顶着来自上层的压力,决定只围不攻,一直围困到太平军粮尽饷绝为止。这就是所谓的长围久困战术,其实施的前提是:断接济,打援军。

罗泽南生前,为断绝太平军的粮道,在出兵窑湾,击退太平军之后,即在窑湾建立营垒,派李续宾营和刘腾鸿营分驻,与自己的洪山大营互为犄角。这其实是李续宾的主意,等到他自己担任统领,虽移驻于洪山,但仍派出机动兵力在窑湾和塘角之间巡防。

为了进一步切断太平军的陆路粮运,胡林翼拨勇千余,由余云龙率领,在塘角、窑湾一带进行"雕剿"。"雕剿"是胡林翼在贵州黎平当知府时,根据前人经验,逐渐摸索和总结出来的一套战术,其要领是向重点目标采取闪电突击,因形似大雕捕兔,故而得名。余云龙是武昌县人,熟悉鄂东一带地形,操作起来得心应手。太平军企图渗入武昌城内的小股运粮部队,多为"雕剿"所灭。此举与巡防互补,基本就把太平军的陆路运输通道给完全堵死了。

截断水运的任务交给了杨载福。

在武汉攻坚战中,外江水师的日子也不好过。这一时期,长江上下游,西起武昌,东至镇江,重归太平军掌握。太平军在吉安、临江、瑞州设立船厂,仿造与湘军相同式样的战船;又在临江设立炮厂,煎硝制药,采铁铸子,仿造湘军的土炮,水营力量得到极大增强。

由于湘军的内湖水师已以配合陆师反攻为主,太平军水营在江西几无压力,于是包括湖口水师在内的部队纷纷增援武汉。随着江上的太平军战船越来越多,外江水师难以招架,在打了几次苦仗后,就被迫移至沙口,以避其锋。驱走外江水师后,太平军舰队乘着风势,在武汉江面上下行驶,使其水运畅通无阻。几个月里,杨载福一直在家里憋大招,他认为,水师这样长久避战,终究不是办法,只有深入敌后,发动袭击,火烧太平军舰队,才能出奇制胜。

胡林翼的命令一下达,杨载福即将自己的设想付诸实施。他在军士中招募三百勇士,组成敢死队,计划派他们驾驶千石大船出击。船上装满硝黄才护和芦荻,布设了点火引线。"逼近敌人时,立即点火,然后登上舢板以自救,要迅速归来。"杨载福这样向敢死队交代任务。

1856年5月31日夜,杨载福为敢死队壮行,饭桌上除了酒外,各种肉食摆了一大堆。杨载福亲自给众人敬酒,勉励道:"此次奇袭如果能成功归来,每人赏一百两银子,军官连升两级,勇丁提拔为六品实职。大家一定不要辜负我的期望！"胡林翼治军，深知重赏之下必有勇夫的道理，对部属从不吝啬赏赐，所以杨载福许诺时也才有底气。杨载福开出的赏格，是以前从来没有过的，赏格越高，自然风险越大，这是大家都明白的道理。酒席间，众人就纷纷议论："看这个样子，此次行动是九死一生啊！"生死面前，大家的本色都暴露出来，有人缺乏胆气，临时生出悔意，偷偷溜走了。但大多数人都选择留下来，有人豪迈地说："壮士一言既出，虽死无憾！"

喝完壮行酒，敢死队跳上大船，升起风帆，悄悄向设在南岸嘴的太平军舰队驻地驶去。湘军水师久不出战，太平军防范不严，使得敢死队很轻易地就逼近了他们的战船，并向其直冲过去。按照既定方案，敢死队的大船都被点燃，化身一团团火球，在它们冲进太平军船队后，不仅使各船全部着火，而且还引燃了船舱里的火药。爆炸掀起气浪，把太平军官兵都抛向了半空，江中和岸上全都是尸体。

如敢死队队员事先所料，这次行动确实很危险，队员们必须利用点燃引线与火起之间极短的空隙，自救逃生。有人身手不够敏捷，动作稍慢，立即被火烧伤；还有人在跃入舢板时，过于慌乱，位置没有选准，堕入了江中。事后清点，一名哨官死亡，四十名勇丁负伤，好在其他人都得以划桨安全返回。杨载福亲自迎接，按其所诺，对每位参与行动的人员进行犒劳奖赏。

此次奇袭对武汉太平军舰队造成沉重打击：他们能够用于作战的两百多艘战船全部化为灰烬；武昌、汉阳水运也因此被基本切断。杨载福乘势而上，派舰队远至武汉下游巡逻，对太平军接济武汉的运输船队和护卫舰队进行截击。其前锋一直到达黄州，迫使太平军水营轻易不敢再溯江而上。

后来有一次，外江水师的巡哨船奉命袭扰巴河与蕲州的太平军。水勇们一时兴奋,竟然驶到九江城下,在搜索敌船,向太平军示威后,才从容返回武汉。在那十天内,他们往返一千里,如入无人之境,众人都觉得不可思议。太平军也极为震惊,因为这表明,至少在九江以上的江面上,太平军水营已无法再与湘军抗衡。

以堡垒对堡垒

太平军在湖北失去了水上优势,武汉守军能够从江上获得接济的机会越来越少。天京方面对于从水路救援武汉,暂时已无能为力,他们只能从陆路拓展,争取打开缺口。林启容从九江派出一支援兵,攻打位于武汉东北面的麻城。官文派多隆阿率马队出击,北岸一马平川,太平军难以抵御骑兵的集团冲锋,很快就败下阵来,被迫撤退。

北岸不成,又重新转向南岸。古隆贤率一万人从后路向武昌逼近。他派人潜入武昌城内,和韦俊约好,双方举火为号,里应外合,对湘军军营进行夹攻。胡林翼通过谍报人员,提前掌握了有关情报,于是故意派人在城外举火。韦俊上了当,以为是古隆贤方面已经发动,便按照约定派兵出城,结果遭到伏击,出城的太平军被全部歼灭。在打蔫韦俊后,胡林翼立即转过身,趁古隆贤兵团立足未稳,派兵连夜逼攻,将其一举击败。

古隆贤不肯就此退却,在樊口稍事整顿,即再次向武昌附近发起攻击。蒋益澧奉命率六营兵马前往阻击,一战告捷。随后他们发起反攻,追至樊口,和水师合力,烧掉了古隆贤刚刚增召的战船。

为求一劳永逸,蒋益澧兵团又渡江攻打黄州,但连攻十天,都没能攻克。不过即便这样,武昌周边也已不再看到太平军活动的踪迹。在条件许可、时机成熟的情况下,从1856年7月起,胡林翼饬令武昌城周边的绅民修筑长壕,壕内修城一道,城上安置三层火炮,炮口对准太平军可能出城的方向。这种壕城合一的坚固工事,可以有效地防止太平军从城内潜出。胡林翼对工期催得很紧,宣布谁要是推诿塞责,予以拖延,将惩之以军法。同时立誓在围困期间,不放一个太平军出城,也不放一个太平军入城。以往太平军常扮作难民出入,此次也要求严加审查,不给太平军留下任何空隙。

胡林翼实行长围久困,其实质是以堡垒对堡垒,将单纯的沙场厮杀转化为人力与物力的比拼。前者考验的是耐力和军事资源,在这方面,太平军并不吃亏;后者考验的,却是地方治理和基层动员能力的高低,而这恰是太平天国政权的短项和致命弱点。

胡林翼早登科第,但在加入湘军前,仕途极为坎坷,不得已捐发贵州任知府。贵州属西南偏僻省份,社会治安混乱,古代能在这些省份赢得官声的人,都可称能吏。自抚鄂以来,胡林翼一面按照自己在贵州所磨砺出的一套行政经验,组织士绅办理团练保甲,清除亲太平军的地方势力;一面厘清漕务积弊,在不过多增加绅民负担的同时,尽可能调动和集中地方上的物力财力,将其用于军务。因为有这样一个基础,他才可以在短期内进行全面动员,并迅速展开长壕修筑工程。

长壕即将完工时,恰逢江南大营被击破,从解围任务中脱身的石达开,率约三万人马,自天京出发,增援武汉。胡林翼闻讯,忙开会商议,李续宾提出,应在长壕后十余里再筑一道后壕,以备万一。

长壕为的是围困武昌城,对于前来进攻的太平军能起到多大作用?多数将领认为此计并非良策,而且修壕费钱费力,武昌周围修成已经不易,没必要再多此一举。与会众人,只有胡林翼的幕僚邢高魁支持李续宾。胡林翼经过斟酌,决定按李续宾的提议办,加紧补筑后壕。

金　句

1856年7月28日,石达开率前队万余人,越过大冶,西趋咸宁。此时蒋益澧兵团尚在黄州战场,蒋益澧召集诸将讨论,也考虑是否赶快撤兵。一向都有着自己独立见解的营官丁锐义,不同意撤退。

石达开增援武昌,必然要经过黄州,黄州实为捍卫武昌的前沿。蒋兵团在黄州也不是初来乍到,在经过一些日子后,百里之内已产生影响力,这是他们可以先行抵抗太平军增援武昌的基础。

喜论兵法的丁锐义不但说了可以抵抗,而且通过两个金句,阐述了抵抗的理由。一个金句是"兵势宜远",即拉开一定距离,才能把对手的动静看得明明白白。黄州抗击除了牵制石兵团溯江而上,进而减轻武昌大营压力外,还能通过把握太平军的动向,预见他们接下来可能会做出什么动作,使大营更好制定相应对策。另外一个金句,是"能战不在近,能守不在远"。都是防守,在武昌是防,在黄州也是防。如果蒋兵团现在撤走,石达开必然会跟踪追击,追到武昌还是要交战,既然必有一战,为什么不就在黄州打下去呢?

尽管丁锐义言之凿凿,但反响寥寥,诸将都担心部队孤悬于黄州会很危险。丁锐义见状,便独自上书胡林翼。胡林翼赞赏他的勇气,但鉴于其他将领仍坚持撤军,也只能先将蒋兵团撤回武昌。不出丁锐义所料,蒋兵团一撤,相当于打开了武昌的门户,武昌大营顿时危机四伏。事后,咸丰在诏书中也提出批评,认为蒋兵团实在不应撤出黄州。

关键时刻,北岸军补了缺,官文命舒兴阿率步兵,舒保、多隆阿率马队,赶往黄州堵截。当官文兵团到达黄州堵城时,石达开兵团也正好开到。旗营马队彪悍勇猛,狂飙突进,即便石达开的精兵也对之很是头疼,双方在堵城相持了十六天之久,其间多隆阿还曾设下埋伏,打败和追击太平军,并迫使石达开兵团不得不大踏步撤出堵城。

依靠官文兵团所争取到的宝贵时间,武昌城外前后壕的修筑得以最后完成。兵力部署也已就绪,武昌东南的鲁家港,为武昌城水利枢纽,石达开兵团必取之地。胡林翼、李续宾派蒋益澧兵团扼守此处,用以阻击石兵团。

利用石达开增援武昌之际,引诱武昌城内守军出击,是李续宾想出的一个计谋。他派出几百名勇丁,拿着缴获自太平军的大黄旗,在城外上下挥舞,用以迷惑城内的太平军。由于城内城外的通讯联系被完全切断,韦俊以为援兵已至,连忙派兵出城,想对湘军进行夹击。不料预设伏兵突然杀出,出城的太平军被斩杀过半,剩下的官兵急忙又缩回城内。

1856年8月11日,石达开兵团推进至鲁家港,分三路对蒋益澧兵团的营垒发起猛攻。战斗开始后,双方互有伤亡,下雨后又各自收兵。蒋益澧派人疾驰大营,让李续宾派兵增援。李续宾的答复是大营派不出兵力增援,是继续坚守还是撤退,听凭蒋益澧自己决断。

俗话说得好,一山不容二虎,湘军水师有这个问题,陆师也有。蒋益澧和李续宾均为湘乡人,同为罗泽南弟子,原先无论战功还是职位,都不相上下。后来李续宾的声名逐渐超越蒋益澧,某次当两人与罗泽南共同议事时,李续宾给蒋益澧写了一张纸条,问他打算何去何从。蒋益澧看了很恼火,也写了一张纸条给李续宾,说:你是打算统领我,做我的上司吗?

有些话不能戳破,一戳破,关系就僵掉了。等到李续宾出任统领,两人更是互相都看不惯对方。蒋益澧刚刚交战不久,就向李续宾要援兵,自然会惹得李续宾不高兴,而他拒绝时那种生硬的口气,显然也是带了很大的情绪在说话——不妨试想一下,如果蒋益澧在黄州作战,就没有这些烦恼了。毕竟黄州与武昌离得远,蒋益澧不可能立马寻求支援;李续宾到了关键时候,也绝不可能不派援兵。

蒋益澧得知李续宾的回答后,既生气又沮丧。他立即登上瞭楼,撤去梯子,只在楼上放置旗鼓,随后对诸将下令:"敌军势力强大,我将战死此处。诸位要走,但请自便。"石达开兵团尽管来势汹汹,但湘军也没有到顶不住的程度,主将何至于出此丧气之言?诸将听后都很吃惊,面面相觑,可是又不好多问,当然也没人会真的离开。

李续宾没有向鲁家港派遣援兵,不等于他和胡林翼会听任蒋益澧兵团坐以待毙。次日,杨载福即派水师下攻樊口,烧断太平军浮桥,对石达开兵团的后勤补给造成直接威胁。

李续宾的话说得固然不好听,然而蒋兵团有大营作为后盾,又能以逸待劳,利用早就构筑好的工事进行阻击,大营确实也没必要马上予以增援。反之,石达开兵团远道而来,且处于脱离后方的状态,难以在武昌周边区域迅速筹集粮草,一旦后方补给线遭到威胁,情绪立刻就会受到影响。

攻鲁家港三天无果,石达开终于按捺不住,率主力绕过鲁家港,分路进逼武昌。在到达武昌外围后,石兵团挥舞大黄旗,想让城内守军协助他们夹击湘军,孰料守军先前被伏击,已经吃了大亏,这次真的援兵来了,他们反倒担心有诈,畏首畏尾,不敢出击。

石达开只好先挥师从外围发动进攻,此时,李续宾预建的后壕变成了前壕,这个颇具先见之明的措施,有效地阻止了太平军的攻势。而后,武昌城内的太平军听到动静,发现援军确已到达,但已失去并力夹攻的最佳时机,其出城部队被长壕阻拦,不但一步前进不得，而且又损失了千余官兵。

危　机

　　战场之上，石达开可不是个好欺负的人。他随后便在青山和鲁家港之间，增设十三座营垒，摆出了不解武昌之围，就绝不收兵的架势。

　　早在石达开逼近鲁家港时，官文就派遣舒保率马队四百骑秘密赴南岸增援。1856年9月1日，李续宾认为出援鲁家港的时机已至，亲自领兵赶往鲁家港，与舒保马队、蒋益澧兵团合战石达开。石达开兵团自黄州堵城一战起，对旗营马队一直心有余悸，加上来武昌后又屡屡碰壁，不是后勤响起警报，就是前方无法突破，士气受挫，战斗时也就难以发挥出高水准。清军一方，无论步骑兵，则都养精蓄锐，冲劲十足，此战以石兵团败北告终，太平军死伤数百，另有四座营垒被击破，八十多处军帐和七十多艘战船被烧毁。

　　石达开败虽然败了，但胜败本为兵家之常事，而且这次兵败也并非那种一蹶不振的惨败——大战中，就算折损数千人，对石兵团而言，也不致伤筋动骨，何况不过数百；总共十三座营垒，四座被破，不还剩下九座吗？

　　9月5日，让清军迷惑不解的情况发生了，石达开突然从鲁家港移营撤退。虽然弄不清楚到底发生了什么事，但李续宾等人在确定这并非是对方的圈套后，便立即乘势追杀。是役，清军歼灭太平军达千余人，将其所建营垒全部捣毁，还缴获了大量辎重物资。事后人们才知道，石达开仓促撤兵，是因为收到了天王洪秀全的密令，让其回京诛杀东王杨秀清。

　　原来杨秀清权重专横，平时对北王韦昌辉、翼王石达开也动辄斥责打骂；不唯如此，他还常假借天父下凡附体，凌辱天王。大家积怨日深,只是因为外有强敌,所以才暂时隐忍不发。及至击破江南大营,天京解围,杨秀清认为都是他的功劳,益加骄横不可一世,竟发展到了威逼洪秀全封他为"万岁"的程度。洪秀全忍无可忍,又得到密告,说杨秀清要杀他篡位,于是便急诏韦昌辉、石达开归诛杨秀清。

随着石达开撤离,湘军危机解除,但将领间的矛盾却彻底爆发出来。蒋益澧告假还乡,且不等李续宾批准,就径直离开武昌,返回湖南。对蒋益澧的离去,胡林翼不仅未做挽留,而且当着众人的面对他严加斥责。胡林翼说到,有一次蒋益澧手下的数名勇丁逃跑,蒋益澧就让人冒名顶替;还有,蒋益澧曾以要回乡葬母为由,请假回乡,事后查出其营中亏空甚多,显然是蒋益澧拿了营里的钱,"这是有廉耻的人该干的事吗"?

平心而论,蒋益澧的这些问题,别的营也有,都算不得什么大事。要是在平时,胡林翼根本就不会多加关注,甚至为了激励官兵卖力打仗,还会主动给予厚赏。他如此指责蒋益澧,说穿了,不过是在转移话题和视线而已。

胡林翼虽以善于调和将领之间的人际关系著称,但他却并不是一个你好我好大家好的"和事佬"。相反,包揽把持的强势作风才是他的本色,其治军原则就是:一军服从主将,主将服从主帅!

"一军服从主将",水陆师主将都只能有一个,这样大家才知道究竟应该服从谁。先前的杨载福、彭玉麟,如今的李续宾、蒋益澧,之所以会出现纠纷,多属好胜争功的性质。胡林翼处理他们的纠纷,其实不看在具体纠纷中谁对谁错,而是以胡林翼自己的标准,判断谁的军事才能更突出。谁更突出就留用谁,那么另外一个就只能对不起了。

杨、彭相争,从具体事件来看,是杨的错,但胡林翼在调解时,表面两边摆平,实际袒护了杨。这也是为什么武昌战役那么紧张,彭玉麟却还要回衡州休假的原因,毕竟大家的眼睛都不是瞎的。李、蒋相争也是如此,与彭玉麟不同的是,蒋益澧炝蹶子走人,没给李续宾留下面子,会让李续宾很难堪。胡林翼既已打定主意,要以李续宾、杨载福做他在湘军里的左膀右臂,当然要全力维护和强化二人的主将权威,故而他不当众痛骂蒋益澧一顿都不行。

情　报

自刘腾鸿等大批援兵进入江西起,太平军的姿态即由进攻转变为防守。具体就是以瑞州、抚州、袁州等府城为中心,坚守阵地,以待时机。

曾国藩此前经历一连串挫折,使他更深刻地认识到,以他和湘军所处环境而言,实在经不起任何败仗的折腾。为此,曾国藩在用兵思想上变得更加稳健慎重,即便在太平军退缩守城的情况下,他也不敢冒进,再三向各部将领强调:兵家最忌攻坚,你们不要有事没事,就派兵仰攻城池,那样只会白白地损耗精锐。遵照曾国藩的指示,从刘腾鸿到东路军,再到刘、萧兵团,对于所要夺取的府城,都只是立足于围,而不是攻。曾国藩的这种谨慎态度很难为时人所谅解,一些政论家对他颇有微词,认为他太过慎重,拖慢了湘军全面反攻的进程。但曾国藩不改初衷,仍然坚持自己的做法。

曾国藩在前线收敛锋芒,在后方却毫不懈怠。由于大的战事不多,他得以腾出时间,利用厘金所得,积极扩充兵力,就连因兵败已被革职的周凤山,也被他派回长沙募勇。募兵之后必要加强训练,曾国藩在南昌,也像在长沙时一样,每天巡视操场,亲自观看和督促训练。湘军将领一般文化素质都较高,但勇丁多为农夫,为了便于新兵接受条令和战法,曾国藩亲自编写了《水师得胜歌》和《陆军得胜歌》。这些"得胜歌"从头到尾都是通俗易懂的韵文,勇丁一听就懂。这样,即便是新招募的部队,一天也能初步掌握营制,而不必靠军官反复教授和灌输。

扩军和训练,本身就是在为组织大反攻做准备。1856年10月1日,曾国藩到瑞州慰劳部队,也顺便了解刘腾鸿兵团的状况。自兵败樟树镇、紧急坐镇南昌以来,这还是他第一次离开省城。

刘腾鸿治军严格,有章法。在曾国藩来到瑞州时,实际围城的部队不过一千五百人,但由他们所修筑的壕垒极为坚固精巧,就好像是投入了几万民工才完成的工程一样。让曾国藩尤为满意的,是刘腾鸿在军容军纪方面抓得特别严,平时营务整肃,"治全军如治一家",弁勇就是擅取民间一只鸭子,也会被立斩以徇。

湘军究竟何时才能发起全面反攻,既要看前线部队的状况,以及后备力量的增强,同时更离不开对形势的分析和判断。后者并非建立在臆想的基础之上,除了思考能力外,还需要大量搜集情报。曾国藩因此在江西建立了专门的情报机关,其情报收集中的一个很重要方面,就是关于天国诸王的资料。

据悉,东王杨秀清从小父母早亡,系烧炭工出身,不识字或识字很少;北王韦昌辉则因家境好,从小是读过书的。曾国藩得到的情报是,在天国诸王中,韦昌辉属小有文才之列,杨秀清对此很嫉妒,经常找各种机会和借口责罚他。有一次,杨秀清抓住韦昌辉的一个把柄,予以重罚,打了他几百杖,打得韦昌辉在地上爬都爬不起来。韦昌辉对杨秀清怀恨在心。此人战场上带兵打仗不行,但为人却很有心计,他表面上装出对杨秀清曲意服从的样子,极尽谄媚与刻意逢迎之能事,背地里则时时蓄谋要除掉杨秀清,夺其权柄。这在一定范围内已经不是秘密,早在天京事变前一年多,曾国藩的情报机关就预测,韦昌辉、杨秀清之间,"不久必有吞并之事"。

洪秀全欲诛杨秀清,密诏韦昌辉、石达开回京。韦昌辉因在江西,距离天京近,首先得到密诏,率三千余人赶回天京。天京戍卫部队都是杨秀清的嫡系人马,但杨秀清之前受韦昌辉麻痹,认为韦昌辉惧怕自己,因而对韦昌辉的突然回京,并未多加戒备和提防。韦昌辉回京后,先以庆贺天京解围的名义,前去东王府谒见杨秀清,以便察看对方动静。杨秀清尚不知自己即将大祸临头,还拿韦昌辉在江西接连吃败仗的事,对他大加奚落。韦昌辉忍气吞声,强作欢颜,几天后,他邀请杨秀清赴家宴,杨秀清大大方方地就去了。酒席宴前,韦昌辉乘其不备,突然拔刀,手起刀落,当场刺杀了杨秀清。

韦昌辉杀一个杨秀清也就罢了,他而后又一不做二不休,把杨秀清的家属、侍从以及东王府所属各级官兵,一股脑儿全都给杀了。天京事变,杨秀清一系前后总计被屠杀两万多人,其中大部分都是清廷所说的"长发老贼",即久经训练和战场考验的精兵强将——只要看看石达开进兵江西时,仅带一万劲旅,就发展出十万以上的大军,就知道在此事变中,太平军的损失究竟有多大了!

事实上,韦昌辉和石达开在出京前,曾私下就诛杀杨秀清达成过一致,但当时两人商定的是,只杀杨秀清和他的三个兄弟,此外不妄杀一人。石达开从武昌回京,发现韦昌辉违背承诺,立即予以指斥,要他停止滥杀。韦昌辉已经杀红了眼,变得如同魔鬼一般,他听后勃然大怒,竟然连石达开也要杀。石达开只得连夜缒城而走,逃往安庆。韦昌辉派兵追他不着,就杀了石达开全家。

劝　降

杨秀清被杀的消息一传开,曾国藩就开始从中大做文章。

自韦昌辉离赣赴京后,江西战场即由九江守将林启容主持军务。林启容初为杨秀清统下壮士,系由杨秀清逐级提拔至将军,所以他实际属于东王系统的人。曾国藩通过情报系统,对此了解得一清二楚,他写了一封信给林启容,信中言道:知你用你的人是杨秀清,现在杨秀清被杀,就没有人会知你用你了,不仅如此,由于你是杨秀清的人,韦昌辉必定还要杀你。

江西太平军中,两广的天地会众占有五分之二。曾国藩威吓林启容,这些天地会众外虽归顺,心实猜忌。杨秀清没死时,他们尚有所畏;杨秀清既死,他们就毫无畏惮了,一旦反颜相向,身为江西统帅的林启容,必会为其所杀。韦昌辉要杀林启容,天地会众要杀林启容,清军当然也要杀他,如此,林启容须同时面对三个敌人。在曾国藩看来,林启容不死于清军,就要死于天地会众;不死于天地会众,就要死于韦昌辉的党羽,根本没有侥幸生存下来的可能。

清军名将张国梁,年轻时也是一员反清的绿林好汉,后被清廷招安,成了江南大营的中流砥柱。曾国藩劝林启容也投降清廷,"剃发投诚,立功赎罪",他保证将亲自奏明皇帝,给予林启容以和张国梁一样的待遇。"你可以保住性命,可以获得官爵,还可以诛杀韦党,以快私仇(即替杨秀清报仇),一举三得,此乃上策。"在劝降信中,曾国藩如此反复利诱。林启容和曾国藩完全属于两个世界的人,曾国藩的那套说辞完全动摇不了他。他得信后大怒,说:"曾妖敢对我挑拨离间吗?别瞎了眼睛!"当即将信撕得粉碎。

一计不成,曾国藩又施一计。石达开逃往安庆后,立即起兵靖难,声称要兴师讨伐韦昌辉。曾国藩便想借机调动瑞州守将赖裕新东进,奔赴下游,不料此计也没能奏效。同室操戈,必为外敌所乘,在这一点上,石达开还是非常清醒的,他打出靖难的旗号,其实主要还是向天京方面施加压力,并没有立即东进的意图。为了防止湘军趁机攻击自己的部队,他已与江西的太平军约定,只能原地固守,不得向东进军,所以赖裕新并不会上曾国藩的当。

尽管如此,因天京事变的发生,太平军内部仍不可避免地出现了混乱。军中纷纷传言,说石达开已集结十万兵马,要返回天京,攻打洪秀全,为杨秀清报仇。天国内讧,可把咸丰给高兴坏了,但他又担心石达开嘴上说要打天京,回过头跑去江西,对太平军在江西的防守进行巩固。一想到江西局面就是被此人给搅乱的,他若再去江西,可怎么得了?咸丰嘱咐曾国藩,趁着江西太平军军心不稳,赶快展开反攻,同时对石达开也要着手进行招安劝降。

石达开久居安庆,安庆可算是他的第一根据地,江西只是他刚刚攻占的地盘,以石达开当下的处境而言,曾国藩判断他马上回江西的可能性不大。虽然江西太平军在士气上不可能不受天京事变的影响,但林启容、赖裕新等太平军将领都尚能稳住所守城池,且江西、安徽、湖北三省的太平军受石达开控制,必要时候,他也可以调兵增援江西,所以曾国藩并不觉得大反攻的时机已到。

石达开能够被招安,成为下一个张国梁吗?咸丰对此是抱有期待的,他甚至已让曾国藩筹备受降地点。然而曾国藩却认为希望非常渺茫。

时 间 差

韦昌辉杀石达开全家,逼石达开逃离天京,石达开和韦昌辉肯定是彻底翻脸了。然而石达开和洪秀全之间则未必,石达开的靖难口号很显然就是喊给洪秀全听的,想让洪秀全替他做主,除掉韦昌辉。由此可以推测出,石达开并无背叛天国之心,想要招安他,岂非缘木求鱼?退一步说,就算石达开最终和洪秀全、韦昌辉都翻了脸,两边真打起来,石达开投靠清廷的可能性也微乎其微。

从太平军中的传言可以看出,杨秀清在京外太平军中拥有威望,天王洪秀全因甚少直接指挥作战,军中威望反而还不及杨秀清,韦昌辉的滥杀更是激怒了众人。也就是说,至少鄂、皖、赣三省的太平军都是站在石达开一边的,统兵作战方面,韦昌辉之流不过是渣渣,哪里是石达开的对手。曾国藩预计,石达开获胜概率最高,那个时候的石达开正在得意之时,上可用心计驾驭部属,下可以仁义获取民心,他有什么必要投降清廷?

当然,石达开也有可能会失败,或者眼下就认识到大势已去,对天国的前途失去信心。不过如果处于这两种情况,反而就不需要进行招降了。因为假使他像林启容一样信念坚定,那么再劝也没什么用;反之,假使他已经动摇,你就是不劝,他也会主动派人接洽。

曾国藩的想法是,干脆什么也不做,就在家里等着,坐看形势变化和石达开的动静。其间就算石达开派人前来接洽投降,他还得看看对方是真降还是假降。自古受降如受敌。康熙朝时,原属郑成功系统的大将施琅、黄梧投清,他们和如今的张国梁一样,是真降。但也有反面的例子,乾隆朝时,准噶尔首领阿睦尔撒纳假意降清,结果先降后叛,弄得局面几乎不可收拾。

曾国藩关于石达开真降假降的鉴别标准,也很简单:太平军在江西安徽所占领的六座重要府城,安庆、九江、瑞州、抚州、临江、吉安,石达开只要肯献出一两座,即可判定他是真心接受招安;否则便是在心里面打别的算盘。曾国藩向咸丰表示,他决不会因时机未到,就骤行反攻,也不敢因贪图招抚省事方便,就放松对太平军的打击。咸丰被说得心服口服,遂手写诏书,鼓励曾国藩继续坚持下去。

对于曾国藩及其江西的湘军各部而言,继续坚持的困难,主要还是粮饷难以解决。由楚军和江军组成的东路军,其粮饷原来主要由邓辅纶通过其父邓仁坤的关系,从江西厘局的渠道上解决。孰料有个嫉贤妒能的官员上奏朝廷,说邓仁坤身为阜司,他的儿子理应避开嫌疑,不能统带军队。咸丰将奏折转发给曾国藩和巡抚文俊,曾国藩不想在这件事上过于较真,只得免去邓辅纶的职务,将江军交给林源恩一人统领。

随着邓辅纶去职,东路军失去了筹饷的特殊渠道。李元度、林源恩久攻抚州不下,粮饷无着,两人很是着急。这时有人请湘军去攻打抚州周边宜黄、崇仁,说这两座县城,一个可以从民间募集到十几万两银子,一个囤积着谷子。李、林一听还有这等好事,立刻都动了心,又考虑到攻克之后,说不定还可以吸引抚州守军出城求援,于是便由李元度带着他的楚军,加上江军主力一部,计五千兵力,前往攻打宜、崇。

李元度出兵顺利,先后克复两县。但等他们一走,便有几千名太平军从安徽进入江西,自景德镇南下,对抚州守军进行增援。李元度闻报,连忙下令从宜、崇撤兵,以便回援抚州。听说他们要撤兵,宜、崇两县民众苦苦挽留。湘军弁勇在抚州城下缺粮缺饷,忍饥挨饿,如今好不容易能吃上几顿饱饭,也都舍不得走。李元度一犹豫,动身就迟了,没能在第一时间赶回抚州。

借助于这一时间差,抚州守城余子安指挥城内守军及城外援军,对林源恩所率的江军实施夹击,切断了他们与南昌之间的交通要道。翌日,刺探到江军的右护军主力已在宜、崇,右护军原驻营垒仅三百人驻守,余子安便于清晨出兵,猛袭其营垒,右护军兵败,营官耿光宣中炮身亡。太平军一战得手,对林源恩的大营营垒也展开围攻。他们纵火焚烧附近民居,火势蔓延到了湘军营帐,湘军惊慌溃散,不少弁勇向后奔逃,林源恩上前仗剑阻拦,也不起作用。

"是好男儿,就努力杀敌,不要逃走!"眼看败局已定,林源恩对剩下的弁勇慷慨说道。"唯林公之命是从!"众人受其感召,都愿意像个男子汉一样战斗到最后一刻。都司唐德升飞马驰入营垒,想把林源恩拉上马逃走,林源恩予以拒绝:"我不会走,这里就是我的死地。你刚任新职不久,今后还要担负重要使命,你走吧。""林公你都不怕死,难道我就怕死吗?"唐德升听后,从容下马,解下身上的金条,交给他的侄儿,说,"你骑马走吧,我和林公今天就准备战死在这里了。"

大营营垒终于被太平军攻破,林源恩率部与敌人血战肉搏,挥剑左右砍杀,直至精疲力竭,死于对方刀矛之下。唐德升也同样骁勇无畏,在格杀十几个敌人后,才倒于血泊之中。当天,和林源恩、唐德升一起战死的,共有三百多名弁勇。

李元度率部回援抚州时,已经晚了一步,他赶紧将辎重集中烧毁,率部轻装突围。围攻抚州的行动至此宣告失败,太平军不但击溃湘军,确保了抚州,而且得以重新进占宜黄和崇仁。此战说明,太平军只要集中兵力,形成拳头,仍能在局部给予湘军以致命一击。

反 攻

抚州兵败,让附近的南昌极为紧张。正在瑞州视师的曾国藩紧急返回南昌,宣布全城戒严。同样是急返南昌,曾国藩却已不需要像樟树镇惨败后那样惊慌失措了。

在江西战场,湘军固然粮饷紧张,但其实太平军的境况也好不了太多。尤其是在1856年秋后,随着战争形势的逆转,太平军大多被孤立在一座座空城里,兵源、饷源也逐渐枯竭,于是不得不靠临时性的"裹胁"和"劫掠",以维持自己的存在。随之而来,军纪开始废弛。石达开由鄂入赣初期,江西诗人邹树荣曾在诗中称赞太平军军纪严明,但十个月以后,却对此有了完全不同的记述。

石达开兵团初入江西,兵力数量虽然不多,但所向皆捷,除了石达开本人指挥有方、英勇善战外,也可以看出当时部队的战斗力之强。后来兵力扩大到十万以上,可战斗力反呈明显的下降趋势,其中有粮饷缺乏、军纪废弛的问题，也有部队成分复杂、缺乏实战锤炼等因素。按照曾国藩的总结，江西太平军只有长发老兵最能打；江西籍新兵就跟绿营兵一样，见湘军抄袭其尾就会崩溃；两广会军能打是也能打，然而不耐久战，久战则必败。

再就统帅来说，林启容作为一个单纯的战将，无疑是第一流的，但他缺乏统帅之才，个人威望也不足以统御江西各部。实际上，林启容对于江西战场以及各城防御，从没有提出过有指导性的战略方案，其本人更是除了九江之外，从没有亲临其他府城督阵。不同于石达开的掌控全局，林启容的全部精力，都被他用于坚守九江了。江西太平军只能各自为战，譬如林启容守九江，赖裕新守瑞州，余子安守抚州。抚州之战中的协调指挥相当不错，但也仅止于守卫抚州，没有扩大至整个江西战场，自然也无法对全局造成影响。

曾国藩有惊无险地度过了危机。

1856年11月，天王洪秀全为安定人心，诛杀韦昌辉，将其首级送交石达开验看。石达开释去前嫌，返回天京，并被留在天京主持朝政。继天京事变后，臆想中的又一次天国大火并没有发生，石达开也失去了被招安的可能。清廷一方的很多人都不免感到失落和失望，但曾国藩却从中看到了机会。

天京事变留下了一个烂摊子，石达开处理起来并非易事，而且既主持朝政，各方面都须他照应，短期间是不可能来江西了。当然，石达开也可能再度发起西征，但天京中的大部分精兵强将，也即东王府人马，已经全部毁于事变，新军尚待训练和考验。一支没有石达开亲自统率，又不够强大的西征军，即便进入江西，也不会对湘军构成威胁。

若要反攻，正在此时，曾国藩向江西各地的湘军发出指令，要求进行全面反攻。反攻开始后，袁州第一个向南昌发出捷报。此时距刘、萧兵团围攻袁州已经超过八个月,在艰苦的环境下,守军中的一部分人产生了离心倾向和悲观失望的情绪,11月29日,守城主将之一李能通打开西门,献城投降。

在这一波反攻潮中,出现了曾国藩的三弟曾国荃。曾国荃入赣,系受曾国藩的幕僚黄冕之邀。黄冕被特诏任命为江西吉安知府,但吉安早已为太平军所占领,事实上只是个空衔。为了当实际知府,黄冕决定募勇前去攻打。黄冕自己不会带兵打仗,他知道曾国荃能文能武,曾在湘乡参与办团,便找到和他同在长沙的曾国荃,请他帮自己募勇和主持军事。

曾国荃是个贡生,本无从军的想法,也不愿沾曾国藩的光,曾国藩督军一帆风顺的时候,他从没有想到要去军营找曾国藩。现在则不同,曾国藩在江西坐困一隅,举步维艰,曾国荃觉得自己作为弟弟,助大哥一臂之力,乃是义不容辞、理所应当的事。黄冕赴任吉安,恰好有助于缓解江西危局,于是曾国荃很爽快地答应了黄冕,提出:"只要黄大人能弄到军饷,我便自己组建一支部队,去为我大哥解难。"

黄冕多才多艺,除了不会打仗,其他干啥啥都行。他不仅是国内首屈一指的武器制造专家,还精于理财,先后在湖南创设了厘金局、盐茶局、东征局等,用各局的利润供给军饷,其中的东征局更是专供湘军。黄冕的主管事务既涉及筹措军饷,自然在湘抚面前也拥有一定的发言权。经他向骆秉章请示,骆秉章表态,同意所建新军由湖南供饷,并在刘长佑、萧启江兵团,刘腾鸿兵团之后,作为第三批援赣湘军出征。

吉 字 营

在获得保证之后,曾国荃在长沙募勇两千。正好周凤山也在长沙招募了一千七百兵勇。经骆秉章同意,黄冕将两支部队合并起来,由曾国荃任统领,周凤山佐之。

曾国藩知道了曾国荃在长沙募兵的事,他最初以为曾国荃并不带勇,只是给黄冕帮忙,而后获悉曾国荃还是一军主将,便不免担心起来。在曾国荃之前,曾国藩的幼弟曾国葆、二弟曾国华都已先后加入湘军。曾国葆早在长沙建军时就担任营官,并参与清剿会党,但在靖港兵败后,他主动承担责任,黯然离营回家,从此蛰居不出。曾国华的军事才能也不突出,只能算是一般。就是曾国藩本人,虽然是个极为出色的战略家,然而轮到他亲自领兵在前沿作战,也是败多胜少。曾国华病愈后也在带兵作战,应该让曾国荃与他合兵一处,然后同到瑞州,由刘腾鸿带上一两个月。曾国藩在瑞州阅兵,亲眼见到刘腾鸿治军有方,他想来想去,觉得还是这个办法比较保险。

过了几天,通过与曾国荃等人的书信,曾国藩才完全弄清曾国荃此次募兵的复杂背景:其一,黄冕邀曾国荃建军,目的是替他收复吉安;其二,湖南方面筹饷也甚为不易,骆秉章肯答应给曾国荃部供饷,是因为吉安邻近江西,湖南乡绅害怕吉安太平军会西进本省,早就呼吁要尽快收复吉安了。吃谁的饭,拿谁的钱,自然就要为谁做事。黄冕、骆秉章拿出粮饷,要你为他们首先攻取吉安,结果你却跑到瑞州去了,连曾国藩自己都觉得不合适,只得放弃了这个设想。

吉安位于赣江上游,此城通过水陆两路,将江西中部连成一气,同时又盛产大米。江西太平军的很大一部分粮饷就来自于吉安,因此攻打吉安,对于湘军意义重大。然而,利益和难度往往是成正比的,吉安地险城坚,攻克的难度,绝不下于袁州、抚州、瑞州。事实上,它也是石达开在江西期间,花费最大力气和最长时间,才得以攻拔的府城。如此坚城,即便刘腾鸿、刘长佑、萧启江这批人出马，也未必能够得手，何况曾国荃这个新手，所统又是新军？

那段时间，正值李元度兵败抚州。李元度上一年也像曾国荃一样募勇成军，到了江西以后，尝尽千辛万苦，也算小有成绩。然而兵败后立即遭到众人指责，不但江西官绅对他有意见，就连他招来的那些平江勇都在背后指指戳戳。曾国藩唯恐曾国荃也落此境地，劝他要不就先想办法把军队带到吉安，此后便向黄冕辞谢回家。

曾国荃意志坚忍，也自视甚高，他虽然能够体会兄长的一片好意，但却并没有听从所劝，依然率部直指吉安，并且下决心无论如何要把这座府城拿下来。以往湘军各部多以主将的字号命名，曾国荃则以攻打吉安为自己的军队取名，号为"吉字营"。

前往吉安有多条道路，各有利弊：南面，由赣州直接进入吉安，然而路程远，有太平军重兵布防；北面，从樟树镇进入，地势较为平坦，但太平军防守也很严密；东面，顺赣江船载而入，吉安府城当赣江大转弯处，滩多流急，一时之间也弄不到运兵的大船；西面，自萍乡出发，可从安福县到吉安，安福距吉安仅百里之遥，且地势平坦，只是从萍乡至安福这一段，须翻越武功山。

曾国荃在反复比较权衡之后，选择了西面的萍乡—安福方案。于是吉字营便沿当初刘长佑入赣路线，经醴陵首先进入萍乡。到达萍乡后，曾国荃让人找来向导，全军翻越武功山。武功山海拔近两千米，有江西第一高峰之称。尽管山高路险，但曾国荃所募之勇全都来自其老家湘乡，并且还是他家屋门口周围十余里范围的人。这些人原先全是山农，所以翻越武功山并没有想象中那么困难。

1856年12月10日，吉字营在翻过武功山后，到达距安福四十余里的严田。安福守将仗着有武功山作为天然屏障，只注意北面的动静，对西面湘军来袭毫无准备，发现后才急忙派兵出城，向严田攻来。太平军行至隘路，与行进中的湘军遭遇，双方立即展开激烈枪战。

按照曾系湘军的营制和传统,如果统领、营官去位或阵亡,其直辖部队一般都要解散,由新统领或新营官去重新组建,其他各个系统的湘军也大抵如此。这些部队旋设旋撤,兵勇被裁后回乡待命,随时应募。曾国荃所募弁勇看似全是新勇,其实多为罗泽南旧部,其特点就是招之即来,来之能战。

吉字营可谓是扮着新军外皮的老部队,而且还是罗泽南的部队,太平军当然很难抵挡。这一点其实并不显得突兀,令人称奇的倒还是曾国荃,人言"将才是天生的",曾国荃就属于这种类型。枪战开始后,他派萧孚泗、陈光孚两营在左右翼抵挡,自己带兵直接从中路进行冲锋,将太平军杀得人仰马翻。是役,太平军一名副将和三百多名官兵阵亡,余部退入县城,一边凭城固守,一边派快骑向吉安方面报告,请求派兵增援。

之前在萍乡时,曾国荃已初步了解了安福的情况。安福虽然只是一座县城,但其城墙已有一千多年历史,历朝历代都予以维修加固,不仅高,而且由清一色的大块青砖砌成,很是坚固。接下来吉字营攀城强攻,果然很难攻进城去。曾国荃见状,下令停止大规模攻击,仅组织小股部队四面攻扰,主力则掩护敢死队挖壕沟逼近城墙,之后再用炸药轰城。

随着西门城墙被炸开口子,太平军为之惊恐失色,阵脚大乱,除一小部分留下巷战掩护外,其余人马都从东南面突围出城,撤往吉安。吉字营如狼似虎,留守的太平军很快便被他们清除。曾国荃分兵三路进行追击,途中连续击败从吉安等地开出的多股太平军援兵,直至肃清吉安府城外围,兵临吉安城下。

在吉安以南的赣州一带,虽有广东增援部队以及当地官府成立的兵勇,其实都没有起到什么作用。曾国荃除以主力进攻吉安外,还分兵赣州,收复了多个县城。清军在西路尤其是吉安、赣州,久无起色,自此靠着吉字营,才终于出现了复振的气象。

曾国荃初次领兵出征,即有如此好的表现,令曾国藩深感意外,也极为欣慰。他调兵增援吉安,这些参与围城的部队虽与曾国荃没有上下级关系,但将领们都很钦服曾国荃,所有进止之令均听从曾国荃,由其一人决断。

第七章 一代新人换旧人

自石达开撤兵后,武昌再未能迎来任何强力援兵,胡林翼长围久困战术的成效日显。至1856年11月前后,武昌、汉阳的太平军都没什么动静。湘军大营掌握到的情报是:城内储粮所剩不多,连每日限量发放口粮,都快维持不下去了,人人面有菜色。李续宾据此断言,不久就可望收克武昌。

由于湖北清军集中于武昌,其他州县兵力空虚,北线会党在捻军起义的影响下,接连起事。胡林翼和官文接报,都很是头疼,但当有人提出对会党军进行招安时,胡林翼却予以断然否决。他与曾国藩一样,认为如果不在把对方打服打怕的情况下,就贸然招安,仍会死灰复燃,从而给己方造成隐患和麻烦。胡林翼顶住压力,从围攻武昌的部队中抽出兵力,加上舒保的马队,派往北线。会军终究不能跟能征善战的正规部队相比,在清军马步军的猛攻下,很快就被挫败,实行长围久困战术必须要有足够兵力,这样才能把武昌城围得严严实实,水泄不通。湘军兵力本来就不是很够,又抽了一部分到北线,所以迟迟无法完成最后的合围。胡林翼只得四处求告,要求调拨军饷,希望能够增募五千陆师和十营水师,以便扩大围困的范围。

拨饷和募兵都需要时间。韦俊曾派人掘开赛湖的湖堤,欲"以水代兵",限制湘军紧缩包围圈,胡林翼和李续宾不约而同地想到,他们其实也可以借助"水兵"。胡林翼专门拨出两个营,驻扎于赛湖堤,负责引水入湖。涨上来的湖水进逼城下,在扫平太平军城外残余壁垒的同时,进一步弥合了长围的缺口。

曾、胡

1856年12月中旬,胡林翼得到探报:武昌、汉阳的太平军已耗尽粮饷。于是急召李续宾、杨载福,商议从水陆两路对武昌发起总攻。

通过不断增造战船和募勇,外江水师此时已增至七千人,共计二十四营。12月19日晨,大风扬沙,波涛汹涌,杨载福率水师斩断拦江铁链,尽毁太平军的剩余战船。此时武昌内无粮草,外无援兵,确已濒临绝境。作为防守武昌的太平军主将,韦俊因哥哥韦昌辉被洪秀全诛杀,更是心烦意乱,无心再守,为此早已决定弃城突围。见湘军大举进攻,他马上下令撤出武昌。上午9点,武昌太平军分七队同时突出城门。武昌城被长壕和重兵围困,湘军也已做好阻击准备。在这种情况下,太平军损失惨重,虽然韦俊得以突围,但所部阵亡人数多达万人,另有五十四名将领及先锋精锐八百余人被俘。汉阳守军于同日撤退,黄州、兴国、蕲水、广济的太平军亦收缩防线撤走。长达两年的武汉攻守战,以清军获胜告终。至此,太平军再未获得染指武汉的机会。

武汉战役的成功,使胡林翼的声望如日中天,从此与曾国藩双峰并峙,成为湘军的又一领袖,后来的史家将二人并称为"曾胡"。这正是朝廷所布局和期望的结果,因此武汉战役一结束,胡林翼即得到头品顶戴,实授湖北巡抚。

胡林翼在贵州混迹八年,洞悉各种潜规则和人情世故,这么说吧,上至显宦亲贵,文人雅士,下至贩夫走卒,基层弁勇,就没有他周旋不开的。这使他相比于长期担任京官的曾国藩,显得更为练达通融,政治手腕也更为老辣。清廷在设置各省巡抚、总督时,本有互相监督和限制之意,胡林翼、官文前面的两任督抚班子,都有对搭档拆台乃至加以陷害的事情发生。官文是旗籍官员,更相当于咸丰皇帝布置在胡林翼身边的一个眼线,如果官文要故意给胡林翼使绊子,前任的困境就可能在他们身上复现。胡林翼的办法是施展权术,主动结好和拉拢官文,为此不惜认官文的宠妾为干妹,与官文约为兄弟,时人戏称为"二奶外交"。

不仅如此,由于知道官文在生活上奢侈无度,甚至贪污自肥,胡林翼便干脆投其所好,每月以厘盐三千金,划作督署公费(实际是进了官文的私囊)。官文在军事吏治方面缺乏才干,毫无定见,然而到了攻城略地、需要论功行赏的时候,胡林翼总是将首功推于官文。这些都是理学家曾国藩根本不会想,也做不到的,然而却很管用。官文乐得把湖北的一应事务都交给胡林翼处理,自己做个甩手掌柜。一些由胡林翼、曾国藩等人出面不好办或者办不好的事,后来也都交给官文,由他出面上奏朝廷。

没有了官文的掣肘,胡林翼得以放手对湖北进行整顿和经营。被战争弄得残破不堪的湖北,逐渐恢复元气。继湖南之后,开始成为湘军可靠的后防基地。

胡林翼认为,长江沿线各镇,就地理位置的重要性而言,武昌排在首位,只有控制和经营好武昌,才能以高屋建瓴之势,顺江东下,争夺下游。武昌以下,就轮到了九江。九江位居湖北和江西两省之间,中控长江,乃两省门户。湘军一天不攻克九江,清廷在这两省就一天得不到安宁,而一旦予以攻克,则必能对两省太平军予以极大震慑,使其虽强亦败。

遣得胜之师出省作战,进攻九江,成为胡林翼攻克武汉三镇后的一个重大举措。1857年1月3日,李续宾兵团奉命推进至九江城下,这时的李兵团承袭罗泽南、胡林翼旧部并加以扩充,已经是一个拥有九千五百人的大兵团。

经过胡林翼重新编组的湘军,还有一个不同以往之处,那就是形成了多兵种协同作战的格局。

胡林翼以包揽把持的强势作风治鄂,一俟武汉三镇收复,即实行南北岸军政统一,把北岸的官文兵团也导入湘军战斗序列。这倒不是胡林翼纯粹想借此扩大自己的兵力,事实上湘军向以"在精不在多"作为编伍原则,官文兵团战绩不佳,湘军内部很多人都不主张继续保留。刘蓉就曾建言说,鄂兵不可复用,应该一概予以裁汰,以免浪费来之不易的粮饷。胡林翼没有将官文兵团的所属部队全部裁掉,其中一个重要原因是,官文兵团毕竟也取得了收复汉阳、汉口等一系列战功,不能一概抹杀。而且这个兵团的原统帅是官文,他可以不再直接指挥军队,但你把他的原人马全部裁掉,不等于说他和他的部队在武汉战役中都吃了闲饭吗?这既不符合实际,也会让官文难堪。官文的脸色不好看,湖北官场中一批人都不会开心,胡林翼刻意营造出的和睦共处局面势将被打破,这可不是他胡林翼所愿意看到的,也必定会妨碍他放开手脚做事。

不能全裁,但也不能不裁。凡是不能打仗的绿营、勇营,胡林翼统统不要;他留下来的,是少数能打仗、有战功的步兵以及整建制的旗营马队。

压 力 倍 增

战场上只要可供骏马驰骋的地方,马队就能发挥关键作用,这一点在黄州堵城、鲁家港等战役里面得到了验证。除了可在平原上碾压缺少马匹的太平军外,马队还能与以步兵为主的湘军陆师长短互补,形成马步协同的兵种优势,并可为湘军水师提供陆上防卫。另一方面,官文是满员,从其作为满洲贵族的特有情感出发,对旗营马队也格外青睐。这导致他一者不会容忍马队被裁汰,二者如果马队需要扩充,他也会竭力予以支持。有鉴于此,胡林翼决定"去其糟粕,取其精华",将官文兵团中的精锐保留下来,其中最主要的就是马队。

在李续宾兵团推进至九江城下时,都兴阿马队、杨载福水师,与鲍超新募的霆军会合,由都兴阿统一指挥,进逼北岸小池口。自周凤山兵团撤围后,林启容在小池口建造了一座新城,名为新城县。他在城外依山砌石,筑成数十个营垒,密排炮位。这些营垒对湘军围攻九江起到了很大的牵制和干扰作用。

"小池口就是九江的掎角,而沿山诸垒,就是小池口的爪牙,若不先除掉爪牙,什么时候才能拔掉掎角,扼其咽喉呢?"都兴阿对营官们说。都兴阿派鲍超攻打小池口,自率水陆军攻打营垒,最后将其全部攻破。新城县虽仍由太平军据守,但已呈孤立之势。

此前曾国藩正在吴城与彭玉麟商量作战事宜,获悉湖北湘军东下九江,忙从吴城驰赴九江,迎接和慰劳各路部队。与旧部久别重逢,曾国藩感慨万千,唏嘘不已。眼前的情景,像极了两年前他率部初次兵临九江时的场面,只是长江后浪推前浪,一代新人换旧人,站在前沿的已不再是塔齐布、罗泽南,而变成了李续宾、杨载福等新一代将领。另一个变化,就是部队的壮大。当初驰援湖北时,罗泽南带去五千人,现在已接近一万;外江水师驶往武汉的船舰一百余艘,其中还有很多已经损坏残破,如今增加到了四百多艘,而且全部崭新完好。

让曾国藩特别感到高兴的是,湖北湘军依旧保持着湘军固有的传统:基层弁勇军威整肃,朴实忠诚;高级将领之间则合作默契,爱敬有加,如李续宾、杨载福等人,虽然自武汉战役以来,就都没有好好休息过,但仍兢兢业业、衣不解带地在一线督战。曾国藩感觉,湖北湘军的将士甚至比以往更具吃苦耐劳的精神,就连刚刚加入湘军作战体系,实际也可以算作湘军一部分的马队都忠勇可嘉,一看就是能征善战的劲旅。

九江之行,既令曾国藩欣慰,也让他压力倍增,不是打仗的压力,而是粮饷方面的压力。从前来围攻九江的湖北湘军,到分别驻扎于江西各府、总计已达五万余人的江西湘军,军饷都被欠着。曾国藩算了一下,当时朝廷拖欠湘军的军饷,已经累积到一百三十多天。马上春节就要到了,弁勇们拼死拼活打了一年的仗,快过年了,都不能把该他们得的薪饷寄回家,如何保证部队还能继续维持士气?

曾国藩为此专门写了一道奏疏,请咸丰督促山西和陕西,赶紧将协饷三万两解送九江,专供围攻九江的部队所用;另外还得命令广东和广西拨出四万两银子,给江西湘军补发薪饷。"能多发一天的薪饷,就能多一天使用精兵;能早一天攻克一座城池,就能早一天收取一处的钱粮。"曾国藩在奏疏中如是说。咸丰看后对这一见解表示认同,然后也向协饷的各省依次催了一通,但是湘军要拿到他们的军饷还是千难万难。

此时湖北还在整顿之中,胡林翼尚无法为前线所有部队提供粮饷;湖南方面已经竭尽全力,也再无多余;曾国藩在江西自主开拓的捐输、厘金等渠道,又受到江西地方官员的种种限制,对于庞大的军饷开支而言,只不过是杯水车薪。在这种情况下,各路湘军的薪饷仍无着落,尤其是江西湘军,那日子真是过得要多苦就有多苦,有些已经处于饥一顿饱一顿的状态之中。

相对江西湘军而言,湖北湘军还稍好一些,毕竟由胡林翼在主持,在其经营之下,粮饷越来越有保障。李续宾在武汉战役前已是道员,武汉战役后又因功升为记名按察使,历年积攒了两万养廉薪俸,他把自己的薪俸都拿出来资助了江西湘军。李元度率部驻扎贵溪，防守广信，因为地方偏僻，弄不到额外收入，军饷即将告罄，便由李续宾资助了五千两银子。就连曾国荃的吉安军营，虽由湖南负责供饷，但有时也接济不上，于是也成了李续宾的"救助对象"。

毕金科之死

樟树镇兵败后，本来江西湘军中力量最强的是东路集团，且以李元度、林源恩、邓辅纶的东路军为主，可是等到西路援军猛进，东路军却接连受到沉重打击。先是邓辅纶退出，接着林源恩阵亡，江军随之瓦解。李元度的楚军虽然保存了下来，但也元气大伤，平时参加战斗的规模既小，胜负也不大，对江西全局已产生不了影响。

还能继续给东路集团撑门面的，是驻防饶州的长胜营。长胜营只有一千人，湘军各部，以这支部队的兵力为最少，李元度都比他们多，而且与其他湘军几乎为清一色湘勇不同，长胜营皆为黔勇。与之形成反差的是，长胜营却屡战屡胜，把个饶州守得坚如磐石。在这其中，毕金科起着关键作用。

江西的湘军诸将，以刘腾鸿、毕金科打仗最为出色，他们分别继承了罗泽南、塔齐布的作战风格，是诸将中的佼佼者。一些将领忌妒毕金科，对他造谣中伤。毕金科看不起这些将领，加上以前被友军拖累的教训，便干脆放弃了配合作战，平时都是独来独往，显得很不合群。毕金科不但不与其他湘军将领交往，跟江西的文官们也没有什么交接。主持饶州防务的耆龄本事平平，但仗着自己是旗人出身，就颇不把毕金科放在眼里，两人关系非常差。毕金科收复饶州后，耆龄升任江西藩司，毕金科开始独管饶州防务。

耆龄心胸狭窄，他就任藩司后，即利用专管粮饷这一职务之便，对毕金科进行报复，不给长胜营发一粮一饷。曾国藩囊中羞涩,好不容易从朝廷要到一点军饷,又僧多粥少,也无法顾及毕金科,致使长胜营长期饥军作战,处境艰难。眼看离春节越来越近,毕金科坐不住了,找到耆龄,表示若再不发放粮饷,他只能解散长胜营。耆龄眼珠一转,故意捉弄他,说只要你能攻克景德镇,就可以给你的部队供饷。

景德镇有太平军重兵把守,长胜营不但兵少,而且因长期无粮饷,平时全赖饶州的地方乡绅捐助,士气很低落,要进攻景德镇无异于以卵击石。毕金科听后,知道耆龄是在故意刁难他,为此既气愤又郁闷。然而他想来想去,又觉得自己身为武人,回击的方式只有一个,那就是在战场上再建奇功。就像收复饶州那样,只要收复景德镇,众人就能看到我的能耐。所有说我闲话、给我出难题的人,就能统统闭嘴!毕金科明知山有虎,偏向虎山行,决定偷袭景德镇。

1857年1月27日深夜,毕金科率部从饶州进抵景德镇,隔着昌江列阵。次日黎明,他带上十名新兵先行渡河侦察,进入镇内后,却发现里面静悄悄的,一个人也没有。毕金科以为太平军还熟睡未醒,就带着亲兵继续往里走,走到了市镇的最里面。谁知太平军其实都集中屯扎在那里,发现清军后,他们立刻蜂拥而出。毕金科等来不及撤退,只得就地抵抗。短兵相接,毕金科身边的七名亲兵瞬间被杀,其余三人负伤,但毕金科却毫发无伤。就像平常出战时一样,他肩上背枪,腰上挂五十支箭,一手持一杆蛇形长矛,一手握一把八尺砍刀,太平军要么不冲到他跟前,要么冲上来便是非死即伤。不一会,就有数十人倒在他的刀矛之下,剩下的太平军没人再敢上前,唯有眼睁睁地看着毕金科踏着满地的血迹,带上负伤亲兵,冲出重围。

太平军将领既惊且怒,立即调集精兵,在后面紧紧追赶,毕金科成为他们唯一盯住不放的目标。翌日,太平军终于追上毕金科,并将他包围在一个名叫王家洲的地方。

喷筒是太平军和清军常用的一种火器，可以从特制竹筒中喷火，颇具现代火焰喷射器的性能。见毕金科武功过于高强，无法近身，太平军便用喷筒环攻，对其集中喷射火焰，最终将毕金科活活烧死。毕金科死后十八天，那三名负伤的亲兵才找到尸体并予以入殓。对于毕金科之死，曾国藩极为痛惜，专门立碑记述。后来等到与太平天国的战争结束，他又请求朝廷，给毕金科加赠总兵衔，在景德镇立祠纪念。

曾国藩以朱洪章接任长胜营统领，继守饶州。朱洪章接管部队后，江西的官府还是不供军饷。幸亏邻省的安徽巡抚张芾以饶州为安徽门户，认为可以靠长胜营屏蔽安徽南部，助以粮饷，部队才得以在困境中维持了下来。继东路军一蹶不振后，长胜营也只能守城自保，东路集团一片黯淡。太平军乘机袭击弋阳，攻占铅山。各路城防部队相继溃败，饶州和广信虽未失守，却也一片惊慌。

这次是真的放飞自我了

类似毕金科及其长胜营的遭遇，对曾国藩无疑是一个不小的刺激和折磨。他名为督师，实则居于客寄的尴尬地位，"非官非绅"，筹兵筹饷，一无实权。所有江西的州县官都可以不听他的，文俊、耆龄等省府官员就更不用说了，不在他失意的时候讽刺挖苦、落井下石，就已经阿弥陀佛了。他觉得实在是干不下去，在给弟弟们的信中也忍不住诉苦："带军之事，千难万难！"

1857年3月，曾国藩突然收到讣告，父亲曾毓济病逝。曾国藩不会忘记，在他困处南昌，几乎坐以待毙的时候，是老父亲让弟弟曾国华到湖北请援，为他缓解了危机。对比朝廷的猜忌刻薄,以及如今客居孤悬的种种艰难坎坷,即便曾国藩再能忍,也忍不下去了。他二话不说,当即返回湖南湘乡老家,为父亲奔丧。

曾国藩这次是真的放飞自我了。清朝在任官员回籍奔丧,按例要奏请开缺,曾国藩在离开江西时,虽上了奏折,但并没有等到谕旨批准。且不说已经违例,就是这种大敌当前,却自顾自地丢下军队不管的做法,在一些人看来,也极不可取。

这时的湘军已形成三部分,分辖三大战区:即以曾国藩为主帅的前敌司令部,驻江西战区;以胡林翼为主帅的后防司令部,驻湖北战区;名义上以骆秉章为主帅,实际以左宗棠为主导的后方司令部,驻湖南战区。在最前沿的江西战区,普通弁勇别说私自离开江西,就是擅自离开所属军营,也为军法所不容。曾国藩作为前敌司令部的主帅,似乎更不可以为了私事、在不经批准的情况下,就把部队丢在江西,一走了之。左宗棠给曾国荃写信,直接指责他的大哥曾国藩此举不负责任。可是实际上,曾国荃和曾国华遵从兄命,也都已离开各自的部队,从不同方向赶回湘乡奔丧去了。

大家都为曾国藩捏一把汗,以为咸丰皇帝知道后,就算不予处罚,也要严厉谴责。咸丰已提前得到湖南方面的奏报,知道了曾国藩父亲去世的消息。不过他对于曾国藩,是既要监督控制,同时也要加以笼络利用,毕竟湘军是长江中游唯一一支能与太平军对抗的军队,其战斗力比南方的八旗绿营要高出千百倍不止。

不让曾国藩拥有调动一省人力物力财力的大权,这是咸丰的底线,只要不超出这条底线,他对曾国藩能示好都会尽量示好。曾国藩是理学家,父母去世,肯定要第一时间回家奔丧,那就不妨抢在前面,先卖个顺水人情,这是咸丰的想法。咸丰批准给假,令曾国藩回家奔丧。等到曾国藩自己上奏,朝命已经下发,违例不违例也就无人追究了。

咸丰只是批准给假,期限是三个月,三个月后就要返回前线;而曾国藩要求的却是终制,即在家中为父母守孝三年。收到曾国藩的奏折,咸丰的回复是江西军事吃紧,不许终制。曾国藩憋着一股气,又再次上奏请求。咸丰总不能阻止他尽孝,只好同意曾国藩先在家待着,但仍告之应以前方军事为重,尽忠即为尽孝,希望他能够回心转意,尽快重返前线。

在离开前线之前,曾国藩也做过相应托付,他把江西军务委托给福兴和文俊等人,并叮嘱刘腾鸿主持江西南部的战事。

福兴时任西安将军,从江南大营带兵千人,在东路的广饶督战。但就是在湘军势弱的东路,湘军将领们也都不听他的。曾国藩走后,福兴又来到东路,赴瑞州视察部队。刘腾鸿等人仍然只把他当作友军统帅看待,没人把他当成自己的上司。福兴窝了一肚子气,灰溜溜地返回南昌,上奏说湘军兵勇不可使用,还不如他自己募兵。文俊等省府官员,更无法指挥和调动湘军,他们就算起作用,也只是起次要作用。倒是刘腾鸿,凭其能力和声望,确实堪称他那片区域的主心骨。

从战场的地理位置来看,江西战区又可细分为九江战区、东路战区和西路战区。九江战区本就由胡林翼在调度指挥;东路战区已无足轻重;西路战区的部队,主要由湖南援赣的三大兵团组成,自曾国藩丁忧回籍后,他们的粮饷供应基本由湖南负责,战略决策则付之于左宗棠。必要时候,胡林翼、左宗棠都会进行统筹。曾国华、曾国荃离开江西后,留下两支部队无人统领,胡林翼即派李续宾的弟弟李续宜代替曾国华领军,派一个名叫文翼的将领代曾国荃管理吉字营。

总而言之,在曾国藩缺席的情况下,前线湘军的作战其实并未受到多大影响,由曾国藩所发起的反攻势头也丝毫没有减弱。

漏 洞

刘长佑兵团收复袁州后,从袁州东进,抵达临江府太平圩,计划攻占临江。其时,从武昌突围的韦俊所部已来到江西。韦俊部将朱衣点率兵增援临江府,加上抚州以及从安徽赶来增援的部队,实力已超过湘军。1857年3月12日,朱衣点指挥太平军五六万人,进军太平圩。太平军水营也溯赣江而上,数十艘船舰配合陆师,对江口进行堵击。刘兵团左抵右挡,连日作战,弁勇都非常疲惫。

几天后,朱衣点发动总攻,太平军从长达十余里的战线上,向湘军压来。刘长佑下令坚壁拒守,等太平军靠近时,再以枪炮轮流射击。这是湘军在疲惫情况下的一种明智打法,但由于他们的营垒存在一个重大漏洞,使得刘长佑的战术在关键时候失去了作用。

湘军扎营本有一定之规,要求必须深沟高垒,这样纵不能进攻,也难以为敌人所乘。此次进兵太平圩,刘长佑本人在后军,由前军负责先行扎营。因为之前一直屡战屡胜,前军将领产生了轻敌心理,扎营时便没有认真按照营规去做。等刘长佑到达太平圩时,存在漏洞的营垒已经扎好,他也没有及时加以修改。

一个名叫毅金魁的太平军降将,由于没能升为裨将,对刘长佑心怀不满,临阵倒戈,重投太平军,向朱衣点透露了刘兵团扎营布阵的详情。朱衣点紧紧抓住对手营垒的漏洞,派出精兵,从刘兵团的背后进行抄袭,将其一截两半,并纵火焚烧其大营辎重。刘兵团被前后夹击,首尾不能相顾,作战节奏一下子就被打乱了。紧急情况下,刘长佑率亲兵来回督战,厮杀中,连耳朵都被长矛刺伤。其他营官、哨官、百长等军官,也都各督所部奋起血战。但太平军攻势极为凶猛,尽管死伤枕藉,仍旧如同潮涌一般,从四面围攻上来。

这时湘军大营也被太平军点火焚烧，刘长佑情知败局已定，难以挽回，遂从马上跳下，举刀准备自刎。他的族叔刘坤一（实际年纪比刘长佑要小十几岁）眼疾手快，立即喝令亲兵将他的刀给夺下来，随即上前把刘长佑重新扶上马，一路保护着他突围而出。太平军在后面紧追不舍，已经突围的部分湘军见状，赶快回马冲杀，这才救出了刘长佑。还有一种说法，刘长佑见弁勇大多战死，活着的弁勇甚至亲兵也都已狂奔而逃，一时间心如死灰，便干脆卧倒于地，听天由命。太平军先后追到，距刘长佑已只有几十步之遥。就在他命悬一线的时候，一群亲兵因为心里还牵挂着他，又骑马返回，恰于此时击退了冲上来的太平军，簇拥着刘长佑突围而出。

按湘军营制，营官在营一天，营就存在一天；营官战死，该营就地遣散。刘长佑脱险后，下令竖起军旗，弃帅而逃的弁勇们看到军旗都很惭愧，连忙互相呼喊，停止奔逃。刘长佑收拢残部，退驻新喻，新喻驻军在赣江岸边摆开阵势，准备迎敌。太平军原本要打的就是击溃战，而非歼灭战，见湘军已有戒备，便也见好就收，撤兵回营。

次日，刘兵团再退分宜。这一时期，江西太平军的军纪已经变得很差，相对而言，湘军还要好些，分宜等三县的士民都对刘长佑抱有好感。听说他的部队吃了败仗，士民非常同情，认为这些湘军将领远离家乡，誓死深入异地，他们作为本地百姓，不应该坐视，而应雪中送炭。当下，众人就以自愿参加的原则，组成由七八千健壮男丁组成的民团，主动用推车给湘军送去了军粮。沿途溃散的湘勇正不知如何是好，见民众也如此勇敢仗义，颇为自己当了逃兵而感到羞愧，于是纷纷回到本军。三天之内，部队便得以重振军容。

在太平圩一战中，刘长佑兵团损失了一大半人马，所部仅余十分之一，辎重物资也全部丧失，即便收集了溃勇，要继续作战，仍比较勉强。1857年3月29日，太平军从新喻东北的罗坊前来进攻。

刘坤一代替受伤的刘长佑进行指挥。刘坤一认为部队虽然状况不佳,但新挫之后更不能向敌示弱:这仗能打,要打;不能打,也要打!刘坤一把尚能力战的弁勇挑选出来,前进十里,与太平军遭遇后,从两翼夹击,击退了这股太平军。太平军退至太平圩后,与吉水增援来的万余援军兵合一处,再次向湘军发动进攻。

太平军急于求胜,湘军虽在太平圩惨败,但因击退太平军,又重新具备了哀兵必胜的勇气。刘坤一看准这一点,设下埋伏,对来敌予以迎头痛击。太平军难以招架,被迫沿浮桥撤逃。当地居民暗中拆断了浮桥,太平军在过桥时遭遇很大损失,死伤盈河,这也是他们在军纪由好变坏后,所必然要付出的一个代价。

流动兵团

太平圩之战爆发前,萧启江正驻兵鹦哥岭,援应瑞州。正在瑞州的刘腾鸿得知刘长佑兵败,担心太平军也会集中兵力攻击鹦哥岭,他从围攻瑞州的部队中抽出两千人,亲自率领,前往鹦哥岭增援。如刘腾鸿所料,鹦哥岭的湘军军营也遭到攻击。当他赶到时,萧启江兵团正在岭上激战,刘腾鸿挥师杀入阵内,两部合力,很快将太平军击溃。

刘腾鸿估计太平军不会善罢甘休,因此并不急着返回瑞州,而是和萧启江联合扎营,等待对手继续杀上门来。未几,太平军果然卷土重来。湘军分为四队,渡过赣江,与太平军展开大战。萧兵团内的田兴恕自恃勇猛,一马当先,杀入太平军阵内,结果遇到埋伏,所骑战马中枪倒地,田兴恕的左手也负了伤。千钧一发之际,刘腾鸿飞骑赶到,杀退敌兵,带着田兴恕返回军营。

这一仗,湘军取胜。此后萧启江又趁着新胜余威,连续两次击退太平军增援部队。见鹦哥岭已无危险,刘腾鸿这才率部返回瑞州,临走时留下七百人,协助萧启江攻战防守。刘长佑也给萧兵团的虎威营提供了衣服和粮食。各部队团结互助,使得刘长佑兵团虽在太平圩遭到重创,但西路湘军整体上仍继续保持着高昂的士气。西路的真正问题是难以克城。除了刘长佑依靠太平军叛降,攻占袁州外,其余攻城部队均进展缓慢,且有反复,这让负责战略决策的左宗棠颇感忧虑。

如果拿太平军与湘军的作战特点相比较,太平军善于守城,短于野战;而湘军善于野战,短于攻城。左宗棠通过研究太平军自金田起义以来的历次作战,特别是此前湘军集结重兵,都无法攻克九江的战例,很早就发现了这个秘密。还在刘腾鸿兵团进攻瑞州,刘、萧兵团进攻袁州之初,左宗棠就反对一味攻坚,认为使用这种打法,对湘军而言,是弃长而就短;对太平军而言,却是避短而用长。实际情况也确实是这样,湘军本不以兵多取胜,但攻坚就势必导致大量伤亡,伤亡一大,攻坚能力只会渐趋减弱。相比之下,太平军居于以逸待劳的主动地位,他们凭借坚固的城防工事,以枪炮甚至滚木大石,就能给湘军造成巨大杀伤。到了这个时候,湘军越勇悍,越不怕死,反而伤亡越大,局面也越来越被动。

"自古攻城无善策",左宗棠得出了与胡林翼一样的结论。胡林翼在吃足苦头后,改弦易辙,改强攻为长围久困,兴修大量围城工事,内围守军,外拒援军,最后大获成功。这一战例也因此在湘军内部得到深入解剖,大家都在探讨,它究竟成功在哪些方面:建壕以内围守军,当然是极其重要的;但如何外拒援军,也日益受到关注。说到外拒援军,就不能不提围城打援,胡林翼和李续宾在武昌战役中,有意无意地也使用了这一战术。左宗棠对此很感兴趣,他认为应该放弃攻坚,专门打击太平军的援兵。

曾国藩离开江西后,瑞州、吉安均久攻不下。刘长佑欲取临江,却又在太平圩大败。左宗棠得到报告后,更加确信了自己原有的想法。

太平圩之战是攻坚失策的又一个例证。此战之前,太平军在固守各城、吸引大批湘军的同时,提前在赣江以东集结了大批援军,随时伺机西渡,准备与各城守军合力打击攻城湘军。刘长佑在太平圩就这样撞到了枪口上,以致当湘军攻上来时,猝不及防,腹背受敌。从这个意义上来说,这次兵败是必然的。

刘长佑为什么会撞枪口?因为湘军都是一个萝卜一个坑,各负其城,此外没有专门的流动部队灵活作战,预先扼制住太平军的增援部队。可以这么说,在太平圩之战中,太平军是把临江当成了一个诱饵,利用刘长佑急于攻取临江的弱点,想方设法将其引入圈套。而刘长佑由于没有流动部队替他阻敌,即便明知那是陷阱,也只能往里面跳。

无论是对抗太平军的机动作战,还是在围城中打援,湘军都亟须建立一支专门的流动兵团。这支兵团没有攻城任务,它的职责就是攻击运动中的敌人和敌人的援军。简单来说,就是因敌而动:没有战情时,安营扎寨,该吃吃,该睡睡;一旦有了敌情,则必须风驰电掣一般杀将上去,务求提前一步扼制住对方。有了流动兵团,太平军的机动部队将无虚可乘,无瑕可攻,无法四处为患。更重要的是,江西的围城僵局将因此被打破——只要太平军增援各城的部队一到,便可以派流动兵团予以迎头痛击。攻城兵团打太平军的援兵,尚顾虑城里的守军,或仍害怕被对方夹攻,不敢追得太远;流动兵团则不必有此担心,敌人只要一败,他们尽可以随心所欲地猛追。

太平军无法增援各城,外拒援军就达到了目的;剩下来再用长壕内围守军,还怕不能将其置于死地吗?武昌战役本质上就是这么干的,李续宾也早就提出了建立流动兵团的主张。左宗棠主意已定,这时湖南正要向江西派出第四批援军,左宗棠决定从中选择用于围城打援的流动兵团。

围 城 打 援

湖南派出的第四批援军,包括两支部队。一支是江忠义部。江忠义乃江忠源的从弟(接近于堂弟),自长沙战役时就跟随江忠源征战,每战出奇制胜。江忠源很认可他,称他是江门将才。江忠义赴赣,任务是增援同为楚勇体系的刘长佑。

另一支就是王鑫的老湘营。王鑫治兵有方,尤其这几年历经各种大战恶战的锻炼,早已今非昔比。王鑫作战有一个特别之处,就是每次临战前一夜,都会召集营官开会。会上,王鑫会取出十余张地图,每人发给一张,然后指着地图,畅论敌情、地势,分析敌人将从哪里出入、我军要从哪里出击。接着,营官各抒己见,并允许提问质疑,把问题都谈深谈透。到了最后,由王鑫总结定计,敲定作战计划和分派任务,这些内容都被写在纸上,依旧人手一份。次日战罢,有与决议不符者,即便有功也要加罚。对此,即便已经与王鑫分道扬镳、各立门户的曾国藩,也非常欣赏和推重,称王鑫有名将之风。

作为骆秉章、左宗棠所直接掌握的湘军第一劲旅,老湘营几乎是所战必克。虽然湖南境内是他们的主战场,但偶尔也出境作战,此前便一举攻克了湖北通城。通城太平军并不好惹,江忠济兵团曾全军覆灭于通城。老湘营战斗力之强,可见一斑。

左宗棠命王鑫率老湘营三千人,江忠义率新宁勇一千人,双双增援江西。他秘密指示王鑫,到江西后,不必专注一隅,而应随时窥察太平军机动部队和增援部队的动向,及时予以打击。这实际上就是把老湘营作为了与攻城部队相区别、专门负责打援的流动兵团。

刘长佑兵团在太平圩之战中受创很重,已为西路集团最薄弱的环节,因此老湘营和江忠义部到达江西后,都是首先增援刘长佑。此外,刘于浔的江军也奉命增援临江前线("江军"称号原为林源恩、邓辅纶所有,所部溃散后,刘于浔的江军水师即被称为江军)。江军原来只是单纯的水师,为了充分发挥所部战斗力,刘于浔自己筹建陆师,现已拥有水陆两支部队,能够抵挡和击溃太平军近万人的围攻。拥有这么多生力军的支援,刘长佑兵团士气大振。1857年4月14日,进至临江的各路部队合力攻城,但作战失利,伤亡颇多。王鑫想起左宗棠关于避免攻坚的指示,遂与各部都停止围攻,转而效法胡林翼长围久困的经验,协助刘长佑开挖围城长壕。

老湘营是左宗棠所指定的流动兵团,若久留临江城下,必定丧失锐气,将无法完成使命。一俟长壕完成,王鑫即率部脱离临安,进行机动作战。这时,恰好一支增援吉安的湘军被太平军击败,主将战死,黄冕从吉安写信向王鑫求援。王鑫接到求援信后,率老湘营渡过赣江,对太平军发起猛击,一战获胜,烧毁其五座营垒。

之后又有多路太平军驰援吉安,但也均被老湘营拦截和击败。7月1日,国宗杨义清率部自宁都州西援吉安,在沙溪与老湘营狭路相逢。杨义清倚仗数量上的优势,一面攻打湘军军营,一面分兵埋伏于山林之间,企图在湘军出战时实施前后夹击。

杨义清的设伏行动没能逃过王鑫的眼睛,他关闭营垒,故意不与之交手。双方对峙了很长时间,太平军始终不敢逼近营垒。但伏兵却已耐不住饥饿,纷纷走出埋伏地点,准备撤回军营吃饭。王鑫瞧得真切,立即出动六百人列阵拦截,并派三百精锐骑兵率先发起冲锋。看到湘军骑兵俯冲过来,杨义清连忙调兵上前拦截,然而就这一下子,部队的秩序就已经维持不住了。王鑫趁势下令敲响战鼓,督促全军一起进攻。太平军完全乱了阵脚,纷纷通过山隘溃退,人马拥挤在一处,你争我夺,谁都想尽早逃离战场。

王鑫继续挥师猛攻。太平军中的江西新兵临阵胆怯,很多人连逃跑的勇气都已失去,有的人趴在地上坐以待毙,有的人干脆自刎。其余官兵见状,更加失魂落魄,不管老兵新兵,都争相狂奔。湘军一口气追赶了四十里,才收兵回营。太平军在沙溪之战中伤亡惨重,祷天侯胡寿阶早在金田起义时就加入了太平军,是一位老资格将领,但也在此战中阵亡。

战后,杨义清急欲复仇,与万安太平军相约,要联合攻击老湘营。不料到了会攻那天,万安太平军却失约了。杨义清不敢单独前进,已经出发的部队也赶紧退却。王鑫得报,率部从后面追杀,不但再次击败杨义清兵团,而且还俘虏和释放了被他们所裹挟的六百多名百姓。

出队莫逢王老虎

老湘营如此能征善战,并非偶然。他们虽从曾国藩系的湘军中分了家,但却很好地保持了老湘军"以理学治军"的模式,所谓"出队则上马冲锋,回营则提戈讲学"。王鑫经常利用夜晚等余暇时间,督促弁勇诵读《四书》《孝经》等,于是每当夜幕降临,老湘营的军营中总是会传出一片诵读之声,不知道的人经常会误以为是乡间书塾。与此同时,王鑫也狠抓军纪。应该说,老湘军的约束都比较严,只是老湘营尤为显著,王鑫的外孙就因违反军纪,被王鑫毫不留情地当众予以斩首。

老湘营的禁规在诸军中最多,内禁赌博、酗酒、唱淫曲;外禁私掠财物,其中既包括民众财物,也包括战利品。有一次,弁勇在行军途中因乏粮饥饿,沿途多无主的萝卜地,王鑫令弁勇酌量挖取萝卜充饥,但要求必须按市价掷钱土中。每次作战结束,王鑫都会亲自坐在营门前,对弁勇进行检查。有人偷拿了太平军的物品,当即施以杖刑,物品也会被焚烧。检查不结束,王鑫就坐着不动,一直到所有人都检查完了,弁勇全都进入营帐,他才站起来。在老湘营与太平军作战时,太平军曾把装钱物的巨匣抛在路上,想借此摆脱追击;但弁勇们的反应却是把碍路的巨匣抬起来,扔到一边,然后继续追击,没人敢朝那里面多看一眼。

老湘营特殊的训练方式以及严明的军纪,充分保证了部队的战斗力,同时也使他们得以"取信于民"。后者对于一支流动兵团来说,显然必不可少,因为毕竟是在异省异地作战,不能没有江西民众的配合。尤其王鑫以善看地形而闻名,他率师每到一地,必定要找到当地人,仔细询问山川形势,用以绘成作战地图,若被百姓反感,就会让他们变成瞎子。

1857年7月17日,王鑫进军宁都西北的钓峰。杨义清兵团驻扎在溪洲及其两岸,军营排列十多里,但是却不敢出战。老湘营便逼上去打,杨兵团还没正式交手就崩溃掉了,官兵纷纷往后逃跑。到了赣江边,自相拥挤,导致许多人掉进水中淹死,江面上尸体枕藉。史料记述到这一段的时候,用夸张的笔法,说湘军踏着尸体就可以渡江。但继沙溪之战后,杨兵团再次遭受惨重损失,这一点是确凿无疑的,杨义清部下中有明确记载的大将就有四人被杀。

杨义清兵团看似兵员数量很大,但成分复杂,其中既有正式的太平军,也有会军,还有许多被裹挟的百姓。溪洲一战,仅被老湘营俘虏和释放的妇孺难民就有近万,这也是他们屡屡败北的一个重要原因。

增援江西,虽不是王鑫第一次带兵出省作战,但却是他出省作战时间最长的一次,也是他最为风光的一次。由于在江西屡战屡胜,王鑫名声大噪,被他的敌人和当地百姓称为"王老虎",在太平军和会军中竟流传有"出队莫逢王老虎"的歌谣。由于惧怕王鑫及其老湘营,江西南部的会军大多自行解散。剩下的会军自相残杀,甚至老湘营都已经掩杀过来了,他们的互斗还不能停止,最后当然也只能是不战自败。当时仍有不少江西居民追随太平军,但也同样迫于老湘营的军威,开始躲避藏匿,以免被卷入战争,使自己受到无妄之灾。

自1857年7月中旬起,王鑫进军广昌。杨义清与另外一个国宗杨辅清合军,共同对抗老湘营,然而仍是打一次败一次。在短短的几个月时间里,王鑫率老湘营转战江西各地,声东击西,纵横驰突,以寡敌众,以少胜多,一连打了十二个大胜仗。自从他们出现在江西战场后,太平军再也无法像原来那样,集结机动兵力,对湘军的攻城部队进行干扰了。湘军高层对此深感满意,左宗棠夸赞老湘营是"吾楚劲旅,敌不能当";胡林翼更称老湘营为"湘军中之最雄"。

在王鑫率老湘营一意打援的同时,刘于浔的江军也加强了对赣江的巡逻,竭力阻止太平军渡江西援。瑞州、临江、吉安的太平军得不到援兵相助,只能独自顽强固守,西路战事进入了"内围守军"的关键阶段。

先 北 后 南

湘军在西路战区有三座府城需攻克,九江战区仅有九江一城,但它却是连罗泽南和塔齐布都望而兴叹的地方。守城林启容在武昌失守前,就指挥官兵日夜修缮防御工事,囤积米粮,挖掘深沟,设置炮台,做好了充分的准备,只等湘军攻城。

李续宾驻兵九江城下后,和杨载福联手对九江发起猛攻,整整六个昼夜,一刻不停地予以四面环击,但却毫无成效。林启容从容应战,其守城方法仍与过去相同,即敌不动我不动,尤其是到了晚上,九江城内既无灯火,也听不到打更的声音,一片死寂,幽诡莫测,就好像是一座巨大的坟茔一般。可是只要湘军向城池逼近,城内就会突然枪炮大作,对其予以有效杀伤。

九江受挫的同时,湘军对北岸小池口的进攻也告失利。虽然新城县城外的营垒已被全部拔除,但新城县依旧很难被攻下。林启容当初建城时,在城池四周挖掘壕沟用以护卫,这些壕沟给湘军进攻造成很大障碍。负责攻城的霆军伤亡了两百五十多人,鲍超及三个营官都先后负伤。在武昌坐镇指挥的胡林翼还注意到,太平军已在皖北宿松集结大军,有伺机西进湖北、威胁武汉的企图。

当初曾国藩率部兵进九江时,石达开就是这样,一边固守南岸内线,一边从北岸外线大举挺进,最后导致战场形势完全翻转。胡林翼要做的,就是竭力防止类似困局再次出现,他立即告诫李续宾,让他不要再急于攻城。李续宾遵令,按照武昌战役的模式,将攻坚改为了长围久困。长壕乃长围久困的一大要素,武昌挖的是单层壕沟,李续宾在此基础上督工开挖双层壕沟,其壕沟深达二丈,宽三丈五尺。经过近五个月时间,长达三十余里的壕沟群最终形成。壕沟群包括六道壕沟,除环城的双层壕沟外,在山脊上还有数道壕沟,为的是切断太平军援兵的来路。六道壕沟从三面围死了九江城,其间仅留小道以便湘军自己出入。

先北后南,成为胡林翼在九江战区的主要战略。他在鄂东积极布防,用以阻止太平军西进,确保后方安全;同时令都兴阿、鲍超等相机夺取小池口。

太平军方面的构想,正是要乘虚进军湖北,重演两年前包抄湘军后路,夺取武昌的那一幕。这时适逢长江数省大旱,灾民遍地,太平军将其编伍,使兵力在短期内得到极大扩充。有人甚至分析,若非得到这一意外兵源,本已缺兵少将的太平天国可能早已倾覆。随着安徽太平军的数量急剧增加,他们开始大批拥入湖北。胡林翼急调都兴阿、鲍超马步军和杨载福的外江水师回援,与驻防鄂东的湘军共同进行抵御。双方反复鏖战,一时,鄂东竟成了九江战区的主战场。

1857年7月18日,成天豫陈玉成率领大军,由鄂东的黄梅、广济、蕲州、蕲水分道西进。在陈玉成兵团中,皖北灾民占了大多数,其兵力多达数十万,光在气势上就已足以压倒敌方。

因为鄂东各军没有前线统帅,胡林翼自武昌紧急赶至黄州督师。但他尚在途中,蕲州方面已传来消息:湘军方面的邢高魁兵团大败,损失军装器械数以万计。幸得舒保马队力战殿后,邢兵团各营才得以退至黄州巴河西岸。巴河渡口由外江水师扼守,太平军暂时过不了河,只能先在河东安营扎寨。

胡林翼到达黄州后,看到情况已经变得如此紧急,恨不得将已入皖、赣的湘军全部调回增援。都兴阿劝住了他,认为湖北湘军并非兵单,而是过于分散,加上水陆师配合欠佳,所以才会导致兵败。分布在各个战区的湘军均不宜轻易撤回,否则将可能贻误全局,都兴阿向胡林翼提出了这样的建议。胡林翼接受下来,只向九江的李续宾发出了调兵增援的命令。李续宾的弟弟李续宜正在九江,李续宾便派李续宜率一千七百人渡江西援。

霆 军

太平军挺进鄂东的势头本来不错,但继天京事变后,天京政局再次出现重大变动:主持朝政的石达开,因遭到天王洪秀全的疑忌,惧祸逃离天京,率部出走安庆。虽然高层还没有闹到要火并的程度,但已对前线将士造成了很大的心理阴影,陈玉成所发动的鄂东攻势由此趋缓。胡林翼趁机对集结于黄州的部队大加整顿,严办不战自溃的营官、哨官,淘汰弱兵,保留精锐,同时调整部署,进一步加强了水陆协同，并将原在襄阳的唐训方兵团调来鄂东参战。

河东的太平军仍对黄州构成严重威胁，他们环绕巴河东岸修筑了一百多座营垒，绵亘十里，随时都可能找机会越过巴河，对黄州发起进攻。这时巴河水大涨，有利于水师防守，但在其上游有一座石桥，可以连通两岸。胡林翼担心太平军过河后，势头难以遏制，立即派一千兵勇前去拆桥并扼守河边；在此之外，又派一支部队悄悄赶到回龙山，对上行的太平军进行阻击。

陈玉成在蕲州和蕲水集结部队，不断发起新的攻势。胡林翼派邢高魁、唐训方兵团及舒保马队阻击，双方发生大小五十多次战斗，但仍未能将太平军的声势压下去。眼看鄂东战况激烈，难解难分，李续宾率部分主力紧急渡江增援。北渡后，他与都兴阿会商军情，确定了在广济与太平军作战的方略。1857年8月17日夜，李续宾会合马队，以柴草填河作桥，过河悄悄接近广济的太平军营垒。次日黎明，以各营为单位，对所有营垒发起猛攻。

在李续宾麾下的营官中，蒋凝学以善战著称，其任务是进攻童司簰。童司簰的太平军兵力较多，蒋凝学攻了几次都没攻下来，但蒋凝学仍坚持不退。陈玉成非常恼火，亲自率部增援童司簰。陈玉成是太平军在鄂东前线的主帅，众人都劝蒋凝学攻不下童司簰就干脆放弃，不要与陈玉成硬碰硬，然而却遭到了蒋凝学的拒绝："你们都别说了，我一定要攻克童司簰！"

童司簰背江据湖，只有攻下来，湘军水师往来才有据点。而且李续宾兵团此次北渡作战，实际冒了很大风险，留守九江的部队较少，主力必须迅速奏捷，以便及早返回九江。童司簰不下，将影响兵团的整个行动计划。在蒋凝学的请求下，李续宾给他增兵一千。蒋凝学率领所部，与水师配合，经过激战，捣毁太平军十九座营垒，终于攻破了童司簰。借助于童司簰的攻克，湘军水师焚烧太平军所搭建的浮桥，截断了太平军的攻击线。在此过程中，其他马步军也通过炮轰、火焚,扫平了一批营垒。广济胜局已定,李续宾率部返回南岸,确保了既增援鄂东战场,同时又不影响对九江的包围。

在鄂东战役中,争夺最激烈的莫过于黄梅。黄梅是从安徽进入湖北的一道重要关卡,倘黄梅被破,则黄州、武昌必将不保。胡林翼特派鲍超主战黄梅,鲍超的霆军也是除李续宾兵团之外,最被胡林翼所看好的一支主力部队。早在罗泽南增援湖北之前,胡林翼就已派鲍超到湖南募兵,但因为杨载福身边需要人,所以鲍超没有立即离开水师。霆军的成立也因而延误,直到湘军克复武汉三镇后才出现于战场。

胡林翼在刚开始自编湘军时,兵勇招募标准接近于曾国藩。他叮嘱鲍超到湘西、湘南一带的僻远山乡招募山农,但鲍超并未遵从其指示,而是直接在长沙征招,所招募的也不是山农,而是多为长沙游民。

由于饷源等限制,湘军数量大大少于太平军,在战场上若要战胜对方,士兵最好都得拥有以一当十,甚至以一当百的能力。这种能力包含了格斗技巧、经验以及心理承受能力等各个方面,必须经过长期训练和实战才能具备。刚刚放下锄头的山农,即便经过充裕时间的训练,也还不能称之为合格的湘勇。曾国藩系湘军在出省作战前,已经过一年有余的训练,但仍溃败连连,就是因为这个原因。直至后来仗越打越多,部队才逐步成熟起来,但新募营往往还是难当重任。

曾国荃、鲍超募兵,都属于另辟蹊径,其背景就是经过多年征战,湖南各地集中了大量职业雇佣兵,即老勇。长沙也不例外,不少市民都当过兵,其中既有非曾国藩系的原湘军旧部,也有退伍和被遣散的绿营兵。老勇拥有必备的作战技能以及丰富的实战经验,不需再进行过多训练;但他们不像那些刚刚走出乡村、缺乏见识的山农,特别不好管理。如果还是像曾国藩过去编练湘军那样,由刚刚放下书本的儒生统带,或者他们的指挥官虽不是儒生,但却如周凤山那样,自身水平不济,号召力不强,部队就根本带不出来。

曾国荃在上阵前,当然也是没打过仗的儒生,然而他是天生将才,可谓儒生中的特例。鲍超乃绿营行伍出身,本身就是一个善战的老兵。唯有他们才能完美驾驭老勇,两人也都不约而同地选择了招募老勇,只不过一个招募家乡人,另一个则以长沙人为主。

由鲍超一手编练的霆军,初上场后虽尚不及李续宾兵团等劲旅,但已表现出凶悍善战的特质,为邢高魁兵团等新老部队所不及,成为湖北自练湘军的代表。胡林翼顺应时势,对鲍超的募勇方式不但未予责难,而且还加以认可。

曾国藩建军时,即强调兵源应以山农为主,因为山农质朴,市民油滑。按照老湘军的募兵标准,霆军无疑是个反面例子,它的弁勇中,长沙游民居多,所谓质朴者甚少。可是就连曾国藩本人,也无法否认霆军能打仗这一事实。他只能如此解释,认为兵事复杂,不可以千篇一律,实际就是接受现实,采取了默认的态度。

包营为营

鲍超率霆军在黄梅与太平军反复拉锯。就在霆军与太平军进入相持阶段后,陈玉成突然亲临前线,指挥五万大军,运用"包营为营"的战术,将霆军团团包围在意生寺的黄腊山。

陈玉成系童子兵出身,在太平军第一次进攻武昌时,他就作为童子军的一员参加攻城,并立下了头功。半壁山田家镇战役时,陈玉成乃主将之一,虽然当时尚未完全露出峥嵘,然而已经以作战勇猛、所向克捷著称。天京事变后,陈玉成凭借太平军第一勇将的声名,被天王洪秀全提拔,封成天豫,与李秀成共负军事责任。这时的他在军事技巧上更加成熟,已经足可称得上智勇双全。

因陈玉成两只眼睛下面有黑点,清军蔑称他为"四眼狗"。按照胡林翼的说法,"狗贼之善围官军,是其长技。"所谓"善围官军",即是指陈玉成特别擅长"包营为营"。作为太平军的经典战术之一,"包营为营"适用于双方对峙日久之时。广济不属于这种情况,故而陈玉成没有采用,黄梅则正好符合。此外"包营为营"还必须符合两个条件:其一,是必须有大批生力军及时赶到,突然加入战团;其二,是筑垒进度要快,必须在一两天之内完成工程。这两个条件,陈玉成兵团全部具备,无论是作战兵员还是民工,均能满足需要,其行动迅如闪电,往往一夜之间就能在敌营周围修筑几十座营垒。

"包营为营"虽然强调快速包围,但太平军并不会立即强攻,一举围歼,而是要先以此震慑对手,瓦解其军心。与此同时,在用于包围的营垒设置上,会独留一路,等到清军精神上快支撑不住时,便引诱他们从这一路冲出——让你冲出去,但你实际上是冲不去的,在前面隘口上,早已预设伏兵。在清军心理已崩溃或接近崩溃的情况下,太平军不须苦战即可大获全胜。

陈玉成及其"包营为营",是当时很多清军心中的噩梦。大家谈虎色变,胆战心惊,因为和其他太平军打仗,纵使落败,也还留有一线生机;但若是被陈玉成筑垒包裹,后果通常就只有一个,那就是全军覆没。

千钧一发之际,鲍超没有怯阵。陈玉成包围霆军的营垒群中,有五座营垒为最高,鲍超详细分析形势,认为要想突围,就要对陈玉成施以迎头痛击,把这五座高垒拿下。他从军中挑出精锐,分成五队,再选出四名比较得力的营官或哨官,每人领一队,他自己也领一队。待做完战前动员后,鲍超指着五座高垒中最高一座,说:"这个由我来攻,其他四座你们随便挑,每个队挑一座。"陈玉成兵团的营垒虽是在最短时间内完工,但工程质量并不打折扣。最小的营垒也可以容数十人,高垒这样的大垒,则可容数百人不等。每垒有两到三层,高度自两丈至四丈不等,垒壁均设置枪洞炮眼,并可以顺着墙头,往外抛掷火弹、喷筒、灰罐、石块等物。

战斗打响后,除鲍超队之外的四队,接连发动十次进攻,都无法得手。部队伤亡惨重,几乎已失去了继续攻击的能力和勇气。鲍超队也一直没有进展,鲍超左膝、右臂都受了伤,但仍督战不止。这时一名叫余大胜的勇士,自告奋勇,请求由他来完成突破。经鲍超批准,以余大胜为首组成先锋组,由全队为其提供火力支援。在全队的掩护下,余大胜凭借敏捷的身手,带着先锋组穿过弹雨,逼近垒壁。他踩着其他组员的肩膀,第一个攀援至炮眼附近,迅速钻滚扑入,在起身与守兵肉搏的同时,乘隙向外扔出绳索,供组员们攀援。

先锋组一击得手,鲍超亲率十余名勇士继之而上,攻入垒内,斩杀了数十名敌人。鲍超等人犹如神兵天将一般的气势,震慑住了守兵,其余人不敢与之格斗,全都集中到垒心,保护其守将,企图据垒心继续顽抗。

鲍超也不急着进攻垒心,随着登垒人员越来越多,他命令众人将数十杆军旗拿出来,沿着垒边插了一圈。其时垒心的太平军尚有数百人,然而除了瞪大眼睛看霆军插旗外,一动都不敢动。等到旗子插完,鲍超这才掉转过头来,带兵向垒心逼近。太平军看到他们那凶神恶煞的样子,全都魂飞魄散,一眨眼的工夫便四散而逃。

霆军为黑色军旗。就在其他四队快要坚持不下去的时候,突然看到鲍超队方向的营垒上黑旗飘动,便知道他们已经攻下营垒。鲍超身为主将,主动挑最硬的骨头啃,他都完成任务了,你们这些人究竟在干些什么呢?四队将士又羞又愧,在激愤交加之余,也增强了攻垒的信心,于是全都殊死猛攻,没用多长时间,四垒也都应声而破。

五座高垒既破,太平军军心动摇,防线大乱。之后,小奔引发大奔,一溃激成全溃,官兵全都争先恐后地逃向后方,五万大军就这样活生生地被三千霆军给冲垮了。陈玉成在指挥所里亲眼看到这一幕,不禁黯然神伤,对自己的部队很是失望,当下也只好放弃阵地,撤出战场。

黄梅一战,鲍超率霆军大获全胜,共摧毁四十八座营垒,歼灭太平军达五千人。根据后来湘军方面得到的情报,陈玉成在战后曾主持召开黄梅战役检讨会,会上他只说了一句话:"湖北军中现在出了一个鲍超,以前还不知道,这个人厉害,以后要小心他。"

鲍超及霆军一战成名,开始为世人所瞩目。

仅靠一句话

湖北湘军在鄂东实施反击期间,江西湘军的西路部队已经进入了"内围守军"的关键阶段。瑞州、临江、吉安三城中,瑞州离赣江以东的太平军占领区较远,本有利于湘军围攻,不利于太平军防守,但湘军一直久攻不下,毫无进展。刘腾鸿于是下决心挖掘一条三十里的长壕,并从已收复的南城取来砖石,在北岸山岗上另筑石城新垒。既可切断太平军粮道,又便于凭城攻打为太平军所控制的北城。

战至7月,守军一部三四千人,趁风雨之夜突围他走,城内兵力削弱。刘腾鸿加紧围攻,但均被守军击退。进入8月,湘军围城打援的策略奏效,城内的太平军看不到援兵的影子,知道情况危急,开始冒死突围。这时刘腾鸿花力气修筑的长壕和石城均已完工,湘军据壕依垒堵截,太平军的突围行动均告失败。

刘腾鸿本可继续进行围困,但胡林翼因湖北缺少兵力,上疏请调,让他回援湖北。刘腾鸿不愿功败垂成,却又吃不消胡林翼紧催,只得分出一支兵力先到湖北,自己率领主力加紧攻城。

1857年8月31日,攻坚战取得重大突破。刘腾鸿亲自率队,先夺取了南门炮台,接着扑向东门,捣毁城楼。但在激战中,刘腾鸿身中五枪,被抬回军营。刘腾鸿破城心切,不顾身负重伤,次日就将伤口包扎好,令兵勇用轿子抬着自己,前往一线指挥作战。弁勇们知道刘腾鸿对瑞州志在必得,遂争相上前,以死相拼,终将台垒全部攻破。守军竭力反击,火炮齐轰,弹如雨下。可能是轿子暴露了目标,有一颗炮子击中了刘腾鸿,他的胁部被炸开一个大洞,眼看着就活不成了。其弟刘腾鹤跑来探视,刘腾鸿勉强睁开眼睛,对他说:"攻不下这座城,不要为我收尸!"

刘腾鹤也是一员猛将,攻城时左臂受重伤,刘腾鸿叫他回家,他都不答应。在听了哥哥的临终遗言,又眼睁睁地看着他死去后,刘腾鹤悲痛不已,一边哭号,一边继续指挥攻城。弁勇们也都为之动容,全都含着泪水,冒着炮火舍命攻城。战至傍晚,城中火药中炮起火,守军惊慌失措,乱成一团。湘军趁势一拥而入,将守军斩杀大半。守将赖裕新率其残部突围逃往他城,瑞州被湘军完全占领。

收复瑞州北城后,湘军清扫道路,打开城门,把刘腾鸿的尸体迎入城内治丧。目睹当时情景的人,都留下了刘腾鸿死得悲壮,且深得军心的印象。刘腾鸿违背左宗棠所布置的战略,靠强力攻坚,以致重蹈其老师罗泽南的覆辙,本来并非一个明智的做法。但他那种敢于搏杀、视死如归的英雄气概,却不能不令人景仰。这其实就是他能够得到部属真心拥护,以致临死之前,仅靠一句话,就能让弁勇们如同给自己报私仇一样,为之奋不顾身、拼死效力的原因所在。将帅能够做到如此地步,是很少见的,即便生前以爱兵如子著称的塔齐布,也难以企及。有人认为,若论在弁勇中的声名,刘腾鸿或许还在同出一个师门的李续宾之上。

刘腾鸿死后没多久,王鑫因暑热难当,转战劳苦,也病死于军中。王鑫为人胸怀坦荡,他虽然已经与曾国藩一刀两断,但在曾国藩被困江西期间,不仅从未说过曾国藩一句坏话,还为曾国藩的处境着急发愁。在生前写给曾国藩的一封信中,他颇为感慨地提到,自己多年南征北战,东征西杀,最怀念的,还是当初在衡州与曾国藩在一起的日子。曾国藩读信后很受感动,也不再为与王鑫的隔阂而介怀。

受王鑫之死影响最大的,莫过于老湘营。这支劲旅除留六百人原地守城外,余部分为两支,由张运兰和王鑫的堂弟王开化各统其一。张运兰等人虽也属良将,但因为刚刚被提拔统领,更关注其本身能不能自立,最怕的就是部队受到损失,自然很难做到像王鑫那样主动寻机歼敌。另一方面,老湘营数月苦战,一直未能得到休息,战斗力也已大为削弱。

流动兵团作用受限,使得湘军在西路所面对的形势又瞬间严峻起来,攻城步伐也不得不放缓。与此同时,九江战区的湘军则已经把主动权牢牢握在了自己手里。

真正的军事智慧

在鄂东战场上,李续宜逐渐打出了知名度。在水师及唐训方部的配合下,李续宜兵团对黄州与蕲州之间的孙家嘴等处发起进攻,接连击破太平军营垒,一举打通了黄州与蕲州之间的道路。

李续宜在治军领兵方面,通常被外界认为不及其兄宽厚博大。但他心思缜密,到了要打仗的时候,总是提前一两天察看地势,而且会把各种可能性都仔仔细细地推敲一遍。这是他经常能打胜仗的一个重要因素。连续取得大捷,令李续宜信心倍增,他主动向胡林翼表示,愿率所部作为前锋,继续往蕲水突进。胡林翼大为赞许,将马步十二营都统交他指挥,并令舒保相机助战。李续宜出击后,在蕲水一战获胜,大败太平军。

1857年9月11日,陈玉成得到了安徽援兵的补充,反攻蕲水。胡林翼将李续宜、何绍采、唐训方分成三路,双方在蕲水展开激战。

陈玉成判断了一下湘军三路的强弱,首先对左路的何绍采兵团发起进攻。太平军攻势锐利,何绍采渐渐招架不住,正要撤退,回头一看,见胡林翼骑马立在阵后,赶紧大叫一声:"胡大帅在此!"听说大帅胡林翼亲自督阵,弁勇们都振作起来,大家反守为攻,踊跃冲锋。旁边的唐训方兵团被带动起来,发出一片呐喊之声,趁机掩杀。这时李续宜兵团已抄袭太平军中部。三兵团同心协力,扫平四十四座营垒,将太平军打得大败而逃。湘军乘胜追击,将太平军赶到了广济以西。陈玉成不得不退出鄂东,撤往安徽的太湖和宿松。至此,太平军挺进湖北,争夺武汉,并迫使湘军撤围九江的计划完全失败。

在将太平军逐出湖北后,胡林翼亲自来到九江,指挥马步军和水师齐集小池口,对新城县进行围困。杨载福的水师从陆家嘴下驶,以炮船上的洋炮,昼夜不歇、片刻不停地对城内进行射击。太平军被炸得血肉横飞,平时都不敢在城墙上站立,城内的器物辎重也被摧毁一空,甚至连炊具都被击碎了。胡林翼通过哨报得知,经过大炮的反复轰炸,新城县的太平军已经几天没有生火做饭。他认为总攻的时机已到,针对城外的重重壕沟,特地让弁勇们担来稻草,把河沙装在袋子里,作为陆师填壕所用。

总攻开始后,蒋凝学、周宽世、李续宜等人率领陆师,先用稻草和沙袋填满壕沟,再越过壕沟,分头攻打三座城门。都兴阿马队冲到城下,施放火箭,将太平军的营棚全部烧毁。经过连续四天的猛攻,湘军终于攻克新城县,收复了小池口。都兴阿马队穷追一百八十里,将小池口的太平军残部赶回了安徽。

小池口是太平军在湖北境内拱卫九江的最后一个据点,拔除小池口,标志着胡林翼先北后南的战略部署已经完成。胡林翼随后返回武昌,把前线指挥权交给了李续宾。

李续宾为了使进攻九江更有把握,前期已经充实部队,增募亲军一千四百人。但在鄂东反击战中,他分出了近四千人西援,留守兵力不足以进攻,只能凭壕阻击,保证不让九江太平军随意进出。鄂东战役结束后,西援部队返回本部,李续宾兵团的实力得到大大加强。而小池口的收复,又令九江太平军处于孤立无援的境地。在这种优劣判然、强弱分明的情况下,似乎完全可以立即对九江发动进攻,但李续宾并没有这么做。

只有通过实战磨炼,才能在阅读兵书之外,积累真正的军事智慧。胡林翼先北后南,是为了集中兵力,进行关键性的进攻或防守。倘若当时他不分主次,不分轻重缓急,在鄂东和九江平均使用兵力,便难以取得鄂东和小池口的胜利。

把战场范围缩小到九江,同样需如此布局。自罗泽南、塔齐布进攻九江以来,九江能够一直坚守不拔,很大程度上,倚仗了湖口、梅家洲的太平军与之互为援助。如果不攻克湖口、梅家洲,湘军就无法顺利攻克九江。在与部属讨论后,李续宾决定先不急着动手,而是要使九江进一步陷于孤立,即先攻湖口、梅家洲,后取九江。

湖口在太平军的苦心经营下,城防工事不断得到加强,湘军强攻将蒙受很大伤亡。而且要是湖口不能马上攻下,皖南和江西东北一带的太平军势必来援,速决战将被拖成持久战,对攻取九江不利。为了避免上述情况发生,李续宾和杨载福商定,先以水陆军猛攻湖口和梅家洲,以吸引守军的注意力和兵力。李续宾则领军北渡,趁正面的湘军与两地太平军酣战之际,突然对其发动进攻。

李、杨尚未按计施行,鄱阳湖上的彭玉麟已经派谍报人员来到九江,请他们一起进攻湖口。

彭玉麟应曾国藩之召来到江西,统领内湖水师,已经一年有余。内湖水师和陆师一样欠饷,尽管曾国藩在离开江西时,曾请清廷责成湖北和江西为水师提供军饷,但水师依旧很难领到薪饷。不仅如此,他们甚至连向江西地方官府借领火药,都会遭到对方的刁难。既然从自己人手里要不到军饷和军火,就只能从敌人那里打主意,彭玉麟率领内湖水师,屡次攻打湖口附近的石钟山和梅家洲,目的就是想在获胜之后,从敌军营垒获取补给。怎奈两处营垒都不是内湖水师一家能搞定的,彭玉麟久攻不下,听说外江水师已到九江,便连忙派人前去联络,希望能够形成两大水师会攻之势。

杨载福此时已经升任湖北提督,曾国藩回家前也已请朝廷任命为水师总统领,彭玉麟为协理,这也等于给杨、彭之争画上了一个句号。彭玉麟的请求正合李、杨之意,三军会攻的计划由此确定下来。

双剑合璧

在水师行动之前,李续宾派李续宜率部攻打梅家洲。他自己率部北渡,扬言要攻打宿松,但却在深夜又悄悄南渡,绕道来到湖口城后的北山下。弁勇们攀着藤萝上山,在山上暂时潜伏下来。

水路率先展开行动的是内湖水师。黄翼升率战船配合陆师攻打梅家洲;彭玉麟则亲自带领主力攻打湖口城东,杨载福也按照事先约定,在外江冲击策应。

太平军立即集中力量进行抵抗,湖口和梅家洲两岸,炮子如雨。彭玉麟将内湖水师分为三队,舢板队居前,大船随后。湖口太平军在防御方面准备精细,他们推算出舢板队必须要经过石钟山下的一座石崖,这座石崖的高矮正与舢板相当,于是便将巨炮拖到崖口,瞄准舢板进行射击。开炮后,仅一发炮就射中了舢板队的第一艘先锋船,船上的水师将领罗胜发当场被炸死,彭玉麟急令该船返航。第二艘战船继续前进,又有人中炮阵亡,只得跟随第一艘战船返航。除了这两艘船外,彭玉麟再未下令返航命令。

后面的战船仍在不断向前,虽然陆续出现伤亡,但因为得不到彭玉麟的允许,没有一艘船敢擅自撤退。有人看着于心不忍,对彭玉麟说:"现在驱使士卒如同飞蛾扑火一样地搏命,不合兵法。"彭玉麟并非一个视士兵生命如同草芥的将领。自他投入湘军,至今不过五年,却已有上千精锐忠勇的湘军将士毙命,更不用说,湖北、江西还有几十万军民死于战火。每当想到这里的时候,他都会倍感煎熬。然而战争就是战争,要想尽量少死人,唯一的办法,就是尽快结束它。

内湖水师被困鄱阳湖日久,在严重缺乏给养的情况下,若再冲不破石钟山的阻隔,今后将无法生存。为了让更多的水师将士能够活下去,彭玉麟只能狠狠心,把这场血战进行到底。"今天就是我的死期,我决不会让士卒独死,也不会让怕死鬼独生!"彭玉麟亲敲战鼓,督兵奋进。湘军战船前仆后继,不间断地向石钟山进击。太平军只能不停地发炮,架在崖口上的巨炮吃不消如此连续作业,铜管烧焦,炮兵也被震死。乘此机会,内湖船队鱼贯直下,进入长江,与外江水师会合。

自湖口战役后,湘军水师已被分隔近三年,如今终于合体,水勇们欢声雷动。曾国藩后来听说此事,也很激动地说"三年积愤,雪于一朝",又说内湖水师可以"从此重游浩荡之宇"。

在过去的近三年时间里,外江、内湖水师均获得了扩充。外江水师已有十五营,内湖水师有八营,加在一起共二十三营,合计战船五百多艘,火炮两千多尊,用胡林翼的话来说,是"江、汉之师,如雷如霆"。就算是单独对抗内湖或外江水师中的一个,太平军水营都不占上风,更不用说双剑合璧了。水上交战转瞬变成了单方面追逐战,即湘军战船追逐太平军战船。只要一追到对方,湘军即抛火焚烧,沿江太平军的千余艘战船全都被烧成了灰烬。

在湖口战役中,湖口水师等太平军新建水师都被打垮了,其水营从建制上说已经覆灭。由于受长江下游不产木材条件的限制,太平军也不可能再重建一支强大水师,就连原水营提督唐正才都只能改行,转而统带陆师。从此之后,千里长江,被湘军牢牢掌握。

能挡住湘军水路进攻的,还是岸上的太平军。湖口太平军在岸边设置了铁丝网,湘军战船但凡靠近,就会被铁丝网困住,纵使篙楫齐动,也无法前进。太平军集中火枪,对被困住的战船射击,眼看水师又将驻足不前,事先潜伏在后山的李续宾部,突然出其不意地发起进攻,一下子打乱了太平军的阵脚。太平军都只注意水路,根本想不到还有湘军陆师潜伏在自己身后。一时间,山后鼓角齐鸣,山下旌旗蔽地,处于这种阵势之下,岸边的太平军惊恐不已,彻底失去抵抗意志,立刻四散奔逃。

当天,湖口城外的所有营垒被全部攻破。夜半时分,李续宾部缘梯攻城,火箭射入城中,击中太平军的火药库,引起剧烈爆炸,响震山谷。湖口太平军见势难再守,只得打开城门,弃城而逃。梅家洲守军见湖口陷落,也弃垒逃走。湘军缴获大批武器弹药以及八十多艘炮船,仅这部分军火,就已能让湘军水师中的原内湖船队过一段日子了。

此次战役,湘军水师伤亡也很大。战后,彭玉麟与曾国藩商量,经向朝廷请示,将石钟山顶的太平军营垒改建为楚军水师昭忠祠(此处的楚军水师即指湘军水师),用以祭祀阵亡的三千余水师将士。曾国藩特为忠祠撰联:"巨石咽江声,长鸣今古英雄恨;崇祠彰战绩,永奠湖湘子弟魂。"

第八章 血淋淋的现实

在刘腾鸿、王鑫死后,赣东太平军趁机西援,国宗石镇吉等人渡过赣江,分两路向临江挺进。刘腾鸿旧部三千人,由普承尧带队,奉命自瑞州出发,南下增援临江。普承尧系云南籍将领,加入湘军前为湖南绿营军官,他先跟随塔齐布,后又跟随刘腾鸿,在两人手下都曾立过战功。但此人性情骄狂粗豪,并非能独当一面的将才。

1857年10月9日,普承尧兵团前锋到达峡江,石镇吉抢先一步架设浮桥,渡江对其发起攻击。湘军溃退至罗坊,普承尧随后也率主力赶到罗坊,但尚未筑好营垒,太平军就掩杀过来。普兵团营垒尽陷,辎重俱失,只得狼狈北退鹦哥岭,失去了继续增援临江的能力。因为普承尧兵败,刘长佑派去接应他的三营部队也跟着溃败,两手空空地独自退回临江。临江城内的太平军看到他们打了败仗归来,大喜过望,开始日夜填埋长壕,准备等待援军一到,就联手对湘军进行夹击。

此时萧启江、田兴恕兵团驻屯于秧田,对面亦有大敌,无法直接驰援刘长佑。张运兰所带的凯字老湘营,以及其他湘军,鉴于普承尧兵败在前,在刘长佑、萧启江有所行动之前,全都不敢轻举妄动。

刘长佑兵团加上自江西来援的江忠义部,一共只有两千五百人。以往对他们抱有好感并曾提供支援的团丁和居民,也都感到害怕,不敢再为部队出力。在外无强援、腹背受敌的情况下,很多人都建议尽快撤围北退。刘长佑为了围攻临江,在太平圩差点全军覆灭,此后也是费了千辛万苦,才得以建壕围城。现在要他立即宣布放弃,实在不甘心,因此没有听从这些建议。

冒死一战

实际形势远比人们预料的更加可怕。石镇吉在打败普承尧后,即统兵数万,在罗坊至太平圩间连营十余里,结营四十余座,同时还在着手开挖长壕,显见的是要对湘军进行反包围。石镇吉也与临江城内的太平军取得了联系,双方约定了夹击计划,城内太平军已经在按计划拔掉鹿寨,集合部队。

10月12日,刘长佑的部下抓到一名太平军的探子,掌握了这一重要情报。得知详情,大家都不由倒吸了一口冷气,太平军的长壕一旦挖成,被夹在中间的湘军将唯有坐以待毙一途。到了这个时候,刘长佑反而冷静下来。他认为部队既然将陷入绝境,除在长壕挖成之前,冒死一战外,已没有其他选择。刘坤一也认为太平军屡胜之余,军心必然松懈。而且西援的太平军分成两路,除石镇吉兵团外,另一路并不跟他们在一起,己方若抓住这一可乘之际,主动出击,获胜的希望很大。

刘长佑当机立断,立即派人前去联络萧启江、田兴恕,邀他们于次日出动秧田的所有兵力前来临江会合,参加对太平军的决战。另外,他也约了水师,请求水师派遣战船二十艘助战。

当夜鸡鸣时分,刘长佑下达命令:围攻部队中每十人中只留三人守壕,其余弁勇携带粮食和武器,分为三队,由他亲自率领,突袭太平圩太平军大营。10月13日凌晨,萧启江、田兴恕全师赶到临江,三支湘军会师,分路直扑太平圩。太平军毫无防备,天还没亮,就丢掉了六座营垒。石镇吉得报,仗着自己兵力雄厚,忙将散处村庄的官兵都集中起来,并派马队助战,到野外迎击湘军。太平军原先没有马队,面对清军旗营马队的奔袭很吃亏。淮河流域的捻军则多马队,随着捻军与太平军联合,或部分加入太平军,太平军终于拥有了马匹来源。此外,在皖北战场上,太平军也经常打败八旗骑兵,俘虏他们的马匹,成立马队也就成了一件自然而然的事。

看到太平军的阵中旌旗招展,连绵不断,马队又冲在前面,如乌云压阵,滚滚而来,湘军人人面有惧色。刘长佑命令弁勇挺身站立,严阵以待,等战马进入射程,即击鼓为号,以枪炮猛射压制。太平军初建马队,对于步骑协同作战缺乏经验。马队被弹雨所阻,马匹受惊后,纷纷往回奔逃,反过来把步兵也给冲垮了,人马自相践踏,阵前的太平军瞬间崩溃。湘军主将见状,各自亲督所部发起冲锋。大将李明惠、江忠义奋勇争先,并肩驰骋,在击退太平军后,又继续追击。因为太平军败得太快,有人还感到怀疑,认为可能暗藏伏兵,说:"这是假败,不要追赶!"李明惠等人已杀得兴起,哪里肯听,仍率先冲入敌阵之中,各军一路追赶,一直追到了太平军营垒前。

石镇吉连忙竖起军旗,吹号收兵,欲集结兵力,依据营垒进行抵抗。湘军战将卢秀峰率部绕到营垒后面,发起突袭,再次将太平军击溃。太平军所建的四十七座营垒也被全部攻破。溃败后的太平军无路可逃,不少人争相奔往水路,但在水师的扼击下,被全部消灭,浮尸蔽江而下。石镇吉兵团残部逃往罗坊。张运兰听说临江已经开战,立即闻风而动,对罗坊发起进攻,石镇吉被迫退守阜田。与此同时,另外一支西援临江的太平军也被击败,相率撤离。湘军在临江的危机随之被化解,刘长佑、萧启江率部返回,继续围攻临江。

湘军在临江一度濒危,与连失刘腾鸿、王鑫有直接关联,足见这一层次的大将对于战争胜负有多么重要。在吉安,身为主将的曾国荃虽只能算是战场上的新人,但在众人心目中,却也已经可与刘腾鸿、王鑫相提并论了。

曾国荃委军回籍后,胡林翼虽派文翼代其管理吉字营,然而湘军的传统是兵为将募,同时兵为将有,文翼作为空降的指挥官,也就只能担个虚名。吉安城下其他配合作战的部队,原本也只服曾国荃,曾国荃一走,彼此间互不买账。由于缺乏强有力的指挥,攻城战毫无进展,大家都在当一天和尚撞一天钟式地混日子。

周凤山也在吉字营中。自从塔齐布死后,此君连懂得谋划这一人设都崩掉了,樟树镇一战,更是原形毕露。人们发现,丢掉唯一优势的周凤山,原来缺点一大堆,平时骄矜傲慢,打仗不敢拼命不说,还爱干掠人之美、把别人的功劳戴在自己头上的事。渐渐地,连部下都看不起周凤山,毕金科等勇将纷纷离他而去,剩下的弁勇也都不听约束,只要是周凤山下的调令,众人都当耳边风。太平军看准周凤山是个软柿子,就专朝他打,攻击其军营。弁勇们无心作战,以欠饷为由,哄的一声全都逃走了。太平军趁机大举反攻,湘军各营纷纷败退,围局随告中断。

事后追究责任,文翼告了黄冕一状,说都是因为他没有及时发饷,才造成了周凤山部哗变。黄冕分辩说,周凤山部的军饷本来就不由他这里直接供给,而且包括周部在内的吉字营各部军饷,还要高于其他部队。虽然他说的是事实,但仍旧被朝廷罢了官,黄冕一气之下,请病假回家,甩袖子不干了。

此时因江西战局不佳,巡抚文俊已被罢免,由耆龄取而代之。耆龄害怕重蹈前任覆辙,除了会同湘抚骆秉章、严参周凤山,对吉安诸军严加整顿外,又檄调曾国荃,让他火速返回前线,继续统带吉安诸军。

石达开回来了

湘军高层也意识到了曾国荃无可替代的作用。左宗棠认为，自曾国荃离开前线后，吉安诸军在兵员数量上虽有了增加，但战绩却还不如以前，究其原因，实乃"无将之故"，也就是缺少曾国荃的坐镇。耆龄的檄调传至湘乡荷叶塘后，曾国藩力劝弟弟速归前线，并将自己这么多年来所积累的攻守经验和方法，毫无保留地与其进行分享。

在曾国藩等人的支持和勉励下，曾国荃脱去孝服，赶回江西参战。1857年11月，他率领各营进逼吉安，一面分兵打击赣江东岸的太平军，防堵其进援；一面在城西、城南、城北三面开挖长壕，筑土墙安炮位，并设置更棚，日夜进行防守。

曾国荃回赣确实非常及时，因为石达开回来了。石达开在天京主持朝政期间，遭到天王洪秀全的疑忌。石达开惧祸，被迫逃离天京，率部进入了江西。

在石达开入赣前，江西太平军一直缺乏一位有能力、有权威、敢负责的最高统帅。林启容只是名义上主持军务，并没有认真履行职责。后来自武昌突围的韦俊入赣，韦俊本来比林启容更适合担当江西主帅，但韦俊本人却始终没有怎么露面规划。韦俊的部将朱衣点虽然也增援临江，并取得了太平圩大捷，然而也只是把湘军击溃，并没有乘胜追击，将其彻底歼灭。究其缘由，乃是因为自天京事变后，韦俊以北王韦昌辉弟弟的身份，杂处于原属石达开的部队中，双方的步调不可能协调一致，韦俊也不可能卖力。不久，韦俊即撤离江西，去了皖北。

在王鑫执行围城打援任务时，与其作战的杨辅清也是差不多的情况。他属于东王系统的人，天京事变时，因为在外作战才得以幸免,之后便驻军于外,再不敢返回天京。像杨辅清这样的将领,前面与清军作战,后面还得想着如何避开内部的政治旋涡,已很难专注于作战。杨辅清本应指挥协调诸军,救援吉安,但在前线战况稍不如意的情况下,便不顾其他友军的安危,率先退出战场,转向福建。结果剩下的部队被王鑫各个击破,援吉行动彻底失败。

石达开入赣,可谓众望所归,毕竟上述诸将与他相比,各方面都相去甚远。另外,他还带来了大批军队,对外号称十万大军。这么多部队拥入江西,本身就已经改变了江西战场上双方力量的对比。

最初,石达开也有在江西这个他亲手缔造的基地上"独树一帜"的打算。他从安庆进入江西后,长驱直入,迅速冲垮了福兴所主持的东路防线,随后与杨辅清、杨义清会合,在抚州落脚。

东路是挡不住太平军的,问题还在于西路。在太平军上一次大举西援的行动失败后,石达开决定亲自领军西援临江。但西援必须横渡赣江,而这时湘军水师已在江上严密布防,在他们的拦截下,石达开多次挥师渡江都未能获得成功。

水师并不见得在江上的所有区域都能一夫当关。吉安的三曲滩冬季江水较浅,可以徒涉过江,于是石达开改变增援临江的计划,南下至三曲滩渡口,谋援吉安。如果吉安主将不是曾国荃,石达开可能就成功了。可惜这个假设并不存在,在石达开兵团徒涉时,曾国荃以吉字营为主,指挥湘军水陆二师进行层层阻击。石达开兵团虽然兵力很多,但并非都是精兵,其实际作战能力与其数量并不匹配,打打东路那些较弱的清军还行,碰到吉字营这样的强军就很难占到便宜了。

石兵团与湘军鏖战十七天,仍无法取得突破,即便石达开亲自督阵亦无济于事,部队伤亡惨重,多名将领殒命,渡江计划全面受挫。石达开脱离天京,除了惧怕步杨秀清后尘,还包含着对洪秀全的强烈不满,坚守江西,屏蔽天京,非其本意。在遭遇重挫后,石达开认为赣局已不可挽回,于是便放弃西岸诸城,东入浙江,到东部开拓他的新天地去了。

围三阙一

石达开入赣离赣,只是让湘军虚惊了一场。

在切断外援后,湘军各路围城部队加紧了攻势。各城守军均由一部分太平军和一部分会军共同组成。当初石达开收纳会军时,允许他们保留建制,所以会军虽与太平军同守一城,且彼此相处很近,但却不受太平军的指挥和纪律约束,其内部经常产生纠纷,互相哄斗。刘长佑打下袁州就是钻的这个空子,为了能够迅速攻下临江,他又故技重施,对城内的会军进行诱降。他的这一伎俩差点成功,城内已经有人悄悄出降,然而因为回城后秘密泄露,被守城主将发觉后杀死,里应外合之计遂告夭折。

刘长佑只得老老实实地重回长围久困模式。至1857年12月,城内缺粮日益严重,每人每天只能发二两口粮,守军出现了寻机突围的迹象。既然太平军要突围,克城是没有疑问了,剩下的就是该如何歼敌。为防止其突围,攻城部队内部讨论时,将领们都提出应全力压缩包围圈,但刘长佑主张不如"围三阙一"。

突围出逃的敌军,因急于求生,往往锐不可当,很难将其拦住;或即便能勉强予以阻截,己方也会受到很大损失。反之,若围三面,单留一面任由其逃走,一者可以最大限度地减少己方伤亡;二者敌军精神松懈,出逃后也多数会自行溃散。在太平军永安突围时,向荣也曾采用"围三阙一"的战术,但当时的情况是太平军兵势正旺,采用此术,效果自然只会适得其反。刘长佑根据他从军多年的经验,认定"围三阙一"的条件已经具备。他和萧启江决计如此部署,故意在包围圈上留下了一个缺口。

1858年1月22日夜,临江城内的太平军打开西门,沿缺口进行突围。刘、萧兵团会同江军,在占领临江城的同时,抽兵分成两翼,从后面对突围部队进行追击,消灭了不少太平军。如刘长佑所料,突围的太平军除被歼者外,大部分都在路上溃散了,逃至瑞州的残部不到原人马的十分之三四。

瑞州、临江、吉安,湘军已下两城。原在瑞州的刘腾鸿旧部由刘腾鹤接统,南下参加围攻吉安。刘、萧兵团则趁石达开入浙之际,东渡赣江作战。

经过在赣西的苦战锤炼,刘、萧兵团的战力都大有提高。其中萧启江统辖田兴恕等部,日益突出单刀直入、快速突击的作战特色。随王鑫同一批入援江西的江忠义部也效仿他们,这使湘军继老湘营后,又有了两支打法逐渐成熟的流动兵团。

石达开入浙,把赣东的主力也都带走了。当时石达开的不少部属都相信自己的主帅乃是奉了天王密诏,要转回广西,招兵纳将,所以都跟着一道离开了江西。有人估计,石达开兵团可能已经超过十万人,李秀成不无遗憾地说:"翼王将天王的士兵全带走了。"

留在赣东的太平军机动部队多为临时组成,他们平时散布在乡村,其作战模式是,当湘军发起攻击时,就从各处包抄袭击。如果主力部队尚在,这种打法还能够起到一定效果;主力一走,其作战能力较差的弱点就暴露出来,根本无法与萧启江兵团、江忠义部相抗衡。落败后,这些部队便决定走石达开的老路,放弃江西,向东进入浙江和福建。

赣东各城的太平军孤立无援,失守只是时间问题。刘、萧兵团采用军事进攻与诱降会军的策略,双管齐下,先后攻占了抚州、建昌两府城及其附近各县。石达开大举攻入江西时,实际控制有八座府城,到这个时候为止,已有六座府城被攻克,只剩下九江、吉安尚需收复。

头 破 血 流

在鄂东战役末期,湘军占领了小池口,接着又通过第二次湖口战役,控制了湖口和梅家洲。九江城的太平军失去依托,陆上三面被围,临江一面也被湘军水师控制,完全成为孤城一座。此后,在水师的配合下,李续宾兵团开始昼夜攻打九江。从这时候起,九江城内每天晚上都有饿慌的难民缒城出逃乞食。林启容为了减少粮食压力,也开始允许老弱妇孺出城,其中甚至还混入了个别太平军逃兵。

1858年3月中旬,湘军水陆军连攻三日,均为城中炮石所阻。九江太平军军容整肃,旗帜甲胄鲜明,防守没有丝毫漏洞。只是缒城出逃的难民更多了,经询问得知:林启容在人力、物力支援完全断绝,存粮越来越少的情况下,已下令利用城内的空地种麦以图自给。然而由于麦子还未成熟,人们暂时只能以野草混杂少量的米,做成饼,每日计量分食。现在城内军民大多已饿得面黄肌瘦,很多人都得了水肿病。

居然在种麦子,麦子没熟就吃野草,这是准备熬到什么时候?林启容如此坚忍不屈,让李续宾感到既惊讶又佩服。要知道,即便是湘军这样以顽强勇悍著称的部队,只要缺了三天粮,也就只有坐以待毙的份了。虽然是长围久困,但谁也不希望在城下跟着林启容一起熬,当初的塔齐布可就是这么被生生熬死的。李续宾围攻九江也已经有十几个月了,他无论如何也不愿步塔齐布的后尘。可是强行攻坚对部队的损耗又实在太大,于是便命令部将李存汉写了一封劝降书,用箭射入城中。林启容看了劝降书后,登上城墙,按照劝降书的署名唤来李存汉,对他说:"我这样的人,是不指望在你们手下活命的,我将坚守到底!"

林启容宁死不降,李续宾只好另谋他策。

在太平军处于战略攻势阶段,太平军采用土营和地道战的战术攻城,其巨大威力给包括湘军在内的清军留下了深刻印象。战场是最好的课堂,没有人敢于懈怠,湘军也偷学了这一战术,不过以前一直都用不上,如今到了自家发动战略攻势,这才具备了条件。李续宾决定对九江城采用坑道爆破,以求缩短攻城时间,减少人员伤亡。

九江城大东门外有一座高冈,名为磨盘洲,李续宾命部将黄泽远在磨盘洲上修筑营垒,营垒被修到与九江城等高,然后架炮轰击城墙,并竖起旗帜,陈列木梯,摆出攻城的阵势。以此作为掩护,黄泽远团队暗中在营垒里挖掘地道。但是不久挖地道的事还是暴露了,太平军既是地道战的创始人,当然也掌握反地道战的技巧。他们从城内对挖,用污水淹穴,灌退了湘军。李续宾并不泄气,又命李续焘营自磨盘洲左后侧开挖地道。这一侧没有被太平军发觉,终于挖到了墙根。

地道挖通后,李续宾约水师从四面同时攻城。当天清晨,地道内事先填充的上万斤火药被引燃,爆炸后如同山岳崩塌,东门城墙瞬间被轰塌十余丈。令人目瞪口呆的是,面对如此大的动静,太平军守城官兵仍屹立不倒,没有人吓得逃跑。他们紧急应战,不顾性命地将大桶的火药点燃,顺着风向扔至城外,又用砖瓦和石头抛砸,城下的湘军攻城部队死伤枕藉。

其间,风向突然变化,反吹向城内,太平军被自己点燃的大火烧死百余人。然而林启容应对得也很快,趁湘军因伤亡太大,进攻停顿的间隙,下令用木板瓦石堵塞缺口。李续宾部将余云龙组织敢死队冒死冲击,但此时缺口已被堵合,且风雨大作,敢死队的伤亡也非常之大。李续宾不忍目睹弁勇白白牺牲，只得中止攻势。

东门没有成功，又转向南门。掩埋在南门地道内的火药被引爆后，轰塌了南门城墙，但湘军还是攻不进城。太平军向城外抛掷大桶火药，许多湘军弁勇被炸死炸伤。湘军攻势受挫，林启容趁机指挥部队迅速堵住了缺口。

两次攻城，一次都未能奏效，李续宾兵团伤亡惨重，这是罗泽南组军以来极为少见的情况。面对眼前血淋淋的现实，湘军将士无不唏嘘饮泣。

林启容守九江四年有余，经受湘军三次长期围攻，历大小数百战，到了兵单粮少、围合援绝的地步，竟仍能令湘军头破血流，望之气馁。如此善战之将，别说大多数湘军将领无法与之比肩，就连身为大帅的曾国藩都对他感到害怕，曾私下对曾国荃说："林启容之坚忍，实不可及也。"

攻克九江

对李续宾而言，他最幸运的一件事，就是与前辈罗泽南、塔齐布时期相比，其所处环境已大为不同。胡林翼坐镇武昌，不仅源源不断地为前线提供粮饷，而且还通过增募新兵，使前线弁勇可以得到轮换。李续宾兵团顿兵坚城日久，还能保持旺盛士气，与其有很大关联。

1858年2月至4月，陈玉成再次西进湖北，以策应九江守军，虽一度攻占麻城，但终为湖北湘军所阻，未能对整个战局产生较大影响。在胡林翼的调度指挥下，九江周边驻防的湘军都能靠自身抵御太平军，不但没有拖累李续宾兵团，还能够时时在近旁协助攻击。李续宾不用考虑外围的事，他只需专心致志地想着如何尽快破城。

还是得依靠坑道爆破。蒋凝学在鄂东攻取童司簰的战斗中建立奇功,这次李续宾把任务交给他,命蒋凝学营从磨盘洲右侧新挖地道。与此同时,李续宾在扫除城外尚残存的五座营垒后,又命诸将日夜轮番攻城,借以对地道作业进行掩护。

要辨别敌方是否在挖地道,以及地道设于何方,除了"瓮听法"外,还可以用眼睛进行观察。通常开挖地道时,地道里必要点上灯火,烟气上灼,地面的草色就会萎黄。不过所有这些办法都要具备一个前提,那就是要静下心来,非常认真仔细地一一进行排查。林启容所部虽然意志坚强,但终究也是血肉之躯,湘军的连续攻城,使得他们无法休息,数日之后即处于疲惫状态,斗志也不可避免地有所松懈,加上攻城时极为喧闹,故而没能识破蒋营的地道作业。因为没有干扰,此次地道也比前几次挖得更加深远。

1858年5月18日,蒋营的地道挖掘成功,共填充火药一万五千斤。汲取以往教训,准备率先攻城的几百敢死队员接到命令,必须在近城的土坡处开挖个人防护掩体,而且要在进攻前藏于掩体之中,以免火药爆炸时,被炸飞的砖石所伤。当天傍晚,水陆军严密戒备,防止在此关键时刻,城内太平军组织反击或突围。翌日,李续宾下令引爆炸药,刹那间,砖石飞腾,山岳震撼,九江东南城墙崩塌,碎砖碎石被炸得飞到空中也有数十丈之高。这是威力和破坏力最大的一次爆破,缺口处的数百太平军被当场砸死,由于缺口过大,太平军无法再像以往那样堵塞缺口。

湘军敢死队鉴于前几次的失败,都没敢第一时间实施冲锋,等到烟焰散尽,见缺口处守兵已寥寥无几,他们这才冲向缺口处,并登上城头。城内太平军拼死抵抗,与正面冲进来的湘军展开浴血搏杀。不料这时湘军水师由李朝斌率领,弃船登陆,又从北门杀上城头。城头的太平军防守失据,纷纷拥挤坠落而亡。

李续宾兵团趁势从各个城门登上城头,城中太平军大乱,主将林启容、副将李兴隆均死于乱军之中。有人说林启容是在巷战中战死的;但也有人说,火药爆炸时,林启容正好在这段城墙上巡城,城墙崩塌,林启容掉下来摔死了。林启容的尸体被湘军找到后,李续宾下令分尸,仅此一点,就可窥见湘军对其又恨又怕的程度。九江被攻陷后,除残存的五千余难民立即得到抚恤救济外,太平军一万七千人,全部被杀,他们的鲜血洒满长江,连滚滚江流都化为了一片赤红。

九江之战,开了湘军不留俘虏,一律杀尽的屠城恶例。即便这样,林启容及其所部带给他们的那种不可思议的恐惧感仍旧经久不去,尤其当他们剖开太平军士兵的肚子,发现里面果真只有一些青菜野草时,更是如此。不仅仅是参战部队,就连湘军大帅、自命已阅尽世事的胡林翼,也解释不通林启荣的部队为何如此能战。他曾用悲叹的语气对友人说,我们官军三天没有米吃,就没法打仗了,可是当年九江的太平军,"剖腹皆菜色",照样打,"兵不如贼,这个道理讲不通啊!"

除了困惑和心有余悸,林启荣及其所部也给予了李续宾兵团以结结实实的重创,使其"兵气顿弱",且短时间难以恢复。评论家认为,这为李兵团后来的覆灭埋下了伏笔。

攻克九江,使清军在战略上占据了更为有利的地位。李续宾在此战中功居第一,战前他已被朝廷任命为浙江布政使,战后加授巡抚官衔,赏穿黄马褂。胡林翼以调度有方,亦被加授太子少保衔。

胡林翼所统辖的湖北湘军兵强马壮,已经是太平军在长江流域最强悍的对手,同时也是朝廷在这一区域最可倚仗的军事力量。如果说在曾国藩离开江西之前,尚可称"曾胡并峙"的话,此时的胡林翼已实际超越和取代了曾国藩,成为湘军的实际主导者。

朝廷的反应

这个世上,有成功者和得意者,则必有失败者和失意者。曾国藩先在江西屡遭折辱,其后归家守制,只能在家静观战场风云变幻,事业上完全陷入低谷。

曾国藩不是没有产生过提前结束终制,赶回前线的想法,可是任谁也不愿意再忍受过去在江西时的那种煎熬。为此,他在咸丰所批准的三个月假期将满时,上了带有试探性质的《恳请终制折》。咸丰批复得很快,其内容核心是不同意终制,让曾国藩假满后立即返回江西。但令曾国藩深感失望的是,给他的职务仍是"署理兵部侍郎"。

由曾国藩一手保荐的胡林翼,早就转正成了正式的湖北巡抚;就连曾国藩过去手下的营官李续宾也挂上了巡抚的头衔;杨载福则是湖北提督。曾国藩自己,身为湘军的创始人之一兼大帅,从头忙到尾,累死累活这么多年,居然还停留在当年出京时的那个职务,而且还是"署理"。从胡林翼到李续宾、杨载福,三人的官品均高于他,真不知道京城那个皇帝究竟是怎么想的!

豁达一点说,曾国藩本有极高的自我修养,他也未必就在乎官职表面所附着的那些所谓荣华富贵,然而如果依旧只能顶着个"署理兵部侍郎"去江西,他和湘军将士不还是要受地方官员欺负吗? 部队粮饷怎么解决?

曾国藩苦思半个多月,写了两个奏折:一个奏折是吁请开缺,不想再干什么"署理兵部侍郎"了;另一个奏折是恳请终制。在后一个奏折中,曾国藩历述了以前在江西遇到的各种困难,认为造成这种情况的根本原因,还是无督抚之权,以此直接向清廷表明自己的态度:如果不准我终制,要让我再次出山领军,不是不可以,但是必须任命我为督抚；否则，我干不了，还是在家守孝算了。这样的措辞和内容，在曾国藩的奏折行文中可谓绝无仅有，与他素来的忠君思想和理学家身份殊为不符。外人若不能理解曾国藩在江西的艰难处境，都会理所当然地认为，曾某这是在以"在籍守制"相要挟，向清廷索取地方实权。湖南士绅为之舆论大哗，尤其左宗棠更在骆秉章幕中对曾国藩破口大骂。

左宗棠参与湘军高层的决策，他倒是了解曾国藩在江西的困境。问题在于先前曾国藩在勒捐时，抓了他的女婿，左宗棠咽不下这口气，有了机会就一定要报复。他骂几句还不解恨，又写信给曾国藩，说你老兄究竟出山不出山，我是管不着；也不知道你出山之后，对时局究竟有没有用。我只想知道一点，当初朝廷尚未批准，你就急慌慌地跑回家守孝；如今却不待朝廷下令，就又想着要出山，这算是真正尽孝吗？左宗棠可算是尖酸刻薄之至，诸如此类的舆论攻击，不能不让曾国藩感到痛苦和委屈。但给他打击最大的，恐怕还是朝廷的反应。咸丰本来就对曾国藩防范有加，恳请终制折一上，更是疑窦丛生，随即便给以答复：你的两个请求我都准了，开侍郎缺，在籍守制！

看到曾国藩无法再度出山，一些真正为大局着想的人，都很焦虑，特别是胡林翼、李续宾、杨载福、彭玉麟等人。私下里，他们认为曾国藩说得没错，你朝廷不给足权力，让人家怎么领兵打仗？胡林翼先后活动官文、骆秉章，请二人为曾国藩说话。官文、骆秉章都是官场嗅觉极为灵敏的老狐狸，知道皇帝正在怀疑曾国藩，所以谁都不敢开口。无奈之下，胡林翼只好鼓足勇气，独自冒险单衔上奏。在奏折中，他没敢提授命曾国藩出任封疆大吏这样的敏感字眼，而仅仅表示，应该让曾国藩复出统领水师。咸丰对胡林翼还算客气，没有在批复中训斥他，但却毫不犹豫地将其请求予以驳回：杨载福统带水师，成效不错，用不着曾国藩再去插手。

湘军陆师的建立,尚有罗泽南、王鑫等人的功劳,唯水师乃曾国藩一手创建,他对水师付出的心血也最多。现在朝廷居然说连水师都用不着他了,其他自然更不用提了。

除了胡林翼等湘军人物外,也有胆大的朝臣奏请起用曾国藩,然而都一律遭到了咸丰的断然拒绝。说到底,在皇帝的眼中,曾国藩的身份已经与潮俱落。反正陆师有胡林翼、李续宾,水师有杨载福,各个战场也都进展不错,在这种情况下,旁人越是说要用曾国藩,他就对曾国藩越怀疑,也就越不会用他。

曾国藩在家待了一年又三个月,这是曾国藩一生中最清闲的时候,但也可能是他最感失落和沮丧的时候。曾国藩读书成癖,不管前线军事多么紧张,都会忙中偷闲,在军帐中读它几页,唯独在这一段看似最适合读书的时光里,未留下任何关于读书情况的记录。不仅如此,他还变得特别容易生气上火,经常会跳起来,不顾身份地与弟弟们争吵,种种言行,和其平日里稳重内敛、喜怒不形于色的个人形象大相径庭,仿佛变了一个人似的。

又成了香饽饽

有个颇为奇怪的悖论是,曾国藩以扫平太平军为己任,但恰恰是太平军的潮涨潮落,决定着曾国藩乃至湘军在朝廷心目中的价值。

就在曾国藩居家守制的一年多时间里,"长毛"不但没有被灭尽杀光,而且在局部地区比原来声势更大。石达开兵团进入浙江后,接连攻城略地,已包围衢州,并有直趋其省会杭州之势,浙江形势变得极为紧张。

朝廷在南方虽有江南大营可以倚仗,但江南大营的主责是围攻天京,分不出力量在江、浙两省之间来回倒腾。朝廷只能从江西调萧启江、张运兰、王开化等湘军入浙作战,这些部队都是独立的战斗单位,需要有一个人进行统率。而福兴在江西的经历表明,湘军以外的人,不管官衔有多大,都很难调度他们。

咸丰能想到的第一人选,是胡林翼。诏书送到湖北,胡林翼奏称,湖北百废待兴,尤其清理厘金和漕粮非常重要,他必须留在湖北主持。胡林翼之外,现有湘军陆师中能够服众的人物,便只有李续宾了。李续宾在攻占九江后,以军事才华扬名天下,俨然已成湘军第一名将。不待咸丰下旨,浙江籍的在京官员已接连上疏,请求朝廷派李续宾赴任浙江,指挥浙江军事。

这时胡林翼正在筹划东征,李续宾作为湖北湘军的台柱子,自然是独当大任的不二之选。听到朝中拟调李续宾赴浙的风声,胡林翼和官文立即联合上疏,请求让李续宾留下来,不要把他派去浙江。胡林翼自己不能去,李续宾派不了,浙江军情又急如星火,怎么办?胡林翼早有准备,他拉上骆秉章,仍然是联合上奏,请求清廷重新起用曾国藩,统率萧启江等部,援助浙江。

除了曾国藩,咸丰也确实想不出其他像样的大员了。于是曾国藩又成了香饽饽,虽然是一块让咸丰觉得有些烫手的香饽饽。咸丰给骆秉章写了一道上谕,让骆秉章替他给曾国藩传旨,命曾国藩督率萧启江等部,星夜增援浙江。在这道上谕中,他称呼曾国藩为"该侍郎",相当于是把曾国藩申请开缺的那个"署理兵部侍郎"又扔了回来。曾国藩会像《恳请终制折》中所言那样,在这个节骨眼上,继续讨价还价,要求任命他为督抚吗?这可能是咸丰发出上谕后,最为担心的一件事。让咸丰松了一口气的是,曾国藩在接到骆秉章转发的上谕后,未提任何要求,便立即从荷叶塘启程,前往长沙。到达长沙后,他自己刻了一枚关防,上写"钦命办理浙江军务前任兵部侍郎关防",自嘲意味尽在不言之中。

曾国藩已经想明白了,只要不到退无可退的境地,朝廷是决不会让他出任督抚的。既然如此,还有什么可争执和纠结的呢?

曾国藩此次复出,水师已不归其统领,陆师能够从江西战场抽出来作为援浙军的,也只有萧启江等部,这里面好多还不是曾国藩的老部队,比如张运兰、王开化都是王鑫过去的部属。曾国藩指挥这些部队,很难保证立刻就能得心应手,但既然肩负朝廷众望,他也只好先勉强为之了。因军情紧急,曾国藩命令各部在江西铅山县河口镇集结待命,准备入浙作战。他自己则由长沙乘船,经武昌,过南昌,前往河口。

此时李续宾已按照胡林翼的作战计划,准备率部东征,他在蕲州遇见了曾国藩。李续宾为曾国藩的二次出山感到高兴,也知道曾国藩一年多没有插手军事,手里缺乏老部队,于是便把朱品隆、唐义训两营计一千人留下来,作为曾国藩的亲兵。

当曾国藩到达南昌时,援赣军已在河口集结完毕。不过等曾国藩抵达距铅山不远的瑞洪镇时,他却突然接到上谕,让他率部改援福建。原来石达开已撤去衢州之围,转而进入福建,浙江军情由此得到缓解,但这回又轮到福建方面哭爹喊娘了。接到上谕,曾国藩只得重新制订增援福建的行动计划。

这次曾国藩重回江西,虽然仍是郁郁不得志,但实际境况却比原来好了很多。最主要的是,曾让他恨不得抓破头皮的军饷筹措,暂时已经有了着落。

有了底气

经过胡林翼的治理,湖北已逐渐改变过去积贫的面貌,正成为继湖南之后,湘军又一个名副其实的后防基地。胡林翼和骆秉章在奏请让曾国藩出山时,即已保证如果援浙军的军饷得不到落实,可由湘鄂两省完全承担。

江西巡抚耆龄的前任陈启迈、文俊,下台都很快。文俊下台,实因江西军事糟糕之故;陈启迈下台,看似为曾国藩所弹劾,说到底也是朝廷对江西的形势实在看不下去了。战争时期,督抚的政绩还是得靠军队争取,耆龄领会了这一点,况且又明知曾国藩即将前往浙江,不会长在江西,所以对待曾国藩,较之前任,更加礼敬有加。

在老家坐冷板凳的这段时间,曾国藩同样做了反省。强龙难压地头蛇,在地方官员面前不该过于清高孤傲,便是他的一个自我总结。返回江西后,曾国藩开始主动与耆龄等江西官员改善关系,两边关系逐渐融洽。耆龄主动表示,他也愿意向援浙军提供军饷。

援浙军变成了援闽军,但各方承诺不变。曾国藩有了底气,便决定增募勇丁一万二千人,同时在河口调兵遣将,以便入闽迎战石达开。

江西能够抽出湘军援助外省,当然是因为太平军在江西的势力已经日益式微,如今他们只剩下了最后一个府城——吉安。

1858年春夏,湘军与太平军在吉安围绕攻与守、封锁与反封锁进行反复较量,战斗十分激烈。太平军虽然打退了湘军的多次大举进攻,但却无法突出重围,亦无法得到外围友军的增援。城内的粮草军火越来越少,到了最后已不得不像九江守军那样食粥,甚至以草根果腹。

像九江守军那样到了任何时候,都能做到坚如磐石,毫不动摇,在太平军中也只是特例。吉安的军心开始动摇。袁州、临江均毗邻吉安,这两座府城均出现过一些太平军暗通湘军,投降和作为其内应的事件。吉安守将李雅凤、翟明海本来就不和,至此受到影响,两人互相猜疑,都暗自怀疑对方可能已经投敌。

李、翟接到石达开的命令,让他们与其会合。吉安城东濒临赣江,由于无法突破长壕,两人决定趁赣江涨水,率部前往福建。曾国荃早就调水师在赣江进行巡防,同时在江上架起浮桥,护以铁锁,为的就是防止太平军由水路进援或突围。吉安太平军驾着小船,系着大筏,顺流对浮桥进行冲击,浮桥被屡次冲断,但随即又被湘军修复。在此过程中,湘军水师将领刘培元指挥战船截击,虽胸口被火炮击中受伤,仍不下火线,裹创血战,直至将太平军的船筏全部捣毁。

突围失败,使守军本已脆弱的心理防线再遭打击。曾国荃趁机大施分化离间之术,让人将劝降书射入城内。这封劝降书令李、翟之间完全失去了信任,李雅凤借机杀了翟明海,守军陷入自相残杀之中,抵抗意志丧失殆尽。1858年9月21日,吉安终于为湘军攻下。湘军先后占领江西八府,表明当初石达开在江西所开辟的局面已经完全丧失。湘军与太平军在江西腹地的争夺,以湘军获胜告终。

攻占吉安后,清廷对外宣布"江西全省肃清"。然而实际情况并非如此,原随石达开进入浙江、福建的杨辅清又回到了江西。杨辅清虽跟石达开在一起,但他不受石达开管辖,石达开对此深为不满。另一方面,在石达开出走后,天王洪秀全急需用将,开始起用新锐,由此建立了五军体制,陈玉成、李秀成等人都被任命为主将,分掌前线军权。为争取杨辅清,洪秀全也任命他为中军主将,杨辅清被打动了,下决心继续效忠天王,于是决定脱离石达开,率部重新进入江西,以便拱卫和救援天京。

杨辅清进入江西后,以景德镇为基地,从北面威胁湘军。与此同时,石达开在进入福建后,虽拥兵几十万,但兵多不精,遭到激烈抵抗后,为减少损失,又突然像捉迷藏一般地钻入了赣南。曾国藩率部在赣南的狭小山地中作战,与太平军短兵相接。周边各县无一不是紧张的战场,一城一地,往往得而复失,失而复得,反复争夺。曾国藩大营距前敌不过百里之遥,有时甚至只有数十里。为防止敌军突袭,临时修筑的帅营都建有三层墙子,最外一层作为防御使用,中间和内层驻亲兵三营,最里层的圆圈内是核心。曾国藩本人驻在里面的营帐中,指挥作战和召见营哨官。

东　征

攻下九江后,胡林翼即计划东征安徽。

安徽以长江为界,可分为南北两部分,即皖南和皖北。皖南及江西东北部边缘虽驻有太平军,但江西基本已经收复,且碍于鄱阳湖、赣江等天险,太平军难以从此西进,危及两湖。皖北则不然,此处与湖北紧邻,且为石达开等人经营已久的根据地,屯有大量太平军。从过去的经验来看,太平军已多次由皖北西进,给湖北乃至全局造成极大威胁。就是在刚刚李续宾攻打九江期间,陈玉成的西进也同样给湖北湘军带来了一波接一波的危机,若不是胡林翼亲赴前线,通过调兵遣将化解危机,九江战区当时就将面临两个严重的后果:要么武汉重新被太平军包围;要么李续宾解围撤离九江。

"先清皖北,再议皖南",胡林翼为东征定下了这一战略。在皖北战区,皖北和安庆是分开的,胡林翼拟以陆师渡江,先攻皖北,后及江南;水师先攻安庆,后及天京。

统领陆师的人选,自然非李续宾莫属。胡林翼自己做事秉持包揽把持之风,他也如此为李续宾考虑,特地上疏,给李续宾争取到了专折奏事之权,也就是李续宾可以不通过其他督抚或者曾、胡,直接给咸丰皇帝递写奏折。为了避免将来李续宾深入皖境,为他人所掣肘,胡林翼又进一步强调:李续宾兵团是李本人一手训练出来的,军中将士的相互信任度和默契度都相当高,打起仗来如身使臂,如臂使指,所以不能归他人指挥。

李续宾奉命东征,临行前,他握着胡林翼的手说:"我恐怕没有机会再见父母了!"作为军人,随时都要准备马革裹尸,湘军的战亡率尤其居高不下。在督师东征之前,李续宾就曾多次说过"出队即不望生还"。胡林翼等人听了李续宾的话后,在感动之余也就没再往深处想,当时谁都没有料到,这竟是李续宾在他们面前留下的最后一句遗言。

此时的李续宾兵团经过急速扩充,部队已增至一万三千余人,九江攻坚战的损耗在数量上得到了弥补,但这并不是李续宾所能带去皖北的全部人马。九江以及相关的湖口、彭泽,乃东征的粮饷转运基地,不能不守,甚至还要严密防守,所以必须留下四个营;此外又留了两个营给曾国藩。若按每营五百人算,这样就减掉了六个营三千人,实际随李续宾开拔的是一万余人,只比他刚刚进抵九江城下时的兵稍多一些。

李续宾的幕僚们感到担心,他们提出了一个临时募兵的方案,建议应形成四翼,每翼三四千人,使兵团增加一万两千至一万六千的兵勇。李续宾自己则率领由现有部队组成的中军,五路并进,如此出省作战,方有把握。一下子增募如此多的兵勇,这该需要多少军饷?虽然如今湖北湘军的军饷已有基本保证,但军饷难筹永远都难以改变。李续宾不想为难胡林翼,没有同意这个方案。

幕僚们又主张,应将战斗力一般的守碉勇与九江、彭泽换防,这样至少也可以腾出两地精锐兵勇,随主力一起赴皖北作战。此时李续宾兵团已在行军途中,李续宾觉得调兵换防颇费时日,决定仍保留守碉勇,继续北渡。

李续宾兵团北渡后,首先与屯驻黄安、麻城的陈玉成兵团交战,迫其由鄂东退回皖北;接着,与都兴阿、鲍超马步军联合东进。1858年9月22日,东征集团攻克安徽太湖,由此揭开了皖北大战的序幕。

就算李兵团的兵力不足,但如果能够一直与都、鲍组成集团,向皖北稳步推进,也要稳妥得多。适值李孟群兵败庐州,庐州被陈玉成攻占。朝廷希望赶快收复庐州,因此催促李续宾尽快拔兵深入皖北。胡林翼了解李兵团的实际困难,这个问题要由他来处理,即便朝廷催得再急,他也不会跟着紧催李续宾。不巧的是,那段时间,正好胡林翼母亲病故,胡林翼扶柩回籍,由官文兼署巡抚,一人主持湖北军政。官文可不像胡林翼那么体恤下情,他一心只想着让湘军在前线卖命,好给自己的功劳簿上多添几笔,因此也挟势逼迫李续宾火速赶往庐州。与此同时,又命都兴阿、鲍超前去进攻安庆。

李续宾有专折奏事之权,本来可以直接向朝廷申诉困难,延缓进军时间和阻止分兵。然而继攻克武汉、九江之后,李续宾及其一些部属都不同程度地滋长了骄悍轻敌的情绪,东征之前,李续宾未接受幕僚们关于增募兵勇和换防的建议,即是这种情绪的直接反映。

由于长江南北两岸的战局看上去都很不错,甚至连曾国藩都一度有些飘,认为安庆太平军不会太多,或许只要虚张声势地恫吓一下,就能轻而易举地予以攻取。至于克复天京,亦不过是指顾之间的事。正是在这种过度乐观的情绪包围下,李续宾选择了服从上命。

李续宾随即与都兴阿分手,东征集团分成南、北两路:南路由都兴阿、鲍超统领,进图安庆;北路由李续宾统领,进援庐州。

完全把他当成了救命稻草

自1858年9月底开始,李续宾兵团连克潜山、桐城。攻下桐城后,李续宾决定留下赵克彰等人率领六营兵力驻守桐城,用以固守大军后路,自己率主力北上,进取舒城。

桐城分兵，又减去足足三千人马，主力仅剩七千余。一向都拥有着独立见解的营官丁锐义，建议李续宾不要再向皖北深入，与其进攻舒城，不如南下与都、鲍二军合攻安庆。重新与都、鲍组合，既违背了官文的指示，同时也会给外界以李兵团已经力不从心、无法独立征战的印象，李续宾认为情况并没有发展到那一步。

还在罗泽南手下做营官时，李续宾就以善打硬仗著称，常常能以少胜多，屡建奇功；在升为统领后，更是不管什么苦仗恶仗硬仗，无战不克。这一常人难以企及的辉煌战绩，赋予了李续宾以强大的自信：武昌、九江尚能攻克，舒城又有什么了不起，至于怕这怕那？李续宾拒绝了丁锐义的建议，挥师猛攻舒城。舒城太平军在得知桐城已经失守的情况下，对于固守舒城缺乏足够的信心，与湘军激战两天后，即弃城撤往三河集。

自进军安徽以来，李续宾兵团用了三十二天时间，纵横四五百里，攻克太湖、潜山、桐城、舒城四座大城，兵锋所向，锐不可当。沿途太平军皆闻风震惧，有些驻扎城外营垒的部队，甚至还没打就已经自行瓦解。

李续宾的目标地点庐州，就在三河集以北，李续宾要增援庐州，势必要先攻占三河。在庐州一带，钦差大臣胜保每天伸长脖子坐等李续宾，急得不得了，屡次弹劾李续宾不及时赴援。这时陈玉成、李秀成已联手击破江北大营，打通了皖北接济天京的粮运江上水道，东战区的清军自顾不暇，根本无法西援安徽。清廷惊慌失措，只能指望李续宾，咸丰连发密诏，让李续宾不要迟疑和停顿，赶快向三河进发。

李续宾十天之内，竟收到七道密诏，可见朝廷已完全把他当成了救命稻草。李续宾是最早投身湘军的儒生，他们这批人都有着很强的忠君思想和殉道意识，见朝廷如此倚重自己，李续宾在深感压力的同时，也非常感动。用他的话来说，就是要竭尽所能地来报答皇帝的知遇之恩,"成败利钝,不予考虑"。尽管如此,李续宾及其部属毕竟不是只会纸上谈兵的清谈客,尤其都亲身在硝烟弥漫的战场上搏杀,不是热血翻涌,表一表决心,就能解决所有问题。

北路军在皖北征战,每攻克一地,都要留兵防守。部队兵力越来越少,若要继续攻击,舒城这里势必还要留置兵力,预计能随李续宾前往三河的步卒连六千都不到。李续宾兵团的战斗力也在逐渐减弱,九江一战,对它的影响已是伤筋动骨,之后,兵团主力没有休整,就又进行东征。几个月来,苦战不断,就是不打仗的时候也得昼夜行军,兵团没有休息过一天,已经非常疲惫。伤亡也较重,仅舒城一仗,就阵亡了不少人,负伤者亦有五百多。而且更为棘手的是,和九江攻坚时一样,每次损耗最多的皆为精悍之卒。

李续宾对此无法视而不见,于是便召集谋臣武将,共同商议今后的行止。根据南路传来的消息,都兴阿、鲍超已攻占石牌、集贤关,直逼安庆,并与杨载福的水师会攻安庆,但此后再未能够取得任何进展。在安庆尚被太平军所控制的前提之下,李续宾兵团如果继续前进,难免腹背受敌,这是多数幕僚在发言中强调的又一个困难。

丁锐义在进攻舒城前的那个建议,又被重新提了出来。大家认为,最好的办法还是返回桐城,然后与都兴阿会师,联合攻打安庆。届时,水师陆师,马军步军,各兵种相互协作,湖北湘军的精锐全都集中在以安庆为中心的百里之地,不信安庆就打不下来。

丁锐义本人也指出:兵团主力孤军深入,已成强弩之末;如果粮道被截断,后果不堪设想;原本所攻占的舒城、桐城、潜山和太湖一带,由于留守兵力不足,也必将一并丢失。"还是后撤桐城待援为宜。"丁锐义主张。

进军三河

如今李续宾所面对的情况,已与进攻舒城前不同。他不得不承认,众人所摆出的困难,兵团都确实存在。可问题是,朝廷给予的压力也与从前不一样了,咸丰已接连颁下七道催促进军的圣旨,这种时候,怎么还能提领兵南下?

再者,就算真的按照众人建议,前去攻打安庆。李续宾自己心里也很清楚,安庆的战略地位和防守的严密程度,都不会比九江差到哪里去。九江他围攻了十几个月才最终拿下,安庆也绝不是十天半月就能够得手的。到了那个时候,两手空空的他,如何向皇帝和朝廷交代?

改打安庆不可能,后撤桐城待援,则更不能被李续宾所接受。他向来视荣誉如同生命,在战场上退却,哪怕是以后撤待援作为理由,在他看来,也仍是一种耻辱。李续宾记得,丁锐义在军中第一次力排众议,还是罗泽南刚死,他继任统领的时候。当时太平军增援武昌,攻击湘军后路,诸将皆不敢战,唯独丁锐义力言应主动出击,并率义字营等部大败太平军。如今丁锐义反过来,屡言退却,难道是已失去了血气之勇和敢拼精神?可能是因为想到了这些,李续宾不由脱口而出:"在攻打武汉时,大家都主张坚守,唯独丁将军力主出战,为什么现在反而胆怯了?"

此次曾国华也随军东征。曾国华不像曾国荃是个天生打仗的料,其军事才能较为一般,但也正因如此,他很想跟着能人学习打仗。曾国华和曾国荃都是在曾国藩出山之前,就已返回前线。当时曾国华面临两个选择,一是朝廷让他进京候选部官,一是加入李续宾兵团,他知道李续宾乃湘军中的顶尖名将,便放弃入京的机会,自愿在李续宾部帮办军务。

曾国华虽然才华平平,却是个年轻喜进的人,平时就爱唱高调,所谓"平日持论过高"。李续宾言讫,还没等丁锐义解释,他就针对丁锐义所说的粮道可能被截,发言道:"敌人已经丧胆,怎么还敢再来堵我粮道?"曾国华不仅是曾国藩的弟弟,还曾经率不到四千之众,横穿两省,连夺六城,在突破太平军的重重防线后,解除江西危局。此时他又把自己这件引以为豪的往事搬了出来,意思就是目前再困难,也没有他当年困难,绝不至于踌躇不前乃至后撤。此语一出,众人全都缄口不言了。

曾国华的话,坚定了李续宾进军三河的决心。或者说,他本来就不能后退,哪怕只有一个人支持,也得硬着头皮上,更何况此人在军中还具有一定的地位和发言权。

三河一带集中着太平军精锐,但李续宾仍有信心将其制服,他唯一担心的是太平军大部队增援三河。兵团实力过于单薄,难当大战,如果对方兵力太多,恐怕难以支撑。事实上,自进入安徽起,李续宾就已经有了兵力不足的担忧,也为东征启动前,没有听取幕僚的相关建议而感到后悔。还在潜山时,他便致书胡林翼、曾国藩,报告了自身力战太苦、兵力太单、后路太薄的困难,请他们给官文去信,让对方立予援助。

虽然李续宾并不是很愿意直接向官文开口求援,但非常时期,不想开口也得开了。李续宾知道,弟弟李续宜正率四千余人驻扎于湖北黄冈;唐训方那里也有三千人马。于是他给官文写了一封求援文书,要求将李续宜部调来,并让唐训方取道英山,一并前来增援皖北。为免被人认为胆怯心虚,李续宾没有坐等援兵到来,在发出求援文书后,即率军开拔。这时候的李续宾,实际上抱着一种侥幸心理,即指望能在太平军援军到达之前,迅速攻下三河。

三河集位于舒城和庐州之间,乃庐州的南面屏障和咽喉。此地有一条河,名为丰乐河,太平军在丰乐河北岸修筑了一座大城,囤积粮食、军械等物资,用以接济庐州和天京。大城周围,又另筑砖垒九座,皆凭河设险,安置大炮。

1858年11月3日,李续宾兵团抵达三河。和湘军的其他名将一样,李续宾秉持"结硬寨,打死仗"的传统,到达三河后,即率诸将勘察地形,之后便选择地形扎营固垒,以防敌军袭击。次日,营垒建成。但令人诧异的是,南岸太平军却突然撤离,原在南岸的四座营垒皆空,李续宾下令将其拆毁。当天湘军对余下的营垒开始发起进攻,但是进攻并不顺利。弁勇遭到枪炮袭击,难以接近营垒;即便勉强接近,也会被太平军的火药焚烧,导致伤亡惨重。李续宾见状,只得鸣金收兵。

可以看出,太平军营垒的防守非常严密,那他们为什么先前要放弃其中的四座营垒,主动撤离?原因与三河守将吴定规的防守策略有关,他的策略是一边坚守城池,一边等待援兵。后者为重点,吴定规的底线是在援军完全汇集之前,至少要守住大城,放弃南岸营垒和撤出南岸部队,就是为了把兵力相对集中到北岸阵地以及城内。在李续宾攻克桐城后,吴定规就已向天京告急。三河若失,不仅影响庐州战局,还将限制天京所能得到的补给,天王洪秀全立即给主持安徽军务的陈玉成下达命令,让他统筹各部人马,疾速进援三河。

此前太平军将领在安徽枞阳召开会议,陈玉成与李秀成会商,确定了在运动战中围歼湘军的策略,其首要目标就是歼灭李续宾兵团。不过按照陈玉成的计划,他原本是打算在击破江北大营的基础上,先对淮南与天京进行稳固,接着再进击江南大营。歼灭李续宾尚要等待机会,如今这一任务已被大大提前。

自李续宾进军皖北以来,战无不胜,攻无不克,太平军对李续宾普遍感到有些畏惧,但陈玉成却对此次增援三河的行动信心十足。三河南面的庐江尚在太平军手中,安庆更是"屹立如山",如果吴定规能够在援军齐集之前,死死守住三河,孤军深入的李续宾兵团就处于腹背受敌的窘境,"恰好似野兽自投陷阱"。这一时期,除因为灾民的加入,太平军兵力获得极大扩充外,他们与捻军的合作也进入了一个新阶段。三河会战,太平军将有三支力量可以先后入援,即陈玉成兵团、李秀成兵团以及捻军集团。每一支都声势浩大,集结在一起,不怕不能置自投罗网的湘军于死地。

"李妖既来送死,我们就要在三河把妖兵全部消灭掉。各弟杀妖立功,这正是大好时候,为什么反怕李妖呢?"经过陈玉成如此这般一分析,诸将释然,全都笑了起来。

求　援

李续宾仍寄望于在敌军援兵到来之前,快速攻占三河,他兵分三路,将全军十三个营的兵力全部投入了进攻。

然而,外围一些极为不利的信息开始接踵传来。1858年11月6日,也即湘军到达三河的第四天,李续宾接到情报,捻军龚得树兵团及无为、含山太平军各部,均已进抵庐江;庐州守将吴如孝也与捻军张乐行兵团会合,自庐州南下,用以阻击湘军可能从舒城开出的援兵。这都是陈玉成调兵遣将的结果。当晚,太平军部分援兵的前锋即开抵三河集南岸,到达被湘军拆毁的旧垒原址,重新建垒加固防守。

次日,湘军攻破三河守军剩下的砖垒,歼灭和俘虏太平军七千人,但自身伤亡也超过一千人。李续宾还分出兵力,对南岸的太平军援兵进行试探性驱赶,双方各有伤亡,各归原防。换句话说,湘军并没有能够将这批太平军援兵予以歼灭或驱逐。

后来胡林翼认为,李续宾在连夺四城后,就算要继续进兵,也应先停下来一段时间,养精蓄锐。由于连续作战,得不到应有的休整和补充,弁勇太过疲乏,李续宾兵团这把原本锋利无比的战刀已经大不如前了。更为严重的情况是,根据侦察,陈玉成、李秀成兵团都正向三河赶来,初步预计两兵团均超过十万人。这些消息对于李续宾及其部下而言,几如晴天霹雳,三河大城尚未攻破,敌军的大批援军却已经或即将赶到。

当天,舒城外围已经全是太平军和捻军。李续宾攻打舒城时,李孟群曾派部将袁怀忠率两千人前来助战。李续宾在进兵三河时,为保证后路畅通,特地让袁怀忠部屯集舒城以东。现在袁怀忠一看,密密麻麻这么多敌军,心虚胆寒,还没打就跑掉了。

李续宾在向三河进发前,曾专门向官文写了求援文书,只是没有得到任何回音。他不知道的是,官文在收到他的文书后,其实并没有太当一回事。当然其中也不是完全没有客观原因,那就是官文确实需要李续宜、唐训方等人帮他防守鄂东。对官文而言,皖北取得大捷,属于锦上添花。但如果被抽空鄂东兵力,导致太平军乘虚而入,不但鄂东,就连武汉都要受到威胁。现在胡林翼又不在,以他官文的能力,根本应付不来。

"李九(李续宾字如九)用兵如神,所向无前,现在军威如此振奋,哪里会有他攻不破的敌人,难道还少我一个吗?鄂东、武汉防守需兵,无法抽调援军,我看还是让他率部奋力攻守好了,请调援兵的事,就算了吧!"官文看完李续宾的求援文书后,笑了。他将文书遍示司道大员,这些人跟官文的心理差不多,都怕担责任、冒风险,便也随声附和,认为无须派兵增援李续宾。

胡林翼、曾国藩也都收到了李续宾的求援信,他们的反应自然与官文完全不同。两人都急遣信使飞速致书官文,请其向皖北派援,但官文仍坚持不派援兵。有一次,他在跟左右谈话时,偶然透露了潜藏于其心中的阴暗心理:"朝廷倚用汉人,轻视旗绿营,这次就看你李九的能耐吧!"你们湘军不是特别能打吗,朝廷也看重你们,不看重我们八旗绿营了。李续宾你更是号称湘军第一名将,都可以绕过我这个督抚,跟皇帝专折奏事了。好,你既然这么有本事,那就由你自个儿折腾吧!"

官文拒不派援。眼看情势不妙,李续宾只好给李续宜与李续宜的部将成大吉写去亲笔信,向他们紧急求援。但李续宜、成大吉各有职守,限于官文的命令,均不敢自作主张,抽兵增援三河。九江留守四营也收到了增援请求,却因江西接防部队未到,迟迟不能拔营过江驰援。

1858年11月11日,三河集的东、西、南三面均有太平军和捻军开进。三河集附近沟港纵横,地势平坦,没有冈岭湖泽,而湘军对于筑垒的要求是最好能够背山面水,三河缺乏这样的条件。李续宾虽然在到达三河的第一天就已扎营固垒,但也只能将就,其地形之不利可以说是既不利于守,也不利于战。

幕僚给李续宾的建议是,趁敌军尚未合围,赶快全力撤退至舒城、桐城,以便据城可守可战。李续宾却担心撤退时被敌军趁势追杀,没有同意这一建议。他觉得,三河的条件对双方都是相同的,"太平军能战,我亦能战",若在三河与太平军决一死战,未必就不能杀出一条血路。为此,他飞檄留守桐城的赵克彰,让赵克彰率领六营兵力赴援三河。

三河到处都是太平军和捻军,而且太平军和捻军还在如同潮涌一样不断地往里面开进,舒、桐那边都看得清清楚楚。明知极可能有去无回,赵克彰根本就不敢进入三河,接到李续宾的命令后,迟疑着始终没有出兵。

如有天赐的大雾

在部署各路大军驰援三河后,陈玉成便亲率大军,自江苏六合过江浦,经安徽巢湖,昼夜兼程,抵达庐江。在捻军集团已形成远势包围,吴如孝率部拦断舒城救兵的情况下,陈玉成采取迂回包抄的战术,从庐江北进金牛镇,堵住了李续宾兵团的后路。陈玉成在出发前,上奏天王洪秀全,请调李秀成一同增援三河。李秀成奉天王之命,自无为到达庐江,随即进驻白石山,作为陈玉成的后援。

至11月13日夜,在金牛镇至白石山一线,太平军共筑营垒三十座,连营达四五十里,湘军后路被完全截断。湘军陷入重重包围,连久经沙场的老兵都感到了一种末日即将到来的恐惧,形势危殆,后援已绝,如今就算是李续宾肯接受幕僚建议,率部撤退,也已经行不通了。他立即从自己亲统的中营里抽出两百人,由营务处金国琛和毛有铭分统,另建两座营垒,以加强后路攻守。

翌日天还没亮,李续宾派部将李存汉带兵,对太平军的金牛镇防线进行试探性攻击。当李存汉部进至距三河不远的樊家渡时,与太平军遭遇。太平军还没来得及建立营垒,大部都在营外露营,而且这批太平军不懂战术,堪称乌合之众,当即被李部所败。但是,对湘军而言,这只是一次微不足道的小胜,毕竟前来参加会战的太平军和捻军实在太多,就算其中很多都是"乌合之众",要把三河围它个水泄不通,也没有太大问题。

天亮后,李续宾与诸将从河堤上远望,只见数十里范围内,太平军人头攒动,密密麻麻。他们与湘军虽仅相距半里,却只是围困,而不近前攻击。很显然,陈玉成深知李续宾兵团的威力,也知道所部实力参差不齐。因此他选择了以其人之道还治其人之身,即像李续宾在武昌、九江战役时所做的那样,用长围久困的办法将其困死。

其实根本就不用长围久困。韦俊在武昌,林启容在九江,都拥有坚城强兵,而且于防守方面也做了长时间的准备,起码城内的军火储粮是够支撑一段日子的。李续宾在三河有什么?什么也没有,别说坚城强兵、军火粮食,这里甚至连险峻一点的山岗都看不到!

李续宾召集阵前会议,大家都说,要是像这样困守下去,只能坐以待毙,还是应该寻找太平军防线的薄弱之处,向舒城方向杀出。舒城方向也就是金牛镇方向。突击时间上,诸将主张五更出发,晚上虽然适合偷袭,但行军作战也存在不便,李续宾没有同意,改在了黎明之时。

第二天黎明,李续宾集中七个营的兵力,由金国琛、毛有铭等人率领,分左、中、右三路进攻金牛镇。部队在进至樊家渡王家祠堂时,再次遭到太平军阻遏,经过激战,湘军击败了太平军,而后攻占大垒一处,小垒两处。眼看湘军已经冲过金牛镇,突围的曙光初现,但就在这个时候,忽然大雾弥漫,咫尺难辨。湘军在晨雾中认不清方向,也不知道往哪里攻。此间,既有湘军弁勇冒冒失失闯入太平军营垒,发现后双方近战肉搏的;也有太平军官兵误入湘军阵中,因口令不对,当即被杀掉的。总之,前线已乱成了一锅粥,东西南北,谁也看不清谁,唯闻四野人马杂沓之声。

事后,突起的大雾被认为是湘军突围失败的一个重要因素。雾起固然应归于偶然因素,但偶然之中亦有必然。李续宾孤军深入,事先准备不足,对于三河一带的地理、气候等均缺乏了解,如果他知道此地早上经常多雾,恐怕就不会决定黎明出战了。李秀成后来也认为,李续宾如果按照诸将所议,于五更出击,陈玉成的部队就可能输定了。当时的陈玉成肯定也有类似想法。湘军已经冲过金牛镇,如果这股势头遏制不住,缺口就难以再堵上了。当然外围还有太平军和捻军,只是如此已不能达成全歼李续宾兵团的初衷。

如有天赐的大雾,改变了场上的节奏,此时不击,更待何时?一声炮响过后,陈玉成率领主力精锐,从左路包抄,又乘雾自湘军左后杀出。此时湘军营伍已乱,指挥系统失灵,更无法调整作战部署,只能被动挨打。陈玉成还带来了捻军马队数千。李续宾兵团以步卒为主,李续宾虽有一个由他本人直接统属的小马队,但仅仅只有两百名骑兵,既无定制,湘籍骑兵的骑射技能也很一般。连胡林翼看到后都直摇头,感叹:"南方人不擅长骑马,北方人不擅长划船,原来都是天生的!"这样的小马队当然无法适应高强度的骑兵对战。剩下的步卒,面对捻军骑兵的集团式冲锋,更是只有招架之功,没有还手之力。

很快,湘军就活生生地变成了对手案板上的鱼肉。其左路首先溃败,接着中路和右路复遭围困,部队伤亡过半,归路断绝。李续宾闻报,连忙找来向导,率四营亲兵前往救援。天又下起雨来,他们冒雨前行,向湘军被围困的地点进行突击,连续冲锋十几次,斩杀太平军两千余人,却仍然无法突入阵内,唯有眼睁睁地看着七个营的人马全部覆灭。

那就是我的毕命之处

救援未果,李续宾被迫撤回老营坚守。

此时驻扎在白石山的李秀成兵团闻声赶来助战,三河守将吴定规也率部从城内冲出。陈玉成兵团士气大振,三路人马将湘军老营团团围住,并乘湘军主力被歼,一连攻破了七座营垒。

李续宾身先士卒,往来奋击,然而无论如何努力,都始终无法击退敌人。他只得放弃反击的努力,紧缩防线拒守。"今天败了!"李续宾自加入湘军起,在七年时间里,历六百余战,先后攻克了四十多座城池,这是他第一次发出这样的叹息。

傍晚,李续宾召集幕僚商议对策,决定趁夜分散突围。

"月光照地时就突围。"随着李续宾传下命令,各营整装待发,只等月亮露脸。即便晚上突围,也不一定能够成功,倒是那副偷偷摸摸企图钻空隙逃走的狼狈相,该够对手瞧的了吧!李续宾越想越不是滋味。这么多年征战下来,他见过的逃跑将领不少,尤以绿营八旗为多,太平军看不起他们,李续宾也为他们感到羞耻,认为正是这些怯懦怕死的将领,才令国威受损。虽然湘军的突围与他们有着本质不同,但逃终究是逃,这一现实显然是李续宾很难接受的。

也罢,反正最后可能都是一死,与其令湘军荣誉受损,给敌人看笑话,不如白天堂堂正正地冲出去。即便冲不出去,也可以多杀敌人。当月亮出来后,当年投身湘军时就具有的那种视死如归的殉道意识,终于又在李续宾身上占了上风,他取消了夜遁计划。"我前后打了数百仗,每次出战都不指望能够生还,现在如果必有一死,我决不会退缩。你们不是主将,不负主将之责,如果不愿跟随我,就自己想办法先走吧!"李续宾动情地对幕僚说。李续宾兵团属于最纯粹的老湘军,紧随其左右的幕僚大多都有着李续宾式的慷慨赴死精神,看到李续宾已经做好血战到底的准备,众人无不热血沸腾:"我们愿随李公同死!"

天亮后,李续宾下令开壁决战。湘军将士在他的率领下虽然拼死搏击,斩杀了几百名太平军,但依旧还是被赶回了营垒。在湘军营垒周围,太平军如同铜墙铁壁,包围圈密布几十层,白天硬冲是根本冲不出去的。李续宾的一念之差,错过了突围的最好时机,尽管他的这种精神本无可指摘。

在白天的厮杀中,陈玉成一边指挥作战,一边观察湘军的动静。他根据种种迹象判断:湘军虽然斗志未减,然而队伍已乱,破绽很多,已经用不着长时间围困了。日暮时分,陈玉成下达总攻令,太平军从四面猛攻,喊杀声响彻十里之外。湘军死伤枕藉,连李续宾的大营营帐都被炮弹洞穿,锅碗被炸得粉碎。到了这个时候,李续宾关于不趁夜突围的命令自动失效。入夜,到了二鼓时分,李续焘部首先越垒冲出,太平军占据他们的营垒,开决河堤,截断了湘军的退路。

战斗更加激烈,湘军大营也遭到围攻。湘军营垒,从外到内,依次是花篱、壕沟、墙子,湘军大营也是如此,太平军已经越过大营的花篱,逼近壕沟。见情况危急,李续宾的幕僚全都拿起武器出垒抵御,很多伤员也依墙子死守。李续宾见状,知道局面已无法挽回,便将手写的遗疏及家书交给部将周宽世,叮嘱他通过李续宜转交督抚,又将朱批奏疏全部焚毁,然后便仗剑骑马率众强行突围(也有人说李续宾当时即自缢而死或投塘溺死)。

随李续宾突围的官兵,自幕僚以下有六百余人,李续宾带着他们,抱着类似于"能冲出一个是一个,能多杀一敌就算赚到"的想法,出营后即左冲右突,奋力厮杀。大营之外,早已是水泄不通,没多久,湘军就被冲散了,大家只能各自为政。李续宾身边也只剩下了几个人,他在搏斗中受了重伤,人马皆如血染,感觉到自己快支撑不住了,他指着一面大黄旗,对身边的人说:"那就是我的毕命之处!"随后便冲了过去。

大黄旗通常都是太平军大将所在的位置,必须重兵护卫。李续宾此举,等于是在实施自杀式冲锋,而后他果然被长矛刺中,坠马而亡。这是一次注定失败但却极其悲壮的突围战,曾国华等人也均死于拼杀中。

虽然突围失败,但三河之战并未结束,湘军残部仍在咬牙苦斗。丁锐义的义字营营垒被攻破,丁锐义本人负了伤;李存汉部也死伤大半,他们突出包围,进入李续宾大营,和战将孙守信等人一起,继续坚守营垒。太平军围攻三天三夜,湘军的弹药粮草全部耗尽,大营终被攻破。丁锐义、孙守信同时阵亡,只有李存汉得以突围。

参与三河之战的太平军、捻军的战斗单位太多,场面混乱,包围圈漏洞很大,这是少数湘军能够侥幸突围的一个原因。有些突围出来的湘军,甚至和太平军挤在一块,大家一起走了几里路,对方都没发觉。

李续宾临死前交托遗疏、家书的周宽世,也是成功突围者之一。只是他在突围过程中受了重伤,李续宾的遗疏、家书全部丢失。还好,另外一个突围出来的金国琛,曾目击李续宾书写遗疏、家书,事后由他口述了大致内容。

在三河大战中,湘军除大部分战死、少数突围外,尚有一些被俘者。这些被俘者多数被编入了陈玉成兵团,但在行军途中,他们发动兵变,杀死太平军数十人。陈玉成一怒之下,在予以镇压后,下令将剩余俘虏全部杀死。

暮气时代

从三河突围的湘军残部,在李续焘、李存汉等人的率领下,大部分逃到桐城,与驻防桐城的赵克彰部会合。太平军挟大胜之威,迅猛西进,先克舒城,再攻桐城,赵克彰等如惊弓之鸟,弃城西逃,李存汉坚守垒城并战死,同时战死的还有从三河突围的百余弁勇。太平军攻克桐城后,乘胜追击,又连克潜山、太湖。正如丁锐义生前所料,主力一败,后方的四城一个都保不住。

李续宾兵团是湘军在皖北的北路军,他们兵败三河的消息一传出,正在进攻安庆的南路军就慌了。都兴阿、鲍超生怕自己的后路也被截断,连忙撤围退至鄂皖边境。至此,双方态势又大体恢复到了皖北大战前的状况。

对于湘军而言,丢城失地尚在其次,李续宾兵团的覆灭才是真正的锥心之痛。首先是李续宾的战死。李续宾是罗泽南、塔齐布之后,湘军中最出色的将才,被胡林翼比作是清廷的长城。长城骤然坍塌,不仅使朝野为之大震,而且使得湘军将士无不胆寒,以致众人私下都相互告诫:说李续宾这样的百战名将都不免遭此厄运,我们以后还是悠着点,不要再轻举妄动为好。

湘军自出征以来,虽时有挫失甚至大败,但从未有过一次战役被歼数千人的事情发生,三河之战则打破了这一纪录,实为湘军战史上最严重的一次挫败。此战,湘军共战死将弁四十八人、幕僚三十四人,加上桐城战死者,全军阵亡逾五千。三河、桐城的阵亡数尚不是最后数字,舒城、桐城、潜山、太湖四城,前后攻守战中战死的人也不少。李续焘、赵克彰等战将,虽带出的兵稍多一些,但他们或轻弃主将,或擅弃城池,因此均遭裁汰。这样一算,已基本接近李续宾兵团的全部,达到万人,可以说是整建制覆灭了。

李续宾兵团承继了罗泽南军全部和塔齐布的一部精锐,乃老湘军的精华部分,也是湘军中战斗力最强、军纪最好的一支主力部队。他们的覆灭,意味着湘军多年培养和锻炼出来的大批精锐毁于一旦,敢战之将、善谋之士凋丧殆尽。湘军由此元气大伤,人们当时估计,湘军的士气、斗志和战斗力可能在一两年内都难以恢复过来。

李续宾兵团的弁勇大部分都是湘乡人,他们中很少有人能活着回到故乡。三河战役结束后,湘乡方圆百十里,家家哀哭,处处挂孝。主将李续宾还算幸运,由舒城难民找到遗骸,送还给了清军,可怜身为幕僚的曾国华连尸首都未找到。实际上,多数战亡的湘军将士都如同曾国华一样,死后尸骨无存,只有一缕幽魂飘回湘乡。

当年曾国藩在江西危难之际,是曾国华受父亲所托,到武昌去向胡林翼请援,又冒着生命危险,率部增援江西,把曾国藩从困境中解救了出来。如今曾国华自己却已殒命沙场,曾国藩痛彻心扉,连着几天都吃不下饭,只能通过书写挽联来寄托对弟弟的追思:"归去来矣,夜月楼台花萼影;行不得也,楚天风雨鹧鸪声。"

三河之役后,皖北告急,鄂东吃紧,曾国藩这个唯一在任的湘军大帅再次受到朝野瞩目。官文、骆秉章先后奏请令曾国藩移师援皖,但闽浙总督却不希望曾国藩北上,上疏请求暂缓将湘军调离。毕竟只有一个曾国藩,朝廷只好令曾国藩自己进行权衡:如果福建兵勇可以抵御太平军的进攻,江西边剿也有人防堵,那你就赶快赴援安徽。

这时随着石达开进入赣南,福建的太平军已经为数不多;赣南这边,曾国藩也已命萧启江兵团进击;但景德镇太平军四处攻袭,有威胁湖口之意,已经牵制了江西湘军的不少兵力,曾国藩的幕僚都建议迅速加以打击。曾国藩据此上奏,说如果从大局轻重考虑,自然他应赴援安徽;然而就眼前缓急而言,收复景德镇更为急要,否则难以保全湖口,九江形势也将变得危急。

朝廷同意了曾国藩的方案,即先肃清江西,然后再以全力进军皖北。于是曾国藩留萧启江在赣南作战,派张运兰等部进兵景德镇。随后他也将大营由建昌移至抚州,以便可以就近指挥景德镇战役,并作北援安徽的准备。

景德镇战役的开局并不好,张运兰等部数次失利,折损六百余人。由杨辅清据守的景德镇有太平军三四万人,镇内筑卡开壕,防守严密;不过这不是主要的,主要的还是湘军自身的攻击就称不上有多犀利。

张运兰行军布阵,遵循了王鑫定下的规矩,麾下的老湘营也保持着一定的战斗力,但张运兰用兵较为谨慎含蓄,不够大胆。其他将领,如李续宾留给曾国藩的朱品隆、唐义训,也和张运兰一样,为了保存实力,全都不肯轻易出战。谨慎出战,看似风险减少了,但其实随着胜率的降低,伤亡并没有减少。应该说,这种近乎萎靡不振的精神状态,并不仅仅表现在江西湘军身上,湖北湘军亦然。原李续宾兵团的战将毛有铭从三河脱险后,转隶李续宜属下,他和李续宜的原有部将成大吉等人一起,都变得谨小慎微,畏首畏尾,不到万不得已,绝不主动出击。

湘军的锋锐开始钝缺,较之昔日,大为失色。这支曾以朝气蓬勃著称的军队,渐渐地已踏进了它的暮气时代。

第九章　曙光就在前方

随着李续宾兵团的覆灭,以及湘军在皖所夺城池的逐一丢失,原先的入皖部队纷纷撤回湖北。然而其他部队都能撤,唯有都兴阿和鲍超不能,他们奉令必须在豫鄂边境死死顶住太平军,不让对方进入湖北。于是都兴阿在宿松县城,鲍超在宿松以北的二郎河,共同构建了防线。

陈玉成兵团很快就杀到宿松城下。陈玉成采用前后夹击的方法展开进攻,他亲率主力正面攻城,另派部将李四福率部绕至城后进行攻击。

在三河战役后,陈玉成兵团一路轻进,官兵开始变得骄躁起来。但实际上他们也有不小伤亡,部队因为连着打仗,已经疲惫,犹如强弩之末。都兴阿抓住对方所暴露出来的这些弱点,发挥马队机动性和突击性强的特点,首先出城对李四福部进行冲击。李部猝不及防,初战就被击败,正面的太平军主力也因此方寸大乱。在都兴阿手下为将的多隆阿随后冲出,再次大败太平军,并连破其三十余座营垒。这是骄兵必败的结果。陈玉成并不甘心如此收场,他马上回到太湖,与李秀成会商,约他自太湖分路进兵。

就战略思维而言,李秀成尚在陈玉成之上。他认识到太平军自身在三河之后亦需休整,连续作战实在过于勉强;而且都兴阿、鲍超又皆为能将,要想战而胜之也不是一件易事,因此劝陈玉成不如从长计议，暂且退兵。无奈陈玉成根本听不进去，一再坚持。陈玉成掌管安徽军务，属于主军；李秀成是来配合助战的，属于客军，最后李秀成不得不做出让步，答应联合出击。

复　出

　　二郎河距宿松不远，两地之间靠都兴阿派骑兵穿梭联络。由于在宿松吃了亏，这次陈玉成决定先解决鲍超，遂与李秀成相约，兵发二郎河。

　　太平军在二郎河齐集后，筑起绵延数十里的营垒，其兵阵分布数十层，密密麻麻。不过其时的形势已与三河不同，鲍超的霆军以逸待劳，并非处于被围困的状态，而且霆军早在意生寺一战中，就以少胜多，大败过陈玉成兵团，心理上就不惧敌。作为前线总指挥，都兴阿也没有坐看不动，除了派宿松兵勇增援外，还亲率马队前往助战。

　　1858年12月10日，陈玉成展开进攻，他先令部将孙魁新为先锋，率突击队冲锋。霆军分途截击，经过反复鏖战，太平军锐气受到挫伤。都兴阿见状，一声令下，马队从太平军后路杀出，孙部招架不住，败下阵来。陈玉成随后又派捻军将领张宗禹率部出击，但是在湘军也有马队出战的情况下，捻军马队就很难占得便宜了，张宗禹也被击败。

　　三河之役后的陈玉成无疑也是骄躁的，屡次进攻受挫，把他给惹急了。求胜心切之下，陈玉成带着中军，亲自冲上前沿。这时都兴阿马队却已经实施迂回，绕至太平军设在花凉亭的后路营垒并纵火焚烧，前沿的太平军看到后，士气大受影响，鲍超趁机率霆军猛打猛冲，太平军逐渐坚持不住。陈玉成这样级别的主帅，随身都有黄罗伞盖，鲍超据此发现了他的指挥位置，立即集中火枪射击，虽然没有击中，但已达到了动摇其军心的作用，太平军被迫弃垒溃退。在鏖战和溃退过程中，陈玉成兵团死伤万余，营垒尽失，所幸李秀成尚坚守着六座营垒，这才没有让局面发展到不可收拾的地步。当天晚上，李秀成突出湘军的包围，会合陈玉成退回太湖，二郎河会战以太平军的失利而告终。

太平军西进的势头被遏制住了。李秀成随即返回东线，巩固天京地区；陈玉成则移师北线，联合捻军巩固淮南。都兴阿、鲍超自然也无力反攻，只有坚守宿松，双方暂时形成了相持局面。

尽管如此，人们也都知道这只是特殊情况下的短暂相持，不久危机还会再次爆发。都兴阿上奏，请求迅速召胡林翼回任，并直言不讳地指出，官文在军事指挥和调遣方面，远不及胡林翼。甚至就连官文自己都表了态。虽说湘军兵败三河让他的阴暗心理得到了些许满足，但随后紧张的形势却又是他根本应付不来的。他不仅上疏希望胡林翼早日回任，而且表示在胡林翼回任之前，鄂省军务都会照胡林翼所立规章办理。发现前线非胡林翼坐镇不可，咸丰连忙下诏，让胡林翼结束终制，尽快返回武昌，仍旧出任湖北巡抚。

三河大败以及李续宾之死，令胡林翼受到极大刺激，虽然在家守制并非他的错，但胡林翼仍为自己当时没在任上而深感悔恨。确实，如果三河战役期间，是他而不是官文负责后方调度，一定不会不发兵救援，李续宾兵团的后路和粮道也不至于被截断。听到朝廷让他复出的消息，尚未正式接到起用诏旨，胡林翼便已即刻起行，先赶至武昌，接受巡抚官印，旋即又驰至黄州督师。集结于黄州的各路部队本已人心惶惶，听说胡林翼回任并前来督师，全都额手相庆。

虽然都兴阿、鲍超在前线打了胜仗，但胡林翼仍保持着清醒头脑。他深知三河大败的后果远未得以消除，若再有闪失，湖北湘军将从此一蹶不振。都兴阿提出反攻安徽的建议,被胡林翼坚决拒绝。他要求各军坚守阵地,没有命令不得出击,随后便集中精力,对军队展开整顿和扩充。

抚恤死难将士是必不可少的。与此同时,胡林翼上疏对三河之败中表现拙劣的将领,即李续焘、赵克彰等八人进行了弹劾。胡林翼本欲对他们加以严惩,只因官文竭力予以劝阻,他才从轻发落,但仍将八人逐出了湘军嫡系部队。

战亡和裁汰,使得湘军在三河战役中减少了高达万余的兵员,官文在公文中哀叹"顿失万余精锐"。湖北湘军剩下的陆师,李续宜、唐训方、蒋凝学、鲍超等部全部相加,亦不过万余。三河战役前,李续宾就有兵力不足之感,现在又折损近一半兵力,这个缺口必须要有所弥补,否则不但不足以图谋今后,连防守都会成问题。

新一轮募勇开始了,李续宜兵团原有四千人,扩充至九千人;唐训方兵团原来只有千余人,扩充至三千人;此外蒋凝学统兵四千七八百人;鲍超统兵三千三百人,总计超过两万人,至少就兵员数量而言,已接近三河之役前的规模。

李续宜兵团的兵勇中,也有少部分原来是李续宾的部下,胡林翼为了稳定军心,实际将该兵团作为了李续宾血脉的延续,并特地把自己的帅营扎在了他们旁边。李续宾在世时,李续宜被乃兄的光环所笼罩,外界很多人都不知道他。胡林翼有意提高其威望,称李家一门双雄:李续宜其实很有军事才干,只是各有所长——李续宾精于战术,李续宜长于战略。

确实,李续宜治军严整,战场上善于从大局着眼,从不计较一战的得失,这方面是他的长项,恰是李续宾的短项。除了李续宜,胡林翼看好的另一个将领,是因攻克童司簰而成名的蒋凝学,眼下胡林翼侧重于防,需要有这样的大将维持局面。

添设马队

从鄂东到鄂皖边境,胡林翼建立了两道防线,以李续宜、蒋凝学为主的鄂东部队是二线;以都兴阿、鲍超为主的前线部队才是第一线。都兴阿因患足疾已隐退,其统领职位由多隆阿接替。

随着战争的延续和深入,马队的作用越来越得到敌对双方的认可。陈玉成大规模使用捻军马队,即被认为是太平军在三河制胜的关键因素之一。而后,湘军能够在宿松、二郎河阻击得手,也同样离不开马队之功。

"骑兵一个可以抵步兵四到五个,添两千人的马队,就抵得上五六千人的步队。"胡林翼得出了这样的结论。他决定将所有旗营马队都交由多隆阿统带和训练,并比照湘军陆师,建立了马队独有的营制,每营除设置三百多名骑兵外,还配备马夫、火棚夫以及从事杂役的步兵。维持马队,最重要的是解决马源。胡林翼、官文最初派人到张家口、古北口统一购买,后来又到淮北一带购买补充,总之是不缺马匹了。

官文心机深重,为了避免被胡林翼架空,不仅视旗营马队为自己的嫡系,而且也不放过拉拢湘军将领的机会。他有意降低李续焘、赵克彰等败军之将的处分,令其招募新营,在编入督标后,拨归多隆阿统带。胡林翼明知其意,却并不说破,反而利用官文的鼎力支持,趁势将多隆阿兵团打造成了马步兼备的多兵种军团,所部也扩充至五千人。

湘军扩充人马,不单单是为了加强防守力量,更重要的是为时机成熟后,再次实施东征做准备。曾国藩统筹全局,提出了三路进兵,夹江东下的计划,其三路人马除了中流的水师外,就是南北岸的马步军。按照曾国藩的计划,他所负责的南岸部队,应添足马步军两万人;为此他也对部队进行了扩充,派朱品隆等人回湘招募了四千人。

在曾国藩的计划中,同样有添设马队一项,称为"招募马勇"。曾国藩以前很少听说太平军使用马队,当然湘军也没有马队,但自二次复出后,"马队"在他耳边出现的频率越来越高。他得知太平军常用马队进行冲锋,与太平军联合作战的捻军马队尤多;三河之役,太平军一下子动用数千捻军骑兵,为向来所未见,即使李续宾兵团这样的精锐部队亦难以抵挡。

曾国藩没有亲历三河之役,攻打景德镇却是由他亲自指挥的,其中有的败仗就是因为受太平军马队冲击所致。经过反思,曾国藩下决心组建一支由他自己控制的精干马队,并立即制订了相应计划。

曾国藩最初计划派遣门生兼幕僚李鸿章,前往河南招募五百骑勇,如有成效,再扩展至三千人。计划流产后,他又制订了"募南勇骑北马"的方案,即仍从湘军陆师挑选弁勇,充作马勇;再向朝廷请旨,从京师健锐营、内外火器营中选调弓马娴熟的教练人员,对他们进行训练;至于马匹,则从察哈尔调马。谁知朝廷虽然表面赞许,实际却把马队当作八旗特权;害怕湘军有了马队后,掌控不住;非但不愿提供马匹,还将办理马队的事宜转交给都兴阿,试图对曾国藩进行牵制。

曾国藩是一个虽乏急智,却极有恒心和毅力的人。见朝廷不予支持,他便自己想办法,从湘军军费中抽出专款,并私下求助于胡林翼、官文,通过他们的渠道从湖北转购马匹,训练军官也从都兴阿处借调。在曾国藩的札记中,湘军马队被称为"土马队"。"土马队"虽然成立较晚,但曾国藩的期望很高。他根据景德镇战役的报告,了解到太平军骑兵在马上只会用刀,不会使用火枪,因此要求自家骑兵必须学会在马上开枪,还将骑兵技能逐一做了排序:"马上能使用鸟枪的是第一等,能使用弓箭的次之,若仅能使用大刀,是最差的。"

1859年3月,曾国藩亲自督导张运兰在实战中演习马队。这时的"土马队"尚在草创阶段,然而曾国藩已经预见到了他们即将在战场上所起到的作用,对马勇们加以鼓励:你们一旦熟练掌握马上开枪的技能,和太平军马队对阵时,只需打中数马,敌人的其余百匹马就都得受惊奔逃。

无论湖北湘军还是江西湘军,都在逐渐恢复元气和壮大实力,但这也是要付出代价的。其代价就是在这段时间里无法增援皖北,只能听任尚在那里坚持作战的湘军自生自灭。庐州战区的李孟群就因为这个原因,最终兵败身亡。

无戏可唱

胡林翼和曾国藩,一个积累实力,一个肃清江西,都在争分夺秒地加紧完成。曾国藩把江西军务分成南、北两部分,南面交给江西巡抚耆龄管,自己管北面。这是因为赣北战事最为紧张,不仅要收复景德镇,还要阻击从安徽南下的太平军。

4月1日,刘腾鹤与南下太平军作战,攻破其两座营垒。但随后太平军大部队赶到,刘腾鹤部被杨义清兵团包围,在遭到大炮轰击后溃散,刘腾鹤亦死于炮火之下,此时距其兄刘腾鸿辞世还不到两年时间。

曾国藩调兵遣将,将添募的新军调到前沿增援。在得到增援后,久无战功的张运兰在景德镇打了一次胜仗,虽然只是小捷,然而也总算稳住了前线军心。

与北面相比,南面倒基本没什么战事了,原因是石达开兵团已陆续自赣南西进湖南。原先都是湖南增援江西,如今轮到江西增援湖南了。除本在赣南作战的萧启江立即追入湖南外,刘长佑、刘坤一、江忠义各兵团也被骆秉章重新调回湖南。湖北方面收到消息后,胡林翼亦紧急派出以李续宜兵团为主力的一万两千人,自带粮食军饷,千里行军,援救湖南。

石达开放出风声,说要取道贵州,进入四川。四川处于西南内陆,过去在和平年代,官吏们嫌地方偏远,都不太愿意去那里任职;只是在太平天国运动爆发后,因其未受战火波及,才一下子成了官员们的向往之地。

胡林翼判断,石达开入川的传闻并非空穴来风。四川幅员广阔,物产丰饶,既有富庶的成都平原,又有井盐等特产,且田赋较轻,是大有潜力的财源之区。事实上它也一直协济外省巨额军饷,湖北军饷中的一部分便来自四川盐税。石达开离开天京后,采取流动作战的方式,打到哪里就从哪里取得补给;以补给地而言,四川无疑再好不过。

四川一旦燃起战火,当地就必须有一个娴熟兵事的官员指挥作战。胡林翼灵机一动,想到了曾国藩。当然他不是光要让曾国藩去打仗,更是想借此机会改善曾国藩的境遇,具体来说,就是希望朝廷能任命曾国藩为四川总督。

曾国藩论资望、论才德、论功劳,担任督抚绰绰有余,但朝廷却始终都不给予相应任命,导致曾国藩处处被动,窘迫已极,客观上大大拖延了战争进程。胡林翼私下早就在策划让曾国藩出任封疆大吏一事,当时没有战乱,可向前线源源不断提供军费的省份,为数不多;四川又居湖北上游,胡林翼考虑来考虑去,认为还是四川总督最合适。胡林翼欲推荐曾国藩任川督,可是他也知道朝廷防贼一样地防着曾国藩,直接开口的话,百分百无戏可唱,于是只好等待机会。现在他觉得机会终于来了。

1859年6月,胡林翼竭力鼓动官文,两人联衔上奏,请朝廷下诏,调曾国藩入蜀,以防堵石达开入川;同时希望朝廷能够任命曾国藩为四川总督。不久谕旨就下来了,命曾国藩即日带兵前往四川夔州扼守。但令胡林翼大失所望的是,任命曾国藩为川督一事却未提及,就好像咸丰在看奏疏时,没有瞧见或突然遗忘了。

胡林翼不死心,又上疏说:湘军入川后,需要长久镇抚;然而作为外省军队,必然处境孤立,这个问题需要有办法加以解决。言下之意,仍指望能将曾国藩任命为川督。咸丰接到奏疏后,依旧无动于衷。说明他不是没想到,是根本不愿想。

胡林翼后悔不迭。曾国藩知道后,也不情愿继续顶着个空头衔去四川,但木已成舟,只得硬着头皮奉旨西征。出发前,曾国藩将曾国荃召至抚州,委托他代自己统领湘军,同时协助张运兰攻打景德镇。

曾国荃带去景德镇的部队,除吉字营五千八百人外,还有守卫饶州的朱洪章长胜营,皆为生力军。其实集结在前线的湘军水陆师,总计也有两万人,但却作战不力,与太平军足足相持了七个月之久,仍无大的进展。时间拖得越长,部队锐气越少,各部畏畏缩缩,谁都不肯率先往前推进。这种情况因曾国荃的到来而改变,他一到景德镇,即约张运兰移营,向太平军进逼。

6月26日晨,湘军各部像当年毕金科那样,隔着昌江列阵。按照湘军营制,部队首先要做的就是建造营垒,但营垒尚未建成,杨辅清便率大队人马,兵分三路,过江发起猛攻。午后,景德镇以北浮梁县的太平军两万余人也加入了会战。

曾国荃在一线打仗的本事,确实比他当大帅的兄长不止高出一点半点。在他的指挥下,湘军集中力量,对太平军前敌总指挥万国宗所在阵地进行冲击,且迅即得手。指挥系统失灵后,太平军各部阵脚大乱,纷纷后撤,湘军终于取得了一次实质性的胜利。

此后,杨辅清虽又组织兵力过江作战,但在湘军的阻击下均无功而返。景德镇战场的相持状态被打破,湘军取得了主动权。

处变不惊

1859年7月初,天降大雨,昌江涨水,湘军水师乘机驶往景德镇的西瓜洲,焚烧太平军营垒。洲上的太平军惧怕后路被截,全部退回镇内。水师沿江轰击,受其威慑,一连数日,太平军都不敢出战。

7月13日,曾国荃兵分三路,向景德镇发起进攻。湘军以火箭、喷筒对镇内进行齐射,当天风很大,风助火势,火借风威,镇内房屋被点燃后很快就形成一片火海。见败局已定,杨辅清只得趁着黑夜,率部悄悄撤出景德镇,前往浮梁。次日,湘军乘胜袭占浮梁,杨辅清北撤,退守安徽祁门。至此,太平军基本退出江西,主战场转移至安徽。

战斗一结束,曾国藩即派张运兰率老湘营增援湖南,参加当时正在进行中的宝庆会战。

宝庆是位于湖南中南部的一座府城,石达开兵团若予以攻占,在就地休整和补充粮草后,即可大举入川。石达开兵团约十万人,入湘后扩军五万,共十五万,对外号称三十万。但石兵团新兵居多,缺乏训练,作战经验不足,在宝庆守军据城力守的情况下,怎么都攻不下城郭。

在宝庆被围期间,左宗棠不断将鄂赣援军调往宝庆,刘长佑、江忠义、刘坤一、萧启江、田兴恕等都先后赶到宝庆外围。宝庆城内的储备较为充足,被围困了几个月尚未达到绝境;援军也不愁,因为湖南是湘军的大本营,四周围全是他们的供给基地。倒是太平军集中驻扎于宝庆城下,连营一百多里,每天要食用几千石米,时间一久,军需粮草就出现了困难。

7月下旬,李续宜率部赶到宝庆,此时城内外的湘军水陆部队总计已有四万人,皆归李续宜统率。李续宜到达宝庆时,太平军的补给告急,但城内粮食也已只能维持数日。在此极为关键的时刻,李续宜首先自太平军兵力部署最为薄弱的城北楔入,攻破太平军几十座壁垒,打通了宝庆的粮道及其与城外的联系。湘军各部闻讯,均大为振奋,士气也随之高涨。

石达开见状,决定重点打击李续宜兵团。他调动主力部队,利用夜色掩护逼近李续宜大营,拂晓时分开始进攻。李续宜处变不惊,他以部分兵力继续扼守大营,自己率军渡过资水西移,在水师和马队的配合下,由西路突然发起攻击。

石兵团因为新兵多,既不擅长打硬仗,也缺乏应变能力,平时顺风顺水还好一些,一旦情况变化或形势不利,就很容易惊慌失措。在湘军的突袭下,城西太平军被打得稀里哗啦,卡垒被毁两百余座,上万人阵亡。连失城西、城北两处阵地,所部也遭到重挫,使石达开意识到自宝庆入川已不现实,遂自宝庆南撤,前往广西。

张运兰赶到湖南时,宝庆会战已近尾声。李续宜在这次会战中展示了自己的军事才能,证明胡林翼等湘军高层人物没有看走眼,战后他以首功获赏布政使衔。

还在石达开进入湖南之前,胡林翼的治军储饷就已告一段落,湖北湘军增至两万余人,这使他感到事不宜迟,应赶快东征,于是制订了相应计划,并移驻上巴河准备出兵。正是石达开入湘中断了这一进程,在派出水陆军一万余人南援后,胡林翼无力东顾,东进行动只能暂时搁置。不过等到石达开南入广西,湖北的后顾之忧解除,他便立刻将增援湖南的骑步军全部调回,重新组织东征。

鉴于湘军在江西的作战已经结束,又没能如愿让曾国藩当上四川总督,胡林翼决意把曾国藩留下来,合力进行东征。随后他便和官文联合上奏,提出安徽形势紧张,湘军不宜西征,而应东进安徽。

咸丰仍惦记着石达开可能入川的事,他下诏给曾国藩,询问他的意见。曾国藩本也无心入川,和胡林翼一样,想的都是东征。他复奏说,根据情报,石达开兵团已全部进入广西,前锋进抵桂黔边界,估计很可能仍会由贵州进入四川。不过就算这样,距离四川也还有三千多里,且桂黔两省多崇山峻岭,石兵团人多粮少,很难迅速抵达四川境内,清军有足够的时间在四川布防。与此同时,太平军和捻军在皖北的势力却日益增强,并向周边蔓延,向南可进攻江南大营,向北可袭击山东与河北。曾国藩指出,必须赶快派兵增援安徽,否则,形势紧张的就将远不止安徽一处。为此,除官文和胡林翼要集中兵力、全力以赴地实施东进外,他本人也应该参加东征,以提高胜算。

咸丰同意曾国藩的意见,取消了派他入川的决定,改令萧启江兵团自湖南进入四川,在川黔边境布防。

奇　兵

在曾、胡大举东征之前,驻扎于鄂皖边境的多隆阿、鲍超就已经取得了突破。

三河战役后,陈玉成在安庆以西的太湖、潜山、桐城三县和石牌镇,每处都部署了数千守军,使之形成了用以拱卫安庆的护卫链。石牌、太湖均位于安庆正面,为安庆门户,相当于整个护卫链的"眼"。多隆阿认为,若能先将石牌打下来,则太湖不难攻取;一俟太湖在手,安庆也就成了太平军在皖北的唯一凭借,因此他一直紧紧盯着石牌。

陈玉成本来在淮南与北线清军进行拉锯,但是不久,天京对岸江浦、浦口的太平军守将叛变降清,东线形势骤然紧急。陈玉成只得暂且放下北线,提兵东进,配合李秀成转战东线。陈玉成一离开安徽,多隆阿、鲍超马上抓住机会展开行动:鲍超率数千兵勇进驻太湖县城外郊,设垒立营以牵制和吸引太湖守军;在他的掩护下,多隆阿放开手脚,对石牌展开了进攻。

太湖、潜山、桐城原先就有城池,只有石牌镇没有城垣。为此,陈玉成特建土石坚城一座,城上城下密布炮眼,城外环以深壕三道,此外还设立了木城营垒六座,各垒遍插拒马、木桩、竹扦。尽管防守设施已堪称严密,但数千驻防兵力却仍显单薄,尤其是在多隆阿兵团面前。多兵团地位特殊,胡林翼着意笼络,官文全力扶持,朝廷因其是旗人武装,也是一路绿灯,使得这支部队从单纯的骑兵扩大至步马兼备——作为当年湘军与八旗军合作成功的唯一范例,多兵团的马队仍基本为旗兵旗勇,步队除雷正绾等少数将领以及一部分兵勇外,其余全都是湖南人。李续焘、赵克彰等甚至直接就是从原李续宾部中"淘汰"过来的。

李续焘、赵克彰等人原来也非弱将,只因在三河之役中临阵怯懦,才受到了胡林翼的追责。后来他们在官文的庇护下,不但减轻了处分,还能继续在军中服役,这使得他们对官文、多隆阿感恩戴德,为免被翻老账,训练作战中不敢不卖力。其他湘勇和非湘勇,如果单独作战的话,相比于曾、胡的嫡系湘军,战斗力自然要略逊一筹,但与马队配合之后就不一样了。在这方面,多隆阿本人功不可没,经过他的逐日操练,马步军很快就融合在一起,训练和演习中步伐整齐,到了实战同样浑然一体。其表现令胡林翼都感到惊讶,没想到多兵团实现马步混合后没多久,居然都已经这么能打了。

多隆阿与他的搭档鲍超有两个共同特点:其一,文化水平都很低。鲍超是不识几个字;旗兵出身的多隆阿则是不识汉字。其二,皆为天生的将才。作战时,鲍超带头猛冲猛杀,当得一个"勇"字;

多隆阿则善用奇兵,颇有料敌之能,当得一个"奇"字。

满人在入关之前就对《三国演义》极为熟悉,对于其中的故事,很多人都如数家珍。多隆阿也通过别人的转述,将一部《三国演义》熟记于心,并且时时从中揣摩汲取用兵之道。在多隆阿进攻石牌的过程中,处处可见奇兵的影子。1859年9月24日,半夜四更天,他派步队绕过木城营垒,偷越壕沟,分扑石牌城东、城南、城北各门,守军疏于警戒,直到湘军爬上城墙才发现并进行抗击。多隆阿事先又派遣了数十名机警兵勇,混入城内作为内应,等城头的攻守双方战至酣处、守军早已顾不得背后时,这些兵勇趁机放火。城内多处火起,太平军顿时顾此失彼,心慌意乱。

安庆及其外围各城之间,具有相互策应和支援的机制,一旦湘军进攻石牌,除安庆外,附近的太湖、潜山都将予以增援。鲍超的任务就是堵截太湖守军所派援军,但若安庆、潜山派兵来援,就只能多隆阿自己应付了。在派步队进攻石牌城的同时,多隆阿将骑兵分成几支队伍,预先埋伏于安庆、潜山的来援之路,当两城援兵进入伏击圈时,马队突然杀出,对太平军进行排山倒海般的凌厉冲击。太平军远道而来,已经人疲马乏,旗营马队却是以逸待劳,因此太平军很快就败下阵来,各自退返本城。

在石牌一战中,多兵团步马协同作战所迸发出的威力显露无遗,缺乏马匹与火炮的太平军被完全压制住了。至翌日凌晨,石牌应声而下,安庆遂暴露于湘军面前。

四路进兵

攻取石牌,给东征开了个好头,但这还只是开始。

为了实施东征,曾国藩、胡林翼制作了数十张地图,分发谋臣武将,大家在一起昼夜进行谋划。曾、胡原先的设想都是三路进兵,经过这次会商,他们将"三"改成了"四",决定组织除水师外的马步军精锐,四路进兵,直捣皖北。

湘军的东征计划上报后,立即引起异议。安徽钦差大臣袁甲三刚刚上任,所统领的皖军兵力单薄,在北边对付捻军已经上气不接下气。听说湘军即将大举进攻安徽,袁甲三生怕皖北的太平军全都被挤到他那里,连忙与河南巡抚、南河总督、东河总督等联名上奏,要求曾、胡抽出一军,从北边进入安徽,以遏止太平军北上。朝廷向来偏重北防,对太平军北伐所造成的危急情形,仍旧记忆犹新,最怕的就是当年一幕重演。咸丰认同袁甲三等人的要求,并下诏命曾、胡切实办理。

湘军名为四路进兵,实际主要集中在安庆、桐城两路。其他两路,李续宜的第四路是打援军,胡林翼的第三路是兼顾前后方的总预备队。这也是吸取了以往的教训,曾、胡在对三河战役进行分析时,都一致认为,李续宾战败的一个重要原因,就是一再分兵。分兵之后,主力越来越薄弱,而分出去的部队又无独力支撑的能力,一听到主力大败就会不战自溃。

集中兵力于皖北,特别是安庆、桐城两路,是此次东征的既定思路,曾、胡自然不能接受袁甲三等人的提议,抽军到北边,从而导致兵力分散。要消除朝廷的挂虑,光说不能分兵的道理当然不行,你还得告诉皇帝,他所担心的事绝不会发生。曾国藩在回奏中紧紧抓住了咸丰的这一心理,他说太平军可以分成两类:一类是没有根据地,可称为"流寇"。石达开从浙江前往福建,然后又跑到江西、湖南、广西,表明他和捻军一样,皆属于"流寇"。另一类则是有根据地的,比如控制着天京的洪秀全,控制着安庆的陈玉成。

曾国藩认为,对于前者,只需预防,等待他们到来,坚守城池,以挫败其锐气;对于后者,却不能坐等,而必须主动进攻。洪秀全在天京,早已衰弱,靠着陈玉成在皖北经营,联合捻军,才得以维持。换言之,皖北是太平军最重要的根据地,只要湘军集中全力进攻皖北,剪其枝叶,动其根本,太平军必然要不顾一切地进行救援。其他地方的兵力都抽过去了,他们还怎么向北进攻?在做了这番细致分析后,为了照顾皇帝的面子和心理需要,曾、胡也做出适度让步,对原计划做了微调。李续宜的第四路原拟由商城、六安攻庐州,他们将路线稍做北移,改为由商城、固始攻庐州,其中固始正是袁甲三等人所提出的北边进兵地点。

就算微调部分,胡林翼也从中做了手脚,声明李续宜兵团取道商城、固始后,能否继续按袁甲三等人所设定的路线走,还得等李续宜到皖以后确定。实际上,李兵团虽已加入东征之列,但李续宜本人仍告假在湖南老家奉母。胡林翼还致函让他在家里多住一段时间,即便东征开始也不要马上返回前线,等到太平军大举来援,他会再飞函相请。

李兵团本就是打援军,这就等于说,曾、胡根本没想照袁甲三等人的要求做,所谓微调,只是为了敷衍朝廷而已。袁甲三等人并不是完全看不出来,但咸丰既然都已认可了新的东征计划,他们也就不好再说什么了。袁甲三等人在奏折中还表示,只要湘军能够满足其要求,他们将保证筹足湘军东征的军饷。这相当于他们抛出的一个诱饵,可惜曾、胡没有上钩。

此时湘军的后勤状况已今非昔比。在胡林翼的经营下,湖北的厘金、田赋、捐输等收入都成倍猛增,正常情况下,该省年财政收入已能达到五百多万。当时各省为前线提供的军饷,以湖南为多,它也因而代替湖南,一跃成为湘军粮饷的主要供给基地。李续宾东征时,军饷即由湖北一力承担;石达开入湘,湖北派万余人增援,每月自带军饷五六万,没要湖南出一两银子。这次东征的军饷也全部都由湖北提供。鉴于三河战役时曾出现粮台供饷迟误的问题,胡林翼特派前户部主事、著名理财专家阎敬铭主持前线粮台营务,可以确保征战中军饷不济的情况不会再次出现。

过去,湘军为了军饷,常常不得不接受地方上的要求,打一些非计划内的战役,甚至为此付出很多额外的伤亡。如今这种事不会再发生了,袁甲三等人抛出的诱饵自然也就失去了效用。

歼敌为上,全军为上

湘军四路图皖,以多、鲍为主的第二路为先。陈玉成用以拱卫安庆的护卫链,主要就集中在这一路,湘军要包围安庆,就必须抽丝剥茧,把组成护卫链的各个城市逐一攻破。在攻陷石牌后,胡林翼即以多隆阿、鲍超部为主,组织湘军各部围攻太湖,太湖战役由此打响。

曾国藩、胡林翼同为湘军大帅,当然谁都可以指挥太湖战役,但多隆阿、鲍超觉得曾国藩管束严厉,怕在他手下做事;而曾国藩也不喜欢这两个粗人。于是在诸将的推举下,便由胡林翼负责布置。

如同多隆阿所说,只要石牌在手,攻取太湖的难度就会大大降低,但这只是一种理想状态,前提是陈玉成不出现在太湖。问题在于,陈玉成在接到太湖告急的报告后,绝不会不领兵西救,因为石牌已经失守,若太湖再失,湘军就可以直逼安庆。

随着湘军进入战略进攻阶段,就整体而言,太平军在野战方面已不是湘军的对手,但守城则不然。以收复江西八府为例,除了南康因兵力不足,仅一个月就弃守,以及袁州只据守了十个月以外;其余六府,太平军的据守时间都在两年以上;九江更是长达四年。

太平军擅长守城,首先缘于他们把城池的得失看得很重。以天王洪秀全为首的天国高层,自定都天京以来,一直把天京当作在任何情况、任何时候都决不能放弃的"人间天国"中心,即所谓的

"小天堂"。为了保住"小天堂",天国高层可以不惜任何代价。比如当年举行北伐,派去进攻北京的北伐军虽是精兵,但并非主力;太平军的主力部队始终活动于长江沿线地区,为的就是保卫天京。还有后来的西征军,也曾多次放弃在西线决胜的战机,千里回师救援天京;石达开就因此在最关键时候离开了江西,导致功亏一篑。

不唯如此,太平军其余高级将领也都受到了"小天堂主义"的影响,很把攻取与固守城市,特别是大中城市当一回事。天京内讧以后,天国原先的共同理想趋于崩溃,除了被曾国藩蔑称为"流寇"的石达开外,自高级将领以下,各路将领全都把自己占领区内的主要城市,看作属于他们自己的"小天堂"。

在各地的城市攻守战中,太平军大多凭据坚城,严防死守,即便粮尽援绝,只能吃草根、树皮、糠屑充饥,他们也不愿轻易弃城而去。这就把城市攻守战推到了极为惨烈的地步,湘军每前进一步,或夺占一城,都不得不付出血的代价。刘腾鸿、林源恩等湘军高级将领均死于攻城战役,弁勇死伤更是难以计数。李续宾及其所部虽最终折戟于三河,但追根溯源,也是因为在进攻九江时伤了元气所致。

胡林翼早在进攻武昌时就对此有了切肤之痛,所以毅然将强攻改为长围久困,并及时组织打援。李续宾参与了武昌战役的决策,但出于各种主客观因素,他在进军皖北期间,实际仍继续沿用了强攻的一套,太湖、潜山、桐城、舒城四城皆为强攻所得,导致折损了大量有生力量,其结果是陈玉成率援军一到,便全军覆灭。

战争固然要争夺城市,尤其对于那些具有战略意义的城市,更必须攻取。但如果既不能有效地歼灭敌军有生力量,同时又不注重保存自己,而只片面追求一城一地之得失,到了最后,部队的战斗力必然会越来越弱。一旦兵败,所得之城,所得之地,也仍将落入敌手。胡林翼将他的这一认识概括为:"歼敌为上,全军为上,得土地次之。"

太湖本有城池,号称固若金汤;又有石牌失守在先,必然戒备森严。多隆阿的奇计和偷袭很难再有用武之地,若是强攻,一者难免损兵折将;二者参考之前的战例,也别指望在短时间内攻下城池。在此之后,就很可能是三河之役的重演,即陈玉成赴援赶到后,将精疲力竭的多、鲍等部打得落花流水。

胡林翼攻取太湖的办法,是排除弄巧和强攻这两个选项,坚持围城,且在围城之后,先打援敌,再打守敌。围城打援的战术,湘军在武昌战役以及之后的九江、瑞州等战役中,就已经加以采用。但打援部队和攻城部队最初是混在一起的,没有被区分开,打援部队只是攻城部队的临时派遣支队。等到左宗棠派王鑫援赣,老湘营终于从攻城部队中独立出来,成为一支专门负责打援的流动兵团。不过老湘营也就只有一支,其兵力也远不及围城部队的数量,说明重点仍在围城。

胡林翼把围城打援战术提高到了一个新的高度和水平。基于"歼敌为上,全军为上,得土地次之"的原则,他不仅认为必须首先着眼于打援,而且还调换了围城和打援的主次地位,提出必须给打援军配备多于围城军一两倍的兵力。因为只有这样,才能确保歼灭援军,再打守敌也才能稳操胜券。同时由于打援主要在城外进行,这种打法还能起到扬长避短的作用——发挥湘军善于野战的长处,避开湘军拙于攻城的短处。

胡林翼式的围城打援

1859年11月下旬,陈玉成、李秀成在东线大败清军,收复浦口。已经接到太湖被围报告的陈玉成,无心再待在东线,在与李秀成协商交代后,即率数万主力西援。

太湖战役的正式打响,实际就是以陈玉成来援作为起点。胡林翼、曾国藩随后都移营安徽境内,曾国藩扎营于宿松,共统步队二十营、马队一营。随曾国藩东征的部队,很多其实都是他原准备带去四川用于西征的,这批部队由朱品隆、唐义训等人统带,在湘军中的战斗力已不算拔尖。曾国藩现在真正拿得出手的,是他老弟曾国荃的吉字营。

吉字营本身也已经过扩充,尤其长胜营的加入,为其增色不少。在进攻景德镇的战役中,朱洪章及其长胜营表现突出,受到了曾氏兄弟嘉许。朱洪章趁势要求调离江西,以避开巡抚耆龄。曾国藩决定将其归属曾国荃,并允许可保留精壮勇丁一千人。朱洪章进行挑选后,将其余勇丁解散,便跟着曾国荃来到了皖北前线。

同为非湖南籍的湘军勇将,朱洪章和他原搭档毕金科曾是一对苦命人,在战场上不是被窝囊上司(周凤山)拖累,就是受腹黑上司(耆龄)陷害,如今投到曾国荃手下,才有了更好的发展机会。与此同时,因其长胜营已成为湘军的核心部队,朱洪章也再不用自己为粮饷而操心了。

除了曾国荃外,曾家最小的兄弟曾国葆也重新露面。曾国葆本来一直在家乡荷叶塘蜗居赋闲,曾国华在三河战死一事让他受到极大刺激,他决心为三哥报仇,便改名曾贞幹(下文皆统一称其为曾贞幹),来到黄州,在胡林翼幕中襄助军事。胡林翼让他回湖南招募了千余勇丁,自成一军,东征开始后,便也归入了吉字营。

曾国藩直辖的马队一营,即由他亲自创建的"土马队",该营营官为河南人马德顺,称顺字营。顺字营规模很小,与多隆阿的马队无法相提并论,但经过一段时间的认真训练,已足能应付放哨或驱逐敌军小股部队的任务。

曾国藩军负责第一路,任务是由宿松攻安庆。按照计划,对安庆同样要围城,而要围攻安庆,前提就是击破拱卫安庆的护卫链。现在曾军歇着也是歇着,正好胡林翼为了实施围城打援,需要增加大批机动兵力,所以便把曾军也纳入了太湖战役的作战范围。

胡林翼的设想是,将多隆阿、鲍超部从太湖城下抽出,组成一万八千人的打援军,驻于潜山小池驿以打援敌。与此同时,另请曾国藩拨七千人到太湖,与唐训方兵团三千人合组成围城军,继续对太湖城进行包围。

计划中的围城军只有万余,无法对太湖城实施合围,只能围三面,让东面空着。其实胡林翼手中本来还有机动兵力可以调用,此即金国琛、余际昌两部,总计有八千人,用这八千人围东面都还富余。但胡林翼却令余际昌先行进驻潜山天堂寨,而后再与金国琛会合,用以承担第二重打援的任务。以一万人围城,以两万至三万人打援,打援军的兵力多出围城军一到两倍,这就是胡林翼方式的围城打援。

胡林翼选择的两处打援地点也极有讲究。第一重打援地点小池驿,为潜山、太湖间的险要道口,这一带丘陵起伏,湘军在此处建立阵地,较易阻击援敌。第二重打援地点天堂寨,为潜山境内的山间台谷地,此处乃天险要地,入则易守难攻,出则可控扼潜山、太湖侧背,使来援的太平军腹背受敌。胡林翼自认为是一个可以拊背扼吭,打击陈玉成要害的绝招。

历史上,曹操在官渡大败袁绍,李世民在虎牢关生擒窦建德,都是以少胜多的经典战役。曹操、李世民在这两场著名战役中展示出了极高的战术设计水平,胡林翼自认为他的方案已足以与之媲美,甚至产生了这样的想法:即便曹、李复出于人间,为太湖战役筹划打法,恐怕亦不过如此。正当胡林翼沾沾自喜,得意非凡的时候,曾国藩却兜头泼来一盆冷水,表示他的方案并不稳妥。

分　歧

　　自创建湘军以来,曾国藩最怕的就是打败仗。因为一打败仗,不但无法向提供捐输的士绅交代,兵员伤亡也要重新招募补充,军饷马上就会变得愈加紧张。这使他逐渐形成了不尚诡谋奇、力求稳重谨慎的战略思想。说难听点,就是打仗比较保守,以四平八稳为基本风格。

　　胡林翼方案的实质,是以打援军在潜山与陈玉成决战,而以太湖围城军作为后援。在曾国藩看来,这样做的风险太大了,部署那么多的打援力量,等于是把鸡蛋都放在了打援这一只篮子里啊！万一打援失利,小池驿、天堂寨不保,太湖围城军的兵力又不足,到时该多危险！曾国藩同时也反对让余际昌部进驻天堂寨,认为分兵天堂寨,削弱了打援力量,实无必要。退一步说,就算是要设置第二重打援,也不能把打援地点放在天堂寨,而应转移到别处扎营——余部作为一支孤军,藏身天堂寨山区,被陈玉成发现后,必然凶多吉少。

　　曾国藩的意见是,撤销驻兵小池驿、天堂寨的计划,就在太湖作战；但在太平军援兵到达太湖之前,仍以围城为主。如果陈玉成到了,太湖城还是拿不下来,他建议各部在太湖城下的营垒中坚壁不出；等到太平军因攻不下营垒,士气开始低落,再出击迎敌；不过在太平军败退后也不要远追。你的部队直接在太湖拒敌,我的部队在宿松作为后续之师,这是曾国藩方式的保险打法。如此一来,曾国藩手中也必须掌握有力的机动部队,所以他以自己的部队"现无统将"为由,拒绝了胡林翼的拨兵请求。

　　收到曾国藩的信函后,胡林翼傻了眼。根据情报,陈玉成此行还联络了大批捻军随援,以助声势。胡林翼要想在潜山打援,不从太湖城下抽兵是不可能的；要抽兵，就非得让曾国藩派出那七千人，替他代围太湖不可；而且这七千人还得赶快来，最好在三四天内就能派出。曾国藩不派兵，当然不是不肯帮忙；也不是像其所说的那样，没有合适将领统率，归根结底，还是在太湖战役的打法上，存在着严重分歧，胡林翼对此心知肚明。

曾国藩主张直接在太湖城下拒敌，胡林翼则力主围城打援。在胡林翼看来，为了集中兵力打援，即便最终没有攻下太湖城，或在未形成合围的情况下，放跑城里的太平军，那也没什么大不了的。一句话，只要能够击破来援的陈玉成兵团，湘军所得远不止一个太湖。再者，太湖地势低洼，如果选择在太湖城附近迎击陈玉成，湘军将毫无地利优势可言；陈玉成却可居高临下，与城内太平军对其实施夹击，也就是说太湖拒敌的成功率很低。

收到胡林翼的回信，曾国藩也意识到太湖拒敌不能稳操胜算，但他提出，如果作战不顺利，就索性撤出太湖东部，转而将大军驻扎于太湖以西，这样既可保存部队有生力量，同时还能保证湖北的安全。

曾国藩的这一提议，等于是打算让湘军同陈玉成兵团在太湖一线呈对峙状态。他真正的想法，其实是先与陈玉成相持，不求成功但也不会失败。坚持到第二年开春，等萧启江兵团来援，李续宜也从家乡赶回统兵，再击破陈玉成。胡林翼能够理解曾国藩的谨慎，但他认为，这种部署看似很保险，其实很不保险，因为人家不会愿意给你这个时间！

陈玉成擅长运动战，如果湘军不通过围城打援，先行给予打击，他一到太湖，就必然会凭借其所掌握的优势兵力，首先包围太湖湘军的各个步兵兵团。多隆阿兵团是步马兼备的兵团，不容易被陈玉成所包围；但该兵团真正厉害的也就是马队，而马队又不擅长攻垒破城，留在包围圈外也孤掌难鸣。时间一长，湘军各部都将陷入困顿和被动之中，即便萧启江、李续宜来了也无济于事，又谈何击破陈玉成？

胡林翼再次强调，对湘军而言，打援比什么都重要，一旦打援成功，一口气拿下五六城都不在话下。如果一味实行被动防御，导致为陈玉成所包围，那么最糟的结果就是重蹈三河之败的覆辙；即便最好的结果，也只是如宝庆会战那样，虽能纾困，却无法给予陈玉成兵团以重创。在这种情况下，即便花了力气得到太湖城，也仍旧只能放弃。

总　统

曾、胡各执己见，两人几乎每天都有书信来往，反复围绕作战方案进行讨论乃至辩论。胡林翼一边冀望于说服曾国藩，一边按照他认准的方面做事，其中之一就是派余际昌部进占天堂寨——在选择天堂寨作为打援地点前，胡林翼经过认真调查，确认天堂寨是天险要地，即便被太平军发现，亦能凭借地利击退对方。

好多天过去了，曾、胡一次次试图说服对方，但又一次次归于失望，最终的作战方案也因此迟迟无法定夺。争到后来，曾国藩表示，若胡林翼非要实施围城打援，必须等萧启江兵团赶来。在后备力量充足的情况下，他将率八千人进围太湖城，从而腾出多隆阿、鲍超、蒋凝学诸军，让他们在新仓等处打援。届时如何围城，由他曾国藩决定；如何打援，任凭胡林翼调度。

除了以萧兵团到来作为拨兵的条件外，曾国藩还要求在他增援太湖之前，鲍超兵团必须仍驻扎于太湖城下，不得离开太湖。而且即便集结在潜山的太平军援兵众多，胡林翼也只能派六成兵力打援，其余包括鲍兵团在内的四成兵力都必须继续留在太湖，不可移扎他处。曾、胡都是顾大局、明事理之人。胡林翼知道形势危急,再争无益,于是便也做出让步,在曾国藩所提两大必备条件的基础上,达成了一致。

除了与曾国藩之间关于作战方案的分歧,这期间让胡林翼备受困扰的,还有前线的指挥协调问题。

湘军有"尊上"的规矩和传统,所谓"上",是指本管长官,所谓"尊上",是说要服从本管长官的命令。说得更清楚一点,就是不管你现任什么官阶,是布政使也好,提督也罢,都只拿你在湘军军营任职的大小说话,比如哨官一定要服从营官,营官一定要服从统领,统领一定要服从大帅。

第二路军是太湖战役的主要承担者,这个方面的部队除多隆阿、鲍超外,尚有蒋凝学、唐训方两大兵团。多、鲍、蒋、唐四人虽然官阶有所不同,但他们都是各自兵团的统领,属于平起平坐的关系,这就造成了各将领之间军令难以统一的状况,对于即将到来的战事而言,显然是极为不利的。

胡林翼自己除了制订总体作战方案外,还必须调度各个方面,尤其是督促粮饷,让他亲自到太湖前线去指挥,并不现实。他为此焦虑不安,乃至茶饭不思。思来想去,为了统一军令,更好地作战,胡林翼还是决定设立一个前敌总指挥的军职。这一职务位于大帅以下、各统领之上,称为"总统"。

该选谁呢?太湖四将,蒋凝学、唐训方无论官阶还是阅历,都比不上多隆阿,能与多隆阿相提并论的只有鲍超。多隆阿时为福州副都统,鲍超为总兵,基本上处于同一水平线。多、鲍都取得过不俗的战绩,有拿得出手的漂亮仗:多隆阿攻占石牌,鲍超在意生寺大败陈玉成,都是可载入湘军战史的经典战例。

胡林翼实际只需从多、鲍之间进行选择。经过日夜苦思,反复权衡,他觉得多隆阿更合适。胡林翼对多隆阿的认可和重视,也经历了一个过程。多隆阿自跟随都兴阿进入湖北征战后,一开始虽也屡立战功,但并不是特别突出。直到宿松战役,多隆阿大败太平军,连破其三十余座营垒,这才引起众人注目。

扬名的同时必然伴随着各种红眼病,就连曾国藩都听到过一大堆关于多隆阿的不利传闻:说他身为武将,平时却爱管坟山争斗等民间纠纷;而且素质不高,有凌辱地方士绅的言行。后来都兴阿隐退,他在隐退前上奏,将所部兵勇交多隆阿统领,这在当时更是引起很大争议。不少人在背后说是因为多隆阿过于骄纵,不受约束;都兴阿又好说话,常为多隆阿所辱,心情抑郁,这才不得不辞职引退,将兵权交给多隆阿。

湘军中"尊上"是一个谁都不能打破的铁律。胡林翼为人不拘小节,他对于多隆阿的其他传闻都可以睁一只眼闭一只眼,唯独逼本管长官下台,是他所不能容忍和鄙夷的,因此也曾对多隆阿极为不满。

不过很快,胡林翼就有了重新认识多隆阿的机会。有一次他去探望都兴阿,都兴阿当着他的面,极力褒奖多隆阿,没有说多隆阿任何一个地方不好。胡林翼久历人世沧桑,各种各样的人见多了,自然能识别出对方说话时是真情还是假意。他察言观色,认定都兴阿对多隆阿的欣赏属于无心流露,其中不含有造作夸饰的成分。原来外界关于多隆阿的传闻并非事实,都兴阿是真的有足疾才要隐退,并非多隆阿所逼。至此,胡林翼完全改变了对多隆阿的看法。

伸多抑鲍

多、鲍二人多年的经历相仿,官阶、战绩也不相上下,这方面很难比较。但是作为总统,就必须同时兼备统领和大帅的特点,即既要能征善战,同时也要沉毅有谋略,多隆阿恰好符合这一要求,仅在攻占石牌一战中,其为人机警有权变的一面就已经表现得淋漓尽致。鲍超当然也并非无头脑的莽夫,但他的性格落拓不羁,与总统所必须具备的气质稍感不符。

胡林翼决定推举多隆阿为总统,消息一传出,就引起了唐训方等将领的不满,这些将领在议事时都各说各的,摆明不服多隆阿。反应最激烈的当属鲍超,鲍超从不觉得多隆阿有什么地方比他更高明,现在胡林翼突然将多隆阿升为总统,要他隶属于多隆阿。在多麾下受其指挥,他感到难以接受。当下,鲍超便以母亲病重为由,离开太湖前线,前往宿松曾国藩军营请假。实际上,鲍超的亲生父母早就过世了,他所说的母亲只是其乳母。所谓乳母病重,他须回去看望,也不过是个借口,说白了,就是在闹情绪。多隆阿一看这情形,委实下不了台,只好称病请假,暂时躲了起来。

前线诸将不服也好,闹情绪也罢,在胡林翼眼中,前线诸将包括鲍超在内,以做总统的综合素质而言,大多不如多隆阿。但是有一个人,胡林翼知道他完全可以与多隆阿竞争,这个人就是曾国荃。曾国荃在湘军将领中的地位和影响力不低,又是曾国藩的弟弟,如果他能站出来表态,说自己甘愿隶于多隆阿之下,便足以压住诸将。抱着这一想法,胡林翼特意向曾国荃打招呼,试探性地说他是当总统的最佳人选,才具足以服众。

曾国荃悟出了胡林翼的用意,立刻辞谢道:"多将军忠勇绝伦,常常怀疑我辈儒生看不起武官,国荃请求隶属于他,这样诸将自然就会同心同德,和睦相处。"胡林翼一听大喜,说:"你能如此,乃国家之福!"

曾国荃的适时表态,让多隆阿有了面子,诸将亦不得不改变对多隆阿的态度。多隆阿终于可以不用装病,出来做事了。但到了这个时候,胡林翼还得设法说服一个强有力的反对者——曾国荃的大哥曾国藩。

曾国藩担心设立总统一举,会造成湘军内部的分裂。胡林翼则认为,随着陈玉成兵团的即将来援,第二路已成为四路中责任最重的一路,倘若有失,其他三路也将同时归于失败;与此同时,第二路军因统领较多,又同参一役,在四路军中的情况也最为复杂,统一事权是个大问题。他强调,"事权不一,兵家所忌",无论如何,前线都必须赶紧设立总统,以便将军事指挥和各项命令统一于一人,这样各部的行动才会顺畅有效,否则,若任由多头指挥的状况持续下去,只会造成混乱。

接下来,是对比多、鲍。曾国藩对多隆阿的人品和能力一直存有质疑,在他看来,胡林翼把多隆阿抬得过高,其才能并没有达到总统的标准。多隆阿和鲍超暗中一直存着竞争关系,这也是一个众所周知的秘密。曾国藩劝胡林翼,不如抓住多、鲍的心理,继续让他们竞争,这样效果会更好;如果"伸多抑鲍",即提拔多隆阿为总统,让鲍隶属于多,多不免得意,鲍则意气沮丧,恐怕彼此以后就都没了争胜之心。

多隆阿是新兴八旗将领,非湘军嫡系,在湘军集团中总显得有些格格不入,曾国藩对此亦不避讳。他警示胡林翼,"伸多抑鲍"的结果很可能是:鲍超觉得胡林翼偏向多隆阿而不重视他;多隆阿虽为总统,却也疑心曾国藩、胡林翼偏向湘军嫡系而对他们八旗将领另眼相看。

胡林翼力排众议,坚持让多隆阿担任总统,并非是脑袋一拍的轻率决定,而是经过了深思熟虑。多隆阿的人品已经得到验证,能力更没问题,特别是多隆阿兵团有一个各兵团都没有的长项,那就是马队。在皖北平原,马队尤其作用突出,"募勇一万,不如马队一千",数千骑兵可以胜过数万步兵。从宿松、二郎河战役到最近的石牌之战,这一经验都一再得到证明。胡林翼甚至说,如果有马队埋伏在后,连他都敢带上五六千步兵与两万太平军抗衡。

曾国藩对此没有办法否定,三河战役前,湘军中以李续宾兵团的战斗力为最强,但他也不得不承认,多隆阿仅靠其马队就足以傲视李兵团,这也是他排除各种困难,也一定要建立由自己控制的马队的原因。曾国藩的马队规模太小,跟旗营马队完全不是一个级别,这样自然就必须重用八旗的骑兵将领,"否则马队不救步兵,苦的还是步兵"。湖北的八旗骑将,除了退隐养病的都兴阿,剩下只有多隆阿、舒保能战。舒保能力方面不及多隆阿,而且奉命留守湖北,未参加东征,多隆阿也就成了唯一之选。

其中的深意

在治军方面,如果说曾国藩是外严内宽,胡林翼则是外宽内严,"兵事喜一而恶二三"是他的一贯宗旨,他绝不允许一支部队因将领矛盾而出现不稳定。过去,水师的杨载福、彭玉麟,陆师的李续宾、蒋益澧,相互之间都存在竞争,甚至发展到负气争斗、互不相救的程度。胡林翼对此持绝对不容许的态度,在他判定杨载福、李续宾比彭玉麟、蒋益澧更能打仗后,便果断地扬杨、李,抑彭、蒋,并着力强化杨、李作为水陆军主将的权威。

当然,多、鲍与杨、彭和李、蒋又有不同。多、鲍曾同属于都兴阿麾下,系多年的同事和搭档,即便在多隆阿代替都兴阿统领马队后,二人也仍然在一起配合作战,其间并没有任何不和谐的事情发生,更没有达到互不相容的地步。这次只是鲍超心理不平衡,才会闹情绪,并不是他本身对多隆阿有多大意见;如果胡林翼不设立总统,自然也不会改变多、鲍之间的现状。但不管怎样,把树立主将权威,放在比促进部属竞争更重要的位置,完全可以视为胡与曾在用将理念上的一个显著区别。

多隆阿因其八旗将领的身份,被曾国藩视为"外人",然而这一点却也正是胡林翼认为应该提拔他的一个因素。皇帝和朝廷真正信任谁？不是湘军，而是八旗军！随着湘军的名声越来越大，所需承受的负担和非议也越来越多，推举八旗身份的多隆阿来统领前线湘军，正好可以无形中对湘军起到保护作用，以免湘军光芒太盛，刺某些人的眼睛。

事实上，曾国藩自己就曾从中获益。他在组建湘军之初重用塔齐布，自然是认为塔齐布本身即难得的将才；但在客观上，塔齐布的旗人身份也为湘军的发展提供了方便，有些争议都或多或少地得到了避免。正因如此，当胡林翼提出多隆阿乃"天子之使"，奉旨以副都统之职担任总统，名正言顺时，曾国藩马上悟到了其中的深意。

胡林翼认为，以太湖前线目前所面临的严峻形势来看，只能先委屈鲍超、唐训方等嫡系将领，即所谓"克己以待人，屈我以伸人"，否则前线战事将难以收拾。他同时也安慰曾国藩，称就算让多隆阿当总统，也只是临时的；事后如果想取消，只需在湘军内部再下一纸命令即可。

经过胡林翼的极力说服，曾国藩不再固执己见。他表示自己初到安徽，对前线的情况还不太熟悉，所以有些想法未必符合实际，若前线确实需要赋多隆阿以专任，那就早点定下来，不要再犹豫。得到曾国藩的同意后，胡林翼立即上奏朝廷，正式推举多隆阿总统前敌各军。奏报很快就批了下来，胡林翼随之下达命令：要求所有太湖前线的部队都必须听从多隆阿指挥，鲍超、唐训方等部概莫能外；即便李续宜，虽然人还在湖南，但名义上也必须接受多隆阿的指挥。

胡林翼严令鲍超速返太湖前线，并让曾国藩带话："临大敌而退，你就不怕被人笑话吗？"他甚至都做好了万一鲍超真撂挑子，一走了之的准备——如果那样的话，你这个姓鲍的我也不要了，你的兵,我会全部拨给多隆阿!胡林翼如此坚决,鲍超知道事情已难挽回,只得乖乖地回到前线。唐训方等人也不敢不服从多隆阿的调遣,一切都走上了胡林翼所设定的轨道。

胡林翼预计,陈玉成赶回安徽的时间,应在太湖守军粮尽之际。此时,陈玉成有可能兵分两路,主力直奔太湖,另外分兵从桐城、潜山进攻,以牵制湘军的兵力,但总之都以解围太湖为目的。

1860年1月7日,陈玉成抵达安徽桐城,捻军张洛行、龚得树兵团应邀前来会合,陈玉成所能用于战场的部队达到十万余人,随后便分路南下,以解太湖之围。这些与胡林翼所得到的情报以及他的事先估计都基本相符,然而让他感到措手不及的是,刚刚就任总统的多隆阿却突然做出了一个决定,这个决定让他和曾国藩都极为吃惊,同时也大为恼火。

变　阵

胡林翼在太湖作战方案上与曾国藩达成妥协,其中答应曾国藩的一个条件,就是只能派六成兵力赴小池驿打援,其余兵力特别是鲍超的霆军,必须留在太湖。

然而战争形势瞬息万变,计划往往跟不上变化。陈玉成既选择从桐城一路赴援太湖,小池驿乃是其必经之路。按照妥协方案,只有六成兵力可以打援,霆军还不能上,小池驿便极有可能守不住,从而被陈玉成占领。陈玉成一旦控制小池驿,便可以与太湖城的太平军一起,对湘军形成夹击之势,之后不但太湖的湘军部队腹背受敌,就连藏在天堂寨的余际昌部也将无处着力。更有甚者,太平军还可以由新仓轻易进攻石牌,并对宿松的曾国藩军造成威胁。

已身为总统的多隆阿不能不产生这种担心,为了保证战役的胜利,他在未经曾、胡同意,也未与鲍超本人商量的情况下,便擅自做出决定:撤销对太湖的包围;鲍超、蒋凝学、多隆阿率部前移潜山,驻扎于小池驿战区;其中鲍超驻小池驿,蒋凝学驻龙家凉亭,多隆阿驻新仓。对于小池驿战区的驻兵部署,多隆阿经过精心考虑。小池驿正当陈玉成兵团之锋,乃第一道防线。龙家凉亭位于小池驿的后方,为连接小池驿与太湖的重要通道,多隆阿把它作为第二道防线。新仓位于太湖、石牌、小池驿三地的中心位置,和这三地的距离大致相当,三地无论何处出现危险,新仓部队都能迅速赶到,于是新仓便被作为游击之师的驻地。

三兵团中,只有多隆阿兵团马步兼备,步队的机动能力和冲击力强,是驻扎新仓的不二之选。小池驿、龙家凉亭皆为阻援阵地,更适于纯步兵兵团驻守。霆军的战斗力最强,自然要守卫小池驿;蒋凝学兵团的战斗力次之,作为霆军的后援力量,驻扎于龙家凉亭,一旦小池驿发生危险,可随时增援。

多隆阿撤围后,也怕太湖的太平军趁机杀出,袭击打援部队之侧背,故而请求曾国藩拨六七千人代围太湖城。胡林翼对此啼笑皆非:你都没有跟我商量,就把我和曾国藩的君子协定给撕毁了,还指望着人家给你拨兵?

在胡林翼得知多隆阿重新排兵布阵时,霆军已经拔营动身,前往小池驿一带。次日,太湖城内守将刘昌林即率三千人马出城,直扑城外蒋凝学军营,幸被蒋凝学击退。但这样一来,蒋凝学也就被拖住了,没法即刻赶往龙家凉亭。

眼看太湖城外险象环生,但霆军已经出发,陈玉成兵团也即将到来,再要改动和调整根本来不及了。胡林翼又气又急,对于让多隆阿出任总统一事懊悔不已,认为多隆阿终究只属于骁勇战将,而非智勇双全、沉得住气、顾全大局的统将之材。他在写给官文的信中,也指责多隆阿操之过急,甚至说多隆阿是胜保一类人物。众所周知,胜保作为八旗将领,与太平军作战屡遭败绩,且为人骄横贪婪。胡林翼平时最讨厌胜保,由此可知他对多隆阿恨铁不成钢式的愤懑和不满。

胡林翼再恼火,也没法改变木已成舟的现状。他只得退而求其次,一边飞檄各处调兵,一边再次致信曾国藩,请其赶快增援太湖。对于多隆阿的突然变阵,曾国藩也感到惊诧不已,然而事到如今,也只有向太湖增兵一途了,否则前线必然危殆。经过激烈的思想斗争,曾国藩决定从宿松派出朱品隆兵团五千五百人,进扎太湖,与唐训方兵团一起,对太湖城进行三面围攻。

曾国藩的这一决定,打破了他之前所声明的,在萧启江兵团到达前不赴援太湖的主张,实际又回到了胡林翼的最初方案之上,只是所拨兵力稍少了一些而已。这也是曾国藩继同意推举多隆阿为总统后,对胡林翼所做出的再次让步,他不禁在给胡林翼的信中自嘲:"此次又是我输了。"

此时距胡林翼提出最初方案已相隔一个多月,他本来也已不准备曾国藩会拨兵太湖了,忽然接到曾国藩从宿松分兵的通知,顿有欣喜若狂之感,帐下幕僚也都乐得手舞足蹈。自三河之役后,胡林翼一直负疚于心,但自称有两件大喜事令他难忘,其一就是听到宝庆解围的消息,其二就是宿松分兵。

曾国藩援兵一出,多隆阿、蒋凝学两大兵团即得以从太湖抽身,前往小池驿战区,分驻于新仓和龙家凉亭。湘军在小池驿战区刚刚部署就绪,陈玉成兵团也已抵达潜山。太平军从潜山以西至太湖以东,沿着长达三十里的傍山路,接连扎下了一百座军营。由于早有准备,多隆阿并不慌张,始终秉持兵来将挡、水来土掩的镇静态度。

陈玉成原拟兵分三路,分别对小池驿、新仓、石牌展开攻势,其中小池驿为主攻方向,新仓、石牌则是牵制性的助攻方向。见多隆阿军营似无防备,他传令新仓一路首先发动进攻,因为这一路的太平军并非主力部队,多隆阿兵团先在营垒中开炮轰击,继而又派兵从敌后包抄,很快就将该路太平军给击退了。

但是,真正艰苦的战役还在后面。

回 马 枪

1860年1月13日,陈玉成率主力抵达小池驿附近的地灵港,随即于东西两岸筑垒二十余座。傍晚,太平军出动数千人向小池驿的鲍超军营进行挑衅,鲍超欲实施反击,多隆阿觉得天晚路杂,不宜开战,便劝其先按兵不动,等第二天他和蒋凝学为其解围。

翌日凌晨,多隆阿率领蒋凝学,向地灵港发起进攻。湘军一上来气势就很旺,共摧毁营垒十三座,诸军杀得兴起,乘胜追击,但是他们都低估了陈玉成。陈玉成有一个绝招,称为"回马枪",专用以在落败的情况下反客为主,后来居上。多、蒋不识厉害,孤军深入,结果反被太平军重兵包抄。

参加地灵港之战的湘军,加起来也只有一万多,太平军却有六万余众,这些太平军皆为随陈玉成多年征战的精锐。与此同时,陈玉成自宿松、二郎河战役起,就屡吃多隆阿马队的苦头,这次他除了派太平军、捻军马队与之对抗外,还在筑垒时就注意凭泥淖据守,进而限制多隆阿马队的冲击力。

双方皆舍命血战,从上午打到下午,战至黄昏,湘军才从包围圈中杀出,并迫使太平军撤退。是役,湘军伤亡七百余人,主要集中在多隆阿兵团。步队阵亡三百余人,占整个战斗中步兵总伤亡人数的一半,在其引以为傲的马队中,四名副都统衔的八旗将领也先后战死。自旗营马队开赴湖北,到多隆阿接手扩军,他们这支部队的损失还从未有如此之惨重。多隆阿黯然神伤,战后甚至产生了退役之意。

湘军在地灵港先胜后败,又蒙受较大伤亡,对其高层震动不小。通过此战,胡林翼不得不承认,先前多隆阿调鲍超至小池驿,是及时有效的,并非鲁莽和错误之举。

就损失而言,太平军远在湘军之上,只是因其兵员众多,主力也未受到致命损伤,所以仍保持着战斗力和活跃度。地灵港战后,陈玉成虽采取分路进击、各个击破的战术,向小池驿战区以外分出了三分之一的兵力,但凭借兵力上的绝对优势,仍然可以在正面以多打少。1月16日,他点起精兵五万,专赴小池驿,并运用其"包营为营"的绝技,修垒数百座,连营百余里,将鲍超军营围了个水泄不通。太平军的这数百座营垒都紧逼着鲍超军营,在近的地方,甚至连对面的咳嗽声都能听得清清楚楚。从建垒之日开始,陈玉成即组织兵力对霆军发起轮番攻击,六天六夜,无休无止。

在地灵港之战中,多隆阿、蒋凝学因救援鲍超,各自都有战损,战斗力亦随之下降,对于是否要再次出手救援鲍超,他们都表现得格外谨慎小心,生怕又被陈玉成的"回马枪"击中。这使得鲍超在被围困的六天内,没有从外部得到任何援兵。

以三千孤军对抗五万强敌及数百营垒,持续六天都不松动,令陈玉成对鲍超印象深刻。陈玉成自身就是个很能打硬仗的勇将,被洪秀全誉为"一身是胆",惺惺相惜之下,他给予鲍超以很高评价,认为:"官军名将中堪为对手者,一鲍二李而已。""二李"指的是李续宾、李孟群,"一鲍"即指鲍超。

在此期间,鲍超及其霆军的境遇也可想而知,在最紧张的时候,小池驿被围数重,声息不通,接济断绝。霆军左营驻地由于扼太平军进军要道,承压尤重,太平军在附近山上架筑炮台,对其进行轰炸,炮子甚至钻入鲍超裨将的防守军帐,击中了里面的床铺和茶几。为了躲避炮弹,弁勇们只能靠着墙壁吃饭,情形非常险恶。

多隆阿身为总统,就算他可以置鲍超的生死于不顾,却也知道霆军覆灭的严重后果,为此昼夜不安。他首先致信胡林翼,希望胡林翼能从别的地方调出六营兵勇移营太湖,以便换出唐训方来小池驿策应。胡林翼接报,赶快从中设法,但由于各处都很紧张,这六营援兵短时间内很难抽得出来。

胡林翼焦虑万分,成天觉也睡不好,饭也吃不下。最后,他直接给鲍超发去密令,让鲍超到万不得已、力不能支时,可以弃垒后退,如果事后要追责,由他一人承担。鲍超收到密令后,表现得很硬气,誓言不退一步,不弃一垒,但他对于无人救援自己,内心也很不忿;蒋凝学还好说一些,毕竟自己也守着第二防线;多隆阿距离前敌最远,他的新仓也不是阻击阵地,却为何在这六天时间里,一直按兵不动?是不是因为我之前对他当上总统不服气,所以故意打击报复,见死不救?在给胡林翼的回信中,鲍超的这种怨气和委屈呼之欲出。他向胡林翼提出,他现在没别的要求,就是希望太湖战役结束后,"独领一军,独当一面",脱离多隆阿的辖制。

进入被围困的第七天,眼看鲍超在小池驿的处境越来越危险,在胡林翼的不断督促下,多隆阿终于行动起来,着手为鲍超解围。或许是依旧担心被陈玉成包围,他没有敢率全军赴援,而是派步队杨朝林部进入小池驿,代霆军左营防守营垒;同时派遣敢死队对看守炮台的太平军进行袭击,以减少炮台对左营营垒的威胁。

霆军被困期间,左营承担压力最重,伤病员很多,且已疲惫不堪,在杨朝林部入援后,才得以整体移入中营,进行休整。此后,杨朝林部在防守左营营垒时,士卒也不断出现伤亡,说明太平军仍在加紧围攻小池驿。

山 内 军

在小池驿战区的防守设置上,霆军担当着最艰巨的阻敌任务,犹如身体；多隆阿、蒋凝学兵团则起着辅助作用，犹如手足。多隆阿这次救援行动，虽不能解决根本问题，但对于霆军而言，却是一次雪中送炭式的暖心之举，让他们意识到湘军各部在生死关头，依旧会不离不弃，互相救援，就好像手足一定会捍卫身体一样。

事实也的确如此。得知小池驿情况危急，曾国藩完全打破了先前以宿松部队作为后续之师的想法。他先派遣三千步队加上顺字营马队驰援太湖，使得围城军中的唐训方兵团三千人能够抽身而来，前往小池驿救援鲍超；之后，又调曾贞幹等分赴新仓及太湖等处。在给鲍超的信中，曾国藩劝导他，曙光就在前方，"心平气和，不必抱怨"。

1860年1月28日，唐训方抵达小池驿战区，在鲍超和蒋凝学两军之间扎营；多隆阿也派自己的步队王可升部驻于霆军左营旁边。唐兵团和王可升部几乎同时筑垒，王部先筑好垒，唐兵团的营垒尚未筑成，太平军已经杀到。经过鏖战，唐训方败北，只得退驻新仓。虽然唐兵团遭受挫败，但这时湘军在小池驿战区所面临的形势，已经开始全面向好。胡林翼经过统筹，调来了湖北麻城的城防军，其中一千人被直接派去增援新仓，另外二千五百人用于合围太湖。曾国藩于是从围城军中抽拨七营部队，由朱品隆率领，驰赴新仓。他还和胡林翼联合派出两千兵力，防守罗溪，为湘军后方提供屏障。

多隆阿驻守新仓，至少需要担负两大职责，其一是为鲍超疏通粮道，其二是视情况对太湖、石牌等地进行增援，以免被陈玉成各个击破。鉴于新仓多出了大量驻军，可以承担这些职责，小池驿战区的背后又有了防守部队，不用再担心出现后顾之忧，多隆阿遂倾巢而出，全力增援小池驿，并亲自率兵向太平军发起猛攻，从而一举打通了通往霆军的饷道。

在唐训方驰援小池驿的差不多时间里，胡林翼密令金国琛率部进入天堂寨,和余际昌会合,组成"山内之军"。2月1日,山内军沿着山路险道,冒着雨雪,在经过十天的强行军之后,到达仰天庵、高横岭。举目俯视,山下平原的景象尽收眼底,小池驿、龙家凉亭等地的湘军军营都能看到,太平军军营亦历历在目。金国琛随即派人与多隆阿联络,约定内外夹攻。

陈玉成这才发现身后山上有这样一支奇兵,次日五更时分,天尚未亮,他分兵四路,趁大雾遮地,潜至山腰。金国琛早有防备,率主力骤起扑击,或迎击其首,或横截其腰,声震山谷。陈玉成仓促分兵迎战,阵形稍乱,但还能继续进攻。双方又大战了约两个小时,到下午的时候,余际昌部突然吹响号角,从高横岭杀出,抄袭太平军侧背,多隆阿等山外军也发炮响应,从侧面发起猛攻。已处于饥疲状态的太平军顿时阵脚动摇,由于害怕继续遭到夹击,陈玉成率部且战且退,在雨雾的掩护下,将主力转移至太湖附近扎营。

仰天庵之战成为太湖战役的转折点,战场的主动权已渐渐被湘军所掌握,但小池驿仍处于数百营垒的围困之中。一天,鲍超传令全军聚餐,痛饮一番后,他问诸将:"现在我们处于什么情况?"霆军被困日久,众人情绪难免受到影响,诸将都回答道:"只有一死而已。""死,是件再容易不过的事,不过死有各种死法,是服毒而死,还是上吊而死? 大家说说看,究竟怎么一个死法比较爽快些?"此语一出,诸将都明白了他的意思:"我们宁愿拼死冲锋,这样的话,或许还有可能是敌人死,而我们不死!"

在达到动员目的后,鲍超便于天亮前率部进行突围。如何突破陈玉成的"包营为营",鲍超在意生寺一战就积累了成功的经验,他没有选择从敌军人少处突围,而是带头率众冲向敌军最密集的地方。太平军军心早已动摇,在霆军的凶猛冲击下,一触即溃,最后霆军弁勇全部沿着鲍超打开的缺口,冲出了包围圈。

在小池驿战役中,霆军伤亡达到了一千多人,但他们擅长力战能打苦仗、恶仗的特点也由此闻名。连官文都在奏疏中予以褒赞，称如果不是鲍超率霆军对抗陈玉成主力，给援兵争取到了时间，清军在太湖一定会大败。

第一大捷

1860年2月17日，距离仰天庵之战已隔了十多天，多隆阿再次出动人马，向太平军进逼。看到出击的只有步兵，陈玉成以为他已不敢再派马队，于是立即调集步骑主力迎战。号令下达，各处的太平军蚁聚蜂屯，纷纷向战场中心拥来，骑兵更是往来疾奔，声势夺人。

多隆阿不是不敢派马队，这只是他的诱敌之计。在太平军主力现身于战场后，不仅是多隆阿的马队，集结于小池驿的湘军各部也都全部冒了出来，而且在多隆阿的统一指挥下，各司其职：多隆阿亲率马队军冲锋陷阵，自中路杀入，霆军遏之于前，朱品隆兵团扼之于右，蒋凝学兵团横截，唐训方兵团抄尾。

太平军大败，三千余人被歼，被擒斩的将领也有很多。

翌日黎明，多隆阿挟胜利之威势，兵分三路，向罗山冲、东堰、小池驿发起急攻。罗山冲由朱品隆、蒋凝学兵团主攻，此处驻扎着陈玉成的精兵，他本人也在罗山冲坐镇，见湘军攻来，太平军一齐拥出，阵势凶猛，湘军暂时被阻在了山外。

东堰也是太平军的扎营地，由多隆阿兵团主攻，多隆阿很快就攻破了东堰，随后便与朱、蒋合并，由他亲自率领，合力进攻罗山冲。湘军士气大振，奋呼直上，蒋凝学兵团连破几道冲口垒卡，攻入山内；朱品隆兵团翻山前进；多隆阿的骑兵随即冲杀，山上的太平军抵敌不住，许多人坠落山涧峡谷摔死，余部仓皇后退。

在鲍超、唐训方主攻的小池驿方面，驻扎着太平军约数万人，分四路进行抵抗,其中田垄处太平军尤为集中。鲍超亲督霆军从左面冲击田垄,由多隆阿拨来的赵克彰部继之,唐训方看到这一区域的太平军实在太多,又拨来四个营助战。在双方鏖战二三十个回合后,唐训方自己也从右面斜刺杀来,与鲍超等人联手将太平军击退。之后他们一边追击,一边纵火焚烧太平军军营,此时正猛刮东南风,大火蔓延,一直烧到山腰。太平军退走二十里,丢弃的军械堆积如山,数百座营垒连同军帐、馆舍、围栅顷刻毁于火中。

金国琛、余际昌在仰天庵获胜后,即率山内军继续沿山兜击敌军侧后。山外军得手,太平军沿山撤退之际,他们从山内适时突出,使得太平军前后受敌,败局更加难以挽回。陈玉成在分军一部守潜山后,退往桐城;援军既退,太湖城势难再守,太湖守将刘昌林于是也在半夜里弃城,退走桐城。

在太湖战役中,山内军起到了不可替代的作用,而在山内军潜藏天堂寨期间,潜山知县叶兆兰立下了大功。他在当地建立了五个营的民团,为山内军转运物资,使得山内军在深山中也未有匮乏之虞。原本叶兆兰作为父母官,对失守潜山负有责任,胡林翼不但没有予以追究,还奏请朝廷给他连升两级。

在太湖守军及陈玉成兵团一部分退至潜山以后,多隆阿会商诸军,以鲍超、唐训方等搜剿各山,率蒋凝学、叶兆兰等进抵潜山,在潜山城外数里扎营。潜山守军欲乘其修建营垒、脚跟未稳之际,打他们一个措手不及,不料正中其诱敌之计。太平军大部队刚刚出城,叶兆兰即督率团勇,袭击其尾。出击的太平军腹背受敌,欲要回城,归路又被马队截断,只得败往桐城,失去太平军主力的潜山城随即为湘军攻占。

太湖潜山战役是湘军入皖后的第一大捷,对于湘军而言,战果相当辉煌,是役,他们不仅一鼓作气,连得太湖、潜山二城,而且歼灭了两万太平军精锐部队,使其增援太湖、进攻湖北的企图彻底化为泡影。

自李续宾兵团覆亡以来，一直笼罩于湘军集团的阴影和低迷状态，顿时一扫而空，湘军在安徽战场上正式由防守转为进攻。到这个时候为止，安庆周边的护卫链也已经是面目全非，其西面的石牌、太湖、潜山皆为湘军所占领；北面桐城与安庆的联系被切断；只能靠东面的枞阳镇与外界沟通。

在南方省垣中，安庆城属中等偏小的城市，但其背山面水，前临大江，湘军若不先克此城并控制江上水道，便无法东进。与此同时，它也是天京的西线屏障和粮源要地，湘军欲取天京及外围据点，必先占安庆。

太湖潜山战役结束后，曾、胡筹划再次分路图皖，其核心就是围攻安庆。作为省垣及江防要塞，还在太平天国运动未起之时，安庆城即长年驻扎三千清军，另有水师在江上巡逻，重视程度非同一般，自然城防设施也不会马虎。太平军占领期间，石达开视之为大本营，亲自指挥军民构筑城防工事，城垣被加高五尺，并在各门设立望楼，城外修筑土城和炮台。三河战役时，多隆阿、鲍超联手围困安庆，久无进展，便可知攻城难度之大。

攻打安庆最省力的方式，莫过于长围久困，等安庆城内太平军粮尽援绝之时，再攻入城内。但太平军一定会全力增援，不会让你湘军这么舒舒服服地进行围困，甚至因为陈玉成的眷属均在城内，陈玉成还会亲自引兵救援。显然，安庆战役仍必须延续太湖战役的经验，继续围城打援，即在围攻安庆城的同时，打击陈玉成援军。

第十章 恶　战

　　打援是太湖战役成功的关键，援军既破，城池自得。即将开始的安庆战役也是一样，打击陈玉成是成功的关键，只要能够顶住陈玉成增援的压力，安庆即为湘军囊中之物，只是时间早晚而已。

　　按照四路图皖的原计划，曾国藩攻安庆，多隆阿、鲍超攻桐城，胡林翼攻舒城，李续宜攻庐州。这实际上是把图皖湘军分成两部分，即由曾国藩一路围安庆；其余三路，本质上都是为了阻援陈玉成。太湖战役的实践已经表明，围城打援的最理想模式，正是这种"内一外三"模式。太湖战役虽经历了极为艰难曲折的过程，但终究还是得以接近了这一状态，最后以万人围城，三万人打援，合马步四万人之力，尽取全功。

　　让人头疼的还是兵力不足。霆军在太湖战役中伤亡较多，是整个战役中损失最大的，在未经休整的情况下，能不能继续保持其一贯勇猛锐进的风格，是个疑问。而且鲍超又请假要回四川老家探亲，胡林翼只好准假，顺便也让霆军进行休整。

　　鲍超及其霆军无法参加安庆战役，总的兵力就更加不敷使用了；尽管李续宜已经假满归队，但也只能填补鲍超的空缺。曾、胡经过商量，决定将四路改成三路：暂时置庐州一路于不顾，只进攻安庆、桐城、舒城，而且其间仅围安庆一城。

实话实说

比之于鲍超,多隆阿没有找理由退出,但是他致信胡林翼,要求给他再调拨一万人,即将他的兵团扩充至一万五千人。在胡林翼看来,多隆阿直接指挥七八千人,就已经足够独当一面。不过他也明白,多隆阿之所以要提出扩兵要求,缘于总统一职在湘军里面,其实只是一个临时性职务。在曾、胡两军进入联合作战的新阶段后,多隆阿很难真的调度曾国荃或李续宜。换句话说,他已经预感到他的总统将被无形剥夺,与其名不副实,倒不如自己多带点兵,打起仗来更实在。

胡林翼能够理解多隆阿的感受,同时多隆阿在太湖战役中的突然变阵,也让他认识到了让多隆阿作为总统,独立指挥所可能带来的风险。当初为什么要设总统?归根结底,还是兵力散归各个将领,很难统辖所致。多隆阿的要求启迪了胡林翼:何不认准多隆阿、李续宜、鲍超这几个统将,把兵力集中到他们麾下,一者可以提高统将的积极性,加强部队的凝聚力;二者也解决了难以统辖的问题,他和曾国藩要调度全局,只需通过指挥几个统将即可完成。

经过考虑,胡林翼同意了多隆阿增兵的要求,除本属李续宜、鲍超序列外的部队外,湖北图皖湘军中大部分,都被他拨归多隆阿统带,从而使多隆阿兵团达到了万人规模。剩下来的人马,胡林翼也多用于对李续宜、鲍超进行补充,因此李、鲍的部队数量也有所增加。

对于安庆战役的部署,曾国藩的设想是,由曾国荃负责围攻安庆。胡林翼同意他的意见,但是他也担心多隆阿会抢曾国荃的活,因为两年前多隆阿就和鲍超一起围攻安庆,当时地道都已经挖好了,只是李续宾兵团覆灭于三河,才无奈被迫放弃。现在再次图攻安庆,如果多隆阿提出他要围城,也属情有可原。

胡林翼用将,一方面随时以雷霆手段,制止同一部队中出现离心倾向;另一方面他也注意对主将实施情感管理。作为上司,他本可以直接下达命令,然而强扭的瓜不甜,一旦多隆阿消极作战,不配合他和曾国藩的总体部署,最终受损的还是湘军的整体利益。胡林翼让多隆阿自己挑,或安庆,或桐城,或策应,且在每一种选择后面都做了预案,最后多隆阿挑了攻打桐城。这一结果让曾、胡都松了口气,曾国藩感叹:"多公(多隆阿)愿意在桐城调度,局势为之一变。"

湘军在稍事休整后,即按照曾、胡的统一部署进兵。曾国荃进驻距安庆仅二十余里的高桥;多隆阿在桐城外围扎营;李续宜则进至安庆和桐城之间的青草塥,作为机动部队,策应曾、多两路大军的行动。

太湖、潜山二城失守后,陈玉成原驻桐城,本来他下一步就应救援安庆,但这时李秀成为彻底解除江南大营对天京的威胁,欲调集各路太平军在东线举行会战。天王洪秀全、总理朝政的干王洪仁玕对天京解围予以优先考虑,向陈玉成传达命令,让他即刻率军东援。陈玉成只好暂且搁置增援安庆的计划,留兵一部守桐城,自率主力东去。

1860年5月,李秀成采用围魏救赵的战术,先进军浙江,攻占杭州,等江南大营的援兵被调至杭州后;他马上引兵西进,会合陈玉成等各路大军,对兵力空虚的江南大营发起总攻,在为天京解围的同时,一举击破了江南大营。

此时太平天国已经再次封王,陈玉成、李秀成先后被封为英王、忠王,诸王不同程度都有谋取和维护自己"小天堂"的打算。忠王李秀成征得"二洪"同意,决计进一步攻取江南苏浙富饶之地,除了为天京另辟供给基地外,也为自己开辟地盘。英王陈玉成对此持有异议,主张全军西上,决战安庆。侍王李世贤又提出应攻取闽浙,众说纷纭,相持不下。最后洪仁玕裁决,决定先取江浙,而后全军西上,分兵长江南北两路,北经安徽,南经江西,直至合攻武汉。

随着太平军向江浙发起进攻,曾国藩接连收到两份上谕,一份上谕是要调都兴阿带兵东援江浙;另一份是询问他能否舍安庆而东下,与杨载福等水陆各军进攻芜湖,以牵制进攻江浙的太平军,缓和东南局势。

曾国藩的回答是不能:不仅他不能东下,都兴阿也无法东援!曾国藩实话实说,他原本在江西的几支主力部队,都先后调走了;特别是在萧启江、张运兰走后,其手下总共也只有一万零几百人;既缺兵又少将,实在无力东下。再者,太平军现在的目标是江浙,就是他舍弃安庆转攻芜湖,也起不到多少牵制作用。至于都兴阿,此时虽已复出,任荆州将军;但他手上无兵,若要东援,就只能从多隆阿兵团等部中抽调;东征兵力本来就已够单薄的了,哪里还能再往外分?

在曾国藩明确拒绝东援后,咸丰并没有死心,接着又发来谕旨,告知军情紧急,江南无人,都兴阿仍须带马步军四五千人尽快东援;而曾国藩则需迅速克复安庆,然后遵旨东下芜湖。

皇帝是不是急糊涂了,且不说都兴阿从皖北各营抽走那么多人,如何再进攻安庆?就算不抽兵,安庆是这么容易就能被迅速克复的吗?这样的谕旨该怎么答复?只能是不答复。曾国藩一个字的回奏也没有写,因为他知道写了也等于白写。

不如让曾国藩干吧

咸丰不是急糊涂,他是快急疯了。

清军有三大武装集团,只有这三个集团可以跟太平军打仗,分别是僧格林沁、湘军、江南大营。僧格林沁需用于北防,不能轻易南下,长江流域只有湘军和江南大营。江南大营以绿营为主,拥有七万常规兵力,每年仅军饷就多达一千万两,但战斗力远不能与湘军相提并论,里面真正能打的也就一个张国梁。江南大营在与太平军作战时一溃再溃,几年前,他们已被击破过一次,靠张国梁才又撑持起局面。即便如此,朝廷仍视江南大营为全国重兵所在,湘军不管如何能战,亦不能取代其地位。究其原因,绿营再烂,也和八旗一样,属于国家正规经制军,是朝廷的"亲生儿子",非湘军这个名不正言不顺的"私生子"可比。

可惜,"亲生儿子"实在太不争气了。在咸丰寄来这份谕旨前,李秀成向江苏的苏州、常州诸城发起凌厉攻势,清军毫无招架之功。江南大营的主持者和春、张国梁等人先后一命呜呼,江南大营再无复兴的可能。在江南大营彻底崩溃后,湘军便成了朝廷最后,也是唯一的一根救命稻草。

不单单是朝廷,江浙官员也无不把湘军作为自身获救的希望。浙江巡抚王有龄紧急寄来奏折,请朝廷命曾国藩赶快东下,援浙保苏,并特别强调如今唯有曾国藩一军最为可靠。此时两江总督何桂清已被革职拿问,两江缺人。王有龄特别提出,何桂清的继任者必须具备唐朝名相裴度的才能,以及明朝理学家王阳明的学问,唯有这样的人选到任,才有解救东南危局的可能。裴度、王阳明除了他们的才能和学问外,均以镇压叛军、立有重大军功而名世,对照清军的大帅级人物,与曾国藩高度重合。也就是说,王有龄推荐的两江总督人选其实就是曾国藩。

两江辖江苏、江西、安徽三省,浙江并不在"两江"之列。王有龄身为浙抚,替曾国藩呼吁,其用意很明显,就是希望朝廷给曾国藩加官,让他早日东下援浙:你是两江总督,总不能不管江苏吧?

浙江是江苏的近邻,不救浙江,你那里的江苏也必受池鱼之殃!

咸丰连下谕旨,但始终无法调动曾国藩,这让他大伤脑筋。王有龄适时给他提供了一个办法,看来倒是能够解决问题,只是咸丰如果要采用的话,就必须首先克服他自己的心理障碍。这个时候咸丰显然是挣扎过的,他考虑实在不行,就把胡林翼调去做两江总督。协办大学士肃顺见状,进言道:"不如让曾国藩干吧!那么上下游都得人了。"

湖北非得胡林翼坐镇不可,三河之役的惨败再清楚不过地表明这一事实。咸丰又岂能不清楚,他只是不太愿意说出那三个字而已,现在肃顺替他说了出来,他也就顺势放弃躲闪,向现实举起了双手。

湘军高层也在期待命运的转变。左宗棠直言不讳地认为:江南大营将骞兵疲,并非始自今日;耗费那么多军饷,却无多大成效,如今被清扫一空,反倒方便后来者入场。胡林翼曾想让朝廷任命曾国藩为川督,与川督相比,两江总督无疑是个更好的去处,因此当有人问胡林翼,江南大营已然溃败,今后谁能收拾和澄清东南时局时,他不假思索地回答道:"只要朝廷将江南军事托付给曾公,何愁天下不平!"大家都希望是那个答案,也都猜到可能是那个答案,但在答案最终揭晓前,每个人都忐忑不安,生怕希望再次落空,自己再次猜错。其中也包括身处宿松大营的曾国藩。

曾国藩身边的一些幕僚深通周易筮法,也就是用周易占卜,曾国藩平时常请他们为自己占卜。民间请江湖术士占卜,问卦者往往看重占卜结果是否灵验,术士亦追求无不灵验的效果,以便让问卦者心悦诚服地支付费用。曾国藩与之不同,他卜卦是因为他在现时事务中拿捏不准,或存在疑惑,需要得到实实在在的指引。为此他不需要为应验而应验,也不需要任何模棱两可的解释。幕僚当然也不用通过占卜糊口,或借此讨好幕主,他们卜卦和解读卜辞的过程,其实就是一个帮助曾国藩解决心理问题,以及针对现时事务,提出相应选择和建议的过程。

1860年6月17日,曾国藩照例一大早就起床,对营墙进行巡视。吃过早饭后他请幕僚一连卜了三卦:一是卜浙江是否可以确保;二是卜他本人是否该离开宿松南渡;三是卜李元度应否赴援浙江。这三卦都与东援有关。先前曾国藩已经明确拒绝东援,但如果朝廷让他出任两江总督,情况就有所不同了。由此可以看出,曾国藩内心也在期待当中不断地进行权衡。

当天中午,官文来函,告知曾国藩已经"奉旨以兵部尚书衔署理两江总督"。这是期待已久的答案,顿时全营欢腾,将弁文员,纷纷向曾国藩道贺。曾国藩自己也兴奋不已,乃至夜不成寐。

关键一战

曾国藩被任命为署两江总督时,距他带空衔领兵东征,已过去了七年多;距他在京城升授内阁学士兼礼部侍郎衔,达到侍郎级别,也已有十三年光景。此前,不管曾国藩有什么功劳苦劳,始终都无法得到任何实质性的授权,到这个时候,他才算是真正结束了自己有责无权的尴尬处境。而此时距离江南大营彻底崩溃仅仅只有一个月。

咸丰起用曾国藩,授予其军政实权,表面看起来,似乎是王有龄竭力请求,肃顺从旁进言引荐的结果。说到底却是朝廷在再也无兵可用,但军情又极为紧急的形势下,所不得不做出的妥协。也可以说,曾某头上所得到的乌纱帽,其实是李秀成等人帮他打出来的。"曾国藩着先行赏加兵部尚书衔,迅速驰往江苏,署理两江总督。"除了在正式委任状上加以强调外,咸丰明确曾国藩就任之后,应以驰援苏州、常州为第一要务。

在咸丰授任曾国藩为江督前,常州就已被攻陷;在曾国藩收到官文来函,得知自己履新的次日,苏州亦步常州之后尘。即便如此,咸丰仍认为,如果安庆可以尽快收复,就先收复安庆再东援,否则就应先保浙复苏。安庆当然不可能迅速收复,咸丰如此考虑,实际是把保浙复苏摆在了比攻取安庆更重要的位置,作为了决定战争全局的关键所在。

咸丰的战略思维有他自身的缺陷,或者说是特点。南北方向上,因清廷建都北京,加上太平军北伐带来的心理阴影,故他偏重北防;东西方向上,因江浙是主要的财政收入之地,又重下游,轻上游。清军与太平军作战,前期始终都处于被动之中,应该说,这种偏狭的战略思维须负很大责任,可谓既不知己又不知彼,曾国藩对此当然不以为然。

自古以来,要与江南一带的武装集团作战并战而胜之,都必须首先占据长江上游,取得高屋建瓴的形势。若不遵循此规律,便难以取得成功,江南大营便是一个失败的例子。自太平天国定都天京后,他们听从咸丰的错误指示,不据上游,只是一味围攻天京,屏蔽江浙,结果就是屡次进攻,屡次受挫。最后不但未能攻克天京,反而失去了苏常,自己也以彻底崩溃告终。

曾国藩认为,如今的关键一战,不是保浙复苏,而是攻夺安庆。特别是在湘军各部都已经逼近安庆城下之际,一旦撤围安庆,湘军士气必然衰颓,太平军的气势则会随之旺盛起来。届时,不但图皖计划将前功尽弃,安徽北部的袁甲三等皖军部队亦将孤立无援,甚至太平军还会乘势攻入湖北边境,重新威胁乃至进夺武汉。

弃安庆不围而援苏常,无异于重蹈江南大营的覆辙,同时也打乱了皖北的既有部署。所以,曾国藩的决心是,不管攻取的时间需要多长,安庆都绝不撤围,退一步说,就算安庆这里暂时可以放下,湘军也无法立即大举东援。湘军与江南大营不同,湘军最稳定的后方基地始终是两湖。湘军东援,便要远离两湖,而苏常又被太平军所控制,这必将使东援将士陷入无处可依的困境。

曾国藩决计全力贯注于安庆,而不计较江浙的表面危局。但就他本人来说,也不能不顾及朝廷的感受和面子,毕竟咸丰打破成见,对他予以重用,首先就是希望他举兵东援。另一方面,太平军在东线获胜,夺取苏常后,势必还要西征,争夺上游。为了保障安庆战区,也必须组织兵力,以东援的名义,迎战西征的太平军。

1860年6月21日,曾国藩以署两江总督的身份,拜折上奏。这是他连日来与胡林翼、官文反复函商,自己又经过反复思考后,所拟定的折中方案。安庆不撤围,围攻安庆的全部人马原地不动,是新方案的前提。在此前提下,曾国藩确定将实施东援,并在十天内拔营渡江,进扎皖南的祁门。

祁门是徽州府所属六县之一,徽州乃财赋之区,仅其所属六县每年就可为湘军提供六十万两的军饷。除此之外,皖南既与安庆隔江相望,同时又与江西接壤,湘军进驻祁门,既可以策应安庆战役,又可以防止太平军进入江西和皖南西部地区。

因为曾军中的绝大部分都已在曾国荃率领下,前去参加安庆战役,曾国藩的宿松大营仅剩下朱品隆、唐义训所领两千人,杨镇魁所领一千人。于是曾国藩又向胡林翼请调鲍超,在鲍超率霆军报到之前,他率三千人先行启程赶往祁门。

祁 门

曾国藩一行启程出发的时间,只比方案中预定的十天晚了两天,但行军速度却很缓慢,宿松至祁门一共才四百多里路程,竟然走了将近一个月。究其原因,一是曾国藩既已是署两江总督,身在其位,须办其政;二是他还必须等待鲍超及其新军的到来。

太湖潜山战役后，胡林翼将兵力集中于几位统将，霆军因此有六千之众。但即便如此，曾国藩军也只有九千人，靠区区九千人，光抵挡太平军西征就够呛。所以曾国藩在折中方案中，还有一个立即组建新军的计划。

就湘军内部而言，他们之所以对曾国藩获得江督之职欣喜不已，是因为其意义已远远超出曾国藩自己得以升官和被认可的范畴。江督管辖安徽、江苏、江西三省，曾国藩以江督的身份统率湘军，便可以把三省的资源集中起来，用于湘军的发展。固然江苏暂时无法染指，安徽所得亦有限，但江西属于完善之区，其财政完全可以用来扩军。通过与胡林翼、骆秉章紧急磋商，曾国藩确定了"筹饷以江西为本，筹兵以两湖为本"的方案。按照这一方案，他派已来到前线的左宗棠、李元度等人回湖南募勇，另外再调尚在湖南的张运兰兵团前来皖南。

新勇须加以训练，即便是像曾国荃、鲍超那样招募老勇，也得适当整合一下。这样算来，短则一两月，长则三四月，左宗棠、李元度两兵团方能用于实战。霆军、张运兰兵团各自来到皖南，路上也需时日，由此曾国藩也就只能放慢行程，以待新军。

1860年7月28日，曾国藩抵达祁门。就在他进入祁门的前两天，辅王杨辅清、侍王李世贤等人率部包围宁国。督办皖南军务的张芾发来告急文书，请兵支援宁国。曾国藩因鲍超未到，无适合的统将领兵作战，便没有派兵增援，只凑了五千两银子以解宁国欠饷之急。张芾请不到救兵，便上奏朝廷；与此同时，浙江方面也再次告急。为了统一事权，咸丰下旨调张芾赴京，并实授曾国藩为两江总督，命为钦差大臣，督办江南军务，所有大江南北水陆各军均归其节制。

事权既大，责任随之。咸丰随后便令曾国藩派兵救援宁国。曾国藩虽然被授权可节制所有江南江北的军队，但实际能够由他调动的仍只有直辖湘军。而迄今为止,这批人马并没有能够到齐。有人也建议曾国藩,不如应承下来,派现有人马作为前敌部队,先行增援宁国。曾国藩明知如此必败,哪里肯冒险一试,他叹息道:"说起来容易做起来难啊!现在进攻,就算侥幸取胜,都站不住脚,为什么还要轻举妄动呢?"

见曾国藩没有动静,在接下来的一个月时间里,咸丰又频频给曾国藩发来谕旨,其中除了继续要他救援宁国外,还催促其东进援浙,或者南下收复苏常。各地告急文书,更是如雪片般纷至沓来。光是江浙每天就寄来几十封告急信,要他增援江苏、增援浙江、增援上海、增援镇江,弄得曾国藩狼狈不堪,难以招架。

眼下皖南就已十分危急,湘军自顾不暇,连宁国暂时都没法派去救兵,又哪有余力顾及江浙。曾国藩不得不在奏折中直截了当地摆出自己的困境:"左宗棠、李元度、鲍超、张运兰均未到皖,皖南岌岌可危,怎么屏蔽浙江?更不用说收复苏常了,目下也就只能想办法紧急救援宁国而已。"即便各军全部到齐,也仍然必须按照由近及远的顺序,一个个来:即先救宁国,安定皖南,然后再图江苏或援救浙江。曾国藩明确表示,他没有办法让湘军绕过安徽,直奔苏常而去。

就在曾国藩穷于应付,叫苦不迭之际,张运兰终于率三千人自湖南来到祁门。曾国藩十分高兴,亲自到城外迎接。张运兰系王鑫旧部,在湘军中不能算顶尖名将,景德镇战役也是靠曾国荃的指挥才最终获胜。然而现在曾国藩实在是手下乏将,各方面又催得太紧,于是见到张运兰也就像见到了救星一样。张运兰到达祁门的第四天,曾国藩即派他率部进援宁国。鲍超与曾国荃、多隆阿等人属于一个级别,但他偏偏又迟迟未至。曾国藩也不能一直这样等下去,为了加强对宁国的救援力度,只好派鲍超的部将宋国永暂统其军,北攻泾县,以援宁国。

几天后，李元度率新募平江勇三千人抵达祁门；左宗棠也完成募勇，已在经江西来皖南的途中；其他将领及所募新军也陆续到达，曾国藩这才得以从无兵无将可用的窘境中摆脱出来。

主客理论

湘军的作战理念，向来主张打仗要争取主动地位。他们对此有一个形象的诠释，即以守者为主，攻者为客，认为只有"以主待客"，才能遏制和击败对方。过去湘军处于战略防御阶段时，以罗泽南为代表，湘军诸将大多采取以逸待劳、以静制动的战术：凡是太平军前来进攻，必凭墙壕以坚守，避敌锐气，坚忍不出；等到太平军气势再而衰，三而竭，彼竭我盈，然后才乘锐反击。

时下湘军已经进入了战略进攻阶段，轮到湘军攻城了，太平军当然也能用原先湘军的办法来守城。套用主客理论，就是守城的太平军成了主，攻城的湘军成了客，这种情况，就对湘军不利了。在屡经挫折和失败后，胡林翼、左宗棠，也包括曾国藩等人，逐渐懂得必须"反客为主"，即筑坚垒、挖深壕，围城自守以困敌，进而逼迫城内守军出击，或诱使敌军来援；一旦他们离城攻打湘军的坚垒，主客关系就反了过来，湘军由客变主，而太平军却由主变客，战场重新由湘军进行操纵。这就是围城打援的原理，也是其精髓所在。

曾国藩渡江南下后，安庆战役完全由胡林翼所主导。由于已经得到了太平军即将大举南征的情报，胡林翼认为必须坚决、迅速地对安庆实施包围，如此才能吸引太平军来援，否则打援就会成为一句空话。参与围攻安庆的李续宜、杨载福、彭玉麟都主张应予以合围；曾国荃觉得难度较大，有些犹豫，最后交由胡林翼裁断。胡林翼便把速度与合围的要求加在一块，下令各军迅速合围。

安庆周边,以北面的集贤关、东面的枞阳镇为要隘。安庆三面环水,唯集贤关一隅通往潜山、桐城,乃唯一的陆路要冲。集贤关位于安庆城北十五里的脊现岭上,集贤就是因"脊现"二字的谐音而得名,此关素有"一夫当关,万夫莫开"之称,太平军在关内修筑垒卡,用于阻断湘军进入安庆的通道。

曾国荃虽未参加太湖潜山战役,但却并非围城打援的新手,早在江西攻打吉安城时,即用此法并取得了成功。面对安庆的险关坚城,他并不急于猛扑,而是首先拒城筑垒,使自己处于反客为主的有利势态。

对于远距离合围而言,集贤关并不构成障碍,唯一的障碍是枞阳。枞阳同时也是安庆咽喉之地,各处粮饷军火均由此运入安庆城内的菱湖,对守军进行接济。舒城、庐州、运漕、庐江、无为等附近城镇的太平军援兵,亦可由枞阳入城。湘军必须拿下枞阳,担负这一任务的是杨载福、彭玉麟。

曾国藩自军兴以来,对水师投入精力最大,取得的成就也最高。在既往的战争中,湘军水师不仅通过摧毁庞大的太平军水营,取得了长江的控制权,而且还在武昌、九江等攻城战中,担当了不可或缺的重要角色。"水陆相依,同步进击",因此被曾国藩视为战术原则。李续宾进兵皖北时,他曾再三叮嘱李续宾,希望他不要远离水师单独进兵,同时应让水师承担部分粮饷的运输,以防陆运被敌方截断。李续宾急于东征,没有听进去,最终全军覆灭。事后总结败因,与缺乏水师的全力配合,有着很大关联。

吸取正反两方面的经验和教训,曾、胡自再次东征起,就实施了水陆夹击。安庆战役开始后,杨载福、彭玉麟以安庆西南的黄石矶作为指挥部,从江上对安庆进行封锁围困:一面切断安庆太平军的水上供应线;一面为围城部队提供炮火支援以及后勤补给。

杨、彭的另一个重大贡献,就是招降了已在太平军内失势的韦俊。韦俊是降清的第一位高级别太平军将领，这对于湘军起到的作用不小。正是在韦部的配合下，杨、彭开挖水道，引水入灌，使枞阳守军陷入困境。之后，双方又合力对枞阳展开了半个多月的围攻，枞阳守军支持不住，守将求降，湘军遂得以占领枞阳。自此，湘军终于完成了对安庆的远距离合围，安庆太平军无法再通过枞阳获取补给和援兵。

受到攻取枞阳的激励和鼓舞，曾国荃立即下令在安庆的东、北、西三面开挖内外两道长壕，以围为攻：内壕用以围困安庆城内的太平军；外壕用以阻击救援安庆的太平军。吉字营通过高垒深壕，于陆路围困安庆；长江及附近内湖，则由水师防守巡逻，断绝外界对安庆的粮米支持和通讯联系。在陆路的壕墙工程完成不久，胡林翼即通过情报研判："安庆接济文报已断。"

赶鸭子上架

曾国荃、杨载福、彭玉麟围困安庆；其北面的多隆阿、李续宜负责打援。李续宜为游击之师、打援专军；多隆阿则还兼有攻取桐城的目标。

桐城守将知道多隆阿兵团乃湘军精锐，有意通过固守桐城，来牵制湘军对安庆的围攻，从而减轻安庆方面的压力，因此防守格外严密。桐城西北有个求雨岭，山势俯瞰城内，太平军在岭上建造了石垒，又在石垒周围挖了两丈宽的石壕与砧垒。石垒与已有的砖垒、水堡相辅，易于发挥火力。1860年9月1日，多隆阿挥师求雨岭，未能取得任何进展。

次日，多隆阿率领三千人再次进至求雨岭。他派骑兵佯攻石垒外围，趁太平军注意力被转移，在夜半时分派步兵从岭后偷偷登上峰顶，并连夜抢筑了三座炮台。

太平军以为自己垒坚壕深,湘军难以接近,所以未对山岭做严密戒备,及至拂晓时分,才猛然发现峰顶多出了炮台,顿时惊骇不已,以为是神力所为。湘军站在炮台上俯瞰石垒,如在眼底,多隆阿命移炮于新筑炮台之上,尚未炮击,垒堡和城内的太平军就已吓得隐蔽起来。

多隆阿虽可压制桐城守军,但要想在短时间内攻克桐城,却也不是一件容易的事,尤其他的马队只有在平原野战中才能做到威风八面,仰攻非其所长。在形成对峙局面后,多隆阿一度对桐城采取了强攻的方式,部队伤亡很大。有一次在挖地道时因遭守军突袭,光战将就阵亡了三人。

胡林翼得报后,非常着急,七次函告多隆阿,强调攻坚有害无利,绝非良谋善策。并且警示多隆阿,说你如果不听我的,继续强攻,等到陈玉成援军到来,你手下可就不是一万多精兵,而是一万多残伤之卒了,届时必为陈玉成所歼!经过屡次申诫,多隆阿终于冷静下来。他不仅撤下了攻城之兵,而且自此与桐城太平军脱离接触;移兵桐城西南的挂车河扎营,向驻青草塥的李续宜靠拢;严阵以待,一心一意监视来援敌军。

继李续宜兵团之后,多隆阿兵团也成了打援专军。从数量上看,多、李两兵团组成的打援军共约两万人,由吉字营组成的围城军有一万一千人,打援军比围城军多出一倍,为"一比二"。虽不及太湖战役的"一比三",但因为打援军皆为精兵强将,所以实际效果并不逊色。

湘军在皖北占据着主动,在皖南则处于被动之中。9月26日,刚至皖南,被曾国藩派去紧急救援宁国的张运兰兵团,尚未赶到目的地,宁国府城就已被杨辅清、李世贤等人攻陷。宁国失守,南面的徽州府即刻危机四伏。在此之前,因原先负责徽州防务的张芾即将奉调回京,曾国藩便已在考虑该换何人防守徽州。

曾国藩先前曾派朱品隆侦察徽州的地形,朱品隆回来报告说,没有两万精兵,恐怕难以防守。这可把曾国藩给难坏了,只有一流良将带的兵,才能称为精兵;其时,张运兰被太平军牵制,一时撤不回来;鲍超仍未赴大营报到;左宗棠尚在途中,朱品隆、唐训方的能力又不足以胜任,他到哪里去找良将带兵?

曾国藩甚至都恨不得亲自带兵防守徽州,但祁门大营需要他坐镇调度,无法亲临。想来想去,他只能派李元度去徽州。李元度以前是曾国藩的幕僚,他是一个曾国华类型的书生,豪言壮语多,执行力差。在江西作战的经历,也早已表明他并非可以独当一面的出色将才。只是现在曾国藩实在无人可用,也就不得不赶鸭子上架了。

李元度倒是不客气,他认为自己完全能够胜任。鉴于李元度兵团只有新招募的三千平江勇,曾国藩对他千叮咛万嘱咐,要求一定不要出城野战,只需凭城固守,等待后续援兵即可。

李元度率部到达徽州后,从张芾手里接过了防务。张芾交卸了防务,却走不了,原因是他拖欠了军饷二十余万两,徽州防军不肯放他走。曾国藩早就知道了兵勇闹饷的事。清军欠饷已久,不光徽州防军欠饷,宁国防军也欠饷,这么多军饷,曾国藩一时哪里拿得出来?他只能以时间划界,即承担张芾免职后的军饷;至于张芾在任时的欠饷,恕不能补发。倘若防军不买账,怎么办?曾国藩眼睛一瞪,教了李元度一个办法:杀!

曾国藩特地关照李元度,说你一到徽州就赶紧查明,究竟是哪些人在闹饷,谁闹就杀谁,杀得越多越好,越快越好。如果这次接防能杀他二十人,那么闹饷一事便可迎刃而解。

战争期间的曾国藩,有其极为冷酷无情的一面,世人称为"曾屠户"。在他看来,不杀甚至不大杀,就无以立威,无以服众。纯书生的李元度哪里做得到这一点,他又是个有名的好好先生,不能不给张芾解围,于是便当众承诺由自己代发欠饷,张芾这才得以离开徽州。

徽州之败

太平军攻占宁国后,李世贤率四万兵马乘胜南下,直逼徽州。徽州是休宁、祁门的门户,门户既开,祁门势必难保。曾国藩顾不得大营本身兵力单薄,硬是挤出兵力,派礼字四营增援徽州;与此同时,又给胡林翼写信,请调李续宜驰援徽州。

曾国藩增援的礼字四营,共有两千一百人,加上李元度亲辖的平江营三千、徽州防军万人,这样防守部队至少已有一万五千。如果李元度能够按照曾国藩固守城池的要求,遵循湘军传统的主客理论和战术,老老实实地做好相应部署,未必守不住城池。未料到了这个关键时刻,李元度却开始放飞自我,胡乱布阵;不仅分兵至百里之外进行阻击;而且既不抓紧时间巩固城防,也不在城外筑垒。

增援而来的礼字四营,曾国藩百般嘱咐李元度,不能将其分到城外,应以守卫城池为主,以静制动。李元度偏偏把他们部署在城外,而且也不要求扎营筑垒,只任由他们随意散驻在河边沙滩上。曾国藩闻讯,急到跳脚,一面写信给李元度,令他急速将礼字四营调入城内;一面直接飞信李续宜,让其尽速增援。但是这些都来不及了,李世贤兵团来得迅速,而且很快就击败了城外的礼字四营。

李续宜尚在皖北,远水难解近渴,不是说来马上就能来的。此时曾国藩手下能跟李世贤角力的,一共就两个人,一个是张运兰,一个是鲍超。张运兰兵团驻于黟县与休宁之间,作为祁门的最后一道屏障,既要防备太平军进袭,又要负责遣散数以万计的宁国溃勇,以便不让其进祁门闹事,是故无法轻动。鲍超刚从四川回营,

361

所部霆军驻于离徽州较远的黄山。他成了唯一能够挽救局势,确保徽州不失的中心人物。

曾国藩急忙派信使去黄山,请鲍超由休宁增援徽州。然而,可能是因为上次鲍超与多隆阿争夺总统席位时,曾国藩没有替其力争到底,鲍超竟把曾国藩的调令当耳边风,来了个按兵不动。此后曾国藩五次派人催促,甚至不惜让信使当着鲍超的面,长跪不起,声言不发兵就不起身。但就是这样,到最后也没能打动鲍超。

曾国藩在向徽州派去四个营后,已经无兵可派。大营仅朱品隆、唐训方统有三千人,里面还有一千七百人是从未打过仗的新兵,即便派去徽州也不顶什么用。

太平军猛攻徽州城。李元度所统兵勇,礼字四营已经溃败;平江勇是未经战阵的新兵;徽州防军则因为李元度既未按照曾国藩的方法予以强行压制,又不能兑现诺言、发放欠饷,自然也别指望他们卖力。在这种情况下,守城战能打成什么样,可想而知。1860年10月9日,太平军攻陷徽州,李元度自行离队,败走浙江。

徽州之败不仅为太平军进入祁门敞开了大门,而且还给祁门带来了几乎与敌军一样可怕的溃勇。几天之内,宁国溃勇、徽州溃勇等不下两万人,全都如同潮水一样地涌进祁门,填街塞巷,使得祁门大营一片混乱。

在此前后,曾国藩已经六次直接致信李续宜乞援。虽然他并没有给曾国荃发出任何相关信息,但曾国荃顾虑乃兄安危,也有撤安庆之围,率部增援皖南的想法。胡林翼知道后不便反对,只好表示:"如果涤帅(曾国藩)确实嫌南岸兵少,可以将沅圃(曾国荃)所统万人调去,北岸没有沅圃也可以。"胡林翼所言起码有一半是气话。李续宜本是游击之师,在陈玉成援军尚未到来前,让他短时间内赴援徽州,勉强还可以做到;曾国荃乃围城主力,他一走人,安庆战役还怎么打下去?

在曾国荃军中的曾贞幹也坚决反对撤围,并把这件事告诉了曾国藩。曾国藩立即写信给曾国荃,告诫他无论如何都不能有撤围安庆的念头,强调:"安庆不宜撤围,这是人人都知道的。时下处处都是敌军占上风,唯有安庆一城,敌军处于下风,岂可轻易撤退?"

曾国藩对这时总的局势有着清醒估计。太平军在击破江南大营,占领苏常后,军事上已经呈现出上升趋势,他们攻占了苏南及浙江的部分地区,在苏北可自由活动,在皖南也有雄厚势力。湘军能够在安庆战区占据主动,是由于集中了大部分主力精锐,太平军主力又已东调,彼弱我强的缘故。湘军也只有紧紧抓住安庆这一关键性的战略地带不放,才有将局部优势扩大为全局优势的可能。

安庆绝不能撤围,曾国荃的围城军绝不能轻动;李续宜虽已出援,但尚在途中。在李续宜赴援到达之前,曾国藩只能依靠张运兰、鲍超:他急召张运兰进扎黟县;同时催令鲍超增援,命他在休宁以西的渔亭驻兵。

太平军也与湘军援兵展开了争时间、抢速度的竞赛。在攻陷徽州后的第三天,太平军又紧接着攻占了休宁,至此离祁门已仅一步之遥。祁门顿时被笼罩在一片无比紧张的气氛之中,大家都敦请曾国藩立即离开祁门。牢骚和埋怨之声也开始不绝于耳,有人说祁门地处偏僻的万山丛中,乃兵家所忌的绝地,当时就不该把大营驻扎在这里。置身于这种强大的舆论之下,连原先主张在祁门驻军的幕僚,都不得不改变了主意。

"无故退军,兵家大忌。我初次进兵,遇险即退,后事还能说吗?"面对幕僚们几乎众口一词的撤离建议,曾国藩为稳定军心,坚持他就在祁门,哪里也不去。曾国藩这么做,当然也不全是硬撑。首先是,鲍超在摆过臭架子之后,大约也已经消了气,又知道祁门大营面临危机,若再不相救,今后在湘军里面恐怕就待不下去了,于是终于接令出兵,进驻渔亭。鲍超能战,众所周知,再加上一个张运兰,阻击李世贤已有一定把握。

其次,太平军一直有打通皖南、进而向浙江开拓的意图,宁国、徽州虽然驻扎的都是安徽防军,但实际上他们保障的却是浙江的安全,既往也都是由浙江方面出饷。曾国藩估计,李世贤既觉得西进已有困难,便一定会避难就易,乘东南方向的清军防守空虚,转而由皖南进入浙江。

曾国藩认为他暂时已不用为祁门不保而担心,怕的倒是休宁太平军会不会乘势攻入景德镇。湘军征战皖南期间,主要依赖于江西粮台,景德镇是粮饷的转运站,若景德镇有失,粮饷就会断绝。曾国藩急忙致信仍在行军途中,但已进入江西的左宗棠,告之他不必赶来皖南,应暂驻景德镇,以迎击入赣的太平军。

信件发出不久,李世贤果然由徽州前往浙江淳安。次日,李续宜率四营援兵抵达祁门,随着他们的到来,祁门大营局面渐稳,人心渐定。

第二次西征

在太平军进攻江浙的战役中,李秀成兵进苏常,陈玉成则率部挺进浙江。就在陈玉成抵达杭州外围后,他收到了安庆遭到合围的急报。

几个月前,太平军诸王曾在天京举行军事会议,正是在那次会议上,经李秀成提议,洪仁玕定夺,决定诸军先取江浙,然后再为安庆解围。乘江南大营覆灭之际,先取江浙,以便进一步稳定天京,应该说李秀成的想法并没有错,洪仁玕同意他的主张也并非没有原因。李秀成错就错在,他太注重于拓展个人实力和地盘,已到了不顾大局的地步。

如同曾、胡所分析的,此时的安庆得失,已经是牵一发而动全身,不管是为大局考虑,还是践行前诺,李秀成在攻占苏常后,都应刻不容缓地与陈玉成等军联手西上,以救安庆之急。至陈玉成到达杭州外围时,李秀成已经攻占苏常,并在苏州建立了自己的忠王府。但为安庆解围的事却被他抛到了一边,时下正忙着继续向上海进兵。

西线集结着湘军重兵,相比之下,上海不但敌军空虚,而且与苏南一样为富饶之地,只需顺手牵羊,便能轻取豪掠。李秀成沉溺于此,已经一发不可收了。

李秀成可以不顾西线,不管安庆;陈玉成则不能,他的英王府以及家属都在安庆城内,安庆是其基地所在。收到安庆方面的急报后,他马上退出浙江,星夜返回皖北。

在天京军事会议上,与会诸将曾讨论过解围安庆的策略。其方案是不与湘军在安庆决战,而是采取围魏救赵之计,将太平军分成南北两支;针对湘军主力尽出,后方空虚之际,从外线启动,向敌后方基地湖北发动远途钳形攻势。这样既可迫使湘军撤去安庆之围,同时也能避免与其在内线进行消耗。很显然,这是一个颇为高明的作战方案,遗憾的是如今却只有陈玉成一个人在意它了。陈玉成这次回皖,在途经天京时,又先后向"二洪"(洪秀全、洪仁玕)力陈安庆对天京的屏障作用,苦求全军西上,重新执行安庆方案。

天京地势险要,素有虎踞龙盘之称。但天京没有内险,只有外险,其外险就是长江上的两道险关:东面为镇江,西面为安庆。镇江的清军势弱,不足为患,安庆如被清军控制,则无异于扼住了天京的咽喉。这一点"二洪"也是清楚的,洪仁玕就认为:"安庆一日无恙,则天京一日无险。"

武汉已失,天京的屏障只有依赖安庆。安庆是保障天京安全的锁钥,此城得失,关乎太平天国的存亡;若想死保天京,则必保安庆。陈玉成的一番陈述,令"二洪"大受触动,随着太平军攻取苏常,东部战线已经稳定,确实到了回师西向,保障安庆的时候了。

洪秀全同意按照安庆方案举行西征。原方案中太平军分成南北两支,陈玉成在北,李秀成在南;陈玉成又建议将他和李秀成合二为一,集中兵力扑向皖北。这一点也得到了洪秀全的同意。洪秀全随后颁旨,下令实施太平天国历史上的第二次西征,并命李秀成率部北上。

李秀成却仍有他自己的盘算。既然陈玉成已不能攻略浙江,他便打算让陈玉成等军在安庆阻击湘军重兵,自己则与堂弟、侍王李世贤拿下浙江,只是两李兵力尚嫌不足。此时正好江西、湖北的起义军派人来到苏州,表示愿意参加太平军。李秀成算了一下,若加以招纳,其部立马可多出数十万,便认为这个买卖必做不可。

李秀成立即着手准备。他留主力于苏南,继续进攻上海;留李世贤于浙西金华等地经营,准备进攻杭州;自己打着两路进兵西征的旗号,实际以招兵买马为目的,出发前往江西、湖北。在此期间,李秀成又专程回了一趟天京,向洪秀全力陈按原方案南北两路进兵的好处,以及扩兵的必要。

见李秀成不肯服从调遣,洪秀全很生气,怒责不允。洪仁玕也认为李秀成此举很过分,只顾自己扩张实力,却不顾天京和安庆之忧。尽管如此,李秀成依旧坚持他必须先到江西、湖北接纳起义军,为此哪怕抗旨违命也在所不惜。

洪秀全自定都天京以来就倦怠于政事军务,手下掌握军权的大将如果真的不听他的,他也毫无办法。洪仁玕虽名义上总理朝政,主持太平天国和太平军的日常事务,但他在天京事变后才来到天京,缺乏资历威望,对于李秀成的我行我素,更是无可奈何。

西征方案被重新打回原版。天京方面最后决定,西征军分五路进兵,主力部队由陈玉成、李秀成统带,分别在长江南北两路平行西进；其余三路，在赣北、皖南行动，用以对主力部队进行策应。

马 蜂 窝

1860年9月下旬至10月上旬，陈玉成兵团分路分批返抵皖北。这时陈玉成尚不知道李秀成已拒绝天王旨意，为了等待与李秀成会合，同时解除北线清军的侧背威胁，他选择了先行会同捻军，往攻淮河南岸的定远、寿州等地。

到了11月上旬，仍不见李秀成到来。随后陈玉成接到通知，这才知道西征将仍按原方案执行，李秀成从南路进发，定于明春会攻武汉。陈玉成主力加上捻军，已有十余万人。陈玉成觉得反正会师日期尚早，不如先尝试独自解围安庆，于是便在已仓促稳定后路的情况下，南下桐城。

陈玉成在南下的同时，遣兵万人，佯攻桐城西北的霍山，对湘军侧翼进行威胁，意图将围攻安庆的部队调开。但胡林翼不为所动，只调预备队成大吉等部出援，会同霍山守军予以应付。调虎离山之计没有起到效果，便只能从正面单刀直入了。11月下旬，陈玉成大军进至桐城西南的挂车河等处。多隆阿做好了交战准备，但陈玉成来了之后却只是增修营垒，并不出战。

陈玉成军中有胁从难民一万四千人，因此筑垒速度极快，很快便筑成四十余座营垒，包括馆舍，共有一百四十座之多。多隆阿判断，陈玉成这么做是想反客为主，以静制动。多隆阿其时多病，兵员数量远不如陈玉成不说，还有很多士卒处于伤病状态，若长期相持下去，所要承受的压力只会越来越大。至兵疲意阻之时，陈玉成一个擅长的"包营为营"就能令他们万劫不复。

陈玉成的意图是不错，但他为了救援老基地，千里迢迢来到安庆战区，来了又不打，手下将卒肯定无法理解；在这种情况下，只要主动上门挑衅,其部下必然按捺不住。多隆阿如此分析,随后便派出兵勇,跑到太平军营垒外讨敌骂阵。

确如多隆阿所料,他跑去一捅马蜂窝,陈玉成果然只好出战,毕竟就算他能压得住自己的部下,却也不能不照顾随援捻军的情绪。此后,两军在挂车河一带两次开打,双方都各出动数千人参战。多兵团不擅攻城克坚,但其马队却有着无与伦比的冲击力,出战的太平军两次都吃了败仗。只是由于这两次战斗的规模都不算太大,太平军又人多势众,所以势头仍然强盛。

这么一打,多隆阿心里有了数,12月9日,他致函驻第二线青草塥的李续宜:"陈玉成援军不难对付,我跟他们交过手,已经看出来了。"多、李相约协同夹击太平军。次日天亮之前,多隆阿率部从西路挂车河出发,李续宜依约自东而来,至黎明时分,两兵团一齐出击。陈玉成依仗自己兵力上占有绝对优势,依旧出垒列阵迎战。

多隆阿事先将马队分成多支部队,作为奇兵使用,在双方步队激战之际,马队突然杀出,向太平军的侧背猛冲,一时间刀枪飞舞,血溅成渠。太平军腹背受敌,死伤颇重,不得已,陈玉成退入桐城,随援的龚得树等捻军各部则退入庐江。当天,湘军攻破了陈玉成所建的全部营垒和馆舍,歼敌八九千人,生擒长发老兵一千多,释放了所有胁从难民。挂车河战役后没几天,霍山湘军也发起进攻,半夜火烧太平军稻草营棚。霍山太平军大败,只得东退舒城。此次打援能够大获全胜,多隆阿与李续宜的合作无间,乃是关键。曾国藩得知后,甚感欣慰,认为由多、李组成打援军,皖、鄂都可以高枕无忧了。曾国藩这么说的部分原因,是因为他也正在皖南与太平军相搏,生怕安庆战区再生问题。

李秀成来了!

李秀成率兵三万,作为西征军主力进入皖南。此时曾国藩正指挥鲍超、张运兰会攻休宁。李秀成从黟县羊栈岭进军,先将鲍、张两军的粮道截断,继而通过激战,冲垮黟县各处防线,占领了黟县。

鲍、张是曾国藩在皖南仅有的两大主力,打硬仗、恶仗全靠他们,但鲍、张都是有毛病的将领,让曾国藩又爱又恨。鲍超是不把上司放在眼里,不高兴了,连曾国藩的调令都可以置之不理。张运兰打仗渐渐越打越好,但是爱偷懒;作为统领,经常把活推给下属,自己不亲自临阵指挥;而且还不止一次报假仗,明明没打仗,他却能报成胜仗邀功。

曾国藩心里不能没有芥蒂,只是为了维持与他们的关系,才不予说破。好在两将也不是真的心里无数之人,轻重他们还是能掂量出来的,到了这种节骨眼上,都能拼尽全力死战。黟县距祁门仅六十里,继徽州兵败后,曾国藩大营再遇危机。张运兰立即派兵分路进行反攻,未能奏效;接着鲍超派霆军赶来增援,张运兰自己的老湘营主力也同时到达战场;两兵团合力搏杀,仅数小时即收复黟县。

次日,霆军和老湘营又与太平军大战于休宁柏庄岭。李秀成亲自督阵,双方对制高点及岭坡各处要隘进行反复争夺,战况非常激烈。到了关键时刻,霆军全部都扑了上去,老湘营守岭各营也奋力向外冲杀。战至傍晚,李秀成因所部伤亡实在太大,不得不下令撤退,之后他决定改道出徽州,自浙江进入江西。

在曾国藩出任两江总督、奉旨统筹全局后,这是他亲自负责指挥的第一场恶战。湘军伤亡亦有数百名,但李秀成兵团多为太平军精锐,仗能打成这样,足见鲍超、张运兰二将已经孤注一掷。同时也说明经过多年战阵锻炼,两兵团都已趋向成熟,以至与太平军劲旅作战,亦不会落于下风。

生存之战

在太平军的西征计划中,有三路辅助之师,即杨辅清、李世贤、刘官芳三路。他们原先的任务,除了配合主力救援安庆外,还要打通与两广的联系。李秀成撤退后,三路军临时将其任务改为进攻祁门,企图先拔掉眼前的钉子。其中东面部队绕至景德镇方面,进逼婺源、景德镇;西面部队由杨辅清、黄文金率领,猛攻建德。

镇守建德的普承尧系刘腾鸿旧将,时归江西巡抚节制。普承尧在湘军将领中的能力很一般,曾国藩担心他守不住建德,急调自己的亲兵营前往助战,但经过四次争夺,建德依然失守。建德是祁门大营的唯一退路,建德失守,意味着太平军对祁门形成了三面包围,祁门大营与皖北的往来通道亦被切断。从这个时候起,祁门周边已没有一块安宁之地,所有驻防湘军都只能闭门自守。

曾国藩深感问题严重,立即重新部署兵力。他认为只有坚守紧靠祁门的黟县、渔亭、休宁三处,祁门的安全才有保障,因而命鲍超守黟县、渔亭,张运兰守休宁。其间张运兰欲派兵增援婺源,鲍超想向前推进,均被曾国藩严令禁止。

鉴于祁门大营空虚,曾国藩决定从霆军抽调一千八百人来祁门护卫。让曾国藩稍感意外又极为欣慰的是,鲍超接到指令后,一点折扣没打,当天派兵,当天兵勇就赶到了大营。鲍超虽从曾国藩的嫡系湘军中出道,但很早就离开了曾国藩;可以看出,通过这些天的耳濡目染,曾国藩作为大帅的人格魅力已经在不知不觉中影响到了他;在曾国藩面前,他原来那副桀骜不驯的性情也改变了不少。

情况仍在继续恶化,黄文金派兵占领了江西景德镇所属的浮梁。景德镇为粮道所系,曾国藩无法坐视,只得派鲍超前去景德镇,协助左宗棠作战。一波未平,一波又起。1860年12月28日,刘官芳协同另外两名太平军将领古隆贤、赖裕新,兵分三路,乘着大雾,突破黟县羊栈岭,抢占前哨各卡。同一天,李世贤也从东面逼近。

羊栈岭被突破,标志着太平军对祁门已由三面包围变成四面包围,而且刘官芳从北,黄文金从西,李世贤从东,还在不断压缩包围圈。祁门大营被挤压得简直透不过气来,按曾国藩所说,在此前后,大营有五天不通文报,有二十多天运不进粮饷。

羊栈岭之战成为祁门大营的生存之战。对曾国藩而言,最为幸运的是,本来被他调去景德镇增援的鲍超,因为大雨连日不停,延误了行程,而且正好其部离祁门很近。得知情况危急,鲍超急忙驰援羊栈岭。此时太平军还在不断向羊栈岭增加援兵,加筑卡垒,有久踞待机之势。鲍超立即率霆军从正面进攻,张运兰则从太平军背后对其实施攻击。双方血战多时,湘军越战越勇,前后夹击,刘官芳等人意识到遇上了强敌,为免遭到歼灭性打击,只得迅速撤出了羊栈岭。

羊栈岭激战期间,在祁门等待消息的曾国藩如同热锅里的蚂蚁一般。他知道霆军无米可炊,是在饿着肚子、冒着寒风与敌作战,心里甚感不安。同时也想到,如果鲍超战败,大营必然不保,到时他就只有自杀以殉这一条路可走了。直到掌灯后,前方传来消息,湘军获胜,太平军退出羊栈岭,他这才得以转忧为喜。

击退了北面之敌,就该为恢复粮道打算了,曾国藩迅速将鲍超派往景德镇。此后附近虽然小战不断,但祁门大营总体还算稳定。1861年2月15日,是新年的正月初六,曾国藩突然连续接到报告,称太平军先后突破大洪岭、大赤岭,进入了祁门。

原来刘官芳又卷土重来了。曾国藩急调留守洋塘的霆军四营前来祁门救援,激战就在祁门境内展开,这使曾国藩极为紧张不安,乃至一夜未眠。在霆军的阻击下,太平军暂时先退出了大洪岭、大赤岭。但这只是虚晃一枪,退出的当天深夜二更,他们再入大赤岭,进至祁门历口。危急关头,唐义训主动请缨,愿至历口迎敌。因鲍超、张运兰都不在身边,曾国藩也没有别的更好的选择,只能表示同意。

唐义训率部从大营出发,走了十八里路,在石门桥遇上了太平军,这也就是说,太平军已经进至距祁门大营仅十八里的地方了。太平军越逼越近的消息也同时传到了祁门,引得满城百姓惊慌奔逃,曾国藩忧心如焚。所幸唐义训这次表现出色,接战后迅速击败了太平军,并追杀三十余里,至历口方收兵回营。

翌日,唐义训再败刘官芳等于祁门大赤岭外,迫使太平军撤退,祁门形势得以缓和。当天湘军还有一个好消息,鲍超、左宗棠在景德镇洋塘一役中,大败黄文金兵团,黄文金受重伤,多名部将死于乱军之中。曾国藩总算又可以睡上几天安稳觉了。

根子上的弱点

在安庆战区,陈玉成见打援军防线巩固,正面破围难成,便企图攻复枞阳,自侧后解围。经过短期休整,陈玉成率太平军约万人南下,抵达枞阳镇七里亭。防守枞阳的是湘军水师及其附属的韦俊部,如果是在挂车河或别的平原地带,他们可能不一定顶得住陈玉成,但在枞阳就不同了,因为这里是水网地区。

在水网地区,陆师就是数量再多,也铺展不开,必须与水师进行配合才行。要命的是,太平军水营早已覆灭,船只严重缺乏,部队行动起来很不方便。相比之下,湘军水师不仅船舰众多,而且大中小船只配套齐全,火力强大,他们可以不断对太平军运粮运兵船进行攻击,并根据需要,随时载运步队袭攻太平军后路。因为害怕遭到湘军水师的袭击,陈玉成不得不处处分兵,以致陆路进攻时难以形成拳头。在陆路负责防守的韦俊部属于降兵,为了取得湘军的信任,打仗极为卖力。他们在枞阳街头等要隘筑垒设卡,死也不肯放太平军过去。

陈玉成第一次进攻枞阳街卡,就遭遇了失败,之后屡攻屡败,前后折腾了一个多月,依旧一事无成,只得撤返桐城一带。经过前后两次挫败,陈玉成终于意识到,单靠自己在安庆周边与湘军死打硬拼,并不是一个明智的做法。而且要直接解安庆之围,也绝非易事,于是决计执行原定方案,抄小路前往上游,进袭湖北。

对于太平军可能要袭击其后路,胡林翼最初并非没有预料。他也已经猜到,太平军增援安庆失利,一定会谋划深入内地,以牵制湘军围城。为此,他在皖、鄂交界的大别山各要隘加强布防:派成大吉驻扎罗田,防守北路;派余际昌驻扎霍山,防守中路;同时下令鄂东的黄安、黄州等城修缮城防工事,并更换不知兵的府县官;甚至还要求处于湖北腹地的武汉等府城研究守城之法。

胡林翼虽然精心部署,但是终究无法改变兵力不足这一根子上的弱点。自安庆战役开始后,湘军的主力部队几乎全部集中在第一线,即安庆、桐城及祁门一带。作为第二线的皖、鄂边界兵力匮乏,撑死了也就只有成大吉、余际昌等二流兵团。鄂东至腹地各府县则是连整建制的像样兵团都没有,只能靠唱空城计度日。

随着陈玉成兵团增援安庆,双方在桐城、枞阳大战近三个月,胡林翼的注意力被逐渐吸引至前沿。为了更加接近前线,便于部署兵力,他不顾第二线兵力严重不足,竟然将大营也从英山移往太湖。英山本身就是大别山中的要隘,距鄂东重镇黄州也不足两百里,胡林翼若能始终坐镇此处,尚能在一定程度上弥补第二线防守薄弱的不足。他这一前移,不啻为陈玉成西进打开了一扇大门。

陈玉成在桐城整补了约二十天,算算离预定会师湖北的日期将近，他决定率两万余人西进。捻军龚得树兵团数万人在其侧翼进行掩护，首先对罗田发起攻击，结果被成大吉击败，龚得树阵亡，所部败走。但亦起到了牵制成大吉兵团的作用。

1861年3月10日，陈玉成避开在宿松、潜山、太湖境内的湘军，直趋霍山。霍山地当中路，胡林翼曾告诫守将余际昌等人，要他们在太平军逼近时，切勿轻易出战，应坚守待援。余际昌脑袋一发热，出城应战；陈玉成绕至其后，将余际昌部一战击溃，随后轻取霍山、英山，由此进入鄂东。在攻占霍、英的过程中，太平军缴获了许多湘军的军用品。这为陈玉成假冒湘军旗号，先后袭取蕲水、黄州提供了方便。

黄州距武汉不过百里，得知黄州失守的消息，武汉周边的城市立刻乱成一团，官民纷纷出城逃命。散兵游勇的胆子反倒大了起来，不管是官府还是商人的财物，多数都被他们乘乱抢掠而去。武汉很快也陷入极度恐慌之中，因为陈玉成的先头部队已进至嗫口，而嗫口距汉口才不过四十里。汉口向来就没有城墙等防御工事，这且不说，关键是当时整个武汉的防军也只有步队两千余，马队数百。如果太平军继续西进，不仅汉口唾手可得，武昌、汉阳也没人相信可以守住。

惊悸的情绪不断发酵，使得武昌转眼就变成了空城，胡林翼的夫人匆促间，也赶紧携养子出逃。各粮台、军火总局亦闻警散尽，主管粮台军火的阎敬铭发号施令，然而无人响应。阎敬铭气愤到差点寻短见自杀。总督官文固然惊慌失措，但他身为湖广总督，守土有责；就算是弃城逃命，被朝廷查知后也要论罪，所以也就只好留在城内等死。

官文原非知兵之人，所幸时任湖北布政使的唐训方是湘军大将，能够替他主持防务。此时的武昌城中已经非常混乱，大牢里的狱囚趁势叫嚣着要出来闹事；一些游兵散勇则故意扩大事实，散布谣言说太平军已经入城,妄图浑水摸鱼;有人甚至已经开始公开抢劫。唐训方见状,带队在城内巡察,亲手砍杀数人;此后,他又与官文昼夜登城巡视,城内秩序这才慢慢稳定下来。

重大失误

西线战火一起,胡林翼就明白他犯了一个致命错误,所谓"笨人下棋,死不顾家"。其时他肺痨缠身,躺在病床之上难以起身,痛悔交加之下,大口吐血不止,之后连声哀叹:"临死而得罪一省之官民,还有什么脸面再立于人世呢!"

湖北是胡林翼的发迹之地,苦心经营数载,耗费了他无数精力和心血。身为湖北巡抚,他与官文一样有守土之责,一旦武昌失陷,有着无可逃避的责任。与此同时,安庆包围圈也出现了缝隙。胡林翼得到的情报是,安庆城内近日已得到了商人艇船的接济,这使他意识到,攻占安庆绝非一朝一夕之功。考虑再三,胡林翼一面给水师和李续宜等发去急信,调他们急速回援湖北;一面和曾国藩商量,想暂弃安庆于不顾,敛兵回保湖北。

见胡林翼欲撤围安庆,曾国藩立即表示反对。曾国藩认为,太平军分路上犯,说到底,仍是在重复过去围魏救赵的一套,其意无非是要援救安庆。在他看来,只要安庆的围城军不动摇,不管武昌得失与否,陈玉成都必定还要回援安庆。

胡林翼接受了曾国藩的意见,只从打援军中抽李续宜兵团近万人;彭玉麟水师约五千人;另令原在湖北的舒保马队进援;作为战役预备队的成大吉兵团则继续驻守罗田,以维护安庆与武汉之间的陆路交通。除了这些部队,安庆战区主力,特别是担任围城军的吉字营、杨载福水师,仍紧围安庆不懈。

李续宜兵团离开安庆战区后,安庆周边的打援军仅剩多隆阿兵团,兵力不免单薄,胡林翼急调鲍超增援安庆,以补李续宜之缺。这时李秀成已由浙入赣,进围建昌府城,曾国藩不得不把鲍超从景德镇抽出,用以增援建昌。收到胡林翼的调兵请求后,曾国藩采取了一个折中方案,即把鲍超放在彭泽下隅坡。下隅坡离安庆较近,这样无论建昌还是安庆,哪一边形势紧迫,鲍超就可以优先赶往哪一边增援。

陈玉成一到黄州,即等待南路的李秀成前来会师,但左等右等,始终不见李秀成兵团的踪影。在南路军误期的同时,陈玉成自己对武汉的进攻也遭受挫败,已进至㘭口的先头部队被赶来的舒保马队截击,吃了点亏,陈玉成因此变得犹豫起来。接着,汉口英国官员又前来劝告拦阻,要求太平军不要进攻汉口、汉阳,以免损害他们的商业利益。一方面是对独自进取武汉信心不足;另一方面是想避免与英国人发生冲突,陈玉成于是决定中止进攻武汉。他给正在向武汉推进的两支部队下达命令,让他们改向西北麻城、德安一带进军。

这一时期,胡林翼、陈玉成都先后出现了重大失误。胡林翼是贸然往前推,将大营从英山迁到太湖;陈玉成是轻易往后退,明明有可能攻取武汉,却放弃了。

按照后世学者所建立的模型,李秀成能按时赶来会攻武汉更好,李、陈两军可以对武汉实施钳形攻势;但即便李秀成不来,陈玉成也应该尽可能地集中其他援兵,继续向武汉乃至长沙等地攻击。因为那里是湘军后方,兵力空虚且无坚垒地带,攻击不会遇到太大阻力。就太平军而言,也只有这样,才能把敌后方变成前方,使湘军在安庆所设置的重兵坚垒失去价值。

倘若陈玉成继续加强攻击,曾、胡纵有坚忍之心,也不能眼巴巴地看着湘鄂一体沦丧,必然要分军回援;太平军便可依托从湘鄂取得的坚垒和宽裕粮饷,各个击破,逐一歼灭湘军的回援部队,消灭其有生力量。如此,不但安庆之围可解,更可最大限度地对湘军造成折损。

曾、胡当然可以继续死围安庆不退,那就干脆洒脱一点,暂时弃安庆于不顾,就地在湘鄂进行开拓,保存和扩大自身实力;之后再以其人之道还治其人之身,由上而下,对安庆进行战略反包围。这是一种有可能打开新局面的假设,前提是陈玉成必须抛弃"小天堂主义",也即城市地方主义,不做一城一地的死守。然而陈玉成却恰恰做不到这一点,正如曾国藩所分析的那样,他心心念念想着的只有安庆,而不及其他——在止攻武汉后,陈玉成派人去鄂北大力招兵,半个多月队伍就由原先的两万余扩充到五万多。但他扩兵的目的并不是为了攻打武汉或长沙,亦无经略湘鄂之志,不过还是要用来救援安庆而已。

陈玉成放弃进攻武汉,湘军在安庆的紧张形势便随之松弛下来。李续宜兵团、彭玉麟水师也因此得到了回援武汉的足够时间。

竞相争抢

1861年3月26日,李续宜为求尽早赶到武昌,全军自黄州南渡。这样一来,黄州以东至安庆集贤关,湘军力量就变得极为单薄;如果陈玉成率军回扑安庆,以少数兵力驻守太湖的胡林翼就很难招架了。为此,胡林翼急忙致函曾国藩,要求让鲍超北渡,移防安庆后路;并保证除安庆外,绝不将鲍超调到别的地方;而且只要安庆战区的形势趋于缓和,也绝不会把鲍超扣着不放。

鲍超在长江南岸的下隅坡,湘军水师完全掌握着长江的控制权,只要曾国藩一声令下,水师就可以用船将霆军载运至安庆。但这时太平军在建昌打了胜仗,建昌危急,省府南昌便受到了直接威胁。曾国藩当初把鲍超放在下隅坡,其基本设定就是建昌和安庆,哪边更吃紧,就先增援哪边。安庆的困境尚未变成现实,曾国藩自然只会先把鲍超调往建昌。

颇具戏剧性的是,鲍超出发不久,建昌方面即送来了战局趋缓的消息,李秀成久攻建昌不下,已经撤围。建昌用不着鲍超增援了,但曾国藩又不好朝令夕改,只得请江西巡抚出公文,令鲍超暂停湖口,先不要渡往鄱阳湖西岸。无论是胡林翼的保证,还是曾国藩的尴尬,都说明一件事:战争打到这个份上,唯有顶尖名将及其王牌军才能起到立竿见影的效果,以致南北两岸都要竞相争抢。

在鲍超被抽出,当作游击兵团使用后,景德镇防务立感单薄。曾国藩遂将驻守建德的陈大富兵团调至景德镇,与左宗棠共同防守。然而这种局面并没有能够持续太久,随着李秀成、李世贤一前一后突入江西腹地,其影响已绵延波及几百里。曾国藩被迫腾出左宗棠四处攻战,景德镇只剩下了陈大富。

陈大富是绿营悍将,因在两年前的南陵保卫战中,顶住了李世贤的围攻而一举成名。4月8日,李世贤率部几万人攻打景德镇,针对陈大富这个老对手,李世贤采用诱敌之计,派少数马步军佯攻,将陈大富诱出了景德镇。

次日,大雾迷漫,李世贤以此为掩护,在周围埋下伏兵。雾散后,陈大富未发现自己已陷入包围,仍率大军向佯装败退的太平军追击。李世贤见时机已到,率部冲出,伏兵继起。陈大富临危不惧,手持长矛,带头进行反击,厮杀中,他被炮子击中胸部,全身鲜血淋漓。陈大富兵团仅有四千人,遭遇伏击,士卒们本已沉不住气,主将身负重伤,更令他们无心恋战。此时,李世贤所派出的另一支部队,已沿小路闯入陈兵团军营,焚毁其营垒。陈大富看到营中火起,知败局已定,景德镇将失,于是下马跳河自杀。

这一仗,陈兵团全军覆灭,陈大富兵败身亡时,距离他调防景德镇才不过十天。在皖、浙两军中,陈大富其实已经算得上是能征善战的将才,但论指挥攻防的能力,与张运兰等湘军将领仍不是一个级别,更不用说和鲍超那样的顶尖战将相比了。由此可见,湘军能战,绝非浪得虚名;事实上,太平军平时作战时,若无严令,都会尽量避开湘军;到了需要与湘军对决时,也往往功败垂成。比如此前他们已经合围祁门乃至接近祁门大营,却始终不能完成临门一脚,最后只能以自行撤退告终。

景德镇乃祁门粮饷的转运站,太平军攻陷景德镇的第二天,即扑向湘军转运粮饷的船队。幸亏水师及时赶到,才将船队及民船千余艘护送至下游。但自此以后,祁门的后勤供应线也就被完全切断了。

因祁门大营一直处于太平军的大范围包围之中,曾国藩天天度日如年,在家信中不是念叨"万难支持",就是哀叹"旦夕不测"。他也为不测做好了准备,与在营老友欧阳兆熊相约:"死在一堆如何?"曾国藩不想活的时候,自然就是祁门大营再也支持不住的时候。眼下大营之所以尚能维持,除了太平军一时攻不进来外,主要就是粮饷还未到绝境。如果哪一天景德镇保不住,使得粮饷无着,大营便会不攻自破。

要摆脱对景德镇的依赖,只有一个办法,那就是收复徽州,这样才能就地筹粮,并有望从浙江输入粮饷。在太平军大部队已西入江西的情况下,曾国藩推测徽州一带的太平军必然兵力薄弱,遂不顾胡林翼等人的反对,将大营从祁门移至渔亭,以便寻机占领徽州。离徽州最近的休宁先前曾为太平军所占领,但在某个大白天他们又无故撤走了,后张运兰屯守休宁。在很长一段时间里,太平军都没有再来进攻,这也被解释为徽州太平军可能薄弱易攻的一个证据。

曾国藩刚到渔亭,就收到了景德镇失守、粮道断绝的消息。与诸将商议,有的主张撤回祁门,以免孤军深入;有的仍主张继续进兵，以解决今后的军粮接济问题。曾国藩苦思了一晚上，还是决定继续攻打徽州。1861年4月11日，他亲自率部由渔亭进驻休宁，并征调黟县防军前来会攻。

按照曾国藩的部署，唐义训自西，张运兰自北，计九千余人，分两路对徽州展开进攻。徽州太平军为李世贤部，他们首先在城下与唐义训兵团展开交战；打了没多久，便佯败撤退；在唐兵团进行追击时，太平军马队突然从右侧杀出，使得唐兵团前后受敌。采用马队抄袭，本是多隆阿兵团的惯用打法，如今太平军也学会了这一招。不过真正让湘军落败的还不是这个。

湘军的火器配备，主要是小枪、抬枪和劈山炮。小枪、抬枪都是土枪，太平军本来也都配备土枪，但从这个时候起，太平军开始秘密从上海等地购入洋枪，包括有膛线的来福枪。出于近水楼台之便，李秀成、李世贤成了拥有洋枪最多的太平军，据说李秀成卫队一千人全都配备来福枪。徽州太平军也多用洋枪。土枪属于火绳枪，当时正好下大雨，除了难以点燃火绳外，火药也全都淋湿了。太平军所持的洋枪则不受影响。在洋枪的狙击和骑兵的冲击下，唐兵团遭遇大败，所部损失惨重，仅战将就有两人阵亡。

接到战报，曾国藩忧愤交集，又是一夜未眠，自言已不知"生之可乐、死之可悲"，翌日他不得不先将部队撤回休宁。

新 楚 军

1861年4月19日，曾国藩督率张运兰、唐训方等，再次向徽州进军。

太平军得胜之后有了底气，白天列阵于城下，毫不相让，湘军找不到对方的破绽，也不敢贸然进击。这种相持状态，对于进攻一方而言，最为不利。21日，二更时分，太平军出动万人夜袭，火烧唐义训军营,湘军惊溃,逃回休宁。

休宁城内的曾国藩睡至四更,忽然得到报告,忧灼至极,立即披衣起床,一直坐到天明,派人四处打听部队的下落,但却得不到任何确切消息。过了好久才知道,这次湘军其实损失并不太大。全军一共二十二营,惊溃挫损的只有八营。此八营除遗失武器外,锅、碗、军帐、被铺因来不及带走,也都成了太平军的战利品,除此之外,死伤不满百人。

尽管如此,徽州兵败对曾国藩本人及其湘军的士气却还是造成了极大打击。一者,是大家都泄了气,先前还觉得人家陈大富不行,可是自己上,也不行,徽州照样收复不了;二者,在后勤线断绝,收复徽州又无望的情况下,大营最终的结局眼看着只能是被困死在祁门。

兵败翌日,曾国藩命令各路部队返回自己原来的驻地,他自己则留驻休宁,誓死守城。诸将劝他不要这样,曾国藩固执己见,不仅帐悬佩刀,做好在太平军攻进城池时自裁的准备,而且还亲自写了一份遗嘱式的家信,预先寄往湘乡。正是在这份"遗嘱"中,曾国藩尽显对于拯救时局的无力感,坦承军事非己所长:兵贵奇而他用兵太平;兵贵诈而他用兵太直,哪里能够打得赢呢!他甚至通过自己的切身经历,告诫儿孙以后还是用功读书为好,千万不可从军,连官都不必做。

就在曾国藩近乎万念俱灰的时候,左宗棠终于从江西给他传来了好消息。

左宗棠的部队称为楚军,共有五千七八百人,因江忠源集团的楚勇、李元度的平江勇都曾以楚军为号,为与之区别开来,故又称新楚军。左宗棠为把新楚军训练成一支精兵,规定开小差的杀头,偷懒的打四十军棍,非常严格。他还精选出两百士卒,组建了八支虽然数量极少,但却颇为勇健敏捷的小队,用以进行情报侦察以及应急调遣。

新楚军刚刚开到前线，就被曾国藩派去守卫景德镇。景德镇不但是祁门大营的粮饷转运站，而且正挡在太平军出入浙江的道路上，受太平军冲击之大，可想而知。起初，左宗棠与鲍超联手作战，在景德镇打退了黄文金等太平军劲旅，应该说，在这一时间，霆军起的作用更大，间接也帮助新楚军得到了迅速成长。此后，鲍超调出，新楚军转战各方，独自与太平军较量，和所有新军一样，也吃过败仗，尝过苦头，但这是必经过程。在左宗棠的调教和指挥下，他们终究还是以惊人的速度，开始向一流强军的行列迈进。

景德镇失守后，新楚军前往景德镇的道路被截断。左宗棠随机应变，果断决定占据新的有利位置与太平军进行争夺，遂率部转移至乐平。李世贤侦察到左宗棠的去向后，留下部队防守景德镇，亲自率主力部队跟踪追击，向乐平进击。左宗棠沿途阻击，多次击退太平军前锋部队，新楚军也有多名骁将力战阵亡。

根据情报，左宗棠料定太平军大部队还将大举开进，集中力量攻击乐平城。鉴于乐平城墙久已坍废，起不了防御作用，他下令在城外赶修营垒，自率主力驻扎营垒。在修筑营垒时，挖掘了长达十余里的外壕，并特地引水入壕，以阻挡太平军马队。

1861年4月22日，恰为曾国藩军兵败徽州的次日，李世贤亲统大军逼近乐平城边，部队摆开阵势后，纵横达十多里，旌旗招展，遮蔽山谷。左宗棠从容不迫，居于营垒之中进行指挥，弁勇们则直立于外壕边，队伍保持静寂无声。

曾国藩用兵方面的缺点，恰是左宗棠的优点，他命令当地乡勇进城防守，作为疑兵，目的是让对手误以为新楚军的主力都在城内设防。李世贤果然没把城外营垒的新楚军当回事，大大咧咧地就往营垒推进。等到太平军靠近时，新楚军突然开火，排枪轰击，太平军被打了个措手不及。当天，双方在城外相持了一个昼夜，李世贤兵团无法冲过外壕,所部锐气全消,疲惫不堪;左宗棠则加紧时间,指挥弁勇将战斗中受损的壕墙全部修整完好。

4月23日,李世贤兵团全数压上,攻打乐平城西,左宗棠亦调动自己的所有兵马迎击。弁勇们跃过壕沟,在呐喊声中奋力冲杀;李兵团只是兵员数量多,实际远不如新楚军精锐,且都提不起精神,在湘军以主待客、以静制动的经典战术面前,很快就因抵挡不住而溃退下来。新楚军一口气追至高桥,太平军争相逃命,人马互相践踏,尸体枕藉。此时突降滂沱大雨,新楚军火药尽湿,影响了火力,这才使得李世贤易装逃脱。

经历乐平大战后,李世贤对攻略江西失去信心,便放弃景德镇,率残部返回浙江经营。此战不仅恢复了祁门的后勤供应,还使左宗棠和新楚军声名大震,湘军自此又多了一支可与霆军、吉字营等比肩的王牌部队。

第十一章 血流成河

乐平告捷,令曾国藩大感欣慰,心情好转后,也不再继续感情用事。

这期间,徽州太平军不时派马步军在休宁城上窥伺,刺探湘军的动静,显见得有大举进攻的意图。察觉休宁非久留之地,曾国藩终于听取众人劝告,让张运兰留守休宁,自己启程返回祁门。返回祁门的当天,曾国藩便收到了曾国荃从安庆送来的几千石大米。除了大米之外,还有曾国荃的一封亲笔信。曾国荃在信中劝他不要死守在偏僻的角落,应该出大江规划全局,并具体建议他尽快将大营迁至东流或建德。

曾国藩很受感动,决定接受弟弟的忠告,将大营迁至东流。做出这个决定后,曾国藩自率五百人出驻东流;另以唐义训防渔亭、张运兰守休宁、朱品隆留祁门,左宗棠在广信、饶州之间往来防护;鲍超作为游击之师,专赴南北两岸急难。曾国藩给各部的要求是,以防守为主,不管太平军如何挑战,均坚守不应。

在曾国藩的戎马生涯中,有三个阶段处境最为艰难,前期为靖港、湖口阶段,后期即为祁门阶段。迁营后,他由衷地对幕僚王定安说,自己在率领湘军征战之初,遇到危险时,常有壮烈求死之心;但自从离开祁门,才知道徒死无益,只有苟且存活,日后才有希望建立大功。

迁营东流当然也不是事事顺遂,樟树镇之战时离去的幕僚赵烈文于此时来投,曾国藩当面对他诉苦,言及军费开支很大,各营粮饷都已拖欠很长时间云云。不过自此以后,曾国藩再未遇到生死存亡系于一线之间的困境,这倒是真的。其中固然有迁移大营的因素,但归根结底,还是取决于战局的变化:经过近半年的反复鏖战,太平军的数路进攻均已归于失败,皖南赣东北的局势趋于稳定,大体上已恢复到了徽州失守时的状况。

扑了个空

1861年4月中旬,陈玉成仍不见南路军到来,而且他发现对湖北的攻击也并没有起到预期效果:湘军不仅没有对安庆撤围,还加强了围城工事,安庆形势愈加紧迫。在这种情况下,陈玉成只得分偏师三万余人在湖北继续等待,并兼任攻克各城和威胁武汉的任务;自己则率精兵两万回救安庆,同时向天京告急求援。

胡林翼闻讯,飞调多隆阿、成大吉兵团进行堵截。此时陈玉成派出的探马已经在太湖进行活动,但胡林翼在太湖城内镇定自若,没有要返回武昌或转移至别城的打算。有人劝他说,你一个湖北巡抚,没必要在邻省的小县城冒险啊,胡林翼的回答是:"帅府所在之地,即为巡抚衙门!"

对于将大营前移至太湖,胡林翼内心是后悔的,但他不是怕死,而是懊悔棋错一着,被陈玉成钻了空子。战争时期,他胡林翼不仅仅是鄂抚,更是湘军大帅,只要有必要,他哪个省、哪座小城都得去,什么风险都得冒。

潜山、太湖二城,是湘军经过多年征战才打下来的,又是围攻安庆的保证,决不能轻弃。针对众人的不安心理,胡林翼给他们打气:我在这里居守时间也不短了,从不害怕太平军攻袭,太平军竟然也从来不来。言下之意,这次太平军也不敢直接进攻太湖。话音刚落,陈玉成兵团果然绕开了太湖城。这倒不是因为陈玉成怕了胡林翼,而是多隆阿已经赴援赶到太湖。陈玉成知道多隆阿是个硬茬,又急于为安庆解围,便选择了避开多隆阿的阻击,以急行军方式,直奔安庆而去。

多隆阿兵团扑了个空,诸将连忙向多隆阿请命,要求赶紧调大部队继续进行阻截。多隆阿却并不急于追堵陈玉成,他传令所部立刻返回挂车河大营,并解释说:"敌人正值士气旺盛之际,他们不来主动攻打我军,我们却去逼他们与我军作战,敌人一定会被激怒,拼着命也要把我军击败,这种情况下与之作战是不利的。"

有一点,多隆阿没有说,那就是陈玉成如此跳跃式地救援,其实正中湘军之下怀。

在安庆战役开始前,湘军攻石牌、太湖、潜山,尤其是太湖,费了很大的劲,如果它们都能被一一绕开,湘军为什么不做在前面?安庆有太平军的坚城固垒,要想攻下,实非一朝一夕之功,若没有充分和持续的后勤保障供应,前线难以坚持。湘军步步为营地逐步推进,甚至不惜代价地组织太湖战役,为的就是要在消除沿途隐患的同时,建立起供应充足的粮秣兵站。

湘军在安庆城外也有深壕坚垒,陈玉成要为安庆解围,其实同样需要稳步前进。按照后世研究者所建立的模型,假使陈玉成能够步步为营,稳步推进,甚至可以对安庆湘军实施反包围。研究者设想:陈玉成可以下决心在安庆进行决战,战役期间,就算安庆提前失陷也在所不惜,唯求歼湘军主力大部于安庆战区即可;同时预备有力一部寻歼曾、胡援兵。倘曾、胡援兵过大,则倒置主力,以有力一部包围牵制安庆,而以主力逐个歼灭曾、胡援兵;随着曾、胡援兵被逐个歼灭,反包围圈中的湘军也必然树倒猢狲散,不是被歼就是自行撤退;太平军在后者撤退时还可乘胜追击,歼其大部或全部。

陈玉成这么一绕,等于打碎了模型的前提条件,其中反映的正是陈玉成本人在西征方案受挫后的躁动不冷静情绪。事实上,陈玉成在第一次独自为安庆解围时,虽然也是临时决策,显得很匆忙,但战前他还是请捻军帮忙建立了一条兵站线。兵站线从桐城、舒城至三河、巢县,沿途大体贯通,也较有保障。在桐城前线,陈玉成也花了点时间构筑营垒,让自己草草站稳了脚跟;若不是被多隆阿所激,提前投入作战,他本来是有一定胜算的;后来即便战败,依赖于还算扎实的后勤供应,也还是说退就退出来了,其主力并没有遭到致命打击。

陈玉成此次从湖北回救安庆,只是在黄州、安陆几处设立了粮秣供应点;中途也留了五六千兵马,用于护粮道、征粮草;但在附近湘军的攻击下,这条供应线注定只能时断时通。换句话说,哪怕陈玉成兵团不绕开太湖,后勤也无法得到充分保障,所部自带粮秣的多少,基本决定了他们一共能在安庆外围打几天仗。

当然了,若是陈玉成兵团能够创造奇迹,在短期内迅速为安庆解围,或者在解围过程中,击破围城军或打援军中的任何一支,从敌军军营里间接获得补给,以战养战,则又另当别论。

战争的节奏

1861年4月27日,陈玉成兵团进抵集贤关。集贤关外三里左右,有一座赤冈岭(有资料认为系"雉冈岭"的误读),亦是扼控安庆外围的战略要地,陈玉成在赤冈岭筑四座坚垒,用于逼攻围城的吉字营;旋即又从东线征调原属李秀成麾下的吴定彩等部西援。

安庆被吉字营和湘军水师四面合围,陈玉成便从城东北的菱湖入手。曾国荃虽在菱湖北岸设哨所警戒,但因认为城内太平军很难从湖上突围,所以哨所里部署的勇丁并不多。29日,陈玉成派兵四五千,从集贤关向东,轻易便占领了菱湖北岸,随即筑垒十三座。

安庆守将叶芸来为人精明强干,多谋善战。胡林翼、曾国荃在久围不下的情况下,曾欲采用"围三阙一"的办法,撤城围一隅,令其弃城出逃。叶芸来深知安庆已是天京的唯一屏障,安庆得失,关系天京安危,因此不为所动,并笑着对诸将说:"曾妖发大梦吗?以为我们也同他们那样胆怯吗?"陈玉成在北岸筑垒时,叶芸来也出城屯军于南岸,筑五座营垒。然后赶造小船,抬入湖中,通过小船与陈玉成兵团互通往来,并将城内急需的米粮柴薪运入城内。

吴定彩等部到达安庆后,叶芸来请求调兵进城,增加城内的防守力量。陈玉成集合诸将,问谁敢入城助守,吴定彩时任平西主将,在破江北、江南大营诸役中立有战功,他抢先作答:"安庆存,天京存;安庆失,天京不保。即使赴汤蹈火,也必须力争此关,弟请前去!"陈玉成深嘉其勇,命吴定彩带上千余精兵,分批乘船进入了安庆城。

在陈玉成进占菱湖北岸的次日,曾国荃即商约杨载福,由陆师派兵护卫,抽调水师一营,抬炮船入湖,对太平军的往来小船进行攻击。太平军没有水师,无法抵御,湖上交通受到很大限制。当天,多隆阿亦移师集贤关,以与曾国荃配合,对陈玉成形成夹击之势。

战争的节奏骤然加快,每天的形势都在发生急剧变化。5月1日,干王洪仁玕、章王林绍璋自天京来援,与桐城、庐江的主将吴如孝会合,组成两万余人的兵团,由林绍璋负责战前指挥,分别驻扎于桐城的新安渡、横山铺、练潭三处,试图与陈玉成会合,共解安庆之围。

发现太平军有新的援军到来,多隆阿率部火速返回挂车河老营。从此以后,曾、多各负其责:曾国荃在内层围困安庆兼对付陈玉成兵团;多隆阿在外层全力阻击林绍璋兵团等新援军。

5月2日,多隆阿趁林绍璋兵团刚刚扎营,立足未稳之际,抢先出手。他以五千人分成两路,进攻太平军的横山铺、练潭两营垒;以另外五千人设伏,准备诱歼新安渡太平军。按照多隆阿的战术设计,进攻的两路部队本是佯攻,主要还是为了引诱新安渡太平军,属于"围城打援"式的战法。孰料无心插柳柳成荫,横山铺、练潭两营垒很顺利就攻破了;接着新安渡近万太平军赶来增援,湘军伏兵杀出。

多隆阿足智多谋,善用奇兵。他预设的伏兵分成三支:正面用三营步队,侧翼用五营马队,背后再用两营马队。就在增援的太平军与湘军正面步队激战时,湘军侧翼马队突然杀出,利用骑兵对之进行凶猛冲击。太平军急忙调整队列,尚未就绪,背后马队又如同神兵天降一般的出现,太平军被杀得阵脚大乱,损失惨重。最后,林绍璋兵团驻扎三处的人马均败退至桐城,多隆阿则前推至新安渡。

自陈玉成向天京求援后,除江西的李秀成、浙江的李世贤外,洪秀全、洪仁玕将各处机动部队都尽可能调向安庆战区,其中也包括按照原西征方案,在皖南和赣东北进行策应的部队。横山铺、练潭大战的第二天,黄文金即率七千余人从芜湖渡江来到桐城,捻军两万余人也应约而来,这些部队在桐城以南天林庄一线扎营,与多隆阿形成对峙。

黄文金兵团和捻军已经是安庆的第三批援军,他们与第二批的林绍璋兵团组成联军,看上去声势很大,但也仅仅是制造声势,却并没有在第一时间发起进攻。在多隆阿看来,这是因为横山铺、练潭一战已经把太平军给打怕了;但他们又要增援安庆,所以想吓退阻援部队,取道进入集贤关。利用太平军将领的这种复杂微妙心理，多隆阿决定继续采用诱敌之计。与上次诱敌不同，这次不是"围城打援"，而是要示弱于敌。为此，多隆阿特意将所部最弱的一部分兵力挑出来，充作主力，并亲自带领，在新安渡正面晃来晃去。

黄文金临时担任联军总指挥，他毕竟还没有和多隆阿交过手，一看多隆阿所率兵马不过都是一些孱弱之卒，便觉得只有两种可能：要么是林绍璋等人自己无能，把对手的战斗力给夸大了；要么是经过横山铺、练潭大战，多隆阿兵团也伤得不轻，故而能打的只剩下了弱旅。总而言之，现在正是打垮多隆阿，取道入关的好时机。

要　害

1861年5月6日，黄文金指挥联军对新安渡发起攻势。他安排捻军守营，将太平军兵分两路：包括他自己部队在内的主力，共一万三四千人，进攻新安渡；另一部袭击多隆阿后方老营挂车河。

黄文金的打算，是通过袭击多隆阿后路，动摇其前方军心；然后再以正面的主力部队猛冲，进而打垮多隆阿。这一谋划不可谓不巧，要说怪，只能怪他的对手太厉害。多隆阿一眼就识破了黄文金的套路，他将计就计，依然在正面部署那支"假主力"，老营也只留少数兵力，其真正的主力则分别设伏于新安渡之南。交战之初，多隆阿的"假主力"佯装抵挡不住，做惊恐败退状；黄文金挥师猛追，一头扎进了多隆阿预先设好的伏击圈。见鱼儿已经上钩，多隆阿指挥伏兵突然从左、中、右三面杀出，"假主力"亦反身攻击，黄文金情知中了圈套，连忙督兵撤退。

太平军来去都要经过东西两座山隘，多隆阿事先在两座山隘里都埋伏了人，但要求到时不阻拦、不截击，任务只是制造动静。

并且指示:"敌人往东,东面的人就大喊,西面呼应;敌人往西,西面的人就大喊,东面呼应。"黄文金选择了沿东山撤逃。东山上立刻敲锣打鼓大声喊杀,西山上随之呼应,东西山制造出来的声响可谓是惊天动地。就在太平军被吓得惊慌失措、六神无主的时候,一支马队循声杀来。这支马队只有数百人,但皆为多兵团马队里的精锐骑兵。多隆阿给他们的命令是:"闻呼声而进,但追击距离不能超过十里。"

在同时期的清军将领中,只有僧格林沁和多隆阿可以凭借旗营马队,经常性地指挥或亲自率领骑兵驰骋几百里,追逐逃敌。不过,僧格林沁多半是尾追,一追到底,中间没有间歇,容易被对手发现规律;多隆阿则是随机应变,不但敌人,甚至有时连己方阵营的将领都预测不了他下一步会做什么。

十里,是多隆阿判定在这种情况下,能够把骑兵的机动力和突击力充分发挥出来的最佳范围。在马队势不可当的冲击下,联军被打得溃不成军。见主力已先行溃败,本准备迂回偷袭挂车河的太平军也只得中止行动,退却回营。太平军在新安渡败得比上次更惨,几乎所有人都失去了继续进援安庆、与陈玉成会合的信心。5月11日,当多隆阿主动对天林庄发起进攻时,联军未战便弃营而逃。多隆阿一直追至桐城孔城镇,确定将联军赶出安庆战区后,才停止追击,南返挂车河。

多隆阿、曾国荃都是极高明的用兵家。多隆阿来一个打一个,来两个打一双,使太平军的两次强援完全沦为了添油式增兵;而曾国荃也迅速找到了打击陈玉成要害的办法。

在派水师入湖,割断陈玉成与安庆太平军的联系之后,曾国荃抽调陆师约五千人至东路,揳入菱湖、集贤关之间;并在菱湖北岸赶筑营垒,用于对陈玉成兵团进行分割。陈玉成见状大惊,对部下说:"清妖若于东路筑垒,可置我死命,不可不争!"立即率部猛攻。

曾国荃的东路部队以半数阻击,半数筑垒。前者牢牢守住了阵地,以致陈玉成把敢死队都派上去,也始终打不开缺口;后者则经过连夜突击,如期完成了筑垒任务。至此,陈玉成兵团被分割于菱湖、集贤关两个区域,其中集贤关部队不足一万,无法再握紧拳头为安庆解围。更糟糕的是,由于后勤不继,所供应的粮秣严重不足,部队已经陷入了粮荒。

到了这种时候,人往往会产生取巧心理,但这种心理也最容易被人利用。

湘军将领,上至统帅,下至营官、哨官,往往都是主官亲自察看地形。曾国藩甚至教曾国荃说:最好一个人独往,至多也不能超过五人;如果你带一百个人去,要打打不过,要逃还伤面子。

与太平军交战这么多年,湘军大将亲身冒险到前沿察看地形,且带亲兵不多的情况已成惯例,亦为太平军所熟知。一天,陈玉成得到报告,曾国荃率轻骑到关下侦察地势。他出营观察,发现情况属实,而且曾国荃身边的人不足两百,于是立刻率部追了上去。其实曾国荃是故意的,他在施诱敌之计。见陈玉成上了当,一行人佯装惊慌奔逃,跑了十余里,才据险列阵以待。陈玉成勒马观瞧,起了疑心,忙下令官兵停止追赶;但已经晚了,左右伏兵四出,曾国荃亦纵骑还击,太平军被打得大败。

解围不成,复遭暗算,已令陈玉成颇为沮丧;在听到林绍璋、黄文金相继兵败,且不敢再进援安庆的消息后,更是恼火不已,深恨林、黄无能。按照天王洪秀全的命令,陈玉成本人是安庆之役的总指挥,这让他产生了不如直接到外围约会和指挥援军的想法。

赤冈岭

早在陈玉成抵达安庆伊始,曾、胡即已向集贤关紧急调兵:胡林翼调成大吉兵团五千人东下;曾国藩调鲍超霆军六千人,自景德镇赴援北上。此时成、鲍两军都已接近安庆外围,加上曾国荃、多隆阿,四个兵团一旦聚合,便可以在集贤关地区合力围攻陈玉成。

陈玉成决计跳出湘军即将形成的包围圈,前去桐城,指挥各路援军再来救援安庆。1861年5月19日,他将集贤关部队一分为二,留刘昌林等率四千余人坚守赤冈岭四垒,在阻敌增援的同时,也为自己再次救援安庆预留接应力量。当晚,陈玉成率五千余人通过马踏石向桐城转移。多隆阿围堵上来,在其马步军的凶猛追击下,陈玉成以后卫部队战死一千余人的代价,才得以泅渡越过马踏石,于次日进入桐城。

战斗的激烈程度和残酷程度都在快速升级。20日,鲍超、成大吉率部到达集贤关。是日黎明,成大吉兵团扼集贤关中路,以防关内援兵;鲍超率霆军专攻赤冈岭四垒。

刘昌林有陈玉成麾下第一骑将之称,自金田起义加入太平军起,就仗仗冲锋在前,勇猛无比,曾率部连续踏平清军十余座营垒。陈玉成留给他的四千余官兵,除少数为新兵外,大部分也都是从广西举义开始,就转战千里的老兵,个个身经百战,战斗力极强;他们不仅是陈玉成兵团,甚至也可以说是当时太平军中最精锐的部队。

当霆军前锋逼近四垒时,远观一个人都看不到,也听不到一点动静,就好像营垒里根本没有人一样;可是只要霆军一走到垒边,太平军就立刻枪炮如雨,霆军死伤惨重,血流成河。鲍超被外界称为"铁头将",有无坚不摧、无垒不克之誉;但他带头冲锋数次,仍无法接近四垒中任何一垒;能做的至多也只是拔去竹扦,填平垒壕而已。这使鲍超不由得失声惊呼:"此处敌军之悍勇,超过各处!"

在鲍超、成大吉围攻赤冈岭的同时,曾国荃全力对付菱湖地区,通过挖掘长壕,将菱湖北岸十三垒全都包围起来;杨载福则调派水师,配合曾、鲍两地作战。

曾国藩自将大营迁至东流后,已不用再过那种几乎每天都担惊受怕的日子,如今,随着安庆战役如火如荼,他也担心起了弟弟的安危。就像曾国荃曾劝他移营一样,他也劝曾国荃考虑下是否要撤安庆之围:围攻安庆旷日持久,不仅可能使湘军大批有生力量受到损耗,而且还会产生难以兼顾湖北、江西等后患;与其这样,不如暂时撤围,以便让围攻部队缓一缓,亦可先救他方之急。

曾国藩提出这一建议后,立刻遭到反对,不仅曾国荃不同意,胡林翼也不同意。胡林翼的态度非常明确,曾国藩所说的后患确是事实,而且已经产生了,湖北、江西因此吃了大亏;然唯因如此,才要继续坚持下去,不能半途而废,否则就太划不来了。

曾国藩的撤围建议虽然没有通过,但他关于应减少兵力损耗、保存实力的观点,还是受到了前线将领的重视。曾国荃在菱湖实施以围为攻的战术,能不强攻就尽量避免强攻;赤冈岭方面也改为以炮击为主——各部在垒外壕边修筑了数十座炮台,包括成大吉兵团在内,大家日夜轮流出队,用劈山炮向垒内轰击。太平军四垒一共只有五座炮位,根本无法与之相抗。除以占绝对优势的火力对太平军进行消耗外,鲍超、成大吉还对赤冈岭四面紧围,断绝了岭上的粮草和水源接济。

事后有人感叹,认为赤冈岭实际上是一个四面受敌、孤立无援的绝地,陈玉成把王牌军摆在这里,实在是犯了一个严重错误。问题是陈玉成并没有打算一去不返,他在与刘昌林等人分手时,就告知他一到桐城,就会集合各军,向挂车河多隆阿兵团发起进攻,进而为关外四垒解围。

陈玉成说到做到,到了桐城之后,便和洪仁玕等人会商救援安庆的新计划。1861年5月23日,即陈玉成抵达桐城的第四天,他按照计划,约集林绍璋、黄文金以及捻军孙葵意部,共三万余步骑兵,再次南下。大军在挂车河至棋盘岭一线列阵,绵延达二十余里;主力部队筑垒八处,其余太平军在垒后项家河一带分散扎营四十余处。列队筑垒后,陈玉成先破湘军设于黄家铺的一处营卡;接着调黄文金兵团四千余人埋伏在山中;自己则与林绍璋等分三路向挂车河进击。

多隆阿成天鼓捣的就是一个"奇"字,陈玉成的计划和用兵方略很快就被他侦察到了,于是他也命马队设伏,自己率领步队迎战。两军遭遇后竟日缠斗,战至酣处,作为伏兵的湘军马队伺机从后路冲出。林绍璋兵团的战斗力较弱,关键时候抵挡不住骑兵的凶猛冲击,率先败退下来。除了林兵团外,其余各部也都开始动摇。陈玉成大怒,手握长刀,亲自督阵,令各部回战。不料此时多隆阿的另一路伏兵又潜入项家河,焚烧各处军营,前线太平军看到后,更加慌乱,遂成溃退之势,连陈玉成也控制不住。

无奈之下,陈玉成只得率领败军且战且退,撤往桐城。多隆阿除命马步军跟踪追击外,将陈玉成新建的八座营垒全部拔除。由于计划泄露,陈玉成在黄家铺的伏兵也未能起到作用;多隆阿派步队雷正绾部进入山中,击败了作为伏兵的黄文金兵团。

在挂车河大战中,太平军折损千余人,按原定计划为赤冈岭乃至安庆解围的计划归于失败。

虚惊一场

自1861年6月2日起,成大吉兵团开始将炮台逼近赤冈岭的第四垒,直接进行猛烈轰击;在连轰五天后,才将四垒轰倒数丈。次日黎明,鲍、成两兵团将四垒全部包围,并派人入垒劝降。垒内早已弹尽粮绝,守军饥饿难支,三百名刚参加太平军不久的新兵率先出降,接着,第二、三、四垒也停止抵抗,全体投降。只有刘昌林守卫的第一垒拒不投降,刘昌林愤怒地对部下说:"叛徒变妖降敌,穷羞极耻!"他激励众人,誓言"头可断,不可降"。

湘军将三百名新兵予以释放,但其余两千八百人在缴械后,被全部杀死。过去湘军虽也杀降,然而大规模杀降,安庆战役乃为开端,这也是湘军战史上的一个重大污点。

对于刘昌林坚守的第一垒,湘军在难以攻破的情况下,已打算决长壕用水淹垒。尚未来得及实施,刘昌林率部在半夜三更时冲出了重围,仍奔向陈玉成前往桐城时所经过的马踏石。不幸的是,溪河汛涨,部队没法通过,终为湘军水陆军所追及,刘昌林以下七八百人被全部擒杀。

6月10日,即赤冈岭之战结束的次日,李秀成兵团分路进入湖北。早已与李秀成建立联系的鄂南义军纷纷加入太平军,使得李兵团迅速扩充至数十万人。此时鄂东尚有陈玉成留下的三万余兵力;大将赖文光等仍在黄州等地坚守,从势态上看,南北两岸的太平军已经对武汉形成夹击。

官文向李续宜告急。李续宜、彭玉麟等正在黄州、德安等地与太平军相持,无力大举南援,只得抽出蒋凝学部渡江应援。然而蒋凝学兵力有限,亦援救不及,致使李秀成兵团一口气占领了武昌府八个州县。

得知李秀成迫近武汉,胡林翼不得不抱病沿江西上,亲自到武昌指挥防卫;同时调成大吉兵团驰援鄂东。不过很快,胡林翼就发现自己只是虚惊一场。李秀成进入湖北,并非是想单独或与陈玉成联手进攻武汉,而只是意在招兵。当然对他而言,如果能够顺手攻城略地也是好事,但前提是不能够阻力太大。

有李续宜等部在北岸,李秀成认为湖北湘军的力量并不薄弱;同时邻省湘军也在陆续入鄂增援,要在湖北继续扩张会很费劲;既然自己已经完成扩军,也就没必要再多待下去了。于是,尽管接到了赖文光从黄州发来的联络信,李秀成还是决定率主力返回江西,只留下一些部队驻守湖北的占领地。

李秀成一走,武汉所需承受的压力大减。胡林翼不顾病重呕血,乘李秀成主力撤出之际,指挥成大吉、蒋凝学等分路进攻,收复了李秀成在湖北的所有占领地,迫使李秀成的留鄂部队也全部撤往江西。

杀　俘

能够确保武昌,曾、胡便不用再考虑安庆是否要撤围的问题,安庆战役得以继续向前推进。

截至赤冈岭战斗结束,太平军屡战屡败,更为重要的是安庆的粮食军火补给通道也被完全切断,贮存物资亦将告罄,太平军士气逐渐瓦解。安庆守军有不少人缒城而出,主动向湘军投降。与之相反,湘军士气高涨,北面凭借内外壕墙,外拒援军,内困守军;东面依托长壕,使菱湖北岸的太平军寸步难行。

1861年7月1日,太平军在吴定彩的指挥下,乘夜自菱湖北岸进攻横壕,但被曾贞幹击退。此前曾国荃、杨载福在枞阳修筑大坝,加深加宽内湖水面,安庆东门外因此变成了"一片汪洋"。依靠水师船只的载运,当天,曾国荃派兵六营,进围菱湖南岸五垒,割断了其与安庆城及北岸的联系。

7日,北岸太平军支持不住,想以夜色为掩护,乘船撤入安庆城,但遭到水师截击。曾国荃、曾贞幹兄弟见时机已到,对南北两岸营垒发起猛攻;至次日,将十八营垒全部攻陷。

在此战中,太平军被俘官兵达八千余人。曾国荃认为这批太平军也以老兵为主,不易驾驭,难以收服,正犹豫不知该如何处置,部将朱洪章提议:"唯有杀之最妙!"

曾国荃不是不杀俘,早在江西时,他对一些湘军将领招纳或释放太平军降众的事就很不满,说这么做,后患无穷,"将来又会给赣州留下无数敌人的种子"。有鉴于此,他在攻打吉安时,觉得先期约降的数百太平军不可靠,便不惜自食其言,将他们全给杀了。问题是杀数百跟杀八千还是不一样,毕竟人不是鸡鸭,杀如此多的无械之卒,即便百战军人也会肝颤。曾国荃实在下不去手,就将杀俘任务交给朱洪章办理。

朱洪章心狠手辣,先在军营内设帐,然后将降卒十个一批十个一批地唤进帐内,一进去就动手,外面等着传唤的降卒还毫无察觉。就这样,不过半天工夫,八千余众悉被戮尽,其手段令人发指,堪称中国近代杀俘之最。事后,曾国荃心理压力极大,甚至想要解甲归田,经曾国藩多次写信开导,才慢慢地缓过来。

至1861年7月上旬,安庆决战的主动权完全易手。安庆形势越来越危急,陈玉成四处求援,但援军的调集却极其困难。太平天国后期的军政衰败蜕变得相当厉害。天京事变后,洪秀全曾一度决定永不封王,到了这个时候,却已变成了滥封。根据湘军方面所掌握的情报,洪秀全大封诸王的结果,直接造成诸王不相上下,前期军事上统一指挥的局面已一去不复返。

岂止是挂着总指挥名义的陈玉成,就连天京高层都碰到了调动不灵的问题:在安庆战役打响前,李秀成、杨辅清都接到过北援安庆的命令,但谁也没有执行。

诸王各怀心思,李秀成不愿北援,是欲与李世贤共图浙江,实现他们把苏、浙根据地连成一片的计划,即所谓"得苏州而无杭州,犹鸟无翼"。当然,他们也不是完全不懂一损俱损的道理。李秀成本要借道江西,速返浙江;但为了起到围魏救赵的作用,仍停留于江西,并乘湘军在江西腹地兵力较少之际,频频攻打各个府城,逼着曾国藩不得不把鲍超的部队再次调回南岸,用以增援江西。

杨辅清也不是完全不肯动,只是光命令没有用,非得拿私人情面出来说话不可。为了动员杨辅清来援,陈玉成除赴天京请援外,还亲往宁国,恳请杨辅清出兵,杨辅清这才点头应允;而陈玉成亲赴宁国之时,恰恰正是刘昌林部在赤冈岭孤立无援,惨遭覆灭之际!

计　谋

陈玉成在离开安庆时,曾与刘昌林约定:万一进攻挂车河不利,他将转攻潜山、太湖,对湘军进行牵制;如果还是不行,在半个月左右,他会回到安庆,为关外四垒乃至安庆城解围。

如今关外四垒已失,但陈玉成仍须为安庆解围。1861年8月初,林绍璋率两千余人进攻挂车河,被多隆阿马队击退。多隆阿对俘虏进行审问,得到了陈玉成与杨辅清、洪仁玕等人的作战计划,其内容是由林绍璋、黄文金、吴如孝等部联合捻军,组成北路军,出兵挂车河,对多隆阿进行牵制吸引;陈玉成、杨辅清则实行大迂回,绕道鄂东北,经英霍山区绕至潜山、太湖,插入安庆外围,直接攻击曾国荃。

却说杨辅清同意北援后,即自皖南渡江西上,与陈玉成会合。当时陈玉成在鄂北一带的留守部队,大多已被回援湖北的李续宜、彭玉麟、成大吉等击破打残;利用迎接杨辅清的这段时间,陈玉成也正好把这些部队又都收集起来;之后,陈、杨联军按既定计划进行迂回,不久便开始进军太湖。

陈、杨联军共四万多人,号称十万大军,扎营时军营相连四五十里,声势浩大。与此同时,北路军分两路向挂车河多隆阿老营攻来,企图分散多隆阿的注意力。有人以为两方面的太平军都是冲着多隆阿兵团来的,颇为惊慌失措。多隆阿在已经掌握太平军军事机密的情况下,直言这只是太平军的计谋:"安庆的敌人正处在危急之中,敌人不去救安庆,却想置我军于死地,这不是声东击西,又是什么?"

此时鲍超与多隆阿齐名,外界有"北多南超,多龙鲍虎"之盛誉。多、鲍过去是一对老搭档,幕僚建议请曾、胡将鲍超调回北岸助战,以减轻多隆阿的打援压力,多隆阿没同意。多隆阿是一个很有个性的人,打仗不喜欢受人指挥,只喜欢独来独往,自成一体。自从与鲍超在总统事件和太湖战役中产生误会后,他便连鲍超也很少打交道了,平时既不指望友军帮助,也不轻易出手帮助友军。

即便是打定主意要自己单干,多隆阿也没有像以往一样,先发制人地对敌军进行打击,而是挂起了免战牌。部下不解,他撂下一句话,说:"我军若能打败这些敌人,安庆就不攻自破了,所以不着急,慢慢来,没必要主动应战。"随后自称有病,一连三天都没有露面。在多隆阿消失的那些天,北路军自以为完成了牵制的任务,陈、杨联军的推进也颇为顺利。但这只是多隆阿设的一个计,为的是麻痹陈玉成。就在太平军失去戒备的时候,多隆阿突然自挂车河出兵,先击败北路军,继而又打了陈、杨联军一个冷不防,迫使陈、杨联军撤退至石牌。

陈玉成知道声东击西、救援安庆的计划已经暴露,便只好争取先消灭多隆阿。1861年8月中旬,在陈玉成的指挥下,各部如同乌云压顶一般向挂车河拥来,多隆阿兵团的粮道也被截断。多隆阿的幕僚再次提出征调鲍超来援,多隆阿不以为然地笑道:"要断绝我的粮道,谈何容易!不用等我军的粮草消耗完,敌人就得撤退逃跑了!"

8月16日,陈玉成从东、杨辅清自西,各率万余人马,向多隆阿大营攻来,二军距大营仅仅十里之遥。多隆阿亲自带兵反击,太平军特别是陈玉成兵团多次与多隆阿交手,认识他的将旗,当下就生出了惧意。与此同时,雷正绾部奉命自营后绕出进行突击,太平军腹背受敌,陈玉成只好下令后撤,驻扎高河铺,与多隆阿相持。在多隆阿后来收缴的太平军物品中,有一封陈玉成写给洪秀全的蜡信。在这封密信中,陈玉成承认多隆阿"老谋善战,用兵如神",自己与之对阵,屡为之败,很难占到便宜。

陈玉成本准备对多隆阿进行牵制,把他搁到一边,结果自己反而被其牵制。曾国荃趁机抓紧时间攻城,至8月18日,安庆城外的太平军营垒,几乎都已被击破,连东门月城都被捣毁;只有北门外还剩下三座石垒,系由太平军的精锐部队驻守,坚不可拔。这根硬骨头,曾国荃准备交给降将程学启去啃。

血　战

曾国荃有言,兵者是毒药,须以毒攻毒,其实说的就是要利用俘虏。他认为,如果能将降卒和俘虏收为己用,则既有利于及时掌握敌方情况,又能壮大自身力量,可谓一举两得。不过在实际操作中,由于害怕被其反噬,曾国荃对于收降俘虏却是极其谨慎的。此前能够被他作为"以毒攻毒"成功范例的,只有在攻下枞阳后,命枞阳的近千降卒和韦俊部进攻芜湖一例。

程学启本是叶芸来的部将,由曾贞幹手下的营务官黄润昌出面,将他招降了过来。之后,曾国荃一方面注意通过自己的威信对之进行感化,一方面加以严密防范。

程学启被召到帐下后,曾国荃亲自为他斟酒,命令道:"一定要拿下这三座石垒!"

程学启从帐下挑选了数百名勇士,组成敢死队,由他亲自率领,展开夺垒战。程学启原来就参与守卫北门外石垒,对其结构非常了解;与此同时,他也深知"以毒攻毒"是获取曾国荃完全信任的最关键一关;战前就做好了此番若不成功,就决不生还的打算;因此敢死队从上到下,在搏杀中都非常忘我拼命。最终,太平军被当场斩杀一千多人,三百余人被俘,三座石垒全部失守。至此,安庆城外已没有太平军的一兵一卒一垒,守军被完全封闭于城墙之内,湘军的围困已成水泄不通之势。

陈玉成急于为安庆解围。他赶紧调整部署,让北路军在桐城一带出击,采用你进我退、你退我进的吸盘式战法来绊住多隆阿;自己则和杨辅清径奔集贤关。到了这个时候,双方的实力和意图都已一目了然,多隆阿不得不率主力迎战北路军;同时分兵一部,尽量拦截迟滞陈、杨联军;并向曾国荃报警。

1861年8月21日,在北路偏师的掩护下,陈、杨联军抵达集贤关,在十里铺一带扎营四十余座,进逼吉字营的围城外壕。经过三四天的匆匆准备,25日,陈玉成、杨辅清严督所部,对外壕发起猛攻。十多路太平军精兵同时冲向东门外长壕,叶芸来、吴定彩等人亦率守军列队城上,助威呼应。

在湘军名将之中,如果说鲍超的特点是"勇";多隆阿的特点是"奇";曾国荃、李续宜等人则继承了湘军的传统特点,即"狠"与"忍";他们的部队也都被打上了相应烙印。在曾国荃的指挥下,湘军不动声色,直到进入火力范围,才以枪炮轰击。太平军不顾伤亡,继续向前冲击;看到太平军已跳越壕沟,逼近营垒,曾国荃下令开壁出兵,与之展开短兵相接的大战。经过一番拼斗,数名太平军悍将被斩杀,余部逾壕溃退;曾国荃乘势挥师进逼,许多太平军官兵逃跑不及,丧命于壕沟之内。

从第二天起,曾国荃亲自指挥部队增修营垒,向城墙根下逼近,用以掩护长夫暗中挖掘地道。他预料城内守军不会坐而视之,因此预先从预备队中调来生力军,新到的湘勇都早早进入内外层阵地,等待太平军即将发起的进攻。

不出所料,叶芸来亲率城内太平军杀出,企图捣毁湘军这些新修营垒,同时亦希望借此冲开内壕。陈玉成见状,在城外积极援应,亲自击鼓督阵,驱动精锐士卒轮番冲击,并将畏葸不前的官兵予以当场斩杀。

第一天的情景被再次重复,太平军依然是喊杀震天,攻势凌厉;湘军也照旧是先令行禁止如山倒,指挥官不发令,就决不擅动;继而死守不退,即便战至一兵一卒,也决不让对方跨入自己的阵地一步。要说有什么不同,就是他们需要拼尽全力地抵御来自两个方向的夹攻。

当天太平军的进攻被再次击退。在双方鏖战期间,湘军筑垒挖地道,也一样都不耽误。这次开挖地道的方案系接受了程学启的建议,没有走弯路;而且曾国荃调用的又全是长夫老卒,众人从早到晚,毫不停歇,因此进度很快。

太平军的攻势以头三天最猛烈,在头三天中,又以第三天即27日为最。陈玉成改变了攻击目标,决定集中精锐,全力猛攻外壕的西北一段,以求从中突破一点。

从清晨开始,太平军官兵人人手拿一束稻草,向外壕蜂拥扑去;到了壕边,就把稻草扔进去填壕;顷刻间,宽深各达数丈的壕沟便被填满。看到太平军逾壕而过,奋勇冲锋,曾国荃下令开炮轰击;太平军密集,一炮轰过去,地面上就出现一条血路;但太平军前仆后继,冲锋如故。湘军安置在阵地上的劈山炮一时都来不及装填火药,只能轮着发射。为了加强火力,曾国荃增调抬枪、小枪八百杆,战场之上,枪弹如连珠不绝。事后统计,那一天,湘军整整耗去火药十七万斤、铅弹五十万斤,仅这一数字,就可知战斗激烈到了何种程度。

在湘军的死命抗击下,太平军尸积如山,以至于进攻道路都被遮断了,后面的太平军便拽去一层尸体,接着冲锋。在内层,叶芸来所派的敢死队也非常拼命,已经越过壕沟。曾国荃急选勇士组成敢死队,手持短兵器,予以迎头痛击。双方激战许久,相互砍杀,地上血肉狼藉,惨不忍睹,太平军无法突破防线,最终只能退回城内。

鲍超回援

1861年8月27日,陈、杨联军发起攻势的第三天,从清晨至深夜,陈玉成一共组织了十二次猛攻。

湘军大规模使用火器,太平军亦然,他们将火弹称为冲锋包,像现代战争中甩手榴弹一样,向湘军阵地密集投掷。太平军士兵因为扔得太急,甚至没等引信燃尽,就将一只冲锋包扔了出去,结果被湘军勇丁迅速捡起,又给还掷回来。湘军阵地内遍地火药,在冲锋包或炮子落地后,很容易引起连环爆炸。有一两处阵地发生爆炸后,湘军被迫后退数十丈,太平军乘隙突入了阵地。曾国荃闻报,亲自提刀赶来督战,并当场将数名太平军士兵砍倒于地;退后的湘军弁勇见状,急忙群起反击,硬是将太平军驱出了阵地。

至五更时分,眼看前锋部队已经全部打光,后续官兵也个个筋疲力尽,无力冲锋,陈玉成这才收兵回营。当天太平军阵亡人数达三千余人,尸骸堆积田垄;虽然湘军也战死了百余人,但双方的损耗显然不成比例。好在太平军还是取得了一些进展,外壕第一层被其攻破;太平军前锋甚至已突入至中路第二层壕内,并在第一层壕外修筑了月墙,用以抵御湘军的炮火。只是这一成果并没能够对攻破外壕起到决定性作用。曾国荃马上就督修新垒,并派遣数十名敢死队员冒险出垒,破坏了月墙。更重要的是,经过三天的大规模血战,陈、杨联军的精锐损耗严重;随之而来,开始出现军心涣散、士气低落等情况;之后尽管仍在攻击,然而力度已日趋减弱,对湘军防线所造成的压力也越来越小。

当初,太平天国发起第二次西征,主要目的就是要通过进攻湖北,迫使安庆撤围,如今这一围魏救赵之计已经大半落空。就在陈、杨联军发起解围战之前,舒保马队、金国琛部等攻克德安,这显示着不单单武昌,就连整个湖北省城都不再受到太平军的严重威胁。胡林翼因此离开武昌,重新东进至太湖督战。

如果还要"围魏救赵",只有一种可能,即李秀成在江西制造出更大的动静,迫使曾、胡不能不从安庆战区抽调兵力乃至撤围。

在安庆战场上,陈玉成急于破围,已不顾一切,等于是将太平军的精锐部队集中起来,供湘军歼灭。有一种观点认为,即便李秀成率部来援,固然战役将变得更为激烈、时间也更长,但只要指挥层仍旧只着眼于解围和死打硬拼,恐怕亦不免失败;甚至于还会将李秀成的精锐也都葬送进去;之后湘军要进攻天京会更为顺手简便,太平天国覆亡的时间也可能会相应提前。

安庆集中了湘军主力,相比之下,湘军在江西兵力薄弱,能够称得上王牌部队的,只有力保景德镇的左宗棠一部。对李秀成而言,此时正是放手展开进攻,间接解安庆之围的好时机。他本身也有这一意图,因此自湖北返回江西后,即发动大举进攻,连下江西二十余城,并进逼南昌。江西局面几乎又回到了过去石达开纵横该省的时期,直到鲍超回援。

鲍超南渡后,先至九江,再一路往南昌方向进兵。太平军很多部队都很怕霆军,霆军军旗不绣字,只涂三个黑圆圈,太平军称之为"鲍膏旗";一看到"鲍膏旗",他们就畏怯不已,甚而惊惶溃散。发现这个情况后,有些战斗力一般的清军将领便投机取巧,偷偷仿制"鲍膏旗",以备不时之需。就连左宗棠,在不与鲍超合作,自家的新楚军又还不够强悍的情况下,也曾使用过这一招,靠祭"鲍膏旗"来吓退敌人。

鲍超离开江西已经有一段时间了,如今突然出现,令沿途的太平军均风声鹤唳,还没打就纷纷撤离原驻地。鲍超入赣后,嗷嗷叫地就想打仗,没有仗打,反而让他很不甘心。

李秀成正在瑞州城内,听说鲍超杀到,连忙向其分布于各城的嫡系部队发出集结令。各部接到命令后,均从临江城南渡赣江,驻扎于樟树镇、沙湖和丰城一线,兵营绵亘达百余里。

1861年8月28日,霆军抵达丰城的河对岸。赣江上有刘于浔的江军水师对霆军进行配合,根据他们提供的情报,太平军已在樟树镇结扎浮桥,准备陆续过江,袭击霆军后路。鲍超本拟就地修筑营垒,为免遭到袭击,立即转移至丰城二十余里处扎营;考虑到弁勇连日行军劳累,入夜后,他下令通宵警戒;由此可知鲍超虽是勇将,却不但不鲁莽,关键时候还极为细心谨慎。

翌日,李秀成将主力排列于山岗,摇旗迎战。鲍超除以主力迎敌外,另命宋国永、娄云庆两部从山后抄袭,水师伺机截杀。午前,两军正面接战。霆军采取其惯用的齐头并进战术,主力部队分三路进行冲锋。此时的霆军已扩充至万余,李秀成的主力部队则有近两万人。需要指出的是,李秀成兵团号称数十万,实以凑数的新兵居多,真正久经战阵的精兵不过两三万,也就是李秀成这次投入战斗的主力。面对霆军的猛攻,太平军坚拒不退,且多次实施反冲锋,将霆军予以击退。

鲍超在丰城渡口指挥,对正面的胶着状态他并不感到担心,因为知道只要抄袭得手,局面将立即改变。下午三点左右,宋国永、娄云庆两部从山后分路杀出,太平军腹背受敌,但仍坚持不动。只是因为多支预伏援兵被霆军堵截,无法作为生力军投入战场,李秀成觉得继续打下去,于己不利,这才下令撤退。

李秀成没有生力军,鲍超有。他将担任护卫的亲军五营全都投入战场,向太平军大营直扑过去;水师亦从河汊冲出,截杀撤退的太平军,并对沿江太平军据点进行攻击。霆军终于变成了胜利一方。李秀成被迫撤离樟树、丰城,将部队向瑞州方向收拢。鲍超因大风不能渡河,才暂时放弃追击。至此,李秀成进攻南昌和解安庆之围的计划亦只能化为泡影。

人间惨剧

安庆战区,陈、杨联军仍在进攻湘军外壕,但实际已是强弩之末,这么做不过是为了不让安庆守军绝望而已。

知道城内缺粮,陈玉成派人重新在菱湖北岸筑垒,将小划抬入湖汊,偷偷地运米入城。水师发现后,立即创建了由蔡国祥统领的飞划营,飞划营将小划和炮船抬到湖内,进一步对菱湖粮道予以封锁。在他们的拦截下,太平军运米未成,连同打算一同运入城中的巨炮也成了湘军的战利品。

1861年9月4日,曾国荃派曾贞幹部在菱湖南北两岸扎营四座,配合水师进行封锁,太平军小划益难出入。城内接济断绝,军心慌乱,一部分太平军在夜幕掩护下,乘舟弃城突围。同日,地道挖成,炸药也埋了进去。四更时,程学启率所部开字营从安庆西北门缘梯登城,率先得以破城;地道里的火药被同时点燃爆炸,将西北门城垣轰塌数十丈,城外湘军蜂拥而入。进城后,才发现城内断粮已久,守军饿得站都站不起来,更不用说抵抗。据悉,破城之前,城内已公开标价售卖人肉;当湘军冲进太平军的军营和居舍时,看到锅中还煮着人的手足,碗里面尚有没吃完的手指头,真是一幕活生生的人间惨剧!

在这种情况下,湘军所谓进城巷战,其实不过是进城杀人,包括叶芸来、吴定彩在内的太平军一万六千余人遇难。不仅是军人,除未换牙齿的幼童外,城中男性百姓也被尽数杀光;从南门逃出,被湘军追杀以及挤入大江溺死者更是难以计数。因江上浮尸太多,竟致轮船无法通行。

城破时,太平军官吏的女眷有数十人自尽,其余万余妇女皆被湘军弁勇掳为己有;弁勇们还在城内进行了大肆洗劫,凡可以拿走的财物都被他们抢得空空荡荡,拿不走的则毁掉;有的勇丁一人就抢得白银七百两。

曾国藩幕僚赵烈文听从安庆回来的人说,经历浩劫之后的安庆城阴惨昏暗,大白天在街巷里走路都得用蜡烛,正在或已经腐烂的尸体到处都是,臭不可闻。赵烈文是位很正直的文人,虽然身为曾府幕僚,理应站在曾氏和湘军的立场上说话;同时他个人对曾国藩也极为崇拜(后拜曾国藩为师);但对于湘军的滥杀行为,却无论如何不能苟同;对于吉字营入城后军纪荡然的举动,更是有着相当程度的反感。

实事求是地说,湘军初兴,纪律是好的;直到李续宾、王鑫时期,仍大体保持着老湘军的风貌,其中又以王鑫老湘营的军纪为最佳;李续宾兵团虽次而下之,但在皖北作战时,也号称"军中皆用长夫,不役使平民",所以皖北民间对李续宾的印象也不错。之后就不同了,以曾国荃、鲍超为代表的湘军,可称之为新湘军;这些新湘军不管能打的还是不能打的,军纪方面都江河日下;劫舍掳民之事常有发生,以致民间出现了"官兵不若长毛"的恶评。

究其原因,一方面是新湘军的基干部队,多为从湖南招募的老勇。这些老勇固然实战经验丰富,战斗力强;然而同时也性格暴戾,蔑视军纪,部队的种种暴行皆与此直接相关。另一方面,作为大帅的曾国藩、胡林翼,在现实面前也都变得越来越功利。他们嘴里虽仍大喊爱民,私下却把"能战"作为评价将领优劣的首位,"爱民"被放到了第二位;甚至认为如果二者不能得兼,则宁可取"能战"而舍"爱民"。基于这样的指导思想,曾、胡从未因霆军纪律败坏而处分过鲍超,但对于其他贪生怕死的弁勇,则毫不留情。

曾、胡的评判标准,就是各军将领办事的尺度。作为新湘军中的王牌部队,曾国荃和鲍超为了保证所部的战斗力及其获得战果,在战场纪律的执行方面都极其严格:霆军的规定是,战斗间有敢俯拾一物者即杀无赦。可是在打完仗后,他们又都能松则松,甚至有意放纵弁勇抢掠,以此刺激部下卖命打仗。毕竟湘军欠饷是常事,在他们看来,允许抢掠也是对部下的一种心理补偿。正是因为曾国荃等人有这样的心理,包括安庆惨剧在内的一次次屠城事件才难以避免。赵烈文自言,他在听人转述安庆城内的惨景后,胸中就像被一块石头堵住一样,感觉非常难受,忍不住在日记中发出悲愤的质问:"这无边浩劫,究竟是谁酿成的?"

湘军攻入安庆的当天,陈玉成望城恸哭:"安庆失陷,我的死期也将近了!"次日,他和杨辅清见大势已去,只得忍痛率部退出集贤关;林绍璋、黄文金等也纷纷退却;由于兵心散乱,斗志全无,同时又精疲力竭,缺吃少穿,这种退却很快便演变成了溃逃。湘军趁势转入追击战,多隆阿北攻,占领了桐城;杨载福、韦俊沿江东下,亦占领了池州。

安庆既已在手,攻占天京,肃清东南成为曾、胡要着重考虑的下一个战略目标。1861年9月12日,即湘军攻占安庆的第八天,曾国藩将大营从东流迁至安庆,着手酝酿和指挥湘军新的东征。

严峻考验

安庆一役,太平军各参战部队,从陈玉成到林绍璋、黄文金、杨辅清等,全都遭到了近乎歼灭性的打击。在太平天国后期,陈玉成、李秀成兵团被并称为太平军两大主力,但陈玉成兵团在此役中的损失也最为惨重:嫡系精锐几乎全部被歼,余下的旁系支派也都处于崩溃状态,离、散、降者不断。令人唏嘘的是,李秀成、李世贤由于没有参加安庆战役,反而相对地保存了精锐,所部成为安庆战役后最为活跃的两支太平军。

鲍超一直在江西对李秀成跟踪追击。自从他在丰城初次击败李秀成后,曾国藩认为江西军情已经因此有所缓和,曾经命令他回援安庆;但霆军行至半途,未及北渡,鲍超就得知安庆已为湘军占领;于是又回头,率部向李秀成兵团所集中的瑞州挺进。

鲍超到达瑞州后,发现李秀成兵团早已撤走。原来,就在鲍超暂时离开的那段时间里,李秀成得到了大批援兵,其中有原属韦俊的朱衣点部,还有自广东入赣的花旗军;前者直接并入了李秀成兵团,后者决定与李秀成联合作战。在实力大增的情况下,李秀成便有计划地撤至贵溪、双港、湖坊、河口一带,扎营迤逦一百余里,意欲堵塞鲍超、左宗棠等在赣湘军的进军通道,并伺机向江西腹心要地反击。

探知太平军与花旗军正在赶修防御工事,鲍超于抵达瑞州的次日便冒雨开拔,一路急行军,打算抢在对方完成工事之前发动进攻。9月24日,霆军进抵贵溪,见其来势汹汹,不可小觑,太平军驻贵溪的前哨部队连忙缩回了双港。李秀成对此早有预料和准备,就在霆军进抵贵溪的前一天,他已在湖坊召集诸将,就如何防御、突击乃至抄袭、埋伏,做出了具体部署和安排。

27日,两军在双港摆开战场。参战的太平军号称共有二十万人,实际主力部队是五万;霆军号称两万,实际主力部队亦有一万。这无疑将是一场规模空前的野战,对于双方主将而言,也都意味着一次严峻考验:李秀成是太平天国后期最出色的智将,第二次击破江南大营为其首功;但他还从没有能够在鲍超身上占得便宜。鲍超从军已逾八年,由水师到陆师,甚少败绩,尤其统领霆军以来,几乎战无不胜,打李秀成也从来没输过;然而此役李秀成仅太平军主力部队就是他的五倍,这还不包括助战的花旗军;且又是在旷野之上面对面交锋,没有闪躲的机会和可能,要想战而胜之,殊为不易。

是日清晨,太平军尚在做进攻准备,霆军已经抢先发动攻势。拂晓时分,鲍超亲率中路部队前进,太平军立即用排炮、重炮进行轰击。令人惊诧的是,在太平军炮火的攻击下,霆军竟然既不卧倒,也不奔跑;而是按照自己的队形,继续有条不紊地向前推进。在推进至距离太平军阵地仅一百米左右时,霆军突然全体蹲下,对所携武器进行检查;霆军后队则开始用重炮对太平军进行轰击,其火力之猛,令身经百战的李秀成也略感胆寒。

这显然是霆军即将发动近距离冲锋的前奏,无须李秀成发令,左右的太平军将领便做好了迎接冲锋,以及发动反冲锋的准备。

战前,花旗军的数千精锐自告奋勇,愿在第一线作战;但看到霆军打仗如此不惜命,攻势又如此凌厉,他们立刻被震慑住了。李秀成向他们发出指令,将领们只是面面相觑,犹豫着迟迟不敢上前——你们太平军才是对付霆军的主力,霆军也主要是找你们打,我们花旗军只是来做助手,何必与之同归于尽呢!

此时此刻,只有抱定拼死一搏的决心,才有取胜的机会。就在花旗军阵脚动摇,将领们畏畏缩缩,想上又不敢上的时候,太平军已经向霆军冲了过去。

制胜玄机

太平军凭借数量优势,层层簇拥,涌动如潮,冲上去后即张开两翼,对突前的霆军中路部队进行包抄,霆军左右两路部队即刻上前阻挡。双方短兵相接,枪炮都已失去作用,只能用刀矛对刺互杀,所有参与肉搏的兵将都杀红了眼睛,双港的河汊田野之上,血肉横飞。

曾、胡评价太平军后期的主要统兵将领,将陈玉成列在第一;此后按序是李世贤、杨辅清、黄文金;李秀成还排在最后。这倒不是说李秀成不能打,事实上,若按综合实力,李秀成远超李世贤等诸将,与陈玉成也不相伯仲。曾、胡的评价标准其实就是"鲍超式"的,即看谁更能打硬仗。陈玉成、李秀成双峰并峙,都是堪称智勇双全的一代名将,但陈玉成更偏重于勇,而李秀成更偏重于智。李秀成的这种作战风格自然也影响到他的部队,表现在战场上,就是相对而言,李秀成兵团的耐战能力不及陈玉成等部。

霆军的能拼敢杀程度,远在李世贤等诸军之上;即使陈玉成兵团,也未必是其对手,小池驿一战,鲍超三千孤军对抗陈玉成五万强敌,陈玉成愣是拿他们没招,其打仗有多么勇猛凶悍,即可想见。陈玉成当时的兵力是霆军的十六倍还多,李秀成兵团撑死了也就是霆军的五倍,其结果也就不是不可以预想的了——经过一番殊死较量,太平军终于被迫退却,凭借营垒进行抵挡。

在鏖战近四个小时后,两军伤亡相当。太平军依托营垒,与霆军打得难分难解;正面作战的霆军主将虽然已悉数上阵,三路部队全力冲杀,但也不能将对方迅速压垮。纵然如此,霆军的制胜玄机却已经隐藏其中,原因是太平军被死死压制,除了防御,突击、抄袭、埋伏等其他手段再也使不出来了。

下午过半,两军仍然相持不下,未分出胜负。这时鲍超预先部署的生力军被投入战场,娄云庆自东路,张玉田由西路,对太平军进行抄袭。战况迅即发生变化,鲍超亲自跃马上阵,领兵冲杀。鲍超上战场有个特点,就是一定会穿戴得整整齐齐,头上顶戴花翎,身上全副袍褂,就好像去上朝一样。这么做固然会引起敌军注意,给自己增加危险系数,但更可以激励三军,让弁勇们知道主帅不是只在后方坐等战报,而是就在最前沿参与厮杀!

霆军吼声震天,是役,包括李秀成麾下六名部将在内,有千余太平军被当场歼灭。太平军开始败退，李秀成部将数十人及其一些官兵撤退不及，做了俘虏，其余皆翻山越岭而逃。让人哭笑不得的是，在撤逃过程中，跑不动和落在后面的，反而是怯阵先退的花旗军。霆军在将所有俘虏圈入旧垒后，主力部队又追杀六十余里，双港、湖坊、河口一带的七十余座太平军营垒被全部攻破。

当天晚上，鲍超得到探马报告，溃退太平军欲与铅山太平军联合抵御，鲍超马上决定再攻铅山。霆军四更出发，天还没亮，就已进抵铅山城外；彼时太平军正在北门外赶筑营垒，以便与铅山城互为犄角；见霆军突至，连忙凭垒抵御。霆军前锋部队二话不说，第一时间便冲入各垒，先将左路太平军击败，继而又将右面营垒概行摧毁。

攻城战相持了两个小时，鲍超亲自来到城壕边，擂鼓督阵，指挥所部继续加强攻击。在攻击过程中，霆军射出的火箭命中城内的火药库，引起大火；守军愈加慌乱，霆军乘势登上城头；守军知道遇上了劲敌，连忙打开东门溃逃，霆军占领了铅山。

李秀成放弃瑞州等赣西府城，本意是想先在赣东北打开局面，再伺机兵进赣西，此前已经兵围抚州、广信。因为霆军出击，赣东北战局迅速转变，抚州、广信的危急状况全部得以缓解。李秀成不仅丢失地盘，而且还丧失了部分主力，这使他在江西继续开拓经营的信心和兴趣大减，所谓"不得志于江西"，遂率主力与李世贤会合，转图浙江。江西始渐安定。

鲍超声名大震。当时咸丰皇帝已经驾崩，继位的皇子年幼，由两宫皇太后主持朝政，连她们也得知了鲍超鏖战的事迹。俩太后甚为动容，遂以小皇帝的名义，将宫中珍宝赏赐给鲍超。

鲍超在江西对阵李秀成的时候，多隆阿正在追击陈玉成，就在双港之战的当天，他调出桐城的大部分驻军，只留下少数兵力守城，然后亲率主力，赶到宿松对从桐城撤出的太平军进行拦截。

拥有骑兵,机动灵活,是多隆阿兵团的独有优势,他们比太平军还早一天到达宿松。太平军刚从潜山向西行军而来,突遇湘军,大为惊慌,忙向黄梅逃去。多隆阿的步马队追奔四百余里,搂草打兔子,将宿松、广济、蕲州和黄梅一一收入囊中,此后又攻破了舒城。至此,太平军的皖北根据地基本瓦解。

同一时期,蒋凝学打下黄州;张运兰收复徽州。这些城郭有的在战前守军就已自行撤走,有的也仅仅坚守一两日即被攻下。

太平军退出了湖北全境。陈玉成虽然雄心尚在,仍想去湖北继续招兵,但所部已经涣散无斗志,都自顾自地退往庐州。陈玉成不得已,也只好前往庐州。

无湘不成军

1861年9月30日,胡林翼因病去世。曾国藩闻讯,悲痛不已,认为胡林翼"赤心以忧国家,小心以事师友,苦心以调护诸将",非其他人所能比拟,在他之后,天下也再找不出同样的大才了。

胡林翼崛起时,曾国藩正陷于人生低谷:先在江西屡遭挫折,其后又归家守制,即便复出也郁郁不得志。湘军能够在这一阶段立于不败之地,很大程度上都有赖于胡林翼的主持。胡林翼一旦撒手西去,对湘军而言,不啻失去擎天一柱,千斤重担从此全都压在了曾国藩一人身上。

胡林翼去世前,曾强撑病体,到安庆与曾国藩商讨和确定了今后的战略计划。曾国藩按照这一计划,决定发起以攻取天京为最终目标的东征。

10月5日,曾国荃奉命率大军自安庆出发,沿长江北岸东下。在此后的一个月时间里,他和水师密切配合,夺取了无为州、运漕镇、东关等多个沿江城市和据点。无为州、东关自古就是兵家必争之地,运漕镇则外濒长江,内通巢湖,乃太平军的重要粮台之地。湘军占领无为州、东关后,使得安庆方圆百里之内,再也看不到一处太平军的营垒;而在占领运漕镇后,不但截断了太平军由巢湖运粮出江的粮道,而且湘军本身距离天京也已不过两百余里。

除了曾国荃直接东征外,鲍超和张运兰也在皖南向东推进。湘军取得安庆战役的胜利后,本已军威大震,此时更是如日中天。一夜之间,几乎全天下的人都知道了一个事实,即只有湘军才能对抗乃至战胜太平军。各省督抚纷纷派人到湖南招募勇丁,以致各个战场上的清军,就算不属于曾国藩的嫡系湘军,其士卒也十有七八都是湖南人,"无湘不成军"的说法因此不胫而走。朝廷为了控制这一局势,专门下了一道旨意,要求各省不要再到湖南招募勇丁,只需按照湖南募勇的办法和章程,各自在本省招募就行了。但就这样,仍然控制不住各省招募湘勇的冲动和需求。

其实,能够想到招募湘勇,还不算很急的;被太平军攻得最急的江、浙两省,已经连派人到湖南募勇都等不及了。由于李秀成入浙,大半个浙江省都被太平军攻占,省城杭州岌岌可危。浙江巡抚王有龄屡屡上疏请调新楚军援浙,为此他还不惜派人通过重重险阻,把一封帛书送到安庆,直接向曾国藩求援。

王有龄可以说是曾国藩擢任两江总督的保荐人,这也不是第一次向曾国藩直接求援了。曾国藩打开帛书一看,上面只有四字血书:"鹄候大援。"隔着血书,曾国藩都能想象得到,王有龄及杭州守军已处于怎样绝望的境地。这使得他怦然心动,悲悯之情油然而生。不仅浙江,上海方面也提出了同样的请求,都一样恳切、一样急迫;而且上海(此时属江苏)还是曾国藩作为两江总督的辖地,但曾国藩对于这两处暂时都无力增援。

首先是军饷出现了困难。自曾国藩出任两江总督后,饷源固然已经大有好转,但因增兵过快,军中欠饷仍属家常便饭,各营欠饷都已有七八个月之久。这也是曾国藩明知新湘军多数军纪不佳,却不能加以规范或惩戒的原因。

其次,兵也不够用。安庆战役后,吉字营的能战之兵一共只有八千人,又需要拨兵防守安庆、无为、运漕等地。对于东征而言,剩下来的兵力已经显得相当单薄。兵力不足,实为湘军的普遍现象,而非吉字营一家独有。王有龄点名要求入浙增援的新楚军,其实也面临着同样的问题。

在饷乏兵单的窘境之下,湘军现时作战都有困难,哪里还抽得出力量增援苏杭?当然,要硬挤,兵也不是绝对挤不出,曾国藩进军皖南就是靠硬挤。当时他带着极为有限的一点兵力,打着援浙保苏的旗号进入皖南,并参照了王有龄所指定的进军路线,即由徽州、宁国绕赴苏州、常州。可是结果怎么样呢?进不了东南不说,还兵困祁门,连曾国藩自己都九死一生,差点丢了性命。

这个晚上,曾国藩无法就寝,在室内一边踱步一边思考,不知不觉,已经天明。一夜未眠后,曾国藩终于做出决定:短期内不能贸然出兵东南;与此同时,他命令各部停止攻击,进入整补。东征也因此宣布暂告一段落。

曾国藩向来反对分兵应敌。李续宾进兵皖北时,他就一再提醒不可分兵;李续宾未听从他的意见,一再分兵,终致三河大败。当然如今情况不太一样了,特别是东征打下来的这些城市据点,陈玉成等部对之虎视眈眈;若不分兵坚守,就很可能导致过往的诸多辛苦付诸东流。

兵无法不分,但为免重蹈三河之败的覆辙,用于东征一线的兵力必须添足。曾国藩命令曾国荃回湘募勇,给的指标是一次性增募十二营六千人。

鼎盛阶段

1861年11月4日,李秀成督部合围杭州。长江下游全面吃紧,杭州危急,上海亦眼看难保。人们认为,之所以造成这种局面,一方面是江西和皖南的太平军被湘军所逼,一股脑儿全都拥到江浙来了;另一方面则是因为江浙主官大吏太过无能。

其时浙江巡抚王有龄正在杭州,上海则系江苏巡抚薛焕驻守,江浙在京官员不满王、薛,纷纷上折参劾;同时争相夸赞曾国藩忠直能干,一手培养出了最能打仗的湘军。于是朝廷一再下诏,让曾国藩密查王、薛是否能够胜任所在省的巡抚之职;并令曾国藩兼管浙江,统辖江苏、安徽、江西及浙江军务;所有四省巡抚和提督以下官员,除都兴阿、袁甲三部外,尽归曾国藩节制。

咸丰生前,虽说已授曾国藩江督之职,但并没有对其过分倚重。安庆战役后,胡林翼、官文均加封太子太保衔,胡林翼还赏加骑都尉世职;曾国藩只是加封了一个太子少保,此外并无其他封赏。如今一下子破格给予如此大权和满满的信任,令被冷落久了的曾国藩自己都极为惶恐,三次上疏请辞;朝廷不但不准,还接着又传下旨意,说今后举凡朝政大事,必须咨询曾国藩后才能施行。

实际情况是,面对东南乃至全国局势,朝廷早已焦头烂额。原先依赖的三大武装集团,江南大营被基本摧毁;僧格林沁在上年对英法联军的战争中遭受重创,尚在恢复过程中,难以大用;仅剩湘军。朝廷无法直接指挥调遣湘军,能够做到这一点的湘军高层人物,胡林翼已经病逝;其他人包括左宗棠在内,都还很嫩;没有一个能够达到曾国藩那样的地位和声望。

在此期间,并非曾国藩一人青云直上,湘军集团凡是有头有脸的将领,也都先后得到了朝廷的青睐和重用。在1860年前的七年时间里,湘军集团能够出任督抚者,实际仅胡林翼一人;在1860年夏天以后的短短四年,据统计,湘军将领任各省督抚者已多达二十三人,为前七年的二十三倍。这些督抚职位,有相当大一部分均出自曾国藩的保荐;曾国藩从他自己的遭遇出发,一向认为带兵将帅必须同时为地方大吏,如此才能方便领军筹饷。

湘军进入了其历史上的鼎盛阶段,能够从各省筹集到的军饷越来越多,募勇扩军也因此俨成热潮。恰在这段时间里,李秀成攻陷杭州,王有龄自缢身亡;虽然曾国藩系出于不得已,才无法及时援浙;但他闻讯后仍深感内疚,特地上疏自劾,请求给以处分。

增援江浙的时机终于到了。曾国藩首先通过保荐,使左宗棠得以出任浙江巡抚,督办浙江军务;接着便派左宗棠率扩充的新楚军由江西进入浙江。

此时李秀成已离开浙江,但浙江太平军在李世贤的主持下,声势浩大。曾国藩怕光靠左宗棠对付不了,又保荐蒋益澧出任浙江布政使,令他增募八千湘勇,随左宗棠援浙。蒋益澧过去是与李续宾齐名的大将,只因与李续宾互不相容,遂不得不离开了湘军核心层;如今由于前线急需用人,才重新得到了施展身手的机会。

李秀成离开浙江后,即率部向东挺进,大有继续攻击松江和上海之势。江苏巡抚薛焕向朝廷告急,大臣们建议让曾国荃率新募的六千湘勇增援上海,并进一步谋取苏州、常州。朝廷根据这一建议,向安庆寄去上谕,垂询曾国藩的看法。

考虑到松江、上海富甲天下,乃名副其实的财赋之区,军队开去淞沪后筹饷比较容易,曾国藩本来也曾打算安排曾国荃,但曾国荃的心思却全在进占天京之上。曾国荃认为,天京恃江南江北各城为屏蔽,江南江北各城又恃天京为应援中心;如果他急攻天京,周围包括苏杭的太平军必然要全力援救;而后进攻苏杭也会变得相对容易。曾国藩赞同弟弟的看法,于是奏请仍由曾国荃进攻天京;援助上海的任务,则转交给他的得意门生兼幕僚李鸿章。

以庐州为中心的淮南地区民风较为强悍刚劲,曾国藩对此专门进行过考察,觉得淮南人接近湘人,可用之为兵。正好李鸿章就是庐州人,且被曾国藩认为其才足以专办一方,便让他到家乡募勇,组成淮军,用于赴沪作战。李鸿章募勇,实际上是对原在淮南的团练进行就地改编,一团即为一营。曾国藩除按照湘军的一套,对之加以训练外,又将曾国荃手下的两个营,即程学启的开字营、郭松林的松字营,转拨给李鸿章,用以增强淮军的实力。

前方大将若无行政权,就地筹饷会很不方便,参照派左宗棠援浙的模式,曾国藩荐疏李鸿章为江苏巡抚。此时同治小皇帝刚即位不久,两宫皇太后垂帘听政,恭亲王奕䜣任议政王,他们都特别倚重曾国藩,不论他推荐谁,都立刻会加以重用。曾国藩的这次保荐毫不意外地得以顺利通过。过去,曾国藩以在籍侍郎的身份创建湘军,熬了那么多年也做不了督抚。现在李鸿章尚未建立重大军功,却已因曾国藩的一言荐语,得以迅速跻身封疆大吏之列,可知时势确实是大不一样了。

经过重新排兵布阵,湘军东征形成了三面进兵、对天京进行战略包围的态势:以曾国荃为首,沿江进兵,主攻天京;左宗棠专任浙江军事,率新楚军收复杭州;李鸿章率领淮军,乘坐由江苏士绅集资雇请的外国轮船,越过太平军的沿江营垒,直抵上海,以援淞沪。

在三路大军出发后,曾国藩作为东征战役的组织者和总指挥,坐镇位于安庆的大帅府,以为诸路策应。自创建湘军到如今,这时曾国藩的三军统帅地位才真正名副其实。

第十二章 兵临城下

曾国荃矢志攻打天京,在长沙设局募勇结束后,便率新募勇自长沙启程,沿水路东行,先至安庆,旋即沿江北岸东下,与上年就已进扎无为的部队会合。

这时由于各军争相募勇,且战线不断扩大,弁勇伤亡越来越多,湖南已出现兵源紧张的状况;同时要把大量湘勇带至距湖南数百乃至上千里的前线,中途耗费既多,历时还长。面对现实困难,湘军在坚持传统招募成法之外,不得不改用其他方法扩大兵源,其中之一就是以降兵为勇。

安庆战役之后,战局急转直下,太平军降者日多。曾贞幹的营务官黄润昌本有策反程学启的经验,便发挥自己的这一特长,在皖南招降四千人,改编成"坤字营"。需要指出的是,这种招纳降兵的方式不仅为曾国荃、曾贞幹所提倡,甚至也得到了曾国藩的认可。

曾国藩算了笔账,若是纯由新募勇组成的湘军,一万人的部队,每月需用银六万两;但如果是由一万降众组成的湘军,每月却只需用银两万两。曾国藩虽为理学家,却是个极现实的人;他自此一改之前的杀俘主张,声称要是办理顺手的话,就像东汉初年那样,同时招降百万赤眉军,也不是不可以。

曾国藩还采纳了胡林翼生前的治军方法,将原由其直辖的部队分拨给各位统领,其中包括马队。此时曾国藩已拥有三营马队,除了顺字营外;还有湖南人伍华翰任营官的华字营;以及由所调旗营马队所组成的亲兵营。曾国藩将他们分别拨给了三个统领,即曾国荃、左宗棠、鲍超。

插翅难逃

新募勇、降众、曾国藩大营的拨兵,再加上原有部队,使吉字营的规模迅速扩大,即便减去调给李鸿章的两营和留守地方的部队,能用以东征的部队仍有两万人。不独吉字营如此,其他湘军亦然。当年春天,鲍超的霆军也已扩充至一万三千多人。

湘军按其营制,原有的中高层只有四级,即大帅、统领、营官、哨官(所谓总统,只是临时性的,到安庆战役时便已无形取消)。因为营数渐多,胡林翼生前即在李续宜、多隆阿两部,先后设置被称为"小统领"的分统。分统介于统领和营官之间,奉统领之命,指挥各营作战,多的可指挥二十多个营,少的也可指挥三四营或六七营。曾国藩认为对于实力迅速膨胀的湘军而言,实施分统制确有必要,因此命令曾国荃、鲍超诸部都加以实行,于是湘军营制也就增至五级。这样做不仅便于部队灵活行动,而且有利于发挥统领以下将佐们的积极性,可以更多更好更快地培养将才。比如黄润昌原为营务官,营务官本就是学习军务的职务;在黄润昌决定独立领兵打仗后,曾氏兄弟便将他任命为指挥"坤字营"等各营的分统。

吉字营马步军两万人,与之配合作战的杨载福、彭玉麟水师亦有近两万人。胡林翼在世时,左宗棠曾经说过,清军中最精锐的部队,莫过于湖北湘军,原因之一就是步军、水军、马队齐全,可以多兵种协同作战。现在曾国荃所统大军也具备了这一特点,陆师的能攻善战,水师的火力优势,马队的机动突击能力,均能结合得恰到好处。

自1862年4月初起,曾国荃与曾贞幹兵分两路:曾国荃率吉字营主力,曾贞幹率坤字营等部,自长江南北岸夹江东下。

4月中旬,曾国荃与水师合力,击败顾王吴如孝,先后占领巢湖、含山、裕溪口。在芜湖对岸的要隘之中,仅剩下一座西梁山,此处是长江中下游在北岸的唯一制高点,扼千年古渡之咽喉,号称第一重险。太平军依山做垒,外掘深沟,炮孔密布,易守难攻。

4月21日,湘军水师率先到达西梁山下,水勇们各举火炬,熔断了拦江铁索,继而各炮船又用火炮进行轰击,但太平军依旧守卫着山上的垒卡。曾国荃率陆师前锋赶到后,见仰攻必将导致伤亡过大,乃令水师扼守西岸,切断太平军的粮草军火供应以及对外联系,陆师则在山下布长围久困之势。

与安庆战役后的其他沿江要隘一样,西梁山的太平军也无久守死战的意志和决心,次日清晨,他们即乘着大雨,湘军火枪无法发射之际,全部弃垒出奔。此举其实正中对方的下怀,湘军马步军猛追,水师列舟江岸,太平军根本插翅难逃,最后被全部歼灭,西梁山亦被占领。

同一时期,曾贞幹兵团攻占了繁昌、鲁港、南陵。

曾贞幹以新的名字重出江湖,确实给人焕然一新的感觉。在繁昌之战中,曾贞幹通过探马的侦察,得知有太平军来袭,随即登山瞭望,看到附近村寨烟焰四起,旌旗掩映,林谷间又有不少太平军官兵往来交错,或前或后。根据这些情况,他判断太平军已进入攻击位置,即将发起攻击,于是立刻命令各营分路迎战。

未久,太平军果然发动大举进攻;湘军准备就绪,以枪炮环击,挡住了其一波接一波的攻势。此时东风劲吹,枪炮的烟火顺风向进攻方刮过去,处于仰攻中的太平军眼睛都无法睁开,顿时慌乱起来。湘军各营趁势反击,曾贞幹率部突入太平军阵营的核心,击毙太平军主将吴大嘴,太平军大败。两天后,湘军便占领了繁昌县城。

4月27日,曾贞幹率各营自繁昌山路疾进,于深夜四更进抵南陵城下。一般县城的城墙都没有府城那么坚固,繁昌如此,南陵也好不了多少,所以在进攻这些城池时,完全用不着穴地攻城这一套。湘军以火炮齐轰,就将南陵城轰坍了数丈,之后各营蜂拥而入,纵横砍杀,于次日完全占领南陵。

最后一句遗言

时势在继续朝着不利于太平军的方向发展,个人已经难以扭转,即便是曾经英雄盖世的陈玉成。

北退庐州后,陈玉成特命扶王陈得才、遵王赖文光等远征河南、陕西,以图招兵买马,收复安庆,但他的老对手多隆阿却不会留给他东山再起的机会。多隆阿从舒城出发,步步为营,至1862年5月,对庐州实施包围,同时还截断了庐州的粮道。

陈玉成坐困愁城,四处求援,然而始终无人相助。1862年5月13日,多隆阿下令对庐州城发起总攻,其中雷正绾部攻打东南门,石清吉部攻打西门。陈玉成在城东、城西两门各筑石垒四座,派精兵驻防;多隆阿首先集中兵力,攻破了东门三垒。陈玉成见状,自恃骁勇,决心拼死一搏,便带领三千官兵,出城包抄至湘军后方。雷正绾闻声迎击,此时陈玉成部的战斗力已大不如前,连雷正绾部这样的非嫡系湘军都打不过,落败后即向城北退去。

庐州太平军分两部分,一部分为原有的庐州守军;一部分为陈玉成部。庐州守军久闻多隆阿凶悍善战,一心倚靠陈玉成守城;他们本打算出城后,与陈玉成合击雷部;谁知一出来就发现陈部退了

423

下来，不由大吃一惊，以为陈部必定已经一败涂地，便也跟着向北溃逃。

为阻止庐州守军再跑出来，迫使他们不得不背水一战，陈玉成只得下令砍断浮桥。此举却反而使得已出城的庐州守军更加惊慌失措，与陈部相互拥挤，互相踩踏，两部都脱离指挥，绕城向东西两个方向拼命奔逃。趁着城内城外的太平军都已陷入混乱，石清吉、朱希广等部在西南城墙上架梯登城，突入了城内。

朱希广原为李续宾的部将；三河战役中，朱希广弃桐城而逃，其官职曾被一撸到底；因为被收容进多隆阿兵团，才让他有机会一步步重新爬上来。如今参与击败陈玉成和攻占庐州，对朱希广而言，也相当于完成了一次洗雪自己身上耻辱的复仇之旅。

多隆阿围城期间，袁甲三派皖军张得胜部五千人赴援，多隆阿将其部署在北门作为伏兵。湘军攻占庐州时，张得胜督兵杀出，陈玉成被迫弃城逃往寿州；途中复遭多隆阿马队追击，部队损失不断；等到达寿州时已只剩下数百骑兵。

不久，陈玉成被寿州的苗沛霖诱捕，解送胜保大营。胜保多方劝降，均被陈玉成严词拒绝，后被处死于河南延津。

陈玉成被关押于胜保大营期间，胜保的幕僚裕郎西等人前去见陈玉成；陈玉成侃侃而谈，旁若无人，而且谈的都是历代军事史话，让他们很是惊疑。众人举出一些平时听到过的太平军将领名字，请陈玉成予以评价；陈玉成一一摇头，认为除了冯云山、石达开、李秀成，其余人等皆非将才。与冯、石、李相比，陈玉成毫不逊色。自天京事变后，太平天国由盛转衰，之所以还能长期存在，首要因素就是因为陈玉成在江北抗击清军，并将江北物资源源不断地用于接济天京。可以说，他一人就撑起了太平天国的西线战场，保卫了天京的西部门户。

天国诸将也都深知陈玉成的作用和价值，陈玉成的死讯传出后,李秀成跌足长叹:"今后我将更加孤立!"面对曾氏兄弟的天京之围,洪仁玕则说:"如英王不死,天京之围必大不同……英王一去,军势军威同时堕落,全部瓦解。"陈玉成生前留下的最后一句遗言是:"太平天国去我一人,江山也算去了一半,我死后,我朝难以振兴了!"确实,他一死,以他为首的陈玉成兵团也就彻底消亡了。至此,西线太平军覆灭几尽,太平天国徐图恢复的希望亦随之幻灭。

湘军在湖北和安徽再无劲敌,进军天京再无后顾之忧了。庐州城刚刚克复不久,曾国藩即将多隆阿兵团纳入东征序列,并制订了由曾国荃进攻金柱关、由多隆阿进攻九洑洲的计划。

金柱关位于长江南岸,乃芜湖之屏障,太平军在天京西面江防体系的关键;九洑洲为天京北面的一座江心岛,太平军在岛上建有要塞,使之与南岸的下关要塞遥遥相对。曾国藩认为,长江下游,以这两个要塞最为扼要:若得金柱关,可将天京和芜湖截为两段,孤立芜湖守军并进而攻占芜湖;若得九洑洲,可完全控制长江下游,湘军船队将通行无阻。

曾国藩计划在攻克金柱关、九洑洲后,再由曾国荃、多隆阿合攻天京,因此请多隆阿尽快率军前往九洑洲。

在安庆战役中,打援任务虽是由多隆阿自选,但多隆阿认为他身居"总统",有权指挥调度曾国荃等人,而实际上曾国荃等人又并不受其支配,多隆阿为此耿耿于怀。与此同时,曾国藩所定攻略天京的计划,从计划内容到任务分配,事先都未与多隆阿商量,这让他更加不快,接信后回复说,军事权最好由一个人掌握,暗示如果要他参加天京战役,仍得把他当成总统对待,不能与曾国荃平起平坐。

曾国藩虽然对总统的设置以及让多隆阿担任总统,从一开始就有些不以为然,但为了让多隆阿满意,仍予以迁就,一再表示:只要多隆阿参加天京战役,从速赶往九洑洲,各路的军事行动都将听凭多隆阿一人指挥。就在多隆阿向曾国藩讨价还价的时候,朝廷却突然发出谕旨,命多隆阿西行入陕,督办军务。

土崩瓦解

朝廷的这道最新谕旨,首先与官文有关。

官文视多隆阿兵团为自己培植起来的劲旅;胡林翼死后,他希望多兵团能够脱离湘军主体也就是曾国藩的掌控,单独给自己增光添彩;因此在奏疏中提出若能够令多隆阿自成一军,效果会更好。这时正好太平军陈得才兵团进入陕西,陕西形势吃紧,朝廷急寻入陕作战的统将,于是便选中了多隆阿。

朝廷的谕旨,一下子把曾国藩进军天京的整个部署都给打乱了。多隆阿停步于庐州,曾国荃暂时只能单独推进。

自芜湖对岸的西梁山被湘军占领后,太平军加强了包括金柱关、东梁山在内,南岸沿江各要隘的防守。起初,湘军水师利用其在江面上机动便利的优势,打算单独攻取金柱关。彭玉麟督各营炮船,登岸对金柱关发起突袭;眼看即将攻破之际,东梁山太平军赶来增援,使得前功尽弃,彭玉麟只得撤兵回营。

在突袭失败的情况下,进攻金柱关的难度变得更大。那些天,曾国荃时而乘小船溯江而上,时而单骑驰往高处,亲自对金柱关及其周边的地形进行侦察。最终他还是觉得金柱关绕不过去,必须全力攻取。经过商量,曾国荃、彭玉麟决定仍采取水陆合攻的战术。方案确定后,彭玉麟将上游水师全部调往裕溪口,用以阻止太平军增援金柱关;曾国荃则率吉字营主力从西梁山乘船南渡,直逼金柱关城下。

金柱关地险城坚,水师将船炮推到岸上,环城进行轰击,城内被炸得屋瓦横飞；但守军并没有放弃，一看到湘军进攻，便居高临下地进行还击，一时间，矢石如雨，蔽空而下。激战至薄暮，湘军前锋匍匐前进，在即将越过城壕时，伤亡很大；各营主力见状干脆也不再躲躲闪闪了，而是直接发起冲锋，并向城头发射火箭。西门哨楼被火箭击中，引起大火，守军终于抵挡不住，湘军趁势冲入城内并控制了金柱关。

攻下金柱关后，水师乘风上驶，往袭东梁山，陆师协同攻打，东梁山应声而下。接着，湘军继续推进，捣毁了沿岸几十座太平军营垒，缴获大炮三百七十尊以及数以万计的旌旗刀矛。

至此，芜湖已处于曾氏兄弟的东西夹攻之中。曾贞幹率部循江而进，在芜湖城下扎营。先前，黄润昌施展其"策反专家"的本事，已对芜湖太平军守将陈星斗等人进行招抚，双方约好里应外合。在看到湘军兵临城下后，陈星斗等人却并没有依约举众内应，但也未进行凭城抵抗，而是放弃城池及城外营垒，撤到别的据点去了。陈星斗等人这一出人意料的举动，似乎颇能反映其时一部分太平军将领的复杂心态，即打既无力、降又不甘，于是只能走一步看一步，哪怕是悔棋再走。

随着芜湖被攻陷，天京屏蔽尽失，太平军在安徽已无尺寸立足之地。曾氏兄弟顺利会师，向天京外围进逼，连克天京城南的秣陵关、城西的大胜关。二者皆为天京之雄镇，被攻克的时间仅相差一天。

湘军水师原本驻扎于金柱关，考虑到吉字营孤军深入天京外围，有被太平军包围的危险，彭玉麟放心不下，决定分兵对陆师进行策应。其时彭玉麟共辖外江水师、内湖水师和淮扬水师十八营。彭玉麟拨出外江水师八营，由部将王明山率领，沿江东下，对陆师予以策应。

外江水师自烈山驶入天京城西的头关。在此之前，曾兵团前锋部队已进驻雨花台,但正如彭玉麟所担心的,太平军抄袭了他们的后路。在运输线被截断后,前锋部队通信梗塞,军报不通,陷入了人心惶惶的境地。水师的到来犹如雪中送炭,陆师不仅得到了从长江水路运来的粮食,而且还在水师的炮火支援下,一举攻破头关,军心因此大安。当天晚上,各路水师刚刚收队,突然看到一艘插着红旗的舢板直驶过来。众人都很惊讶,等到舢板驶近,才知道彭玉麟竟然亲自来到了前线。

作为前线主将,王明山本人却还不知道这件事。次日,天刚蒙蒙亮,哨官廖德茂叩见彭玉麟,报称王明山前一天作战辛苦,在指挥船里还未起床,彭玉麟听了点点头,没有说什么。不久,曾国荃从后方派人过来,向水师将领询问攻克头关的情况。水师虽然支援陆师作战,但也就是在江面上施以炮击,将领们对攻取要塞的具体细节并不完全了解,恰恰彭玉麟又在场,不敢胡诌,于是皆张口结舌,惶恐不已。

廖德茂眼见情况不妙,连忙去找王明山。王明山自认为能够驰援陆师就算完成了任务;得知头关已被攻克,他还不太高兴,大概是觉得这么快就攻下来,在向上面报告时,没法充分渲染自己的苦劳,因此骂道:"你们这些笨蛋,这么着急把长毛都给灭尽杀光干吗?小心砸了自个饭碗,把我们全给饿死!"等廖德茂告诉他,彭玉麟昨夜已到头关,王明山这才大吃一惊,赶紧一骨碌从床上爬起来,前去参见彭玉麟。谁知已不见人影,那艘插着红旗的舢板早已离去。

忧心忡忡

湘军并非刚刚才步入暮气时代,自李续宾兵团覆灭于三河起,就已初见端倪。随着战争的持续,某些方面的暮气也愈加深重,王明山等人的言行都充分说明了这一点。幸好杨载福、彭玉麟都不是那种偷懒的统领;彭玉麟亲至前线,使得王明山以下弁勇都倍感压力,不得不打起精神,在接下来的战斗中尽力拼杀。彭玉麟在进行敲山震虎般的突然巡视之后,即给外江水师下达命令:进攻江心洲。

太平军在江心洲上建有石垒,巍然屹立,固若坚城。水师向石垒开炮,太平军也不买账,通过在石墙上凿出的洞眼,向江上开炮还击,炮弹纷纷落在船上。战至下午,水勇携带火具登洲,匍匐爬进石垒附近的芦苇丛中,纵火焚烧芦苇,火焰延及石垒,顿时火光烛天。太平军被迫跳水逃生,淹死了许多人,尸体几乎使江水断流。湘军占领江心洲,之后又乘胜飞驶,勇夺蒲包洲,船队最终停泊在了天京护城河的河口。

1862年5月30日拂晓,曾国荃到达前线,并率主力直逼天京,在雨花台山下扎营,距天京城已仅四里之遥。曾贞幹则驻兵三汊河、江东桥一带,傍水筑垒,以保护西路的江上粮道。

当年向荣、和春率以绿营兵为主的江南大营八九万人,包围天京,成为清军围攻天京的开端。江南大营在天京城下整整驻守了八年,终于还是惨遭溃败;此后又过去了两年,清廷依靠湘军,也才有能力再次围攻天京。

吉字营这一路东来,除伤亡者外,沿途仍要分兵把守,最后到达天京的主力部队共一万三千余人,其中的机动兵力仅八千人。与向荣、和春时期的江南大营相比,曾国荃的兵力只及其十分之一,自然不足以合围天京城,仅能包围天京城的西面和南面。据估计,湘军若要合围,还必须再向前线增加两万兵力。

吉字营的兵员数量偏少,纵有外江水师进行掩护,也仍然危机四伏。江浙一带到处都是太平军的占领区,太平军可以从各处增援天京,这是与江南大营时期不同的地方。外江水师有四千余人,与吉字营加在一起，也还不到两万人，面对天京内外的太平军，并无优势可言；弄得不好，还没等他们攻入天京，自己就有可能先重蹈江南大营的覆辙，被太平军置于死地。

原先彭玉麟觉得曾国荃孤军深入，需要策应；现在他也已和曾国荃一样身陷危险境地，湘军在后方的将帅都为他们捏着一把汗，曾国藩更是忧心忡忡。

曾经参加安庆战役的统领，尚有多隆阿、李续宜、鲍超，他们都是湘军中公认最善战的大将。曾国藩设想，如果能够让多隆阿出江北，李续宜出江南，鲍超出西路，与曾国荃、彭玉麟一起围攻天京，将是目前最为理想的一种局面。

朝廷虽然发出了令多隆阿入陕的旨意，但也同时给官文、曾国藩下旨，让他们在多隆阿、舒保二人中进行斟酌，看到底让谁入陕更合适；这说明事情并没有完全定下来，多隆阿仍有可能被留下来。曾国藩为此再次派快马给多隆阿送信，强调进攻天京乃湘军集团分内之事，较之入陕更为急切，劝导他应该按照原计划速进九洑洲，共图天京；并告诉他，曾国荃、彭玉麟已至天京城下，如今就独缺多隆阿一部了。

这个时候，如果多隆阿有意参加天京之役，朝廷自然会同意，那么西行入陕的人也就变成了舒保，但问题是多隆阿并不愿意东进。

湘军集团不是由一个强制约束力所维系的团体，其内部既无组织条规，也谈不上组织纪律。曾国藩、胡林翼能够成为湘军大帅，说到底，倚仗的还是他们的人格魅力以及与将领间的私人感情。当初是胡林翼把多隆阿引入了湘军，多隆阿与胡林翼的关系也最为紧密；胡林翼在太湖战役前"伸多抑鲍"，提拔多隆阿为总统，更令多隆阿将他引为知己和伯乐。反之，曾国藩与多隆阿却没有太多交接，倒是曾国藩一度反对"伸多抑鲍"；太湖战役期间，又拒绝多隆阿关于拨兵代围太湖的请求,这些举动难免会令多隆阿心中留下芥蒂。

曾、多之间较为疏远,一个明显的例证是,曾国藩与多隆阿第一次通信,居然还是多隆阿在安庆外围击败陈玉成之时;当时曾国藩专门写信给多隆阿,就他为曾国荃解除腹背之患表示感谢。此后曾国藩再次致信多隆阿,已是安庆战役之后;与前一封信整整相隔了四五个月之久!

釜底抽薪

与同声同气、志趣相投的湘籍将领相比,非湘籍和非嫡系将领对湘军集团的凝聚力要薄弱很多。理财专家阎敬铭由胡林翼招入湘军,胡林翼对之有知己之情,保举之恩;然而胡林翼一死,阎敬铭与湘军的交情和联系也就不复存在了。

多隆阿亦然,胡林翼病逝,相当于切掉了他与湘军关系的纽带。多隆阿自认自己不识汉字,与汉人文官合不来;胡林翼是极少能跟他合得来而且赏识他的大吏,所以他可以听从胡林翼的指挥调遣;但曾国藩却不能,哪怕他是胡林翼之后唯一的湘军大帅。

曾国藩的来信没有能够打动多隆阿,他依旧在庐州停滞不动。官文见状,揣摩多隆阿终究不愿东进;之前陕西那边已经上奏,请求派多隆阿的部将雷正绾赴援陕西;官文便趁势推波助澜,与他人合奏,请朝廷直接下令,命多隆阿率军入陕。

此时京城的官员们也都认为,陕西乃帝王之都,是天下最重要的地方,应该派有能力的武将前去作战,以确保其成为完善之区。官文的上奏,顺应了这一舆论,坚定了朝廷调多隆阿的想法,于是再次下旨,令多隆阿入陕,至此,事情遂成定局。多隆阿对曾国藩的书信和调令不置可否,一收到朝廷的入陕令,则立马率军出发。

431

在经过湖北时，他又与官文联合上奏朝廷，表达了其本人入陕作战的意愿及其必要性。

即便抛开天京战役的实际需要，曾国藩也不认为多隆阿去陕西是一个明智决定。所谓帝王之都、天下重地云云，那都是哪年头的事啦；如今最重要的地方不是陕西，而是江苏，是天京！他叹息道："多隆阿威名太盛，敌人知道打不过他，必然会逃入深山老林，这就是所谓用千里马来捕捉老鼠啊！""江南财富与陕西相比，何止超过十倍，敌人数量，又何止多过百倍！"曾国藩再次分别致信官文、多隆阿，痛陈多隆阿对于天京战局的意义，竭力挽留多隆阿，希望他能够改变决定，停止西行。

"从前湘军有大的谋划，都只是以书信往来交流意见，在达成一致之前，不会抢先上奏朝廷，然后通过取得圣旨来以势压人。"在给官文的信中，曾国藩直言不讳地道出了自己的不满；并且说事已至此，也不会再上奏与官文争辩；只希望他能够以大局为重，把多隆阿拦下来。

官文正为自己的意见能够得到朝廷采纳而感到高兴，多隆阿入陕，就好像是他的嫡系部队入陕，自然有助于巩固和提高他在朝廷的地位。对于曾国藩集中兵力攻打天京的意见，官文根本听不进去，不愿拦阻多隆阿。多隆阿在接到曾国藩的信后，对于曾国藩的苦劝也不领情，很快便单独上奏，又一次向朝廷表示了其入陕的意愿。

按照曾国藩的设想，本来还应让李续宜、鲍超加入天京之役；但李续宜调任安徽巡抚，要到淮北去进攻捻军；至于鲍超，尚在皖南转战，不能立即东进。多隆阿这个时候下决心入陕，于湘军围攻天京的计划而言，无异于釜底抽薪。眼看指望全都落了空，曾国藩进退两难，忧心忡忡，遂手书命令，表示孤悬不能轻进，要曾国荃先撤军，等待其他各部集结后，再开始围攻天京。

曾国荃坚决不同意撤军。他认为,湘军好不容易才逼近天京城下,若是撤军等待,首先等来的极可能是太平军的攻击,而不是友军的援助;如此,原先打下十几座城池要隘又要得而复失,战争的时间也将随之延长。

到了这个时候,湘军中水陆师大多已不同程度地沾染暮气,没有明确的大目标给撑着,便无法激励弁勇继续奋力作战。曾国荃在长沙招募六千新勇丁时,打的旗号就是直捣天京;也可以说打下天京,乃是让所有一线湘军挺着不趴下去的理由。吉字营后撤,只有两个去处:或是去皖南,或是赴淮北。这两个地方,哪一个地方的价值和重要性都没法和天京相提并论,届时弁勇们必然会抱怨,作战随意、军心怠慢的情况也必然难以避免。吉字营如今是湘军的核心主力,要是吉字营都成了这个样子,鲍超和张运兰的部队将更加厌倦打仗,弁勇们会纷纷要求离队回家。

除了可进不可退外,曾国荃还有一个颇具胆魄的计划,那就是复制安庆战役的打法,在天京城下围城打援。

上上之策

太平军在占领苏州、常州等江南江北城镇后,即以后者作为屏障,这些城镇也都以天京作为应援。可以预计的是:若不围攻天京,湘军每攻克其中一座城镇,刚刚转移,随后就会被从天京派出的太平军所占据;如此,湘军只能徒然地在各个城镇间疲于奔命,反复攻夺,无休无止,最后光累就能把人给累死。

如果把太平天国的构架比喻成一棵大树,天京是树根,苏、常等各城是枝叶;只要拔去树根,枝叶不用去拔,就会自行枯萎,这是其一。其二是,像这样逼近天京城扎营,且紧围不放,就算一时不能克城,也已对天京造成严重威胁。苏、常等城的太平军必定要前来增援,到那时,便可另派部队袭击苏、常等城;围城部队则以天京外围作战场,争取将来援的太平军一举消灭,此谓"犁庭扫穴"。

曾国荃不否认他的这一计划要实施起来,风险极大;但打仗本来就是冒风险的事,巨大的风险背后蕴藏着巨大的机会,完全值得干它一把。

曾国藩被弟弟说服了;湘军高层其他人如左宗棠也发表意见,赞成继续围攻天京;于是曾国藩便决定不从天京撤军,并让曾国荃按其计划行事。湘军突然兵临城下,扰乱了天京城已持续达两年的平静。天王洪秀全抽调城内的机动部队,力图趁湘军的营垒尚未筑成,立足未稳之际,将其歼灭或驱逐。

自1862年6月8日起,连续两天,天京城内派出万余太平军,向湘军军营发起进攻。曾国荃将马步军数营埋伏于山后,当太平军接近营壕时,一声鼓角,伏兵自两翼抄出,反打了太平军一个措手不及。曾国荃坚不撤兵,确保了军心稳定。吉字营主力自安庆战役以来,又屡获大捷,作为久胜之师,士气旺盛,锋芒锐利,交战时无一以当十。太平军遭到重创,大为惊骇,连忙收兵入城。此后,天京城内要么不派兵出城,要么一出城即被湘军所创。洪秀全感到形势紧迫,连忙派出信使,催促李秀成、李世贤调兵前来救援。

这个时候"二李"各自都有了劲敌:与李秀成对阵的是李鸿章及其淮军,与李世贤对阵的是左宗棠及其新楚军;李鸿章新克松江,左宗棠力攻衢州;均让"二李"焦虑不已。李秀成正组织力量围攻松江,洪秀全一日连下三道诏旨,命其撤兵回援,且口气很是严厉急促。李秀成迫不得已,只好从松江撤兵,在苏州召集将领会商对策。

李秀成等人深知,"清军之锐,湘军为最"。以曾国荃为首的湘军,虽然兵力数量远不及江南大营,但战斗力非后者可比;又接连克安庆,破芜湖,围天京,其势正盛。更重要的是,他们还拥有强大的水师,太平军在自家水营早已覆灭的情况下,无法与之争夺水道,对于太平军而言,这是目前最大的劣势。

李秀成等人认为,湘军尚未能对天京形成合围,上上之策,应做长期守御的准备。众人确信,只要天京能够坚守两年,湘军久顿坚城,必无斗志,到时乘其懈怠,必可一鼓而破之。天京久守,物资供应不可或缺。李秀成想到的办法是:在此期间,从苏福省(太平军所建省,省会为苏州)将米粮军火尽可能多地运往天京,守多长时间,就供应多长时间。

李秀成据此上奏天王,不料却惹得洪秀全大怒,下诏严责:我这里已经连下三道诏旨,你都不派兵,你到底想干什么?你身为大将,不奉诏行事,就是抗命!"若不遵诏,国法难容!"这下好了,洪秀全不但不同意李秀成的建议,还专派大员赴苏州坐摧援兵。

其时天京城中已有五王十将,号称拥兵二十万;只要不被合围,能够源源不断地从苏福省得到物资补给,坚守两年甚至更久的时间,是完全有条件做到的。这是李秀成提出建议的基本前提。他不是不能调兵救援,但他的部队刚刚才与淮军在淞沪相持,已经疲惫不堪,现在还要奉命赶到天京去解围,根本就没有取胜的把握。为什么天京守军不能先自己固守呢?李秀成想不通,私下直言洪秀全的这种打法等同于自杀。但他也不敢公开抗旨,只好派国宗李明成率数万人马先行从苏州西援。

李世贤接到诏旨后,一样觉得暂时无法脱身。他派使者回复天京方面,称必须要等到击退衢州的湘军,才能亲自率部回援。与此同时,在洪秀全的压力下,他也不得不派对王洪春元领兵先行救援天京。

湘军围攻天京,使东线其他清军开始纷纷活跃起来。已来到江北的都兴阿从瓜洲溯江西上,袭击天京以北的燕子矶、观音门。太平军降将李世忠也自六合南下渡江,攻占天京以东的石埠桥、东阳和龙潭,并修筑营垒,击退了前来争夺阵地的太平军。都兴阿、李世忠等部均属小兵团,对围攻天京的湘军而言,只能起到有限的声援作用。在上海和松江,李鸿章已凭借出色战绩证明了自己的能力,淮军亦因之名声大震。朝廷于是给李鸿章下达旨意,命其率部赶赴镇江,助攻天京。

李鸿章与曾国藩之间的书信往来不断,早就知道围攻天京的兵力过于单薄,也已得知李秀成即将派兵救援天京的情报;但从这时的实际情况来看,他能够靠一己之力保住上海、松江,已属不易,增援曾国荃实在是力所不及。当然,你一定要让李鸿章去天京,也不是不行;那样的话,曾国藩就得另派合适的统将前来上海接替;问题在于,曾国藩要是手里有这样的人选,可不早就直接派去天京了!李鸿章给朝廷的回复是,必须等他先将上海这边的事情办妥,之后再移师前往镇江。他这么一说,让朝廷马上意识到,天京固然需要增援,但上海、松江那边也缺不了人,遂同意了他的意见。

其实如果曾国藩认为李鸿章可以调出来,哪里还需要朝廷直接下旨,从头到尾,曾国藩都没打过李鸿章的主意,他始终想的还是能否再把多隆阿拉回来。见朝廷已把注意力转向天京战役,他连忙上奏,请求让多隆阿助攻天京;紧接着,都兴阿、李鸿章也分别上奏,提出了同样的建议。

在此期间,朝廷的态度也是一直动摇不定。最初急调多隆阿入陕,缘于太平军入陕,致使陕西危急。但是不久,扶王陈得才等人因为接到陈玉成自庐州发来的告急文书,撤出了陕西。朝廷正想改变派多隆阿入陕的命令,陕西又爆发了回民起义,只得再次谕令多隆阿火速入陕。

对朝廷而言,回民起义军所造成的威胁毕竟不如太平军。面对曾国藩等人的请援奏疏,朝廷开始考虑一个新方案:即由雷正绾部入陕;多隆阿则率其余各营南返助战,官文等人被责成商议此事。多隆阿的去向尚无定论,天京城下已经燃起战火。

深壕高垒

对于即将爆发的大战,曾氏兄弟做了充分准备。在军火粮饷方面,曾国藩优先保证吉字营,哪怕其余部队不足,吉字营也一定要足;有时指定解往他营的饷银,曾国藩也中途拦截,改解吉字营。为维护后勤补给线,曾国荃命曾贞幹扎营于西门外的江东桥,与水师相连;雨花台下大营离江东桥也很近,若粮道发生意外,也可直接予以支援。

曾国荃一来到天京外围,就亲自查看了位于天京城西、南面的江南大营营垒遗迹,发现他们虽有长壕,却挖得既不够深也不够宽,无法有效地阻遏敌人。江南大营的营垒修筑也有问题,大小非常悬殊,大垒有千余人;中垒有三四百人至七八百人;小垒仅有一百人。那些中小垒根本就经不住强敌的冲击,而且还分散了大垒的防守力量。各营垒的分布也很不科学,不管位置重要不重要,这里一点,那里一些,就像散花一样,完全不区分重点。

江南大营围困天京达八年之久,不但没有攻破天京,反而自身还被击溃。在曾国荃看来,除了其部队素质难担重任外,摒弃深壕高垒的战术,且具体实施时甚不得法,乃是一个重要原因。

自进扎天京城下以来,曾国荃每天都要督促所部挖深壕、筑高垒,即便打仗期间亦不例外。在此期间,他还对各营的小枪抬枪普遍检验了一次,汰旧用新,并购进洋枪洋炮。

湘军虽然早在几年前就从上海采购洋枪,但为数极少,曾国藩对洋枪也不太热心,甚至对其威力表示怀疑。正是曾国荃、李鸿章开了大批采购和使用洋枪的先河,使得其他部队羡慕不已,纷纷向曾国藩请领洋枪,逼得曾国藩只好松口,下令采购洋枪洋炮。据统计,仅在1862年的四五月间,湘军就从上海采购了一千六百多支洋枪,此外曾氏兄弟还通过广东大吏,甚至派人直接到香港进行洋枪洋炮的采购。在这种情况下,使用洋枪在湘军内部蔚然成风,以致连营制都悄然发生改变,原有的小枪队、抬枪队、刀矛队都改为了洋枪队。在太平军中,李秀成、李世贤两部是使用洋枪最多的部队,曾国荃在置换装备后,至少在武器方面已经不至于被他们抛得太远了。

1862年7月2日,从苏州出发的李明成兵团作为第一批应援部队,到达天京外围,随即与湘军展开大战。

战斗开始后,曾国藩交代了五个字,即"不出壕浪战"。他指示曾国荃,实在不得已,非得在壕垒之外与敌野战,也必须极为审慎。其实不须曾国藩提醒,曾国荃也会这么做,经过吉安、安庆等多次重大战役的磨炼,他已深得围城打援之法。先前注重挖壕筑垒,并不只是为了围攻天京,更是在为其既定的战略战术服务:以守为主,迫使太平军攻坚;在予以大量杀伤后,选择有利时机,进行短促反击。

与安庆战役时相仿,曾国荃在天京城下也筑有内外两道壕沟。李明成兵团毫不意外地止步于外壕。几天后,他们再次扑向湘军军营,但仍以失利告终,无可奈何之下,李兵团只得暂时退入天京。

7月12日,对王洪春元自浙江赶到。李明成及其天京城内各军与其会合,组成共约四万人的联军,分成二十余支大队;每支大队负责牵制湘军的一座营垒,另以精兵猛扑长壕。

李明成两攻无果,所碰到的难题之一是湘军所挖长壕过宽过深,难以越过。此次进攻,太平军把突破长壕作为了重点。曾国荃下令所部凭壕抵抗,战斗激烈时,他亲抵一线督战;李臣典、倪桂节二将紧随左右,对其进行保护。

如果说太平军在当天的战斗中有什么收获,大概就是进一步侦察到了湘军各营卡的火力配备及其战斗力;因为等到他们似乎可以跨越壕沟,逼近湘军时,自己就已经被消耗得差不多了。这时曾国荃命令分统刘连捷开卡出击,刘连捷是曾经排名于刘腾鸿之后的战将,很是骁勇,出击后立马奠定胜局。各路太平军见状迅速撤退。即便如此,曾国荃仍不敢稍有懈怠。当天原来天气酷热,后来突降大雨,在太平军已经溃退的情况下,曾国荃命令各营首先冒雨抢修被打坏的营墙,然后才能休息。

此役太平军受到重挫,被斩杀两千人,一时再不敢轻易出战。

在天京周边爆发大战时,曾国藩一直在安庆密切关注着战事,为曾国荃及其前线湘军捏着一把汗,随后的捷报令他如释重负。让他感到欣喜的另一个好消息是,鲍超在皖南威风八面,大败辅王杨辅清、干王洪仁玕等部,连克宁国、广德。

休 战 令

攻克宁国,不仅解除了围攻天京的后顾之忧,而且也打开了湘军自安徽进入江苏的通道,这也正是当年曾国藩援浙保苏的路线。鲍超东进增援天京自此成为可能。

外界常把鲍超、多隆阿放在一起比较,认为鲍超的持重坚忍和谋略权变均不如多隆阿;但鲍超自有他的突出优点,那就是一贯的剽悍锋锐、勇不可当。鲍超的性格也影响到了他的兵,霆军平时军纪很差,然而战场之上相当抱团;且和他们的主将一样打仗不要命,故而才能屡战屡胜,令敌人对之生出畏惧之心。

1862年7月18日,曾国藩致函官文,表示因鲍超已克复宁国,所以他已将霆军作为游击兵团,准备调鲍超援应天京;请官文自己决定,今后究竟是想增兵陕西还是增兵河南。曾国藩先前恨不得给官文和多隆阿磕头,希望多隆阿能够助战天京。但这封信就等于告诉他们,围攻天京已不再需要多隆阿,他愿意去哪里都可以。

在此之前,朝廷征询官文对于新方案的意见。官文已经意识到朝廷有意让雷正绾入陕,多隆阿助攻天京,便连忙顺水推舟地保荐雷正绾入陕,称雷正绾足以独当一面。朝廷在还不知道曾国藩改变主意的情况下,接受官文的意见,传谕曾国藩,表示已经知道曾国荃等部势单力薄,现在多隆阿兵团应前往何处驻扎,让他尽快启奏。这道谕旨的意思再明白不过,就是说只要曾国藩确实需要多隆阿,多隆阿即可不必入陕而转头东下。

曾国藩的来函让官文好不尴尬,于是便抢在曾国藩启奏之前,与多隆阿联合上奏,请求仍由多隆阿兵团入陕。就在多隆阿由奇货可居变得有些多余的时候,杨辅清、洪仁玕部约两万人,自皖南败退至天京以东的雄黄镇。虽是败军,却实际成为赴援天京的第三批援兵。7月21日,他们约合天京城内各军,分路包抄,对曾国荃大营实施了夜袭。湘军戒备严密,太平军的夜袭并没有能够取得预想效果。在曾国荃下令实施反击后,包抄各部只得各回各家,城内出来的依旧退回城内,杨、洪部则退往城郊各垒。

湘军初至城下时,虽然也曾让天京军民感到惊吓,但天京毕竟曾受到过江南、江北大营的多年围攻,此处的人们也算是经历过大风大浪,便未加以特别注意。而后,看到湘军只是在雨花台一隅结营,其间除了偶尔为之的小规模攻击外,也没有大造声势,更加以为只要苏浙援兵一到,就可以迫使湘军撤围。直到三批援兵都一一落败,城内才真正慌乱起来。洪秀全更是惊惧交加,一面下令闭门待援,一面催促李秀成自领大军来援。

李秀成接到诏命后认为,湘军的营垒坚固,确实不易攻取;不如先进兵皖南,占领宁国,断曾国荃军之后路;如此可令太平军士气大振,而曾国荃军将不攻自破。较之原先让天京长期固守的主张,李秀成的这一策略已经让洪秀全好接受多了,但倘若实行,也还需天京独立支撑一段时间。洪秀全觉得撑不住,理由之一就是天京城内储粮不多,唯有迅速解围才能纾困。

李秀成也明白天京所面临的窘境,无奈之下,只得接受命令。8月6日,他在苏州再次召集军事会议,商援天京。较之上一次会议,此次会议规格很高,辅王杨辅清、堵王黄文金、襄王刘官芳、奉王古隆贤、来王陆顺德、护王陈坤书等尽皆与会。会议决定兵分三路:其中两路在皖南用兵,一路攻宁国,一路攻金柱关;目的是牵制湘军继续进援曾国荃,并相机夺取金柱关,以切断或威胁吉字营与其后方大本营安庆之间的联系。第三路也是最重要的一路,由李秀成亲自统领,直接回救天京,围攻天京城下的吉字营。

曾国藩从江西开始,就非常重视情报的侦察和搜集。他很快就获悉了两次苏州会议的情况,除令宁国、金柱关方面加强戒备外,还筹集了大量军火粮饷解送前线,以应付即将发生的大战。

曾氏兄弟的策略依旧不变,即无论对于天京守军还是即将到来的李秀成大军,都以守为主,"不出壕浪战"。曾国荃为此还专门下达了休战令,这道休战令一直维持到李秀成大军到来。其间只有部将曹仁美不听号令,擅自率部出击。曹仁美在安庆战役时救过曾国荃的命,所以曾国荃没有对他进行处罚;但仍把他叫去,当面批评他有勇无谋。曹仁美很是羞愧,随后即称病离开了军营;其他人见状,自然再也不敢违抗军令了。

曾国藩对老弟和鲍超的本事都充满信心。1862年9月14日,就朝廷关于多隆阿一事的咨询,他明确回复称,天京已不需要多隆阿赴援。结合曾国藩和官文、多隆阿两方面的奏疏,朝廷决定仍调多隆阿入陕,与胜保共同镇压回民起义军。关于多隆阿的去留问题终于告一段落。但是人算不如天算,前线屡现波折,转眼之间,曾国藩自以为妥当的部署又被打乱了。

岌岌可危

鲍超在皖南收了很多降兵,但纳降确定是有利有弊,有时很可能弊还大于利。广德城内的太平军就出现了降而复叛的情况,广德城因此得而复失。

鲍超请示是否要再攻广德。曾国藩考虑,若一时攻城不克,则短期内霆军就无法被调赴天京;即便能够攻下来,还得分兵驻防广德。反正赴援天京的通道已被打开,曾国藩让鲍超暂时不要管广德,先赴天京与曾国荃会师作战。

就在这个时候,皖南却突然暴发了瘟疫。各城以徽州和宁国为最严重,驻皖湘军中又以霆军最严重,染疾而亡者达数千人,包括鲍超在内,病者万余。霆军一共也就一万四千人,这就等于说全军上下,几乎没有人不生病了;只得原地休整,原定调赴天京的计划也被迫取消。

瘟疫在江南的交战区内迅速蔓延。驻扎于天京城下的很多湘军弁勇都染上了疾病,有的人早上还在笑,晚上就成了僵硬的尸体。最可怕的当然还是瘟疫的传染性,有的是哥哥生病,马上传染给了弟弟;有的是一人暴毙,数人送葬,结果送葬返回时又有一半人死于路途。因为瘟疫,湘军的非战斗损失剧增,尸体堆积如山,军营里平时甚少能看到炊烟,十座营帐,有五座都不经常开伙做饭。唯一能够算得上幸运的,是弁勇病倒如此之多,却唯独曾国荃没有病倒,堪称奇迹;否则的话,对吉字营而言,无异于雪上加霜。

除了霆军、吉字营,湘军的其他部队也都饱受疾病困扰,军中不断有人病亡。身为统将的张运兰、李续宜、杨载福全都各自抱病军中;张运兰、李续宜不久即支撑不住,双双告病还乡。

湘军没有在战场上输给对手,却被瘟疫冲得七零八落:天京前线的吉字营不但没能得到增援,原有兵员还遭到损失,战斗力减弱;后方部队因统将离营,群龙无首,茫茫然不知所措。"东南战局岌岌可危!"曾国藩发出了这样的惊叹。他终日忧虑不安,茶饭不思,但又拿不出有效的应对之策,能做的,至多也不过是四处征集医生和搜罗药材——由于对药材的需求量太大,部队驻地附近的药很快就都用完了;于是便派出大型战船,一艘接一艘地驶入安徽和湖北各省,不是打仗,为的只是访医求药。

事到如今,曾国藩唯一的指望,就是太平军也被瘟疫追杀得上天无路、入地无门。可惜并没有相应的情报和消息传来,说明太平军在瘟疫流行期间安然无恙。

1862年9月14日,李秀成率大军自苏州西上,取道宜兴溧阳,以援天京。此次行动,李秀成统辖大将十三王,所部号称六十万,实际亦有十多万,一路上浩浩荡荡,声势煊赫。

吉字营原有两万一千人,按照曾国荃自己的统计,瘟疫流行期间,吉字营能存活下来的弁勇不过七成,也就是一万四千七百人。此时曾国藩从后方派出的医生,已经来到湘军军营并为弁勇们医治,但伤病患者的彻底痊愈和休息养生,都需要时间;体力和战斗力不是说恢复就能马上恢复,因此又有四五成的人不能立刻顶到一线作战;还能保持作战能力的仅二三成而已。这样算来,吉字营真正能用于抗衡李秀成大军的精锐,竟然至多只有四千余人。如曾国荃所说,每个新营(后期所建营)中真能出力者不满八十人,老营亦不过一百六七十人。

对于即将到来的大战,后方的湘军将领都觉得很悬。吸取江南大营向荣、和春溃败的教训,他们提议应赶快撤围,让吉字营在水师的掩护下,退保芜湖,以避免更大损失。曾国藩认为也只有如此,遂派人飞马传送命令,让曾国荃撤围。

曾国荃没有接受这一命令。与其他湘军将领看法不一样,曾国荃认为向荣、和春溃败的原因,恰恰是因为撤退;如果他们当时坚持不撤围,在天京城下挺住,就算败了,也不至于败得那么难看和不可收拾。曾国荃相信,现在要是撤围,等于重蹈江南大营的覆辙。太平军会长驱西上,颠覆整个局面;不但将失去攻取天京的机会,连芜湖也不可能保住。

休战令随即被撤销,代之以全军动员令。曾国荃给将领们打气说,李秀成大军虽然人多势众,但以不守纪律的乌合之众居多;即便所谓的精锐之卒,也因长居江南繁华之地,养尊处优,导致作战意志不强。

湘军与李秀成交战非止一日,深知其特点。与陈玉成部不同,李秀成部更爱打巧仗、灵活仗,不擅打苦仗、恶仗、硬仗,这也是湘军高层在给太平军各部排座次时,往往把李秀成部排得较低的原因。曾国荃对与李秀成交手,表现得信心满满,他再次强调了他之前关于围城打援、犁庭扫穴的观点:我正苦于李秀成部平时分散在各处,难以分兵打击;现在他们都来了,聚在一起,正好一锅端!之前李秀成部还未经历过大的挫败,那么好,这次就先让他们领教一下什么叫大败而逃;之后我们集中力量攻击天京,必定可以攻破。

吉字营是湘军的首席王牌军,虽然被疾病好一番折腾,但将领们仍然个个如狼似虎。曾国荃进行动员后,大家全都像打了鸡血一样,欣然从命,立刻回营布置。

1862年10月12日,曾国荃将吉字营分成三部分:其中两部分用于抵抗城内各军的攻击;他亲率一部,对前来增援的太平军进行阻击。在他的部署下,一夜之间,湘军修筑起无数小的营垒,用以保障通往长江的粮道。

次日,李秀成大军便赶到了天京,其营垒东起方山,西至板桥镇,达数百座之多;旗帜如林,层层排列,对湘军实施了反包围。自此,吉字营就像在安庆战役时一样,既须随时防止城内太平军突围及出城突袭，又须以主力抵御城外的太平军援兵。

拆东墙，补西墙

李秀成没有时间可以浪费，抵达天京的当天，他便约合城内各军，并向自己的部队下达了攻击令。太平军潮涌一般地掩杀过来，从东西两侧直逼湘军，其战线长达五六十里。曾国荃安排病员和身体较为瘦弱的士卒留守军棚，挑选健壮弁勇轮番抵抗，寝食皆交替进行。

翌日，城内太平军从背后发起攻击，湘军正式进入腹背受敌、三面抵御的状态。曾国荃令各营坚壁固守，俟太平军靠近营墙，再以排炮轰击。太平军宁死不退，往往炮声刚停，喊杀声又起；双方连轴厮杀，日以继夜，一刻不停。

除从正面攻击外，李秀成还千方百计想要切断湘军的补给线。曾国荃在原有小营垒的基础上，乘夜加筑了十几个垒卡墙壕，由曾贞幹派营驻守，加上水师的全力护持，这才将粮道护住。在被围攻六个昼夜后，10月18日，湘军开始发起反击，击破了李兵团西路即板桥一路的四座营垒。但从这一天起，他们在东路即方山一路，遭到了太平军更为猛烈的进攻。

如今的李秀成兵团，较之过去，实力有了很大增长，这主要得力于洋枪洋炮的配备。根据资料，仅仅在该年4月份，上海一家洋行就供给太平军洋枪三千余支、洋炮七百余尊，以及大量子弹、火药。李秀成兵团不仅拥有一种俗称硼炮的西洋开花大炮，其洋枪队还配备洋枪两万支。吉字营自抵天京后，虽然也购买了一批洋枪洋炮，同样配备了洋枪队，但根本没法和李兵团相提并论。按照曾国荃事后的说法，李兵团的武器比湘军要精利百倍。

李秀成亲督各军，将洋枪队和洋枪洋炮全都集中到了东路战场。作战时，太平军射出的子弹密集如雨，开花炮弹不断呼啸着落入湘军营中,场面惊心动魄。湘军在洋枪洋炮上不及对方,好在用于攻城的土制火药、火球、火箭储备较为充裕,于是便抛掷火球进行反击;在太平军逼近时,也偶尔组织反冲锋,靠白刃冲杀来缩小双方在武器方面的差距。

22日,战况进一步升级。太平军把装满泥土的箱子堆垒起来,作为巨型盾牌,通过"巨盾"的掩护,硼炮被运至湘军副后营的壕墙之外,对湘军阵地逼近直轰。威力强大的炮弹射出后,石飞墙倒,硝烟满营,副后营陷入混乱。太平军趁势发起冲锋,他们背负木板,肩挑草土,用于填塞和跨越壕沟,继而蜂拥而进。

闻知副后营将被突破,曾国荃忙率亲兵赶到现场督战。湘军弁勇手握长矛,以击刺进行阻杀,悍将倪桂、萧开印更是身先士卒,锐不可当,各自勇斩数名太平军的厉害角色。经过一番浴血厮杀,湘军才渐渐得以稳住阵脚。此役,吉字营伤亡倍增,倪桂中炮身亡。曾国荃也受了伤,左边脸颊被流弹击中,血流满腮,但为稳定军心,在包裹伤口之后,他仍然照例巡视各营。

十个昼夜的激战,湘军依靠自己的悍勇稍稍逼退了太平军,但是形势仍在不断变化中。第二天,即10月23日,李世贤自浙江率五万援军来到天京,与李秀成的部队会合,号称八十万大军,太平军对东路湘军的攻势更加猛烈。

湘军弁勇死的死,伤的伤,剩下的也十分疲惫。曾国荃唯恐东路出现闪失,亲自带伤坐镇。得知曾国荃伤口未愈,曾贞幹趁太平军对三汊河、江东桥一带的攻势稍弱,从自己的部队中抽调得力营官和精兵,亲自率领,赶到东路进行增援,终于化解危机,使得东路的防守压力得到缓解。

由于自身兵力严重不足,曾国荃不得不利用太平军用力上的不均衡,采取"拆西墙,补东墙"的办法,频频对兵力进行调配。他熟察全局,发现西路太平军列阵散漫,打仗远没有东路太平军认真投入;且板桥镇区域较为辽阔,适合大开大合;于是决定组织精锐兵力,对西路太平军予以猛袭。

27日,彭毓橘、肖孚泗、李臣典三将按照曾国荃的部署,一齐率部跃出壕墙,弁勇们斗志高涨,杀声震天,一天之内攻破太平军的十二座壁垒,斩杀近三千人。虽然湘军伤亡也不少,李臣典等均受重伤,但自此以后,西路太平军军心沮丧,渐渐退却。见西路已无太大压力,曾国荃马上将精锐从西路抽出,用以加强东路。

东路太平军攻势如前,即便曾国荃集中力量防守,仍感吃紧;幸亏有十一营计五千余人的湘军先后来援,才将极端危险的局面支撑过去。

能够调来这批援兵,曾国藩已是竭尽全力。原因是在李秀成、李世贤与曾国荃大战的同时,杨辅清、黄文金、陈坤书等人按照苏州会议的部署,为予以策应,也已兵进皖南。他们利用霆军等部受瘟疫重创,弁勇大批病亡,部队战斗力也锐减之际,大举进攻,占领了宁国县城,并对宁国府城、金柱关、芜湖等处进行逼攻。在曾国藩为天京战役四处筹调援兵时,皖南各处的湘军,大多已被太平军所牵制,无法迅速赶到金陵增援。其中宁国的鲍超为杨辅清、黄文金包围;金柱关的水师亦为陈坤书所围困。

曾国藩还曾飞檄调浙江的蒋益澧、上海的程学启驰救天京,但二人都在围攻要地,不能应命。现在的五千余湘军,是曾国藩、都兴阿等人从各战区的二三线部队中硬抠出来的,尽管并非强力兵团,不过也已经大大缓解了曾国荃在兵力方面的困境,并使其有条件在必要时候组织反击。

苦　战

1862年10月下旬至11月间,湘军和太平军继续进行搏杀。

双方的前哨相距不过数十步,战斗节奏越来越紧张,战线各处此起彼伏,此停彼打。

在东路攻守战开始的最初阶段,太平军将装满泥土的箱子堆砌在壕边,表面上只是要避免己方被湘军的火力伤及,其实还有一个重要目的,即为地道作业打掩护。虽然安排得很巧妙,但还是被湘军副后等营发现了。湘军连忙赶筑内墙内壕,以便应急。11月3日,太平军西南一队被调向东路,潜伏于雨花台山后。曾国荃据此判断,地道即将点火,于是忙令各营退后,加强戒备。

未久,太平军挖向湘军营垒的两处地道被同时引爆,伴随着一声霹雳,霎时间,烈焰升腾,土石块冲入半空,营墙被轰坍数十丈。紧接着,数千名太平军敢死队员口衔利刃,从缺口处冲了进来。在地道被引爆时,湘军均匍匐在内壕之中,尘土刚落,各分统、营官、哨官便带头反击,先扔掷火球,再发射枪炮。

经过长达六个小时的拼杀,湘军重新堵塞了缺口,已经自缺口拥入的太平军被全部歼灭。在这场战斗中,湘军也有百余人战死,三百余人受伤。分统朱洪章亲自上阵投掷火器,战斗结束时呼喊亲兵,却无一人应答,环顾左右,发现所有亲兵都已死在自己身边,周围仅其一人得免。

地道战受挫后,李秀成除了派部队轮番进攻,欲使湘军无暇休整,以及继续在东路挖地道外,还想了个新招:由西路军决长江之水,淹往来通道,以便截断湘军粮道。没有水营,想要与太平军争锋于江面,实在是件不现实的事。湘军的应对很简单,其水师迅速从护城河口另开粮道,一下便解决了问题。

太平军虽然仍在不断发动进攻,但声势和规模都越来越小。曾国荃战前分析得不错,两军相逢勇者胜,并非李秀成的强项;在三板斧挥过之后,他也就狠不起来了。曾国荃本来以为,刚从浙江赶到的李世贤兵团应该士气旺盛,因此特地告诫将领们须用重兵对抗,以静制动。孰料"二李"其实都差不多,李秀成的声音小下去了,李世贤也随之变成了低嗓子。

太平军不愿死拼,湘军也以守为主;在地面上,两军很少再短兵相接,都靠着炮声来远远地威慑对方。双方你来我往的重点,逐渐集中于地下。

太平军军营环绕着湘军,离湘军最近的太平军军营仅隔二十丈远,太平军挖地道自然方便,但是也更容易被发现。这些地道往往还没能等到最终挖掘成功,就被湘军凿开,或予以堵塞,或熏以毒烟、灌以秽水。有时湘军甚至也在营外挖地道,在截断太平军的地道后,通过白刃战消灭对方。

曾国藩一方仍在想方设法向天京增添援兵,他和都兴阿、李鸿章分别上奏,请调多隆阿南援,将陕西的军事交给胜保指挥。可是由于胜保在陕西毫无作为,陕西局势日益恶化,只能靠多隆阿力撑,朝廷否决了他们的请求。

让曾国藩略感欣慰的是,湘军水陆师在彭玉麟的统一指挥下,发起绝地反击,已在金柱关等地屡败陈坤书,迫使其停止进攻。南岸局势因此缓和,不仅解除了吉字营的后顾之忧,而且还可以再挤出兵力增援天京。

1862年11月底,曾国藩从芜湖向天京调去两营援兵,为吉字营增添了生力军。曾国荃料想太平军已经疲惫;而湘军已被围一个多月,再不死战,无以图存;因此领兵出壕,对太平军发起尝试性攻击,结果一连攻克了十几座营垒。

太平军战斗力的疲弱至此暴露无遗。事实上,除了前方疲软外,李秀成大军的后方补给也已难以为继。太平军没有水运,只有陆运,战争期间,陆运是非常不方便的。曾国藩即有此经验,他在皖南用兵两年,深知陆路运输粮米之难。他据此推测,李秀成大军在没有船队帮助搬运粮食的情况下,军粮维持不了多久;天京城内虽可就近接济，但也存在搬运的困难；何况城内储粮对于守军非常重视，他们未必肯拿出多少来接济援军。李秀成大军的境况也的确如此，甚至比曾国藩想象的更为糟糕。洪仁玕等人与李秀成不和，以防疫为名，紧闭城门，拒绝与援军沟通，派兵出城相应也只是做做样子。在这种情况下，李秀成大军根本不可能从城内得到一粒粮食的接济。

概而言之，李秀成在天京城下只能打速决战，打不了持久战，他本身也缺乏打持久战的心理准备。部队从苏州出发时，天气还算暖和，故未带寒衣；没想到一个多月后，气温渐凉，已经非穿寒衣不可了；这成了除粮食匮乏之外，另一个令李秀成为之苦恼的难题。李秀成无能为力，颇有一种走投无路的悲愤，忍不住一个人朝天京的方向号哭。李世贤颇能理解堂兄的心情和苦衷，在他的劝说下，李秀成决定撤兵。

1862年11月25日，在探测到太平军的虚实后，曾国荃集中主力部队，命李臣典自东路、曾贞幹自西路，彭毓橘、萧孚泗自南路，分别发起攻势。次日黎明，李臣典部烧毁东路太平军四座营垒，东路火光冲天；西南路的太平军各部看到后，惊慌失措之下，全都弃垒而逃。这时曾贞幹通过侦察，发现三汊河的太平军在前一天夜间就有撤退迹象，由此意识到太平军其实早就在组织撤退，于是连忙领兵追击，一直追到板桥、周村一线；彭毓橘、萧孚泗亦追至牛首山。

在李秀成和李世贤的部队全部撤出天京后，吉字营解除了自身所面临的威胁。截至当天，即11月25日，天京城下的攻守战已进行了四十六天。太平军被歼灭五万人，包括吉字营在内，湘军也阵亡了五千人，活下来的将士个个皮开肉绽，体无完肤。曾贞幹本身就有病在身，作战期间过于劳累，致使病情加重，不久就去世了。

毫无疑问，这是湘军自创建以来，前所未有的一场苦战；在战斗最为激烈的阶段,吉字营差一点就顶不住了,好不容易才熬过难关。对于湘军而言,此战的价值也显而易见,那就是基本实现了曾国荃在战前所定下的目标:既沉重打击了太平军自外部为天京解围的信心;同时也最大限度地消灭了江浙太平军的有生力量。

东巡之旅

天京战役给湘军集团造成了很大的心理压力,曾国藩之子曾纪泽回忆,在战斗最为激烈、吉字营岌岌可危的那段时间,曾国藩连客人都不怎么见。大帅府里人心惶惶,大家又急又怕,全都睡不着觉。

"心已用烂,胆已惊碎。"曾国藩这样描述他的心情。在李秀成撤围前夕,曾国藩特地致书曾国荃,嘱咐他如果太平军撤围,即当以追为退,不可继续扎营于雨花台山下。然而事实证明,曾国荃并没有听他的话。

曾国藩素来主张稳扎稳打,虽然曾国荃最终坚持下来,取得了天京战役的胜利,但他仍然认为,孤军深入危地,围攻天京,不是一个稳妥的做法。为了验证自己的这一观点是否正确,以此决定今后的进退,曾国藩决定亲自到前线做一番调查。1863年2月下旬,他从安庆出发,乘船东下,在对沿江的各处营垒进行巡视后,登岸来到天京城外,详细了解敌我状况。

曾国藩原本以为,吉字营在经历瘟疫的肆虐和严酷战斗后,一定已经衰弱不堪;到了雨花台军营一看,将士们的精神面貌相当好,各营坚定稳健,从容不迫,始知曾国荃坚持围城并非一意孤行,而是有着士气的支撑。这让他极为高兴,从始至终再也不提撤退的事了,在雨花台军营盘桓停留十天后,方才返回安庆。正所谓耳听为虚,眼见为实,东巡让曾国藩推翻了头脑中原有的认识。现在他的结论是,吉字营已在天京城外牢牢地站稳了脚跟,围攻天京确有把握。

在太平天国鼎盛时期,军政严整,秩序井然,江南数郡的粮食从金柱关运出,江北数郡的粮食从裕溪口运出,一并输送至天京。即便江南大营对天京形成合围,太平军仍能通过长江粮道,使天京源源不断地得到粮米供给。现在不同了,从江南江北各郡,到金柱关、裕溪口,都已被湘军控制。曾国藩相信,只要湘军守住这些必争之地,不让它们丢失,扼长江而绝其粮道,就足以陷天京于绝境,令洪秀全坐以待毙。

如今天京和江浙太平军都更多地依赖本地供给,但曾国藩根据自己的耳闻目睹,又结合曾国荃、李鸿章、左宗棠等人提供的报告,得知江浙两省的农田也多数已经荒芜,无人耕种。这让曾国藩忍不住感叹:农民都不种地了,烟火已经断绝,行走在无民之境的太平军,就犹如无水之地的鱼儿,怎么能够长久呢?

在天京之役中,太平军明明在人数和装备上都占有绝对优势,却反而被湘军击败,原因何在?曾国藩在东巡之旅中也找到了答案。

曾国藩过去最佩服太平军扎营,当年他见到的太平军营垒,皆如中大型城池一般坚固;所挖掘的壕沟,也像护城河一样既宽又深,实际上湘军营制中的筑垒挖壕标准,就是直接效仿自太平军。现在湘军一直在严格按照营制建营筑垒,太平军的壕垒却反而修建得越来越草率马虎,曾国藩对天京城外湘军和太平军的工事做了对比,发现二者已不能等同。从李鸿章、左宗棠传来的报告看,苏州、杭州城外的太平军工事,质量也不高,其军队作风可见一斑。

虽然连打仗都不认真了,但如果来援的诸王都能像李秀成、李世贤一样,至少有那么几天拼上全力,结局也可能大有不同。

十三王不算多,曾国藩获得一个数据,显示了该时期太平天国究竟已经有了多少王爷:两千七百多!洪秀全的滥封居然到了这种地步,可以说已经彻底失控了。滥封的目的,一是企图让受封者感恩戴德,断了他们投降清廷的退路;二是为了削弱陈玉成、李秀成等外姓统帅的权力;比如陈坤书原为李秀成部将,因为扰民,本应被李秀成治罪,洪秀全却将他封为了护王。

如果说前者多少有点积极作用,后者则大部分时候都是自己在拖自己的后腿,直接导致了太平军内部猜忌、人心涣散;受封诸王之间更是彼此争雄、败不相救。这与湘军内部和衷共济、呼应灵通的情形形成了鲜明对比。无论陈玉成还是李秀成,都因此指挥困难。李秀成在第二次苏州会议上,不得不一再强调团结,呼吁:"如欲奋一战而胜万战,必须联一心而作万心。"当然这种呼吁并没有太大作用,在天京战役中,除了李秀成、李世贤外,参战的那其余十三位王爷,完全是一副漫不经心的态度,应付差事一样来,应付差事一样走。十三王就是两千七百多位王爷的缩影:他们平时大多骄奢淫逸,非常怕死;所选拔的将领也皆非将才,手下尽为一些乌合之众。不要说他们不肯卖力气,就算愿意拼两下,也绝非湘军的对手。

天国或许还是原来那个天国,太平军却已不是早期的那个风风火火、令敌人见之畏惧胆寒的太平军了。他们已经衰微得让人不忍辨识。曾国藩对攻取天京,灭亡太平天国,变得信心十足。他向来谨慎小心,上奏中从不敢说"敌势衰微"这样的话,但这次返回安庆后,立即便以专片对此进行奏报。

与此同时,东巡之旅中的见闻也让曾国藩产生了一些隐忧。战争使得各地军民死于非命,或离散逃亡。徽州、池州和宁国的属地,满目黄茅白骨,有的地方一个月都见不到一个人。老百姓无以为生,必然将纷纷加入太平军,从而增强太平军的力量;要知道,天京事变后,太平军就是靠吸纳无数的流民、灾民,才得以重振。目前,虽然太平军大多已经不敢在主战场上跟湘军主力硬碰硬,但他们会见缝就钻,朝湘军薄弱的地方四处攻击。曾国藩获得情报,各路太平军都有进军江西的意图,并且很想进入安徽和浙江等已被湘军占领的地区。让曾国藩感到不安的是,如此一来,如石达开、陈得才、赖文光一类的"流寇"将会越来越多,扫荡不易。

天京就是太平天国的树根,只要拔掉树根,枝叶就会自行枯萎,所有隐忧才不致一一变成现实——曾国藩曾经一度为曾国荃坚持围攻天京而烦恼,以为是失策之举,现在他知道,弟弟说的其实是对的。

老 套 路

李秀成撤围后,洪秀全又命组织"进北攻南"战役。这其实是李世贤向李秀成所献的一个计策,策略为北渡长江,挺进皖北,通过接应陈得才兵团,威胁武汉,牵制乃至解除湘军对天京的严重威胁。北路军由李秀成任主帅,与之相呼应,李世贤等人则在南岸进攻金柱关等地。

若是在天京战役之前,洪秀全是无论如何不肯采纳类似方案的。李秀成曾建议进兵皖南,以断曾国荃的后路,就被其断然否决。现在因为天京战役失败,就算进兵皖南也不济事了,洪秀全没有别的选择,只能按照李秀成的意见,重新走回围魏救赵的老套路。

李秀成首先以林绍璋、洪春元等为首,组成北路先遣军,自天京北渡。这时皖北一带的湘军刚刚占领和州、含山和巢县等地,但防守兵力单薄,对太平军的进攻也缺乏相应准备;北路军进入皖北后,把这些城池又都悉数收回囊中。南路军也同时进入皖南,与广德的太平军会合,西进攻占祁门。湘军在皖南的交通被完全阻绝,只能依靠长江上的水师进行相互联络。

长江南北岸俨然又已是战火熊熊,无止无休。曾国藩急忙调兵遣将,淮军在安徽新募九营,本要开往上海,曾国藩把他们全部留下来,继命肖庆衍、毛有铭两部由固始南下驰援。曾国荃也派刘连捷、彭毓橘等人率兵自天京往援。各部在无为州一带成功地堵截了太平军的攻势,使太平军被迫放慢了西进步伐。

李秀成原希望通过发动北岸的进攻,迫使曾国藩调南岸军队去救北岸,再调下游军队去救上游,看到曾国藩不为所动,只得亲率后续主力部队大举北渡,杀向皖北。1863年4月,李秀成除分兵进逼无为、庐江外,又自领大军围攻无为州的石涧埠。曾国荃闻讯,立即派刘连捷率八个营增援石涧埠。

为策应李秀成的北上攻势,李世贤亦自长江南岸发起攻击。杨载福率领水陆湘军,在金柱关外围与李世贤大战,经过反复争斗,终于迫使其不支退走江苏。

在徽州、池州和宁国一带,霆军经过休整和补充,也逐渐恢复元气;左宗棠从浙江、沈葆桢从江西,又分别派兵来援;三支人马对太平军实施联合反击。黄文金等部连遭败绩,原先攻占的祁门等地旋即易手。至此,皖南形势大为改观。与此同时,曾国藩从其他战区征调的江忠义、席宝田两兵团也已开到江西,随时可以应付作战。在这种情况下,曾国藩便将霆军北调用于增援石涧埠。

吉字营加上霆军的搭配,是实实足足的强强联合。李秀成见势不好,忙引军西北,连攻庐江、舒城、桐城,直至六安;但遗憾的是,最终一座城都没能打得下来。

李秀成计划中除突入湘军后方外,另一个目标是与陈得才兵团会合,但这时该兵团已西入陕南,联系不上;而六安州又正逢青黄不接的时候,粮食紧缺,部队有钱也买不到食物。眼看前进无望,久留不能,李秀成只得下令停止西进,撤六安围,全军东返。刘连捷、鲍超趁机收复了最初被太平军占领的含山、巢县、和州等地，湘军南北连成一气，士气大振，太平军的"进北攻南"计划以失败告终。

李秀成自六安东退后，在途中进围天长、六合，冀以获取粮食；其时淮军则乘其不在江南，乘机攻占昆山，威胁苏州。苏州对于李秀成的意义，有如安庆之于陈玉成。李鸿章预计李秀成要回救苏州，因此邀约曾国荃在上游进行拦截，使李秀成不能全力援苏。曾国荃则推想，接下来李秀成未必会立马南援苏州，也可能先北攻扬州里下河，以得到他急需的粮米。

在对李秀成的进兵方向和路线拿捏不准的情况下，曾国荃决定在天京城下发起新的攻势，迫使其回救天京——李秀成的围魏救赵之策没能奏效，却又被他的对手给顺手捡了起来。

第十三章 历史的尽头

瘟疫造成的病亡以及天京战役的折损,曾使得吉字营急剧减员。这期间,为了能够让前线迅速招募到足够多的可用新勇,湘军增加了一个全新的招募方法,即先派人回湘招募成营,再带至前方部队防地,由将领们再次挑选。曾国藩按此方法拨了九个营给曾国荃应急;曾国荃将其精壮者挑出来,编为五营,其余则概作长夫。

曾国荃从安庆大营一共得到五千精壮勇丁,加上天京战役时获得的援兵,以及自己的亲兵护卫,吉字营的可用之兵又达到了两万多。自天京战役结束后,吉字营也调整了半年之久,已蓄足体力和精神,具备再次发动大战的能力。

对太平军而言,这是一个黑色的季节。1863年6月12日,石达开兵团在大渡河全军覆灭。次日,曾国荃即趁天京守军因数月休战而懈怠之际,兵分六路,对天京城防的几个重点防御据点展开夜袭;并宣布勇敢有功者将给予重赏,惧敌退后者将予以严厉处分。

九 洑 洲

湘军虽很早就扎营天京城下,但一直都没能形成合围,城外仍有很多太平军的营垒;就是在雨花台,他们也只是在山下扎营。雨花台山上为太平军所控制,其上还筑有石城;江南大营围攻天京时,力攻数年犹未能下。

雨花台石城是当晚的攻击重点,曾国荃把它交给了李臣典。夜半时分,李臣典部匍匐逼近石垒,大家以束草填壕,跨壕而过后正准备架梯登城,突然被太平军发觉并开炮轰击,将五名湘军勇丁当场炸毙。面对猛烈的炮火,连敢死队都裹足不前,李臣典见状怒目圆睁,立斩两名退后军士,随后亲自举着大旗冲锋。这一举动燃起了全军斗志,弁勇们勇往直前,无人再敢后退。

为了解除炮火的威胁,军官黄万鹏率领几十名敢死队员,潜入炮台,杀死了守卒,接着转移炮口,对太平军进行轰击。与此同时,湘军一边冲锋,一边向城内发射火箭,投掷火弹。火箭、火弹如同繁星一样落入城内。黎明前,城楼燃起大火,太平军争相奔去救火。城上烟雾腾腾,能见度降低,李臣典乘势率部登上城头,进而占领了整座石城。

在李臣典首战告捷后,南路也传出捷报,聚宝门外的九座营垒被全部攻克。雨花台地势高,紧邻城墙,曾国荃预料太平军必将力争,乃抽调两千人驻守石城;在石城外增修六座营垒形成防御联结;并调集后路各营进行策应。

次日,天京太平军果然出动大队人马,埋伏在邻近石城的各处民舍里,企图诱使湘军出击,以便夺回石城。湘军并不上当,一直蓄锐不发,等到太平军自己出现懈怠之状,才突然施以反击。太平军受挫之后,犹不死心,又改绕雨花台侧后袭击;湘军早就防着这一手,后路各营杀出,经过激战,终于迫使太平军撤回城内。

雨花台及聚宝门外坚垒,对天京的攻守双方均具有重大价值,天京危情由此加剧。李秀成得到消息后,急忙撤天长、六合之围,匆匆率军南渡回救天京。由于太平军纷纷抢渡,使得江面人声马声,日夜喧嚷;长江北岸的留守部队受此影响,全都丧失了继续固守下去的信心和勇气。

此时水师的杨载福、彭玉麟,陆师的鲍超和吉字营的刘连捷、萧庆衍,纷纷向北岸进击;浦口、江浦的太平军不敢与之交战,均弃城南逃,撤向九洑洲。不料九洑洲的守军却紧闭营门,不肯接收;这些南逃的太平军无奈,在湘军水师的尾追和拦击下,只得钻入洲上芦苇中躲避。芦苇深处,系清军与太平军历次争夺九洑洲所掘工事壕沟,深达丈许,沟港纵横,人马都陷在里面,复遭湘军水师枪炮轰击,死者逾千,仅少数人泅江南渡,得以逃生。九洑洲守军败不相救,并没有减缓自身沉沦的速度,因为曾国荃下一个要攻取的目标就是九洑洲。

九洑洲向来是维系着天京和浦口交通的关键,太平军对之极为重视。过去江南大营时期,向荣或和春每次派兵攻到洲上,太平军都会全军奔向江北,或者南下袭击宁国,以牵制清军兵力。虽然张国梁等人曾攻克九洑洲,但限于当时条件,都无法守住,九洑洲也因此成为清军围攻天京的一大障碍。曾国藩在制订东进计划时,就是鉴于江南大营失败的教训,希望由多隆阿兵团专攻九洑洲。

在天京与上游的粮道被切断后,九洑洲已成为天京城与下游联系的唯一通道,被天京恃为接济的咽喉。湘军要围攻天京,自然最好要攻占九洑洲,但如今的九洑洲更加易守难攻。太平军竭力将之打造成为固若金汤的水上堡垒,在原有石城的基础上,不断增添兵力和增修营垒;除集中有限的战船进行护卫外,还沿洲排列了几十尊巨炮,其中有一些甚至是英法海军所使用的先进火炮。

在上一年李秀成实施"进北攻南"战役时,太平军降将李世忠曾进攻九洑洲,随即遭到挫败,说明确实攻之不易;但如果置之不顾,一旦湘军对天京实施合围,九洑洲要塞又会对围城军形成很大的威胁。在镇江统领江南大营残部的冯子材,在北岸作战的都兴阿,都再三就此对曾国荃提出了警告。北京的大臣们在了解这一情况后,对于是否要合围天京,也都表现出犹疑不定的态度。恰在这时,吉字营陈湜部截获了一份极其重要的情报。这是洪秀全颁给陈玉成的命令,上面谈到了太平军防守天京的部署情况,可以看出九洑洲乃天京防御体系不可或缺的部分。陈湜据此向曾国荃建议,一定要攻克九洑洲,截断这条天京太平军的生命线。

曾国荃遂下定决心,在合围天京之前要首先拿下九洑洲。他以夜色作为掩护,会同彭玉麟、杨载福,对九洑洲要塞及其周围的敌情地形进行了侦察。

但见处于湍流之中的九洑洲,石城高峙;太平军大船、舢板与守洲陆师相与倚护;对面南岸则有下关、草鞋峡、燕子矶等十几座坚垒构成屏蔽。看完之后,大家较为一致的意见是,九洑洲既非湘军陆师所能飞越,亦非水师所易取,必须水陆师携手合攻。

吃完再战

1863年6月26日,彭玉麟水师占据九洑洲上游,做进攻准备,并使洲上太平军不得兼顾南岸;杨载福率部往来督阵,以为游击之师。

翌日,天尚未亮,水师各营循南岸进逼九洑洲。未等湘军迫近,太平军的数百护岸炮船即施以炮击,湘军无法近前,且出现了伤亡。杨载福立命前锋各船往预先放在船内的干枯荻草上灌油,点火向太平军炮船抛掷,一时间,风助火势,数百炮船被全部烧毁。湘军水师各营趁势登洲,先以火炮轰倒太平军营墙;又向石城内掷入火球,射入火箭;继而蜂拥而上,有顺墙壁爬进去的,有沿缺口处冲进去的,还有从炮眼钻进去的。正在搏战之际,守洲太平军忽然从洲的左右两侧进行包抄;杨载福见状,知道太平军准备比较充分,如果湘军前插过深,恐怕会被"包饺子",于是急忙下令收兵。

第三天,湘军改变策略,先攻南岸诸垒,下关、草鞋峡、燕子矶等处的太平军营垒被全部攻破。杨载福询问当地百姓,得知江边的杂树林中有一条堤埂,在枯水季节里,可由北岸直通九洑洲要塞壕沟之外的浅滩。他与曾国荃经过商议,决定以水师战船夹住九洑洲两端,陆师马步军沿堤埂登洲,途中若遇到堤埂低坍处,便直接涉水或凫水而过。

第四天,即29日当天凌晨,南北两岸战旗并举,湘军水陆师同时发起进攻,冲锋在前的全都是精锐士卒,人人殊死冲杀。守洲太平军则以巨炮环轰,片刻不息;以英国人吟唎为首的国际志愿军也驾驶战船,用船炮配合作战;此外,太平军还在洲东、西、南三路分别埋伏洋枪队,伺机出击。两边枪炮对射不息,湘军伤亡激增,虽激战一天,但仍无法做到一锤定音。战至薄暮,枪炮声减少,彭玉麟下达命令:"攻破九洑洲就回师,否则决不收兵。送饭上前线,吃完再战!"

当夜,月色朦胧,湘军水师将船靠近洲边,以火箭攒射,立即将太平军船只烧着。彼时正刮着西南风,风烈火猛,包括吟唎船队在内的太平军船队均受重创,吟唎本人受重伤昏迷过去,残部被迫退出了战场。火势继续蔓延至洲上的卡棚。各军挥师直上,左右抄攻。水师丁泗滨部从南岸乘船飞渡,士卒们在震天动地的喊杀声中,跃过重重壕沟,踩着尸体勇猛冲锋,前赴后继,肉搏登城,率先攻破了石城。

至二更时,湘军占领了全部垒卡,洲上的一万多名太平军被全部歼灭,九洑洲要隘及大炮数百尊,还有无数战马枪械,全部都成了湘军的战利品。湘军虽然也伤亡了两千多人,但却在合围天京之前,拔除了长江上最后也是最大的障碍,天京近水一侧也被其控制。自曾国藩创办水师,已历十载,至此长江才完全成为湘军的天下。九洑洲失守后，太平军再不能渡江北进，亦不能通过江路从下游得到粮食军火的供应；而湘军则可在长江上下游畅通无阻。

刘连捷、萧庆衍随即回归吉字营本部；曾国藩又调鲍超南渡，协助曾国荃合围天京。不过这时关于合围天京，前线指挥部内仍存有异议。曾国荃的一些幕僚认为虽有霆军相助，但相比于合围所需要的兵力，依旧显得城大兵单。他们担心太平军援兵会趁机进攻，再次给围城军带来危机，因此建议不宜马上合围。

问题在于，太平军究竟还有多少力量可以为天京解围？李秀成虽回到天京，但所部在天京战役和"进北攻南"战役中，已折损十多万人；跟随李秀成南渡的官兵仅剩四五万，根本无力再组织大规模反击。李秀成坐镇天京，也不过是安定城内的军心民心，以及从苏常等地搬运物资入城，以图长期坚守而已。但苏常本身也面临着淮军的逼攻，这就是目前东南的形势，浙江那边也是如此。所谓"置棋四旁，渐近中央"，曾国荃看到了这个形势，所以他不同意幕僚的意见，力主趁太平军四处设防、兵力分散时合围天京。这样即使不能马上攻克天京，至少也能对苏杭的攻战起到帮助。

曾国藩完全赞成弟弟的意见。为补充用于合围的兵力，他同意曾国荃再增募一万人，把吉字营的兵员扩大至接近四万。

逐点进攻

在杨秀清等人的悉力打造和布置下，天京城防工事极为严实，各城外要隘都达到或接近雨花台、九洑洲的标准，号称"筑垒如城，掘壕如江"，有牢不可拔之势。

自1863年7月起，曾国荃采取逐点进攻战术，对城外要隘逐一发起猛攻，并接连得手。在首批占领的要隘之中，最具价值的是上方桥，此处堪称天京太平军的命脉所系，因为城外的军粮都要从这里运入城内。

发现湘军意欲对天京实施合围，洪秀全十分恐慌，急令李秀成等人商议退敌之策。李秀成也知道天京一旦被合围之后，将无法从外部得到补给，最后必将被困死在城内。于是一面命各要隘守军竭力死守，一面把城内的机动兵力集中起来，伺机进行反击。

江东桥为天京西南隅要隘，太平军在这里修建了高大的石垒，周围有木城护卫，城外还隔有两道水壕。分统陈湜率五营进攻，太平军恃险据守；陈湜部攻打了几个月，付出很大伤亡代价，但都没法攻克。

陈湜决定搭建浮桥，并采用火攻。有一天晚上，风高夜黑，咫尺不辨行人，陈湜挑选出数百名精兵，组成敢死队，先行涉浅水越过水壕，悄悄地来到木城石垒下面，用加长加大的喷筒朝里面喷火。太平军正在惊疑不定之际，湘军前锋两营已冲过浮桥，另外四营分别从左右抄袭，大部队随后跟进。

太平军凭借垒坚炮利的条件，毫不畏惧，对冲锋中的湘军各营进行连续轰击。但他们没法对付眼皮子底下的湘军敢死队，敢死队所携喷筒对城垒构成极大威胁，木城被当场点燃着火。趁太平军陷入惊慌之际，各营闯过炮火，强行登垒。陈湜亲自督阵，士卒无人回头，皆一往无前，有顺着云梯爬上去的，也有钻入炮眼匍匐而行的。战至次日拂晓，石垒遂被拔除。石垒既破，其余各垒也一鼓齐下。城内派兵出援，但被湘军后队所阻，只能眼巴巴地看着江东桥各垒在一天之内全部失守。

攻占江东桥后，天京城东外郭仅余数处关隘未下。曾国荃认为，若不肃清东路，便不能置敌于死地；遂令萧庆衍、萧孚泗、彭毓橘等分统指挥各营，架桥结筏，东渡小河发起攻击战。太平军窥破了曾国荃的意图，抢先占据河东进行阻截。双方各自都在岸边筑垒，湘军隔河开炮轰击，太平军也把洋枪队调到岸边，与湘军对射。

相持了两个昼夜,湘军调集精兵,分别从上下游渡河,攻破太平军五座营垒。天京城内太平军见状,连忙出援,协同城外部队,拼死进行抵抗。湘军一边作战,一边筑垒,在东岸构成了防线。

两军在东岸展开大战。太平军多路出击,萧孚泗、彭毓橘和陈湜等人率各营,驻垒坚守;萧庆衍督所部各营径取中路,揳入对方阵列的核心。交战后,太平军稍有退却,湘军将士即奋臂高呼;太平军军心动摇,乃掉头撤退,但却被萧庆衍所派出的马队截断了归路。

曾国荃在扩军征战的过程中,除步队外,也千方百计地对马队进行扩充。通过从湖南采买马匹、向官文请拨马匹,以及缴获太平军战马的方式,曾国荃弄到了大批战马。此时包括曾国藩拨给他的马队在内,吉字营马队仅见于奏报者即多达七营。

曾国藩在创建马队时,强调马勇应学会在马上开枪,那个枪还是火枪。曾国荃同样革新了骑兵只用刀矛弓箭的传统,但其马队所用枪支已全都换成洋枪,威力自然更大。太平军撤退时便已缺乏斗志,哪里还吃得消湘军马队的猛烈冲击,当即一溃到底,上方门、高桥门、双桥门诸石垒先后被湘军抢占。

天京城东的关隘,离天京城稍远的共有四处,除了上方门、高桥门外,还有方山、土山。在湘军的分道攻击下,这两处的太平军也都各自弃垒而走。

离天京城城墙稍近的关隘有三处,为双桥门、七瓮桥、中和桥,其中的双桥门已为湘军占领。驻守七瓮桥的太平军想撤走,萧孚泗和彭毓橘挡住东边,李臣典拦住西边,计划前后合围,不让他们逃走。天京城的太平军着急了,出动大部队营救;七瓮桥太平军困兽犹斗,也拼命反击。两军互搏,战斗打得非常激烈,湘军死伤惨重,光是营哨官就伤亡了很多人。次日,湘军派敢死队潜入垒内纵火,太平军始弃垒逃出。七瓮桥一战,湘军费时三天才攻下坚垒,而且伤亡较大。接下来,湘军也没有按序进攻中和桥,而是由东路向南延伸,转向天京的卫星镇——博望镇。

吉字营在金柱关的守将、统领朱南桂为罗泽南旧部,他也赶来天京参战,邀约南下的武明良、朱洪章部一同进攻博望镇。

待到深夜四更,朱南桂部衔枚急进;朱、武部居左右翼策应。次日拂晓,朱部抵达博望。太平军在博望设卡两道,筑垒七座,其中的两道关卡被湘军一口气全部攻破。此时朱、武两部各营也均兵抵博望。太平军据坚垒死守,火力很猛,阻击了湘军向前推进。朱洪章将巨炮移至镇内的左卡进行轰击,武明良集中枪支齐射,垒内着火,太平军忙于救火,防守出现漏洞。朱、武二人立即率勇丁绕过第一垒,迅速将余下的营垒全部予以控制。太平军都集中在前沿,没有察觉湘军跑到了自己背后;听到后路人声鼎沸,回头一看,才发现各垒都已换挂了湘军旗帜,不由大为惊慌,只得狂奔而逃。

博望既破,只有中和桥孤零零地处在湘军包围之中,曾国荃派出七个营的骑步兵,将其一举攻占。从此以后,天京东、西、南三面皆已被湘军包围,仅东北角钟山尚为太平军所控制,可与江浙远戍各军相通。

酒掺了水

在天京城接连失去城外要隘的时候,它不仅无法从苏州、杭州得到援兵;相反,苏杭方面还频频向其告急,每天都有信使驰来天京,要求李秀成前去援救。

对于杭州,或许李秀成还可以让他人想办法;苏州是他自己的基地,必须亲自回援。李秀成三番四次地奏请出京前往苏州,均被驳回,直到答应洪秀全及其朝臣的助饷要求,才被放行。

无论李秀成在不在天京，都改变不了曾国荃合围天京的决心和进程。1863年11月8日，曾国荃率各营将领来到孝陵卫勘察地形，准备调部队扎营合围。太平军发现后，立即从朝阳门和太平门派出大部队进行袭击。曾国荃等人对此已准备，萧庆衍和陈湜各当一路，分别领兵拦截；萧孚泗和李臣典则率部从侧翼杀入太平军阵列。

双方鏖战正酣，护王陈坤书出来督阵，曾国荃看在眼里，立命枪手瞄准射击。枪手奉命隐蔽在山林里，等陈坤书靠近时突然开枪，陈坤书中弹受伤堕马，虽然未被当场击毙，却也已使得太平军阵势大乱。一同出战的章王林绍璋、顺王李春发，忙将陈坤书抢救护送入城，太平军也大多逃回天京城中。

25日，曾国荃分兵进扎孝陵卫。至此，除城北神策、太平两门外，其他各门都已无法对外联络。天京攻守战的主要内容，由对外围要隘的争夺，转为对城墙的攻守。

天京城墙既高又厚，吉字营洋炮不多，唯有采用穴地攻城的老办法，也就是挖掘地道，用火药炸塌城墙。自进屯孝陵卫后，曾国荃即命令部队挖掘地道。12月中旬，地道挖成。12月15日，曾国荃下令引爆炸药，神策门城墙被炸塌十余丈，月城被炸为平地，但紧接着冲上去的湘军却被月城的横洞挡住。太平军把几十桶火药一排排扔下来，致使湘军前锋三百余人阵亡，行动亦宣告失败。

任谁都能看出，天京的处境已有多么危急。几天后，李秀成自苏州赶回天京。此时苏州实际已经失陷，李秀成回京，本意也不是要继续守城，而是想劝天王放弃天京，西进皖赣直至川鄂，另建根据地，徐图振兴。对于李秀成的谏议，洪秀全不仅断然拒绝，而且严加斥责，坚持说自己负有天命，不能离开天京。李秀成无奈，只得遵其意旨，留天京负责城防，同时派李世贤领军去江西筹粮。

洪秀全既决定硬撑，湘军也就不得不继续在天京攻坚。曾国荃本拟派鲍超进军钟山,最后形成合围,不料霆军内部再次疫疾大作;加上除李世贤外,黄文金等人也西进江西;江西、皖南又告吃紧,曾国藩令鲍超西援,合围遂成泡影。

为了弥补霆军走后的缺额,保证有足够的兵力进行合围,曾国荃不和曾国藩打招呼,就自行决定增募一万人;他原来还计划自建水师十二营,因曾国藩坚决反对,才不得不作罢。曾国藩对于曾国荃的自张主张颇感恼火,忍不住在给大弟曾国潢的家书中大发牢骚,又劝告曾国荃:"你扩军不要动作太快;否则的话,老营能战能守的将弁会过于分散。这就好像一壶醇正的酒,不断掺水,变成了四五壶,那味道就太淡了,哪还有酒味啊!"尽管如此,曾国藩却也知道湘军如果想要合围天京,现有兵力确实不足;故而虽略表异议,但最后仍予以支持,同意了曾国荃除水师外的增募计划。

曾国藩反对过快扩军,当然不仅仅是因为"酒掺了水"。增加兵力就得增加军饷,虽然曾国藩如今大权在握,主持江南四省军务,饷源已经好转;但在湘军各部都在大力增兵的情况下,筹集军饷重又成为一道难题。更让曾国藩伤神的是,他自己固然明白,围攻天京乃当前军事的绝对中心,军饷都要尽可能投给东征湘军;可并不是每个人都能有此清醒的认识,或予以理解;有人甚至不顾大局,有意从中作梗。

江西巡抚沈葆桢系由曾国藩一手栽培和保举,然而沈葆桢上任后也要编练自己的军队,便不顾一切地对原由曾国藩支配的江西厘金进行截留。此举直接影响到了曾国藩系湘军的军饷。吉字营兵力猛增,可是军饷却减少了,每年只能发到四成,拖欠军饷竟长达十六七个月。曾国藩担心影响前线军心士气,给围攻天京之役带来消极影响,因此上疏力争,并对沈葆桢提出严厉批评。

面对这场争执,朝廷采取折中调解的办法,谕令双方平均分配厘金,并由总理衙门每年从轮船经费银中提出五十万两银子,专供天京围城部队,这才使事情得以了结。

军饷如此来之不易,自然必须用在刀刃上。自霆军被调往江西后,曾国藩便不允许曾国荃再分兵别处。左宗棠提议让曾国荃分兵广德,被曾国藩立马给挡了回去:太平军去皖南,皖南湘军就要严守皖南;去浙江,你左宗棠要严守浙江;去江西,沈葆桢要预先堵住江西的入口,严阵以待。总之一句话,曾国荃的兵谁都动不得,直到打下天京为止!

天 保 城

自孝陵卫一战后,天京太平军再不敢轻易出城。湘军又在钟山至孝陵卫之间分布结营,天京外围眼看着已被湘军渐次合围。合围达成的关键条件之一,是切断对方的供给线。在曾国荃的邀约下,杨载福加强了对天京水路的封锁,派水师部队昼夜不停地在长江上巡逻,严防偷运偷渡;一旦发现有人运米入城,便将粮食当场予以截获和没收。

陆路方面,太平军原先主要从上方桥等处向天京城内运入粮食,如今只剩下了钟山这一条线路。曾国荃派朱洪章等绕到钟山后方,昼夜进行截击,用以扼断天京的陆路粮食供应。过了一段时间,他又发现城北地面太宽,到了雨夜,时有粮食从此处寻隙输送入城;于是便调太平军降将韦俊守金柱关,将原守将朱南桂腾出,让其助围天京,在天京城北协助朱洪章进行防控。

不久,曾国荃增募的新勇到达天京城下。诚如曾国藩所说,掺水的酒没有原味酒好喝,可那也毕竟是酒,新勇不及老勇,但总比兵勇不够要好。自安庆战役后,吉字营已先后增添新勇四万人,其间还收编了太平军降卒十营,因此虽然部队在激烈战斗中不断折损,但加上这一批增募的一万兵勇,吉字营仍将近五万人。兵多好办事,曾国荃有条件继续收拢对天京的包围圈了。他立即令朱洪章率五六千人,直接进驻钟山脚下,增修营垒,将城北通道完全堵住。

朱南桂依旧冒雪在城北露营,帮着朱洪章补漏。他得到情报,先前李秀成派养子李容发率兵数千,出城赴句容筹粮,现已自句容运粮入京;便立即设伏邀击,李容发弃粮败走丹阳,投奔了李世贤。

此时,李秀成突然亲自领兵出城,对朱洪章部军营实施袭击,且来势迅猛,显然是想打通道路,以接应李容发粮队。朱洪章等人一边坚守营垒,一边分路夹击。鏖战良久,李秀成败回天京城内,一部分太平军来不及回城,被逼到了山上。

太平军在钟山上修建了一座石城,名叫"天保";在山脊入城处也修建了一座石城,名叫"地保"。太平军守着天保、地保两座石城,可对其他方面进行策应。过去江南大营时期,向荣、和春之所以失败,有一部分原因,就是未能控制包括天保城在内的北面要塞。

当湘军在西南方扫除要隘时,钟山太平军依恃两城,并不怎么感到害怕,直到湘军进扎孝陵卫,他们才出兵力争。现在败逃上山的太平军首先能够想到的,也是钻进天保城求助。

攻克天保、地保城,本就是曾国荃的目标,于是湘军衔尾追击,乘势对天保城发起仰攻。前队在攀岩直上时遇到阻力,带队指挥官中弹,几乎坠落山崖。后队继之而起,将火球、火箭从垒后掷入,太平军为了避火,纷纷从垒中冲出。湘军弁勇冒死从炮眼中钻进垒内,与太平军进行肉搏战,通过拼杀,占领了天保城。天保城为天京城的制高点,丢失天保城,对太平军是一个沉重的打击。此后太平军两度发动反攻,意欲夺回天保城,但均被击退。

1864年3月2日,曾国荃派马步十二营出兵山北,列队太平门外,并在马步军的掩护下,修筑了三座营垒,派兵戍守。在神策门外、红山、北固山也均有湘军驻扎,从而堵住了神策门大道。天京城北仅剩下玄武湖一段,曾国荃没有派兵分驻。原因是玄武湖本为天然屏障,湖面既宽,湖水又深,太平军外援不可能自此入内,天京太平军亦无法从这里飞越。

到此为止,湘军对天京的合围完全收拢。外部通向天京的补给线被彻底截断,距城百里之外的重镇或县城,也均有湘淮军驻守,天京攻坚战已到了最关键的阶段。

每天都挖个不停

外援已绝,城内粮米无多,面对如此困境,主持城防的李秀成一筹莫展。3月31日,左宗棠、蒋益澧进占杭州,李秀成更加恐慌,便竭力劝洪秀全突围,前往江西。

老天王也早已是悔恨交加,他拉着李秀成的手,唏嘘叹息,说,我因为天京事变之故,虽能重用你却不能完全信任你,这才落到如此地步,"现在后悔已经来不及了,即便能够突围出去,又有什么用呢?朕已与天父约好,誓殉此城!"

李秀成听后泪如雨下。洪秀全随即下旨,针对城中粮食即将耗尽的问题,他给出的对策是吃"甜露",说这东西不仅能够果腹,还可以养生。所谓"甜露",也就是野草,这自然不能真的拿来充饥。李秀成只能另想办法,一是下令军民广种小麦;二是劝谕老弱妇孺出城,以节约粮食。

根据彭玉麟所侦察到的情报,至当年4月底,天京城内原种的小麦已经即将成熟,军民又接着播种,凡是能种小麦的地方全都给种上了,城内已是遍城青苗。与此同时,在允许部分百姓缒城而出后,城中也迅速减少了一万余人。应该说,这两项措施对城内粮食供应不无小补,但终究缓不救急,朝中愈加人心涣散。洪秀全自知大势已去，从此便托病不理朝政，一应军政事务全都推给了李秀成。

在李秀成的主持下，太平军继续坚守天京城。这时苏、杭已双双告破，唯独天京迟迟难下，朝廷按捺不住，催促曾国藩亲赴天京指挥作战。曾国藩已经对天京战场进行过视察，了解那里的实际情况，知道就算自己亲自在天京督战，也不见得就能加快进程；而且随着太平军西进，长江上游险况频现；徽州战事又开始紧急起来，所以他决定还是留在安庆策应全局。

天京不破，最着急上火的其实还是曾国荃及其将士。天京城周边的长度有一百里，吉字营环绕着城池，在城门外逼城筑垒，用以掩护地道的开挖。地道前后一共挖了三十四条，其中一条通向南门，其余三十三条通向朝阳门至钟阜门。按照曾国荃的命令，地道每天都挖个不停。挖地道是件既费时费力同时又格外危险的事，军士们举着火把，钻入地道作业，一旦崖崩堵塞，便会葬身其中。

地道作业还很容易被侦察和发现。相比于野战，后期的太平军更善于守城；他们又是穴地攻城战术的首创者，自然懂得其中诀窍。通常，老兵只要站在城头，朝着城门外的湘军营垒远远地望一望，便不仅能知道那下面有没有地道，而且能估测出地道的方位。地道里不可避免地有灯火，烟气腾腾，地面草色必然萎黄，这也能让太平军判断出，湘军在哪里开挖地道，以及地道已往何处延伸。

太平军破坏地道，和安庆战役时湘军破坏地道的方法，并无差异——只要发现地道的位置，就可以从城内挖掘一条直道通到城外，然后分头横挖暗壕，从而将湘军的地道挖穿，将其废掉。太平军还时常往地道中灌入毒烟和滚烫的开水，因此有大批湘军弁勇被熏死烫死。

李秀成除了每天巡城，亲自远望观察，以便识别地道和指挥守军破坏地道外,又下令在城内加筑月围,也就是在城墙之外再多修筑一道矮墙,作为阻断地道的最后一道障碍。

湘军所挖的地道,大部分在挖掘过程中就被破坏;有的虽引爆火药,但因药量不足,所起作用也很有限。截至1864年6月,三十四条地道均告失败,湘军伤亡则多达四千余人。

就在湘军的地道战遭遇重挫之际,洪秀全病逝,但也有人说他是服毒自杀。老天王死前,既绝望又倔强,慨然对左右说道:"自古以来,有身为帝王而做俘虏的吗?"

洪秀全之死,对于垂危孤城、日暮途穷的天国局势而言,犹如雪上加霜。虽李秀成、洪仁玕等人采取秘不发丧的方式,并立即拥戴了幼天王嗣位,然而消息在宫内宫外都已传遍。满朝文武,人心惶惶,据说就连李秀成本人都有了动摇的迹象。

李秀成的部将、列王傅振纲打算献城投降,首先暗通湘军;之后又有两名太平军将领叛投到湘军营官黄少昆营中。经过他们的接洽,通济门守将被秘密约出,到城外黄营商议投降事宜,并且双方还为此设置了暗号:即每当黄营的军营挂出五色旗时,通济门守将便会出城商议。

经过多次协商,双方议定,乘夜间先把一百名湘军拉到城墙上,再让他们打开通济门,接纳湘军大部队入城。黄少昆向曾国荃汇报了这一秘密计划,曾国荃半信半疑,但还是抱着何妨一试的态度,予以批准;并命另一营官李金洲派几十人修通上方桥断裂处,以便让黄少昆的人通过。

那天晚上,李金洲领兵前去修桥,发现城头的太平军对城外的动静果真不闻不问,装聋作哑,便知道事情可靠,顿时生出争功之念。反正曾国荃对行动也不是特别重视,李金洲就自作主张,把自己的部队一分为二:一半控制桥头,不许黄少昆部通过;另一半部队代替黄部,前去登城。城上有人接应,十几名湘军勇丁沿着所放下的绳子爬了上去,可是一名勇丁过于紧张,登城后枪走了火;众人受惊溃逃,行动遂告失败。

后来松王陈得风、慰王朱兆英以及李秀成的妻舅宋永祺等人,都曾打算做内应投降,但均未得逞。陈得风、宋永祺在事情败露后,本应被严惩,是李秀成花银子替他们解脱了罪名。李秀成也因此受到怀疑,朝中时时有人对他进行监视,提防他背叛天国。湘军想通过利诱太平军将士叛变,以便里应内外,攻取天京的路子被堵住了。

群情激愤

距湘军兵抵天京,转眼已经两年过去了,虽然已经合围,可是而后的进展却变得越来越缓慢。曾国荃心力交瘁,性情也不由自主地狂躁起来,动不动就发火。曾国藩不得不一再写信劝慰,让他任其自然,不要过于急怒,以致弄坏身体。

曾国藩当然明白天京城有多难攻,但别人却未必会予以理解。此时北方捻军大振,朝廷希望尽快攻克天京的心情愈加迫切。大臣们经过朝议,认为光靠曾国荃还不行,反正李鸿章已经攻克苏州,收复江苏全境指日可待,倒不如让他去助攻天京。朝廷接受了这一意见,随即命李鸿章赶赴天京;并且还下诏责怪曾国藩,说天京总是打不下来,缘于力量不足,那你为何不早点调用李鸿章?

消息传来,曾氏兄弟愕然。吉字营将士更是群情激愤,除了不愿在克城大功已经唾手可得之际,让友军捡现成便宜,与之分享功劳外,当时还盛传天京城内藏有海量财富,湘军弁勇们亦不愿他人染指天京。

曾国藩对朝廷的指示很不满意,可是圣旨已下,他也只好去信给曾国荃,关照他:如果李鸿章真的率军来会攻天京,也不要多心;

自己独克天京固然不错,但若能由别人从旁搭把手,也是一件好事。"功不必自己出,名不必自己成,总以保重身体,不生肝病最重要。"曾国藩的这番话,却并不能令他的三弟安下心来。曾国荃舍不得与李鸿章分功,可是若公然拒绝李鸿章来援,又会给已经极其艰难的攻城战增加压力;朝廷要是怪罪下来,更是承受不起。他心急如焚,召集幕僚日夜谋划,然终乏良策;后来想到朱洪章主意多,便星夜将其招来指挥部相商。

朱洪章推测,李鸿章是曾国藩的门生,由曾国藩一手培养出来的大将,与曾氏兄弟的私人关系极其亲密。看在双方的情分上,李鸿章即便应命之后,也应该不会立马动身。他判断,淮军从上海真正来天京援攻,非逾月不可。有了这一个多月时间,未必吉字营就攻不破天京,朱洪章向曾国荃献了一个被后人称为"两面俱圆"的计策:一面主动向朝廷请派李鸿章来援,以示自己服从朝廷部署,对李鸿章毫无芥蒂;一面加紧攻城,力争在淮军到达前攻破天京。曾国荃认为此计甚妙,于是便写了请援奏折;奏折发出后,便立即组织新一轮攻城战役。

不出所料,李鸿章非常知情识趣,他无意与曾国荃抢功;接旨后,始终拖延着不肯向天京进兵。所编的借口是淮军的优势为洋枪洋炮,但当下天气太热,不利于使用火器攻城。这个理由当然很难说服朝廷,此后仍连连催促李鸿章,甚至还用上了激将法。

清廷的激将法没有能够动摇李鸿章,却深深地刺激了曾国荃。曾国荃既愤且急,鼓动将领们说:"别人就要来了,我们两年多的辛苦能就这样轻易付与他人吗?"众人听了嗷嗷大叫:"愿尽死力!"

在钟山山脊的入城处,仍有一处被太平军控制的石城,这就是地保城,也称龙脖子石垒。由于湘军占领天保城后,没有及时加以占领,所以总容易遭到地保城太平军的偷袭。1864年7月3日,分统李祥和率部攻克地保城,此举不仅解除了威胁,而且利于攻城——龙脖子紧靠天京城墙,二者相距不过十多丈;且处于居高临下的地势,可俯瞰城内;若开炮轰击,相对于其他阵地,更容易将炮弹射入城内。

曾国荃下令在地保城筑造炮台,随后又派李臣典前往龙脖子,重开地道。对于这条新地道,包括曾国荃在内,吉字营上下都寄予了厚望。分统吴宗国为了获取挖掘地道的方位数据,甚至冒着弹雨,亲自冲到城下测量。

龙脖子地道的前方,正是太平军守城炮队最密集之处。如今吉字营也有了那种名为硼炮的西洋开花炮,湘军在地堡城内架上硼炮,昼夜不断地对天京城进行轰击。结果城头的城垛都被打平,城内太平军无法在城头立足,自然难以察觉到湘军正在这个方向上挖掘地道。

作为另一个掩护手段,曾国荃命围攻部队环城排列队伍,形成十几道阵线,对城郭并列进攻;又把所割的数万捆柴草堆积起来,在上面覆盖沙土,并放出话来,说一俟柴草堆得与城墙一样高,即行强登。此举也起到了一定的迷惑作用,太平军对于湘军的地面进攻严加防备,对于地道反而不太注意了。

点 火

进入7月以后,江苏久旱无雨。时值酷暑,烈日如焚,太平军从城头抛掷火桶,几乎烧着湘军军营,围城部队苦不堪言。曾国荃担心贻误攻城,因为民间将关公尊为雨神,他便在露天下望空长跪,祈求"关圣大帝"降雨。据他自己说,当时看到天空中出现了一条龙。

所谓子不语怪力乱神,连曾国藩后来在奏疏中提到此事,都觉

475

得有些荒唐勉强,难以令人信服;因此不得不在行文中,将其与清朝贵族信奉关帝的习惯相附会。然而就是这么巧,在曾国荃祈雨之后,大雨还真的倾盆而下了;更奇怪的是,也就是天京地区下了雨,数里之外仍然干旱无雨。

大概是曾国荃实在太想早日攻下天京了,那些天,他不仅能够"求"到雨,甚至还有了同样让人难以解释的神秘第六感。7月18日,经过半个月的日夜开挖,龙脖子地道终于挖掘成功,并完成了火药的装填。半夜四鼓,曾国荃正在睡觉,突然好像听到有人叫他;惊醒后,好像被人催促着一样,他奔到了地道口,想再督察一下准备情况,却不料正好发现太平军袭来。

原来李秀成连日来一直在进行详细观察,到地道挖成的这一天,他终于透过对方所故意设置的种种迷雾和障碍,识破湘军正在开挖地道和填装火药,而且发觉对方即将点火轰城。此时,另挖地道予以贯穿或截断,已经来不及了,李秀成便先发制人,率部出城夜袭,企图抢在湘军点火前,予以突击性破坏。李臣典部连续作业达半个月之久,其间兵勇轮班,一刻都没有休息;当天白天又要填装大量火药,疲惫已极,夜深缺乏防备;若不是恰巧被曾国荃撞见,差点被太平军所乘,导致功亏一篑。

李秀成亲率数百精兵,从太平门冲出,直扑地道大垒;与此同时,从朝阳门也潜出敢死队数百人,皆穿湘军号衣,冒充湘军,向城边的湘军各炮台、营垒和柴草堆投掷火弹;柴草堆当即燃烧起火,被付之一炬。在曾国荃报警后,李臣典等迅速组织反击。战斗很激烈,李臣典腰部中弹,伤势严重,一名叫郭鹏程的将领在朝阳门外中炮身亡。但他们最终还是杀退了太平军,特别是保住了地道口。

次日清晨,曾国荃召开前敌会议,商讨攻城事宜。首要议题是征集敢死队,要求必须在城墙倾塌时率先突击入城,但恰恰就是在这一环节上,会议卡了壳。

眼看胜利在望,谁都不愿冒死突前。曾国荃问了好几次,都没有人肯主动报名。这时曾国荃帐下幕僚李洪章突然站出来,指着朱洪章说:"你一向以勇猛著称,为何今日缩头?"朱洪章大怒,立即投袂而起,表示愿为先锋。有朱洪章带了头,诸将才纷纷跟上。曾国荃让自愿报名者签署军令状,表示退缩甘愿伏法,共有九人在军令状上署名:朱洪章署名第一,接着是武明良、刘连捷,李臣典虽身负重伤,但也报名排在了第四位。

在将敢死队调派妥当后,曾国荃命令参加围城的一百个营全部进入战斗状态,各营营官带队严守壕墙,防止太平军进行防击。大部分区域都只防不攻,唯有太平门龙膊子一带,曾国荃要求自黎明佯攻至正午,以便麻痹太平军,免得太平军增兵防堵。

接着,李臣典亲督部下封筑地道,安妥引线。此次共用火药三万斤,以六千个麻袋背入地道,再填入数口棺木之内,引线则装在打通竹节的粗竹中,延伸至地道口。

眼看一切就绪,曾国荃召集各分统、营官,做战前最后一次训示和动员:要求战斗开始后,分统、营官必须分赴一线指挥;参战弁勇,踊跃突前者重赏,退后畏缩者可当场正法。

1864年7月19日,中午,曾国荃下令点火引爆,但闻得地道中隐隐约约传来声响,就好像远处的闷雷滚动,大地亦随之微微颤抖。约半个时辰后,忽听霹雳一声巨响,原本高大厚实的城垣瞬间被掀开二十余丈,顿时火光冲天,烟尘蔽空,砖石横飞。砖石如雨点一般落下,方圆半里之内,被砸死砸伤者数以百计。

早已埋伏在地道外侧的湘军敢死队,立即从缺口处冒死冲入。朱洪章率从所部长胜营中挑出的四百敢死队员,作为头队,率先入城,二队继之以后。太平军仓促之下,连忙从城头抛掷火器,火球、火弹、火药倾盆而下,头队的四百敢死队员无一幸存,顷刻毙命,仅朱洪章一人奇迹般地得以幸存。

陷　落

头队的惨状,迫使二队当即退后。彭毓橘、萧孚泗为免情况逆转,便按照曾国荃的战前布置,杀掉了几名退后军士。前进,虽然可能会像头队那样死于非命,但也只是可能;若是退却,就必死无疑了,敢死队至此再无敢退缩者。随着喊杀声再起,诸将各率队伍,一拥而上,从城墙缺口冲了进去。

自曾国荃那次祈雨成功后,天京又是多日干旱,就在破城的前两天,还有数十名湘军弁勇被热死。破城当日,酷热尤甚,曾国荃从早上开始,又故技重施,向"关圣大帝"祈雨。中午点火之后,居然真的有乌云自钟山飘来,遮蔽了太阳,随即下起雷阵雨,但是只下了一会儿就停了。雨后凉风习习,算是在冥冥之中给攻城部队助了一臂之力。

朱洪章在失去自己的敢死队后,即把长胜营召入,所部团团结阵,旋转前进,冲垮了一排排太平军,直抵天王府以北。突击部队的其余诸将亦按预先布置,分路奔杀目标。萧孚泗等人从各门同时发动进攻,天京的九座城门被全部攻破。

事后论功,李臣典在枪炮丛中抢挖地道,为首功;萧孚泗首先夺门而入,居第二;朱洪章直攻天王府北,其后又率部与太平军短兵相接,巷战一昼夜,搜杀的太平军将领也最多,功列第三。李臣典排第一尚可,毕竟没有他的地道爆破,谁都无法攻入天京。异议最大的还是第二的位次,无论从实际战功和所部付出的牺牲来看,朱洪章似乎都应排在萧孚泗之上。

许多将领认为,之所以如此排序,除朱洪章本人智勇兼备,平时不耻钻营外,恐怕还与朱洪章乃湘军中唯一的黔籍将领有关,因此都为朱洪章打抱不平。朱洪章自己也深感郁闷,便跑去问曾国荃。曾国荃沉默良久,突然从身上解下佩刀,交给朱洪章,说:"论功行赏乃我大哥一人定夺(意即诸将功绩须由曾国藩上奏报告),然阁下的这件事,实系李洪章暗中操弄所致,你去将他办了。"

李洪章就是战前动员会上,用激将法使朱洪章第一个报名加入敢死队的幕僚。朱洪章当然不可能真的拿刀去杀李洪章,只能一笑置之。后来别人又提及此事,他已经释然了:"如今幸好东南已经平定,我身经百战,还能活下来,已经要感谢老天格外保佑了,还争什么功呢?"

在湘军占领外城时,天已黄昏,太平军虽犹困守内城,但实际已无力堵击。在天京被攻占前,湘军方面估计城内尚有十多万太平军;然而根据李秀成提供的说法,其实全城军民总共也只剩下三万多人;其中太平军仅一万多人,而且大部分都已是病饿交加,有战斗力的精壮之卒不过三四千人。如果湘军继续发动攻击,不仅内城顷刻可下,而且有望全歼太平军。然而湘军诸将,除朱洪章等少数人外,都已在外城就地展开抢掠,无人再有心思兼顾攻城。太平军趁机突围,一部分缒城外逃,另一部分在李秀成的带领下,穿上湘军号衣,保护幼天王于当夜冲出。

原在曾国藩幕府供职的赵烈文,应曾国荃之邀,正在其军营协助策划。他听说入城湘军各部已经陷入混乱无序的状态,又见连总部的卫兵甚至各棚长夫,都争相跑进城内,加入了抢掠队伍,便劝曾国荃予以制止,没想到曾国荃摇头不答,而且一脸不高兴。曾国荃不高兴是很自然的。他的吉字营在天京城外苦熬两年,欠饷已久,勇丁甚至不得不靠喝粥度日,可谓苦不堪言;吉字营又以老勇为骨干,跟他们说忠义节孝那套大道理根本就不管用。就在攻打天京的最后关头,还有一个营因欠饷而发生哗变,勇丁们把营官都抓了起来。事后曾氏兄弟也只能理智处理,大事化小,小事化了。

曾国藩给不了曾国荃军饷,曾国荃两手空空,他能够拿来激励士卒卖命,或者说给予补偿的东西,就唯有破城掳掠而已。安庆战役是这样,打天京更是如此。曾国荃虽然不能明着说破,但在平时鼓动和战前动员时,其实一直都在进行类似暗示。现在天京已破,若要对弁勇们进行阻止,让他们不要抢掠,无异于是要他们的命;真把当兵的惹急了,反戈一击也不是没可能。曾国荃既已夺得大功,就不愿意再在节骨眼上冒险了。

第二天,天京完全陷落。赵烈文了解到,城中天王府、忠王府等尚存,其余王府则已被太平军自焚。太平军在自焚王府时,还喊出了"不留半块烂布给清妖享用"的口号。在最后时刻,这些太平军除突围者外,大部分自杀,甚至聚众自焚,但没有一个人投降。其坚忍不屈的精神,令曾国藩等人事后闻之,都为之惊叹咋舌,称太平军"实在是古今罕见的巨寇"。

纵然如此,根据赵烈文所掌握的情况,太平军自焚王府仍只占十分之三,十分之七还是被湘军烧掉的。让赵烈文最感气愤的是,原本天王府尚保存完好,萧孚泗跑进去,将金银搜刮一空后,即纵火烧屋以灭迹。

一肚子的心事

湘军在天京城内,其实复制的就是他们在攻克安庆后的做法,稍有不同的是,这次变成了专屠老弱,盖因弁勇们需要劳力给他们扛抬财物出城,或引领挖窖,所以年轻男子包括被俘的精壮太平军,反而死者寥寥;妇女则被他们搜抢一空,尤其四十岁以下的女性无人能够幸免;剩下的本地居民,凡既不能挑担,又无地窖可以躲藏者,便都成了牺牲品。

安庆战役时，赵烈文不在现场，只是听别人转述，如今惨剧则就在眼前。他从天京城里走过，亲眼看到沿街死尸大部分都是老弱，就连两三岁的幼童也被狂暴的弁勇杀了取乐。侥幸没有被杀死的老者无不负伤，有的被砍十几刀，有的被砍几十刀，以致满城皆为受害者的哀号。

城破不过数日，天京城内已俨如人间地狱。赵烈文忍无可忍，却又无能为力，在日记中对湘军将士的暴行予以痛斥，责问他们做出这样的行径，"何以对中丞（曾国荃）？何以对皇上？何以对天地？何以对自己？"在写下这番话时，其实赵烈文心里也明白，"中丞"对部下的烧杀抢掠行动是放纵的。吉字营的弁勇们可能愧对皇上，愧对天地，或愧对自己，唯一不觉得难以面对的，就是他们的统领。

1864年7月28日，在奏捷声中，曾国藩乘轮船自安庆抵达江宁（即天京，下文中均称江宁）。即便赵烈文不言，曾国藩也已通过各种渠道了解到了城破后的混乱情形，免不了要责怪曾国荃御下不严。没想到曾国荃大吐苦水：除了部队欠饷外，还说吉字营的立功将士实在太多，朝廷拿来奖励的官职却过少，而且其中很多只是虚职，五个实缺，倒有一万多人排队等着，你让他们今后吃什么，拿什么去养活老婆孩子？

曾国藩熟谙军队实情，听后无言以对。自上次东巡之旅后，曾氏兄弟又有一年多没见面了，再次重逢，曾国藩看到弟弟形容枯槁，与先前已判若两人；其手下诸将也都个个身形憔悴。这让他深感前线征战与攻克天京之不易，所以也不忍深责下去，只好叹息着自嘲道："凡是带兵的人，都免不了中饱私囊。"

此次来到江宁，曾国藩所办的第一件事，就是派人寻找洪秀全的尸体。根据一位黄姓宫女的指认，洪秀全的尸体被从密葬地掘出；验明正身后，湘军弁勇将其抬到长江边上戮尸，然后浇油焚烧。

这时,突然狂风大作,江上怒涛汹涌,紧接着电闪雷鸣,大雨滂沱,参与其事的弁勇无不胆战心惊;但是过了不久,云开日出,天气又变晴了,似乎在显示着一个曾经叱咤风云的大人物终于远去。

8月1日,京城传来消息,朝廷以克复江宁,对有功人员加以封赏:曾国藩被授以太子太保衔,封一等侯;曾国荃被授以太子少保衔,封一等伯爵。清代开国以来,文臣封侯,史无前例,尤其曾国藩还是汉臣。赵烈文前去向曾国藩道喜,一见面就跟他开玩笑:"此后应当称您中堂,还是侯爷?"曾国藩也笑着答道:"你别叫我猴子就可以了。"主从二人大笑。

曾国藩脸上带笑,其实却装着一肚子的心事:其中之一就是除已被焚尸的洪秀全外,其他天国要人的下落问题。

李秀成倒是在曾国藩来到江宁之前就已被捕,曾国藩经过亲自审讯,议定罪名后,即将其处死。幼天王的下落则成了一个疑案,李秀成供词中说自己曾携幼天王出城,但后来又分开了,所以他自己也不知道幼天王去了哪里。

曾国藩推测,幼天王只是一个十六岁的少年,即便没有葬身于江宁的大火,在失去李秀成的保护后,也必定已死在乱军之中,于是便以幼天王已自焚而死上奏。然而不久,有关幼天王自天京成功突围的迹象变得越来越明显。左宗棠和沈葆桢,一个与曾国藩素有隔阂,一个已与之绝交;两人想夸大太平军余部在本省的势力,便趁机奏报说幼天王实际上并没有死去;同时还在奏疏中对曾氏兄弟竭尽讽刺挖苦之能事,要他们对此负责。

朝廷据此要求曾国藩明白回奏,并令其参办有关失职人员。曾国藩不得不进行辩护;接着,他又反唇相讥,针对左宗棠的参奏,指出左宗棠先前在攻克杭州时,其实成功突围的太平军更多,计有汪海洋、陈炳文等十万余人。左宗棠本身就不是一个涵养很好的人,被触到痛处,立马跳了起来。两人为此发生了公开冲突,直至最后绝交。

财富到底都去了哪里

除了"人",朝廷还关心"财"。在曾国藩所收到的廷寄中,他被一再询问,攻破江宁后,是否找到大宗金银;若有的话,可以充作湘军和绿营的军饷。

太平天国实行圣库(也即国库)制度,按规定,天国控制范围的米银最后都要汇集至圣库。江宁作为天国的都城,既已长达十余年之久;其附近又有江浙这两个天下财赋之区;在人们想象中,天京城内的金银财宝一定如山似海;吉字营能在城内得到的财富,也一定是一个难以统计的数字。

其实曾氏兄弟原来也抱有这一憧憬,还在破城之前,两人就商量过该如何处置:所获若多的话,进奉户部;少的话留作填补欠饷空额兼救济难民。然而让曾氏兄弟深感诧异和失望的是,所谓圣库毫无踪影。这下别说进奉户部了,就连拿来填补欠饷的愿望都打了水漂。

很多人认为曾国藩没说实话,圣库的金山银海可能早就被曾国荃和吉字营给瓜分掉了。民间纷纷传言,曾国荃在城中获资数千万,并掠获了大量的奇珍异宝,理由之一就是他在湘乡大量购田置地。由于曾国藩没有将李秀成押解到京城,即就地予以处决,有人甚至怀疑,曾国藩这么做是在刻意替他弟弟进行隐瞒。

吉字营在江宁城中的烧杀抢掠行为,也被重新翻出来,成为朝中御史们重点攻击的对象。有参奏曾国荃善后不力的:指责他作为湘军主将,纵容部下胡作非为;并罗列了其部的种种不法行径,称其生事扰民,毫无纲纪。还有的干脆连吉字营的战功都给一并抹杀了:参奏说这些年来,吉字营看似攻城略地,但其实朝廷所得甚少,损失甚大;由此来看,曾国荃的部队本质上就是一群流氓,不宜寄予重望。

一时间,舆论沸腾。曾国荃在战场上本有"曾铁桶"之名,言其在围城战方面无人能出其右;现在人们又给他起了一个新的外号,谓之"老饕",意思是贪得无厌之人。曾国荃万万没想到,自己历尽千辛万苦,好不容易克成大功,居然还要被千夫所指,背负偌大一个骂名,心情坏到了极点。朝廷本已授之为浙江巡抚,他气得连封疆大吏都不愿当,浙江也不愿意去,一心只想引疾求退。

那么,圣库到底是怎么一回事呢? 早些年,圣库确实充盈过。根据原先江南大营所得到的情报,太平军刚刚占领江宁时,运了大批银两藏在圣库,共一千八百余万两白银。那是圣库制度初建,同时也是最鼎盛的时期,不过就那个时候来说,存银亦不超过两千万。

太平天国是一个重军事不重文化、会破坏不会建设的政权,除了战争开支浩繁外,洪秀全和诸王全都沉溺于奢侈享乐的生活,对开支不予节制,这使得天国财富的挥霍速度之快,达到了令人吃惊的程度。距离圣库最充盈阶段不过几个月,库里就只剩下八百余万;至天京事变前,连百万都不足了。天京事变后,按李秀成的供述,圣库已经名存实亡,没有银米可以储存。

当然,就算在天国已经走下坡路的时候,终究还在不断攻城略地,比如由李秀成、李世贤打下江浙大部分地区,本来仍可能从中积累银米;但洪秀全和诸王都把圣库当成了私库,有了银米就往自己王府搬。甚至到围城阶段仍是这样:明明说城里缺粮,可是破城后,湘军从诸王府中却搜到了不少粮食;问李秀成是怎么回事,李秀成很无奈地回答说那些都是王府中专有的粮食,并不充作军粮。

李秀成自己对此也深恶痛绝,因为天京的圣库拨不出银米,他平时只能拿自家粮食救济难民;有时部队缺乏给养,甚至还得靠变卖其女眷的首饰来维持。李秀成还说,在天京被围、苏州告急时,洪秀全之所以能够让他离开天京,救援苏州,其先决条件就是他接受了洪秀全和朝臣"助饷银十万"的要求;可知在天京城破前,其圣库已到了何种窘迫的程度。

对于天国的财富到底都去了哪里,曾国藩到江宁后就有了认识。他得知,老天王洪秀全娶了八十八个妃子,比清朝皇帝的妃子还要多;乘坐八十二人抬的大轿,比清朝皇帝还多用一名轿夫。天王府建制宏大,极尽奢侈:吃饭使用金碗、金筷;盥洗使用金浴盆;出恭使用金马桶和金夜壶;宫中官吏多达一千六百余人;宫女也多达一千余人。曾国藩做过很多年京官,是见过世面、了解紫禁城的,他对此大为吃惊,因为就连和平时期的清朝皇帝也不敢摆这么大的谱。

故态复萌

至江宁城破时,圣库完全不用指望,天王府和诸王府中自然还有金银财宝,但大部分也都被太平军在出逃时带走了。湘军攻破天京后,能够抢掠到的财物,跟安庆被攻破时相仿,你要说多,其实也多不到哪里去。对弁勇们的这一部分劫掠所得,如果曾氏兄弟还要予以收缴的话,激怒弁勇,因而引起哗变,并不是一件不可能发生的事。他们也就只能睁一只眼,闭一只眼,当作是对欠饷的补偿了。

曾国荃本人虽应为其部属的暴行负责,可是说他在城破后得以暴富,却不是事实。曾国荃确实热衷求田问舍,打下江宁后仍回家建房,不过也就用了三万两银子。曾国荃前后当过六年湘军统领,按湘军饷章,一年就可以领到两万余两薪酬。而且凡湘军统领,都有一些应上缴但未上缴的军营收入,当时来说是合法的,曾国荃对此来者不拒,这部分也绝不是个小数字。换句话说,曾国荃按其正当收入,完全能够承担购田置房的费用,没必要去做让人不齿、伤害其兄弟名誉的事。

曾国荃平时出手大方,喜好张扬,人称"挥金如土,杀人如麻",经常出资帮助朋友和部属。他回乡后没多久,经济就因此陷入了困顿,以致负债累累,不得不重新出山当官,以偿债务。如果他当时从江宁弄到了大笔横财,安能如此狼狈?无怪乎曾国藩要为其抱屈:"我弟所获无几,而'老饕'之名遍天下,也太冤枉了!"

其时朝中以慈禧太后那拉氏、恭亲王奕䜣当权。那拉氏、奕䜣都是精明人,要想查清楚幼天王下落,以及曾氏兄弟是否侵吞了巨额财富,并不是一件难事,但他们却选择了一遍遍地向曾国藩追问查究,而且口吻严厉,原因何在?

"故态复萌",赵烈文道破了其中玄机。在他看来,对于防范和抑制曾国藩这一点,那拉氏、奕䜣等人与咸丰相比,其实并无根本区别。只是在咸丰驾崩,二人刚刚上台的时候,形势严峻,仅仅江浙就已经丢失了一半的郡县。他们环顾朝野,实在无人可用,无兵可拨,这才迫不得已的情况下,开始重用曾国藩。后来曾氏兄弟屡立大功,声威显赫,他们虽心中存有忌讳,却限于形势仍然紧迫,不敢予以为难;直到湘军围攻江宁,东南大局,日有起色,形势大为改观,便开始"故态复萌",重新动起了抑制曾国藩的念头。

赵烈文在发表这番议论时,湘军尚未攻下江宁,之后两个月,江宁得以克复。形势根本改观,当政者就不只是"故态复萌",而是要"变本加厉"了——朝廷下旨追究那两件事,不是为了追究而追究,目的就是要敲打曾氏兄弟,警告他们"不要因胜而骄"。

其实并不需要别人额外提醒,单从咸丰连续七年不肯授以实权这一件事上,曾国藩就已经知道朝廷有多忌讳他了。此后曾国藩在与沈葆桢因厘金发生争执时,朝廷表面折中,把两人都训诫了一下;但实际对沈是多方维护,对曾却加以责难;似乎沈、曾发生纠纷,完全应归咎于曾国藩一人。显然,那拉氏、奕䜣这样处置,与当初咸丰扶持胡林翼相似,都是要抑制和分化湘军集团,只是沈葆桢没有胡林翼那样的器局和远见卓识,心甘情愿地就做了朝廷的马前卒。

如今的左宗棠不过是朝廷的另一个棋子。这也反映出那拉氏、奕䜣的驾驭之术,可能比咸丰更为高超。

朝廷对曾国藩的疑忌,甚至有时直接就流露于表面。在湘军攻克江宁之前,曾国藩给户部写去报告,户部在批复中,屡次怀疑他揽权争利,而且措辞非常激烈。曾国藩写信给好友兼大吏毛鸿宾诉苦,叹息自己为扫灭太平军殚精竭虑,也绝无揽权的意图,却无端受人诽谤,有如坐针毡之感。

曾国荃是曾国藩的亲弟弟,所部吉字营又是曾国藩系湘军中的嫡系,曾国荃及其吉字营自然也成了朝廷需要又拉又压的对象。曾国荃很早就因战功被授江苏布政使,随即迁升浙江巡抚,但因为要围攻江宁,故而未去浙江赴任。按照定制,曾国荃的职务和品级,已经使他获得了可以单独直接奏报的权利;但朝廷却不允准,规定有事必须通过远在安庆的曾国藩转奏,其浙江巡抚的职权也由左宗棠兼摄。

湘军攻陷江宁后不久,朝廷即令官文守武昌,据长江上游;命冯子材、江宁将军富明阿分守镇江、扬州,据长江下游;调僧格林沁屯兵皖鄂交界处。各部对以吉字营为首的曾系湘军形成了包围之势,显然就是为了防其有所异动。

飞鸟尽,良弓藏;狡兔死,走狗烹。这是自古及今,从来不变的一个规律。湘军本是乱世的产物,因镇压太平天国运动应运而生;攻破江宁,意味着天国已走到了尽头。突围出去以及尚在各路转战的太平军余部,基本都已被消灭或正在瓦解。如此,对于朝廷而言,湘军自然也就失去了存在的必要性和价值。问题是,这支军队却已发展得非常强大,它继续存在一天,即便曾国藩再谨小慎微,也会被朝廷视为威胁和挑战。

朝廷既严防于内,嫉恨之人必进谗于外。某御史进谏,声称湘军大员占据军政高位者太多,会给国家带来不测之祸,建议朝廷只授之以低级职位。熟悉官场规则的明眼人都知道,这种谏言实际就是为了制造舆论,它要攻击的也并非所有湘军大员,说白了,就是集中影射曾国藩一人。因为湘军大人物之中,就数曾国藩执掌湘军的时间最长、兵权最重、功劳也最大。

曾国藩的危机感越来越强,时刻担心会有飞来横祸落到自己和曾国荃身上,经过反复思虑,他终于做出决定:裁军!

裁　军

除了忧谗畏讥,湘军暮气深重是曾国藩下决心裁军的另一个重要原因。

新湘军有暮气,早非一日;说实话,能够支撑到攻克江宁,都得算是幸事;然而到此为止,也已经是强弩之末。以吉字营而论,本来克复江宁,达成了他们的目标,是件值得庆祝的大喜事;但军营里却充满了郁郁寡欢、悲凉沮丧的情绪;弁勇们也个个虚弱不堪,再无进取的劲头。

在因功得到朝廷封赏的吉字营诸将中,李臣典被列为首功,封一等子爵,他在破城后就亡故了;武明良升为记名提督,请假回家后不久也生病去世。更多的人一俟江宁克复,便找各种理由请假回乡。萧孚泗论功仅居李臣典之后,被封一等男爵,以丁忧归家,从此不再复出。其时皖北捻军东下,防务紧急,可是由于湘军中请假离营的人实在太多,曾国藩竟拨不出一兵一卒予以增援,最后只好靠淮军顶上去。

赵烈文在其日记中记载,江宁破城的第三天,不仅弁勇为匪,就连营中的幕僚、文员,也纷纷加入掠夺行列。这些人把赃物各装了一箱子,相互对比炫耀,看到赵烈文过来,知道他对此行径深为痛恨,便赶紧用身体把箱子遮住。曾国荃幕中只有文员宋生香尚洁身自好,他与赵烈文置身于同僚之中,俨如异类。宋生香喟然叹道:"这个地方没法待下去了!"

赵烈文不是湖南人,但他投笔从戎的初衷,与当年罗泽南、李续宾等人相似;只是随着时间的流逝,这些赤胆忠心、一腔热血的书生多数已殒命疆场,剩下来的人也不再是湘军中的主流。

除了武将幕僚,勇丁亦不再是从前的勇丁。从前那些来自山村的勇丁,秉性纯朴老实,虽然从军亦为养家糊口,却因为湘军"以理学治军",也在军营中接受了"忠义血性"的一套理念,可以招之即来,挥之即去。如今的新湘军,早已成为老勇的天下。老勇是职业兵,他们就靠打仗吃饭,既没理想也无主义,有饷就给你打仗,没饷能忍则忍,不能忍就哗变。攻破江宁之前,因为军饷缺口太大,湘军发生过多起哗变事件。除了吉字营外,霆军十八营在江西哗变,全军溃散,令朝野为之震惊。目睹此情此景,连身为湘军创始人的曾国藩也黯然神伤,认为湘军军营已成为图名图利的场所,打仗已被弁勇们当作了混日子的手段。

时势曾经选择湘军,但最终又将它推向了历史的尽头。1864年8月8日,即攻下江宁后的第十九天,曾国藩上疏提出了裁军方案。

除去已自成系统的淮军以外,这时曾国藩名下的湘军共有十二万人:左宗棠的四万新楚军,与淮军一样,也已成独立状态;江忠义、席宝田两兵团一万人,已拨归沈葆桢;鲍超的霆军和周宽世兵团两万余人赴援江西,亦拨归沈葆桢管辖。这样一来,曾国藩能直接掌握且可裁撤的部队,就只有曾国荃的吉字营五万人。上疏裁军后,曾国藩先裁撤了两万五千人,留下一万人在江宁担任城防,并负责填充攻城时所挖地道以及城墙缺口;另外一万五千人赴安徽,担任游击皖南皖北的预备队。以后又经过几次裁撤,吉字营就差不多被裁光了,湘军集团内部从此再无"吉字营"的名号。

曾国藩还以曾国荃在作战中负伤,又得了疥疮为由,代他请病假回归乡里。湘军素来"兵为将有",所以此举既为了使曾国荃能够脱离是非旋涡,同时其实也是裁军的一部分。

曾国藩以湘军领袖的身份进行号召,并亲力亲为做出表率;其他非其嫡系以及跟他不是一个系统的湘军,不管对裁军愿意不愿意、赞不赞成,都没法无动于衷。新楚军当时已扩充到六万人,左宗棠裁了四万;其余湘军,如湖南的席宝田、江西的王开琳、湖北的成大吉,都是全部裁撤。湘军在鼎盛时期曾多达五十余万人,一共被裁去三十余万;除完整保留的淮军外,包括水师在内所剩的湘军不到十万人。

曾国藩当年创建湘军,如果说陆师尚有江忠源创建楚勇的经验作为参考;基础团队又借助了罗泽南、王鑫等人之力;水师则完全是他一砖一瓦搭建起来的。朝廷在下诏评价他的功绩时,也认为曾国藩在战争期间最大的功劳,就是创立了湘军水师。曾国藩将所辖的湘军陆师近乎全部裁撤,唯一原封不动保留下来的整建制部队即为水师,由此,或许也能看出曾国藩对于水师的认可和赋予其中的感情。经吏部批准,湘军水师被改为长江水师,成了国家经制军队,负责巡防长江。

曾国藩自剪羽翼,大规模裁军的举动,令一直对他和湘军不太放心的朝廷大大松了一口气。据说慈禧知道后,很是动容,大声对左右说:"你们瞧瞧,我早就说曾国藩是个忠臣!"朝中对曾氏兄弟以及湘军的非议,顿时平息下来;关于放跑幼天王,以及天京所藏财富下落等问题,至此全都不了了之,无人再提。

尾　声

若干年后,太平天国运动、捻军起义相继被彻底镇压;曾国藩病故了;活着的湘军将领也大多垂垂老矣,战争硝烟已然散尽。

这里值得讲述的一个小故事,来自半壁山。半壁山下,有一个郝矶渡口,正对着田家镇,长江水师在码头设了一座小哨所,负责人是田镇营右哨领队王文明。王文明虽然自称"蓝翎五品衔",实际却只是一个正九品的"外委",属于"末弁"一类的小军官。这从他的部属数量和装备就可以看出来——哨所仅有十四个士兵,外加一艘舢板。

按照水师惯例,哨所每年都要对舢板进行油漆保养。因为涨水,两岸江滩多被淹没,无法泊船;王文明沿岸察看,发现半壁山山麓以西还剩下一块空地,尚未被江水所淹。他正打算命令士兵们清理这块空地旁的淤泥,以便让船只靠岸,忽然有路过的当地人提醒他说:"您千万不要这样做,此处掩埋了很多尸骨!"

王文明听后大吃一惊,奇怪明明应该是大型墓葬区,为何表面却没有任何标识。询问后才知道,此处竟然是半壁山战役时,太平军在南岸的营垒遗址,战死在这里的太平军不下数百人。战役期间,还有许多太平军的尸骸,顺水漂到了半壁山与富池口之间的沙洲上,当地百姓将这些尸骸也都收殓起来,一道集中掩埋于营垒遗址,粗略估计,在空地下面一共有近千具无名尸骨。当时兵荒马乱,民不聊生,百姓能够做到这一点,不让死去的军人们暴尸荒野,就已经非常难能可贵了,谁还有能力建立墓地呢。但大家都知道此处掩埋着近千名太平军,而且尽可能不让外人去打扰他们的英魂。

半壁山战役在长江水师前身——湘军水师的战史中，堪称极为激烈和经典的一战。当年指挥这场战役的彭玉麟、杨载福也都尚健在，半壁山的江边崖壁上，就有彭玉麟为此战所题的"铁锁沉江"四字。一提到半壁山战役，王文明当然不会陌生，得知原委后，他马上决定换到别处给船只做保养。

自此以后，王文明多了一桩心事，总觉得自己可以为死者做点什么，一俟保养作业结束，他马上请和尚做盂兰法会，用以超度亡灵。后来他又一想，仅此还不够，应该有一个永久的标识；否则时间久了，人们的记忆都会模糊和隔断，也许以后就再没人记得他们了。

王文明欲建墓地，但由于要出差，所以暂时只好搁置；然而终究还是难以放下，于是便利用休假的时间，返回半壁山，邀请当地的几位士绅对此进行商议，众人都很支持王文明的想法。

太平军葬身之地与郝矶村田地相连，郝矶村乃是一座王姓人家世代聚居的小村庄，村民大多以种田打鱼为生。王文明通过几位士绅与村民牵上了线，因为都姓"王"，王文明可能还和村民拉扯了一点宗族关系。在王文明的说服下，村民们欣然同意将和墓地相连的部分立界捐出，从而拓宽了墓地范围。王文明拿出自己的薪俸，请村民堆土为坟，植树为饰，墓地前竖了一块墓碑，碑额书"千人冢"三个大字。碑文中除记述其事外，还规定不得践踏侵占墓地，因为"冥冥中自有魂灵"。为了保证墓地能够得到切实维护，王文明又专门出资，托村民守墓，并请附近寺里的和尚每年到墓前祭扫。

王文明的义举，使得"千人冢"得以保存至今。现在当地还口耳相传，说"千人冢"原是一条小港，既宽又深；太平军将南竹削成竹扦，用桐油浸透，使之坚硬异常，然后遍插港边，用于防御敌人。敌人进攻半壁山时，太平军持长矛奋勇迎击，但最后还是打了败仗。太平军全部战死，尸首把港都填满了，事后老百姓便用土就地加以掩埋。

这里的小港，其实就是壕沟。史书记载，半壁山一战，"平地血流，崖有殷痕，江之南岸，水皆腥红"。按"千人冢"的碑文所注，建墓竖碑的时间是1883年年底，距半壁山战役已过去了将近三十年。作为新一代湘军军人，王文明的这一举动颇有耐人寻味之处，其中甚至还包含着某种象征意义：湘军和太平军曾是不共戴天的死敌，但在湘军眼里，战场上真正值得他们尊重和敬畏的人，又恰恰是太平军！

或许，是时间让人变得更加通透。他们渐渐明白，一切都终将过去，无论胜利者还是失败者，都会变得毫无意义；只有英雄和他们的传说，能够在江畔山头永久流传。

《乱世湘军》创作随记

提到湘军,必要提及曾国藩,给人印象,好像湘军就是他一个人创建的。其实不是这样,最早创建湘军并因此出名的,不是曾国藩,而是江忠源。江忠源的部队叫作楚勇,也是由湖南地方团练改编过来的,比曾国藩正式建湘军还早了近七年。

江忠源这个人很厉害,湘军领袖里面,数他最能打仗。湘江上有个渡口,名为蓑衣渡,江忠源指挥楚勇在蓑衣渡埋伏,区区千人,却差点全歼太平天国全国之兵。要知道,那个时候的太平军可全都是从紫荆山区走出来的精锐,以后可以做种子用的,结果被打得所剩无几,就可以想见太平军的损失有多大了。还有一个就是南王冯云山也在蓑衣渡被打死了,冯云山是太平天国真正的大军师,要才识有才识,要智谋有智谋,要胸襟有胸襟,对太平天国诸王有着调和作用。他要是不死,后来的天京内讧就可能避免,而天京内讧又是太平天国由盛转衰的转折点,所以有人将冯云山的去世,称为是太平天国最终走向失败的先兆。

江忠源在蓑衣渡创造军事奇迹时,曾国藩还没有回乡募勇呢,那一仗不打,湖南就是太平军的,曾国藩也就没有任何机会了,可能在路上就会成为太平军的俘虏,其他那些后来的所谓中兴名臣,什么胡林翼、左宗棠、李鸿章,也都一个个别想出头了,甚至历史上都不会留下湘军的名字。

到曾国藩建军的时候,湖南有两个人名望最高,一个是曾国藩,另一个就是江忠源。曾国藩原先是副部级京官,资历摆在那里,江忠源不过是个地方知县,他能够扬名立万,靠的就是自己领兵打仗的本领。曾国藩也是把希望都寄托在了江忠源身上,他一开始编练湘军,不是他自己要带,而是打算练好后,全部交给江忠源指挥,可是让曾国藩没想到的是,还没等他把湘军练出来,江忠源就死在了战场上,这下他就没法居于后方了,只能硬着头皮上前线。

曾国藩在家乡建军,也不是白手起家,纯粹从零开始的,罗泽南、王鑫这些人带的湘勇,给他打下了基础。那么曾国藩的功劳在哪里呢?湘勇、楚勇这些部队,最初的定位都仅仅只是团练,相当于地方上的民兵,曾国藩接手湘勇的时候,湘勇训练不足,上不了大场面,楚勇虽然已经可以和太平军对抗,甚至出省作战,但又碍于军纪不严,鱼龙混杂,部队太容易散架,江忠源就是因此兵败身亡的。

曾国藩对此很不满意,他认为太平军是虎狼之师,要战胜太平军,就必须建立一支有组织有训练有主义,能够跨省在全国范围内作战的新式军队,这就是湘军。按照曾国藩的设想,只要如此练兵万人,便有望镇压太平军,后来的事实证明,万人哪里够啊,还差得远呢,最终湘军达到了五十多万,这恐怕是连曾国藩自己都没预料到的。

曾国藩是军事家不假,但军事家也分很多种,有的长于实战,有的长于谋略,文官出身的曾国藩属于后者,他的大局观好,擅于布局,谋略尤其战略非常出色,可问题是实战不行,让他亲自到两军阵前领兵作战,往往抓瞎。曾国藩有自知之明,知道要以己所长,补己所短,对于临阵他只是浅尝辄止,以后一直都是在大帐中运筹帷幄。事实上,他能够打败太平军,靠的也就是战略上更胜一筹。

当时清廷偏重北防,一个劲地把兵力往北方调,曾国藩则坚持集中兵力于南方,争夺长江中游。湘军分为陆师和水师,曾国藩建立陆师是有基础的,水师则没有这个基础,完全是他从无到有一手创建出来的。为什么要建立水师?就是要取得长江的控制权,这一目的,后来也基本达到了。相比之下,太平天国犯了分兵四出的战略错误,又是北伐,又是西征,尤其北伐军还是精锐部队,如果能用于西征,不说能取得完全胜利,至少还可以延长天国的寿命。太平军的水师也不行,无论船炮,都难以和湘军匹敌,而在长江江面的控制权易手后,湘军顺流直取天京以及苏杭,就不存在太大阻碍了。

曾国藩的战略没问题,但在实施过程中也是困难重重。湘军和太平军的战争打了很多年,不仅久拖不决,而且从湘军到曾国藩自己,都曾屡屡遭遇绝境,这里面最主要的原因是什么呢?是得不到清廷的信任!

湘军不同于八旗绿营,它是兵归将有,自筹粮饷,自成系统,即便兵部、户部要调动湘军,也要通过曾国藩,否则根本就调不动。这不是成为他曾国藩个人的私军了吗?清廷自然不能不心存防范,所以始终都不肯把地方实权交给曾国藩。

曾国藩不能兼任地方封疆大员,直接导致他处处受到地方官的牵制和刁难,其中比较搞笑的一件事,是他虽然拥有统率湘军的最高权力,但却只能使用木刻的官方印章。地方官多鸡贼啊,一看,你的印章居然还是木刻的,这算什么?凭啥要听你的命令?曾国藩遇到需要地方上配合的事,比如筹集粮饷,都得使用印章,可人家直接说这印章是假的,不给办理不说,还把曾国藩派去办事的人给抓起来揍了一顿。

曾国藩被弄得苦不堪言,湘军的战斗力也因此受到很大削弱,太平军则大得其利。本来湘军都打到江西了,结果被困在江西数年,曾国藩实在不堪忍受,趁着父亲病逝,没等清廷批准,就丢下军队,返回湖南老家奔丧去了。

清廷什么时候才开始真正重用曾国藩?是在它的本钱输得一干二净的时候。清廷以远超筹办湘军的代价,组建了江北、江南大营,用于围困天京,可是这两个"亲儿子"却偏偏都不争气,一再被太平军击破。等到江南大营第二次被太平军攻陷,清廷所倚仗的绿营、八旗已崩溃殆尽,清廷这下傻了眼,没兵可用了,这才不得不任命曾国藩为两江总督,以后又命为钦差大臣,让他节制江苏、安徽、江西、浙江四省。于是乎,长江三千里,没有一艘战船不张挂曾国藩的旗帜,曾国藩所节制的各省,也源源不断地向湘军提供粮饷,湘军兵多饷足,迅速上升至全盛期,至此,太平军再也无法与之抗衡了,直至天京被攻破。

攻破天京后,曾国藩即对湘军进行大规模遣撤,湘军极盛时有五十五万,裁去四十余万,仅剩不到十万。曾国藩这么做,可以说是一个很明智的举动,他知道清廷开始不委以封疆,后来又突然授以大权,并不是前薄而后厚,实在是形势紧张,无兵可用,才不得不如此。清廷为形势所迫,才给了曾国藩大权,当然还是不可能放心,湘军打下天京后,清廷接连下诏,严旨追究,警告曾国藩,说你可不能因为打了胜仗就骄傲。这叫什么话,太平天国的都城都拿下来了,官军见了全都要抖三抖的太平军替你灭了,还不能容许我骄傲一下?说白了,还是顾忌,是在找借口敲打曾国藩。

以前清廷可能不敢这么敲打,因为太平天国在,现在敢,则是因为这个大敌已经被曾国藩和湘军打掉了,这就叫鸟尽弓藏,兔死狗烹。曾国藩饱读史书,哪能不懂这个道理,他能采用的唯一办法,就是哪来的哪去,把湘军干脆遣撤掉,这样一来,清廷绷紧的弦松开了,担心湘军尾大不掉的威胁解除了,从曾国藩到清廷,到了晚上,大家也都能睡得着觉了。

　　《乱世湘军》这本书,不单单对曾国藩和湘军浓墨重彩,也涉及了其他许多与之相关的人物、事件,笔者试图通过对史料以及前沿研究成果的搜集整理,尽量不带偏见地还原属于那个时代的硝烟与战火、光荣与梦想。在阅读和创作的时候,笔者又总会想起好多年前的一个傍晚,当乘船经过安庆时,听两个旅客在船舷上闲谈,并且讲到安庆之战时的情景。那时船上正好播放着萨克斯吹奏的《回家》,配合着眼前涛声不断的江水以及沉静神秘的城市,实在是让人回味悠长。其实,历史故事中的得失荣辱早成过往,它本身也许并不重要,重要的就是其中的味道,还是那首著名古词说得好:滚滚长江东逝水,浪花淘尽英雄。是非成败转头空,青山依旧在,几度夕阳红!